水乡飞歌

孙大权 著

陕西新华出版
太白文艺出版社·西安

图书在版编目（CIP）数据

水乡飞歌 / 孙大权著. -- 西安：太白文艺出版社，2024. 8. -- ISBN 978-7-5513-2602-5

Ⅰ. I247.5

中国国家版本馆CIP数据核字第20240SK716号

水乡飞歌
SHUIXIANG FEIGE

作　　者	孙大权
责任编辑	葛晓帅
封面设计	李　李
版式设计	宁　萌
出版发行	太白文艺出版社
经　　销	新华书店
印　　刷	四川科德彩色数码科技有限公司
开　　本	889mm×1194mm 1/16
字　　数	420千字
印　　张	26.75
版　　次	2024年8月第1版
印　　次	2024年8月第1次印刷
书　　号	ISBN 978-7-5513-2602-5
定　　价	89.00元

版权所有　翻印必究
如有印装质量问题，可寄出版社印制部调换
联系电话：029-81206800
出版社地址：西安市曲江新区登高路1388号（邮编：710061）
营销中心电话：029-87277748　029-87217872

自 序

"虽缘草成质，不借月为光。"《水乡飞歌》完稿后，文友建议找名人写点东西抬高该书的身价，笔者却不愿去打扰别人。一部好书之所以历久弥新，在于它自身潜在的价值。像清朝文人赵执信的《萤火》，萤火虽微光点点，别具一格的草木本质却让它洋溢生命的气息，给人以力量和美感。《水乡飞歌》的创作初衷不是为了显山露水，觊觎名誉的光环。笔者只想带着平静而恬淡的心情，讲好水乡人的故事，再现驷马水乡迷人的风光和复杂鲜活的人物形象。与读者一起领略乡土气息，分享秦巴景观，深释人与自然和谐共生的关系，深味人性的丑陋与美好，见证山乡沧桑与生产生活的嬗变。

驷马水乡是蛰伏在米仓山褶皱里的弹丸之地，却与神州大地共呼吸，同命运，同样经历了二十世纪七十年代中期到二十一世纪二十年代初近五十年的深刻变革。笔者耳濡目染，正是这一变革的见证者和分享者。内心涌动着一种澎湃的情结，即用文字记录大山里令人难以忘怀的人与事。以这里为缩影，写中国农村的过去与现在，让更多的世人了解乡村，理解和认同乡村，关注乡村的发展和变化。笔者历经四年的辛勤耕耘，让这部长篇不断汲取营养，吐故纳新，终成正果，长成一株嘉木。它并不是一部仓促的应景之作，而是遵循笔者的自我认同感、民族的时代自觉与文化自信而写成的作品，具有现实和长远意义。

《水乡飞歌》以驷马水乡近五十年农村生活为背景，以杏花与杨松柏的爱情为明线中的主线，花狗子与张丽芳、王铁牛与菊花、王劲松与赵苗苗的爱情为明线中的副线，以水乡人追求美好生活的精神为暗线。主副线勾连，明暗线交织成网状结构，推动故事情节的发展。主要讲述了农村女青年杏花与中学音乐教师杨松柏相遇、相爱、误会、误会解除、结婚与晚年生活的动人故事。主人公杏花与杨松柏有着共同的音乐爱好，和致力于改变农村面貌的同一理想，由相遇到相爱。但命运却偏偏要捉弄人。经人介绍，杨松柏阴差阳错地同刘良诚之女刘露萍草率结婚，婚前的刘露萍却早已身怀有孕，导致她和杨松柏婚后夫妻不睦，刘露萍被迫远走建州务工。杨松柏也遭人陷害而进入监狱劳动改造，出狱后南下建州打工，其间受杏花之托，救出误入黑石场的同村青年花狗子、王铁牛、陈小强等人。后来，杨松柏、花狗子、王铁牛、王劲松回乡创业，经历了不少的艰难曲折。杨松柏与杏花终于解除误会而走进了婚姻殿堂，却因年龄偏大失去生育能力……

杏花参加过水库大坝建设和土地联产承包。当选为村干部后，又带领村民办企业、兴交通、调产业，成立合作社，致富奔小康。退休后，还同丈夫杨松柏双双担任农养公司顾问，投身脱贫攻坚和乡村振兴，实现驷马水乡的产业、人才、生态、文化振兴。

笔者以积极的创作姿态走进近五十年的农村生活，虽然再现了改革前驷马水乡的贫穷与落后，但并没有陷入描写颓败落寞乡村的窠臼，而是着力于刻画改革前后对比，尤其是新旧时期农村面貌的对比，客观真实地呈现出水乡人的价值观念（包括爱情观）与生产生活方式，追求与理想的不断拓展，渐进式的上升趋势。同时书写了水乡面貌日新月异的巨大变迁。所以，这部小说是水乡人为改造生存条件，追求美好生活的奋斗史诗，也是一幅乡村振兴新时期的《清明上河图》。

笔者自始至终没有脱离关注基层人物，关注生命和民生、民情、民意。全书采用全景式的人物描写技法，甚至吸纳了魔幻现实主义的精髓，描绘了水乡村民的生老病死、爱情与纠葛、丑恶与善良、困苦与抗争、磨难与坚忍、自私狭隘与家国情怀、矛盾与协作、勤劳与智慧、梦想与奋斗相互交织的人生场景。多角度地揭示人性，着力塑造杨松柏、花狗子、王铁牛、王劲松等小人物的农村新人形象。他们受到了家园情怀、集体意识、发展观念、乡村记忆等影响，具备乡村认同感和责任感、使命感，把青春和生命投入返乡创业、建设新家园之中。他们百折不挠，愈挫愈勇，锐意进取。同时，也描写了赵洪涛、赵晓军、杏花、陈小强、苗苗等村镇基层干部的坚定信念和责任担当，在乡村治理中，把加快建设发展的政策与村民追求美好生活的愿望对接。如在疆场负伤被迫退役的赵晓军，把个人关注、个人命运与家国命运和前景相关联。这些小人物的精神内核与时代脉搏合拍，契合了当今文化主流舆论的要求。

事物发展变化的理念贯穿小说的始末，作者并未用静止的眼光看待村民。人物形象在社会变革时期，随着新秩序、新认知、新伦理关系而不断变化，这是费孝通《乡土中国》理念的延续和发展。性格保守、行为怪诞的贫困户何半仙不仅经济上脱了贫，思想观念、精神面貌也发生了转变；丧失道德观念的寡妇三婶，自改革开放后，已经懂得自尊自爱，拥有商业意识，靠劳动致富；重男轻女、贪财图利的李朝阳也转变为施舍救人、关注家国安全并崇尚英雄的人，还毅然放弃对女儿自由恋爱的干预和阻拦；就连一向懒惰、喜欢不劳而获、专横霸道的生产队长王大献服刑后，也能改过自新，主动参加电站建设的爆破队，甚至在排险中奉献出自己的生命。笔者对人物性格转变的关注，为乡村振兴，凝心聚力提供了借鉴。

小说多维度、多层面地描写自然环境，展现了一幅幅精美的画卷。始终蕴含着生态文明、绿色发展理念，不断探索人与人、人与自然和谐共生的关系。湿地保护、白鹤之家、森林康养新业态的落地生根，不仅促进了驷马水乡的产业发展，而且保护了渠江上游生态屏障。

小说适当穿插了巴人地域文化、风土人情、风俗习惯的描写，如浣衣石、杏坛杏树、苦荞等蕴含的文化内涵，春节家族团年和敬神祭祖、婚礼抬嫁妆和闹洞房等习俗。不仅增添了文化底蕴，而且弥漫着烟火气息。文化、烟火与人情是乡村良序发展的基石，是人物思乡恋归，故土难离的根本所在。

另外，小说的语言具有诗意的美感，在人物刻画中，笔者通过外貌、语言、动作、心理等描写，传神、逼真地反映出人物的性格和他们的精神面貌，从而展现出笔者要表达的主题思想。故事的细节之处描绘得尤为传神、逼真，令读者读后印象深刻。除此之外，笔者在环境描写的生态化、情节书写的曲折化、事态发展的哲理化等诸多方面都让人开悟、思考，并引人入胜。总之，这部小说是笔者尽其所能，躬身相迎，端出的以飨读者的盛宴。

1

这是一个闷热的中午,风不吹,鸟不叫。被宝元山、木在山、团寺山、小鹿山环抱的巴中驷马水乡像个热气腾腾的蒸笼。

水波粼粼的驷马河贯穿水乡全境,向南流入巴河,在这里造化出富饶美丽的微型冲积平原。清洌的河水给夏日里近岸的村民带来丝丝凉意。四座山脉像四匹黛青色的奔马,到此戛然停步,躬身引颈,低头喝着驷马河的水。据说,夏夜去河边纳凉的人,能听到公母马的亲昵软语,间或传来"唏唏"的饮水声。

方圆几十里的人都知道驷马水乡出美女,这里的女人个个水嫩灵秀。她们总是喜欢从河岸的柳树上刮下树皮,放进锅里烧水洗澡,越洗皮肤越靓丽。

如果想看美女,最好去河边的浣女石。那是块巨石,平坦如砥,身子微斜,一小半探身水中,另一大半仰身水面,足够二三十个浣衣女蹲下同时开工。浣女石这个雅名是清朝文人李强益取的,这文绉绉的名字来源于"竹喧归浣女,莲动下渔舟"的诗句。李强益还叫工匠把他描写浣衣场面的诗刻在石上。不过,那些字迹已被历代勤劳的浣女们洗刷得漫漶难辨了。

空闲时,村里的女人或单独或三三两两,来此浣衣洗鞋。今天的太阳已爬上中天,可浣女石上还是空寂无人。

  蓝蓝的天上白云飘
  白云下面马儿跑
  挥动鞭儿响四方
  百鸟齐飞翔

......

随着一阵像河水一样甜润清亮的歌声飘来,柳荫掩映的石板路上走出一位妙龄少女。

"哐啷"一声,褐色的木盆往河边的浣女石上一放,惊飞了野鸭。两只野鸭躲在柳荫下纳凉,一听声响,振动翅膀蹿出茂密的水草丛,贴着河水飞出二十米开外,惊惶地回望河边的少女。

"哟,跑啥嘛,又莫人撵你们。"少女看着野鸭,扑哧一笑,两个小酒窝好似如沐春风的小花朵。她蹲下身子,把采来的皂荚裹在浸湿的衣服里,用棒槌一下一下地捶打衣服,再反复搓揉,衣服上泛起的皂荚泡,又洁白又闪亮。然后一件一件地清洗干净,放进木盆。

这少女叫杏花,是李朝阳和张二嫂的幺女儿。张二嫂多次怀孕,也没生出儿子,却生了五个女儿,大女叫桃花,二女叫菜花,三女叫葵花,四女叫菊花。五个女儿都带个"花"字,个个貌美如花。生幺女时,恰逢门前老杏树开花。说也奇怪,这棵百多年的杏树已经歇树十年,突然在她降生的那天晚上开满了花,粉红淡雅,晶亮剔透。相传这杏树也是杏花先祖李强益栽的,他做过巴南县令,因不愿卑躬屈膝伺候刁难他的上司,毅然弃官归隐,办私塾,栽杏树,砌石筑坛,效仿孔子杏坛讲学。

张二嫂怀孕期间,村子里的妇女羡慕不已,说:"张二嫂呀,看你瘦得像个藤藤,老话说:'肥生女,瘦生男'哟,你可能怀上个带把的了。"一听这话,夫妇俩心花怒放。张二嫂还夸张地把肚子一挺,那得意劲就莫说了哟!

午睡的时候,李朝阳趴在床边,撩开张二嫂的衬衣,右耳轻轻贴到她隆起的肚皮上,屏声敛息听里面的动静。又粗又硬的胡茬扫得西瓜皮一样花哨的肚皮痒酥酥的。

张二嫂扳开丈夫的头,佯怒道:"哎呀呀,我瞌睡浸头了,你做啥子嘛!"

"儿子在肚子里叫爸爸了。这回,老子这一枪打得有名堂了吧?哈哈!"李朝阳一脸得意。

"神经病!"张二嫂娇嗔着,骂了一声。右腿一蜷一伸,踢了李朝阳几脚,说:"滚哟!"

"我滚啰!"李朝阳做了个滚的样子。

"呵呵,呵呵!"张二嫂笑出了眼泪。

张二嫂除了在生产队出工挣工分,闲暇时间,就忙活在家里那张大桌子旁,又是剪裁,又是缝补。几代人积攒下来的旧衣破布,从红漆木箱里请了出来,经她的手变成小帽子、小衣裤、小鞋子,有棱有角,柔软暖和。有时,在昏黄的煤油灯光下熬夜到三更,却一点也不觉得累。小蹄花踢她肚子时,她五指微屈,掌垫子在拱起的肉包包上摩挲,心里呼唤着:"小乖乖,看你猴急马急的,想出来看世界了?"

降生这天,李朝阳捧起手掌等候小家伙出来。母体洞开,先看到小脑瓜,黑发黏乎乎的;接着是小手掌,张牙舞爪;最后出来的是小腿小蹄花。生得太快,李朝阳没看清楚。再轻轻掰开双腿,却没看到那个小鸡鸡。他急了,脑子里嗡的一声,笑容吓得收敛起来,表情有些古怪。"嗳,你这肚子又骗了我,真该我绝后了!"把孩子往张二嫂怀里一丢,脚一抬,跨出门槛。

这天,张二嫂从生产队的麦田回来,镰刀一放,抱起啼哭的婴儿,舀了一碗凉水,坐在门槛上,把碗往地上一搁,解开胸前的纽扣,牵出圆鼓鼓的奶子,往等在旁边的小嘴巴里一塞,哭声立即变成了酣甜的吞咽声。再端起凉水,额头上的汗珠掉到碗里,连水带汗咕咚咚就是几口。张二嫂说:"她爸爸,这段时间,麦子出来了,奶水足,孩子长得快。这孩子都快四个多月了,你还没给她取个名字呢。"

李朝阳正在街沿上放背篼,他扯出系在背篼上的一条麻绳,一圈一圈地往背篼上沿盘。他朝着这边望了两眼,一声不吭,又进屋舀了碗冷稀饭,耳后别了两根筷子,往阶棱子上一坐,吸溜吸溜喝稀饭。

张二嫂没生儿子,连生五个女儿,对于三代单传的丈夫来说,是件极为苦恼的事情。她怪自己的肚子不争气,心里多少有点内疚。在她眼里,肚子好像是台机器,该加工什么产品就加工什么,不能老出岔子。

"邻里都说这娃出生时有些蹊跷,杏子树十年不开花,生她时突然开花了。这是大富大贵的兆头。"张二嫂尽拣些好话,哄丈夫开心。

李朝阳嘬起的嘴巴离开了碗沿，吸溜声戛然而止，还剩半碗稀饭。他说："那就叫她杏花。"

小家伙有了名字，似乎也高兴起来，奶不吃了，转过脸来，望着爸爸，呜里哇啦，像在说日语。张二嫂用指头轻弹杏花的鼻蛋，逗她说："杏花想说话啰，我杏花想说话啰，像只小鸭子，叽里咕噜的。"

一转眼，杏花就到了二十岁。她自从高中毕业以后，就回乡务农了。

中午的驷马河边，静悄悄的。除了杏花，一个人影也没有。大家应该是怕热，躲在家里乘凉，不愿出门了。她洗完衣服，看野鸭还在水面逗游觅食，拍了几下巴掌，索性把它们赶走。心想：别看我，也让我来凉快凉快吧。野鸭一骨碌钻进水里，无影无踪，河面留下几轮扩散的水圈。

杏花脱掉衬衣，露出了抹胸，这是她前几天缝制的。

夏天傍晚，妇女们总是把男人往下游一赶，这里就成了天然的女澡堂。衣服一脱，尽是光胴胴。杏花总觉得有些不雅，她把白布放在丝瓜水里煮成天蓝色，干后量体剪裁，一针一线缝制出抹胸。

抹胸裹紧了杏花的前胸和上背，把粉嫩洁白留给了颈子、肩胛和小腹。既有少女的矜持，又有少女的胆识。完美的线条柔媚而奔放，迷人又有气质。

她捏着裤腰带，环顾四野，确认没人，本想再褪去下装，但还是犹豫了一下。轻轻一跳，一个猛子扎进了清凉的河水，在两丈开外，钻出水面，摇了摇头，甩掉鼻子和耳孔里的水，说："好安逸哟！消暑、清热、去燥。"

忽然，下游一阵喧闹。杏花一激灵，爬上岸，三两下就穿好了衣服，暗叫一声："好险！"

"拦住她，菊花要去跳河啦！"下游的声音越来越清晰，像一记闷雷炸响。杏花不寒而栗："菊花？我四姐跳河了？"杏花感到头脑发蒙，嗡嗡作响。她沿着河床朝下游迈开双腿，喘起粗气，踏得泥沙飞溅。两百米开外，张二嫂追着披头散发的菊花，一边跑，一边呼喊。菊花跑到河边，纵身跳进枫香树滩。

杏花看到追到河边的张二嫂，急切地喊："妈！莫下去，我来了！"这枫香树滩流急水深，对岸石壁上长了一株黄桶粗的枫香树。几年前，生产队派人去砍树给公社干部烤火，枫香树没有砍倒，人却掉到河里淹死了。从此，水乡没有人敢去那里洗澡戏水，连钓鱼的都尽量绕开它，说那里阴风飒飒，有些瘆人。

糟了！四姐跳进去，怕是凶多吉少了。杏花嘴里带着哭腔呼喊："四姐！四姐——"脚上一加劲，几个纵步就到了河边，却不见菊花人影，只看到黑色的头顶在水中一上一下，水面咕噜咕噜地冒着气泡。杏花"扑通"一跳，游到菊花身后，抓住菊花头发把人带出水面。张二嫂急忙搭上一把手，把菊花拉到岸上。

菊花双眼紧闭，面色惨白，气若游丝，蜷缩在河滩上一动不动，肚子胀鼓鼓，身体冷冰冰。"菊花，我的女儿呀！你为啥要这样呀？"张二嫂抱着菊花号啕大哭，"早知道你要这样，我就不该背着你爸，放你出来。谁知道仓门一开，你就跑了呀！呜呜——"

"妈，别把四姐身子蜷起。"杏花抓住菊花双脚一拖，让菊花平躺在河滩上。

"哞——哞——"柳树下，水牛抬起头，朝着杏花咧开长嘴。杏花一阵惊喜："妈妈，别急，姐还有口气，我有办法了，快来帮忙！"

杏花托起菊花，脊背朝天，腹部朝下，横担在水牛宽阔的背上，说："妈，抓住四姐的脚，始终保持脚高头低的姿势，千万别让她摔下来。"杏花牵着牛鼻绳，挥舞着柳枝，指挥水牛在河床上走圈圈，一圈比一圈大，不停地走。

水牛似乎很通人性，驮着菊花柔软的躯体，迈开均匀的步伐，摇摇摆摆、一颠一簸地行进。时不时"哞哞"地欢叫着，铿锵的牛蹄声像生命的律动。

"哇——"菊花嘴巴突然张开，喉咙里咕噜几声，一股河水从嘴里喷出，像装满水的细口皮囊，被人用力一挤。一"哇"接着一"哇"，菊花的肚子像个泄气的皮球，瘪了下去。她呻吟一声，苏醒过来。母女俩放下菊花，让她躺在张二嫂的怀里。片刻之后，菊花呼吸顺畅，面色红润。她坐了起来，仰起头，水汪汪的大眼睛无神地望着湛蓝的天空。

"孩子，你再不能这样了，妈妈不会逼你了。好好地活下去吧！"张二嫂那双抖动的手，爱怜地捋着菊花额头上的秀发。

水浸的衣裤像一层斑斓的蛇皮，紧紧包裹着菊花圆润的躯体，粉颈蜂腰，丰乳肥臀，看呆了杏花。四姐是个大美人呀！她本该有她幸福的爱情。岂可逼她嫁给一个傻子？唉，要不是上天的眷顾，一个活鲜鲜的生命岂不消逝在汹涌的河水之中！这难道是她的宿命？痛心，同情，愤恨！杏花没好气地冲着张二嫂吼了一声："妈，你们这样做会害了四姐！"

张二嫂面色难看，轻摇头颅，嘴唇嚅动，眼角滚下几滴泪水。

"四姐，回家吧。"杏花搀着菊花走向村子，走向自己的家。那是家吗？她内心感到一阵悲凉，前天晚上的情景又浮现在她的脑海里。

2

前天半夜时分，杏花一觉醒来，四周一片寂静。月亮羞答答地躲进几片似淡墨涂过的云影，水雾般的清辉透过窗口，映照着她的房间，显得朦胧又隐秘。

杏花的大姐桃花和二姐菜花已经出嫁，全家五口人住在祖上留下的几间破旧木架瓦房里。家里住房褊狭，杏花从小就跟四姐菊花同住一间闺房。屋子里摆了两张合面床，床虽小，却占据了绝大部分空间。年龄仅差一岁多的姐妹俩，一起闹，一起疯，常常穿错对方的衣裤，嘻嘻地笑在一起。也有磕磕碰碰的时候，妈妈说她俩像狗撕咬，见不得又离不得。

平常醒来时，杏花总是要找菊花说说话，甚至钻到她的被窝打闹一番，即使菊花睡着了，也要把她弄醒。为这事，杏花常常遭到隔壁睡觉的父母的严厉训斥。这会儿，对面的床上毫无动静，也听不到那熟睡后的均匀呼吸声。杏花纳闷，小声叫了几声："四姐，四姐！"回答她的是洒在床上的月光和驷马河渺远的水声。

她翻身起床，发现门闩打开了。四姐去了哪里？难道又与王铁牛约会去了？他俩已是砣不离秤、秤不离砣了，老是这样三更半夜，偷偷摸摸搅在一起，会遭人非议的。杏花为菊花捏了把冷汗。

"李朝阳，李朝阳！有事找你。"外面响起急促的敲门声。

糟了，这是生产队队长王大献的声音，这人一出现，准没有什么好事。杏花蹑手蹑脚地回到床上，竖起耳朵，静静地感知外面的情况。

"队长，这么晚了，有啥事？"被吵醒的李朝阳穿着半截裤子，光着上身，站在门口。一边揉眼睛，一边打哈欠。

"菊花在家吗？"王大献问。

"在呀。"李朝阳觉得他的问话有点多余。

"在？去看看再说吧！"

李朝阳折身进了杏花和菊花的房间，划根火柴一照，发现菊花不在床上，便又回到门口，他后面跟着张二嫂。杏花也翻身起床，站在李朝阳身旁。

"怎么样？"一见张二嫂，王大献更来劲了，说："不在家吧？"

"她在哪里。老王？"李朝阳问。

"你在养女，半夜三更，她去哪里你们都不知道？哈哈！"笑声带着嘲讽，他还刻意睃了张二嫂一眼。

"王大献，你葫芦里卖的什么药？"张二嫂不听那笑声，还没有气，一听那笑声，气就不打一处来，这王八蛋对自己早就不怀好意，现在又凑热闹来了。她愤怒地瞪着王大献。

"到你家那草树下看看吧，王铁牛应该也在那儿。哈哈，一场精彩的大戏哟！"听语气，王大献得意得像只骄傲的公鸡，浑身的羽毛都在飞舞。

王铁牛跟菊花搞对象这事，已经让李朝阳夫妇焦头烂额，尽管夫妇同仇敌忾，百般阻挠，却均未奏效。这黑灯瞎火，孤男寡女去草树下干啥？李朝阳脑子里嗡的一声，热血直冲脑门。他咆哮一声："王铁牛，你这王八蛋！"他声音异常激动，拖着哭腔，吩咐妻子："走，带上麻绳。"李朝阳点燃火把，拿起木杈（叉柴草的农具），冲在前面。王大献导演的这出戏拉开了序幕。"这动静闹得越大越好哇。"他得意地跟在后边，准备看一场热闹。

过了一阵，李朝阳家灯火通明。屋里屋外挤满了看热闹的人，扒在窗上的，堵在门口的，脑袋从别人胳肢窝下探出来的，比比皆是。光棍花狗子仗着个子高，踮起脚，从人墙背后伸出头颅，像冒出的鹅脑袋，晃来晃去，往里看。

屋里气氛紧张，人们都不张嘴说话，眼珠骨碌碌地转来转去，一会儿看看李朝阳夫妇，一会儿瞧瞧王铁牛和菊花。今晚这事在闭塞的驷马水乡空前绝后。人们揣着复杂的心情，静静地等待事态的发展。

李朝阳怒不可遏，脸涨得通红，继而一阵白一阵青，额头青筋暴起，两眼喷火，翘起的胡须颤抖着，像头激怒的公牛。他手中的扫帚，对着菊花又举了起来:"打!打死你这不要脸的东西!"

菊花和王铁牛跪在地上,铁牛的双手被麻绳反绑着,额头肿起鸡蛋大的乌包,几道指印把个俊脸弄得像京剧里的包文正。菊花也好不到哪里去,头发凌乱,颈子上搭着一撮扯掉的头发。衬衣翻卷,露出的背部青一块紫一块的。她勾垂着头,眼睛盯着自己的胸部,尽量不让人看到她的脸,她的脸红一阵白一阵,变幻着羞愧与惊惧。

当扫把快要落到菊花身上大施淫威时,杏花扑过去,抓住李朝阳手中的扫帚,哀求道:"爸,不要打了,不要打了,不管怎样说,四姐是你的女儿呀。"

"我没有她这样的女儿!放开!放开!"李朝阳一使劲,想夺回扫帚。可杏花岂肯放手?又说:"爸爸,这事就不要闹腾了,免得别人看笑话。"

"已经闹笑话了,还怕人家看?滚开,再不放手,连你一起打。"李朝阳发威了,与杏花各执扫把一端,夺来夺去,像拉大锯。李朝阳年过五旬,身体又有毛病,加之急火攻心,不几下就累得直喘粗气。他放弃扫帚,站在那里,怔怔地看着杏花,连杏花这么乖巧的女儿,居然也站到了对立场面。沮丧、酸楚、绝望的情绪涌来,他气急败坏地指着杏花:"你,也不是个好东西,跟她睡在一个房间,却装糊涂不问不管。"

李朝阳搬来一条高板凳往菊花面前一放,屁股落座,拿出短烟杆,右手从衣服口袋里摸出叶子烟,卷成烟卷,装进烟锅,就着洋火皮,刺的一声擦亮一根火柴,点着烟,嘬起嘴巴咂了几口,喉咙里咕噜一声,叹了一口气,说:"菊花,不是我心狠,你把老子的脸丢尽了!"

王铁牛觉得这事因自己而起,怎能把一盆脏水泼到菊花头上呢?这不愧对菊花吗?他说:"李叔叔,这事都怪我。"

"王铁牛,你这是在作孽呀。"张二嫂一直没吱声,见王铁牛还不识趣,愤气在胸腔一涌而上。"啪、啪"两声,王铁牛挨了两个耳光,张二嫂带着哭腔:"你糟蹋了我的女儿,叫她怎么见人呀?"

"都怪你这个瘪婆娘,下了一窝女娃子,过去说不起话不算啥,现在连头都抬不起了。"李朝阳接着话锋一转,把烟杆在板凳上一磕,警告道,"王铁牛,你听好了,今后再来勾引我女儿,老子砍断你的脚。"这话一出,菊花打了个寒战。

这时，王大献的老婆杨秀芹拨开人群，从门外闯进来，往屋里一站，两手叉腰："李朝阳，你们打也打了，骂也骂了，该放人了。至于谁在勾引谁，我们都蒙在鼓里呢。"张二嫂反问杨秀芹："难道是我菊花勾引他？"

"我可没这样说呀，那么，我问你，王铁牛守棉花田，你女儿跑到棉田去干啥？"杨秀芹这话问得张二嫂一时语塞。她又说："我再问你，如果不是我男人查岗发现这龌龊事，你们会知道吗？你们不会是睁只眼闭只眼吧？"

"你放狗屁！谁睁只眼闭只眼了？"张二嫂回击道。

"是狗在放屁？哼！铁牛的爹娘虽然走得早，可我是他婶娘，我看谁再敢欺负我的侄儿！"杨秀芹拉起王铁牛往外扯："跟二娘回去，走！"

王铁牛看着菊花，摇了摇头："她……我不走。"

"她，她什么？自己管自己的事。"杨秀芹硬是拽着王铁牛要走。

张二嫂从灶头上掖出一把菜刀拦在门槛上，发疯似的吼道："哼，糟蹋了我的女儿，不说个子丑寅卯，就想一走了之？没门！"

"凭什么要给你说个子丑寅卯？一个愿躺，一个愿上，谁怪谁呀？"杨秀芹拽着王铁牛还是不放，王铁牛试图挣脱，又怕用力过大伤了婶娘。

"都冷静一下。杨秀芹，你把铁牛松开。张二嫂把刀给我。"王大献夺了张二嫂的刀，说："你看你们，娃娃之间的事，咋弄得长辈们不愉快？"他狠狠地瞪了一眼杨秀芹，怨毒的眼神像要把他老婆戳穿。都怪这个疯婆娘，一出好戏让她给搅黄了。王铁牛虽然是王大献的侄子，却没把王大献这二叔当回事，只要自己占集体点便宜，王铁牛就会当众揭他的短。为此，王大献早已耿耿于怀了。刚才，王大献第二次去查岗，见窝棚没人，走到棉田附近，听到草树下的娇斥声，虽然声音不大，却能听得出是菊花的口音。王铁牛和菊花经常幽会的事，村里已有传闻，只是李朝阳两口子还蒙在鼓里呢。

王大献尽量没有弄出声响，怕惊动了现场。他心想：王铁牛这龟儿子干上好事了，睡了个水灵灵的姑娘。我王大献就没这个福气，偷个寡妇三婶快活快活，却被自己婆娘骂得狗血淋头！他说不清是羡慕，还是嫉妒，好一阵兴奋。突然，他收起笑容，暗骂道：龟儿子，稻草上睡人家的女儿够软和哟！

他一双牯牛眼迸出狡黠的光。

王大献向李朝阳家走去,边走边盘算:这龟儿子,平时尽跟老子抬杠,这回呀,你就等着挨揍吧!还有这个张二嫂老疙疙的,狗坐箢箜——不识抬爱,假装正经。老子几次吃她的闭门羹。这回,就让她等着出丑吧。王大献加快了脚步,夜风撩起了他敞开的汗衫,凉爽,舒适。

"王铁牛,你规矩点,我这当二爷的,难道把你管不了啦?"王大献的一石二鸟之计,刚刚演绎到高潮,半路杀出个程咬金,自己的老婆要把主角带走,还惹火烧身。这当儿,他不得不出场了,先给王铁牛一个下马威吧。

全场鸦雀无声,个个冷眼静观。靠算命养家糊口的何半仙站在窗下,双手抱在胸前,一副置身事外的样子。心里盘算着:你王大献飞扬跋扈,占了我姨妹三婶的便宜,还告发老子搞迷信活动,你能耐大哟,看你怎么处理你的侄儿。

"王铁牛,论家法,该废你那玩意儿;按国法,该送你去吃'劳保饭',你自己好好认罪吧。"王大献认为这次抓住了王铁牛的痛脚,就能降伏他了。

"哼!"杨秀芹扭过头去,扫了丈夫王大献一眼,两眼盯着寡妇三婶,指桑骂槐地说:"王大献,你那玩意儿才该废掉,免得有人心慌!"人们都咯咯地笑起来,只有三婶的脸红到耳根,一脸尴尬。

"蔡姐,赵书记去哪里了?这事该他管呀!像王大献这路货色有什么资格管这事?"挤在门口的春香对大队书记赵洪涛的老婆蔡鲜茹挤了挤眼。

"他呀,到公社开会去了。他就是在家,也不会管这事,人家年轻人的事管得了吗?"蔡鲜茹立即往人群外面挤,"春香妹子,走,回去睡觉吧。"

"杏花,去拿纸笔,叫这小子给你爹写个保证。"王大献望着杏花。

杏花纹丝未动,像什么都没听到,脸上露出古怪的神色。

"去呀!"李朝阳也朝杏花努了努嘴。

"王叔,写保证的事就算了吧。"杏花说完,转过头看着李朝阳夫妇,"爸爸,妈妈,铁牛哥和四姐彼此相爱,未必是件坏事。新社会不是提倡自由恋爱吗?常言道:'宁拆十座庙,不毁一门亲。'你们干脆就把他们的婚事办了,成全他们吧。"

"你们就成全我们吧。"王铁牛和菊花跪在地上的双膝朝李朝阳夫妇移动了一下。

"成全他们吧！成全他们吧！"几个年轻人鼓噪起来。

花狗子从门外走到屋子中间，边走边拍巴掌。掌声一停，就哈哈大笑，笑得直不起腰来。笑完以后，一把扶起王铁牛，解掉捆住他双手的麻绳。弯下腰，伸长脖子，鼓起圆溜溜的大眼睛，从脚看到脸。然后拍了拍王铁牛的肩膀，头颅一扬："王铁牛呀王铁牛，你是个人才啊，敢爱敢睡，痛快！"又回头表扬菊花："妹子，你没看错人，睡个觉算什么？为这样的男人，值得，值得呀！哈哈！哈哈！"

花狗子一阵大笑后，接连是一串冷笑，指着看热闹的人群，呵斥道："看什么？看什么？自由恋爱有什么稀奇？这又不是看西洋镜，全部回家！全部回家！"花狗子一身的蛮力，平常就爱打抱不平，一米八几的个子往人前一站，那威风真能唬住人。何况，大家心里都明白，这事本与自己无关，何必去招惹麻烦呢？于是，大伙儿一哄而散，各自回家去了。花狗子也随即离开了李朝阳的家。

谁也没想到局面弄成这样，王大献拉起杨秀芹："走，回去，别凑热闹！"心想把这烂事就留给李朝阳两口子吧。

花狗子的突然介入，虽然驱散了看热闹的人群，但他对王铁牛和菊花那番煽动性的赞扬，不仅没有熄灭李朝阳夫妇心中的怒火，反而句句刺痛了李朝阳和张二嫂的自尊心。李朝阳的脸窘成了猪肝色，他指着菊花大发雷霆："你已经被花狗子、王铁牛这帮二流子彻底带坏了！"说完又扇了王铁牛一个耳光，吼道："你，给老子滚出去！"接着连推几掌，将王铁牛推倒在门外。

张二嫂也冷哼一声："王铁牛，你想娶我女儿，回去找个镜子照一下，看自己配不配！"

"铁牛哥！铁牛哥！"菊花见李朝阳哐的一声关了门，惊呼了两声。

"你张口一个铁牛哥，闭口一个铁牛哥，中邪了吗？她娘，干脆把她关到仓里去，免得又去跟那龟儿子鬼混。"

菊花被李朝阳和张二嫂手忙脚乱地弄到木仓里。木仓是农村防备鼠害、贮藏粮食的小仓库，面积不过两个平方。仓中就剩下四五十斤稻谷，除了几口装杂粮的瓦缸放在仓角，几乎空空如也。蚊子嗡嗡，小飞虫胡飞乱撞，不断碰着菊花的脸庞。仓里还弥漫着令人窒息的霉气味。

　　菊花像个罪犯一样蹲在仓角，背部靠在粗糙的板壁上，双手捂住自己的脸，头脑昏昏沉沉，四肢瘫软成一堆烂泥。粮仓的门板，一扇一扇关进匣槽，随着最后的"哐当"声，透进来的一丝灯光消失了。留给菊花的只有狭小的黑暗世界，黑暗击碎了她微茫的希望，她像坠入了万劫不复的炼狱，被无数个厉鬼撕咬。

　　李朝阳关了仓门，余气未消，又骂了几句。

　　"爸，不要说了，回房间睡觉去吧，明天还要出工呢。"葵花看到刚才那阵仗，心里有些后怕。王铁牛的哥哥王春牛入伍之前，自己也曾跟他偷偷约会过，幸好没被父母发现。现在菊花与王铁牛就是前车之鉴，想到未来，她眼前一片渺茫。刚才，她躲在一旁，大气也不敢出，这当儿，看气氛有所缓和，才回过神来。

　　屋里空空落落，死一般的寂静。几只夜蛾子轮番扑到煤油灯上，尝试火苗的温度。夏夜的风抓住机会，从窗口嗖嗖地吹进屋子，夹杂着一股棉桃味，带来一声邈远的鸡啼。

3

闷热的中午,张二嫂打开仓门,一股热浪迎面扑来,她扶起双手抱胸、低头蹲在角落里的菊花:"孩子,爸妈都是为你好,刘涛虽然傻一点,可人家多好的家境呀,有福你不去享,偏偏要跟王铁牛……唉,妈不想说了。"

刚刚走出粮仓,菊花撒腿就跑,直奔驷马河而去……

被杏花救起的菊花,不吃不喝,在床上接连躺了几天。那天晚上,父母差不多折腾了一个通宵,一波又一波的羞辱和恐惧让菊花顾不上疼痛,这阵才感觉到浑身难受。天一黑,万籁俱寂,地面经过白昼的烈日炙烤,已经变得异常燥热。她努力舒展身子平躺床上,希望借助篾席的温差散去一身的热气,破烂的篾席带给她的却是阵阵刺痛,汗水的盐分又推波助澜,捣鼓得正在结疤的伤口火烧火燎。她干脆翻了个身,褪去长裤,把光腚对着窗口,驷马河的风伸出凉冰冰的舌头,温柔地舔舐着她。菊花感觉痛楚减轻了些,回味着王铁牛那晚的粗犷和温情,心里惦着他。

刚才,窗外的蛐蛐还在鸣叫,这阵子突然停止了歌唱。悄然而至的脚步声沙沙地响到窗前,人影徘徊,一个纸团在月光里一晃,像只飞蛾从高高的窗口飞进小屋,几乎是悄无声息。少顷,沙沙的脚步声又渐渐远去。

是他!菊花既紧张又惊喜,下床去捡纸团。对面床上轻咳一声,杏花侧身一卧,弯成弓形,不再有动静,装模作样地弄出此起彼伏的鼾声。菊花当然听得出咳嗽声里的警告意味,幺妹是怕自己又跟他野去了,再惹祸端,遭受皮肉之苦。爸爸的牛脾气,幺妹哪能不担心呢?

菊花展开纸团,是一张由旧报纸裁剪的字条,被弄得皱巴巴的,可能揣好久了。月光映在上面,模模糊糊能看到字迹:

菊花，原谅我。怪我一时冲动，弄得你挨打受骂。跳啥河嘛！你不能傻了。这辈子，我王铁牛就是你的男人。

菊花把字条按在胸口，胸口起伏得厉害，心脏的咚咚声像空旷山谷的回响。铁牛哥，你是个有担当的男人！他们打，能打死我的心吗？兴奋与感动拌和着酸涩的泪水，在菊花的眼眶里打转转。铁牛哥，这事不能怪你，那天晚上，我同样也很冲动。我臊了李家的皮，他们爱打就打吧，我无怨无悔啊！放心吧，我不会再犯傻了。月光似乎明朗起来，静静地泻在闺房里，泻在床头上，把一个躁动的灵魂裹在迷离的光雾里。她难以成眠，脑海里又晃动着王铁牛的身影。

那天晚上，当"梆梆梆"的梆声穿过驷马水乡的夜空时，菊花躺在床上，静静地等待着。

梆声在宝元山的峭壁上回荡，雄浑而悠长。被惊醒的青庄鸟从栖息的高柳上冲天而起，"嘎——嘎——"地叫着，成双成对地绕着驷马河和两岸的棉田盘旋几圈后，飞向河的上游，躲进神秘而梦幻的月色中。

白天打梆是生产队集体生产出工收工的信号，可这大半夜打梆又是为了哪般呢？

梆声是从棉田那边传来的，打梆人用梆声驱赶偷食棉桃的拱猪子（猪獾）。时值阴历七月，嫩绿的棉桃挂在枝丫上，肥硕多汁，正合拱猪子的胃口。这家伙白天躲在洞里睡觉，夜深人静的时候，就溜出来偷食棉桃，一个晚上就能糟蹋一大片棉花。

生产队在一块棉田的地角搭了个窝棚，派王铁牛守棉花。窝棚搭在五棵柳树间，四棵柳树作立柱，树条作支架，茅草盖顶。另一棵柳树上挂着梆，刚才那梆声就是这里发出的。

王铁牛点燃马灯，往草棚一照，看到一堆苞谷秆占据了大半空间，一张破烂的篾席铺在上面，刺鼻的霉味熏得他胃里一阵翻腾。

这不就是弄的个狗窝窝吗？还睡什么人哟！王大献呀王大献，你和三婶、何半仙三人忙活两天，就弄这么大点事？居然记了六个工！你们尽吃欺头（捡便宜）哟！

　　说曹操曹操就到，王大献鬼魅般突然出现在眼前，他绕着窝棚转了一圈，说："铁牛，别睡大觉哟，拱猪子吃了棉桃，老子扣你工分！"原来，他是来查岗的。

　　"二叔，我晓得！"铁牛有点不耐烦。这里夜蚊子吵得像蜂桶，多得碰脚杆。他从草棚里拿出白蒿捆成的火把，划了根火柴，点燃火把，吹熄明火，火把白烟袅袅，熏得嗡嗡乱叫的蚊子像躲瘟神，没有了刚才的猖狂劲。

　　王铁牛冲着王大献远去的背影，骂道："老子白天出工，晚上还要守棉花，你咋不来守？你当队长体面些吗？"

　　他往篾席上一躺，身下的苞谷秆窸窸窣窣一阵响。他还不解恨，又骂了一句："这年头，凭工分分粮分钱，你这狗娘养的却说要扣我工分，老子喝西北风？"

　　骂完后，王铁牛窝在肚子里的火熄灭了。他突然觉得有点不对，王大献的老娘是谁呀？不就是自己的奶奶吗？奶奶是狗，那我是什么？王铁牛举起右手，扇了自己一巴掌，正好扇死了脸上的蚊子，血滴和尸体沾在手掌上。

　　躺了一会儿，他无法入睡，也不能入睡。心想：棉桃到了关键时期，如果让那畜生吃了，太可惜，生产队里的人想添新棉衣又成泡影了。他干脆爬上一块大石头，吼了几句："打拱猪子哟！打拱猪子哟！"这完全是在虚张声势。他又去棉田巡视了一番，故意弄出大的响动，不是拍手就是跺脚。估计拱猪子听到声响，早已逃之夭夭，遁影潜行了。

　　几个小时后，下弦月弯成美丽的弧线，爬上东边的山脊，像半只睁开的眼睛，躲在那排树影后面，一边悄悄地注视着驷马河沿岸，一边慢慢向上方的云天移动。棱角分明的棉田沿着河岸呈梯级铺开，暗绿色的棉株高低错落，裹一身清辉，迷蒙、缥缈，暗影重重，似乎隐藏着什么秘密。除了驷马河的水打着酣甜的呼噜，一切都阒寂无声。

　　当月亮快升到东边山梁那株最高的树上时，王铁牛来了精神，双眼亮得像两颗发光的宝石。他伸了伸胳膊，提提精神。胸前那发达的肌肉绷得很紧，月光照在上面，显示出满满的活力。

他从梆的肚子里拿出两根尺把长的棒槌，紧了紧拴在腰间的草绳，浓眉飞扬，挺胸抬头，棒槌在梆面上捶打蹿跳，激越的梆声又一次从梆的腹部飞出。是在警告拱猪子？还是在宣布他没有离开岗位？或是在传递什么信息？

这时，弯月跳上了树梢。梆声戛然而止，一切归于寂静。王铁牛目光如炬，投射在通往棉田的小路上，一个熟悉的黑影跃入眼帘。王铁牛无比兴奋，踏着月光，迎了上去。

"菊花，你真好！"

"好啥？快走，去窝棚。"菊花说。

"不行，怕二叔查岗。"王铁牛声音压得很低。

"那去哪里？"菊花怔怔地问。

"跟我来。"铁牛拉着菊花，走过一条田埂，来到棉田塝坎。塝坎紧靠棉田有块平地，中间长了棵桶口粗的柳树。去年，菊花的父亲李朝阳把队里分的稻草扎成捆儿，一捆一捆地围着那棵柳树堆码，拴牢。堆好一层，压实；再堆一层，压实。一直堆完为止，堆成差不多成年人高，弄成圆柱形。顶部再用糯稻草把儿扎紧覆盖，能够遮挡雨雪就行了。农村人把这叫草树，贮存稻草，留作冬季饲草紧缺时喂牛。可没有想到菊花家年前碾米，牛被累死了，这一树稻草原封未动。

几把稻草往地上一垫，两个兴奋的灵魂背靠背坐在草树下。身后的土塝坎挡住了来自村庄的视线，前面是齐腰高的棉花墙。坎与墙围成一个隐秘空间，月色微茫，两个热恋的人更加放任与大胆。除了夜虫的鸣叫，就只有两颗怦怦跳动的心。

"李叔和张姨该不会发现吧？"

"不会，我从后窗走的。"

"杏花也不晓得？"

"前几次就知道了，她说要替我们保密。刚才，她好像睡着了。"

这时，河沿传来一声怪叫，像是毛狗衔着兽骨含混不清的呜咽声，令菊花毛骨悚然。她转过身子，抱住铁牛的腰，偎依过去，说："好吓人！"铁牛顺势揽住菊花，安慰道："莫怕，是毛狗。"

菊花又挪了挪身子，干脆躺在铁牛的怀里，仰望星空，喃喃地说："铁牛哥，我父母不准我俩搞对象。爸爸说只要发现我往你家里跑，就打断我的腿。"铁牛默不作声，替菊花驱赶蚊子，篾笆扇一个劲地摇着。

"铁牛哥，父母逼我跟刘涛这傻子结婚，彩礼都收了。你拿个主意吧！"月光下，菊花的眸子像驷马河的水一样明亮。她见王铁牛默不作声，眼泪涌出眼眶，聚在眼角，顺着两颊滑落到铁牛的左手腕，冰凉冰凉的。铁牛突然放下扇子，腾出右手紧紧抱住菊花丰满的胸膛，身子微微颤抖，说："刘涛是公社副社长刘良诚的儿子，虽傻，可人家有钱有势呀。老子不就穷光蛋一个吗？"

"铁牛哥，他有钱有势又咋的？我才不稀罕！"菊花噘起嘴巴。

菊花猛然侧过身子，脸贴到铁牛健硕结实的胸肌上，手指抓住铁牛硬朗温热的脊背。力量和烈火透过她的指尖，传导到心坎，在撞击，在燃烧。"吧嗒"一声，菊花亲了铁牛一口，撒娇地说："我偏要跟你这穷光蛋！"

铁牛低下头，吻她的秀发、额头、脸颊、眼睛、鼻子，还有嘴唇。双手捧着菊花的酥胸像在寻找什么。菊花呻吟了一声，双手箍住铁牛壮实的身体。

"铁牛哥，我是你的。"

"嗯。"

"别人抢不走。"

"嗯。"

"现在就给你。"

"嗯嗯。"

"哎，铁牛哥，你——"

草树下，菊花忙着穿衣扣纽扣。铁牛弓起脊背在草丛里寻找衣服。菊花踏了铁牛一脚，娇喝道："讨厌。"背过身子，仰望天空，织女好像朝她挤眉弄眼；月亮嘲笑她偷食禁果，只有翻飞的棉叶在轻风中一个劲儿地鼓掌。她羞愧地低下头，一身燥热任由劲道的夏风吹走。

4

清晨的驷马河一片静美，没有喧嚣。上游的水声，邈远而空灵，低吟浅唱，时隐时现。明镜一样的水面泛起不易觉察的波痕，像少女额头上那浅浅的愁绪。

天刚开亮口，杏花和张二嫂就来河边洗衣服，巨大的浣女石上还无其他人来，只有水鸦雀在上面蹦蹦跳跳，忙着觅食。

张二嫂挽起裤子，往水里一站，把木盆里的脏衣服倒进河水里，用脚踩几踩，说："杏花，洗快点，洗了好回家，妈不想见到那几个爱嚼空话的女人。"

菊花的事的确给张二嫂带来不少困扰，她一味地躲着别人，就像偷了人家的东西，一张老脸无处搁。杏花虽不以为意，但生活在这个唾沫星子都可以淹死人的村落里，四姐的事让她也无法全身而退。何况，她十九岁时就爱上了学校音乐老师杨松柏，弄出的风风雨雨还未平静呢。可是，一个充满梦幻的少女，内心始终被阳光朗照着呢。她安慰张二嫂："妈，四姐那点事，别人爱怎么说就怎么说吧。我们装着看不见，听不懂好啦。"

杏花蹲下身子，抓起搓好的红衬衣放进河水清洗。这是村里抽派她临时加入驷马水乡文艺队参加县上演出时，领队杨松柏老师奖给她的，她独唱的《泉水叮咚响》夺得了全县文艺会演一等奖，给驷马水乡争了光。虽然衬衣现在早已打了好几个补丁，她却舍不得扔掉。那次，杨老师把她带到百货商场，指着这件红衬衣说："杏花，你不要老穿那些灰绿蓝了，这颜色才配得上你的名字呀！"

她穿上红衬衣，往试衣镜前一站，乡巴佬的土气顿然消失得无影无踪。她朝镜子里的人抿嘴一笑，又冲杨松柏扮了个鬼脸："杨老师，干农活的就这样子，哪像你这教学先生嘛！"

红衬衣在河水里荡着、荡着，让浮出水面的皂荚泡泛起五颜六色的光彩，漂移着，渐渐消散，红衬衣变得鲜亮惹眼，像掉入水中的一片红霞。杏花哼起了歌词：

  泉水叮咚，泉水叮咚
  泉水叮咚响
  跳下了山岗
  走过了草地
  来到我身旁
  泉水呀泉水
  你到哪里，你到哪里去
  唱着歌儿弹着琴弦流向远方
  ……

"杏花，你哪个这么不懂事呀，还有心思唱歌？"张二嫂从水里捞起一条裤子，拧了水放入木盆，重重地叹了一口气，"嗳，你四姐臊这么大的皮，你不怕人家讥笑呀？"

"妈，唱个歌算啥？你听但丁怎么说的。他说：'走自己的路，让别人去说吧。'"

"什么蛋羹不蛋羹？读书没学个好的，尽捡些莫名其妙的话！"张二嫂又捞起一件衣服，拧了拧水，说："你看你蔡鲜茹阿姨生那儿子多争气，哪像我生的你们这几个？"

蔡鲜茹就是大队书记赵洪涛的老婆，他们有个儿子在部队，听说已经当上连长了。他是杏花高中时的同学，叫赵晓军，一直在跟杏花通信，杏花也佩服他，对他存有好感。

她看了张二嫂一眼，张二嫂正牵起衣角揩眼泪，"几个"二字有些沙哑，塞在喉管里，差点发不出声来。以前的张二嫂，粗喉咙大嗓门，走路咚咚响，整天乐呵呵。可这阵子，四女儿的事弄得她处处小心，低人一等，多么压抑和委屈啊。杏花好生伤感,她动情地说:"妈妈,别难过了,我们会像赵晓军那样争气的。"

"赵晓军?他最近给你写信了?"张二嫂见杏花没回答,又叮嘱道,"别忘了给人家写回信哟,这孩子我们知根知底,看着他长大的。我看他对你有情有义呢。"张二嫂突然抬起头看着杏花,眼里闪起亮光。

"妈——你说些啥呀?你咋总是把赵晓军往我头上扯呀?我都跟你说好几遍了,人家只是我的同学,其他八竿子都打不着。"杏花没好气,心里嘀咕道,"人家杨松柏老师对我才叫有情有义嘛。"

说起杨松柏,一段少年时的记忆又浮现在杏花脑海。

那年,高中毕业的杨松柏带着伤感和憧憬告别了山城重庆,插队落户驷马水乡,随他而来的还有表妹张丽芳。古老的山城留给他诸多的不舍。可是,人生路上,没有唯一的选项,有时由路不由人。他们被知青安置办戴上大红花,送到驷马水乡。

驷马水乡端出了春天的盛宴,给他俩接风洗尘。春风似有似无地吹送着,浸润着驷马河的水汽,含着花儿的馨香,拂去了他心头的离愁。驷马河倒映着婆娑的杨柳、醉人的蓝天和白云,像水乡人的盈盈笑脸。春燕的呢喃、水鸭的欢唱给了他俩水乡的温情。他们陶醉在这绝美的乡村风景画里。

张丽芳被生产队安排在李家大院居住,与杏花家门对门,窗对窗。二人年龄虽然相差好几岁,但很快就好上了,无话不谈,比亲姐妹还要亲密。

杨松柏被安排在张家大院,"五保户"张婆婆主动腾出一间屋子,让杨松柏住下。屋子三十来个平方,土墙瓦房,前后有窗,虽然破旧,但采光好。他带着"广阔天地炼红心,扎根农村志不移"的美好情怀,像一只离娘的雏鸟在这里栖息下来。屋子似乎飘散着花儿、草儿一样的新鲜气息,是他筑巢安居的丛林。

村子里突然冒出两个外来客,小孩们都跑来看稀奇,杨松柏的门口人头攒动。一双双好奇的眼睛骨碌碌地转个不停,看他坐、看他立、看他说话、看他走路。面对来自重庆的知青,像欣赏一只罕见的大猩猩。

杏花刚满十二岁,穿着褪了色的土布红上衣,从山里采蘑菇回来,挤到人群的最前面，探头探脑望了望，脸涨得像红高粱，眼睛又大又圆，精巧的小鼻蛋渗出细小的汗粒。她从小竹篮里捧出一簇野蘑菇，交给杨松柏："哥哥，这是三白菇，高粱地里捡来的。你拿去煮汤吧。"话刚说完，转身就跑开了。

"小妹妹，你叫什么名字？"野蘑菇像雪白的蝴蝶栖息在杨松柏的手里。

"我叫杏——花！"声音又尖又亮，她已经跑到了墙的转角处，一蹦一跳，两条小辫子摇得像要飞起来，红衣服如燃烧的火焰。

"杏花，你在想啥？看你就像丢了魂似的。"张二嫂把木盆轻轻敲了一下，杏花才回过神来。刚才，她手提那件红衬衣，呆呆地站在浣女石上，红衬衣不断地滴着水。

这时，太阳骑上了东山的脊背，把一缕缕金丝银线抛到驷马河西岸，织出斑斓的彩绸。沿岸而生的河柳，婀娜多姿，像披着金色纱巾的新娘。

村里的女人们踏着阳光，叽叽喳喳，嘻嘻哈哈，像麻雀闹林，兴高采烈地来河边洗衣服了，少说也有十几人。隔着一片繁茂的柳树林，老远就听到了她们放浪的笑声、说话声。

"你说怪不怪，白天看见狗连裆（交配），晚上竟然有人在踩蛋（鸡的交配）。"

"哈哈！哈哈！"一阵快活的笑声。

"何嫂，你那尻墩子（屁股）扭得那么圆，也想踩蛋了吧？哈哈。"

"这伤风败俗的龌龊事，也只有那号货才干得出来。"

"是呀，早知道是那号货，生下来，她张二嫂就该两脚把那货踩死算了。"

这些话的粗俗和挖苦的程度，杏花心中当然有数，她第一次感受到人言可畏！难怪妈妈那么委屈和无奈。她十分气愤，想冲过去分辩几句，她四姐又有什么错呢？即使有错，又能错到哪里去呢？岂可用那么恶毒的语言对她？不过，她知道这样冲过去，肯定会遭到迎头痛击，甚至伤得体无完肤。忍！只有忍，装着没听见。她斜着眼角睃了张二嫂一眼。张二嫂也在忍，脸涨得通红。抓起衣服在水里一个劲儿地搓呀搓。

"别说那么难听好不好？你们这张嘴呀，越说越不像话。杏花说了，菊花是自由恋爱，关你们屁事！"春香的话里带着批评。

"杏花？我看她也不是什么好东西。听说抽派她到驷马水乡文艺队培训，培训后就去县上会演，这期间她就缠上了领队的杨松柏老师，姓杨的还给她买了衣服呢。"何嫂一脸鄙夷神色。

"不要污蔑杏花，杏花已到年龄了，谈个恋爱也正常，何必大惊小怪！"蔡鲜茹发出了警告。

"是呀，菊花有错，关杏花啥事？人家杏花有文化，又勤快。你们可不能一竹竿打一船人！"有人附和蔡鲜茹的话。

这几天，菊花的事成了她们谈论的热点，仿佛话题一丰富，日子就活色生香了。妇女们你一言我一语，说说笑笑就到了浣女石。十几只木盆哐当哐当地放下，十几双手唰唰唰地忙碌起来。

"你看这么早杏花娘儿俩就把衣服洗完了。"何半仙的老婆杜群兰朝何嫂努了努嘴。

"哎哟哟，杏花这闺女好有出息哟！张二嫂，你好有福气呢。"何嫂到底是奉承还是讽刺，只有她自己才清楚。杏花知道她是出了名的长舌妇，轻轻冷笑一声。

"有的人当面是人，背后是鬼。哼！"张二嫂端起木盆，"杏花，我们走！"母女俩一前一后，匆匆离开浣衣石，往村子里走去。

刚到家门口，听前屋有人说话。一张大桌子，四条高板凳拱卫在四周。北面坐的李朝阳，南面坐的刘良诚。

高个子、阔腰身、一脸麻子的刘良诚，之前就多次大驾光临杏花家，这给李朝阳长脸不少。李朝阳满面春风，像个喜乐神。

刘良诚又带来了紧缺物资：一条"红塔山"烟、一大包白糖、几斤盐巴。这些东西没有供销社领导批条子，是买不出来的。排在桌子上，熠熠生辉，格外晃眼。

今天的李朝阳有些异样，乜斜着眼，飞快地瞄了下桌上的东西，喜色让位给惶恐，退出那张憔悴焦黄的脸。枯黄的烟嘴被失去血色的噏成锥形的唇片包裹，上下两条弧线一紧一松，棱角一隐一现，一个劲儿地吐着烟圈。面对未来的亲家，他不苟言笑，似乎这烟才是他的亲家。

刘良诚主动打破沉默，端起笑脸："老李呀，菊花的事我已经听说了。年轻人做点糊涂事，也没啥关系嘛。何况，她是被人欺负的呢。"

李朝阳摘下烟杆，惊喜从他脸上的沟壑里羞答答地爬出来："刘副社长，你真的这样认为？"

刘良诚点了点头，说："亲家，你咋还这么客气呢？我们都是亲家了，喊我亲家多顺耳呀。"

"对对对，喊亲家。其实，这事就怪那个王铁牛，死皮赖脸，缠住我女儿不放。我和她妈阻拦好多回了。"李朝阳说。

张二嫂晾完衣服，挨着丈夫坐下，接过话茬："亲家，你们真不嫌弃菊花？"

"不会的。"

"你儿子刘涛怎么看呢？"张二嫂又补了一句。

"他说非菊花不娶。我那刘涛呀，跟我一样，特别重情。他不管菊花的过去，只要婚后能相爱就行了。"刘良诚最后那句话意味深长，或许在警告菊花婚后不要旧情难忘。

"那当然，婚后肯定相爱。"李朝阳和张二嫂几乎同时答道。

谈到这里，菊花突然从里屋跑出来，披头散发，面容憔悴。她扑通一声跪在地上，扯住李朝阳的衣角，风干的泪痕又湿润起来："爸爸，我不会跟刘涛结婚的，求你别逼我！"李朝阳头一扭，满脸怒气，看也不看她一眼。菊花左右膝盖拖着小腿，一前一后，像拖尾巴蛆一样在地上移动，到刘良诚面前，说："刘叔叔，你放过我吧，我已经是王铁牛的人了。"

"不要脸的东西，狗坐筻箜——不识抬爱。王铁牛有什么好？穷光蛋一个，你麦堆堆偏要往糠堆堆里跳，老子打死你算了！"李朝阳抄起了扫帚又要打人。刘良诚抓住扫帚一夺，李朝阳差点栽倒在地，只好放手。

刘良诚仔细端详菊花一番："身上这么多伤，是亲家你打的吧？"

"不打不成器，哼！"李朝阳余怒未消。

"这可是我刘良诚未来的儿媳呀，让你打出毛病，不害了我儿子吗？必须警告李朝阳。"刘良诚想到此便说："亲家，孩子都这么大了，虽然是你生的，可动辄打人是不行的,这是犯法的事。下不为例吧。"

刘良诚关切地问菊花:"还痛吗?叔叔送你去医院吧。"

菊花摇了摇头,跑回自己的房间,趴在床上痛痛快快地哭了一场。

"亲家嫂,孩子要慢慢哄,急不得哟。"刘良诚对张二嫂说,"今天,我是来扎期(订婚期)的,可是,菊花还没想通。你们母女连心嘛,好好劝劝她,早点把婚期定了。"

"亲家,你放心,这事由不得她,还不是我们说了算。"李朝阳抢过话题,摆出一副胸有成竹的样子。

这时,杏花从里屋出来,刘良诚问她:"杏花,高中毕业多久了?"

"快满三年了。"

"还想不想读大学呢?"

刘良诚突然问起这个,杏花措手不及,说不想,那是在骗自己;说想,又不能遂心所愿,反而徒增伤感。她违心地摇了摇头。

"不想?听说你的成绩还算优秀,本该推荐去上大学。可是,有人说你……"刘良诚没有继续说下去,他长叹一声,"唉,可惜的人才呀。都怪我当时不了解情况。"刘良诚面露慈祥:"杏花,好好劝劝你姐姐,做我刘家的儿媳不会吃亏的。至于你读大学的问题,也不难办到哟。"

"亲家,杏花毕业这么久了,还可以上大学?"张二嫂又惊又喜,半信半疑。

"当然可以呀。不过,要等到秋季招生,才能把杏花推荐上去。"

"等就等呀,转个眼就到秋季了。亲家呀,全靠你帮忙哟,太感谢了!"张二嫂喜出望外,从墙上取下围腰,抖了几下灰尘,往身上一系,准备去煮饭。

"亲家嫂,什么感谢不感谢,一家人就不说两家人的话。哎呀,今天,这期扎不了啰。菊花这孩子,有点不开窍,全靠你们了,过几天我再来看看。不过,我得重申一句:打人是万万不行的。"刘良诚说完就告辞了。

刘良诚走了,可他的话像弥散在阳光中的浮尘,升腾、降落、翻滚、悬停。浮尘进而变成有形的无形的网,严严实实地罩住菊花。连杏花自己也成了这张网上的丝,还有李朝阳、张二嫂,都是丝。

晚上,李朝阳开了个家庭会,已经出嫁的大女儿桃花和大女婿张强、二女儿菜花和二女婿何大民都被叫回来了。麻子打哈欠——全家动员。会议的主题——逼菊花成亲。

李朝阳换上一副慈祥温和的面孔，来了段开场白："我找大家来商量菊花的亲事，你们有啥看法就说出来。我给菊花道个歉，爸爸不该打你。"

菊花泣不成声。

张二嫂接着发言："菊花，妈妈知道你喜欢铁牛。可是，你想啊，铁牛无爹无娘，从小就没人管，散漫惯了，怎么兴得起一个家呀？"

李朝阳咳了一声，清了下嗓子："菊花，铁牛无依无靠，有个哥哥，又在外面当兵。将来你有了孩子，谁帮你带孩子呀？"

菊花揩干眼泪，默不作声。

李朝阳又来劲了："铁牛家除了四面土墙，啥都没有。杏花你是读书人，你用个词儿看看。"杏花鼻子一皱，冷哼一声，芳唇轻启："家徒四壁。"

"对呀，家畜四匹，你跟着他受穷挨饿吗？哦，不对头，他家哪有家畜嘛，猫都没养一只！"李朝阳的脸再次阴沉下来。

杏花忍不住低头一笑，李朝阳狠狠地瞪了杏花一眼。吧嗒吧嗒，过了几口烟瘾，烟锅儿在板凳上磕了几下："人家刘涛，家境富裕，父亲又是当干部的，要钱有钱，要势有势。孩子，你嫁过去，那可是吃香的喝辣的哟。"

"是呀，四妹，你嫁给刘涛，我们也傍着你沾光。你姐夫，一个小小的民兵副排长，芝麻大点官儿。若他能得到你公公的提拔，那可就不一样了。"大姐脸上露出了灿若桃花的笑容，像开在春风和煦、艳阳朗照的三月天里。

"四妹，你就听我们一句劝吧。"大姐夫语气冷淡，像在应付了事。接着二姐菜花夫妇也立马表明支持父母的意见。

葵花性格内向，平时三天不说九句话，今晚，自始至终一言不发。其实，她内心正经历着一场波翻浪涌。她跟王铁牛当兵的哥哥王春牛已经恋爱两三年，之前，也曾遭到父母的反对，少不了一些明来暗往，只是没有像菊花这样闹得满城风雨。王春牛去部队服役后，她只能揣着书信，兴奋到天亮。眼下，爸爸这样虐待四妹，是杀鸡给猴子看呀。她既羡慕四妹的勇气和胆量，又为她甚至是自己捏着一把冷汗。

葵花仰着头，张着嘴巴，望着屋顶，一只黄褐色的蜜蜂落入蛛网，嗡嗡地哀鸣，腹部和足被蜘蛛网粘住，双翅竭力扇动。肥硕的黑蜘蛛，守在蛛丝织就的巢穴门口，兴奋地等待最佳伏击时机。银灰色的蜘蛛网随着蜜蜂的挣扎而晃荡起来。

"唉！"葵花轻轻叹了口气。

蜜蜂振翅的频率越来越高，它不想屈服于命运的安排，四条腿又抓又刨，蜘蛛颤颤悠悠，蛛网被蜜蜂弄出个破洞。脱逃的蜜蜂唱着得意的歌，在屋顶绕飞几圈，突然一个俯冲，穿越窗口，在夜色中消失得无影无踪。

葵花长长地舒了一口气。

劝说的人都尽量找足理由，诋毁铁牛，赞扬刘涛，让铁牛在菊花心中的形象被彻底击溃，刘涛的形象被完美塑造。

李朝阳示意杏花发言，杏花说："爸爸，婚姻大事应该听听四姐自己的意见。""自己"二字说得格外响亮，掷地有声。

李朝阳面色一沉，嘴唇紧闭，像落下了沉重的话闸。他瞪着眼睛，目光从菊花身上挪到杏花身上，又从杏花身上挪到菊花身上，冷冰冰地定格下来。菊花双手捧着头，肘部搁在桌子上，身子像缩进弓形的壳里。

"菊花，你想通了吗？"李朝阳到底开口了。

菊花欲言又止，泣不成声。

"菊花，你不吭声，说明你想通了。明天我就把你和刘涛的婚事办了。"

"不！不！我不！我宁肯去死也不嫁给一个傻子！"菊花伏在大桌子上的"壳"一下站了起来，头一甩，蓬乱的秀发像飞舞的马鬃，露出一脸山撼不动的神情。

"那就依不得你了。把她关到仓里去，免得她又去找那龟儿子！"李朝阳暴跳如雷，没想到，平时逆来顺受的四女儿，竟然油盐不进。

"爸，妈，四姐嫁给一个傻子，这不等于是往火坑里跳吗？正常人跟傻子怎么过活一辈子呢？"杏花终于站出来为四姐说话了，挨打还是挨骂，她顾不了那么多，她大胆地提出了自己的看法。

"好哇，你们合起来唱反调，那我替你们走！"李朝阳拿起烟杆，进了歇房屋（卧室）。

　　这一夜，李朝阳家出奇安静，除了灶鸡鸡（蟋蟀）在灶墩上高一声低一声地嘶鸣外，一切都归于寂然。一家子早早地躺下了。大家各自躺在床上，睁着眼睛想心事。

　　张强、何大民和李朝阳睡在一张木床上，李朝阳叫女婿们睡里面，他说自己晚上爱起夜，睡外面方便些。一床多年的麻布罩子（蚊帐），严严实实罩住木床，两根竹罩竿绑在房檩上，把罩子撑得方方正正。尽管蚊子在罩子外围蜂桶似的喧闹，男人们还是很快进入了梦乡。疲劳和烦恼掀起的鼾声，在热气和汗臭中时高时低，像酣甜的夜曲。

　　黎明，张二嫂一觉醒来，望着房顶。亮瓦照进熹微的天光。狗在外面惨叫，先是凄厉的一声，从牛圈那边传来，接着由急到缓，由高到低，一路"汪汪汪"地呻吟着过来。张二嫂打开房门，狗已到门前，拖着左腿，一拐一瘸。啥情况？她一脸狐疑，跑到牛圈那边去看看究竟。不看不知道，一看吓一跳。房檩上，直挺挺地吊着一个人。

　　"菊花，快来人呀！有人吊喉（上吊）哟！有人吊喉哟！"张二嫂声音打战，全身筛糠。

　　"是——我——"上吊人喉咙里像在冒水泡，话是从水泡里煮出来的，含混不清。

　　"啊，是朝阳呀？"借助熹微的天光，张二嫂看清了自己丈夫的面容，那张表情古怪的脸被阻滞的呼吸弄得十分痛苦。她一把抱住丈夫的双腿，使出吃奶的力气，往上举，嘴里哀号着："朝阳呀，你咋寻短见呀？都这把年龄了，有啥想不开的啊。呜呜。"

　　菊花、杏花、葵花、桃花一干人赶到牛圈，抱起李朝阳，把他放下来，七手八脚地把他抬回歇房屋，躺在床上。

　　这牛圈没有拴牛，闲置一年多了。农具放在里面，家里的黑狗也卧在里面。刚才，李朝阳搬来板凳，踩在上面，把一根牛鼻绳挂在房檩上，勒着颈子，双脚一蹬，板凳倒地，刚好砸在狗腿上。他脚一悬空，牛鼻绳就吊着颈子了。

　　"爸爸，爸爸！"菊花抱着李朝阳，呼唤着，撕心裂肺地哭着。半圈紫红的勒痕嵌在颈子上,格外扎眼,令人痛心和后怕。爸爸与土地打了大半辈子交道,累死累活,也难换来一顿饱饭。生了幺妹杏花后,便做了绝育手术,割错了部位,落下严重的后遗症,身体三天没有两天好。这次,要是有个三长两短,自己就罪孽深重了。

"菊花,让爸爸去死吧。我们收了刘家那么多的礼品,怎么还得起呀?"李朝阳一脸悲苦。

"爸爸,你别说了。"菊花跪在床前,声音哽塞。一阵急剧的呼吸后,她说:"我答应你,跟刘涛结婚!"她突然觉得天昏地暗,身子一歪,摇摇欲倒。杏花连忙扶住菊花:"四姐,你……"

"菊花,嫁给刘涛不是坏事,不是坏事哟。"李朝阳喜出望外,沉吟着,没有想到自己的苦肉计居然奏效了。只是,蹬板凳砸狗是一着险棋呀,要是砸不中,没有狗去报信,后果不堪设想。他内心好一阵惊悸。

5

杨松柏插队驷马水乡后，张婆婆的生活多了些生机，添了些色彩，孤独与颓唐也渐渐远离她了。

张婆婆是一位无儿无女的孤苦老人，靠给生产队称粮、打油、缝衣服过日子。虽然已六十多岁，可头上的白发并不多，脸上也只有些浅浅的皱纹，走路利索，腰杆挺得笔直，看得出她年轻时是个能干的女人。杨松柏住进她家，她没把他当外人，有意无意地承担起"家长"的责任。

她找来打灶的师傅，对杨松柏说："这是队里的王石匠，灶打得好，扯风，火劲足，煮的饭味道好，你要怎么打就给他说。"

王石匠挎着个木制的工具箱，拎一把铁锤，五十上下，人挺干练，咧着个厚嘴唇笑了笑说："杨同志，灶打在哪个位置？怎么打？放一口锅还是两口锅？"

"哦，这个我真不懂。王师傅，你看着办吧。"重庆人做饭用火炉子烧蜂窝煤，对于柴灶一事，杨松柏一窍不通。

"好吧，我就参照张婆婆家的灶给你打。"王石匠说完就忙活去了。

平时，一日两餐，红苕、洋芋、南瓜当家，豆瓣、酸菜汤也能待客。今天，张婆婆破例煮了顿中午饭，芹菜炒腊肉，椿芽炒嫩蛋，煮的白米干饭。这已经是扫仓刷缸的标准，够奢侈的了，有点像过年。

张婆婆往王石匠和杨松柏碗里夹肉，说："没什么炒的，就委屈你们了。"

王石匠吃得有滋有味，喉咙里咕噜咕噜咽东西，尽拣好话说："婆婆，这么好的菜，我们当打牙祭了。"

张婆婆看了一眼杨松柏，说："孩子，我这里可比不得你们大城市，吃得习惯不？"

杨松柏点了点头："婆婆，城里是定量买米，凭票打油、割肉，好不到哪里去。婆婆就不要客气了。"

张婆婆对他接着说："你的灶还没打好，要吃饭就上我家吃吧，别嫌我老太婆弄得脏。"

"婆婆，你不嫌我什么都不懂就行了，以后还要跟婆婆慢慢学呢。"杨松柏的话来得乖巧。

王石匠忙活了两天，灶就打成功了。灶墩由石材砌，由稻草节、牛粪、稀泥、石灰混合物糊，王石匠说这样打的灶越烧越紧实、坚固；灶台由薄石板铺就，平坦整洁，便于清扫；灶膛和灶门由石板腔成；灶墩里面装了个木制风箱，可以给灶膛吹风；一座由瓦桶连接的烟囱立于灶台，穿房而出。

杨松柏试灶煮饭，烟囱里吐出乳白色的炊烟。他右手握住风箱拉杆，一推一拉，风箱扑嗒、扑嗒地响，吹得灶膛里火噢噢地燃，蹿动的火苗欢快而温馨，灼热的温度扑面而来，给人力量、幸福和希望。锅里的吱呀声、风箱的扑嗒声、锅碗瓢盆的碰触声混响成美妙的音乐，拉开了杨松柏农村生活的序幕。

菜炒好了，张婆婆把锅铲放在盆子里："孩子，以后就要靠你自己煮饭了。在重庆，你们家谁煮饭呀？"

杨松柏洗了洗沾满炭灰的手说："我妈煮，爸爸有空的时候也会煮。我自己偶尔学习煮一顿。"

张婆婆接着问："小伙子，你爸妈是做啥子的？"

"他们都是教书的。"

"噢，你是知识分子家庭中的孩子。农村条件差，难为你了，不过，慢慢就习惯了。"

"婆婆，这里很好，我一来就爱上这里了。"

杨松柏的父母在同一所大学任教，父亲是作曲家，母亲是钢琴家，都是音乐系的知名教授，同事们羡慕地称夫妻俩为"连环马"。杨松柏从小就跟着二老学音乐，弹扬琴。

离开重庆时，父母把他送到汽车站，父亲语重心长地说："儿子，你已经长大了,好男儿志在四方,不要担心家里。前路漫漫,好好去吧。"父亲似乎预感到了什么,长长地叹了一口气,握住杨松柏的手说:"记住爸爸这句话,人就像树,只有扎下根,才能开出花,结出果。"

过了些时日,张婆婆看杨松柏嘴甜、腿快、招人喜欢,就把他当自己孙儿一样疼爱,婆孙二人伙食都开到一起去了。茶余饭后,张婆婆就讲自己的故事。

"二十岁的时候,我与何坤结婚刚满三天,就遇上抓壮丁,他被弄到部队当兵。1937年,何坤跟随川军出川抗日,将一口无极大刀使得虎虎生风,变幻莫测,劈、刺、挑随心所欲,杀敌犹如砍瓜切菜。有一次,正当他杀得敌人招架不住的时候,躲在树后的鬼子打来冷枪……"

张婆婆讲到这里,老泪纵横,泣不成声。

"我丈夫死后,提亲的踏破了门槛。我始终放不下对何坤的情感,只好出家到团寺山的团包庵削发为尼,焚香念佛,禅灯清影。后来,解放军同国民党残匪在团寺山打了一仗,我腾出几间禅房,安置解放军伤员,烧火做饭,洗衣刷鞋,护理伤员,还为阵地上的战士送饭送弹药。不久,解放军消灭了负隅顽抗的敌人,解放了驷马水乡。战斗中,团包庵被敌人的炮弹炸毁了一座神殿,我跑到山下四处化缘,修葺团包庵。想为新中国保存点文化遗产……

"后来,考虑到我年老无人照顾,政府把我接下山,改建了三间保管室供我居住。改建后的房子,墙壁由黄泥土筑成,麻雀把窝安放在墙的裂缝里,生儿育女,窝里长出来的软长软长的草茎垂挂墙上,随风摇摆;房顶盖着土窑烧制的土坯瓦,红的、黄的、黛青色的都有。算是驷马水乡当时最时尚最周正的建筑了。"

杨松柏入乡随俗,适应力强。他每天同队里的人一起,风里来雨里去,种田犁地,样样能干。一个五谷不分、把麦子差点认成韭菜的白面书生,很快就成了腰圆膀阔的种田"老把式",繁重的体力劳动锻炼出一身健硕的肌肉,也把他的内心世界打磨得像土地一样温厚、坦荡。

收工回来,杨松柏都会带点柴草给张婆婆烧火,水缸里没有水了就去挑满水。稍有空,就去张婆婆的自留地里晃悠,松土、除草、施肥,干得有板有眼,把地里的蔬菜侍弄得绿油油水灵灵的。以前这些事，生产队会安排人力帮张婆婆干。他这样做，为队里省去了许多事，所以，队长王大献在生产队的大会上表扬了他。

　　除夕的头天晚上，雪已经下了一个通宵。天亮了，雪还没有停下。雪花像九天飘落的梨花，飞扬着晶莹温润的春意；又像是御风而来的白衣仙女，给人间送来吉祥。山脉、平畴、房屋、树林都被积雪覆盖成白茫茫一片，驷马河两岸的河滩也是白茫茫一片，整个世界如冰雕玉砌。几乎呈静止状态的驷马河，像是谁用画笔在洁白的宣纸上随意勾勒的一笔淡雅的墨色。屋内沸反盈天，房顶炊烟袅袅，人们似乎忘记了寒冷，正忙着准备年饭。

　　大队书记赵洪涛带着队长王大献，到张家大院看望"五保户"张婆婆。点燃的鞭炮噼里啪啦地在雪地里一阵乱跳，爆裂的纸屑像撒在雪地里的破碎的花瓣，空气里掺杂着硝烟味一样的喜气。

　　"张婆婆，我们给您拜年来了，您老春节快乐啊！"赵洪涛把两斤挂面、一斤白糖放在了张婆婆的桌子上。

　　"快乐！快乐！哎呀，这怎么经受得起哟！挂面放在这里，这白糖嘛，可要凭票购买呀，这贵重的东西你们拿走，给那些过不起年的人吧。"张婆婆正在灶上炸酥肉，锅里刺啦刺啦，味道美妙至极。看客人来了，她放下筷子，双手在围腰上揩了揩，拉过一条长板凳，招呼客人坐下。

　　"张婆婆，这是公社统一安排的，您就别为难我们了。我们还要看看杨松柏、张丽芳两名知青呢。"队长王大献阴沉着脸，显得有点不耐烦。

　　张婆婆从茶瓶里倒了一盅子白开水，放上新鲜的蔹子叶（火棘果的叶片），泡着当茶水："你们喝口热水再走。杨松柏就在隔壁，我去叫他。"张婆婆连忙跑出去通知杨松柏，赵书记和王队长也从张婆婆家里跟了出来。杨松柏正在家里弹琴，听到张婆婆喊他："松柏，松柏啊，赵书记看你来了。"

　　"好呢，好呢。"杨松柏把赵洪涛和王大献迎进屋子。

　　赵书记穿着一件没有领章的打了补丁的军大衣，他抖抖满身的雪花，往板凳上一坐，高大的身躯像一座铁塔。他把两把挂面、一斤白糖放在杨松柏的桌上，说："松柏呀，这是公社发给你的，我们给你拜年来了。"

"谢谢，辛苦您了，赵书记。"杨松柏胸腔里升起一股暖意，恭恭敬敬地站着。

赵洪涛又关切地问："在这里过年习惯吗？想不想父母？"他的眼光四下打量，观察着屋子里的每一件陈设。

"习惯，挺好的。不想他们。"杨松柏知道自己在说假话，白皙的脸上略显腼腆。昨天晚上想起爸爸妈妈，还暗自流泪呢。虽然来驷马水乡快两年，已经把这儿当家了，但"每逢佳节倍思亲"，也许这就是文人们所说的望云之情。

"不想？其实想家、想亲人乃人之常情。你们背井离乡，肯定有难处，有什么困难跟我说，我会尽力解决。不要见外，把驷马水乡当你的家，把我当个伯伯。"赵书记的眼里闪着慈祥的光芒，满脸的善意和真诚。

队长王大献操控着队里几百号人马的生存大权，说扣谁的工分就扣谁的工分，说不给谁分粮就不给谁分粮，是驷马水乡的土霸王。赵书记是王队长的领导，照说更牛了。可是，他居然如此平易近人，还能说出这么有人情味的话。这是杨松柏万万没有想到的。赵洪涛的话像数九寒冬的一抹暖阳，驱散了杨松柏心中的寒气。他顿生敬意，眼眶开始潮湿。

"好的，赵伯伯。"

赵书记起身来到窗前，拿起琴竹，轻轻敲击扬琴的琴弦，发出叮咚之声。"这应该是扬琴吧？我当兵的时候，在部队里见过，师部文工团就有一台。"赵书记没等杨松柏说话就接着说，"松柏，还有一件事，想和你商量一下。"

杨松柏平日里被王队长呼来唤去，堂堂大队书记却要和自己商量事，够看得起的了。他有点受宠若惊，小心地问道："赵伯伯能有什么事和我商量呀？"

"听说你的歌唱得好，琴也弹得好，刚才走进院子就听到你弹琴了，琴声悠扬呀！你又是高中毕业生，我们大队小学差老师，准备请你任教，怎么样？"赵书记带着征询的语气，微笑着看向杨松柏。

"啊？我行吗？我又没进过专业学校，只是跟爸妈学了点皮毛。"杨松柏心想，当教师的要求多么高呀，他对爸爸妈妈在学术上的进取和求索深有感触。教师二字让他敬仰，他担心自己胜任不了。

"赵伯伯，我当不了教师！"

"松柏呀，对自己要有信心。学校的环境还不错，我们把土改时没收的地主庄园改成了学校，木架瓦房，墙壁也是用木板搭成的。你也可以住在学校嘛。希望你能为我们山村教育做出贡献。"赵书记说完，再次看着杨松柏，满眼的信任和鼓励。

"快答应赵书记吧。孩子，当教师就不用晒太阳了。你可遇贵人了。"张婆婆一直站在屋子里没有走，她下颌一抬，头一摆，向杨松柏使了个眼色，似乎在说：你这娃儿怎么啦？放着好差事不愿干，答应吧，不然就没机会了。

"杨松柏，别以为你认得几个字，就不识抬举了。你是我们队出去的，搞好了，为队里争光了，老子提拔你当个副队长。要是搞不好，那就另当别论了。"王大献觉得这小子脑袋肯定有问题，连赵书记的话都敢违拗。不过这小子要是搞好了，自己的脸上也有光，毕竟是他队里的人啊。何况这赵书记一根筋，为找个教书匠折腾好多天了，焦得晚上眼都合不上。自己给这小子许个愿，还可卖赵书记一个人情呢。

"王队长，你这说的啥话？简直是乱弹琴！"王大献的话引起了赵洪涛的不满，他转过头去，压低了声音，正色道，"在你眼里，难道教师比个副队长都不如吗？要摘除穷根，不尊重知识，不重视教育是不行的。"

"嘿嘿，嘿嘿……"王队长一阵干笑后，扇了自己的嘴巴，"上级批评得好，我这嘴巴呀比粪坑还臭。"

"好，谢谢赵书记的提拔。"话都说到这份儿上了，杨松柏觉得不能让赵伯伯难堪呀，况且万一不同意，被王大献抓住辫子，借此使坏，可就吃不完兜着走啰。

"就这样定了，春季开学就去报到。待遇嘛，全年按出满勤计工分，每个月还有五块钱的工资。"赵洪涛郑重其事地做了决定。

赵洪涛是行伍出身，进部队连军装都没穿端正，就主动请缨参加抗美援朝，在长津湖战役中立过奇功。他十九岁就当了排长，现已是五十多岁的人了，是见过大世面的人。他有胆有识，办事雷厉风行。兴办这所小学，他费尽了周折，翻山越岭求贤才，也只找了几位高小毕业生和一位初中毕业生。现在从天上掉下个杨松柏，真有几分"踏破铁鞋无觅处，得来全不费工夫"的感觉。他动情地说："松柏，我们这地方偏远闭塞，教书可不比种田犁地轻松哟。教书是同愚昧和落后作斗争，你要做好吃苦的准备。"

"没问题，我会尽力的，请上级放心。"杨松柏觉得肩上的责任在加码，再不表明态度，赵书记放不下心。这个"上级"当然也包括王大献。王大献这人得罪不起，还得照顾他的情面。杨松柏开始懂得从别人的角度，全面地思考问题了。

"另外，刚才提到过，学校有住房，你就不必住在这里了，免得跑来跑去太辛苦。"赵书记知道带兵要爱护部将，每天来回十几里山路会累坏这小子的。

可是，杨松柏并没有领情，却提出了另一种想法："赵书记，我还是住这里吧，我不能离开张婆婆哟。况且，这点山路算不了什么，孩子们不也天天在走吗？我就跟他们做个伴吧，也便于监管他们。"赵书记沉思一下，微微一笑，默许了。他带着王大献离开了张家大院，雪地上留下了两串歪歪扭扭的脚印。

杨松柏在驷马水乡安营扎寨后，和这里的一草一木慢慢有了一种难以割舍又说不清楚的情结。他饮惯了这里的水，吃惯了这里的米，嚼惯了这里的红苕洋芋，喝惯了这里的野菜稀饭。他是在驷马水乡随便扦插的一株杨柳，发芽、生根、春风飞絮。真要他离开张婆婆，离开驷马水乡，恐怕连驷马河也不情愿了。

6

雪抓紧时间下，像要赶在春来之前表演完冬季的节目，逼人的寒气消减不了浓烈的年味。水乡的人们匍匐于贫瘠的土地，终年劳作，终于熬到了年头年尾，这个节点让他们萌动着对生活的许多期许。虽然贫穷得拿不出什么珍贵的年货，但是，怎么说也得聚一下，闹一下，留下暖心的念想。

男女各司其职，争先恐后地辞旧岁迎新春。搞卫生、贴春联、劈柴火、挂灯笼的事给了男人。女人准备团年饭，她们把围腰往身上一系，挽起衣袖，刷锅生火，切菜煲汤，忙得不亦乐乎。一般情况下，小孩是没有任务的，只管消闲玩耍，跳绳、踢毽子、荡秋千、走"狗卵坨"（一种棋的名字）。今年又多了点花样，可以堆雪人、打雪仗。把积雪捏成团，奋力砸向对方，雪团在对方的头上、肩上散开，像爆炸的花瓣。黄狗也来凑热闹，身子一耸，箭一般冲上去，追逐空中飞舞的雪球，逗得孩子们乐翻了天。

忽然，屋子里飘出扬琴凄婉的乐声，一曲终了，杨松柏望着窗外飞舞的雪花，眼含惆怅。他看见窗台上那封拆过的信，又想起前几天的事情。

那天，生产队里开会，王大献把一封信递到他手里："小子，重庆的信，别看了就给老子不安心啊。"王大献这话相当于废话，不安心又能咋的？相隔千里，说回去就能回去吗？杨松柏已经习惯了这老家伙居高临下、盛气凌人地教训人的样子。

他一看邮戳，的确印有"重庆"二字，特别显眼。一阵兴奋后，他离开了会场，躲到附近农舍的猪圈里假装屙屎，借着月光看信。虽然是一封家书，他也不愿让任何人看到只言片语。

信打开了：

孩子，再过些时日，就是春节，日历又翻过一年。越临近春节，妈妈就越想你，你肚脐旁边那块糙手的胎记，妈摸不着了，也睡不香了……

没等看完，杨松柏的泪水已滴落到被妈妈的泪水浸润得发黄的信纸上。一阵发愣，他任由圈里的花猪翘起冰冷的鼻子，哼哼唧唧地拱他的屁股。

散会后，杨松柏拿着别针挑亮桐油灯的灯芯，给妈妈写了一封回信：

妈，儿也想你，可你不要把我当小孩子了，还摸什么胎记呀？其实呢，聚散离合古难全，好男儿志在四方。妈，这里真的很好，也许，我要坚持一辈子了。还要娶个农村老婆生儿育女呢！这里的姑娘勤劳贤惠，比城里的实在得多。

团年饭快开始了，家家户户高高兴兴地把事先准备好的爆竹码在队里的晒场上，大堆小堆的，一齐点燃。火焰在竹堆里乱窜地响，越烧越旺。火光把雪地映得通红，象征着来年红红火火、无灾无难，也象征着农人的光景亮亮堂堂。

爆竹时不时发出"噼里啪啦"的爆裂声，火星四溅，洋溢着喜庆的气氛，腾起的烟火飞散到洁白的雪地上，滚烫的火星与白雪吻出吱吱的细响。这里离院子较远，火星飞不到茅草房上，不必担心火灾。

孩子们围着火堆跳啊、笑啊，打闹追逐，这是他们一年到头最开心的时候，也是最令人期盼的时候，大家的心情随着火苗一起猛往上蹿，随着爆竹一起炸响。

张家大院的村民陆续把自家的大木桌搬进张氏家族的堂屋，十几张大木桌两两相拼，摆放在堂屋里，桌子四周放了高板凳，这是为大家吃团年饭准备的。

堂屋后墙正中置有深红色的神龛，神龛供奉着张氏家族祖先的牌位，上面的木匾雕刻着"祖德流芳"四个镏金大字，左右配了一副对联："千年香火乾坤久；万代明烟日月长。"按照旧俗，先祭祖再吃团年饭。各家祭了祖先，再把自家炒的荤菜素菜陆续端到桌上。

张婆婆带着杨松柏走进堂屋，把一块四方四正的煮熟了的猪头肉盛在土巴碗里，摆在神龛上，肉上插了双筷子。又在神龛上搁了个酒杯，倒满白酒，在香台里插上香。然后从衣袋里摸出一盒洋火，拿出一根火柴，火柴头在盒子侧面的火皮上一擦，火光刺啦一闪，火柴上的火苗快活地跳动。这时，张婆婆的手开始颤颤巍巍地抖动，她极力控制着颤抖的幅度，让燃烧的火柴头顺利地依次点燃了三炷香。

点燃香，她轻松地吁了一口气，拉过杨松柏站在神龛前磕头作揖。张婆婆双掌合十置于胸前，面色凝重，若有所思，薄薄的嘴唇一张一合："各位列祖列宗，年一过，我孙子就去教书了，你们要保佑他把我们驷马水乡的子女教好培养好，保佑他前程远大，升官发财，娶个好婆娘，生个胖娃娃。"

杨松柏看到婆婆虔诚的样子，内心异常感动，婆婆没把自己当外人，把自己这异姓的异乡人列入了张氏家族。这时，杨松柏突然感到，这里真是自己的家了。他觉得教好驷马水乡的下一代是自己义不容辞的责任。至于这升官发财嘛，孙儿恐怕无福消受了，因为这年头，能让肚子吃饱，不饿死在路边就是祖上有德了。

婆孙二人拜完祖先，端来两碗蒸肉、两碗苕粉馍馍、两碗米豆腐、两碗炒魔芋、两碗野菜汤等菜肴，尽取双数，全部摆上大木桌，象征来年好事成双。

不多会儿，十几张团年桌已经摆满了"百家菜"，五颜六色，香气氤氲。平日里大家省吃俭用，团年时尽量端出拿手好菜。村里有童谣："胡萝卜抿抿甜，看到看到要过年，儿子想吃肉，老子又莫钱。"一顿团年饭，肉才是主角。这年头，小孩盼过年，就是盼吃肉，过年能不能吃上肉，就要看父母的能耐了，有肉吃的团年饭来之不易，几代人准备了足足一年，怎能不令人期待呢？

随着几声"坐哟，坐哟"，男男女女、老老少少纷纷从屋子里走出来，八九十人围坐在桌子的四周，格外喧闹。席上无短手，远攻近取，边吃边说边笑。斟上土酒，讴几句祝酒词，猜拳行令，笑语不断。

今年的团年饭，多了个人，也就多了些话题。给杨松柏夹菜的夹菜、倒酒的倒酒、添饭的添饭，生怕他喝不足、吃不饱、不开心。众人打开话闸，像拉家常。

三婶挨着杨松柏坐下，关切地问："都说你们重庆城市大、人口多，过年有我们这里热闹吗？"

"没有呢。"杨松柏摇摇头笑道。

何嫂坐在对面，脸灿烂得像一朵盛开的葵花，她不经意间打了个饱嗝，脸一仰："松柏老弟，你就不要回重庆了，就在这里讨个老婆，看上谁家的姑娘就给嫂子说一声，别闷在心里，我好给你牵线搭桥哟。"

一听这话，张婆婆眉开眼笑："我孙儿的事就全靠你们这些当婶娘、当嫂嫂的啰。我这老婆子少不了砍条媒腿谢你们呢。"

"何嫂，你操啥闲心哟？这老弟细皮嫩肉，多俊俏的一张面孔，找老婆也要找个洋婆娘嘛，他哪里看得上驷马水乡的土包子呢？"席桌上有人说俏皮话。

"土包子还不一样生娃娃？洋婆娘生个娃娃，嘘那声气（呻吟声），河那边都听得到，尖咋咋（尖厉）的。哪有我们农村女人打得粗（忍力好），裤子一脱，不喊不叫，娃娃就下地啰。"何嫂不以为然，虎起个脸，舀了一瓢炖肉汤，倒进自己碗里。

"哈哈，哈哈！"席间发出一阵阵快活的笑声。

团年饭变成了找对象的讨论会，杨松柏万万没有想到自己居然成了被讨论的对象，他哑然失笑，"扑哧"一声，差点吃了"包席"。他连忙转过身去，埋下头，勉强压住险些从鼻孔里喷出的饭菜。刚刚抬起头来，一道火辣辣的目光唰地投射过来，对面席上的女青年正偷偷地朝他放电。他不好意思地低下头去。

"松柏，听说你就要去教书了，把我这个儿子好好管一下哟。"三婶拉着一个小男孩走过来，指着杨松柏，"他开年就要教你呢，幺儿，快叫杨老师，祝杨老师新年快乐。"

"杨老西，新年嗨乐。"小孩子缺着两颗门牙，鹦鹉学舌，脆生生地叫了一声。

大家又忍不住笑了，杨松柏也笑了，比谁笑得都甜。

7

到了大春作物怀胎抱子的时节，家中的余粮已经支撑不了多久。农人们总是要绕着田坎转几圈，察看庄稼的长势，等着新粮充饥。可是，正在这青黄不接的时候，多年未遇的伏旱降临驷马水乡，太阳像喷火的魔鬼肆虐大地，汹涌的热浪吸光了土地和庄稼的水分。水田干出裂缝，旱田冒出火星。水稻、玉米、高粱、红苕、南瓜渴得喉咙里冒青烟。眼看一季庄稼即将干成枯草，等待他们的将是可怕的饥饿！

抗旱！抗旱！农人们的呼声也是水乡大队的决定，赵洪涛书记迅速做了抗旱的安排部署。水乡人麻子打哈欠——一齐出动，男女老少头顶烈日，挑着水桶，到处找水抗旱，忙得不可开交。

虽然沟渠、山塘、水井的水都派上了用场，但这也只是杯水车薪，难解燃眉之急。人们的目光开始转向驷马河，可是，河低田土高，怎样才能把河水弄到田地里去呢？光靠桶挑显然是不行的，一担水倒下去，干得起青烟的土地"刺啦刺啦"几声，再"嘟嘟"地冒几串水泡就没了。后来改成晚上抗旱，还是不行，灌一整夜的水，太阳从早晒到晚，浇下去的水又蒸发得一干二净。副队长花狗子提出用戽水斗戽水，王大献立即安排队里的篾匠连夜编制戽水斗。

清晨，太阳还没有露面，启明星眨着惺忪的眼睛。一只不知死活的蛐蛐躲在枯萎的草丛里，有气无力地哀鸣几声，稻田里的青蛙也不知逃到哪里去了，死一般沉寂。

驷马河两岸已经排起近百人的戽水队伍。王铁牛和花狗子率先扯起戽水斗，从驷马河舀水，往岸上戽。岸上挖了个水坑，水坑两头也有两个人，杜群兰和蔡鲜茹从水坑里舀水，往高处的水坑里戽，高处又有两个人往更高处的水坑里戽。这样一级一级往上戽，水就可以源源不断地送进山坡的庄稼地和稻田里。当然，离驷马河较近的田地就不需要几级跳了，可以直接把河水戽到田地里浇灌禾苗。

王铁牛和花狗子人年轻，腰身壮，戽得快，三下两下就把岸上的水坑装满了，他俩就等，等水坑里的水戽出去，又戽。弄得杜群兰和蔡鲜茹手忙脚乱，没有喘息的机会。

"铁牛，你们两个叫花子，尽使牛劲，把老娘腰杆累痛了。"杜群兰气喘吁吁地骂开了。

"嘿嘿，那我们就戽慢点嘛！"

"谁说戽慢点？谁说戽慢点？气温这么高，水浇下去就蒸发了。还怕累？怕累就等着饿肚皮吧！"王大献从公社开会回来，正好路过这里，就扯起鸡公嗓子斥责人。

"你不怕累你来啰！正抗旱的时候，你就跑到公社躲奸（偷懒）去了。"杜群兰干脆把拉戽水斗的绳子一扔，抛高的戽水斗委屈地坠落在地上，一斗水泼在枯黄的茅草上。

"我看这样戽，也弄不出个啥名堂，还不如去借台抽水机抽。"王铁牛泄气地说。

"到处都在抗旱，谁借给你呀？"王大献摘下草帽，往身上扇风，"公社给我们拨了一台抽水机、四百斤柴油抗旱，我回来找人去领。"

"这还差不多。戽，继续戽！"王铁牛把身上的衬衣一脱，扔到河边一块石头上。他同花狗子各自握住戽水斗两头的绳子，一拉一抛，舀起河水；再一拉一抛，戽水斗从驷马河蹦起，划出一道美丽的弧线，跳到水坑上方，泻下一条银色的水柱，"哗"的一声注入水坑。

"铁牛，你和花狗子不要戽了，马上找几个精壮劳力，带上杠子、大索，去把抽水机和柴油抬回来。"王大献从衣袋里摸出一张盖着红色鲜章的字条，塞到王铁牛手里，"凭这个去农机站领吧。"

王铁牛把黄荆条编的凉圈圈往头上一戴，提着衣服，去山岗那边找人。

他刚刚爬上山岗，就看到前面的柳树林里走出几个人，看身影，其中一个就是菊花，走在菊花后面的是傻子刘涛。几个人都穿得光光亮亮的。啊，难道菊花和傻子今天真要结婚？初来庠水时，花狗子把手搭在铁牛的肩上："老弟，刚才我路过菊花家，觉得有些不妙，看到刘良诚和他老婆蒋红芳带着刘涛进了菊花家。看刘涛的穿着，估计要当新郎了。"

"这不可能，菊花说她绝不会嫁给他！"铁牛推开花狗子的手，蹲下去专心拴庠水斗的绳子。

"菊花——菊花——"王铁牛站在山岗上亮开嗓子喊了几声。除菊花没有反应以外，同行的人都抬头望了望，又继续赶路。只有杏花同那些人不知交代了什么，便急匆匆地跑了过来，她上气不接下气地说："铁牛哥，这事你不要怨恨四姐，爸爸以死要挟，我们也没有办法。"杏花回头便走，回想起今早发生的事情，心里是一片乱麻。

今早，天还没亮，昨晚就歇在娘家的桃花推开杏花的闺房，把睡梦中的菊花拽了起来。她把一面光溜溜的镜子往柜子上一搁，手里拿着一把月牙形木梳，笑嘻嘻地说："四妹，今天是你大喜的日子，坐到这边来，大姐帮你梳头。"

"喂，大姐，你要干啥？你说四姐她……"杏花诧异地问道。

"幺妹，这事昨晚跟你四姐商量好了，你就不要掺和啦，免得爸爸怄气。"桃花脸色黯淡下来。

其实，关于菊花与刘涛的婚事，早在五天前，李朝阳夫妇趁杏花、葵花、菊花出工抗旱时就与刘良诚夫妇商量好了，当时，桃花也在场。昨晚，桃花才跟菊花通了气，杏花一直被蒙在鼓里。

那天，李朝阳对刘良诚说："亲家，这婚期你们催得急哟，我们来不及好好准备，嫁妆陪奁也没有置。至于吹吹打打的事，就算了吧。"他的目光在刘良诚的脸上停留了一下，说："这样吧，你们随便来两个人，把菊花接过去就行了。"

刘良诚略微思索后，说："好吧，就按亲家你的意思办。"

"不过，我们养个女儿也不容易，生下来一尺三寸长，养到二十来岁，不费柴米也费布啊。我这边就不举行婚礼了,至于你们男方举不举行,就看你们的意思了。"

李朝阳的弦外之音,老于世故的刘良诚当然听得出来。一方面,李朝阳低调处理婚事,是为了淡化菊花和王铁牛棉地幽会的余波;另一方面,又不愿丢面子,希望女儿风风光光嫁到刘家。李朝阳是个从不吃亏的家伙,怎么可能不捞足好处就把女儿嫁到刘家呢?

刘良诚说:"亲家,我们男方肯定会好好操办一下,不能让你丢面子呀。至于离娘钱和衣物首饰,一样都不会少的。"

李朝阳听了这番话,不再言语,掏出烟杆,装上一锅烟,专心致志地抽起烟来,嘶——嘶——回荡在烟锅里的声响格外悠长。

张二嫂总觉得有些亏欠菊花,一个穷字当头的家庭,让菊花蒙受了多少委屈啊。常言道:母女连心。她内心不安,总想做点对得住女儿的事。她对蒋红芳说:"亲家嫂,我菊花虽然比不上那些金枝玉叶,但好歹也贤惠勤快,锅边灶头、洗衣做鞋,不比谁差。嫁到刘家,你们可不能嫌弃她哟。"

"不会,不会。儿媳是养老女嘛。我们会把菊花当自己生的一样。"刘良诚的老婆蒋红芳连忙表态。她有自知之明,自家的傻瓜儿子能娶到这么好的老婆,已经是祖上积德了。至于棉地幽会又算啥?只要能给刘家传宗接代就行了。自己不也早给了县农工委主任张柳林了吗?刘良诚还把自己当风水呢,他的官儿做得顺风顺水。

桃花想起那天父母跟刘良诚夫妇的约定,急忙扭头催促菊花道:"快一点,估计男方的人快要到了。"

"忙啥啊?梳不梳又啷个(怎么)啊?"菊花抬起右手,慵懒地搓着眼睛,接连打了几个哈欠。她一屁股坐在凳子上,双手交叉往柜子上一放,下颌搁在手背上,双目睁得又大又圆,像打开的两扇窗户,呆呆地望着镜子,一脸倦怠和忧愁。昨晚过了后半夜,她才睡着了呢。

"喂,不要板起个苦瓜脸嘛。"桃花大拇指和食指捏住菊花的头发,边梳边唠叨,"恐怕你好几天没梳头了吧?头发乱得一团糟。"

"梳啥子头嘛,乱就让它乱。"菊花嘟囔了一句。

桃花一阵侍弄，菊花的头发撑撑展展，两条又粗又长的黑辫子光洁柔顺，再扎起蝴蝶结，系上红头绳，披在圆润的脊背上，格外俏丽。

桃花又拿来结婚礼服让菊花穿上。这是男方前几天送来的，用的确良面料缝制的衬衣，挺括鲜艳。把菊花打扮得青春时尚，灼灼动人。桃花暗忖：爸爸真会盘算，打发女儿（嫁女），分钱不花，还赚那么多钱财。唉，还嫌妈妈生一窝女孩呢。

"菊花，你看，你比白娘子还美呢。别牵歪一街男人的眼哟！"桃花端起镜子伸到菊花面前。

"大姐，你好坏。"菊花狠劲地掐桃花一把，疼得桃花龇牙咧嘴。

"哎哟，哎哟，你这死女子，下手好狠！"桃花骂道。

杏花起床后，拿着扫帚准备打扫院坝。父母正站在杏花树下叽叽咕咕小声说话，脸上挂着幸福的笑容。一对花喜鹊嬉戏于杏花树的绿叶枝丫间，蓝闪闪的尾羽一翘一翘的，叽叽喳喳地欢叫。灶膛里的火越燃越旺，"嚯嚯"的笑声飘进院坝。常言道："火在笑，客人到。"

父母见杏花来了，立即不再说话。

"妈妈，天这么干，生产队不是说今天戽水抗旱吗？怎么还不出工？"杏花试探地问道。

"抗什么旱！你四姐今天跟刘涛结婚，这才是大事。"李朝阳正要进屋，突然，树上的喜鹊叫声高亢起来，像遇见了什么喜事。这时，只见刘良诚、蒋红芳，还有刘涛和他姐刘露萍一行四人从村口走来。

"亲家，你们真早，快进屋坐吧。"李朝阳笑逐颜开，招呼客人。

"快叫岳父，刘涛。"刘良诚的老婆蒋红芳提醒儿子喊人。

"岳父大人好。"刘涛朝李朝阳鞠了一躬，嗓子带点浊音。

"还没喊岳母呢。"蒋红芳又提醒一句。

"岳母大人好。"刘涛同样鞠了一躬，嗓子还是带点浊音。

"好！好！"张二嫂喜形于色，这女婿还挺聪明的嘛，多有礼貌的孩子呀。

"刘涛，喊妹妹。"蒋红芳再催儿子喊人。

"妹妹，嘿嘿。"刘涛喊了杏花，便一个劲儿地傻笑。

"刘涛这样子真是个傻子呀，四姐，你命好苦呀！"一股酸楚涌上杏花心头，她忍不住想哭，便立即冲进屋里。

"杏花，等会儿送送你四姐，我和你妈去抗旱。"李朝阳冲着杏花的背影大声武气地说道。

话说刚才杏花听到王铁牛的喊声，跑过去跟他解释，无非是想缓解一些铁牛的情绪，但她心里还是忐忑不安。她刚刚追上送亲的队伍，身后又传来王铁牛的喊声。

"菊花——菊花——"王铁牛摘下头上的凉圈，拼命地晃动。凉圈散了，他又晃动着衣服。一声接一声地呼喊，声嘶力竭时，远远地看见菊花停住脚步，慢慢地回过头来，深深地望了他一眼，突然转过身子，低着头，紧走几步，又停了下来。接着，脚步越来越快，越来越快，朝驷马河下游走去，身后的两条辫子像甩动的马尾。刘涛住在驷马河下游几公里外的刘家大院。

铁牛一使劲，把手中的衣服抛向天空，衣服被夏风鼓起，像张开翅膀的大鸟，对着菊花的背影一起一伏地飞翔。铁牛的脸涨得通红，他两手叉腰，伸长脖子，暴起青筋，扯起嗓门：

　　四妹四妹你莫忙
　　哥送山歌给你唱吧
　　月光照亮了我的歌
　　歌声里飘出棉桃香
　　啊——
　　四妹四妹你莫慌
　　哥送山歌给你唱吧
　　四妹柔情像河水
　　驷马河送你去远方
　　驷马河送你去远方

今天，刘家大院一下热闹起来，刘涛和菊花的婚礼格外隆重。门上、墙上、柱子上，婚联贴得红彤彤的，门外敲锣打鼓、放鞭炮，好不热闹。朝天的喇叭音量开到最大，把个《天仙配》唱得红红火火，情意缠绵。

到了这里，菊花的身心立马被浓郁的结婚气息压住了，她无奈地叹了一口气。尽管她跟刘涛还没有来得及扯结婚证，但这里的一切，已经郑重宣告她是刘家的儿媳、刘涛的妻子了。

满院子的宾客进进出出，吵吵嚷嚷。菊花在男男女女的簇拥中，稀里糊涂地走进了洞房。小伙子们像打了兴奋剂，朝她闹，朝她瞟，弄得菊花面红耳热，心惊肉跳。有个胖乎乎的家伙堵在洞房门口，胆儿特别大，瞪着一双眼睛，直扫菊花的脸盘和酥胸，像有什么重要的发现，好一会儿挪不走目光。他突然摇摇头，咂咂嘴："哎呀，一朵鲜花插到牛粪上去了哟。"声音虽然不大，还是传进了菊花的耳朵。旁边的几个人，都怔怔地看着他，也许，这话也传到了他们的耳朵，那家伙知趣地转身走开了。

天蓝色的床单开着粉红繁复的印花，渲染着吉祥和喜庆。两床薄薄的被盖，花花绿绿，叠得四棱上线，搁在青篾席上，散发出染料的淡香。《天仙配》的情歌还在唱，从窗格子里飘散进来。坐在床边的菊花怎么也听不出喜庆，反而听出了苍凉和凄怨。

地坝里一片喧腾，猜拳行令、劝酒劝菜的声音一浪高过一浪。周遭的热闹像一把利刃，挖空了菊花的心，只剩下一个空洞洞的壳。她望一眼那对印花枕头，蹙着眉头，轻轻叹了一口气。

桃花走到洞房门口，看了看满院子宾客，一脸羡慕之情。像是自言自语，又像是对菊花说："宴席六桌一开，都坐三轮了。这发财人的排场真够大哟，连张柳林这样有头有脸的人物都来了。"她走到床边，挨着菊花坐下。

"四妹，你嫁到刘家就衣食无忧了，哪像我们，今年天干得这么凶，多半要挨饿了。"

"大姐，我想回去和他们一起抗旱。"

这个"他们"应该包括父母，当然也包括王铁牛。桃花知道菊花对铁牛还没有死心："四妹，你不用抗旱了，好好伺候我妹夫吧。"

"伺候他？哼！"菊花冷哼一声。

桃花在菊花腰杆上掐了一把，嘴巴递到耳边："妹夫虽是个傻子，可那方面不会傻的，你看他铁塔似的个子，身体多强壮啊。"

"大姐，你说的啥子哟，我撕烂你的嘴巴！"菊花伸手去拧桃花的嘴。

"四妹，四妹，你弄痛我了。"桃花抓住菊花的手，正色道，"男人全凭哄，哄好了才有好处，等你在刘家当得了家的时候，就把你姐哥张强的事关照下。"

"大姐，你烦不烦？老说这些。"菊花生气了，头颅像朵盛开的花，被一盆滚烫的沸水浇下，耷拉在胸前，眼角闪着泪光。

月光朦胧，树影斑驳，夜莺唱腔嘶哑。驷马水乡遭受了一个多月的伏旱，已像个热气腾腾的火炉。即使到了半夜，暑气也没有完全消散。紧临河岸的刘家大院，弥散着水草和稻穗热烘烘的气息。

尽管贺喜的宾客已经散的散，安歇的安歇，刘露萍躺在自己从前的闺房里却怎么也没有睡意。刘涛结婚，她这当姐姐的理当回来和家人一起张罗。所以，三天前，她就向单位请了一周的假。根据她的观察，这李家的几朵金花个个都不简单。尤其是杏花，虽然年龄不大，却绝对是个狠角色。她早就听说在她跟前夫杨松柏离婚后，杏花就主动向杨松柏示爱。只可惜，天意不顺啊，现在的杨松柏还在监狱里呢。

今天，杏花到底跟王铁牛说了些什么呢？还有那个王铁牛对菊花并没有死心呀。父母以为一旦刘涛跟菊花生米煮成熟饭，就可以断了王铁牛的念想。现在看来，这想法有些可笑。自己当年跟杨松柏结了婚还不是又离婚了吗？"唉——"刘露萍长长地叹了一口气，那些往事又叩击着她的心扉。

那天是周末，刘露萍从县政府后勤科回到刘家大院，一进屋就听到远房亲戚张婆婆正与母亲谈论着什么。"露萍，把你照片拿一张给你表姑婆，她给你介绍对象呢。"蒋红芳看女儿回来了，十分高兴。

"妈，我才不要对象呢。"刘露萍摇着蒋红芳的手臂撒起娇来。

"二十四五了，该找个人家嫁了，刘家总不能养个老姑娘在家吧？快去，你表姑婆忙着呢。"蒋红芳又说，"听你表姑婆说这孩子是个教师，叫杨松柏，重庆知青，去年才从大队小学调到驷马春风中学。"

杨松柏？这名字似乎听朋友说过，据说他歌唱得好，琴也弹得好。不过，是谁说的她一时想不起来。刘露萍心想，能跟这样的人在一起也够浪漫了。于是，刘露萍将自己最珍爱的一张照片交到表姑婆张婆婆手中，好像把自己的人生交给了她。但她后来万万没有想到那段来得快，去得也快的婚姻就这样开始了。

8

杨松柏调到驷马春风中学不久，就想念张婆婆了。之前，每天都可以回家看看她，现在离家还有十多公里远的路程。况且，学校通往驷马水乡的路还不好走，翻山越岭、爬坡上坎。本来打算天天回家，跑了几天后一提回家就脚趴腿软，只好住在学校给他分配的宿舍里。可是，张婆婆在家，不能少了看望，他就趁星期天放假回家。

时值秋天，山路拐进驷马水乡的田野，湛蓝的天幕下，一湾一坝，稻子密密匝匝，金光流淌，潮水般地涌向天边。

一群白肚子家燕亮开乌黑小巧的翅膀，掠过稻田，嗖的一声飞到高粱地上空，又折回来飞向破旧的村落。它们要好好看看这片美丽而神奇的土地。因为秋深以后，它们即将带着新添的儿女举家离开驷马水乡，去南方过冬。

杨松柏眼睛泛潮，视线模糊。燕子呀，如果去南方路过重庆，别忘了捎上我的问候。也许，某一天，我也会带着一帮儿女回重庆看望父母，让儿女们围着我的父母，牵牵手，抱抱腿，听他们爷爷长、奶奶短地叫。

阳光还是这么明媚，山川还是这么清秀。湿润的泥土和开始泛黄的草木散发着熟悉而耐人寻味的气息。几株野棉花从杂草丛生的斜坡上探出粉红色的脸蛋，冲着杨松柏露出神秘的笑容，一切那么亲切，那么温馨。他一路上跟熟人打着招呼，顺便寒暄几句。他刚刚拢家，张婆婆就迎上来了。她站在地坝里，手里握着竹刷刷扎成的大扫把。灰土上留下一条条扫帚的丝纹，像画笔在宣纸上随意画了一下。

"哈哈，怪不得这两天喜鹊闹，火在笑呢，原来有稀客到哟！"张婆婆笑容满面，颤动的皱纹像扭曲的蚯蚓满脸乱爬，眼睛眯成蝌蚪了。

"婆婆,孙儿啥时成客了?我可一刻也没有忘记您呢,早就想回来看您了。"杨松柏递过一包白糖,"这是学校发的,婆婆兑水喝吧。"

"年轻人以工作为重,不回来看我,我没怪你。"张婆婆手掌掂了掂白糖,当宝贝似的放进碗柜。她提了撮箕,又从门板后面拿出一根竹竿说:"松柏,跟我来。"

婆孙二人来到房前的一株柿子树下。叶片上布满了红的、褐色的、青黄的斑痕,柿子已经成熟了,黄灿灿的,像小灯笼一样挂在树枝上。被压弯的树枝像负重的老人,勾着沉重的头颅。

"就剩这些了,那些砍脑壳的娃娃贼死了,一有空就来偷。你再不回来,就吃不成了。吃不完,就摘些拿去给同事。刚到新单位,多交几个朋友嘛。"张婆婆在竹竿上绑了一个铁钩,伸出去,钩住一颗又大又圆的柿子说:"松柏,接住啊!"一用力,柿子就掉了下来。

杨松柏双手接住,大拇指和食指捏成鹰嘴,剥掉薄薄的果皮,露出晶莹剔透、酥软橙黄的果肉,嗅到一股香气。他咬了一口,甜滋滋的味道满口窜。

"婆婆,都熟透了。再不吃,就要掉地上了。"杨松柏说。

"我们先摘一些,等会儿叫院子里的娃娃们都来摘。"张婆婆又钩了一阵,地上堆起一小堆。张婆婆坐在一块石头上歇气,手拍拍挨着的另一块石头,笑眯眯地说:"你过来坐。"杨松柏挨着张婆婆坐下,心想不知道婆婆要说什么事。

"你也看到了,这些柿子夏季还很青涩,一到秋天,转眼就黄了。熟了不吃,就被白白糟蹋了。人也一样,青春一过,就没有人张视(理睬)你了。"张婆婆扳着手指,突然问,"松柏,今年乙卯年,你满二十八岁了吧?该找对象了。"

这话近似乎突然袭击,半路杀出一队人马,弄得杨松柏措手不及,乱了章法。他想:父母又不在身边,自己穷得叮当响,找个对象,靠什么去养活她?

"婆婆,这个问题,现在暂不考虑。"杨松柏站起来,走到堆放柿子的地方,蹲下去,往簸箕里捡。

"现在不考虑,等老了才考虑?老了谁稀罕你呀?"这孩子咋这么怪?

村里那些毛头小伙子一听谈对象，早就猴急马急的呢。

张婆婆撑上来，从怀里掏出一块手帕，慢慢展开，拿出一张半身照，放在杨松柏的手里。她灰白色的眉毛舒展开来，眼睛放出亮光，嘴角被细密的皱纹牵起："我回去煮饭了，你先看看这女娃子。"她又接着说："虽然没有大城市女孩子洋气，但她实在，会过日子。"

杨松柏睃了一眼照片，当着张婆婆的面，勉强揣进裤兜里，继续捡柿子。他总觉得裤兜里像塞了个秤砣，张婆婆一走，就忍不住拿出来看。

照片上的女孩瓜子脸，丹凤眼，眉宇间有一颗痣，像个印度美女。因为是黑白照片，看不出痣的颜色。这颗美人痣不是涂的，应该是自己长的。脖子上系了一条围巾，也看不出颜色，却有点飘逸，满满的青春活力。虽然没有城里姑娘那种韵味，但看起来壮实清丽。照片上有污渍，点在女孩的嘴角，他跷起食指润了润口水，在污渍处小心搓揉。然后拿手绢包了照片，又揣进裤兜。

吃了午饭，杨松柏拿起镰刀，去自留地里割高粱。高过人头的茎秆在秋风中微微摇晃，叶子已经慢慢变黄，开始干枯；丰硕的穗头，染上醉人的枣红色，俯首悬垂，像害羞的小姑娘，涨红了脸。

高粱丛下，长着稀疏的杂草，像老山羊下颌的胡须。杂草掩映着几堆三白菇，纤细得像鸟脚的菌柄，撑起小伞一样的白花花的菌盖，簇生在一起。这不就是自己刚到驷马水乡时杏花送给自己的那种野菇吗？杨松柏眼前一亮。他捏起拇指和食指，一根一根地掐断菌柄，一朵一朵地放进草帽里。这灵异的东西，吸足了土地的精华，格外晶莹鲜嫩。晚上可以给婆婆煮碗菌子汤了。

农村的秋夜静寂、凉爽，晚风一丝一丝地从瓦缝里溜进屋子，夹杂着一些山村特有的气息，闻起来很舒服。纺织娘、蟋蟀在窗外召开音乐晚会，给秋夜增添了梦幻般的色彩。

杨松柏翻了好几次身，没有一点睡意，平躺在床上，盖着被套，眼睛睁得像桐子那么大，看着穿透亮瓦的星光，想着一幕一幕的心事。

插队落户那天，那个送他三白菇的小姑娘杏花，后来又被临时抽派到驷马水乡文艺队唱歌的农村女青年杏花，穿着青色衣服大胆向他学习扬琴的杏花,他给她买了红衬衣后脸上泛起高粱红的杏花,像一株翠绿的跳舞草在他心灵的旷野里翩翩起舞、款款翻腾。

同时,那个长着美人痣的姑娘也时不时地挤进他的心灵旷野,像一朵粉红的野棉花焕发着迷人的光彩。跳舞草和野棉花轮番闪现,一个娇弱伶俐,一个壮实清丽。一番比较,一番厮杀后,他自言自语地说:"唉,我是怎么啦?人家杏花才过十九岁呢。"

他翻身起床,划了一根火柴,点燃柜子上的煤油灯。又掏出那张照片,伸到昏黄的灯光下。女孩温柔地看着他,扬起嘴角,像要说什么。他的想象力被激发,姑娘的一颦一笑、温顺与体贴都纳入想象的范畴。参照她上半身的模样,反复推演没有照出来的部分,推演出的模样,总是一次比一次靓丽,甚至想象出了初吻那颗美人痣时的羞怯。如此丰富的想象力,也只有富有音乐天赋的人做得到!

照片一直揣到第二年春天,还没有见到真人,也没有关于她的一点信息。这像几道密不透风的墙,把他封闭在一个没法宣泄爱情的空间。有时,他把照片贴在温厚的心口上,感受她的体温,她的脉动;有时,他撮起嘴巴,吻着照片,似乎嗅到了她的体香。单相思啊,痛苦而又幸福的单相思折腾得他多次失眠。难道有什么变故,还是这女孩瞧不上自己?几次想问张婆婆,却难于启齿。不知为什么,张婆婆也只字不提。

一个当场天(赶集的日子),也是一个艳阳天。张婆婆突然来学校,找到杨松柏,把一套新衣服递给杨松柏:"穿上我看看。这是我扯麻柳皮卖钱给你缝的。"

"婆婆,这……"

"这什么?快穿呀!"

张婆婆从杨松柏手中夺过衣服,套在杨松柏身上。杨松柏只好把手臂伸进袖孔里,张婆婆还不放心,一双青筋暴突干瘦的手忙活起来,理理衣领,扯扯衣角。手掌又按在杨松柏身上自上而下移动,像在操作熨斗。她站定观望片刻,乐呵呵地说:"周正,周正!挺合体的。走,跟我去相亲,照片上那个女子。"

"啊？"杨松柏心里猛跳两下，嘴一张又合上了，眼中亮光闪动。

张婆婆把杨松柏带到一栋新建的木架瓦房里，房子十分宽敞，墙壁刷了白色的涂料，显得整洁、大方。从家中的摆设和墙上的名贵字画，可以看出房主人不一般的地位。

张婆婆虽然只是刘良诚的远房亲戚，但过去还是走得很亲热，一赶场，有事没事就来这里坐一坐。自从刘良诚由普通干事提拔为公社副社长后，张婆婆连刘家湾都很少去了。也不知她出于什么考虑。其实，何止是她，还有许多人敬而远之，大家见到驷马水乡这个大人物，就像躲瘟神一样。当然也有人主动去套近乎、拉关系。比如王大献就喜欢提只鸡、十来个蛋、几把菜，挖点野党参什么的，送过去维持一下关系，找个靠山，巩固自己的地位。

刘良诚五大三粗，满脸麻子，一对卧蚕眉守护着两只斗鸡眼，自带恶相，让人望而生畏。他招呼张婆婆和杨松柏在藤椅上坐下，提个茶瓶，倒了一杯子开水，从一个玻璃罐头瓶里舀出两勺白糖放到开水里搅了搅，白糖瞬间就溶解了。他把杯子递到张婆婆手里说："表姑，你先喝水。"

他抬起头，眼皮一翻，朝杨松柏迅速扫了一眼，问道："你就叫杨松柏？"

"嗯。"杨松柏显得有些拘束和慌乱。

"听说你的音乐教得很好，是吧？"

"还算凑合吧，因为我喜欢音乐。"杨松柏似乎有点得意，这点特长居然被他知道了，刘良诚可是公社大名鼎鼎的二号人物。以后可要露一手，多培养出几个音乐能手，让未来的岳父大人刮目相看，就再不会受谷正军那个小人的欺负了。

"噢。"刘良诚的卧蚕眉皱了两下。

"不过，像你这样光教书是不行的，书教得好有什么用呢？要争取做大事。"刘良诚严肃的表情突然和缓下来，又说，"你看你们的谷正军主任就不错嘛，人家当了主任并没有自满啊。你听说了吗？"

"听说过了。"杨松柏声音很小，有气无力。心里却嘀咕道：啥子不错嘛！还不是拼命巴结你，觊觎校长的位置。

"能关心这些，还算有政治觉悟嘛。"刘良诚到底表扬了一句。

张婆婆插嘴道："良诚，教书的人教好自己的课，才是本分嘛，还需要办啥大事啊？"她一边说一边观察刘良诚的表情，又说："良诚呀，年轻人后劲足，以后成一家人了，你再慢慢教他吧。噢，侄媳呢？"

"她和露萍赶集去了，买点东西就回来。表姑，我还要去县上开会，你们先坐一会儿。"面对这位有帮助解放军打败敌人的光荣历史的长辈，刘良诚崇拜有加，他不好跟她辩论什么。

他从上向下摸了摸中山装的纽扣，确定都扣好了，才双手抓住两边的衣领，往上一提一翻，再扯了两下衣角，就出门去了。他这一走，杨松柏突然感觉到气氛一下子活跃起来，这个未来的岳父跟王大献、谷正军是一路货色，见面就爱训人，看来，自己以后要小心从事啊。

蒋红芳和一群妇女提着布匹、拎着盐巴、胶鞋，喜笑颜开地回来了。张婆婆立即站起来，向杨松柏做了介绍，杨松柏也跟着站起来，彬彬有礼地打过招呼。

"表姑，你们坐下。走这么远的路，你还不累吗？露萍的事让你操心了。"蒋红芳虽然是个农村妇女，穿着还挺讲究，虽然已四十好几，但还颇有姿色，说话也挺得体。她从里屋端来凳子，仰起笑脸，招呼刘露萍的大娘、三娘、大姨、二姨、幺姨，还有堂嫂一一坐下。

刘露萍也勤快地走过来端茶递水。她今天刻意打扮了一番，比照片上精神活泛多了。一米六七的个儿，两条乌黑的长辫顺着草绿色的灯草呢上衣从耳根处一直垂到臀部。离辫梢不远处随意系着黄色的小布条，像两只栖息在乌藤上的黄蜻蜓。那双丹凤眼顾盼有神，像两只水灵灵的埋头翘尾的小画眉。随便瞧一眼，足以征服任何男人。她只继承了她父亲的身高，却把她母亲的美人气质全部复制到了自己的身上，还另外添了些风景，比如那颗美人痣，浅红、雅致。

刘露萍跟杨松柏打了个照面，一位身材修长、面目清秀、颇有书生气的男人跃入她的眼帘。从活泼闪烁的眼神中可以看出这个男人绝对精明能干。

两双年轻不安分的眼睛怦然对视，又迅速挪开，再对视再挪开，双方都贪婪地捕获着对方流露的信息。刘露萍倒好茶水，在靠近窗的一把藤椅上坐下来，座位正对杨松柏。她偏着头，屈起手指，搓着眼眶，频频看向低头不语的杨松柏。其实，她的眼眶什么也没有。

一只麻雀飘然而至，落在窗台上。细小的爪子一蹦一跳，昂起头，白脸颊左偏偏右偏偏，圆溜溜的小眼睛骨碌碌地转，像在寻找着什么，还时不时欢快地叫上几声。

杨松柏抬头看麻雀，不，在看刘露萍。刘露萍也在看杨松柏，眼神火辣辣，像在放电，而且毫不避让。杨松柏两颊突然发烫，像火在烤。他硬生生地收回目光，羞怯地偏过头去，把目光投向麻雀。麻雀一振翅，飞走了。

"嘿，这街上的麻雀比乡里的胆子大多了。"杨松柏借说话掩饰自己的慌乱，趁机把目光倾泻在刘露萍的脸盘和胸脯上，那胸脯鼓起灯草呢上衣，像横亘在两肩之间的绿色山岭。

"当然啰，它见的世面广嘛。"刘露萍附和了一句。一双含情的丹凤眼朝着杨松柏一阵电闪雷鸣。这次，杨松柏也不回避她的眼光，摆出一副绅士风度，微笑着。

静静观察的张婆婆觉得火候已到，笑了几声，走过去，嘴巴咬着刘露萍耳根说了些什么，刘露萍点了点头。张婆婆又凑过去跟杨松柏说了几句悄悄话，杨松柏也点了点头。

张婆婆往屋子中间一站，兴冲冲地说："凤凰飞到梧桐树上了，好姻缘呀！他们两个都没啥意见，就看你们这当长辈的、当嫂子的了！"目光从刘露萍的大娘移到大姨，再移到堂嫂，最后停留在刘露萍的母亲蒋红芳身上。

"既然他俩都同意了，我们还有什么说的呢？"大家异口同声。

"婚姻大事，年轻人自己做主哟。父母的意见只是个参考。这事就定了，免得再让表姑操心。"蒋红芳看大家都已表态了，心中暗喜。这个未来的女婿各方面都令人满意，刘露萍能尽早找个好归宿，是天赐良缘。时间久了，她跟她干爹张柳林那桩破事怕纸包不住火呢。蒋红芳不敢细想，于是说出了这番符合时宜的话。

9

按照驷马水乡的风俗习惯，相了对象，能合眼眉，男方就该邀请女方娘家人去他家看住处了，这也是男女双方进一步了解的过程。按照蒋红芳的安排，看住处的时间定在后天。

杨松柏请了几天假，同张婆婆回到驷马水乡。婆孙俩开了个"常务会"。杨松柏亲人不在身边，大小事务都由张婆婆拿捏定夺，就像她自己要找孙媳妇一样。

张婆婆加班加点忙活了一两天。三间房子也包括杨松柏住那间，光是清洁卫生就累得她老腰酸痛。当然，杨松柏也没闲着，鞍前马后地听从号令，不敢有一丝怠慢。

张婆婆在杨松柏的房间里下足了的功夫，屋梁上的积尘、蛛网，墙上烟熏的痕迹都被弄得一干二净；几张画报的布局几经更改，最终在正面的墙上安顿下来，点缀出热情和喜气；一张黑黢黢的木桌被擦得油光发亮，从重庆带来的几本书，摆上桌子，添了些许翰墨书香；扬琴放到窗下敞亮、显眼的地方，把有些破旧的房间硬是弄得一派儒雅。

这天，刘露萍和她娘家十几个人，浩浩荡荡地开进了驷马水乡张家大院。他们刚一落座，婆孙二人端茶递水抓瓜子，那份热情不断地添温。院子里大人小孩都跑来看热闹，在杨松柏家进进出出，像赶集市。村里凡有这类事，村民们都会表现出极大的热忱，像自己家里找儿媳。

房前那棵柿子树，光秃秃的枝干已经沉默了一个漫长的冬季。现在正值春天，正在扩展的幼叶像杨松柏的内心一样，春光盈盈。它们沐浴着温和的阳光，嫩黄嫩黄的，鲜亮鲜亮的，像浸过一层鸡蛋清，油油的，散发着淡雅的清香。

两只白肚子、绿羽背、黑眼珠的花喜鹊,在向阳的枝丫处筑巢,把从田间地头、房前屋后衔来的细小木棍编成巢,为生儿育女做好准备。有时叽喳几下,叫声里饱含着生活的乐趣。

刘露萍坐在木桌旁,随意地翻看桌上的书。这些书大多是关于歌曲、琴法、乐器、乐理等方面的,尽管杨松柏平时视若宝贝,爱不释手,但对于刘露萍来讲,却毫无兴趣。她也读过高中,压根儿就没有音乐细胞。虽然喜欢文学,却没读过几本书,也写不出东西。仗着父亲的庇护,无知地瞎折腾,匆匆忙忙地结束了读书生涯。后来被推荐上了大学,读了一个月,觉得整日里无所事事,干脆跑回来了。蒋红芳问她原因,她极不耐烦地说:"妈,不要问了,一提读书,我脑壳痛。"

"杨松柏,这东西是啥呀?给亲戚们讲一下吧。"张婆婆突然拿起琴竹,轻轻敲了一下扬琴,这动作好像在模仿杨松柏弹琴的动作,扬琴叮的一声,让整个屋子立即静了下来。

"这叫扬琴,可以弹曲子,是我爷爷的父亲手工制作的,爷爷送给父亲,父亲又送给我的。"杨松柏淡淡地回答。

"那你就弹一曲吧,让大伙听听。"其他的事,事前都交代过,唯有这事可没听见婆婆说过。张婆婆这突发奇想的安排,不明摆着是叫自己在她们面前显摆显摆吗?

"这……"杨松柏犹豫起来。

"弹吧,让你岳母欢喜欢喜。"张婆婆使了个眼色,带着不容置喙的严厉。

"杨老师,听说你是音乐老师,琴弹得不错,给我们弹一曲吧,让我们这些黄泥巴脚杆也听听音乐,开个洋荤嘛。"刘露萍的堂嫂打趣道。

杨松柏只好坐到扬琴前面,试了试音,弹了一曲《南泥湾》。他边弹边唱。出身音乐世家的他,从小就受到父母的熏陶和教诲,一出手就与众不同。琴声时而柔美婉转,时而欢快跳跃,柿子树上的喜鹊屏声静气,屋里屋外的人们如痴如醉。

"好!""弹得好!"屋里响起了高低不一的掌声。这里虽然没有钟子期式的人物，对音乐也说不出个子丑寅卯，但是，这声音听起来舒不舒服，他们心中还是有数的。刘露萍坐在那儿，心旌荡漾，时不时地瞟几眼杨松柏，恰好这时，杨松柏的目光正冲着刘露萍放电。两人同时收了目光，心中同时盘算着甜蜜的未来。

午饭后，婆孙俩送走了刘露萍和她娘家人。按规矩和行情，给女方起发（打点）了三块钱、一匹缝衣服的花布、一方礼情——四方四正的一块猪肉、两把挂面。女方既没嫌少，也没说多，高高兴兴地离开了张家大院。临走时，张婆婆拉着刘露萍的手："孩子，有空就去学校看看松柏。放了假，就同他一起回来耍吧。"

"婆婆，我晓得。他也可以到我家去耍哟。"刘露萍睃了杨松柏一眼，扭起圆润的屁股盘子，追她娘家人去了。走了几步，又回过头来，举起手掌摇了摇。

杨松柏也摇了摇，站在路口，张着嘴巴望着她远去的背影。她那长长的辫子快活地甩动，灵动的腰肢和圆润的屁股盘子夸张地晃荡，杨松柏眼睛像醉了酒，盯着她的背影直到消失在路的尽头。

两个月后，张婆婆又来到学校，手里拎着个旧布袋，里面装了十几个鸡蛋。"都说喝了生鸡蛋嗓音好，你拿去试试看。"她一边说一边把鸡蛋拿出来，放到办公桌的抽屉里。

"婆婆，你带回去自己吃吧。年纪大了，要好好补身体。"杨松柏坚持不要。

"这是你蔡鲜茹阿姨家的仔鸡母下的，正经土鸡蛋呢。咱们家那只老母鸡下的蛋都换成这了。每天喝一个，保证你的嗓子比李双江还要好。"

"婆婆，李双江是明星，我差他远呢。"

"明星还不是长的鼻子眼睛，你咋就差他啦？我不跟你磨嘴皮了，今天来，主要是告诉你，女家催婚了。"

"催婚？这么急？"杨松柏坐在凳子上，眉头拧起个疙瘩。

"你看你那苦瓜脸儿，急不正好吗？早接婆娘，早生儿子，早享福嘛。"抽屉吱呀一声往里一推，关住了，张婆婆说，"我和女家商量好了，婚期就在本月十九。我找村里的何半仙给你们合了张八字，说这天是个黄道吉日。"

"婆婆……"

"这次是我做的主。不用你操心,只管好好教书,我已经给你安排好了。"

"婆婆,累着你了。"杨松柏心里一热,眼眶潮湿。他起身让座,动情地说:"婆婆,就按您老人家的安排办。"

结就结吧,自己年龄老大不小了。父母又不在身边,老让婆婆操心也不是办法。有个知冷知热的女人陪伴,是前世修来的福气呢。

农历五月十九,张家大院热闹起来。从学校借来的留声机,紫黑色的唱盘一个劲儿地转动,唱针沿着唱盘的沟槽起起伏伏,咿咿呀呀地唱出轻快的曲子,张家大院被盈盈喜气浸泡着。

迎亲的队伍吃过早饭就去了女方家,当太阳快要升上中天的时候,他们引领着送亲的队伍,带着新娘浩浩荡荡地行进在驷马水乡的羊肠小道上。一路上,锣鼓嘣嚓嘣嚓,唢呐呜里哇啦。花狗子、王铁牛一帮小伙子,用竹杠抬着红红朗朗的嫁妆陪奁,兴冲冲而来,额头大汗淋漓,衬衣湿得能拧出水来。

一拢男家,衣柜、箱子、柜子、梳妆台、洗脸架、被盖、毛毯摆了一地坝,几只手三下五除二抬进了洞房。杨松柏把刘露萍背了进去。她坐在铺着床单的床沿上,脸上红扑扑,身上花里胡哨,一抬头,就看见墙上那对戏水鸳鸯交颈摩挲,分外亲热。她低下头,抿嘴轻轻一笑,格外娇媚。新房门口、窗口已经挤满了看热闹的少男少女,他们的表情愉悦而复杂,心里想些什么,只有自己才知道。

夏夜的驷马水乡,河风习习,空气格外凉爽。房前的挑梁上挂了两盏马灯,玻璃罩疲惫地透射出昏黄的灯光,在皎洁的月光下显得那么淡,若有若无。

吃过晚宴,人们回的回,散的散,花狗子却领着一帮男女青年和小孩往洞房里拥。

"远望洞房一座城,近看洞房府衙门。今宵大伙闹洞房,新姑娘儿莫关门。"花狗子刚进门就嚷开了。

又有人朗声唱道:"一个盘子花又花,里面装的是葵花,大家都来抓一把,明年生个胖娃娃。"

刘露萍听了这话，连忙端出一个大瓷盘，抓出一大把花花绿绿的糖果，轻轻一抛，大家就去抢糖，再撒一把，又去抢。没有抢着的不干了："刘嫂，你也太小气了，就这几颗糖哄一大帮人？"

"别管她，箱子里还有，去抢呀！"有人怂恿起来。王铁牛不由分说，掀开刘露萍，抱起她身后的箱子就跑。几个人截住王铁牛，生拉活扯地夺过箱子，好几双手在箱子里抓来抓去。糖果被一抢而空。

"新娘新娘莫害羞，发支香烟哥哥抽。今天哥来贺新婚，明日喝你娃满月酒。"花狗子又开始叫板。

刘露萍打开一包"大前门"香烟，散给几个抽烟的。

花狗子同几个小伙立即跳上桌子，一齐唱道："月儿弯弯，新娘艳艳，欲生状元，给哥点烟。"

地上有人督促杨松柏高举刘露萍，给站在桌子上的人衔在口中的香烟点火。刘露萍拿出火柴棍，往装洋火的匣子火皮上擦了一下，嗞的一声，棍头冒出一团火苗，新房里飘散着淡淡的火药味。

这时，几个小伙故意摇摇晃晃，一齐高喊："船儿扁扁，桅杆圆圆，百年好合，点点对圈圈。"刘露萍怎么也点不着烟，累得杨松柏手臂酸麻、大汗淋漓。

"哈哈！哈哈！"

满屋的人有的吼，有的笑，兴奋到了极点。弄得杨松柏夫妇狼狈不堪，刘露萍更是羞得满脸通红。

"你们几个闹够了没有？"张婆婆突然闯进新房，扬起扫把，东一下，西一下，做出要打人的样子。她还故意板着老脸，吼道："都啥时候了？还在这里折腾。"

张婆婆是看着这群人长大的，没人敢顶撞她，只好急急忙忙往外跑。几个小伙子边跑边吼："新郎新郎一条龙，新娘新娘花一丛。龙不翻身不下雨，雨不浇花花不红。"大伙儿又是一阵哄笑，乱哄哄地散去了。

这时，月亮渐渐升起，隐没在一片薄纱似的云层背后，心里像藏着秘密，不肯露出真面目。

洞房里还亮着灯，嫁妆散发着油漆味，杨松柏把门一闩，剩下二人世界。

"这些家伙太会捣腾了，露萍，你累了吧？"杨松柏从来没有见过这样闹洞房，觉得这些人粗鲁野蛮。

"没啥事的，这是我们驷马水乡的风俗。让他们闹够了就算了。"刘露萍尽管刚才也有些尴尬，话还是说得很轻松。她噗的一声吹灭了煤油灯，洞房被夜色笼罩。月光从窗棂、瓦缝，还有亮瓦里照进来，渲染出朦胧、温馨的气氛。

杨松柏坐在凳子上，从窗格里看着天空闪烁的星宿，沉醉在结婚的喜悦里。这是他第一次跟女人独处一室，难免有些激动又有点别扭。他听到身后的刘露萍在脱衬衣，似乎又脱去了下装，声音虽然细微，却包藏着大胆和急切。杨松柏内心掠过一丝颤动，呼吸有点失调。

脱去的衣裤放到了箱子上，衣兜里的东西磕着箱面。她从床下提出夜壶，夜壶磕碰地面的细小响声清晰可闻。接着是尿液咚咚地冲击壶壁，散发出浓郁的尿臊味。这气息已经激活了他的荷尔蒙，感到呼吸有点急促。他忍不住转过头，朦朦胧胧地看到她光着身子站起来，腿一跷上了床。他隐隐约约看到一片白，这年代的女人没有穿内衣内裤的习惯，这样少费布匹，可以省钱。

"松柏，来睡呀。"刘露萍柔柔地呼唤。

"嗯。"应答从鼻孔里发出，浊重而甜腻。

他走到床前，掀开蚊帐，躺在篾席上。薄薄的被单里隐伏着刘露萍模糊的轮廓，该凹的凹，该凸的凸，朝里侧躺着，透出幽幽的体香。这个刚刚认识三个月，接触不过四五次的女人，却越来越让杨松柏着迷，不难看出她聪明贤淑，是一个能厮守一辈子的女人。只是他一直弄不明白，一个出身于干部家庭，又在政府部门工作的端庄秀丽的女孩，怎么会下嫁给自己这寂寂无名的教书匠？而且，看不出她的一点娇气和傲骨。

他好几次莫名其妙担心会得不到她，弄得自己心里像十五个吊桶打水——七上八下。现在看来，这种担心多么荒唐，躺在自己身边的不正是真真切切的刘露萍吗？只要把手一伸，被单里隐藏的一切就都属于他了。

"松柏。"刘露萍翻转身子,揭开被单,一半盖到了杨松柏的身上。她的声音很细很柔,他心头美滋滋的。

"嗯。"杨松柏轻轻应了一声。

刘露萍的右手搁在他结实的胸膛上,手指似有似无地揉捏他的肌肤。他一把捉住了刘露萍的手,放到自己唇边,轻轻地咬着那酥软柔绵的手掌。刘露萍的手从他嘴里挣脱,伸到他脸上摩挲,再抚摸他厚实的前胸。杨松柏感到身体绷得越来越紧,一种温热酥麻的感觉包裹着他,让他窒息又亢奋。他似乎坠入了五里云雾,恍恍惚惚中,也不知自己是不是已经羽化成仙。

几番云蒸雾涌,骤雨初歇,一切归于平静。

天亮了,柿子树上的喜鹊早就醒了。一家四口在朝阳下用各种腔调叽喳着,热烈地讨论着什么。

杨松柏翻身起了床,从衣柜里拿出一方毛巾,准备打扫"战场"。他怕弄醒了熟睡的新娘,轻轻将刘露萍往床的一侧挪了下,空出一块地方,想好好收拾一下,让露萍睡在干净的床铺上。

篾席上除了几点淡淡的渍印,所谓初夜的红一点都没有。他的脸色突然变得紧张起来,于是揭开被单,又悄悄看了刘露萍的身体,还是没有发现什么。这时,他的大脑一片空白,接着一些乱糟糟的想法像雨后的杂草冒出土面。他轻轻带上门,满腹心事地来到驷马河西岸的柳林之中。

清晨的柳林,朝雾朦胧,水汽氤氲。杨松柏耷拉着脑袋,在柳林里徘徊着。柳叶的清香和驷马河的水草味并没有稀释他内心的隐痛。他心里犹如一团乱麻,理不出头绪。他不相信刘露萍是一个不守贞洁的女人,但是,除了否定刘露萍的处女之身外,再也找不出合适的答案去解释昨晚洞房中的疑点。刘露萍到底有没有难言之隐,这可不好下结论。

回到家里,他鼓足勇气,旁敲侧击地问:"露萍,你是不是还有什么事瞒着我?既然都成夫妻了,什么事不可以讲呢?共同面对嘛。"

"松柏,我还会有什么事呢?你想多了吧?"刘露萍正在打扫地坝,心里咯噔一声。他发现什么啦?难道怀疑我不是第一次?想到起床时,床铺已经被杨松柏收拾过。

她暗叫不好，脸上一副窘态，像火在烤。为了掩饰内心的不安，她在杨松柏脸上亲了一口。

"哼，装？你装吧，看你那表情就知道是在骗我！"厌恶和鄙夷在杨松柏胸腔隐隐升起。

10

刘涛结婚这晚，除了刘露萍睡不着觉外，还有一个人同样难以成眠。白天见到刘露萍，她心里五味杂陈，到了夜深人静，脑海里更是思绪翻腾，当自己情窦初开之时，这个刘露萍似乎从天而降，闯入了她和杨松柏的情感世界，夺走了杨松柏。也许，男人与女人能不能走到一起，要看缘分，看命运的安排呢。但是，她还是忘不了杨松柏老师，仿佛有一种说不清的归宿在等待着她。

这年早春二月，阳光明媚，草长莺飞。金灿灿的油菜花散发着馥郁的幽香，忙碌的蜜蜂在油菜田里嗡嗡地唱个不停。杏花和几个妇女在搞田间管理，摘除老黄叶，给叶面喷施硼钾肥。

"杏花，你过来一下，我给你说件事。"大队书记赵洪涛站在田埂上向杏花招手。

"赵叔叔，什么事？"杏花一边问，一边走到赵洪涛面前。

"驷马春风公社准备组建一个文艺演出队，在全社范围内选派人员，集中培训几个月，参加县上举行的国庆节文艺会演。你明天就去公社报到吧。"赵洪涛眼里闪着慈爱的光芒，放低了声音，"杏花，听说你有音乐天赋，能歌善舞，这次有用武之地了。你一定要好好学习，拿名次，为驷马水乡争光哟。"

第二天，杏花带着激动的心情去公社报到。从县文化馆请来的导演老师指着一个男青年介绍道："这是你们的领队——驷马春风中学音乐老师杨松柏，集训期间，你就在他学校食宿，具体事宜听他安排吧！"

"杨老师，今后还望你多帮助呢。"杏花大大方方地把手掌伸到杨松柏面前。

"你叫杏花？噢。"杨松柏沉吟一下，轻轻握住杏花的手，这手粗糙而温润。

他神色一阵莫名的紧张:"听赵书记说你的歌唱得很好,你这一来,我们文艺队就有希望了。"

"是呀,我就是杏花。不过,我没有他说得那么厉害。"杏花坦诚而谦逊地回答。

这名字好熟,从前好像听说过。她是不是我到驷马水乡第一天送我野蘑菇的那个小姑娘呢?噢,应该是吧?他禁不住又凝视对方,觉得这脸蛋仿佛那么熟悉,基本轮廓还没有改变,还是白里透红,像一朵淡雅的杏花。只是脱了稚气,添了些淡定和娴静。那个小红脸、羊角辫、红衣衫的送野菇的小姑娘又活跃在他眼前。老话说,女大十八变呀,她转瞬间就长成大姑娘,出落得端庄秀丽了。

虽然,自从送他蘑菇后,小姑娘就再也没有出现过。但是,每当杨松柏回味三白菇的味道时,总是想起那张像红高粱的脸,还有那红色而单薄的背影。父母遗传给他的灵感被激发,他创作了《采野菇的小姑娘》。

"杏花,你还记得当年我来驷马水乡插队时,你送我野蘑菇的事吗?那蘑菇的鲜美味道令人难忘呀。"杨松柏颇有感触道。

"记得!那时,山里孩子第一次见到这么洋气的城里人,的确有些好奇。哈哈!"杏花忍不住笑起来。

"我还为你写了一首歌呢。"

"是吗?写的啥子歌?唱给我听听。"杏花半信半疑。

"走,我弹给你听。这歌是为颂扬你肯吃苦耐劳、热爱劳动的精神写的呢。"杨松柏把杏花领进他的寝室。

杨松柏的寝室紧邻女文艺队员的临时宿舍,房间不大,篾条编成的墙壁,墙上糊了一层厚厚的泥土。泥土由牛屎、稀泥、切短的稻草节混合而成,晒干水分后格外光滑结实。室内除了一张半架子木床、一张陈旧的办公桌外,还有一台古色古香的乐器,杏花看到月牙形的扇面上均匀地布满了琴弦,却叫不出名字。

杨松柏递过一个方凳:"杏花,请坐。学校条件差,莫见怪啊。"

"杨老师,斯是陋室,惟你德馨嘛。"杏花套用了《陋室铭》中的句子。

"你真会赞美人。"杨松柏坐到乐器前坐正姿势,手拿琴竹,边弹边唱:

>提着竹篮的小姑娘
>笑脸儿红得像高粱
>迎着朝阳采野菇
>光着双脚丫上山岗
>她采的山菇又大又多
>竹篮装满无处放
>她采的野菇又白又香
>送给小伙伴来分享
>……

粗犷而悠扬的歌声在他胸腔里回荡、奔突、沉吟、奋飞,飞扬在寝室上空。他脑海里不断闪现着美丽的画卷:青青的草丛下、湿润的土壤上,丛生着小伞般的三白菇,圣洁而淡雅,散发着奇异的清香。那个采野菇的小姑娘提着竹篮,在田野里跳跃、奔跑、嬉笑,小红脸、羊角辫、红衣衫,像一个美丽的童话里才会出现的场景。

杏花紧紧盯着他那两片厚实的嘴唇像野棉花淡红的花瓣一张一合,米粒一样洁白的牙齿闪着灵气,吐出的歌声像幸福的浪花在她心里跳跃、翻卷、流淌,那双又黑又亮的瞳仁不断转动着,流淌着柔波一样的情愫,有意无意地瞧着她。杏花心里有点慌乱又充满愉悦,脸开始发烧。她扯过辫梢放进嘴里,轻轻咬了几下。歌曲的恬淡、清新又回归她的心田。这是她从前唱的歌曲里怎么也找不到的味道。

"太好了!杨老师。太好了!杨老师。"当歌声戛然而止时,杏花倏地站起来,兴奋地拍起巴掌。那美妙的旋律和悦耳的唱腔似乎还在杏花耳畔回荡。她余兴未了,也哼了两句歌词。

"杨老师,这是什么琴呀?"注视着蝙蝠状、琴弦细若麻线的乐器,杏花轻轻抚摸着,嘴角微翘,两腮酡红,乌黑的眸子泛起银光。

"这叫扬琴,前不久,我参加县上的文艺演出时奖给我的,比我父亲送我的那台洋气多了。"杨松柏像捡了银子,十分得意,小孩般地仰起笑脸说,"你喜欢吗?"

"喜欢,太喜欢了!"杏花一脸纯真,煞有介事地说,"杨老师,可以教我吗?"

"当然可以,马上就教。"杨松柏乐呵呵地拉过一条凳子,让杏花坐在旁边。他坐在扬琴前,挺直身板,弹了一曲《二泉映月》。琴声清脆、激扬,把杏花带入了美妙深邃的意境,全身的细胞格外通透、舒爽,像山花的芳香般沁人心脾。

示范一曲后,他俊朗的眉宇舒展,目若秋波。他起身让出座位,把琴竹递给杏花,郑重地说:"杏花,坐到这边来吧。"

从手形到弹奏,从单手弹到双手弹,杨松柏引导杏花驾驭着琴竹一下一下地奏响琴弦。琴竹在琴弦上像蝴蝶扑扇翅膀,像乱蛙在田间蹦跳。虽然,琴音像岩壁上的水滴越聚越大,大到不能再大的时候,银光一闪,倏地落入幽潭,粗重而单调,却让杏花慢慢找到了乐感。

杨松柏轻轻掰动杏花的手指说:"握琴竹时,手指自然弯曲,手形呈虚拳空心。"

杏花一时放不开,攥住琴竹,神态恭肃严整。杨松柏忍不住笑道:"你看你的拳头握得好紧,像有深仇大恨,要一拳把人家砸死吗?"

"杨老师,看你说的啥哟!"杏花哧哧直笑。

杏花从小就酷爱唱歌跳舞,很有音乐天赋。随便哼一声,动听;随便跳一下,中看。凭借甜润的歌喉、美妙的舞姿,久居班里文娱委员的"宝座"。这下,她又遇上杨松柏这样颇有天赋的音乐老师,如鱼得水,如花逢春。她心里乐滋滋的,学起扬琴格外带劲。

11

　　刘家大院后山是一坡棉田，淡月星辉映照着黑黝黝的棉株，隐隐约约的棉铃压得枝丫弓着脊背，像负重的驼影。燥热的夜风夹着干涩的清香和汹涌的暑气从窗口灌进来，菊花的心绪像一串串冗杂排列的叹号。月光、虫鸣、棉桃气息让她感觉到熟悉和亲切，又让她心乱如麻。她脑海里突然回响着王铁牛的歌声：

　　　　四妹四妹你莫忙
　　　　哥送山歌给你唱吧
　　　　月光照亮了我的歌
　　　　歌声里飘出棉桃香
　　　　啊——
　　　　……

　　她的胸膛剧烈地起伏，像驷马河暴涨的水一浪接着一浪。王铁牛宽厚而坚挺的脊背、温柔而沉静的眼神、贮满力量的胸肌不断在她眼前晃动。她兴奋着，甜蜜着，又迷茫着，疲惫着，很快上眼皮磕着下眼皮。她撑不下去了，只好放下蚊帐，鞋一脱，蜷缩到篾席上。

　　迷迷糊糊中，她感觉有人在解她胸前的纽扣，笨拙的双手在她胸前挪动着。

　　"是谁？"她抓住那人的手，一屁股坐了起来，惊恐的眸子在昏黄的煤油灯光里亮着。刘涛赤条条地站在床前。他上半身探进蚊帐里，望着菊花嘿嘿地傻笑，鼓起腮帮嘟囔着："脱光光，妈妈叫我们脱光光。"

菊花推开刘涛，双手蒙住自己的眼睛，说："傻子，快把衣服穿上。"

"不啦，不啦。妈妈叫我们脱光光。"

"刘涛，这是流氓干的事，你知道吗？"

"不是，妈妈说不是流氓，我们是夫妻。"

"是夫妻也不能脱我的衣服！"

"哼，妈妈都说了，我偏要脱你衣服，你敢把我怎么样？"刘涛动作奇快，一骨碌翻上床，按住菊花，骑在她身上，笨手笨脚地解她的衣扣。

"滚出去，滚出去。你这臭流氓。"菊花又羞又气，手推脚蹬。刘涛一米八几的臃肿的身躯，死死压住菊花，像按住一条活蹦乱跳的鱼，任她怎么喊怎么叫也不肯松手。

"哎哟！哎哟！"刘涛捂住手臂，疼得哇哇直叫。菊花被刘涛压得差点背气，情急之下咬了一口。

"刘涛，咋回事？"窗外传来蒋红芳的声音。

"妈妈，老婆咬我。"

"啊？菊花，你们既然结婚了，就好好睡嘛。"蒋红芳没有过多责怪，但话里带着不满的情绪。她小声说："你们闹起那么大的声音，不怕邻居听到耻笑吗？"这话是透过窗户缝隙传进来的。

刘涛又把菊花按住，这傻子跟他爹一样牛高马大，像座肉山压得菊花喘不过气来。她试图摆脱这座山，可几次较劲都是徒劳。她不能耍横，也不能骂人。况且，她也不想让邻里听到耻笑。斗力不行，就斗斗智吧。她压根儿不信一个正常人斗不过一个傻子。

她灵机一动，说："刘涛，你放开我，你这样会把老婆压死的。"

"啊，会压死你吗？那我就不压了。"刘涛身子一抬，放过菊花，双手又去解菊花的纽扣。他口中念念有词："骑马马，脱光光。"

"刘涛，骑马马不能脱光光。这样羞死人哟。"菊花死死攥着纽扣，不让他解。

关于傻子刘涛的事，驷马水乡远近十几里都有传闻，因为刘良诚是驷马春风公社的二号红人，他家的事关注度特别高。为了传宗接代，刘良诚夫妇煞费苦心，到处托人说媒，却没有一处成功。眼看刘涛快满三十岁了，他俩急得像热锅上的蚂蚁，却又无可奈何，总不能去别人家抢个儿媳吧。

这天，王大献去刘良诚办公室汇报工作，刘良诚问他："刘队长，你队里有未婚姑娘吗？给我儿子介绍个对象吧。"

"有啊，李朝阳家就有，三女、四女、幺女都空着。"王大献觉得巴结上司的机会来了，心里暗自高兴。

"那就谈他幺女吧，女人年轻些才好哄。"刘良诚提议道。

"不行，幺女叫杏花，知书达理，很有见识，也有个性，这种人不好哄。"王大献面露难色，接着又说，"这杏花好像心里有人，据说那人就是驷马春风中学的音乐老师，叫杨松柏。依我看，刘涛的事谈他四女稳妥些。"

"哦，我知道了。那么，谈他四女能成吗？"刘良诚转移了目标。

"能啊，李朝阳生一窝女孩，他偏偏又是个极端重男轻女的家伙，女孩在他眼里贱得像一把稻草。他穷得叮当响，想钱都想出病来了。只要你大方点，准成。"王大献凑近刘良诚，猥琐地说："这人贪财，啥事都干得出来，人穷志短嘛。"

"嗯，那你去帮我说说看。"

"不行，不行，我跟他老婆有气，说不拢。你得另外找人去说。"

"你个老王呀，你肯定对人家老婆又不怀好意了吧？哈哈！"刘良诚笑得特别得意。

"没那事哟。"

"没那事？你王大献是什么人我还不了解？不过，这也是男人的本性哟。"

"哈哈！"

"哈哈！"

办公室里弥漫着男人快活的笑声，像刮起一阵狂热的夜风。

虽然菊花从别人的嘴里了解过傻子刘涛的一鳞半爪，但到了真正同傻子洞房，行夫妻之事的时候，她既紧张又惊惧。本以为傻子不谙世事，却没有想到经过蒋红芳的调教唆使，蛰伏在傻子内心深处的东西居然开始蠢蠢欲动。看来，她今晚要小心行事了。她近似哀求地说："刘涛，我们不脱光光，可以吗？"

"不可以。你快脱吧，妈妈说脱光了才好玩！"刘涛噘起嘴巴。

人们都说傻子对他妈妈唯命是从。妈妈说一，他不会说二；妈妈叫他打锣，他绝不会去敲鼓。刚才，蒋红芳肯定给儿子叮嘱了什么。这傻子没长叉肠子（多余的心思），死心眼一个，做事一根筋。今天晚上，自己是蚱蜢碰上鸡——在劫难逃了。菊花一动不动，闭上眼睛躺在那里，听天由命，眼泪像刚刚挖开泉眼的泉水一样直往外涌，从眼角流到鬓角，再从鬓角流到耳心。她内心深处响起一个绝望的声音："铁牛哥，我对不起你！"

"老婆，你怎么哭了？老婆好可怜，哭得多伤心哟。"刘涛像一只受惊的小鹿，扯过枕巾一个劲儿地擦着菊花脸上的眼泪，还嘟起嘴巴说，"老婆莫哭，莫哭，我给你买糖糖。"

"刘涛，你不脱我衣服，我就不哭。"看来傻子的心地尚存善念，菊花认为自己有救了。

刘涛擦眼泪的手慢慢停了下来，他突然仰起头，看着蚊帐顶部，像在思考什么。过了一会儿，他脸上的肌肉开始放松，慢慢舒展开来，脑海里出现了电影里蒙古大叔骑马的神奇画面。他兴奋地笑了，眉毛也飞动起来："哈哈，骑马马！"

话音刚落，他不管三七二十一，翻身骑到菊花的脊背上，右手一个劲儿地拍打着菊花的身躯，兴奋地呼喊："驾！驾！"洞房里似乎响起了清脆的鞭声和萧萧马鸣。他感觉自己俨然一位雄赳赳的年轻将军，扬鞭催马，驰骋在茫茫草原。

在刘涛眼里，菊花就是一匹温顺的马，一匹任人驾驭和折腾的马，可以激活他想象力细胞的快感的马。但在菊花眼里，自己比牲口还不如呢，牲口还可得到主人的尊重和怜惜。眼下，她只能强忍着屈辱和痛苦，任由一个傻子摆布了。

折腾许久，刘涛终于像耗干燃油的灯花飞落下来，安静了，满足感和疲惫催促他沉沉地睡去，鼻孔吹起牛角，嘴角流了大摊黏稠的哈喇子。

伴随着刘涛如雷的鼾声，菊花嘤嘤的哭泣响起，声音压得很低，很低，似乎把泪水打湿枕头的声音反衬得响亮起来。一直哭到上眼皮磕住下眼皮，紧紧地关住一扇大门，把眼前这个难缠的奇葩男人挡在大门之外。

这时，王铁牛裸露着健硕的上身笑盈盈地朝菊花走来，鼓凸的肌肉缀在铁牛的胸前，像蓝宝石一样闪着幽微的蓝光。铁牛拉着菊花，踏着五彩祥云，披着迷人的霞光，一路狂奔，一路高歌。

突然，祥云降落，菊花坠入无底深谷，谷中烟雾弥漫，分不清东南西北。一只狰狞硕大的蜘蛛伸出数条毛茸茸的巨臂，死死抓住菊花一起坠落。菊花惊恐万分，声嘶力竭地呼唤："铁牛哥——救救我！铁牛哥，救救我呀！"

王铁牛趴在云端，双目圆睁得像两颗星星，胸腔里一声又一声地呼唤着："四妹——四妹——"长长的右臂不断地延长，快要接近菊花手掌的时候，右臂的长度怎么也增加不了了。

愤怒、恐惧、绝望像一团团迷雾笼罩着菊花的心田。她集聚了所有力量，奋力一搏，终于挣脱蜘蛛的控制，从深谷底部冲天而起。

"笃笃笃"，一阵敲门声惊走了菊花的梦。

"刘涛，开门。"是蒋红芳的声音。

菊花理了理身上的衣服，把被单往刘涛身上一遮，打开洞房门，迎进来的是一束灿烂的阳光。

蒋红芳把两碗满满的炖肉煮面搁在梳妆台上，炖肉上躺着煎鸡蛋："菊花，你们昨晚玩得太久了吧？都饿了，你先吃啊。要怀孩子，可要吃好点哟。"

其实，菊花没有一点胃口，她需要的是睡眠。她的脸一下子红到脖子根，使劲地点了点头，到底为什么点头，连她自己也说不清楚。

"儿子，起床啦！"蒋红芳一边喊一边拍打着刘涛侧躺的脊背，回应她的却是雷鸣般的鼾声。她皱了皱鼻翼，似乎嗅到了儿子身上复杂的气息，又喜又忧。这孩子，不懂节制，掏空了身子怎么办？她不忍心继续叫醒他，起身出了洞房。

日照下，街沿上的保平柱是农人判断时间早晚的标杆。这种原始的日影测时法让庄稼人避免了不知天时几何的不便，农事的安排更加紧凑和从容。上午保平柱的日影指向西北，随着太阳高度的增加，日影呈顺时针朝东北方向偏转，长短也随之变化。

这阵儿，日影接近最短。蒋红芳看时间不早了，又去催刘涛起床："刘涛，你这瓜娃子，快到正午了，还不起床！"

在接二连三的催促中，刘涛坐起来，抠掉眼眶里的眼屎，撒娇地说："妈妈，我还想骑马马。"

蒋红芳暗自涌起一股得意劲，心想你这瓜娃子，我们刘家的种子，你该播上了吧？她眼前浮现一片黑黢黢的土地，她指挥着，示范着，刘涛撒下一把一把饱满的种子，不久就长出了一片鹅黄的嫩苗。她佯嗔道："刘涛，白天不能骑马马，人家会笑话的。"

蒋红芳原来担心儿子不懂事，误了刘家的大事。现在看来，他不仅懂，而且尝到甜头了。她抱孙子有望了，好一个又白又胖的孙子哟！她又担心起儿子的身体，委婉地说："菊花，游戏不能玩得太勤，身体重要啊。"菊花顺从地点了点头，一股热辣辣的感觉在她两腮燃烧。

大自然遵循着亘古不变的定律，不断演绎着白天和晚上。菊花恨不得只有白天，没有晚上。因为，白天，刘涛无精打采，嗜睡成性。一到晚上，他就像一条复活的恶龙，腾云驾雾、精力充沛。刘涛的恶作剧不仅耗尽了菊花的精力，也销蚀了菊花的人格和自尊。她的身心几近崩溃，洞房没有新婚之乐，只有无谓的消耗和折腾。

她好想逃离，逃得越远越好。

这天，就在菊花准备度过又一个难熬的长夜的时候，刘涛忽然不玩骑马的游戏了。这是十几天来，他第一次喊暂停。

天一黑，刘涛就和衣睡下，平展展地在篾席上摆了个大字。经过十几宿的疯狂折腾，他已经萎蔫得像一株耗尽水分的蒿草。香甜的鼾声从他翕动的鼻翼里钻出来，像弥漫在燥热空气里的纤尘。

菊花接连打了好几个哈欠，合上刘涛的双腿，腾出一块空间，把疲惫的身子安顿下来。

这一觉一直睡到太阳升起一竹竿高。菊花从床上爬起来，久违的神清气爽激活了她的青春活力。刘涛还没有醒，好像还有一千年的瞌睡没有睡完。

他的胸膛随着进出的气流一高一低地起伏不断，昭示着这个臃肿的躯体还有正常的新陈代谢。疙疙瘩瘩的肌肉在白净的脸上衍生出憨傻的棱角，棱角一直延伸到嘴角，牵动着厚实的嘴唇，嚅动着听不清的呓语。

　　这是她第一次有意识地打量刘涛的躯体，内心生出一丝难以名状的情愫，她不忍心吵醒刘涛。这个跟自己同床共枕，有夫妻之名，无夫妻之实的男人，虽然有着跟别的男人同样强壮的躯壳，可没有正常男人的灵魂，也没有做过一回真正的男人。除了他的母亲，谁也不愿把他当个正常男人看。他憨戳憨戳的言行，常常遭到他父亲刘良诚的呵斥和别人的嘲笑。菊花为自己庆幸，又为刘涛惋惜。她觉得人世不公，甚至为自己的冷漠而内疚。不过，自己在人世上的处境又有谁能理解呢？菊花忍不住多看了刘涛几眼，刘涛回敬她的依然是死猪般的睡相。

12

晌午，菊花端了一大盆衣服来到驷马河边，刘涛的、自己的，馊味浓烈，鼻子难受，头脑晕乎乎。幸好，柳条摆了几下，一股清凉的河风吹送，夹杂的水草味和稻花香冲淡了难闻的气味。

金色的阳光中，几只乳燕掠过河面款款地飞，叽叽地叫，显得自由自在，快快活活。乳燕划过的美丽弧线纾解了菊花的压抑和焦虑，她痛痛快快地吸了几口新鲜空气，然后把衣服浸在河水里，光着双脚在衣服上交替地踩。凉飕飕的河水舔着她的肌肤，像铁牛哥那厚实的手握着她的脚踝。这河水是从上游流下来的，也许，还有铁牛哥那黝黑的额头淌下的汗水。她好想回到生产队，跟铁牛哥一起拉着戽水斗，浇灌那些干渴的庄稼。

这时，不远处，一群觅食的白鹤扑棱棱地飞起，盘旋、惊叫。循声望去，看到一位绿衣女子在淘洗什么，旁边放了一个背篓。菊花好奇地走过去，见是张丽芳，连忙打招呼："丽芳姐，你在淘啥子？"

"三七。草药，疗伤的。这东西只有宝元山这一带才有。从清早到现在，山上山下找遍了，就挖了这么一点。"张丽芳没料到能在这里见到菊花，特别高兴。

"谁受伤了？"菊花问道。

"花狗子那浑蛋。"

"他怎么受伤的？"菊花有点着急。

"被我们打伤的。活该！他自己找的。"张丽芳气愤地说。

"啊！你们？"菊花露出惊异的神色，摇了摇头，她压根就不信这个牛高马大的人会被张丽芳打伤。

"说来话长。这人也够可怜的，我们下手不该那么重。"张丽芳知道花狗子是王铁牛的铁哥们儿，菊花心里护着他，便讲了前天晚上发生在驷马河的事情。

村民们都说驷马河灵秀，而这灵秀离不开四山环抱的特殊地形和特种植被的涵养。两岸的紫色冲积土蓄积了大量的磷、钾和硒元素，为杨柳提供了良好的生长条件。这里的河岸、河汊、田边地角、房前屋后到处都是大大小小的柳树。一些年代久远的杨柳歪斜在河滩上，弯来拐去伸到河面上方，树干上的疙瘩、鸟洞，和褐色的龟裂像岁月留下的记忆和伤感，披垂的枝条和柳叶如美女的秀发，轻点平静的河面，撩拨着河水的绵绵柔情。

最初，村民们喜欢砍了老柳树，锯成板，箍个大木盆洗澡，木盆大得可容下一个盘膝而坐的成人。柳树做的木盆加上用柳树皮、柳叶烧的水，可以祛除疥癣、美容养颜。所以驷马水乡成了远近闻名的美女之乡。

美女多了，就容易被山外的小伙惦着、念着、梦着、谈论着。托媒的、套近乎的、扯把子（找借口）隔三岔五跑到驷马水乡晃悠的大有人在。水乡的姑娘们也巴不得嫁到山外，成为一只飞出山旮旯的金凤凰。这一来，村里的光棍就多起来了。花狗子算是一条老光棍了，三十五六还没有女人。

十几年前，政府准备在下游修个水电站，堤坝修好了，却买不起水轮机和发电机。水一闸，驷马河就由原来的浅滩蓄成了一湾百多米宽的湖泊，风平浪静，明澈如鉴。这里成了名副其实的水乡。

驷马河上升的水位拉近了女人与驷马河的距离。原来要跑很远才能舀到河里的水，现在跨出门槛，走上十来步就可以到河边洗脸梳头、浣衣刷鞋、淘菜淘猪草了。

到了夏天，女人们不愿躲在家里盘腿坐在逼仄的木盆里洗澡抹汗，而是跳进河里，趁着夜色痛痛快快地享受驷马河的清凉和柔滑，也不怕男人们偷看。有的干脆把上衣裤子往柳枝上一挂，光着身子，叉开双腿，一手搓后背，一手揉腿。有的坐在水里，不慌不忙，用灵巧的手指头和柔软的手心轻轻地触碰自己的身子，享受肌肤表皮酥酥爽爽的快感。不管是百年老圬，还是千年陈垢，一搓一揉间，见水为净。

这几天抗旱，扁担磨平了肩膀，戽水的双手酸软而乏力。只有身体泡进驷马河的时候，一身的臭汗和疲劳才有了去处。

十几个或者几十个女人泡在水里，胆子大了，话也多了，相互对着对方的隐秘部位品头论足，开起了私密玩笑。

"春香妹子，你搓嘛，把那两坨搓落了，大贵兄弟回来没啥的了。"三婶拨开春香在胸膛摩挲的手掌。

"砍脑壳的，没人摸你的尻包子（屁股），又过不得日子了？"春香一巴掌拍到三婶的臀部，水花四溅，啪的一声脆响。

这时，只见杜群兰偷偷地游到春香的背后，冷不防地抱住春香饱满挺拔的胸脯："这妹妹嫩一点，是不同哟，好大两个山包包哟！哈哈！"她又搓又揉，弄得春香连连惊叫，抓住杜群兰的手又抠又掐。

"啊，人家春香还是小媳妇呢，不能乱摸啊！"何嫂像在警告杜群兰。

"呵呵！""哈哈！"

这话惹出一阵潮水般的笑声。

昏黄的月色紧紧包裹着这片水域，似乎连晚风都吹不进去，星星也警惕地睁大了眼睛，守护着女人们的快乐和放任，劳累和生活的压力被凉爽的驷马河稀释得无影无踪。这里似乎成了她们的私有乐园，她们闹啊、笑啊、爱说什么就说什么、爱展示什么就展示什么，无拘无束、自由自在。谁也不能打扰她们，谁也不许踏入半步，也不敢踏入半步。这似乎成了不成文的规矩，被驷马河的男人默认了，自觉地遵守着、维护着。

然而，这天晚上，就有这么一个男人闯入了女人的乐园，他不信邪，色胆包天。他就是大名鼎鼎的老光棍花狗子。

这天晚上，他在下游洗澡，女人们的调侃声和笑声从柳枝间、空气里漫流出来，隐隐约约，撩拨得他心里痒痒的。

"这群骚娘们儿，老子偏要看看你们！"他暗骂了一句。他几番潜游，就到了一个女人的跟前，顺手一把探过去，捏住了一条光滑的细腿。他内心一阵兴奋。

原来，他摸着的是张丽芳。张丽芳连连惊叫，惊慌中抓住花狗子的头发提出水面，一看是个男人，穿着半截裤子。她恼羞成怒，捡起鹅卵石，娇喝一声："砸死你这臭流氓！"

男人闯入，像蜂桶里突然进来了入侵者，女人们乱成一窝蜂，惊叫的惊叫、潜水的潜水、遮羞的遮羞、怒骂的怒骂。三婶、何嫂、杜群兰、蔡鲜茹、张二嫂、秀兰、春香、杏花等人一起扑过来，扬巴掌、挥拳头、踢飞腿、操棍棒，又抓又掐，一起发作。可怜的花狗子被收拾得鼻青脸肿、遍体鳞伤。单是张丽芳那一鹅卵石就够他喝一壶，额头鼓起鸡蛋大的乌包。看那狼狈相，张丽芳有了恻隐之心，佯怒道："快滚，看你下次还敢来不！"

"你们这群臭婆娘，就知道乱整人！哎哟！哎哟哟！"花狗子忍不住呻吟两声，正欲发作，又觉得理亏，加上不是什么光彩事，只好忍气吞声。

"花狗子，你还是人不？张丽芳还是黄花闺女呢。滚！滚得越快越好！"何嫂怒斥道。

"何嫂，你不会是想他摸你脚板吧。哈哈。"杜群兰跟何嫂平日里就是一对老玩笑，这阵怼上了。

"你这老不正经的骚婆娘，自己想，就别说别人想啊。"何嫂立马反击。

刚才，这帮娘儿们下起手来毫不留情。花狗子哼哼唧唧，连滚带游，爬上了岸，消失在朦胧的月色之中。

"啊，他走了？"不知是谁嘟囔了一句。

"他不走，你想他看你呀？"张二嫂这话刚一落地，溅起一河的朗笑。

花狗子一连几天没来队里出工了，据说在家养伤。有人探视他的伤情，打趣地问他："张丽芳的脚板好看不？"

"看个屁，差点被她们打死了。"花狗子一脸沮丧。

也有年长的教训他："你看这么多年，谁敢去偷看女人洗澡？只有你这没出息的东西才做这等龌龊的事，想女人想疯了吗？有本事就娶一个呀。"

花狗子还真有点后悔，觉得这事儿太丢人了，不愿意出门见人。但是，张丽芳那滑润的肌肤和女人们曼妙的线条，还是时不时地给他带来一阵甜美的回味。每当这时，他就警告自己：花狗子，你还是人不？你在想什么？那天晚上，该把你打死呢。

这场风波在人们的传播、嘲笑、咒骂，和花狗子的自责、回味、羞愧中渐渐发酵，等风平浪静也许还要些时日。

讲到这里，张丽芳把淘洗干净的三七装进背篼里，心痛地说："说实话，花狗子也够可怜的，孤苦一人，没人照料。都怪我一时愤怒，砸伤了人家的头，总觉得有些过意不去。听说三七能消肿止痛，拿去让他熬汤喝吧。"

"这事也不怨你，亏他做得出来。不过，他的确不是个坏人，算一时糊涂吧。"菊花安慰张丽芳时，并未忘记替花狗子开脱。

"菊花，你死心塌地跟了刘涛吗？"张丽芳突然转移话题。

"丽芳姐，事不由人，就当我的命不好吧。"菊花叹息一声。

"菊花，我并不这样认为，婚姻大事不能由命，应由自己。况且，你想过王铁牛的感受吗？"张丽芳否定了菊花的说法，笑了笑说，"姐走了，好好保重吧。"

张丽芳晃动着长辫子，瘦小的背影渐渐隐没在河岸的柳影里，河滩上除了留下一串浅浅的脚印，还有蒸腾着的水汽。

　　四妹四妹你莫忙
　　哥送山歌给你唱哟
　　月光照亮了我的歌
　　歌声里飘出棉桃香
　　啊——

是铁牛哥的声音，是铁牛哥的声音！

张丽芳离开不久，王铁牛从河沿上游跑过来，他背着个背篼，笑得像明媚的阳光。

"铁牛哥——"

"菊花——"

铁牛扔掉背篼，菊花放下衣服。他们像两头几天不见又突然重逢的水牛，打着响鼻，哞哞欢叫，蹽蹄狂奔。两双臂膀同时抱住对方，两个身躯紧紧地缠绕着，两颗头颅歪着脖子晃动着，两张嘴巴胡乱地啃着。河面上，阳光晃荡着他们修长的影子，像一幅浪漫的写意画。

"铁牛哥，我要跟你走。"

"嗯。"

"你会嫌弃我吗？"

"不会。"

"带我走啊！"

"现在不行，队里正抗旱呢。抽水机坏了，我去买配件，下午收工后来接你。"

傍晚，菊花回到娘家，像失群的孤雁突然归队，葵花和张丽芳围着她问长问短。姐妹三人叽叽喳喳，说个不停，笑个不停。

"菊花，回来了？想我们了吧？"张二嫂见女儿回来，喜出望外。菊花满脸憔悴，人也消瘦多了。张二嫂怔怔地端详着，焦急地问："你出嫁十来天，怎么就瘦成这样啦？"

菊花像个小女孩，突然扑进妈妈怀里，默不作声，忍不住流出眼泪。

"刘涛呢？怎么没跟你一起回来？"张二嫂关切地问。

"铁牛哥接我回来的。"菊花揩了揩眼泪。

"菊花，你都嫁人了，还跟铁牛扯不清吗？你不怕别人说闲话？"张二嫂脸色黑下来，像乌云密布。

"我不怕！我不怕！我是铁牛哥的人，谁我也不嫁！"菊花从张二嫂的怀里挣脱，像在向谁宣誓。

张二嫂满以为菊花嫁到刘家，就会死心塌地做个好媳妇，而且也就断了王铁牛的念头。可一听菊花这口气，她心头涌出前所未有的忧虑和恐惧。她说："你跟刘涛结婚了，你就是刘家的人，怎么可能再跟王铁牛呢？你不怕刘家去法庭告我们吗？"

"他告我们？我们还要告他呢！"杏花扛着锄头，从自留地里干活回来，叫了一声"四姐"，内心百感交集。

她见菊花眼眶略微下陷，气色不好，面带沧桑，失去了青春活力，她气愤地说:"刘家有什么了不起?就知道拿钱财贿赂我爸爸,干涉婚姻自由。我要控告他们!"

"杏花,人家没有来找我们的碴,我们就不要去惹是生非了。"张二嫂知道刘家不是好惹的主儿,她劝杏花少说两句。

杏花说:"妈,三姐跟刘涛还没有扯结婚证,这婚姻可以不算数啊。你看这才嫁过去几天?人就瘦了一大圈,我看刘涛也不是什么好东西。"

"谁说这婚姻不算数?菊花,自己乖乖地滚回刘家去,免得我赶你走。"李朝阳突然冒出来,气冲冲地指着菊花,说,"走哇,以后要回来,就把刘涛带上!"

"刘家,我是不会回去了!"菊花的语气十分坚定。

"哼,不回去?我们养你一辈子?"李朝阳反问道。

"我自己有手有脚,我不要哪个养。铁牛哥说了,他再积点钱就娶我。"

"你张口一个铁牛哥,闭口一个铁牛哥,又中邪了吗?她娘,还是把她关起来,免得再去跟那龟儿子鬼混。"李朝阳怒不可遏。

"还要关呀?忘了上次跳河的事了吗?人命关天呀!"张二嫂小声地提醒李朝阳。

李朝阳立刻被气得说不出话来,心口好堵,好痛,差点眩晕。他把手中的扁担一扔,绝望地吼道:"老子管不了啦!管不了啦!"

13

　　这个冬天特别寒冷，上一场积雪还没有融化完，不甘寂寞的雪花又没完没了地漫天飞舞，像西风卷起的落叶。驷马水乡的山山岭岭被死死摁在一床厚厚的棉被里，不许露头，也不许露尾。似乎，夏旱期间蓄积在天宫的雨水，准备在冬天一股脑儿地降完。

　　之前，连续两个月的伏旱给驷马水乡带来了空前的灾难，一半以上的水稻怀不上穗，抽不出穗，玉米、红苕大幅减产。令人期盼的秋收季节，却给不了村民希望和喜悦。刚到冬季，粮仓里的贮粮便所剩无几了。

　　中午收工回来，张二嫂一边收拾灶头上的锅碗，一边提了个建议："她爹，我们的主粮不多了，还剩了几缸杂粮。大家都在挖野菜，我们也去挖一点，帮补一下吧。"

　　"积雪封山，去哪里挖？屋梁上还晾有干苕藤，弄些苕叶熬稀饭吧。"李朝阳坐在门槛上，望着满世界的皑皑白雪，边抽烟边说，"听说大队就要组织各生产队修水库了，这天寒地冻的，咋搞嘛！"

　　"冬季农闲，不修水库干啥？有了水库，今后就不怕天旱了。唉，这日子怎么过哟？"张二嫂唉声叹气。

　　"我们过的是靠天吃饭的日子。年成好，就能吃上饱饭；一遇荒年，庄稼就保不了收成。就拿今年来说，有水源的田地还不错，缺水的田地几乎颗粒无收，不饿肚子才怪呢。大队干部早就该重视水利建设了，有远虑才无近忧。一旦把水库修好了，就可以一劳永逸，旱涝保收了。"杏花抓了把柴火添进灶孔，拉动风箱扑嗒扑嗒地往炉桥下吹风，蹿跳的火苗舔着黑色的锅底。

　　李朝阳叼着烟杆，默不作声，心想杏花这孩子虽然年轻，可说话处处在理，只可惜是个女儿身,我李朝阳这辈子命苦呀!在幺女眼里,自己也不能见识短。他摘下烟杆:"这些道理我都懂,也不怕吃苦,只是担心自己的老毛病嘛。"结扎手术失误带来后遗症一事又勾起了李朝阳的伤感。

提起李朝阳的老毛病,张二嫂也十分伤神。他十天就有两天犯病,有时疼得大汗淋漓。这身体现在冷不得,热不得,也累不得。张二嫂说:"她爹,到时叫王大献少给你分点任务不就行了吗?"

"别指望王大献了,他这人你又不是不了解,他哪里体恤过别人呀?话又说回来,我好脚好手的,干吗要他给我减任务?只要干的是利于农业生产的好事,我李朝阳绝不拖后腿。"李朝阳态度十分鲜明、坚定。

"爸爸,我们还是提前准备些吃的吧,修水库活路苦,没东西加餐是不行的。"杏花望了李朝阳一眼,带着敬意。在生产队改变农业生产条件的事情上,他老人家毫不含糊,舍得出力呢。

"这样吧,我没有啥准备的,把自留地那些蔬菜务好了就行了。至于你们,爱干啥就干啥吧。"李朝阳说完,扛起锄头下地去了。

张二嫂留家煮午饭,葵花帮李朝阳务自留地,杏花和菊花背起背篼,扛着锄头进山挖野菜。太阳虽然从灰白色的云层里钻出来了,但那柔弱无力的光芒给大地带不来多少温暖。树也好,草也好,石头和土地也好,还是被积雪遮住了真实面目,喘息着。

满山遍野都是人,都在寻找可以煮来充饥的东西。刨开积雪挖野菜的、撬开石头掏脚板苕(山药)的、扒开草丛捡橡子树果实的、爬上松树采松果的、砸开冰层叉鱼的,还有装套子套野鸡野兽的、拿着弹弓射击小鸟的,你呼我唤,热闹非凡,像麻雀闹林。

杏花她们来到一块苕地里,这是一块九月间挖了红苕后没有播种小麦或油菜,一直闲置在这里的土地。厚厚的积雪覆盖着,反射着太阳的光。

"四姐,集体生产,大家偷奸耍滑,这里面的红苕肯定没挖干净。"杏花边说边挥动银锄,咔嚓咔嚓,刨开积雪,翻挖泥土。

土地表层的水分和土粒已经结成冰晶,形成"冻土",坚硬如铁,锄头下去,一挖一个白印。

"四姐,怎么这样难挖?费了半天劲,还没看到红苕在哪里。"杏花擦着额头沁出的汗水。

"幺妹,不是你提议挖红苕的吗?想打退堂鼓啦?"菊花反问杏花。

"哼,四姐,你看我像打退堂鼓的人吗?"杏花脱掉身上的棉袄,搁在塝坎上,只穿一件破烂的红衬衣。她朝手心啐口唾沫,双手搓几搓,抢起锄头,摆开架势,锄头像长着尖利的牙齿,啃开土地冻结的表层,露出疏松的里层土。

"幺妹,你看,你看!我没有弄出你那吓人的架势,比你还先看到红苕呢。嘿嘿,好乖的红苕哟。"菊花淌着热汗,喘着粗气,兴奋得手舞足蹈。她刨出一块铲断了的红苕,握在手中。红苕虽然受过伤,却一点也没有腐烂,伤口结了一层褐色的干疤。

"四姐,呵,你看,好多哟,这才叫红苕嘛!"杏花翻开大土块,露出几个金黄色的疙瘩,像胖乎乎的小孩,洋溢着光亮的色彩和喜悦,静静地睡在紫色的土层里。菊花看了,连忙来抢,杏花张开手掌按住不放:"是我刨出来的。"

"我帮你捡。"

"不要哪个捡。"

"我偏要捡。"

菊花掰开杏花的手,红苕被菊花按住,杏花又掰菊花的手。姐妹俩你争我抢,互不相让。俯身弓背,腰肢扭动,咧咧地骂,咻咻地笑。最终红苕还是到了菊花手中,被沾上泥土的双手高高举起,肆意地晃动,在杏花眼前炫耀。

"哈哈,我在这里看好久了,还以为李家的两朵金花在抢黄金呢。"花狗子手里提着一只肥硕的拱猪子,笑眯眯地站在地角。

"红苕比黄金还贵重,红苕吃得,黄金吃不得。"菊花打趣说。

"花狗子哥,在哪儿弄的?"姐妹俩问了同一个话题。

"团寺山下套的。"

"冬天还有这玩意儿?"菊花好奇地问,老人们都说拱猪子冬天藏在洞里不出来,开春才出来活动。咋瞎撞瞎碰到花狗子手里去了?

"该它死。昨天,我看大石头下有个洞,洞口有活动痕迹,还有几撮棕灰色的被毛，我就知道这洞里有货，肯定是它爬到洞口晒太阳留下的毛。我就在洞口下了个套。嘿嘿，这灾荒年间，吃到这美味不容易呀。"花狗子一副得意的样子。

"花狗子哥哥，我们用这半背篼红苕换你的拱猪子行不？"菊花想到爸爸身体差，能吃拱猪子补补身体多好。这拱猪子至少有三十斤，肥滚滚的，皮下肯定贮满了油，尖尖的嘴巴不知啃了多少庄稼。只是这换法，自己太占便宜，是不是有些过分哟？她说出这话，又感到面愧和后悔，知道花狗子绝不会答应。

花狗子迟疑了一下，调侃道："我不要红苕，我只要杏花嫁给我。"

"没个正经相，一只拱猪子就想换我妹妹？你想得美！"菊花冷哼一声，露出一脸不屑的神色。

"哈哈，我哪敢想你妹妹哟。人家又有知识又像天仙，我花狗子是什么货色呀，怎敢异想天开？"

杏花在一旁偷笑，开起花狗子的玩笑："别把我夸上天了。我知道花狗子哥哥心中早就有人了，丽芳姐才是你心中的白天鹅哟，大城市的姑娘，那才叫漂亮，那才叫有见识。嘻嘻。"

"花狗子哥哥，你可要早点下手啊，不然，丽芳姐就会被别人抢去，你后悔都来不及了。"菊花也插了一句。

花狗子被两姊妹你一言我一语，逗得脸上一会儿白，一会儿红。他把拱猪子往地上一丢："杏花，你自己拿去吧。红苕我也不要了，你家人口多，我一人吃饱全家不饿，怎么过都行。"说完就走，走了几步又停住，回头嘱咐了一句："别忘了喊你丽芳姐吃拱猪子肉啊。"自从张丽芳挖三七给他疗伤后，花狗子就六神无主，想入非非了。

"晓得，晓得哟。"菊花嫌花狗子啰唆。

"花狗子哥，我会告诉丽芳姐这是你的心意。哈哈。"杏花朝花狗子扮了个鬼脸，咻咻地笑个不停。花狗子尴尬地看了杏花一眼，身躯一晃一晃地远去了。

菊花把拱猪子背回家，张二嫂问她从哪里弄来的，菊花说明了事情的原委。张二嫂感慨地说:"这孩子挺大方的。"她提起后腿掂了掂:"蛮重的,像头小猪,你们准备怎么吃?"

"一顿咋吃得完?"菊花问。

"谁叫你一顿吃完?做人要学会过日子。匀着吃吧,可以吃一个冬呢。"张二嫂放下拱猪子。

"还要请丽芳姐吃呢,花狗子哥吩咐了。"杏花补了一句。

张二嫂默不作声,这么大的拱猪子,她还是头一回见到。这灾荒年间,弄到只大拱猪子,相当于杀了半头年猪。由于没得什么东西喂,每年杀年猪的时候,绝大多数家庭也就杀出个六七十斤肉。谁家要是杀出个百斤左右,迎来的是一片啧啧称奇。这拱猪子毕竟是花狗子套的,而且准备送给心上人,她突然提议道:"还是交给张丽芳吧,难得花狗子一番心意。花狗子三十多岁了,还没个对象。他爹娘死得早,又无兄弟姊妹,孤孤单单的,若能娶个女人多好嘛。"

"啊,花狗子哥已经送给我们了。妈,你就别操这份心了。"菊花有些不舍,"妈妈,花狗子哥怕是一厢情愿吧?人家丽芳姐是重庆城里的,早晚要回去,怎么可能在这山旮旯找对象呢?"

"妈,这拱猪子就留下加餐吧,爸爸身体不好,不正需要补一补吗?"杏花也开始帮腔。

"我们不能留,还是交给张丽芳好。"张二嫂从碗柜里取出一摞木制碗,搁在灶面上,揭开锅盖,准备舀饭。热气氤氲的苕叶稀饭在铁锅里沸腾着,鼓着褐黄色的水泡,冒出响声,升腾着猪食一样的气息。

张二嫂叹了口气说:"你丽芳姐也老大不小了,也该处对象了。她想回城,谈何容易?我听人家说,背膀子厚(有靠山)的,插队不到一年就回城了,你丽芳姐来这里都七八年了。其实,我倒觉得花狗子和张丽芳般配,花狗子除了说话没个正经样儿,其他啥都好。"

14

杏花按照妈妈的意思,背着拱猪子穿过遍布积雪的院坝,来到张丽芳家。她希望这只拱猪子能不负众望,成为连接花狗子和张丽芳的感情桥梁。

前脚刚刚跨进门槛,杏花就嚷开了:"丽芳姐,好事来了!"

"有个啥好事嘛?还不是跑来逗姐开心!"张丽芳正在纳鞋底,火笼里的火照得她脸颊发亮。

"这是花狗子哥昨天套的,让我送给你呢!"杏花放下背篼,取出拱猪子往桌子上一搁。

"啊!这是什么怪物?好吓人哟!"张丽芳看到毛茸茸的动物龇牙咧嘴地躺在那儿,突然惊叫一声。

"这是拱猪子,喜欢啃食棉桃、红苕、苞谷的野兽,营养丰富,能补身体。你体质差,炖起吃、炒起吃,随你便啰。"杏花像放连珠炮。

"既然能补身体,还是你们拿去,给李叔叔吃吧。他老人家正用得着哟。"张丽芳推辞道。

"丽芳姐,这是花狗子哥哥的一点心意,指名道姓让你吃,我怎么好意思拿去呢?"杏花急了,说完就要离开。

"幺妹,我可不敢领他的情呢。"张丽芳沉吟片刻,"这人居然偷看女人洗澡,这胆儿够肥的吧,呵呵。"

"不就招惹过你吗?芝麻大点事,还计较它干吗?呵呵。"杏花也忍不住笑起来。

张丽芳突然拧起眉毛,岔开话题:"唉,恐怕我要在水乡扎根了。"

"丽芳姐,你还是想回重庆?"杏花审慎地问。

张丽芳垂下头颅,长长的睫毛掩映着一汪春水。她拉出抽屉,递给杏花一封书信。杏花一看就知道是个男生的字迹,写得飘逸潇洒,话却不多,几行字:

丽芳,你知道我已回城四年了,一直在等你。父母逼得紧,托人介绍了好几位女生,都被我拒绝了。可最近介绍这一位,我无法拒绝,如果没有她父亲张罗回城这事,我回城的想法早就落空了。唉,有恩不报非君子呀。下个月,我们就要结婚了,父母等着抱孙子呢。

"伪君子!理由冠冕堂皇。"杏花把信揉成一团,扔到灶前。

张丽芳走过去,捡起纸团理了理:"这不能怪他,我们恋爱好几年了,可还是没有结果。他现在都快进四十了,等了这么多年,难为他了。"

"丽芳姐,这拱猪子你留下吧。其实,花狗子哥心肠挺好的。"杏花趁热打铁,为花狗子唱赞歌。

"呃,不说他了。我厨艺不好,这玩意儿不知道怎么烹。你们干脆去弄好,我尝一口就行了。"张丽芳固执地说。

"好吧,丽芳姐。"

杏花拗不过张丽芳,只好把拱猪子背回家,几姊妹拾掇起来。拱猪子被放进黄桶里,开水倒了进去。杏花左手抓住它一只后腿,右手操根木棍翻动一阵后,试着扒了一撮毛,毛扒下来了。提起拱猪子搁在木板上,一人稳住,一人操刀刮毛。不多时,拱猪子被开膛破肚,收拾干净了。大部分用盐腌着,装在缸里,留待最困难的时候给爸爸加餐。剩下的一块圆尾肉,切成薄片,拌上米粉,做成蒸肉。

香喷喷的蒸肉味充盈在热气腾腾的蒸气里,弥漫开来,不断刺激杏花一家的味蕾。这年头的人岂能闻到肉味?心如猫抓,难受极了。不知是谁家的黑猫好不识趣,公然跳上灶头,围着蒸笼"喵呜喵呜"地叫个不停。伸出前爪,试探了好几下,想掀开锅盖。最终滚烫的蒸气逼得它望而生畏。在杏花的呵斥下,黑猫跳下灶墩,悻悻地远去。它刀背一样的脊柱,弓起左右两排尖锐的肋骨，饥肠辘辘的肚子像一个瘪瘪的口袋，毛稀稀拉拉地挂着，一起一伏。"喵呜喵呜"的悲鸣让人心生怜悯。

肉蒸熟后，每碗盛几片蒸肉，挨家挨户端给院子里的人。杏花给爸爸盛一碗，再给妈妈盛一碗，自己和三姐、四姐同吃一碗。院子里的人尝到鲜美的拱猪子肉，笑逐颜开，话也多了起来。

"杏花有出息呀，这味道做得霸气。"

"我害一年多病，没有闻过肉味儿。这孩子让我这老太婆临死前还能尝到拱猪子肉，死了也没啥不足心意的了。"

吃饭的时候，门外传来几声有气无力的狗吠。住在河对面的赵朝军带着一大一小的女儿，拄着一根竹棒要饭来了。大女儿叫苗苗，五岁光景；小女儿叫兰兰，刚满三岁。都有些怕生，躲在门外，瘦骨嶙峋的小身子傍着土墙，不肯进屋。赵朝军瘦得皮包骨，面部有些浮肿，皮下像鼓满了水分，亮晃晃的。他身子倾斜在竹棒上，上气不接下气，糠片一样的嘴唇翕动几下，声音细若蚊蝇："行行好吧，给我点吃的，我们一家人已经几天没进一颗米了。"

"杏花，去给他们舀饭，我们就省一口吧。"张二嫂吩咐杏花，接着叹息道，"唉，他住那地方水源条件差，坡陡，土地又瘠薄，不耐旱。前些日子，水稻就不提了，红苕、洋芋都干死了。他有个啥吃的嘛！"

三碗饭陆续递到了赵朝军和两个女儿的手中，碗中照得见人影，漂浮着黑色的干苕叶和稀稀拉拉的白色米粒。赵朝军把自己的碗递到大女儿嘴边，示意她喝一口，大女儿轻轻摇了摇头，坚持只喝自己的。他又把碗递到小女儿面前，小家伙咬住碗沿，猛地吮吸了一口。剩下的，被赵朝军一口气就喝完了。他呼吸渐渐匀称平缓，面色活泛起来，感激地对张二嫂说："张姐，谢谢了，我万辈子都记得你们哟。"

喝完稀饭，女孩惨白的脸上隐隐约约有了红晕。妹妹从地上捡起一粒小石子，调皮地放到姐姐颈子上，咪咪地偷笑。姐姐抬起右手，在颈子上一摸，石子被摁在拇指和食指间，再轻轻一搓，石子被弹了出去。她龇牙咧嘴，责怪地瞪了妹妹一眼。

"杏花，给你赵叔叔舀几碗米，取把干苕叶，带回去熬粥吃。"张二嫂一边收碗，一边吩咐。

"晓得。"杏花去米缸里舀米。

"干脆把剩下的拱猪子肉都交给他们吧。"李朝阳拿着个小棍，专心致志地掏烟锅里的烟油。

"啊？"杏花看了爸爸一眼，看他似乎不是在开玩笑，面部表情十分平静。

"爸爸，这是留给你的，过几天修水库，活路可苦了。"菊花把"留给你的"几个字咬得特别响亮。

"给你赵叔吧，我们不是还有一只羊吗？实在吃不消，我们就杀羊吃。"

"爸爸，羊已经怀孕了，不能杀它。"杏花提醒说。

"你看他们已经水肿了，救命要紧呀。不就一只拱猪子吗？反正，不能把人饿死！"

说赵朝军水肿倒是一眼就看得出来，说他两个女孩水肿就令人难以信服了。杏花扳过女孩的脸："苗苗，让幺姐看看啊。"不看不知道，一看吓一跳。她的脸真有点浮肿，只是不大明显而已。她又挽起兰兰的裤管，食指头在腿肚子上轻轻一按，立即凹下一个手指印。

一种复杂的情绪盘旋、发酵，杏花内心一阵酸楚。饥饿，可怕的饥饿！两个孩子的人生才刚刚开始呀，难怪父亲今天这么大方。之前，自己一直错怪父亲，认为他视财如命。今天看来，父亲又何尝不懂得生命比世界上任何东西都要美好，都要宝贵呢？

拱猪子肉、大米、干苕叶都拿出来了。赵朝军又作揖又磕头，感谢的话说了一箩筐："杏花妹子，你们是好人啊，救了我一家的命，你们的大恩大德，我万辈子都记得，万辈子都记得。"

"赵叔叔，乡里乡亲的，相互救济是应该的，不必言谢哟。"杏花拦住院子里的麻狗，护送赵朝军他们离开李家大院。

回望之际，赵朝军深陷的眼眶里滚出一连串泪水，在沾满尘灰的脸上滚出几道沟壑，像洪水冲过的沙滩，一片狼藉。父女几人背背篼的背背篼，提口袋的提口袋，抱苕叶的抱苕叶，兴高采烈地走着，谈论着。

"爸爸，吃了拱猪子肉，妈妈的病会好吗？"苗苗问赵朝军。

"会好。"

"爸爸,到了热天,苍蝇老盯着我们,吃了拱猪子肉,长出长尾巴,可以赶苍蝇吗?"兰兰天真地问。

"可以。"

"爸爸,我不要尾巴,我要长出长嘴巴,拱地、拱庄稼、拱草根,就再不会饿肚子了。"苗苗眼前出现了一幅美好的蓝图,苍茫的天空,挂着一轮明亮的圆月,下面是碧绿的苕地,她摆动着拱猪子一样的长嘴巴,在茂盛的苕藤下拱来拱去,嘴里美滋滋地嚼着甘甜多汁的红苕。

"哈哈!哈哈!"赵朝军忍不住笑出声来,突然又感到提不起气,只好敛了笑容,伸直脖子。

15

十月初一，天刚麻麻亮，吱呀一声，前门开了，扑面而来的是卷着雪花的寒风。李朝阳打了一个寒战，他把棉袄两边的门襟往胸前一交，紧了紧腰间的草绳。这件棉袄已穿了十年，大孔小眼，破烂不堪，门襟上的纽扣也掉光了。寒风钻进衣缝，像冰刀在胸前和两肋上切割，又冷又疼。接着"阿嚏——"一声，鼻子里像丢了炸弹，惊飞了杏花树上早起的麻雀。

这时，赵朝军从寒风中走来，一见面就喊："李哥，还你的背篼。"

"你这么早？啥时借我背篼的？"李朝阳皱了皱眉头，疑惑地问。

"那天装东西背走的，吃了你的拱猪子肉，背篼总得要还吧？"赵朝军嘿嘿地笑了几声。

"这哪里是我的？崭新的背篼呀！"李朝阳把背篼往旁边一搁。

"李哥，这是我编的。马上就要修水库了，我怕你那旧背篼坚持不久，便给你换了。"赵朝军解释道。

"为了修水库，到处的竹子都砍完了，你在哪里弄的竹子编背篼？"李朝阳问道。

"我屋后有一丛竹子，长在水井旁边，今年的伏旱没把它们干死。你先用着，我准备抽空再给你编一个。"一阵寒风卷来，赵朝军扯起衣领捂着脖子，"李哥，差点忘了告诉你件事，杏树上的梆掉下来摔坏了，我来时看见的。"

"啊？"李朝阳心头一惊，急忙踏着积雪，深一脚浅一脚地跑去杏坛看。

挂在百年老杏树上的梆，不知什么时候掉在杏坛旁边的院坝里，磕出了一条大拇指粗的裂口，像一个摔伤的老人，痛苦地张开栗色的大口，欲哭无泪。糟了，这梆打不了啰。

杏坛二十个平方大小，高出院坝一米左右。这是李朝阳曾祖父李强益生前请石匠砌的，石墙上还雕刻着孔圣人的画像。这梆挂在离坛面一人高的树枝上，昨夜刮了一夜狂风，树枝被吹断了。梆可能是磕在石墙上，再蹦到院坝里的。

李朝阳抱起破梆，心情十分复杂，几件往事涌上心头。

十几年前，王大献找到李朝阳，满脸堆笑："老李，结扎给你带来后遗症，我们尽量补贴。现在准备安排你打梆，每月算三个劳动日工分。这件事，我在赵书记那里替你争取好几回了。你就不要去找上级纠缠后遗症的事了，别人说起羞人嘛。"

"啥子叫羞人？我又没偷没抢。这点也算补贴吗？老子不稀罕。"李朝阳正在晾晒土烟，蒲扇大小的烟叶一片片地铺在地坝上，太阳照在上面，散发出陈年木头般的油香味。他每年在自留地里种一厘地左右的土烟，也只能种这点，不能占太多的自留地，毕竟土烟不能当饭吃。土烟除了自己抽，还可以卖个好价钱，买点盐巴、火柴什么的。只是，这得偷偷摸摸拿到街上去卖，不然，一旦被公社武装部的民兵逮住了，就给没收了。

"老李，别小看这三个劳动日工分，一年下来就是三十六个，可以买六七十斤稻谷了，相当于一个人半年的口粮。这细账不得不算呀，比你种土烟划算嘛。"王大献捡起两片晒得蔫蔫的烟叶子，卷成卷儿，揣进裤包。

"去哪里买稻谷？你买了，别人喝西北风？"李朝阳咕哝几句，乜斜着眼睛瞪了几眼王大献爱占便宜的手，几欲夺回他手中的烟叶。

李朝阳接了打梆的任务，暗忖道："这活儿除了掌握时间节点，无其他技巧，蛮轻松的，计酬也不吃亏。做事情，干一行就要务一行。免得逗人说闲话。"于是，不管天晴落雨，日晒风吹，他都恪尽职守，出工收工按时发令。几年下来，他可以根据事情的大小缓急，打出不同的谱子，生硬的梆声越来越有情调，人们的两只耳朵也添了功能，与梆声慢慢达成了默契，可以听声辨事了。

眼下，这梆一坏，怎么去发号施令？何况，自己没有梆打，谁给他每月另计三个工分？他看了看杏坛，看了看坛墙上的孔圣人，想起中举的曾祖父李强益，心里自卑起来，自己要是多点文化，还打什么梆，务什么农呀？这杏坛虽然被岁月模糊了当年的风雅，但它连同这株杏花树却是他李氏家族的文化丰碑啊。他的曾祖父多么希望李氏家族后继有人呢。可是，到了今天，李家还是没能蹦出个像模像样的人物。他幺女杏花虽然天资聪颖，成绩出众，却只读到高中，学习生涯就画上了句号。

他妻子张二嫂曾经问过杏花："你班好些人都被推荐上大学了，你咋没被推荐上？"

不提这事还好，一提这事，杏花就感到失落和伤感。尽管她成绩优异，但深藏多年的大学梦，还是稀里糊涂地夭折了。背地里，她不知流过多少次眼泪。可是，眼泪能解决的问题就不是问题了，她必须面对现实。在妈妈的追问下，她的头颅突然低下去，然后又昂起来，面露悲戚，默默地望着屋顶。张二嫂也莫名其妙地望着屋顶，似乎答案就在那上面。

"又不考试，凭什么搞推荐入学哟？我看是在乱整。明天，我去问问学校。"李朝阳一肚子怨气没地方发作。前几个女儿没读几天书就算了，可杏花是个读书的料呀，都指望她功成名就，为李家撑撑门面，也不辜负先人的遗愿嘛。

李朝阳在晒坝里翻晒稻谷，一收工，他就光着泥脚杆，跑到驷马春风中学找校长，校长不在，他就在办公室大吵大闹，理直气壮地质问："我们家根正苗红，标准的黄泥巴脚杆，你们凭啥不让我女儿上大学？"

"这是上级决定的，我们做不了主哟。入学通知书都发出去了，你现在闹也没用呀。"几个老师劝他。

杏花的班主任拍了拍李朝阳的肩膀说："这孩子没上大学，我们老师也怄气呀，可这有啥办法呢？老李，认命吧。"

杏花落榜后，李朝阳只要走上杏坛，就睹物伤怀，恨命运不公、恨自己无能、愧对曾祖父。他更恨自己的女儿杏花，明明是个被大学拒之门外的可怜虫，却若无其事地说："爸爸，你别总是谈这个嘛，不读书不也照常活人吗？何况农村是个广阔的天地，大有作为呢！"哼，从土里刨食，管饱肚子都难，还谈什么作为？唉，命呀，是命运不济哟！

往事不堪回首，李朝阳内心凄凉，他把摔坏的破梆往灶前一扔，叹了一口气："唉，只有当柴烧了！"他决定将此事报告给王大献。

听了这事，王大献眼睛一瞪，眉毛竖起来："没梆怎么行？马上就要修水库，怎么统一时间出工？"他又用命令的口吻道："这几天，其他事你啥也不要做了，快去砍树制作梆！"

李朝阳面露难色："哪里去找那么粗的树嘛，镶的梆面又不经打。"

"有油桐树呀。"

"油桐树是经济林木，不是不准砍吗？"

"我都说砍了，你还怕啥呢？"王大献面色一沉："我知道你有艺，把梆制作大气些，声音要大，老远就能听见。整不好，老子不给你记工分！"

要说李朝阳有艺，这话一点不假。他是驷马水乡的资深老木匠，说他老，其实面相并不老，要不是下巴颏子翘起一撮山羊胡，看不出是五十多岁的汉子。他念完四年高小就学木匠去了，那时，他才十一岁。一次偶然的相遇，他当上了一个游脚木匠的徒弟。据说木匠的师祖正是"百工圣祖"鲁班的衣钵传人，其艺远超鲁班，他制作的鸳鸯能凫水，制作的孔雀能开屏呢。

李朝阳从游脚木匠那里学得一手绝活，修房造屋、圆盆箍桶、雕花造型样样能干。可是，这年头，煮猪食要柴火、大屋窖贮藏红苕升温要柴火、烧瓦要柴火、煮饭烤火要柴火，柴火从哪里来？只有铲草砍树。除了公有林剩下稀稀拉拉的松柏木外，到处土露石显，光山秃岭，一片荒凉。简直比剃头匠刮光头弄得还要干净。人类越穷困，越是失去理性。这种以草木为柴火的过度掠夺性行为，不仅造成水土流失，旱涝频发，而且让李朝阳一身绝技没有了用武之地。

吃过早饭，李朝阳从宝元山砍来一棵粗大的油桐树，树皮一刮，锯下一截直木，侧面凿条梆口，挖空梆的腹部，再刮两根棒槌，放在梆里。不到一天的工夫，梆的制作就大功告成了。这梆声音洪亮，气势雄浑。按照李朝阳的说法，梆的制作成不成功，主要看腹部的工艺。挖得太空，不受捶打，梆面容易破裂；挖得太少，不振音，响声小，传不远。所以要拿捏好分寸。

梆制作好后，还剩了些木材。李朝阳像孙悟空变戏法，把剩木材变成了斧把、木碗、木桶、木水瓢、木盆等。一棵高大的油桐树，除了满地的树皮和少许木渣外，什么也找不着了，连细小的枝条都做成了筷子。这木材紧缺的年代,不能搞浪费!趁机会捞点好处也是正常的。

可是,这点好处却被进屋借水桶的三婶看到了。去年,三婶死了男人,她拖着一男一女两个孩子,大的叫王劲松,顶多才五岁,日子过得十分艰难。自从跟队长王大献有一腿后,三婶倒是占了生产队不少便宜,慢慢骄纵起来,还有些狗拿耗子——多管闲事。

她一进李朝阳家,看到那些新制的木器闪耀着迷人的色彩,像一群骄傲的孔雀展开绚丽的屏。她那散漫又复杂的目光反复游离其间,一股妒火在心中燃烧。

"李哥,好手艺呀,这些桶呀、碗呀、瓢呀做得好漂亮,比供销社卖的那些强多了。能让我拿几个碗碗走吗?"

"呵呵,我都不够用呢,下次吧。"李朝阳歉然一笑。

"这要费多少木材哟。"

"不就是做梆剩下的废料吗?我把它变废为宝了。"李朝阳轻描淡写。可他哪里知道他的话越是轻松平淡,三婶心里就越是忌妒难受。

哼,好个变废为宝,你明明占了集体的便宜,却一副理所当然的样子。她偷偷跑到王大献家里告状去了。

王大献一听,火冒三丈。他气愤地说:"你心中不愉快的事,就是我王大献必须管的事。这还了得哟,看我怎样收拾他!"言罢,一把抱住三婶,猴急马急地乱摸乱啃。

"别这样,别人看见了会说闲话的。"三婶假装生气,快步溜出房门。

"好,回去等好消息。哈哈。"

王大献来了个突然袭击,闯进李朝阳的家门,一双牯牛眼到处搜索,鼻子微微翕动,像猎狗嗅着气味。王大献拾起一只木碗往桌子上一旋,碗陀螺般地飞转,旋出几圈怒气:"李朝阳,你砍的桐子树呢?"王大献这种挖窟窿寻蛇打,拿着鸡毛当令箭的行为令李朝阳十分反感。他倍加小心地应付着。

王大献本来是个不务正业、好吃懒做的主儿,大字不识几个,却一肚子的"整人经"。生产队有一个集体养猪场。曾经,王大献和张瑞祥都是饲养员,他看张瑞祥忠厚老实,就悄悄把川牛膝的叶片和猪草放在一起煮熟喂猪,川牛膝有催产的功效，几头怀孕母猪吃了猪食就流产了。王大献硬说这事是张瑞祥有意干的，他把谎言编得天衣无缝。弄得张瑞祥浑身是嘴也说不清楚，气得吐血。由于他揪出了破坏生猪生产的"坏分子"，得到了公社副社长刘良诚的赏识，把他拉到了生产队长的宝座上。

"王队长，你没有记性了？你不是叫我做成梆了吗？"李朝阳侧身坐在板凳上，烟杆里的味道拉得悠长悠长，眯着个眼睛，斜也不斜王大献一眼，似乎当他不存在。

"哼，这是哪里来的？还有那些？"王天献指着墙角的木桶、木盆、木碗、木瓢，络腮胡一翘，飞刀眉下的两颗眼珠子鼓出了眼眶。他抓起桌上的木碗准备扔出门外，结果手一软，又轻轻地放下了，这是一只多么精致的木碗呀，色彩黄褐发亮，花纹细腻美观。虽然没有上漆，但看不到一丝斧印凿痕。

"王队长，这叫物尽其用，总不能浪费吧？"李朝阳不温不火地说道。

"李朝阳，你刚才说什么来着？什么浪费不浪费？你这是侵占公家财产，看来不收拾你不行了。"

王大献满脸怒气，心想：这家伙从来不把我放在眼里，自己踩虚了脚，还敢顶撞我。不让他吃点苦头他不晓得馍馍是面和的啊。他突然转念一想：老子家里不也正需要这些东西吗？去供销社买不仅要花费不少钱，而且还买不到这等好货呢。就地取材，不要白不要啊。

于是，他走到李朝阳身旁，拍了拍李朝阳肩膀，丢下一句冷冰冰的话："再去砍一棵，打两副桶、一个洗脚盆、几副碗筷给我，如有剩料，随你的便吧。"王大献声音压得很低，几乎是从腹腔里发出来的，但带着不容置疑的语气，说完起身就走。

这一百八十度的大转弯弄得李朝阳一头雾水。他意识到自己这点绝活被王队长盯上了。"呸，你娃多体面哟，油桐树是队里的摇钱树，一毛钱一斤的桐籽呢，你说砍就砍？"李朝阳冲着王大献离去的背影，一口唾沫啐在地上。

16

这次是李朝阳打梆十几年来起得最早的一天。昨天晚上，生产队社员大会刚结束，王大献对李朝阳说："老李，明天可要比往天提前一个小时打梆。这次任务重，去晚了，搞不到个啥名堂。而且，别的队去得早，我们去晚了要挨赵书记批评。"

"我晓得。"李朝阳态度庄重，像临战受命的老将军。

王大献摸出一块怀表，递给李朝阳说："这是我亲戚从部队带回来的，借给你用用。"

"这表就不用了，我脑壳里有时间。你放心，不会误事的。"

这会儿，李朝阳站在杏坛上，举目一望，天空灰蒙蒙，大地白茫茫，扑面而来的是寒气。他折下一根杏枝，刮去梆上的积雪。然后紧了紧拴在腰间的草绳，捧起手掌，哈了口热气，再搓搓手，让手掌预热后，抡起梆槌，击打梆面。

"梆、梆、梆"，一阵时紧时慢的梆声回荡在水乡的上空，抖落了树枝上的积雪。听到梆声，人们带着工具迅速来到杏花树下集合。

梆声就是出工收工的号令，带着绝对的权威，不容忍任何借口。不管你是躺在床头，待在地里，还是蹲在茅坑边，只要迟到一次就扣工分一分。可别小看这一分，一个成年劳动力出工一天算十分，十五六岁的年轻劳动力只算六分。队里的钱、粮、油、肉、布等物资都是按工分分配的。平时加班加点也按工分记账，记多记少王队长说了算。所以，一家老小吃饭穿衣就靠这工分了。有人把记分簿比成生死簿子，一点也不夸张。

王大献往杏坛上一站，清了清喉咙，扯起嗓门："大家听好啦，昨晚社员会上,我已经把眼前的任务讲清楚了,这个冬除了农田冬灌外,主要是修筑蔡家坪水库大坝。任何人不得旷工,有事请假扣当天的工分,无故旷工一天扣两天的工分。"他眼皮翻两番,脸拉下来:"我再说一遍,哪怕你老婆生娃娃、家里人病了也不准旷工!"讲完相关事项后,王大献一声号令:"出发!"大家便跟着王队长,浩浩荡荡地开往蔡家坪水库工地。

昨天,大队干部已经通过抓阄的方式落实了各队的挖土区域。石工队、拉碴队、打夯队,由各生产队抽调精兵强将组成。由于下雪,没法打石灰,便铲沟画区域边界,并在沟槽里打上木桩作界标,挖的土石运去筑大坝。

大队开大会用的小型发电机、晶体管三用机、高音喇叭都搬到了工地,成立临时工程指挥部。架在油桐树树杈上的高音喇叭,张开两张圆形的大嘴巴,呜里哇啦地唱着歌曲。

南边岩壁上写着"水利是农业的命脉"和"兴修水利,利国利民"两行标语,让人深知筑坝工程的意义重大,涌动着神圣和自豪感;北边的岩壁写着"农业学大寨"和"自力更生,艰苦奋斗"两行标语,似乎在告诫人们这项工程,耗时耗工,是场"恶战",不可掉以轻心。油漆写成,每个字大如簸箕,鲜红灿亮,分外醒目。

二十几面红旗插在塝坎上,在呜呜怪叫的寒风中展开又卷起,卷起又展开,噼里啪啦地响个不停。

各队人马已经到齐,男男女女,老老少少,背着背篼,提着撮箕,扛着锄头,提着大锤,扛着钢钎。谷内谷外,坡上坡下,人头攒动,喧闹鼎沸。队长们正在划分任务,排兵布阵。

喇叭里的歌曲刚刚唱完,就传来了大队书记赵洪涛的声音:"同志们,这次,我们组织了九个队,千多人参与筑坝大会战,要在这山沟沟里筑起一道长百余米,宽约二十米,高约十五米的梯形大坝,横贯两山,围成一座巨大的水库,定名为蔡家坝水库。这座水库建成以后,可以蓄水六万立方米,灌溉范围遍及我们驷马水乡九个生产队。那时候,几股水源就将被牢牢锁在这里。雨季防洪,伏天防旱。驷马水乡就能摆脱靠天吃饭的宿命!

"同志们,今年的伏旱给了我们惨痛的教训,敲响了重视水利建设的警钟。

虽然，我们饿着肚皮，但我们勒紧裤腰带也要把水库修好，力争今冬圆满完成任务。同志们，有没有信心？"

"有！""有！"工地上响起稀稀拉拉的应答，像稻田里单调的蛙鸣。

"咋啦？你们没有吃饭吗？再吼一声听听。"王大献大声地斥责。

"有！有！哈哈。"几个女人又吼了几声，忍不住笑。

"吼得大声有屁用，分给我们的土方还不是要一背一背地背到大坝上去。"李朝阳顶了一句。

"抓紧啊！当天的任务当天完成，完不成的扣工分！"王大献又催开了。

"他妈的，这是要把人往死里整哟。"

"等大坝修好了，人都要脱几层皮了。"

有人骂娘，有人发牢骚。但骂归骂，抱怨归抱怨，分到人头的土方还是得背完。

工地上银锄翻飞，锤子飞舞，錾子跳动，号子嘹亮。挖土的、背土的、打石头的、打夯的、拉石磙的，一齐上马，干得热火朝天。各种声响混合成雄浑豪迈的交响曲，此起彼伏，响彻云霄。

杏花似乎置身于一个万人会战的古战场，金戈铁马，鼓角争鸣，尘土飞扬。可是，这里没有尖兵利刃，只有撮箕、背篼、锄头、钢钎、錾子、大锤、二锤、石磙，和成百上千的血肉之躯。偌大的库体和高大的堤坝，将由这些柔弱的躯体用简陋的工具创造出来。杏花参与这样浩大的工程建设，内心升起了一股自豪感，她和爸妈像蚂蚁啃骨头一样，消磨着分给她家的土石方。

"杏花，你背得完不？"拉磙队的花狗子堆着笑脸，厚脸皮把一双细眼睛勒成一条黑线，那张大嘴咧成个歪斜的口字，像个幽默大师。他冲着杏花吼道："妹妹，你看你这瘦不拉几的身子骨，咋是背土的料？"停了一下又说："拉磙队是两班轮换的，等我换班休息的时候帮你背吧。"

"不用了，谢谢哥哥，我背得完呢。"杏花淡淡一笑，又背土去了。

这时，远远地看见张丽芳背着土，像一头负重的病牛喘着粗气，来到大坝。刚一倒土，连人带背篼都倒出去了，瘦小的身子被压在背篼下，头上是泥，颈子里也有泥，泥土和着积雪，凉冰冰的，显得狼狈不堪。花狗子看着心疼，跑过去把她扶了起来。她感到头昏眼花，气血翻涌，又朝前踉跄几步。花狗子又去扶她，她不领情地甩开了花狗子的手，慢慢调息养气。

花狗子调侃地说："妹子，心急吃不得热豆腐，想完成任务，也用不着把自己当土倒了！哈哈，哈哈。"张丽芳窘得两颊通红，眼里滚出委屈的泪水。她回望自己的土方，折腾半天，才背出了个小坑坑。自己身子骨弱，力气小，本来打算找几个有力气的人合伙，别人嫌她是个拖累，都拒绝了。

这时，她累了，浑身乏力，别说背土，脚沉重得都抬不起来了。面对艰巨的任务，她像泄气的皮球，把背篼一甩，往雪地上一坐，像委顿的花朵。她嘴里嘟囔道："不背了！"忽然感觉到屁股寒气彻骨，又连忙站起来。看见周围的人干得热火朝天，想起自己还有繁重的任务，张丽芳便着急起来，她突然扯起嗓门："有人帮我背莫得？有人帮我背莫得？"连问数声，无人应答。她豁出去了，话锋一转："有人帮我背莫得？我愿意嫁给他！"这话不是冲花狗子说的，又是对谁说的呢？这不是在以身相许吗？怎能说出这样轻浮的话呢？她红着脸，环顾四周，周围的人都被这突如其来的许诺愣怔了半晌，个个面面相觑。

张丽芳虽然个子瘦小，脸蛋却长得甜甜的，笑起来有一对好看的酒窝，说起话来柔柔的，声音有吸引力。尤其那发育得与身躯不相称、有些夸张的胸脯，让那些围着她转悠的小伙子，少不了在长夜里做个销魂的美梦。花狗子就是为她做过美梦的人哟。

可是，当张丽芳抛出橄榄枝时，却没人敢接招。哼，难道我还没人要？半天听不到一句回音。小伙子们的沉默不仅没有使她放下失言后的包袱，反而刺伤了她的自尊和敏感，她脸上掠过一丝阴郁，哪怕能听到一句哄人的鬼话，也能让她的自尊心得到一丝安慰，面子上也过得去嘛。

"真的，我说话算数，谁帮我背土，我嫁给谁！"这次，她一本正经，耳根还飞起了一抹红霞，下意识地把"我嫁给谁"几个字拉到高八度，强化了她诺言的可信度。又过了一阵，还是没人敢接话。在场的小伙子们大脑飞转，盘算、权衡、掂量，最后得出相同的答案：不背！自己拉一天大石磙已经精疲力竭，全身垮架了，还要帮她背土方，又不是一天两天的事，要背到水库竣工之日呢。即使是穆桂英，也无福消受了。况且，她的一句戏言能当真吗？

周围的空气突然沉寂下来，张丽芳更加失落和尴尬，同时她又暗自庆幸没人接招。自己可能是累坏了，一时心血来潮，说下大话，终身大事岂能信口胡言？但一想到任务繁重，堪比愚公移山，落到这个地步，要生存，还有什么退路呢？她多么希望遇到夸娥氏这样的大力神呀。

"我来背嘛，你说话可算数？"花狗子走到她面前，一脸虔诚和豪气。

"啊！"张丽芳一声惊呼，一时喉哽语塞。心想万一答应了，嫁给一个老光棍多憋屈啊，何况自己怎能一辈子待在这山旮旯呢？可是，话已说出，咋好收口啊？还不如答应下来，等他吃不消，半途而废了，那就怨不得人了。

人群中有人聒噪起来："张丽芳，花狗子报名了！你不能让人家浪费感情哟。"

也有人讥笑花狗子："人家是大都市的千金，你花狗子也不拿个镜子照一照，你到底像不像那窝苕？"

几个小伙子笑得前仰后合，拍着手掌喊："花狗子！花狗子！癞蛤蟆想吃天鹅肉！哈哈，想吃天鹅肉嘞——"

花狗子急了："老子就想吃天鹅肉，又咋啦？"他的眼睛紧紧盯住张丽芳，目光里充满着期待和坚定。张丽芳禁不住打了个寒战，糊里糊涂地点了点头，低声道："算数。"

花狗子一把拉过张丽芳："妹子，快向天起誓吧。"嗵的一声，他双膝跪下，两掌撑地，磕了三个响头，然后双掌合十："苍天在上，今天跟张丽芳达成婚约，我花狗子绝不反悔。若有反悔，天打五雷轰。"张丽芳万万没想到花狗子弄出这种架势，也稀里糊涂地跪在地上勉强磕了几下头。花狗子看张丽芳真的磕头了，又惊又喜。朝思暮想的心上人就这么容易到手了？他扶起张丽芳，脸上露出胜利者的微笑。哼，等水库修好了，老子就要把她张丽芳娶回家，让你们看看！花狗子朝讽刺他的人傲慢地扫视一番，心中暗暗下了决心。

水库大堤除了用夯石筑紧外，还要靠石磙碾轧。石磙碾平一层，又倒一层土，再碾平，再倒土，一层一层地往上垒。身强力壮的小伙子组成拉磙队，干这活凭的是体力，但也有像春香那种牛高马大的女人自告奋勇加入的。

二十几个人攥着拴在磙架正中的长绳,叉开髂裆,双脚蹬成半马步,领唱的一声吼:"哟嗬嗬,今冬修个水库哟。"

队员们高声齐唱:"喂呀喂子哟,拉起石磙轰隆隆,震呀震山谷咃。男女那个造奇迹嗬,哟呀哟儿嗬。"

重达几千斤的石磙摇摇摆摆,吱呀吱呀,轰隆轰隆,在号子声中滚滚向前。冰冻的土石和着枯涩瘠薄的岁月被碾轧成大坝。绷直的长绳迸发出青春的激情,雄壮的号子滚过长空,喊出了移山填海的苍凉和豪迈,大坝的高度在人们的汗水里一点一点地上升。

到了晌午,按大队规定,有两个小时的休息时间。人们三个石头支口锅,或者几锄挖口土灶,放把米,放几块红苕,烧锅做饭。也有人图方便,一边啃着黑黢黢的高粱馍馍,一边抓把积雪塞进嘴里,嚼得咯嘣作响。吃完饭,有的刨开积雪,扯点茅草、乱鸡窝草,点着烤火取暖;有的慵懒地躺在背篓上晒着雪霁后的太阳,打起鼾声。

这时,广播里响起大队书记赵洪涛的声音:"同志们,欢迎驷马春风公社文艺队来工地慰问演出。"这时,有人喊了一声:"鼓掌啊!"一阵乱七八糟的掌声让沉寂下来的工地又恢复了喧嚣。

杏花心中一紧,她连忙躲到聚拢的人群当中,踮起脚向演出的队员张望。"啊,杨老师来了?"她问自己,心里既兴奋又紧张。文艺队站在一块积雪覆盖的空地上,口令一下,整齐列队,一位男青年站在队列前,动情地朗读着慰问信。之前,只要去工地慰问,这差事都是杏花干的,她声嗓好,字句铿锵,激情洋溢。而杏花现在已经不在文艺队了。虽然,被抽派的那段时间,她出色的表演屡次赢得观众的好评,从而被吸收为文艺队正式成员。可是,第二年开春,她毅然做出一个令人不可思议的决定:退出公社文艺队。

念完慰问信,队列散到一边,腾出空地作舞台。女报幕员用生涩的普通话宣布:"下面请听杨老师独唱《我们走在大路上》。"

听到杨老师三个字,杏花连忙收起踮着的脚,垂下头颅。躲进翘首观看的人群组成的繁茂森林,像一朵刚刚出土的野蘑菇,掩映在密密匝匝的树丛里,悄悄感应周遭的气息。她胸腔里的咚咚声响掩不住内心的紧张,脑海里浮现出一个幻景：杨松柏老师看见她了，她也看见了他，两道久违的目光碰触出迷人的火花。她既期待又害怕这种场景真实地出现，因为她毫无这样的心理准备。

她还是不敢抬头，只能屏气凝神，竖起的耳朵像两根伸出的天线，小心翼翼地收集着舞台的声息。啊，怎么是女声？那么甜润和柔美。之前这首歌可是杨松柏老师唱的，他音域宽广、气势雄浑，是队里振奋人心的男高音啊。

杨松柏老师怎么啦？今天为什么没有来？杏花心中似乎有种不祥的预感，她迫不及待地分开人群，一股脑儿地往前挤。

身后是妈妈的喊声："杏花，你去哪里？这娃娃，今天怎么啦？"

杏花没有搭理妈妈，挤到人群的最前面，眼光在演出队里来回搜索，却看不到杨松柏的身影，失落和忧伤袭上心头。

报幕员又亮开了嗓门："请欣赏舞蹈《山丹丹开花红艳艳》。"优美的旋律、轻快的节奏唤起了杏花的记忆，那年，她去红云大队水库工地慰问演出，观众把手都拍痛了，演出结束后，一群人指着杏花，对领队杨松柏老师说："这个女青年跳得最好，下次一定把她带上哟！"

蔡家坪水库工地一阵骚动，爆发出一阵又一阵掌声。在这苦涩单调的岁月里，一场青涩的文艺演出，像空气里飘来的一阵异香，让人清新，让人兴奋。当报幕员宣布演出结束时，杏花一把拉住正要离场的女杨老师，急切地问："杨松柏老师咋没来？"年轻的女杨老师停下脚步，一双丹凤眼从上至下，又从下至上在杏花身上打量："你叫什么名字？你认识他？"

杏花觉得有点尴尬，松开拉着女杨老师的手，暗自嘀咕道：我一身泥土，有啥好看的？还看得这么认真。

"你叫杏花吧？我看过你和松柏老师的合影。"女杨老师若有所思，然后恍然大悟。那张翘角的小嘴，差不多凑到了杏花的耳畔，声音压得很低："他犯错误了，不在队里。唉，真是冤枉呀。"说完就慌慌张张地走了。

杏花冲着女老师远去的背影，声嘶力竭地辩解："不可能，不可能的！杨老师不会犯错误！"

人们都干活去了，没有人理睬她喊了什么。她感觉一阵眩晕，跟跟跄跄地走到坑位，抡起锄头，狠命地挖土、挖土。突然一声惨叫，高举的锄头锄中了她的左脚，鲜血很快地渗出了布鞋，把冰冷的泥土染得狰狞可怖。

张二嫂取下包在头上的帕子，刺啦一声，撕下一块，裹住杏花的伤口。她急得手足无措，哭喊着："赵书记，我女儿受伤了，快想办法呀！"

正在不远处挖土的大队书记赵洪涛听到喊声，立即放下锄头，叫来大队的赤脚医生给杏花包扎伤口。他说："梁医生，你先把她的伤口处理好，尽量少出血，不能感染。"他又吩咐张二嫂和李朝阳："这孩子伤得不轻，等梁医生包扎好后，立即送到公社医院。"张二嫂和李朝阳心里感激。

伤口包扎好了，疼痛感略有减轻，杏花坚持自己去医院，当她咬着牙关勉强站起来时，钻心的疼痛又让她跌倒。李朝阳扶起杏花说："杏花，你就不要逞强了，爸爸背你去。"

"爸爸，你身体差，背不动我，还是我自己去吧。"杏花眼里噙着泪花。

这时，张丽芳、花狗子、王铁牛跑过来了。张丽芳说："李叔，你就不用去了，他和王铁牛送杏花去，他们俩都在拉磉队，和别人换换班，把杏花送到医院就回来。"张丽芳指了指花狗子。

花狗子身强力壮，背着杏花小跑起来，张二嫂和王铁牛紧紧跟在后面。一个大姑娘趴在大男人背上，实在难为情，可是，自己的脚却不争气。杏花呀杏花，开工第一天，你就折戟沉沙，去躺医院，一家人的土方任务谁来完成呀？仅靠三姐、四姐的力量，能行吗？爸爸佝偻的脊柱、沧桑的面容、疲惫多病的身躯，时刻强烈地刺激着杏花，内疚和自责涌上心头。还有杨老师到底怎么啦？一个堂堂正正的男子汉，怎么会犯错误？怎么会被开除？一连串的问题像翻滚的波涛，在她心海里澎湃激荡。她不堪承受波涛的冲击，禁不住大声叫道："哎哟，哎哟！"

"杏花妹妹，忍着点啊，马上就到了。"花狗子说。

"不要紧啊，到了医院就没事了。"王铁牛也连忙安慰杏花。可是，有谁知道杏花心里的伤口比身上的伤口还要痛呢？

17

麻雀喳喳的清脆叫声吵醒了病床上的杏花。昨晚，她一直没有睡着，天快亮了，才迷迷糊糊眯了一阵。倒不完全是因为伤口痛，主要是杨松柏的影子塞满她的脑子，涨得她头痛欲裂、心神不宁。

窗外的雪花还在纷飞，像她纷乱的思绪。气温较低，从窗口挤进来的风带着刺骨的寒意。两只麻雀飞到窗外的红梅树上，挤在枝丫处，交颈缠绵。亲热一阵后，突然振翅一飞，抖落几片带雪的红梅花瓣，像失落的期许。杏花哈了一口气，一路凉到心窝。她的妈妈张二嫂斜靠在病房的篾壁墙上打瞌睡，四只脚的板凳托起她瘦弱而又疲惫的身体。

"张阿姨，天太冷了，这样睡会着凉的。"一位年轻医生端着白色的医用盘走进病房，见到张二嫂，微微一怔，随即面带微笑。皱褶、泛黄、肥大的白大褂几乎失去了原色，袖口留着洗不掉的残渍，这些与他那英俊的脸有些不相称。

"噢，是赵晓军，你不是在大队合作医疗室吗？啥时调到这儿的？"张二嫂面露惊喜。几年前，大队合作医疗室收购草药，张二嫂去宝元山采海金沙，想为将来女儿出嫁置办陪奁攒钱。没想到第一天就出师不利，左脚杆被毒蛇咬伤了，幸亏赵晓军及时赶到，吮出毒液，用草药包扎，治愈了她的蛇伤。当时，张二嫂十分感激，心想这孩子跟杏花同岁，不仅能干，而且人品也不错，两个娃娃若能结成姻缘多好。只是当时觉得杏花还在读书，谈这些为时过早。

眼下，赵晓军又出现在她的面前。她立即直起身板，打量一番。这孩子浓眉大眼，个子似乎又高了许多，看着也比以前更壮实帅气了。

"我来公社医院上班好几年了，最近去县医院进修了几个月，昨天刚回来。"赵晓军把医用盘搁在病床旁边的桌子上。

"杏花，晓军比你大五天，你该叫他哥哥。小时候，你蔡姆姆奶水不足，常常抱晓军来找我喂奶，你和他各占一个奶包呢。"张二嫂满心欢喜。

"妈，这些话，你早就说过好几遍了。"杏花躺在病床上，眉宇间蹙起几道皱纹。

虽然赵晓军和杏花两家只隔着一二里路，但晓军从小就寄居在县城姑姑家读书，很少回驷马水乡，更别说跟杏花在一起了。因此，二人之间比较生疏，直到读高中，才编到了一个班。

高一下学期，赵晓军得了一种怪病，拉肚子、双脚水肿、站立无力，被迫停学治病，却久治不愈。当时的医疗水平有限，公社医院和县医院的医生也无能为力。

这天，赤脚医生蒋世德走进赵洪涛的办公室，他看见赵洪涛伏在没有上漆的办公桌上，捧着《毛泽东选集》第四卷看得津津有味，魁梧的身子把烂垮垮的藤椅塞得满满的。"赵书记，听说你儿子病了，情况怎么样了？"蒋世德关切地问。

"唉，到处都跑了，又吃药又打针，就是没治好，两三个月没去上学了。"赵洪涛神情略显沮丧。

"赵书记，如果相信我，让我去看看，给你儿子配几服药吃一下，也许有效。"蒋世德神色严肃。他已年届八旬，银须飘飘，是驷马水乡草药世家的第三代传人。

"好哇，只是这儿离我家有些距离，爬坡上岭的，怕老先生走不过去。"赵洪涛提出自己担心的问题。

"这不难，我虽然上岁数了，脚还好使。"

来到赵洪涛家，蒋世德已经走得人困马乏。稍做休息后，他坐到了赵晓军的床边，借着映入窗口的天光，看到晓军无精打采、面色苍白、眼窝深陷，有些虚脱。他再看了看舌苔，把了脉，微微一笑："孩子，你这病问题不大，吃几服药就好了。"

之前，别的医生弄清楚情况后，往往摇头叹息，可今天，他蒋世德却说得这么轻巧。凭他的年龄和名气应该不会夸海口。赵晓军没有说话，只礼貌地点了点头，眼里掠过一丝兴奋。

三个疗程后，赵晓军的病奇迹般地好了。一家人满怀感激，把蒋世德请到家里，蔡鲜茹拿出了最好的招待饭菜：榨菜炒腊肉一盘、鱼香茄子一碗、苕粉烙饼一碟、落花生一盘，还有一盆番茄蛋汤。这年头，这算是一桌高规格的丰盛宴席了。赵洪涛斟上水乡最有名的小酢酒："老先生，万分感谢您，我敬您一杯。"

"治病救人是医生的本分，何必言谢呢？"蒋世德喝下一杯，捋捋长长的胡须。

"老先生，我还有个请求，把我儿子收为您的徒弟吧，可别让您这么好的医术失传了。"赵洪涛这话让蒋世德猝不及防。

"这个使不得哟，孩子正当年少，当以读书为本。怎可半途而废呢？病既然好了，再养几天，就让他去上学。"蒋世德的话颇有一番道理。

赵洪涛往蒋世德碗里夹了一箸菜，说："蒋老啊，你看我们农村医疗技术极其缺乏，老百姓除了吃饭难，看病更难呀。书读出来干啥？是为人民服务呀，学好了医术，照样可以为驷马水乡老百姓排忧解难啊。"接着赵洪涛动情地说："您老的医术这么高，总得有个传人吧？"

赵洪涛的话说到了蒋世德的心坎上，蒋世德没有想到这位支部书记居然有这么独到的眼光。他说："赵书记你看得长远，老夫佩服，赵晓军这个徒弟我就收了。只要他肯钻研，我愿意把平生所学毫不保留地教给他。"

"蒋师父，谢谢您，这杯酒是我的拜师酒，给您老满上。"坐在一旁的赵晓军立即站起来，提过酒壶给蒋世德斟上。

赵晓军脑子好用，勤奋好学，跟着蒋世德跑了一年，就能看病处方了。驷马水乡的医疗事务有赵晓军和另一位赤脚医生顶着，蒋世德也就慢慢以老告退，很少在村里走动行医了。

赵晓军弃学从医后，一直再没见过杏花。尤其那件尴尬事让他没有勇气去见杏花。可是，杏花现在就在他眼皮底下，而且还是他的病人。上天真会开玩笑呀！

"妹妹，你的脚该换药了。"赵晓军说道。

"怎么是你？王医生呢？"杏花疑惑地问。这些天，一个姓王的女医生一直在负责杏花的治疗，突然换成赵晓军，有点出乎意料。

"她出差去了，现在你是我的病人。刚才，院长已经吩咐过了。看了名字，我才知道是你。把脚伸出来吧。"赵晓军不好去揭杏花的被盖，毕竟对方是个漂亮的大姑娘。

张二嫂笑呵呵地说："杏花，你晓军哥治疗不更好吗？"她轻轻揭开杏花被子一角，露出杏花受伤的脚。

赵晓军拿出医疗剪刀，熟练地剪掉了缠在杏花脚上的胶布，用钳子夹起浸有瘀血的纱布，露出了还带着缝合线的伤口。

"伤口不小，缝了十几针呢，幸好没伤到骨头。"赵晓军检查了伤口愈合情况，然后拿着棉签，蘸上碘酒，细心地擦去伤口周围的血迹和药斑，露出一只光洁白嫩的玉足，脚背上暴露着蓝色的血管。伤口就像趴在脚背上的蚯蚓，有点白璧微瑕之感。他心怀惋惜，一边上药，一边默默祷告：多么完美的脚呀，千万不要留下任何疤痕。

伤口包扎好后，他轻轻握住杏花裸露的脚踝，就像握住了一块温润的美玉，似乎感觉到她的脉搏在他指间跳动，一种舒爽温情的触感令他的神经感到一阵痉挛，从指头传到他的心扉。他把那只受伤的脚小心地放好，放到杏花舒适不痛的位置。然后收回依依不舍的目光，轻轻拉过被盖。

这晚，赵晓军辗转反侧，难以入眠，寒风在灰蒙蒙的雪夜里呼啸。心口似乎放着杏花的伤脚，使他艰于呼吸。这柔嫩白皙的脚，像受伤的玉兔，楚楚可怜。赵晓军回想起高中时的一些事来。

那时，赵晓军坐在第四排，前面三排坐的是女生。五颜六色的头绳、一字夹、发卡、头箍晃得他和其他男生眼花缭乱，心里像有湿漉漉的青苔繁衍。第一排正中坐的是文娱委员，她有些特别，两条长长的麻花辫含蓄地垂到背心处，像一串流动的音符；外翘的辫梢系着红头绳，像展翅欲飞的红蜻蜓。起歌时，她总是喜欢站起来，转过身子，水汪汪的大眼睛扫视全班，看看有没有人没张嘴。

只有这个时候，赵晓军看到的不是后脑勺，而是一张清秀的脸。当他被那束目光扫中的时候，顿感温馨和振奋，他嘴巴张得特别大，唱得格外带劲。后来，他知道她叫杏花，跟自己同一个生产队。他找了好几次机会，同她搭讪。

"我们是一个队的，我家也在驷马水乡。我从小在城里读书，以前不认识你。"

"啊，那太好了。"杏花浅浅地一笑，走开了。"那太好了"到底指的什么呢？赵晓军做了很多暖烘烘、甜蜜蜜的推测。

学校吃的是蒸饭。高约一米、直径一米二的圆柱体大瓮灶，专门为学生蒸饭。全校学生的饭盅子以班为单位，一层一层地码在瓮灶里。生活委员负责监督同学在划给本班的区域里把饭盅子堆放在案板上，等待炊工往瓮灶里码。每个饭盅子都写上了班级和姓名，红油漆字迹格外鲜亮。

杏花送饭盅子来了，往案板上一搁，朝班长兼生活委员的赵晓军微微一笑，出了厨房。她两条麻花辫一摇一摆，悠闲而洒脱。

杏花的饭盅子里看不到米粒，清一色的洋芋，刮皮了，像几块黄白色的卵石。连续好几天都这样。

这些日子，学校正在平操场，硬生生地要搬走三米多厚的土石方，任务十分繁重。记得开学那天，任务就划到了各班，校长慷慨激昂地讲道："同学们，这是一项意义重大，艰巨而光荣的劳动任务，一定会载入我校的史册。每个人至少准备两个背篼，一把锄头，还有撮箕和洋铲。我们要发扬愚公移山的精神，宁肯肩上磨掉皮，也要把操场背出来。"校长又清了清喉咙展望前景："操场平出来以后，明年开春，我们就有场地打球做操了，我们的各项课外活动也可以开锣鸣鼓了。"像一场大战前的誓师大会，校长的话音刚落，这群嗷嗷叫的嫩娃娃就已精神振奋，跃跃欲试了。

这么繁重的劳动任务，光吃几坨洋芋怎么行呢？赵晓军目送瘦弱的杏花走进教室。回想那天背土的情景，好强的杏花坚持让别人把她的小背篼装满，一路连摔两次跟头，爬起来的时候，营养缺乏的脸上不带一丝血色，让他看了心疼。

这天，杏花去端饭，看见白花花的米粒顶开盅盖，冒出了盅子沿，像河蚌两壳微张，露出雪白的蚌肉。她揭开盖子，土豆嵌在米粒之间，飘着诱人的清香。哪来的米？难道弄错了？她又仔细看看盅子上的字迹，没错呀，赫然写着自己的名字。她顾不上细想，吃了再说。

接连五天，顿顿都加了大米，自己明明只放了洋芋，杏花越来越觉得蹊跷，再也不能心安理得了，只好把这事告诉了好友冉翠萍。冉翠萍眉毛一拧："你发神呢，自己蒸没蒸米都不知道？"

"你都看见了，我哪里带什么米呀，不是洋芋就是红苕。家里早已断米，喝口米汤都成奢望。"杏花一急，亮了家底。

"难道有神灵在帮助你？"这事，冉翠萍也想不明白。灾荒年间，人们食不果腹，视大米为命，谁愚蠢到拿大米施舍？她突然有了主意，对着杏花一番耳语后，两人扑哧一笑。

这天厨房里静悄悄的，案板上摆满了待蒸的饭盅子。杏花最后一个到厨房送饭盅子，赵晓军坐在一只木凳上，心不在焉地看书，像在等什么。

杏花把饭盅子往案板上一搁，睃了赵晓军一眼，没有搭话就出去了。过了一会儿，她突然折身返回厨房。看见他一边张望，一边从衣兜里掏出个纸包包，往杏花的饭盅子里抖米。真相大白，心里的石头落地，杏花连看也不看赵晓军一眼，端起自己的饭盅子，扭头就走。

"杏花，我是看你连米都……"赵晓军追了上来。

没等赵晓军说完，杏花气愤地说："你认为你家很富裕是吧？我家是不是穷得让你怜悯？"饭盅子一倾，她将米带洋芋都倒进了潲水桶。

杏花哪里知道赵晓军为了省下一点米，自己几天粒米未进，装了满肚子粗粮。这一片好心被当成驴肝肺了，赵晓军又委屈又害臊。这事一经传出去，多难为情呀。

"赵晓军自作多情，人家可不领情哟。"

"杏花这叫好汉不吃嗟来之食。"

"如果是我，就装作不知道，放米就让他放吧。不吃白不吃。"

"拿了别人的手短，吃了别人的嘴软。到头来，只好以身相许啰。"

不知怎么回事，这事不胫而走，不堪入耳的议论像一阵狂风吹过，刮得赵晓军和杏花叶落花谢，狼狈不堪。之前，杏花见到晓军还报以微笑；这阵，一见晓军像躲瘟神，连话都不愿说了。

　　这次的医院邂逅，似乎成了上苍的安排。上苍是公平的，不可能永远亏待同一个人吧？现在机会来了，就不能让它擦肩而过，这可是驷马水乡的第一美女呀。恍恍惚惚中，杏花笑盈盈地走来，钻进他温暖的被窝，光洁美丽的脚踝搁在他的怀里。他吻着那条蚂蟥般的伤口，唾液消除了那可恶的疤痕，她的脚掌像洁净的嫩藕，散发着迷人的馨香。

　　尽管冬夜寒冷而又漫长，赵晓军在温暖而苦涩的想象中还是迎来了黎明。他早早地起床，跑到附近一个农户家里，好说歹说，拿出两倍的价钱，把唯一的下蛋母鸡买来。他左手抓住母鸡的翅膀，拇指和食指紧紧揪住母鸡的鸡冠，拽起母鸡的头颅，露出颈部。右手拔掉母鸡颈部的羽毛，刀刃在光秃秃的喉管上一抹，鲜红的血液喷出，母鸡两只脚拼命地挣扎。第一次杀鸡，赵晓军于心不忍，侧过头去，左手一松。母鸡飞到地上，转了几圈，扑腾几下，再也不动弹了。

　　赵晓军拔光母鸡的羽毛，开膛破肚，洗净剁成小块，加上佐料放在锅里炒得油汪汪、黄灿灿的，再加水炖汤。水烧开后，他抽出些柴草，小火慢炖。这一手艺，是向他姑姑学的。当锅里飘出香喷喷的鸡肉味后，他连汤带肉盛了一大碗，端到杏花的病床前："妹妹，这是给你补身子的。"

　　鸡肉香气四溢，热气腾腾。杏花看了眼赵晓军，转过头，淡淡地说："赵医生，谢谢你的好意。你自己吃吧，我不饿。"

　　这可急坏了站在旁边的张二嫂，她端起那碗鸡肉汤尝了一口，朝晓军一笑，说："味道不错，你这孩子挺能干的，既会看病，又会炖汤。"她扭头劝杏花："哥哥端都端来了，就吃点吧。"

　　"我不吃，要吃你吃。"杏花嘟囔一句，面带愠怒。

　　"妹妹，你少吃点也可以，吃不完就扔了吧。"赵晓军端起鸡肉汤，用筷子夹了块肉，递到杏花嘴边，"吃吧，补身体要紧。一个队的，又是同学，何必见外呢？"

"赵医生，真的谢谢你了，我没有胃口，不吃了。另外，请你不要妹妹长妹妹短的，好不好？既然是同学，就叫我名字吧。"杏花一再推辞，虽然心存感激，但心中的烂事已经折磨得她烦躁不安。她看得出，从读高中到现在，赵晓军一直默默地关注自己。自从倒掉大米饭那件尴尬事后，杏花意识到自己做得有点过分，她后悔过、内疚过，偏偏又要不假颜色。在黑白颠倒的流俗中，人总是在一种矛盾的逻辑中挣扎，直到身心疲惫。

说实话，她压根就没有喜欢过赵晓军，她的心另有所属。那种感觉虽然朦胧、暗淡，甚至如梦幻般渺茫，可是，心中再也腾不出多余的空间去容下另一种感觉。她郑重地说："赵医生，我想向你打听一个人。"

赵晓军端来的鸡肉汤不被接受，情面上的确不好过。突然听见杏花转移了话题，他连忙问："老同学，你打听谁？"这次，赵晓军抹去了"妹妹"二字。

"赵医生，你们医院跟驷马春风中学是近邻，你应该知道杨松柏老师的情况吧？"杏花单刀直入。水库工地上，女杨老师那番话像魔音一样时弱时强，似有非有地萦绕在杏花耳畔，又像一盘石磨，沉沉地压在杏花心头。这几天，她头昏胸闷，郁郁寡欢，后悔那天没有问个明白。多好的杨松柏老师啊，为什么偏偏与"错误"和"开除"连在了一起？这到底是怎么回事呀！她躺在病榻上，反复琢磨，也琢磨不出个名堂来。焦躁、不安咬噬着她的内心，她眼前一片茫然。

"杨老师的事别提了，有些不顺啊。他老婆去年在我们医院引产，据说一出院两人就离婚了。"赵晓军下意识地睃了杏花一眼，"今年夏天，杨松柏老师写反诗，被放到黑马山劳改农场接受改造，这以后的情况，我就不知道了。"

听了这些话，杏花泪流满面，情绪异常激动。她说："赵医生，请你出去，我不要听了。"杨老师会写反诗吗？不可能！肯定有人污蔑他！杏花那颗脆弱的心被击得粉碎，她决定出院后到黑马山劳改农场去看看杨松柏。

望着女儿泪水涟涟，张二嫂似乎明白了什么，这个口恶心善的母亲内心复杂而辛酸。她用粗糙的手揩掉女儿脸上的泪痕："孩子，你命真苦。杨老师的确是个好人，值得你爱。可是，他毕竟离过婚，现在又劳改去了，你就死掉这条心吧。我看得出赵晓军对你挺有意思,多么好的孩子呀。"

"不要提他了,我要去看杨老师!"杏花一下子坐起来,随之"哎哟"一声,痛得嘴巴歪歪咧咧,额头渗出了汗珠。

张二嫂按住杏花,连忙劝她躺下:"别乱动,你的伤还没好呢。即使要去看杨老师,也是以后的事呀。"自从杨松柏到驷马水乡插队落户后,张二嫂对他慢慢有了些了解。这孩子人品好,有知识,精明能干。她不得不承认女儿有眼光,他确实是可以托付终身的男人。只是命运捉弄人呀,这孩子从驷马村小调到了驷马春风中学,后来就结了婚,住到学校去了。之后,他的消息再也没有传到闭塞的水乡来。

尽管张二嫂一番体谅、温馨、慈爱的规劝看似让杏花的情绪平静下来,可是,杨松柏的遭遇还是让杏花心中难以风平浪静。她与他那些回味无穷的过往,又像驷马河面上冬季的薄雾,<u>丝丝缕缕地升腾开来</u>。

18

杏花进了公社文艺队，同杨松柏很快熟络起来。一有空，就钻进杨松柏的寝室里练习弹琴。她心灵手巧，不久，就对扬琴的演奏驾轻就熟。这事让老同学冉翠萍羡慕不已。冉翠萍是一位赤脚医生，跟杏花同一天被抽派到文艺队。她时不时取笑杏花："你才是弹琴的天才，过不了多久，恐怕杨松柏都成你的徒弟了。"

"死女子，你就知道贫嘴。我刚懂个皮毛，人家杨老师才是真正的高手！"杏花眉毛一竖，怼了一句。

"是呀，他是情场高手吧？依我看，人家爱上你啦。你却假装蒙在鼓里呢，哈哈！"冉翠萍表情有些古怪。

"我才不像你，整天往医院跑，你不会是爱上赵晓军了吧？哈哈！"杏花采用同样的方法取笑冉翠萍。

"杏花，你也别得意太早，我听说前几天，有人给杨松柏介绍对象，不知他相中没有。据说，那女子叫刘露萍，是刘良诚的掌上明珠，她背后还有一段鲜为人知的风流韵事呢。"冉翠萍的话虽然难听，却是善意的提醒。

"哼，他的事与我毫不相关，他爱相中谁就是谁！"杏花突然觉得心里酸酸的，掠过一丝不安。她没有邀约冉翠萍，独自出了宿舍，径直走向教师厨房。路过杨松柏寝室时，看到杨松柏站在门口，像在等人。见到杏花，他立即打招呼："杏花，你来一下。"

杏花进了寝室，谨慎地问道："杨老师，什么事？"

"杏花，你的琴已经弹得不错了，最终你会走向舞台的。现在机会来了，难道不想去试一试吗？"杨松柏居然放弃了展示琴艺的机会，在他眼里，杏花比自己更有潜力，值得去崭露头角。

"杨老师，哪来的机会呀？国庆不是还早吗？况且，我那三脚猫的功夫能登大雅之堂吗？"

"机会就在眼前，你不要小瞧自己哟。事情是这样，为了迎接县上的文艺会演，我们区公所要求每个公社选送两个节目，参加区公所文艺会演。这次会演带竞赛性质，奖项设置多。难道你不想得奖？"杨松柏仰起头，瞪大眼睛，转了两下眼珠子，扮了个怪相。

"哈哈，你叫我去弹琴？"杏花兴奋地问道。

"是呀，不叫你谈情（弹琴），难道还叫你说爱？"

"杨老师，你好坏！"杏花伸手擂了杨松柏一拳。

"随便打人是要挨处罚的啊！"

"你怎么处罚我？"

"罚你多吃肉呀！开饭啰！"杨松柏把饭菜往办公桌上一摆。两碗米饭，两份蒸肉，还有一钵青菜汤。

"哪来这么多肉？"杏花吃惊地问。

"这是我从教师厨房打来的，我们两个人的分量全在这里。"杨松柏给杏花递了双筷子。

今天星期五，按规定厨房该给大家打牙祭。清早，校长就带着炊事员找食品站站长批了条子，每个人供应二两猪肉。站长说："你们有口福，好久没有收到生猪了，这是从红星养猪场收购的死母猪，它难产。"

"谢谢站长，教师都想吃肉，公社文艺队也在我们厨房用餐，总不能老是弄得那么寒酸吧？能有母猪肉吃，也不错呀。"校长付了钱，吩咐炊事员不要浪费，做成蒸肉给大家吃。

杨松柏操起汤勺，喝了一口菜汤，连连称赞："好喝，好喝。这才是我们水乡的味道呢。"他又从自己碗里夹起一片蒸肉，趁杏花没有防备，飞快地塞进她嘴里："吃呀，看着我干吗？"

"杨老师，你……"杏花刚一张嘴，蒸肉就像狡猾的孙悟空，滑进了铁扇公主的胃里。余香还在口腔里回旋，杏花眼角滚出两粒滚烫的泪珠。

杨松柏又以飞快的动作,把那碗米饭刨进杏花的碗里,打趣地说:"杏花,你这消化着青菜红薯的躯体,居然可以释放出那么奇伟磅礴的天赋。如果多吃点大米,那你的潜质不可估量呀。"

"杨老师,不管什么话到了你的嘴里,就变香了。"杏花本想以牙还牙,可看到杨松柏"戒备森严",无处下手,只好反唇相讥,耍点嘴皮上的功夫。

"你比我悟性高,我当初学琴的时候,父亲老骂我笨呢。可从你身上,我找不出一点笨的痕迹。"杨松柏两道温情的目光注视着她。

"虽然笨。可我对扬琴太感兴趣了。"

"喔,不会是对我感兴趣吧?"杨松柏的话带着有意无意的试探。

"谁稀罕你呀?一个臭教书的,哈哈。"杏花笑得花枝乱颤。

区公所的文艺晚会在一所中学的操场上召开,月台前方左右两侧各竖一根碗口粗的木桩,像星天牛高翘的触角。左木桩上悬着一盏汽灯,"嘶嘶嘶"地亮着。灯光投到月台上,把报幕员的脸照得洁白如雪,像涂了脂粉。右木桩架着高音喇叭,小背篓口大小的喇叭盘朝向操场东面的教学楼。两栋两层木楼瓦房的教学楼一字形摆开,像展开双翼的苍鹰。

"同学们,今天的文艺晚会正式开始。有请杨松柏独唱《草原上升起不落的太阳》,杏花扬琴伴奏。"瘦个子女报幕员的声音从高音喇叭里飞出,尖声尖气,在教学楼墙壁上荡出阵阵回声。

这时,两个学生把扬琴抬到月台的左侧,退了下去。杏花大大方方地走到月台上,坐在扬琴前调了调音,做好了准备。杨松柏从报幕员手中接过话筒,静静地站在月台中央,目视杏花,点了点头,似乎在说:"可以开始啦,你能弹好的。"

杏花微微一笑,摆好姿势,挥动琴竹,先弹了一段"过门",琴声像多情的秋水,漫流在星光点点的夜空,多么美妙的感觉啊。

杨松柏亮开了雄浑的歌喉:

    蓝蓝的天上白云飘,
    白云下面马儿跑。

挥动鞭儿响四方，

百鸟齐飞翔……

秋夜的校园沉浸在甜美的音乐声中，月牙也陶醉了，钻出淡云，竖起了耳朵。汽灯给弯月递了个眼神，把银辉一齐涂到破旧的教学楼上，像流动的音乐之光。这时候，和着歌的旋律，有人摇头晃脑，有人打起节拍，有人小声跟唱。

琴竹在琴弦上快活地穿梭蹦跳，弹、轮、点、拨、颤、滑、揉、勾，样样娴熟，游刃有余。时而叮咚，如高山流水；时而潺潺，似深谷幽泉。人们听得如痴如醉，眼前浮现出蓝蓝的天空、青青的草原、洁白的羊群，还有一轮红彤彤的太阳，从地平线上喷薄而出。这歌无疑像给空气喷洒了清新剂。

一曲歌罢，杏花扫视全场，操场上尽是黑压压的人群，像捅破了的蚂蚁窝。掌声、喝彩声如山呼海啸，经久不息。

"杏花！""杨松柏！"人们反复呼唤着二人的名字。

杏花和杨松柏二人相视一笑，向人们挥手致意，满面春风地走下月台。

演出结束，杏花回到旅社，看时间已晚，便吹灭了桌子上的煤油灯，一双不倦的瞳仁在黑夜里闪着光芒。今晚注定睡不着了，她翻了好几次身。那口老挂钟响了六下，看见微茫的天光从旅舍屋顶的天窗照进来，投射在酣睡的室友身上，裹着单薄被套的躯体依稀可见，还在没完没了地呓语。可谁也不知道杏花床上却蛰伏着兴奋一整夜的灵魂。今晚在舞台上，从头到尾，那双明亮的眼睛都闪着异样的光彩，让杏花充满信心和力量。那种说不清道不明的感觉，像轻烟一样缭绕，像春水一样泛滥。

这场演出，杏花和杨松柏配合默契、完美，像双剑合璧，信手刺出，一招一式配合得妙到毫巅。第一次上台表演琴艺，她就演出如此美妙的效果。台前台后的许多事情浮现在脑海里，像放电影，一个镜头接着一个镜头地扑来。

这段时间，她越来越感到杨松柏像一位可亲可爱的哥哥，不仅长得英俊潇洒，吹拉弹唱样样都能来，还有一副好心肠。虽然比杏花大好几岁，但他随和、开朗、幽默，还有小孩子般的憨劲，又像兄长一样体贴人。

杏花已经到了情窦初开的年龄。她跟着杨老师学琴，不经意间的耳鬓厮磨，不可避免的肌肤触碰，常常使她心中颤动着一丝说不出的感觉，这感觉时而模糊，时而明朗。她常常有意无意地注视杨松柏，看得他丈二和尚摸不着头脑，她自己也脸热耳燥起来。

眼看离县上会演的时间越来越近了，杏花抑制不住内心的兴奋。她没有希望去得奖，只想去看看朝思暮想的县城。的确，水乡人能赶一趟县城，那是值得夸耀一辈子的事。这些祖祖辈辈生活在偏僻山村的人，总是想看看外面的世界。

驷马水乡离县城好几十里，坐班车来回要花八块钱，卖掉好几篮鸡蛋才能赶一趟县城。这对驷马水乡的百姓来讲，可是一次奢侈的消费。一般情况下，人们都会选择步行，身上长着量天尺，还怕啥呢？个别老人蜗居水乡，大门不出，二门不迈，到了埋骨青山还没去过县城。

县城到底是什么样子呢？像不像《格林童话》里的城堡？那里有奶黄色的墙壁、朱红色的斜屋顶吗？那里有美丽的花园、迷人的湖泊吗？灰姑娘和王子住在那里吗？

这些光怪陆离的景象，曾经从老师嘴里、皱巴巴的小人书里走出来，梦幻般地漂浮在杏花的心海，像美丽的云母和海藻。长大后，她知道灰姑娘和王子的故事是子虚乌有。但县城更加令人神往，更加激发她的想象。

国庆前一天，杨松柏带着文艺队一班人，坐上公社粮站的东风牌货车进县城演出。公路七弯八拐，坑坑洼洼，汽车一路颠簸，摇得杏花头昏脑涨，一路呕吐。刚到旅馆，她就躺下睡觉，没有心思去看风景。

第二天演出，杏花获得独唱一等奖。领队杨松柏十分高兴，答应带大家逛逛县城，开开眼界。

他先把大家带到百货商场，从柜台里选了一件女式红衬衫，递给杏花："杏花，你这次为我们队赢得了荣誉，这件衣服是奖给你的。"

"这，这不好吧？"杏花迟疑一会儿，不肯接手。

"没什么不好，你去里面试试吧。"杨松柏指了指试衣间。

"杨老师，你也太偏心了，咋不给我们买呀？"冉翠萍抗议了。

"吃啥醋哟？我们自己知趣，无功不受禄呢。"有人替杏花辩解。

一行人说说笑笑跟着杨松柏出了商场，沿着街道前行。

这县城依山傍水，随山就岭，坐落在通河和巴河交汇之处。两条河流在这里造化出巨大的河滩——王家沱。王家沱方圆千米，水深三四十米，像开汉的湖泊。听一位老人说，沱里有只乌龟，重达二三百斤。每逢暴雨来临，这龟就浮出水面，大大小小的鱼虾围着它，成群结队地腾挪跳跃，翻波卷浪，犹如三千卫士，前呼后拥。

王家沱宽阔的水面风平浪静，是泊船的好地方，自古就是繁忙热闹的码头，是汉中古蜀道的水陆集结点。

第一次见到这么大的河，这么多的船，听到关于乌龟的神秘传说。杏花站在码头的柳树下，目光久久游荡在王家沱，恍惚中，又见到了乌龟和它的卫队。她看船桨击水，观白帆御风。忽然觉得那些渔船小得像巴河的水蜢子（水黾），忙忙碌碌地寻觅生活。远处传来纤夫的号子声，一条大船从下游缓缓而来，船匾上写着重庆二号的红色大字。噢，这条水道还可以通重庆？杨老师是从这条水道来的吧？

连着码头，沿着王家沱岸边伸展，顺岭就势修了两条街道。河边这条叫老街，斑驳的石板铺成，一二里长，弯来拐去，像披着鳞甲的苍龙。沿岸的吊脚木楼瓦房古朴典雅。大小商店、土产公司、百货公司都敞开大门，等待顾客光顾。时逢当场天，并不缺少人气。

另一条街叫汉中路，泥石铺成，车辆往来。据说古代巴人去陕西汉中，必经此路。街两边零星分布着瓦房和店铺。虽然看不出繁华景象，但颇有些城镇气氛了，这些已让杏花大开眼界了。她想：一个县城就这么热闹，杨老师的家乡重庆是大城市，也不知有多么繁华。他来到驷马水乡这穷乡僻壤，也不知有多么孤独和无奈。

杏花沿着汉中路左侧的石梯拾级而上，石梯蜿蜒在陡峭的石壁之间。脚上的解放牌胶鞋叩击着宽阔的梯面，梯面已被历代行人的鞋底磨出光溜溜的缺口，像岁月留下的印记。

她抬头仰望两边回响着"咚咚"脚步声的石壁，上面镌刻着"群山开路众人行"的大字。从风雨剥蚀的程度可以推测这些字迹已历时久远了。据说，这是清朝文人廖纶的书法真迹，有颜柳风格，骨力劲健。路是人走出来的，只要敢迈出脚步，没有走不通的地方，哪怕是悬崖绝壁。杏花颇有感触，脚下格外有力。

19

"咯咯咯——"寅时,几声鸡啼从茅檐下飞出,淬着驷马水乡浓墨般的夜色,格外清脆、激越和亢奋。听到鸡鸣,兴奋的杏花翻身下了木床,轻手轻脚地开了前门,生怕吵醒了家人,柴门"吱呀吱呀"地响了几声。

杏花踮起脚,点着猫步,走到张丽芳的窗前,头伸进窗棂:"丽芳姐,起来收拾啦,等会儿就走。"

"嗯,多带点干粮,免得路上挨饿哟。"张丽芳屋里有了响动。

回到灶屋,杏花点燃柴灶,舀水调了点麦面,炕了几个馍馍,拿旧报纸包了,装进帆布包。又从墙钉上取下军用水壶,拧开盖子,往里灌满开水。漆着草绿色的水壶,像个大肚罗汉,最醒目的就是肚子上那颗五角星。这是去区公所演出时,杨松柏老师送给她的。杏花舍不得用,一直挂在闺房的墙上。这次出远门,就派上用场了。

杏花换上杨老师奖给她的那件红衬衣,虽然又添了几处补丁,但她总觉得这颜色很温馨。坐在梳妆台前,杏花精心梳理她的头发。梳妆台是祖母的嫁妆,黑褐色,笨重古板,嵌着一口面盆大的椭圆形镜子,这梳妆台在整个李家大院独一无二。院子里的姑娘出嫁那天早晨,都爱跑来梳妆打扮。镜面被杏花母女擦得光亮如新。

镜里的杏花,脸上泛着红晕,双眼皮翻起忽闪忽闪的长睫毛,像长在两汪泉眼旁的春草。一对闪亮的眸子,像蓝白色的天幕下飞来的一对灵动的春燕。她把一头乌发编织成两条长辫,系上白色的布条,打成蝴蝶结,像两朵怒放的百合花,挂在胸前。

"哟,杏花,你乖得像妖精了,我表哥不被你迷住才怪呢!"张丽芳悄无声息地站到了杏花身后，探出头，夸张地瞪大眼睛，看着杏花俏丽的脸蛋。

杏花一下站起身来，挥动拳头，捶打张丽芳的肩膀。她耳根一热，两颊发烧，娇斥道："丽芳姐，你乱说，打死你。"

"杏花，别胡闹了，要去看杨老师，趁早走呀，据说有五六十里路呢。该带的东西别带落了哟。"隔壁的张二嫂见杏花还没出发，催促起来。

"妈，我们马上就走。"杏花紧了紧裤腰带，又系紧鞋带子，拎起胀鼓鼓的帆布包和水壶，拿了草帽，俨然一副出远门的装束。张丽芳胆子小走前面，杏花拿着火把走后面。二人一前一后，高一脚低一脚，行进在崎岖的山路上。

夜色尚浓，繁星闪烁。山坳里除了风吹过树梢的声音，就只有猫头鹰单调的叫声。两人都默默不语，各自想着心事。不知名的野花散发着异香，浸润在黎明前的空气里，令人神清气爽。

第一次出远门，而且是去见杨老师，杏花心里新鲜着，兴奋着。杨老师为啥要离婚？杨老师又为啥要写反诗？自从她治伤出院后，这一连串百思不得其解的问题就盘桓在她的脑子里。像麦面里撒了酵子粉，越久越酸，越久越不是个滋味。这次，父母终于同意她去看杨松柏，是值得庆幸的事。看来，自己比三姐、四姐幸运多了。四姐的婚姻遭到父母的干涉，到现在还没个结果。可是，轮到她时，以往冥顽不化的爸爸却说："我们老了，你的事管不着了，随你吧。"

杏花边走边回放过往，那些乱七八糟的事情像贮满堰塘而溢出的水，随意漫流。

那天吃中饭的时候，冉翠萍表情怪异，一双丹凤眼盯着杏花问："杨松柏这几天为啥没来文艺队？你知道吗？"

"不知道，好几次去叫他，寝室的门都锁着。"一块带皮土豆被杏花嚼出了香味，嚓嚓直响。

"你真不知道？"

"他的事我咋会知道嘛！"杏花有些不耐烦。

"昨天，听赵晓军说，杨老师回家结婚了。"

"结婚？赵晓军说的？"像被什么虫子蜇了，杏花满身的肌肉抽搐了一下。

"是呀，赵晓军告诉我的时候可高兴啦，就像他自己结婚一样。"冉翠萍把视线从杏花脸上移开，慢悠悠地说，"我就弄不明白，这杨老师怎么想的？那么多姑娘不找，偏要去穿只破鞋！"

　　"什么破鞋？"

　　"你没有听说吗？街上的人说那女人已被别人糟蹋过了。瞒是瞒得紧，但哪有三年不漏的茅草房呢？杨老师图个什么？难道是看中她爸爸有权有势？"

　　冉翠萍越说越起劲，她瞟了杏花一眼。杏花低着头，脸阴沉着，急剧地变幻颜色，像被谁扇了一巴掌。她眉毛往上一挑，嘴角朝下一咧："你说的啥子哟？"又压低嗓门骂了一声："撒草狗！"手里的饭盅子一摔，像被蜂子蜇了一样跑出了宿舍。

　　"杏花，杏花——"冉翠萍追出宿舍，喊了几声。杏花头也不回，只顾往学校的后山跑去。

　　"这是怎么了？还骂人呢。"冉翠萍似乎想起了什么，不再喊，呆呆地站在那里，嘀咕了一句，"我多啥嘴嘛。"

　　杏花到了一处高地，这里乱草丛生，平时少有人来，静得能听到蚂蚁吵架。她一屁股瘫坐下去，草茎簌簌地折断，隔着单裤刺痛了她，她不管。下颌搁在膝盖上，双手抱住低垂的头颅，像萎蔫的瓜叶。脑壳涨得青痛，有点眩晕。

　　"我真蠢，人家哪里把我放在心上嘛。"想起自己对杨松柏的痴迷和用情，羞愧和悔恨像冰雹猛烈地击打着柔嫩的禾苗，把禾苗弄得折茎断根，支离破碎。带着愤怒和哀怨的泪水在眼眶里转动，滴落在乱草上，像一个个委屈的游魂。

　　这时，不合时宜的音乐在头顶响起。她一抬头，身后居然竖着电杆，高音喇叭挂在上面，张着大嘴朝山下的村庄呜里哇啦。原来公社广播站又开始广播了。短暂的音乐之后，便是副社长刘良诚老调重弹的讲话。那些毫无新意、充满火药味的话题，早就让人们听得起了死茧。一听刘良诚的名字，一团火焰腾腾地从她心头升起。

　　"破鞋！破鞋！叫你得意！"杏花跳到土包上，捡起一块石头朝喇叭砸去。这手法真准，哐当一声，喇叭盘被砸出个大缺口，铝合金碎片毫无悬念地飞落草间。喇叭还在广播,尖厉的叫声格外刺耳,像个被打的哑巴,嘴里含混不清,叽里哇啦地诉说什么。

这天,张公安穿着佩戴红领章的白制服,戴着嵌有国徽的白圆帽,进了驷马春风中学,找到孙校长和教导主任谷正军。他面色严肃,绵里藏针地说:"孙校长,后山的高音喇叭被人砸坏了,刘良诚副社长非常重视这件事,他说这是有人故意破坏,一定要把人清出来。现场离你们学校最近,你们的人嫌疑最大。还是支持一下我们的工作吧!"

"我们学校应该没人做这事。"孙校长隐隐觉得事情严重了,这等破事千万不能往自己学校揽。

"孙校长,你先别把话说得太满,包庇坏人的责任谁负得起?"张公安的话咄咄逼人。

"我有办法。现在通知全体师生到操场上集合,我们来'观灯',谁脸红了,谁紧张了,这事就是谁干的。"谷正军耍起了小聪明,可在他看来,这是大智慧。

"好,目前暂时没有别的好办法,这法子可以试一试。"张公安拍了拍谷正军的肩膀,"看来还是谷主任办法多哟。"

谷正军眉飞色舞,十分得意,还不忘自夸一番:"都是刘副社长教育得好哇。你回去告诉他,我们驷马春风中学时时刻刻都不会忘记刘副社长的教导。"他轻蔑地扫了孙校长一眼。哼,你差得远呢,等着瞧吧,看我是怎样坐上驷马春风中学校长宝座的,你这不知死活的老东西早该下台了。

操场上,教职工列队站一起,学生以班为单位列队站一起。师生们东瞧瞧,西望望。这正午时分,烈日当空,也不知究竟发生了什么大事,学校大小领导都到齐了。只见张公安、谷正军、孙校长立于月台之上。张公安气势汹汹,眼里喷着火花。谷正军板起面孔,脸黑得三斧都砍不透,像别人借他的麦子还他的糠。

"出啥乱子了?公安都来了,你看这阵仗好吓人。"

"肯定有大案。"

"大案个屁,尽是些文弱书生和学生娃娃,能干出啥事?"

教师们议论开了。

谷正军摇摇晃晃地往月台前面走了几步,清了清嗓子,声色俱厉地说:"师生们,学校后山的高音喇叭被人砸坏了。公社刘副社长说了,这是有人故意破坏我们的宣传工作。同学们,你们答不答应呀?"

"不答应!不答应!"操场上山呼海啸,应声震天。

"我当是啥子天塌下来的大事,不就个喇叭吗?真是拿鸡毛当令箭,还这么兴师动众。"有老师愤愤不平,不过声音很小。

"现在,请大家安静,我们开始'观灯',谁心里有鬼就是谁干的!"谷正军提高了嗓门,似乎胸有成竹。

"'观灯'还可以判案?荒唐。"又有老师心里不痛快。

谷正军走下月台,反背着手,沿着学生的队列一边走,一边逐个观察神色。他眼光像两把利剑,刺得胆小的打起寒战。气氛十分紧张,同学们大气也不敢出。

谷正军走到一名脸膛有刀疤的学生面前,突然停了下来。"刀疤"满脸燥红,额头沁出汗珠,一副痛苦相。谷正军以为目标出现了,乌龟般长长的脖子托起头颅,伸到"刀疤"面前,两眼死死盯住"刀疤"眨也不眨一下,嘴里的气息撩着"刀疤"的鼻尖。他抓住"刀疤"的胳膊,大喝一声:"出来!"用力一带,"刀疤"被拖出队列,操场上所有的目光唰地投向"刀疤"。

"张公安,这就是砸喇叭的人。"谷正军像福尔摩斯侦破了一桩疑难怪案,心里兴奋得像酷暑天喝上了凉粉。

张公安立即赶过来问:"你为啥要砸喇叭?"

"我没有砸喇叭,这不是我干的。""刀疤"退后一步。

"这张嘴还算硬嘛。你看你的脸,在紧张啥呀?"谷正军讽刺道。

"我感冒了,发烧。""刀疤"继续辩解。

张公安端详片刻,手掌按住"刀疤"的额头,额头烫手,问周围的人:"他真感冒了?"

同学们心想别人感不感冒,自己怎会知道,便实话实说:"不知道啊!"

"既然没人知道,那肯定就是你了!"谷正军认定非"刀疤"莫属。张公安也点头表示认同,他才不管真与假,抓到黄牛便是马,能交差就行了。

这时，有个女同学忍不住扑哧一笑，周围的人也跟着莫名其妙地一阵大笑。

"严肃点，严肃点，安静一下！"谷正军声嘶力竭。

有老师再也忍不住怒火，气鼓鼓地骂道："简直是乱弹琴！别折腾了，你们以为这头顶上的烈日是吃素的？"便走出教师队列，准备离场。

"喇叭是我砸的，与他无关。"杏花不知从哪里走来，她站在谷正军面前，不慌不忙地说，"谷主任，上个星期一，我跟我同事冉翠萍吵嘴，一气之下跑到后山去，嫌喇叭吵人，便捡起石头砸了它。"

"谁是冉翠萍？"谷正军问。

"我是。"跟在杏花后面的冉翠萍举起了手。

"你跟她吵嘴了吗？"

"吵了，吵后她就跑到后山去了。"事情到了这个地步，冉翠萍只能顺着杏花的话说了，她知道杏花是为了保护"刀疤"。一看"刀疤"身体那么羸弱，再也经不起折腾了。至于杏花到底有没有砸坏高音喇叭，自己可不知情呀。

"杏花，你好大的胆子呀。喇叭可是重要的宣传工具啊，你也敢砸！走，跟我到刘副社长那儿走一趟！"张公安命令杏花。

等杏花从公社回到文艺队，冉翠萍见她愁容满面，迫不及待地问道："怎么处理的？"

"赔钱呀。唉，我真是屋漏又遭连夜雨呀！"杏花想起自己爱情没了，穷得响叮当的时候，还得缴纳天价的赔偿金，不由得长叹一声。

过了好几天，杏花一直拿不出赔款，张公安又催得紧。她只好硬着头皮来到公社医院找赵晓军。他正在诊疗室拿着报纸看，今天没什么病人，看来很悠闲。赵晓军见到杏花，既诧异，又高兴。"杏花，什么风儿把你吹到我这儿来了？"他用抹布擦了擦凳子，递给杏花，"坐吧。"他又去茶瓶倒了杯水，递到杏花手中，关切地问："我听冉翠萍说你砸了高音喇叭，要不要我跟刘副社长通融一下？今天他还找我看过病呢。"

"通融啥？"杏花眉毛一蹙，心想：冉翠萍这小妮子，什么都给赵晓军说，这些天吃了晚饭，就看不见她了，应该是跑到这里来了。难道她真的爱上赵晓军了？

"叫他免了赔款呀。"

"不用了，你给我借点钱，赔了算了。"杏花坚决地说。

"要多少？"

"三十元，其他的我另外想办法。"

赵晓军没有吭声，出了诊疗室。一会儿又返回来，把人民币递到杏花手里，贰元的、壹元的、伍角的一大沓，还有几个硬币。"这是我省下来的工资，你拿去吧。应该够了。"

"晓军，我会尽快还你。谢谢了。"

"不用，不用。种地哪来的钱哟。我们同学一场，送你了。"赵晓军看了看手表，"就在这里吃晚饭，我马上去煮，很快就好。"

付了赔款，接下来的问题是如何偿还这笔借款。虽然赵晓军说不还，但杏花却认为借债还钱，天经地义，何况三十多元钱也不是个小数目，那是赵晓军几个月的积蓄啊。于是，她回家卖掉从山上采来的草药，凑足了欠款。

这天傍晚，从医院还钱回来，天色已晚，学校每个教室的门口、窗口都透出雪白的亮光，煤气灯已经点亮。

路过杨松柏的寝室，杏花心里五味杂陈，自己好几天没去练琴了。毕竟杨老师是有家室的人了，一个女孩子随便出入，怕惹来闲言碎语。这时，杨老师的门窗开着，里面有吵架声，她不敢朝里看，准备埋头通过。

"杨松柏，我们才结婚几天呀，你就要离婚，不怕别人嘲笑吗？"女人带着哭腔，好像一肚子委屈。

"你自己干的事，你心里明白。"是杨松柏的声音。"啪"的一声，杨松柏气冲牛斗，似乎在摔东西。他歇斯底里地吼道："刘露萍，你这样欺骗人，哪个男人也没法容忍！"

"你一而再、再而三地说我欺骗你，我欺骗你啥呢？哼，你这样没完没了，还是个男人吗？"针尖对麦芒，女人毫不示弱。

又"啪"的一声，女人也摔东西了。寝室里的火药味似乎很浓，没有息战的可能。杏花脚步迟疑一下，想进去劝劝，心里一犹豫，又抬起了脚步。这杨老师结婚没多久呀，夫妻俩搬到学校来时间也不长，怎么又闹离婚了？

什么欺骗不欺骗？欺骗还能走到一起吗？自己爱的人跟别人结婚了，婚姻开始出现裂痕，她到底该高兴还是该痛苦呢？又或者事不关己，高高挂起？总之，她心里像熬了十几味中药，各种药性发作，乱得一塌糊涂。似乎预感到可怕的结局即将降临，她开始谴责自己，杨老师已经结婚了，自己再不能自作多情了。

接连好些天，她有意回避杨松柏，遇到该去杨松柏寝室练琴的时候，她就找借口推托，编织谎言的水平越来越高了。这不明明是在欺负杨老师善良吗？她内疚、矛盾、困惑。可是，又有什么办法呢？

杨松柏被杏花骗得团团转，以为她生了懒惰之心。于是，杨松柏把杏花叫到寝室里，准备做她的思想工作。

"杨老师，刘姐呢？"刘姐是杏花最害怕提到的字眼，可是出于一种复杂心理，她不得不问。

"去县城上班了。唉，别提她了。"杨松柏有些伤感，又马上掩饰道，"我们各忙各的事了。"他立即直奔主题："杏花，这些天，咋不来练琴了？"

"我……"杏花踌躇起来，一时无言以对。

"你是有音乐天赋的，是唯一一个公社文艺队即将从抽派人员中留下的人，据公社社长说其他人员都会被裁减。现在，公社给了你一片飞翔的天空，你就要好好练习，不可半途而废，荒废自己啊。"

"杨老师，我不想练习弹琴了。"杏花话一说完，便垂下头颅，她内心十分难过，几粒不争气的眼泪滴落胸前。音乐早就深入她的骨髓，像流淌在她体内的血液，能给予营养、能量、灵性和愉悦，自己这话言不由衷啊！

自从那天路过窗口，听到杨松柏夫妇吵架闹离婚后。杏花已经好几天食不甘味、寝不安席了。忏悔和惶恐像蛇一样交替撕咬着她，难道他们闹离婚是因为自己？是不是刘姐听到了以前的什么事情？她反复梳理和他接触的每一个细节，自己除了内心喜欢杨老师以外，行为上没有任何出格的地方呀！何况，那时候杨松柏还没有与刘露萍交往呢！

"杏花，你在说谎。你抬起头来，看着我！"杨松柏再也不相信她的谎言了，一脸愠怒，随手递过一条手绢，"把眼泪擦了，有什么心事给我说。"

他语气中带着关心和体贴。

　　这时，杏花内心陡然五味杂陈，像打翻的酱油缸，她差点哭出声来，一扭头冲出了杨松柏的寝室。第二天一早，杏花就退出了文艺队，回驷马水乡去了。

　　"呜哇——"夜幕下的树林里几声怪叫，把杏花从回忆中惊醒。

　　"杏花，好吓人！"张丽芳跑过来抓住杏花，身上抖得像在筛糠。

　　"丽芳姐，不要怕，你看，是乌鸦受惊了。"杏花指着从树林里飞出的大鸟，几个模糊的黑影在上方盘旋。

20

  杏花和张丽芳高一脚低一脚，在通往黑马山劳改农场的路上走了个把时辰，东方的天空已经撕开一道亮口，白得像鲫鱼的肚皮，几抹彩霞如鱼肚皮上的血印。

  前面横着的灰白色的高岩，像一堵巍然屹立的墙。"墙"上的红色大字——"当兵报国定八方，保疆为民安四海"晃着杏花的眼睛，心想又到一年征兵季了，那年赵晓军弃医从戎，自己还去送过他呢。

  他本来在医院干得好好的，却突发奇想要去当兵。至于为什么要这样做，他的回答很简单——想去外面看世界。

  临走那天，公社的小车坝里分外热闹。排笔书写的红色条幅——"一人参军，全家光荣"横跨马路，高悬在萧萧秋风之中，晃荡出"啪啪"的声响；"圆军旅之梦，写无悔人生"标语贴上石墙，鲜亮耀眼；槐树上的高音喇叭播放着雄壮的军乐，淹没了所有的声响，空气里涌动着欢欣鼓舞的气氛。

  二十多名新兵神采奕奕，列队整装待发。锣鼓喧天，红旗招展，公社、大队、生产队组织的欢送人员排成长龙，手里的大红花摇出绚丽的弧线，亲属们站在队伍的旁边依依话别。

  队伍即将开拔的当儿，赵晓军挺直身子，四下张望，一副怅然若失的样子。突然，他眉宇舒展，嘴角上翘，笑得像爆裂的豌豆角。那件红色的灯草呢出现了，杏花满头热汗、喘着粗气来到面前。

  "晓军，不好意思，我来晚了。"杏花捋了捋刘海。

  "妹妹，你来送行，我赵晓军已经很有面子了。"赵晓军动情地说。

"既然答应了，我当然不能食言啦。咋又叫妹妹了？"杏花脸色沉下来，随即露出善意的微笑，睃了赵晓军几眼。赵晓军全身上下清一色的橄榄绿，配上鲜红的帽徽和领章，显得挺括和光亮。胸前还戴了大红花，比往日穿着白大褂威武精神多了，一米八几的身高，像一株伟岸的白杨。

"哇，晓军，你太帅了。"杏花脱口赞叹，忽然觉得有些冒失，翻了翻白眼，羞怯地咧嘴一笑。

"难得你夸我哟，哈哈。"赵晓军爽朗大笑。

"咚嚓，咚嚓，咚咚嚓。"锣鼓队歇了一会儿，又喧腾起来，爆出了最洪亮的声响，如澎湃的海潮，似激荡的春雷。这是水乡百姓对子弟们的祝福和激励。锣鼓声一通又一通，一通比一通响亮，令人亢奋、激昂，浑身的血液沸腾起来，士兵的脸上绽放着荣光。赵晓军望着车头招展的军旗，似乎听到了出征的号角，跟着士兵跳上解放牌运兵车，昂首挺胸，眺望远方。他的视线潮湿了，目光抚摸着家乡黛青色的瓦楞和满是谷桩的田野。

运兵车飞驰，带着劲道的秋风。他回头望去，红色的"灯草呢"还站在那里。"别忘了给我写信啊！"赵晓军朝杏花使劲地挥手，杏花也使劲地挥手。杏花没有回答，停止挥手，他挥动的手也停了。他突然觉得自己的要求有些过分，杏花能来送行，已经是自己的造化。他带着一丝满足、一丝眷恋，和无限的憧憬踏上了征程。

"杏花，听说赵晓军在部队里已经当上连长了，这人混得不错呀。"天一亮，张丽芳有了安全感，话就多了起来。她的话打断了杏花的思绪。

"我们班的男生他算是有出息的了。"杏花把燃尽的火把扔进路旁的水沟。

"听说赵晓军老给你写信。他对你颇有意思哟，你咋不领情呀？"张丽芳试探地问。

"丽芳姐，你乱说啥哟？就同学而已。"杏花淡淡地回了一句，张丽芳也不再纠缠这个话题，埋着头，继续赶路。

到了正午，通往黑马山的路已阒无人迹。太阳没有放弃继续煎熬这里的一切，像烧红的铁球悬在空中，疯狂地投下炙热的光束，似蛇行的山路已烤得惨白。杏花和张丽芳的影子在路上移动,像两匹困乏的母马,耷拉着脑袋,拖着沉重的脚步。水壶里的水已经喝完,干粮还有,但咽喉灼烫,已经咽不下没有水分的东西。

"这脚好痛呀,我走不了啦,歇歇吧。"张丽芳见路旁有株松树,立即走到树荫下,扑通一声,屁股落在地上。

"我的脚也痛呀,磨出血泡了。"杏花脱掉鞋子,跷起脚板给张丽芳看,蚕豆大的血泡已经破皮,留下好几处殷红的血印。

"不走啦,就住这里了。"张丽芳身子一仰,脚一伸,干脆躺下了,身下的茅草枯黄萎蔫,发出窸窸窣窣的声音,像出了口长气。

"这荒山野岭的,拿你那瘦骨头喂野兽?太阳升到中天了,起来走啰,去了还得赶回来。"杏花用嘲弄的语气催促她。

本想美美地躺一下,这想法瞬间变成奢侈,张丽芳的脚步歪歪扭扭,一脸痛楚的表情。杏花反而若无其事,似乎还有用不完的精力。

"你这砍脑壳的,刚才还像个蔫茄子,突然就活过来了,是不是快要见到我表哥,就心慌意乱了?哈哈。"张丽芳拿杏花开涮,乐得像发现蜂巢的蜜獾。

"丽芳姐,你这当表妹的不也很开心吗?"杏花这话以攻为守,张丽芳听了也心花怒放。

转过一个山坡,杏花顺手一指,惊喜地叫起来:"丽芳姐,快看,到了!"透过一片稀疏的柏树林,看到状如卧马的巍峨的山岭下,"黑马山劳改农场"几个惨白的大字悬挂在弧形的铁架上,反射着刺眼的阳光。

"哎呀,终于到啦。"张丽芳像卸下了千斤负荷,空前轻松,欢呼雀跃。

农场两扇锈迹斑斑的大门紧锁着,右旁开了扇小门,小得仅一人可以通过。大门两侧各设一个岗亭,站岗的狱警全副武装,威风凛凛,像两尊不食人间烟火的门神。门前立了块牌子:"劳改重地,不得擅入。"气氛令人窒息,让人肃然止步。

"干什么的?请站住!"一个狱警用枪指着,厉声喝问。

"同志,我们是来探监的,这是公社出的手续。"杏花递过字条。

"同志,请接受我们的检查。"狱警仔细辨认纸条上的大红印章后,语气缓和了些。接着吩咐女狱警搜了她俩的身,仔细检查了行李。

狱警又命令杏花:"请到警卫室登记。"

二人来到窗口,一位面容清瘦、精神矍铄的老公安坐在办公桌前详细地询问情况,并一五一十地做了记录。他沉声道:"你们要看谁,请先填好申请表,等监狱长批了才能进去。"

"好吧。"杏花填好表,递给老公安。她心里想,这里管得这么严,杨老师肯定吃了不少苦头。人生最大的痛苦就是失去了自由。唉,都说他是被人冤枉的!

老公安叫她们稍等一下,朝前面一排刷了白的土坯房走去,进了一间办公室,很快就回来了。他一本正经地说:"同志,今天不准探监。因为昨晚25号房里的犯人斗殴,伤了人,监狱长正在气头上。"

"啊,斗殴?"杏花现出惊异的神色,这号子里面还敢斗殴?到了这种地步,还不思悔改?这些人难道无法无天了?都是些什么人啊?一连串的问号在脑子里放大,她已头晕脑涨,一脸怆惶。

老公安又严肃地追问:"小同志,杨松柏是你什么人?"

"是她男朋友。"张丽芳抢着回答。

老公安面露喜色,颇有感触地说:"小同志,杨老师犯了错误,你还来看他,这年头,这样的女人不多了。"

"杨老师没有犯错误!他是好人!"杏花摇着头,情绪有点激动,毫不犹豫地挺身辩解。可是,这样做无疑是惹火烧身。

"公安同志,她年轻不懂事,别听她胡说。"张丽芳毕竟大杏花好几岁,知道这种场合说话须小心谨慎,连忙打起了圆场。但她万万没有想到老公安不仅没有"抓辫子",而且还和颜悦色地对杏花说:"这样吧,你们先出去,在大门外再等一下,等监狱长把事处理完,我再去通融一下。"

"好吧,谢谢啦。"杏花绝望的心又升起一线希望。她回到大门外,气鼓鼓地骂道:"都怪那些斗殴的家伙!"

"这些王八蛋该死!"张丽芳也骂了起来。她生怕白跑一趟,心里的气不打一处来。

提起这 25 号监舍，还真令看守人员头痛。

这间二十平方米的屋子住了十六个刑事犯。土坯筑的墙，木板铺的床，中间一条窄窄的过道，两边睡人，八个人滚一铺。这些家伙不是争床铺，就是争洗脸盆。不是口角，就是拳脚相加，像石圈里养了一窝好斗的猪。

最奇葩的要算张春城和刘秋民这对老冤家。他们同年同月同日入狱，为争床铺，入狱第三天就打了架，打这以后，彼此耿耿于怀，常常为一些小事大打出手。

昨天，去农场挖洋芋，刘秋民不知是累着了，还是营养跟不上，刚刚直起身来，就眼冒金花。他走在最后，看到地里还剩了一筐洋芋没有背走，肚子里一阵翻腾，清口水满嘴乱窜。一日两餐，两个粗咔咔的苦荞馍馍，两碗照得见人影的青菜稀饭，已经吃得他面黄肌瘦。他见狱警转过身去，手里立刻攥了一个洋芋。劳改服是没有口袋的，他只好把洋芋塞进裤裆，用手按着。

"刘秋民，你在装啥怪？"远处传来狱警的呵斥，接着"哗啦"一声拉了枪栓，吼道，"刘秋民，老实点！"

"没，没啥，下腹好疼。"饥饿逼出了刘秋民的智慧。哼，老子就看你毙了我，看我给你装像点。他索性弓着腰，按住下腹，龇牙咧嘴，显得十分痛苦。人逢绝境自有办法，这也许就叫潜力。

回到号子，他趁没人注意，把洋芋藏于铺草下面，长长地吁了一口气，心里感到既安全又轻松，还有种沉甸甸的期待。这运气不错啊，天佑有福之人。

排队打晚餐，他想再获得一次好运。但当那个又矮又胖的炊事员驾临饭堂的窗口时，他绝望了，今天咋换人了？这家伙最喜欢扣斤压两，只要他拿铁瓢的手一斜，舀到碗里的就只有大半碗了。没人敢吭声，得罪他下次更惨，舀稀饭时，瓢子在桶里搅几搅，底层的干货你就别想了。一碗喝下去，一泡尿就放完了。

刘秋民并没有气馁，还是相信今天必逢好运。他排队到了窗口，朝炊事员谄媚地一笑。可那家伙绷着一张死人脸，冷若冰霜。刘秋民感觉不妙，张着嘴巴，呆得像一具僵尸。

这时，炊事员突然诡秘一笑。刘秋民还没有看清楚，一瓢玉米面糊糊就倒进他的碗里，却只有大半碗，真真切切的大半碗。他斜眼看相邻队列的女犯人站到前面的那个圆脸只冲矮胖炊事员妩媚一笑，就笑出了满满一碗玉米面糊糊，矮胖炊事员还朝女人挤眉弄眼地示好。

"哼，老子咋不变个女的？"刘秋民气得干瞪眼，不出声地暗骂不停。他垂头丧气，两腿一弯，蹲在墙根，吸溜吸溜地喝糊糊，突然两眼放光，瞳孔瞪得老大，这碗里居然暗藏玄机，他心中一阵暗喜。没等笑容收起，一双筷子冷不防地伸进他的碗里。他差点惊叫起来，端碗的手本能地躲开，抄起筷子将那两粒羊屎大小的面疙瘩刨进嘴里，囫囵地吞了下去。

"狗杂种，吃独食！"张春城没有抢着，开骂了。

刘秋民得意地笑了，感激地望了望矮个子炊事员，一丝幸福爬上他的眼角。也许那炊事员只是随意一舀，根本就没有把他的笑放在心上，但他居然遇到了面疙瘩，算他走运。

这天晚上，监舍里格外闷热，满屋都是从尿桶里飘出的尿臊味。尽管白天打过敌敌畏，刀枪不入的蚊子还是游荡在头顶和耳畔，滋扰得犯人们难以入眠。刘秋民鼻子吸够了汗臭和尿味，还担心房顶被熏塌下来。

忽然，瓦楞上刮过一股狂风，接着，从窗棂看到了闪电，炸雷轰隆隆滚过屋脊，房上响起密集的雨点。室内骤然降温，冷风钻进窗棂，尖厉地怪叫。

刘秋民蜷缩在单薄的被单里，等着张春城响起鼾声。可等了一会儿，鼾声还没有响起，难道张春城还没睡着？他想去摸铺草下面的洋芋。这会儿，饥饿在肚子里兴风作浪，翻江倒海。原来，饥饿不光是一种感觉，还有棱有角、有分量！幸好这里的光景比家乡好，家乡遭荒年，连口玉米糊糊都喝不上，这里最起码还有苦荞馍馍吃。只是又顶什么用呢？他试探性地把脚跷到张春城的被单上，张春城侧着身子，毫无反应。

刘秋民没有耐心等下去了，摸索着从铺草里摸出洋芋，有小碗大，够分量。他猛啃几口，嘎巴嘎巴地嚼起来。生洋芋可比不得煮熟了的好吃，脆生生带着糙涩，但刘秋民吃得口舌生香，生洋芋蕴含着原生的、粗野的力量啊。

迷迷糊糊的张春城突然醒来，他对吃东西的声音最敏感。尽管外面还在下雨，他也能从繁复的声响中检测出最敏感的信号。这家伙偷东西吃了，咋没老子的份儿?

张春城倏地坐起,夺过刘秋民手中的洋芋。人为财死,鸟为食亡。刘秋民岂肯容忍别人喉下夺食!他像一条饥饿的恶狼猛扑过去。不管怎么说,先下手为强,张春城将咬得残头半脑的洋芋塞进嘴里,响起急切的咀嚼声。刘秋民绝望的拳头雨点般地砸在张春城瘦弱的脸上……

21

"李杏花,你们过来一下。"杏花和张丽芳徘徊在监狱的大门外,满腹心事、焦急地等待时,突然听到喊声,老公安站在门口向他们招手,"监狱长同意了,你们可以去探视室。"

"谢谢您了!"杏花说不完的谢谢,这次到底没有白来,可以见到杨老师了。

"杨松柏是我们农场的大才子,不仅干活粗细都能来,还挺有学问。监狱长的独苗已经上初中了,也离不开他的辅导。"老公安夸奖一句。

啊,这不是劳改农场吗?还允许一个犯人辅导学生?不可能,绝不可能的!杏花和张丽芳带着疑问走过一排号子。

探视室里空无一人。除了几把破旧的木椅空放着一桩桩沉重的心事外,一切默然不语。往日那种重逢时的哭哭啼啼,别离时的凄凄怨怨,今天不复存在了。也许,这就是那些斗殴者惹的祸吧。

杏花和张丽芳的屁股才刚刚挨上椅子,一个狱警站在探视室门口问:"你们是来看杨松柏的吗?"

"是啊。"

"杨松柏在农场劳动,监狱长吩咐我带你们过去。"狱警年轻帅气,高挑的个儿,操一口地道的东北口音。他看杏花大约跟自己年龄相仿,又俏丽端庄,颇生好感,话也多了起来,一点也不像大门口那个狱警那样凶巴巴的。

"其他犯人的家属只能在探视室里见面,只有你们才享有这特殊待遇呢。"狱警说。

这就怪了，凭啥说我们可以特殊？杏花怎么也想不通这个问题。可能是运气好吧。

一路上都有人管这个狱警叫教导员。原来他还是个当官的，可杏花觉得他一点也不像，倒像个热情的向导。

"这杨松柏是个能人，文的就不必多说了，监狱大小干部的子女都找他辅导学习。就说武的吧，种茶制茶一钻就通，比技术员还搞得透彻。现在，连拖拉机也会修了。别看他是个犯人，蛮吃香的呢。这场里的管理人员谁不喜欢他呀？给他安排的都是些轻松活，而他还不领情，总是让别人去干，自己却去抢重活。"教导员言语中不乏赞美之意。

走过一排监舍，出了围墙，便是一坡一坡的梯田，上面栽着茶树，正抽夏梢，紫红的叶尖已经舒展成弥望的嫩绿。加之昨夜的雨水洗礼，整个茶园好像被油泼了一样，光鲜油亮，生机盎然。

这黑马山劳改农场分成两大区域，监狱区和农场。农场以种茶、制茶为主，顺便种些薯类和杂粮，四周围着铁丝网，场内分点置有岗哨。但这比起监狱区的高墙铁窗，气氛似乎要缓和得多。一群犯人穿着深蓝色带有编号的囚衣，正在挖水渠。昨夜一场大雨，今天太阳晒得更凶。土壤表面的水汽已经蒸干，热浪扑面，暑气氤氲。几个狱警背着步枪，看守在旁边。

"别看这些家伙看起来挺老实的，入狱前可什么坏事都干。入了狱也有不老实的，稍不注意，就会捅出乱子。所以，不把他们看紧些是不行的。"教导员似乎在解释什么。

什么坏事都干？教导员的话让杏花犯着疑虑，她用复杂的眼光扫视那些顶着烈日，弓着脊柱，挖土提土的犯人。他们一个个面黄肌瘦，挥汗如雨。难道他们非要在法律的制裁下，才肯老老实实地做人？要在强迫之下，才肯规规矩矩地劳动？这人呀，一旦经不起不良的诱惑，就会千方百计地突破底线；底线突破后，必然要付出高昂的代价。

"喂，杨松柏在那边吗？叫他过来一下，有人看他来了！"教导员站在一个土墩上，双掌合成一个喇叭形，嘴对着喊。

一个狱警跑过来，上气不接下气地说："教导员，杨松柏不在这里，监区安排他去医院照料张春城了,晚些时候才回来。昨晚打架,张春城伤得不轻哟。"

"王八蛋,吃饱了撑着的,为一口吃的打啥架嘛。"教导员骂了一句,回头对杏花说,"去那边等一等,他回来了,我再来通知你们。"他指了指前面的茅草棚,那是农场一处避雨场所,因为这附近再没有其他建筑了。

监狱的医院并不像医院,顶多算个诊疗所。两间破旧的土墙房像只丧家犬,无精打采地蹲在后山脚下。张春城躺在病床上,哼哼唧唧,脸青一块紫一块,额头肿起几个乌包。一位男医生用镊子夹起棉球,往他伤口上擦酒精。

这时,杨松柏进了医院。一碗青菜汤、一个苦荞馍往病房桌子上一搁,汤水能照见人影,但上面漂浮着几颗亮晶晶的油粒,格外诱人。

"张春城,这是你的早餐。"杨松柏说。

张春城鼻子里哼了一声,脚一跷下了床。

"忙啥?毒还没消完呢!"医生说。

"酒精扎死人,不消了。"

"哼,你还金贵呢,感染了别怪我们!"医生鄙夷地甩了一句,出去了。

张春城端起青菜汤,咕噜两口就下了肚,又拿起苦荞馍馍,狼吞虎咽,噎得喉咙像鸡打鸣。馍馍刚刚下肚,又端起碗,舔碗帮上的菜渣渣。

"给,这里还有呢。"杨松柏递过一个苦荞馍。

张春城眼里泛起绿光,攥起就往嘴里塞,生怕被人抢了去。他摸摸肚皮,痛痛快快地打了个饱嗝,问道:"一直只发一个馍,今天怎么来两个?"

"改善伙食,加餐了。"杨松柏轻轻吁了一口气。

"今天是谁发慈悲舍得加顿餐了?"张春城面带嘲讽。

"你龟儿子想得美,天旱三年,生活这么紧张,还有粮给你加餐?这是杨老师让给你的,你吃饱了,他却饿肚子啦。"医生跨进门冷冰冰地插了一句。

"啊,杨老师,你真是好人呀!"张春城挤出两滴眼泪,既感激又内疚。他没有忘记当年自己干的那件亏心事,害得杨松柏进了监狱。

张春城的父亲在驷马春风中学教书,凭着父亲的关系,他当上了学校的炊事员。读书那些年,他没务过正业,却从父亲那里学得一手好字,各种字体一仿就会。

那天周末，谷正军家里来了客，去学校厨房弄佐料煮面，恰好遇上张春城准备关门回家。谷正军见张春城腋窝里夹着个胀鼓鼓的小口袋，起了疑心，问道："张春城，你口袋里装的啥？"

"没啥，空口袋。"

"给我看看。"谷正军扯过口袋一看，里面装着雪白的面粉。

"谷主任，不要讲出去，以后你要我干啥都行。"张春城见事情不妙，急忙求情。

谷正军乜斜着眼睛，盯着张春城，表情十分古怪。他突然狡黠地一笑："这事千万不能让外人知道，后果嘛，你懂啰？"他把口袋还给张春城，意味深长地说："拿去吧。这次，你那手漂亮的字能派上用场了。"

"我的字？能有用吗？"张春城不解地问。

"有用，有用啊！"谷正军脸上焕发着异样的光彩，嘴巴凑到张春城耳边，叽叽咕咕了好一阵子……

杨松柏进监狱没多久，张春城就犯事了。寒假里，他伙同几个二流子盗窃生产队养猪场的生猪，被判了刑。

服刑这两年，他好几次遇上杨松柏，内心涌荡着愧疚，但他不愿说出那种见不得人的勾当，天知地知就行了。可是，他今天委实控制不住情绪，想把积压在心头的陈谷烂梨子倒出来。

"杨老师，你是被陷害的，太冤枉了！都是谷正军那龟儿子出的馊主意。"张春城这话一出口，杨松柏被弄得莫名其妙，怔怔地看着他。张春城扑通一声跪在杨松柏面前，猛扇自己耳光。

"我也不是人啊，听了谷正军的鬼话，是我害了你呀。我不是人呀。"

"别这样，事情都过去了。"杨松柏似乎明白了什么，他一把抓住张春城的手，扶起他说："老张，相信上面会还我一个公道的。你就配合医生好好疗伤吧。"

医生插嘴说："张春城，你既然知道杨老师被陷害，等上面来调查，你就好好反映情况。"

"杨老师，我会说出内情的。"

"谢谢你，张大哥。好好疗伤吧。"杨松柏安抚着张春城。

这时，一个狱警走了进来，说："杨松柏，拖拉机坏了，领导叫你马上过去看看，走啊。"狱警催得急，杨松柏跟他走了。

中午，教导员找到杏花和张丽芳说："跟我走吧，杨老师修拖拉机去了。"

二人爬上小山包，看到几十米开外的茶田旁停了一台东方红拖拉机，地上摆着拆下的部件。一条汉子弓着脊背，用扳手拧螺丝。茶地里还有十几个犯人在除草。教导员远远地就喊开了："杨松柏，过来一下，有人看你来了！"

那汉子听到喊声，放下工具，走到看守的狱警跟前说了几句什么，就朝这边来了。突然，杏花心里扑通扑通地跳了起来，连她自己也找不到紧张的原因。

"杨松柏，谁看你来了？嗬，是两个女娃子呢。"

"你们看，两个都蛮乖呢。哈哈！"

"杨松柏，你的艳福不浅呀！"

除草的犯人们你一言我一语地议论开了。

他们待在这号子里短则一两年，长则有七八年，内心深处那被饥饿和律条压抑已久的东西这阵似乎又抬头了。突见两个妙龄女郎，久违的荷尔蒙被激活，他们像一群骚动的雄马。当然，高墙铁窗的威严，岂能允许他们有什么奢望？顶多开展一番打牙犯嘴。

"杨松柏这小子，平日里看不出来，原来还是个风流才子。"

"人家再风流，也赶不上你呀，你一想起女人来，床上就要画地图了，一大堆'儿子'就那样去了呢。哈哈，哈哈！"

"你别说哟，肚子里喝点墨水还是好啊，人家杨松柏有文化，有技术，大小领导都拿他当人看，哪像我们呀！"

这些家伙说不清是羡慕还是嫉妒。

人啊，只有创造了价值，才会赢得受益者的尊重。杏花暗暗慨叹之时，朝思暮想的男人已经站在她的面前，脸膛上挂着惊喜，眼里闪着亮光，干燥的嘴唇嚅动了两下。除人瘦了、晒黑了，面部多了些刚毅和沧桑以外，什么也没有变，还是那么充满活力，荡漾着诚善的微笑。这是打开她心扉，走进她心田，也是唯一一个让她期盼、让她担心的男人。她一肚子的心里话想对他诉说，偏偏在这时反而无话可说。

她扑了过去，紧紧抱住杨松柏的腰杆，把头埋在他起伏的胸膛上，忍不住哽咽起来。多么厚实的胸膛啊！洋溢着汗臭和机油味、沸腾着热血的胸膛啊，像一堵击不倒的墙！

"杏花，你不是孩子哟，不要哭鼻子了。"杨松柏拍拍杏花的肩膀。

"表哥，你真不开窍呢，人家当然不是孩子了，懂事了，爱你想你，看到你激动呗！"张丽芳快嘴快舌，干脆把话挑明了。

"表妹，我是有过婚史的人，况且还是个犯人，跟杏花不般配呀。"

"谁说你是犯人？你是好人，是被冤枉的！"杏花又激动起来，她最不愿意听到的就是这句话。

"告诉你们吧，听说上面已经开了会议，杨老师的案子已经在重新调查了。"教导员又补了一句，"上面很严谨认真，也许，杨老师不久后就会出狱了。"

"太好了！那太好了！"杏花和张丽芳高兴得几乎跳了起来。

杏花打开挎包，拿出用旧报纸包裹着的布鞋，这是杏花熬更守夜做的。她递给杨松柏："杨老师，做得不好，将就着穿吧。"

这双布鞋，由华达呢做的鞋帮，棱角分明，美观大气；碎布料纳的鞋底，厚实绵软，一看穿起就舒适。鞋底的小针脚，疏密适度。杨松柏轻轻抚摸着布鞋，眼圈潮湿了，他仿佛看到煤油灯芯热爆的噼里啪啦声中，晃动着杏花婀娜的倩影，麻线抽动的声音像欢快不倦的小夜曲。这一针一线缝进杏花多少甜蜜而苦涩的期许。杨松柏忍不住紧紧地搂住杏花，两人都不说话，似乎他们之间的交流不是靠语言，而是靠身体偎依的感应。沉默一阵后，杏花突然仰起头，看着杨松柏认真地问："杨老师，你为什么要跟露萍姐离婚？"

"时间到！杨松柏，归队劳动。"没等杨松柏回答，一个狱警走过来催他。啊，时间为什么这样吝啬？吝啬得有些不近人情。看到杨松柏要被押回去了，杏花连忙叫住了他："杨老师，给你草帽！"杨松柏被太阳晒得黑黢黢的，杏花心里一阵酸楚。

"我说女同志，不要把你丈夫惯坏了，劳动改造还要臭讲究？这草帽，你就拿回去自己戴吧。"狱警从杨松柏手里抽回草帽，又递到杏花手中，催促杨松柏快走。望着杨松柏不时回望的背影，她带着哭腔喊道："杨老师，争取早点出来，我会来接你的！"

22

　　三更时分，劳累变成监舍里蛙鸣般的鼾声。十几个犯人中，唯有杨松柏的双眸在月夜里闪烁。尽管窗外的夜虫不眠不休地鸣叫，也没能消减他如潮的思绪。自从跟刘露萍离婚以后，自己的处境江河日下，他虽不至于万念俱灰，但从未奢求来一轮新的爱情。杏花这次探监，掀起了他心中的波澜，他似乎看到了生命的亮光。

　　"杨老师，你为什么要跟露萍姐离婚？"杏花的问话又回响在他耳畔，是呀，这个中缘由应该告诉杏花。几年前，刘露萍跟他大闹一场后，回到县城，住进县政府后勤科职工宿舍。一个多月，也没回来过。两人新婚燕尔，在一起时却总是拌嘴斗舌，没完没了，两人的心情糟糕透了。

　　孤独像一只饥饿的野狼，漫山遍岭地游荡。自从刘露萍走后，床上空荡荡的，杨松柏的心里也空荡荡的。这日子咋越过越长呢？总像挨不到天亮。洞房第一夜，难道自己胡乱猜测错怪她了？他决定进城看看。

　　刚进刘露萍的门，一股酸臭味迎面而来，他捏住鼻子，看见刘露萍对着地上的面盆，掏肠刮肚地呕吐，脸色惨白。

　　"露萍，你怎么啦？"

　　"这里不舒服。"刘露萍捂着腹部，秀眉拧起。她一阵惊喜：他不是要跟我离婚吗？难道他回心转意了？

　　"走，去看医生。"杨松柏扶着刘露萍准备去医院。这时，张柳林的司机出现在门口。他捂着鼻子，欲进不进，嬉皮笑脸地说："小刘，张主任请你去下馆子，叫我来接你，车在楼下。"他看了看杨松柏，脸上露出怪异和嘲讽的神色。

"不，不去！我丈夫来了，我要去看病！"自从回到县城后，张柳林已经纠缠她两次了，她不想遭人白眼，他不要脸她要脸呢。只要见到这不要脸的老东西，她身上就起鸡皮疙瘩，硬是横下一条心，把他赶出门。这阵，又派个司机邀请她，他脸皮真厚呀。刘露萍一气之下，"砰"的一声关上门。短暂的安静后，门外木楼梯上的脚步声渐渐远去。

"你怎么这样对人家？"杨松柏不解地问。

刘露萍没有回答杨松柏的话，阴沉着脸，低头走向去医院的路。

县医院掩映在一片桉树林里，门诊楼、住院部、职工宿舍，围成一个三合面，都是木楼结构，古朴破旧，坐落在巴河东岸。

"你例假多久没来了？"女医生面部微黄，一头银丝，三根枯瘦的指头把着刘露萍的脉相，轻轻问了一句。

"啊！例假？"刘露萍连忙摇头，羞涩又慌张。

"摇头干啥？难道来没来月经你不知道？"

"来了。"她又摇头说，"没来。"刘露萍吞吞吐吐，眼光投向杨松柏，惶恐而焦躁。

"你老婆怀孕了，回去好好照顾她。"女医生侧过脸，扫了杨松柏一眼，带着责备的语气说，"我说你们这些年轻人，太大意了，怀孕三个多月了，男的不知道，女的也不知道吗？"一个护士有事来找医生，她起身跟着出去了。

"三个多月？我结婚才一个月呢。难道她？"杨松柏没有说出口，自己的猜测似乎得到了验证。一股热血直冲脑门，他丢下刘露萍不管，自己怒气冲冲地出了医院，直奔职工宿舍，任由刘露萍在身后又追又喊。

回到职工宿舍，二人继续纠缠。

"刘露萍，我奉劝你不要演戏了，再演下去，台子都被自己砸了！"杨松柏见刘露萍一脸虚汗。他发出了严厉的警告。

"松柏，我被张柳林骗了！我对不起你。我没打算欺骗你，我不敢说呀！"刘露萍心里明白再隐瞒下去，终究会落个自讨没趣，何况，肚子里怀着个野种呢。她脚杆一弯，身体一沉，膝盖砸地，"嗵"的一声闷响。刘露萍声泪俱下，一种屈辱感袭上心头。

"啊！你说张柳林那个了你？是不是农工委那个主任张柳林？我宰了这王八蛋！"平日里看起来温文尔雅的杨松柏，居然一下子变成了暴怒的雄狮，脸上的肌肉剧烈地抽搐着。他冲进厨房操了把菜刀，就要出门，男人的尊严岂容践踏！刘露萍被吓得浑身直打哆嗦。她知道这样会出人命，便一把抱住了杨松柏的大腿，痛哭流涕哀求道："求你不要这样，不要这样啊！"

再狠的男人也见不得女人流泪，杨松柏心软了，语气平缓了许多："刘露萍，你说，这到底是怎么一回事？"

"松柏，你不要生气，我好害怕。"刘露萍跪在地上，眼泪汪汪地望着杨松柏。他扶起刘露萍，极力控制着自己的情绪。也许刘露萍有难言之隐，即使她有错，也要弄个水落石出，再做计较。

接着刘露萍讲了一段令她悔恨不已的经历。

春节，刘良诚带着女儿刘露萍给张柳林拜年，送了好些土特产，连家里的一只叫鸣鸡都捉去了。张柳林留父女俩吃午饭，又请了好几位部门领导，围着一张大圆桌饮酒。

刘露萍一落座，席上的气氛就变了。张柳林春风满面，山羊胡都精神起来，贼溜溜的目光不时地在刘露萍身上游离，像欣赏一件价值连城的玉器。他举起酒杯，"嘭"的一声碰了刘良诚的酒杯，半开玩笑道："老刘呀，没想到你长得七丑八怪，生个女儿赛过天仙哟！我要是有这么个宝贝女儿，还不高兴得疯了？"

"哈哈，如果张主任不嫌弃，那就叫我女儿认你做干爹吧，这孩子挺孝顺呢。"刘良诚不失时机地迎合张柳林的心理，头一仰，一杯酒下了肚。

"哎哟，你——"刘良诚的脚挨了踩。坐在他旁边的刘露萍除了踩他一脚，还恨恨地瞪了他一眼："爸，你疯了！"声音压得很低，言辞中带着责备，叫一个二十多岁的大姑娘认干爹，多么难为情啊！

"好呀，就这样定了。我就一个独儿子，早就想收个干女儿了。"张柳林把一盘炒鸡杂移到刘露萍面前，"干女儿，这道菜好，你多吃点吧。"他将了将山羊胡，又说道："老刘啊，我们都成一家人了，就不要见外了。往后，多带干女儿来耍。"

"多谢张主任抬举！"刘良诚受宠若惊。

"你看你，又见外了，要改口，叫我亲家哥吧。"张柳林热情大度，刘良诚拘谨恭顺。刘露萍却生出厌恶感，鄙夷地埋着头，张柳林那双不安分的眼睛看得她心里发毛。

元宵节刚过，刘露萍接到了文件，她被安排在县政府后勤科工作，这是别人烧高香也求不来的事。一串鞭炮没有挂在她家门口，而是挂在公社大门前的洋槐树上。刘良诚划根火柴点燃鞭炮，他的心脏也像鞭炮一样噼里啪啦，欢跳不停。这一闹，十里八乡的人都知道刘良诚的女儿吃上国家粮了。这年代，大家把吃财政饭的叫作"国家人"，旱涝保收，神气得很呢。很多家庭几代人也没蹦出一个。

鞭炮刚刚响毕，一辆黑色的吉普车驶到公社门口，喇叭嘟嘟地按了几下。张柳林是来接干女儿去单位报到的。这让刘良诚风光不少，街道居民无不钦羡。山旮旯里的人没几个见过吉普车，更没见张柳林这样大的官。看热闹的人越来越多，把公社门口围得水泄不通，大家像参加一场盛会。

今天的打扮没有新花样，那件草绿色的灯草呢上衣把刘露萍白净的脸蛋映衬得更加甜润。张柳林又是提包，又是拿行李，殷勤得像个用人。百姓眼里，这叫平易近人。张柳林老是盯着干女儿秀丽的模样，喉咙咕噜咕噜地轻响。

临走时，刘良诚屁颠屁颠地跑到车窗前，故意提高嗓门："亲家，这孩子全靠你这当干爹的照顾啰！"

刘良诚"亲家"两个字叫得特别响亮，卧蚕眉下的黑眼珠滴溜溜地向围观的人群张望，透着傲慢和得意。刘露萍掩饰不住内心的激动，毕竟自己成"国家人"了。可是，当张柳林灼热的眼神与她的眼神碰撞的那一刹那，她心头荡漾起了不安，悄悄筑起一道无形的防线。

刘露萍被安排在县后勤科上班，科长知道她是上司张柳林的干女儿，很少给她安排事做，让她耍个痛快。她看看报纸，学学文件，啥事都没干。

接连两个多月，也没见到张柳林的影子。难道张柳林对一个新同志不闻不问吗？刘露萍开始怀疑过去的判断，甚至埋怨自己对干爹人品的误解。初来乍到的人，面对一群陌生面孔，自然觉得孤独，加之无所事事，无聊的感觉越来越强烈，倒有几分想念干爹了。干爹毕竟是她在这里唯一的熟人。

这天，张柳林突然到了她的办公室，像从天而降，到来之前毫无征兆。

"露萍呀，这些天工作忙没来看你。今天，干爹请你去吃饭。"

"去哪儿？干爹。"

"当然去吃馆子啦！"

上班枯燥无味，刘露萍早已厌倦了，就想出去溜达溜达，透透气，兜兜风，吃馆子真是难逢难遇的好机会呢。她调皮地说："干爹，这一天，人家盼了许久啦，你终于肯破费一回了。"

"哈哈，干爹当然愿意破费啦，谁叫你是我的干女儿呢？"张柳林乐呵呵地说。

吉普车驶出小县城，沿着河堤开到望江楼下。张柳林吩咐司机先回去，下午四点来接他们。

望江楼是一座木楼，只有两层，坐落在巴河岸边。今天的客人少，就一楼大厅坐了几个。张柳林和刘露萍登上二楼，选了个耳间落座。窗户正对河面，站在窗口，可以看到宽阔的河面碧波荡漾，河滩上冒出了浅浅的青草，几朵野花点缀其间，在灼灼阳光下，散发出初夏的激情。

"干爹，你真会挑地方，这里既可吃饭又可赏景。"

"当然啦，干爹当了一辈子干部，连个吃饭的地方都找不好，那还行吗？哈哈。"张柳林换了下语气，"干女儿，你猜我给你带来什么啦？"

"干爹，我猜不到呢。"

张柳林打开手提包，拿出一件叠得有棱有角的女士衬衫，递到刘露萍手中："你看这衣服，你穿起合身不？"

这还用问吗，分明是一件上好的的确良衬衫，看那底色、印花、做工，即使不试，也知道穿起来一定美呆了。刘露萍提起衣领，抖了抖，然后站到墙上的镜子前，衬衣放到胸前比了比，高兴地说："干爹，好漂亮哟！"

"穿一下，再下结论吧。"张柳林执意要她换上新衬衫。

"干爹，人家回去再穿嘛，这儿不方便呢！"刘露萍的脸上飞起一团红霞。

"哦，我先出去，你换好了就喊我。"张柳林走出耳间，带上了房门。

过了一会儿，刘露萍在房间喊道："干爹，可以进来了。"

张柳林推门进了屋，见刘露萍穿上的确良新衬衫，塑造出了完美的身形。他傻傻地站在那儿，嘴巴张成一个"O"字。

这时，店老板送来了菜谱，叫他俩点菜。好几个荤菜标价较高，刘露萍不敢点，张柳林却偏要点：辣子鸡一盘、红烧草鱼一条、竹笋炒瘦肉一碟……

这样的美餐恐怕连古时的皇帝也享受不到，何况这物资匮乏年代的普通人呢！虽然自己家里用钱不算特别紧巴，可比起张柳林这气派，简直是小巫见大巫了。这顿饭吃得很过瘾，刘露萍喜欢吃啥就点啥。张柳林大献殷勤，又是夹菜，又是添汤，肌肤碰触之间，少不了"揩点油"。张柳林火候掌握得精准到位，精准到刘露萍一点也不反感，只顾着感受他的体贴。

"干爹，你比老爸还疼我呢。"

"哈哈，这话可别让你爸听到哟，小心他不认你。"张柳林得意地笑了。

"干爹，他不认，你认呀。"

"我认，我认，我肯定认啦。"

第二年阳春二月，草长莺飞。刘露萍被安排同张柳林一起去外地开会。他们下榻在宏升旅馆，张柳林住305，刘露萍住306。晚餐就订在酒店二楼的包间里。吃到中途，刘露萍觉得这些天干爹对自己视如己出，百般关爱，自己也应该关心一下他老人家。

"干爹，你咋不喝点酒呀？这么多的下酒菜不浪费了吗？"刘露萍知道张柳林喜欢喝酒。

"干女儿，你都不喝，干爹一个人喝得下去吗？"张柳林似乎很委屈。

"啊？原来干爹是因为这个不喝酒？好哇，我现在陪你喝点可以吧？"

"还是我干女儿孝顺。"张柳林向前台要了一瓶洋酒，两人各满上一杯，头一仰，酒已下肚，高脚酒杯在刘露萍眼前一亮。刘露萍也照着干爹的样子，一饮而尽。张柳林又向前台要了一瓶白酒，各自满上，两人越喝兴致越高。

"干爹，我头好晕好晕哟。我不喝了，你，你喝吧！"

"干女儿，我们单位的女人都会喝酒，搞工作免不了要喝点酒呢。"张柳林又给刘露萍倒上了。

"好，我喝，我喝，我喝——"刘露萍醉了，白皙的脸颊微微泛出红晕，几缕柔软的发丝凌乱地卷曲在脸上，点破了平时那矜持内敛的神韵；明澈清亮的眸子变得迷离蒙眬，困倦感在眼圈里逗留，那双美丽的门户时关时闭。她头一偏，躺在干爹怀里，右手抱住张柳林的腰部，迷瞪瞪地说："干爹，你真好。"

"只要你知道干爹的好，干爹就心满意足啦。"醉态朦胧的刘露萍在柔媚的灯光下，显得更加迷人。张柳林心头一热，忍不住抚摸着刘露萍的粉颈。

"我……醉了，干爹，你扶我去睡吧。"刘露萍呢喃一句，细小的鼾声从玲珑鼻轻灵地飘出……

刘露萍跟张柳林出差回来后，像坠入了一个稀奇古怪的境地，有人对她特别冷漠，甚至是鄙夷不屑；也有人对她异常热情，她却感到是嘲讽。也许，这是一种心魔在折磨她，让她疑神疑鬼，寝食难安。

这天，刘露萍鼓起勇气来到张柳林办公室。

"干爹，你把我调到驷马春风公社吧。"

"怎么？不想跟我在一起？"张柳林诧异地问道。

"那是我老家，回家方便些。"刘露萍找了个理由。

"干女儿的要求不得不考虑呀！"张柳林思考了好一阵，突然做了个顺水人情。

就这样，刘露萍回到了刘良诚身边，心里踏实多了。可是，过了一段时间，新的问题又困扰着她，弄得她吃不香，睡不好。她觉得身体似乎起了微妙的变化，例假也不来了，便把情况告诉了妈妈。蒋红芳是见过世面的女人，起初有点吃惊，后来却沉默不语，显得十分淡定。刘露萍却淡定不了。自己万一怀上孩子怎么办？一个黄花大闺女，未婚先孕，这在驷马水乡就是一件伤风败俗的咄咄怪事，没有人宽容你，只会戳你的脊梁骨。其实，她的父母比她更着急，刘良诚可丢不起这个面子呀。

这天，蒋红芳赶场遇上五保户张婆婆，格外高兴，心里有了主意。

"表姑，你上次说的那个教师杨松柏找对象了吗？"

"没有啊，他的照片都给你们了，你们不是老说这事不忙，还要了解了解吗？难道露萍想通了？"张婆婆问。

"嗯，嗯。"蒋红芳点了点头，又笑了笑，"之前，露萍觉得自己出身农村，怕配不上人家。"蒋红芳扶着张婆婆在街上走了几步，说："表姑，他们都不小了，到结婚的年龄了，你安排个时间对一下面，合适就把婚结了。"

"好啊，我看他们就般配。"张婆婆满心欢喜。可谓是山重水复疑无路，柳暗花明又一村。以前我急他们不急，这下呀，女方急啰。

刘露萍讲完经历后，泪水已经湿透了她的衣襟，她哽咽着说："松柏啊，这事很不光彩，就怪我酒后糊涂啊。我害怕张扬出去。为了父母的面子，我只好隐瞒下去，我父亲虽然是个副社长，可他也活得不容易呀。况且，肯定有人等着看我爸的笑话呢。"

"那么，你调到驷马春风公社离开张柳林远一点多好，这次干吗又调回县城了？"杨松柏疑虑重重。

"我不是调回县城，我是来县上学习的，下个月就回去了。本来不准备来，可我们在一起老是吵，我觉得分开一段时间，都冷静下好点。"

"还要等下个月？还要等下个月？！"杨松柏仰天大笑，"哈哈！哈哈！你还要等下个月！"

他突然指着刘露萍的鼻蛋骂道："贱货，贱货，你这贱货！还不就因为跟那老东西旧情难忘吗？哈哈！哈哈！"

杨松柏异常激动，浑身的毛孔都喷着火苗："好，我回去了，马上就走，给你们腾地方！"杨松柏提起挎包，气鼓鼓地冲出房间，木楼梯响起急促的脚步声。

23

岁末，凛冽的北风卷着雪花打着呼哨，在驷马水乡的沟谷山岭、村庄田野肆意乱窜，看那旁若无人的做派，似乎这世界只有它才配天马行空，独往独来。风声里时而夹杂着尖厉的猪叫声，村民们在忙着杀年猪。院子里围了一大帮孩子看热闹，等着喝庖汤，这事一般都是见者有份。何况，今年的政策变了，放松了某些限制，喂猪的积极性高了，年猪的块头也大了，添双筷子、多搭一只碗又算啥呢？

杏花一家人围坐在火垄旁烤火，血红的火苗舔噬着奇形怪状的树疙瘩，释放出逼人的热能，驱散了屋子里的寒气。十几天前，杏花家就杀了年猪，火垄上方吊着几排竹竿，挂满腌制过的猪肉，静静地享受烟熏火燎，慢慢变得金黄干爽，红润喷香。

杏花一边烤火，头脑里一边思考问题。快过年了，杨老师能回来吗？也不知他的案子复查得怎么样了。

杏树上的高音喇叭亮开了嗓门，一段音乐过后，开始播送新闻。李朝阳轻轻摆动右掌，示意大家不要出声，一家人竖起耳朵听广播。没想到爸爸也爱关心国家大事，杏花心里涌起温暖，带着几分敬意。

李朝阳把烟锅脑壳往火垄坎上磕了几下，气愤地说："敌人欺人太甚，一而再、再而三地犯我边境！看来我们国家可能要打仗了！"李朝阳往火垄里添了一根木柴，火旺起来。

"打就打呗，这么大的国家怕谁呢？你瞎操啥心呀！"张二嫂从歇房屋走出来，拿着扫把往门后放，叹了一口气，"唉，打起仗来要死人呢。"

"哎哟！"葵花正纳鞋底，针尖扎了手指头，嘴巴吮了吮，吮出一股血腥味。

"杏花，我们队的赵晓军和王春牛都在边防部队，他们会不会上战场？"张二嫂突然问道。

"妈，这样的事我咋知道？"一提打仗，杏花倒有些忐忑不安，赵晓军是赵书记的独生子，又是自己的同学，一厢情愿追求自己。她虽然心里塞满了杨松柏，却对赵晓军不免有些牵挂。

"王春牛这头蠢牛就该到战场上搓磨一下，免得他不落教！"李朝阳把话锋引到王春牛身上，还刻意瞅了一眼低头沉默的葵花。

葵花突然站起来，脸涨得通红，离开火垄，气鼓鼓地跑进自己的歇房屋。

"爸，你就少说两句嘛。"杏花劝了一句。

"少说？我能少说吗？我的脸叫他们丢尽了。"李朝阳把烟锅脑壳一磕。三年前，葵花和王春牛青天白日躲在柳树下亲嘴，引发了村里人的非议和咒骂。这事至今还堵在李朝阳心坎，常常让他恨得咬牙切齿。

"唉，造的啥孽哟！王铁牛两弟兄缠着我两个女儿，我李家上辈子到底欠他王家什么嘛！"李朝阳把烟锅在地上使劲磕了磕。因为这话涉及王铁牛，菊花也不敢多嘴，假装埋头找火钳。杏花担心爸爸的火气消不下去，一时不知所措。幸好李朝阳没有继续说下去，提了把锄头跨出门槛，门外飘着雪花。

"呵呵，老李呀，风雪这么大，你提把锄头去干啥？"花狗子迎面走来，嬉皮笑脸地问了一句。

"我干啥，你管得着吗？不喊李伯伯，喊我老李。没大没小的东西！"李朝阳一脸怒气。

"噢，给我摆起辈分来了，行呀，喊你李伯伯，你会长命百岁吗？哈哈！"花狗子阴阳怪气。

"滚！龟儿子。"李朝阳呵斥道。

"噢，火气这么大呀？"

花狗子咂了咂嘴，抖掉身上的雪花，进了李朝阳家，把手里的信一亮："杏花，你的信，你猜是哪里寄来的？嘿嘿。"

"我猜不着。"谁会给自己写信呢？难道是杨松柏？杏花真还猜不出。

"你自己看吧。"信递到杏花手中，花狗子故意翻了下眼皮，转身出去了。

水乡飞歌

"谁写的。幺妹?"听说有信,葵花从歇房屋走出来了,菊花也伸头过来看。

"哎呀,你们都跑来看啥嘛!"杏花把信封一摆,走进了自己的闺房。拆开一看,只有几行字:

> 我们可能要和敌人兵戎相见了,部队上上下下都在做动员,集训和准备工作紧锣密鼓地开展着。只要首长一声令下,我们就会义无反顾地奔赴战场,为祖国杀敌立功。杏花,也许这是我最后的道别,我知道你不会爱我,你心里装着杨松柏呢。如果我光荣了,请你给我坟上添一把土吧。杏花,祝你幸福。

啊,写的啥嘛!又不是生离死别。她从赵晓军的信中闻到了战争的硝烟味。虽然没有亲历战场,但她知道战争是残酷的,战争意味着流血。她仿佛看到边防军战士浴血奋战的场面。她既希望赵晓军英勇杀敌,为水乡人争口气;又为他担心,希望他平平安安,不要有任何闪失。她祈祷着。

"幺妹,给我看看。"一只手从她肩膀上伸过来,轻轻拿起了信笺。

"三姐,你……"杏花话到嘴边又吞了回去。

"啊!"葵花看了,把信捂在胸口,胸腔里咚咚作响,神色异常紧张地问道,"幺妹,这仗要打了?"

"嗯。"杏花点了点头。

"王春牛怎么办?"

"三姐,春牛哥不会有事的,如果他当了英雄,你也傍着享福呢。"菊花不知什么时候也跟进来了,她安慰葵花。

"三姊妹躲在里屋干什么?火燃得这么旺,还不出来烤!"张二嫂在火垄旁嚷起来了。

接连几天,杏花闷闷不乐,她虽然不愿意写回信,但又期待着赵晓军再次来信。可是,直到春节过后也没有收到赵晓军的来信。王春牛没读几天书,可能不会写字,葵花一直就没收到过他的亲笔信。

初春,阳光已经有了暖意,鸟雀们的声嗓亮了起来。驷马水乡人遵循着"一年之计在于春"的信条，翻地、耙田、播种，一样也不敢落下，杏花一家也开始在自留地里刨地种洋芋。

这时，高音喇叭突然响了，反复播送着战地新闻。神州大地好似平地几声春雷，山川沸腾，日月呐喊。杏花心底大声疾呼：赵晓军！王春牛！你们杀敌报国的日子来了。她又长长地吁了一口气，好像轻松了许多，似乎又一点也不轻松。

"打起来了！打起来了！"李朝阳提着一撮箕洋芋种，朝自留地这边走来，"狗日的，让你嚣张，这回够你喝一壶了。"

"你看你，你又没有打仗，激动啥？"张二嫂怼了一句。

"妈妈，国家兴亡，匹夫有责嘛。"杏花为李朝阳帮腔。

"还是我幺女觉悟高。"李朝阳得意扬扬。

"哼，没叫你上战场，你当然乐和啰。人家赵晓军和王春牛是要去上战场的，那是拿命去拼呀。"张二嫂长长吁了一口气。

"赵晓军的父母都没急，你这婆娘咸吃萝卜淡操心啥？"李朝阳斥责道。

"他父母咋不急？天天摆弄收音机，听新闻呢。"张二嫂锄头把往腰里一别，"人人心子往下坠，谁愿意自己儿子上战场，哪次打仗不死人呀？"

"别尽说些不吉利的话，我们驷马水乡的人福大命大！"李朝阳撮箕一倾，把洋芋种倒在地上。

父母的对话让杏花无从置喙，她有一种难以名状的情愫。她一会儿想到边境战事，一会儿又想到黑马山劳改农场。赵晓军和杨松柏的面孔在她脑际交替闪现，一个是临危受命；一个是身陷囹圄。她更多的是担心杨松柏老师，他的案子什么时候才能水落石出呢？她拾起洋芋瓣，把它们一瓣一瓣地排在条沟里，施足底肥，掩上土灰，像埋下一瓣一瓣的希望。

24

等到稻谷黄熟，豆荚爆裂时，黑马山劳改农场迎来了不寻常的一天，监狱长、教导员亲自送杨松柏出狱。这在该监狱史上尚属首例。送出大门，监狱长紧紧握住杨松柏的手说："杨老师，你自由了，恕不远送，前路漫漫，多加保重！"

"杨老师、杨老师。"一个约莫十二岁的男孩追上来，递了一支崭新的钢笔，拉着杨松柏的手说，"我的成绩进步了，感谢老师的辅导。这笔是学校前不久奖给我的，送给你书写最美的人生。"这是监狱长的独子，正上初中，满脸的真诚和稚气。

"好哇，书写最美的人生！"多么聪明伶俐的孩子呀。杨松柏接过钢笔，摩挲着男孩的圆脑袋，目光闪烁，有一种东西在心田涌动，这是天底下最有力量的离别赠言啊！

回望铁窗高墙，犯人们跑操的口令带着苦涩，在监狱上空回荡。杨松柏仿佛从噩梦中醒来，内心凄楚与欣喜交织，他抬起轻松的脚步，踏上回家的征程。

他仰望天空，天空是那么湛蓝，那么高远，那么广袤。两只青庄鸟扇动着弓形的双翼，一前一后，朝着驷马水乡的方向飞去，越飞越远，像两点移动的星光，渐渐隐没在黛青色的山影之中。突然，他觉得自己也轻盈起来，浑身像长了羽毛。他张大嘴巴深深地吸了口空气，是那么清新和甜润。

路旁的几丛火棘果比来时高多了，结满了鲜红的小果实。杨松柏摘下几粒，放进嘴里嚼，甜甜的，酸酸的，带点涩味儿。哎呀，这季节的味道真好，总是那么醇香。

"杨老师，杨老师！我在这里，我在这里呀！"

喊声来自柏树林，女子貌若天仙，立于古柏树下，手中挥动着一束野菊花，黄灿灿的野菊花。噢，原来是杏花。去年探监，她那久违的倩影冷不丁地钻进杨松柏的心扉，飘入他的梦境。像春风款款而来，让他温馨舒畅；像暴雨不期而至，让他猝不及防；又像远去的鸽哨，消匿于天际，让他迷茫惆怅。

当黑夜降落枕头，身子开始释放疲惫时，他想起了她，于是从铺草里拿出那双布鞋，让柔和的鞋帮摩挲发烫的两腮。这鞋他一直舍不得穿，今天穿上了，厚实柔软的鞋底丈量着回家的路，腾起细小的泥沙，嗵嗵，嗵嗵。像幽谷里一曲自由曼妙的山歌。

"杏花，杏花！"杨松柏呼喊着，奔跑着，激动地张开双臂抱住杏花，杏花身子哆嗦了一下。

"杨老师，前几天接到你的电报，今天，我凌晨就出发，大清早就来这里等你了。"杏花仰起脸颊，清亮的眸子里噙着幸福的泪花。

"我早就料到你会来接我。"杨松柏泪眼婆娑地看着杏花，手臂使出了力度。

"哼，你净想好事，我才不想接你呢，是妈叫我来的。走，还要赶路呢。"杏花装出满不在乎的样子，轻轻推开杨松柏的手，率先踏上归程。

"杏花，这么说，你妈同意我俩的事啦？"杨松柏像泡进蜜罐里了。

"那就看你的表现啰。"杏花将一块小石子踢飞出去，迈开脚步，像一阵风。白色的裙摆随着腰肢的扭动，舒展成喇叭形，像一朵盛开的百合花。杏花不再是那个少女打扮的杏花了，胸脯挺拔了，肥臀翘起了，眉宇间流露出清爽和成熟。

"杨老师，你的案子怎么翻了这么久？"杏花问道。

"是呀，差不多弄了一年。也许有阻力吧，幸好有张春城站出来交代实情。并且，上面纠错的决心很大，这不已经真相大白了吗？"杨松柏解释了原因。

"杨老师，他们为什么要诬陷你？"这是埋藏在她心底一千多个日日夜夜的疑问，常常乱了她的心绪，杏花停住脚步，转身看了眼杨松柏。

"唉，往事不堪回首哟。"杨松柏感慨万千，陷入痛苦的回忆中。

原来，杨松柏和刘露萍离婚后，刘良诚火冒三丈，找到杨松柏追问原因。他两手叉腰，气势汹汹，像暴怒的苍龙，喷云吐雾。杨松柏低垂着头，死不吭声，一副温水烫猪不来气的样子。可从来没有人用这样的态度对待过刘良诚。刘良诚恼羞成怒，甩了杨松柏一巴掌，气冲冲地回到家里，当着女儿的面发了通脾气："这个忘恩负义的小人，学校不看我的面子，能把他转成正式教师吗？现在，他翅膀硬了，就嫌弃你了。哼，看我怎么收拾他！"

"爸，这事不怪他，是我主动提出的。"刘露萍把离婚的责任揽了下来。

"人家都不要你了，还护着他？你不要面子，我还丢不下面子呢，难道你不怕别人看笑话？有人把这事当歌唱了。"刘良诚越说越气愤，脸上的肌肉都绷直了。

这天，谷正军来到刘良诚的办公室汇报工作，看刘良诚沉默不语，一脸沮丧，抽着闷烟。

"刘副社长，你身体不舒服？"谷正军小心翼翼地探问。

"唉，都快被你们学校老师气死啦！"刘良诚递过一支"大前门"香烟，叹了一口气。

"你说的是杨松柏？这人恃才自傲，我早就看不惯他了。不给他吃点苦头，他不知道自己姓甚名谁！"谷正军故作义愤填膺状，他很会察言观色，见刘良诚虽未表态，脸上却闪现了一丝快意。

三天后，一份关于驷马春风中学教师杨松柏写反诗的检举材料，摆在了刘良诚的办公桌上……

25

杏花听了杨松柏的讲述,急切地问道:"那么,你现在知不知道那个冒充你写反诗的人是谁?"

"张春城呀,就是监狱里打架受伤的那个人,谷正军胁迫他仿照我的字迹在一张白纸上写下反诗,悄悄贴在学校宣传栏上。然后找了一个学生做伪证,说他亲眼看见我在宣传栏上贴了一张纸。这样,人证物证俱在,案件就坐实了。幸好时间终于还我清白!哈哈。"杨松柏一阵大笑。

"唉,为了整你,谷正军导演了一出天衣无缝的冤案。"杏花感慨万分,嗟叹不已。她爱怜地望着杨松柏:"人心难测,黑白颠倒啊。杨老师,你受苦了。"

"杏花,你看这株火棘树,不管日晒雨淋,霜打雪压,它依然巍然挺立,一旦季节来了,它依然果实累累,鲜红晶亮,绽放出耀人的光彩。"杨松柏又摸着火棘树粗糙的疤痕,"你看,是谁曾经砍过它呢。多年来,它愈合了这些深深浅浅的刀口,不愿回味过去的伤痛,只想咀嚼静美的秋天啊。"

他顺手摘下一片树叶,放到嘴边,轻轻抿着,微微鼓动腮帮,试了试音,看着杏花:"你喜欢《我们的生活充满阳光》吗?"

"喜欢呀。"

"好,我吹给你听。"

气流时而舒缓,时而急促,树叶在杨松柏的双唇间颤动,音符在叶面轻快地流淌。这支美妙的乐曲被他吹奏得明丽悠扬,激扬亢朗,有点唢呐的味道。

杏花看着杨松柏,美目闪动,秋波频频,随着那乐曲,巧嘴开合:

幸福的花儿心中开放

爱情的歌儿随风飘荡

我们的心儿飞向远方

憧憬那美好的革命理想

啊，亲爱的人啊

携手前进，携手前进

我们的生活充满阳光，充满阳光

……

"杏花，你的歌太动听了，百灵鸟都比不过你啦！"杨松柏双手做出一个飞翔的姿态。

"杨老师，一片树叶，到了你的嘴里，就会唱歌了。呵呵，呵呵！"杏花笑得弯下了腰，眼睛眯成一条美丽的弧线。

当她再睁大眼睛时，天光忽然暗了下来。抬头一看，太阳早已逃离了天空，不知去哪里闲游了；天空好像对太阳擅离职守十分不满，拉下了黑沉沉的脸；乌云急急忙忙从四面八方聚拢，像要开个什么盛会；接着，闪电挥动银鞭，抽打着乌云。闷雷"咔嚓"一声炸开了，抖落一地的雨点。

"杨老师，快跟我来！"杏花双手交叉罩着头部，向山崖下跑去。狂风鼓起她的裙摆，像一朵飘动的白云。杨松柏看见山岩下有一个岩腔，三步并着两步跟了进去。

这岩腔很大，足够容纳百十人。左边有几堵用石条砌成的墙，隔出了几间屋子。右边有一个小凼，杯口粗的泉水从它上方的岩缝里喷涌而下，哗啦哗啦，清脆悦耳。中间有几个用石块砌成的灶，灶里积着厚厚的草木灰。

"杏花，以前这里有人住过。"

"是呀，听我爸说，这地方叫锅硫沟，这岩腔叫锅硫石，你看那块石头像不像锅盖呀？"杏花指了指岩腔口那块巨石，看纹路和风化的残痕，应该是从整岩上脱落下来的，锅盖般地硫在地上。

"嘿，真像一个巨大的锅盖硫在那里呢。"杨松柏觉得找到岩腔名字的由来了。

杏花说:"这锅硫沟地处米仓山南麓,山高沟深,荒凉偏僻,却是米仓古道必经之地。清朝文人廖纶曾在这里有过善举,被后人广泛传扬。你知道廖纶吗?"

"知道,不就是曾在江苏一带为官,官至知府,晚年归隐巴州江口故里的廖纶吗?"看来杨松柏对这一带的文化历史名人颇为熟悉呢。

"归隐后的廖纶见这里前不着村,后不着店,不利于行人歇脚,便出资在岩腔外搭桥修路,在里面修房造屋,设灶安锅,为过往行人提供方便。历朝历代的行人,尤其是巴山'背二哥'(背运东西为生的人),一旦错过宿头,就在此过夜。那些无家可归的人也来这里经年累月地居住。"杏花环顾四周,像在搜寻什么。

"杏花,廖纶的善举有史书记载吗?"杨松柏追问道。

"这个,我不知道,从小就听老人这样讲。反正,我们又不是研究历史的,是真是假,我们不管。有时,历史真假难辨,但流传下来的美好精神真实地留存人间呢。"

"哈哈,廖纶可是个好官,看这情形,我们托他的福,今晚也要在这里过夜了。"杨松柏望着岩腔外的倾盆大雨,幽默地说。

"你想得美!"杏花心里嘀咕着,玲珑鼻轻哼一声,这岩腔方圆五六公里没有人烟,孤男寡女怎能在这里过夜?杏花睃了杨松柏一眼,感到自己脸上一阵燥热。

这时,天公似乎有意要把二人堵在这里,抖擞精神,使出了浑身解数。闪电一个劲儿地舞动着手中的银光,像在为暴雨喝彩;霹雳一个劲儿地在山沟里翻滚,像在为暴雨助威;狂风卷着豆大的雨点,到处乱敲乱打;山洪像成千上万暴怒的雄狮咆哮着横冲直撞。

咋办?咋办?这里离驷马水乡还有六七公里山路。眼看天快黑了,杏花蹙着眉头,内心万分焦急。

夜幕渐渐降临,岩缝里的蝙蝠开始出来活动,外面雨还未停,它们只能在岩腔里飞来绕去,嘴里吱吱地哼着夜曲。狂风扑进岩腔,穿墙打岩,一阵怪叫,散发出飕飕的凉意。

"杏花，你的衣服湿透了，冷不？"杨松柏关切地问。

"冷啊，好冷！"杏花坐在石凳上，望着在闪电里扯天扯地的雨脚出神。时值深秋，夜晚的气温慢慢降低，加之又是雨天，让人感到冷若寒冬。

"杏花，进来吧，这屋子里暖和点。"借着闪电的亮光，杨松柏发现靠近岩壁的一间小屋还比较干净，里面有一张石床，上面铺了些稻草，床前摆放着一条木板凳。杨松柏手里攥着稻草擦去板凳上的灰尘。

"嗯，好呢。"杏花走进去，坐在板凳上，感到屋子里暖和多了，风也吹不进来。

"杨老师，你饿了吧？这里有干粮。"杏花取过行李包，拿出麦面馍让杨松柏先咬一口，"好吃不？如果渴了，这水壶里还有开水。"杏花又把水壶递到杨松柏的手中。

"好吃，好吃，跟张婆婆做的味道一样。说起她，我又想她了。"杨松柏咬上一口，细嚼慢咽，这馍绵软糍糯，吃起来满口生香。

"杨老师，想过我吗？"杏花甜甜地问道，把身子挪了挪，头靠在杨松柏的肩上，这肩好硬朗，能给人归属感和安全感。

"怎么不想？探监那天，你就把我的魂儿勾走了，弄得我魂不附体呢。"杨松柏风趣地回答道，耳际被她的秀发撩惹得舒舒爽爽，鼻孔里氤氲着馨香。

"杨老师，我打死你，打死你。"杏花抡起拳头，捶打着杨松柏的胸膛，像拍在湿漉漉的牛皮鼓上，带着温热和震力。她右手勾住杨松柏的脖子，侧躺在怀里，脸紧紧贴住他的胸口，听里面咚咚的脉动。

杨松柏抱住杏花湿漉漉的身子，沿着她的脊背贪婪地摸索，她的背好紧实，好圆润。杏花的手突然滑落下来，捉住杨松柏的手背，时间缠绵在两手之间。多年的等待，多年的思念，像一首幸福而忧伤的乐曲，激荡着两个兴奋的灵魂。

他俩鼻尖触碰着鼻尖，嘴唇重叠着嘴唇。他的舌头不小心溜进了她的口腔，疯狂地攫取她的气息。

"啪啪"两声，水凼里有鱼跳跃，撕裂了岩腔里的寂静，杏花从梦幻般的迷乱中清醒过来。

"杨老师，好啦！"她突然推开杨松柏的头，从怀中挪起身子，倏地站了起来，掌心按在头部，手指轻轻拍打着头顶。啊，自己怎么啦？

"杨老师，你还能跟露萍姐复婚吗？"这突兀的一问，问得杨松柏一时无言以对。曾被禁锢在杏花心底的这个问题，带给她不少困惑。她觉得自己太过自私，有种嘴里夺食的霸道。为了露萍姐，自己是不是应该放手？

"复婚？这是不可能的！"杨松柏语气十分坚定，"离婚是你露萍姐造成的，她应该为那些不光彩的行为赎罪！"

"杨老师，我觉得你应该和露萍姐复婚，她太可怜了。"

"杏花，她可怜？那我就不可怜吗？"杨松柏反问道。

"杨老师，露萍姐没有罪，她被骗了，她是受害者啊。"

"不，不，我才是受害者！我才是受害者！"杨松柏觉得杏花的思维有问题，居然称这个荡妇是受害者。那么，自己头上的绿帽是谁戴的呢？他有些激动，几乎跳了起来。

"杨老师，露萍姐才适合你，我俩之间没有什么结果！"杏花心中，杨老师一直是个善良大度的人。可他今天怎么啦？居然说出这种不负责任的话。一种悲哀和失望顿时笼罩心头。

"杏花，你说什么？"一颗滚烫的心被浇上一瓢冷水，杨松柏像坠入了冰窖，他感到自己弄不懂杏花的心思，内心一阵迷茫，抓住杏花的肩膀拼命地摇。

这时，夜已深了，岩腔里静得像平静的水面，无波也无痕。远处传来悲凉的蛙声和夜莺忧伤的歌唱。

杏花推开他的手，坐到床上。双手捂着脸颊，低垂着头，全身揺动，泪水顺着指缝无声地流下。这突然的举动，吓坏了杨松柏，他关切地问："杏花，咋啦？"

杏花没有回答，轻轻摇了摇头。杨松柏大气也不敢出，静静地守候在旁边。

杏花和衣躺下了，出神地望着漆黑的夜色。柔软的稻草温暖着她的躯体，这时，她觉得脚有点痛，有点软。走了这么久的路，她累了，倦了，身上的每一个细胞都是软绵绵的，身躯像一摊堆放的烂泥。不一会儿，她鼻孔里发出呼呼微响。

26

  清晨，寂静笼罩了县医院，能听到苍蝇振翅的响声，唯有2楼的3号病房叽里呱啦不停。床头柜上摆了台红色的收音机，尽管声音旋得很小，但驻足门口的人也能听得音明字现。播音员声音激愤，正播送战地新闻。朝阳透过玻璃窗，照亮那张仰躺在枕头上的国字形脸，两道粗壮的眉毛时而舒展如春风飞扬，时而拧成像竖起的蝶翅。圆睁的双眼总是望着灰白的天花板，不断变幻着神采。他仿佛又置身于血与火的厮杀中，听到了隆隆炮声，还有战友们声嘶力竭的冲杀声。

  "同志们，跟着我冲过去！狠狠地揍他狗日的！"他脑海里突然浮现一幕激烈的场面，怒吼一声，几欲坐起来。"唉，这不争气的脚杆！"他猛地拍了左腿一巴掌，痛得他大汗淋漓。

  "晓军，你咋啦？"一位护士跑进来，把一碗炖肉汤仓促放下，汤水扬在床头柜面上，星星点点的油花也溅了出来。

  "哎呀，你看你，哪里不可以拍，偏偏跟条残腿过不去？你当它是你那匹乌蒙马吗，任你驱使？"她仔细检查了伤腿，打趣道，"我看你这一级战斗英雄也不是拍大腿拍出来的嘛！哈哈！"

  "腿都被敌人拿去了，我还算哪门子英雄嘛！"赵晓军眼里闪过一道杀气，寒森森地吓人。

  "别拿这样的眼光吓我，小女子可禁不起吓啊。"护士拿着抹布擦去柜面的油汤。

  "啊，真吓着你了？"赵晓军的眼光柔和起来。

  "是呀，还不赔礼道歉？"

"好，道歉，道歉。冉翠萍同学，对不起了，下不为例。"

"除了叫同学，就没有别的叫法？"名叫冉翠萍的护士佯装不满。

"叫你白衣天使。"赵晓军回答道。

"还是不对。"冉翠萍立刻表示否定。

"那叫你啥？"赵晓军迷惑了。

"妹妹呀，好女人呀。其实，叫老婆更顺耳啊。"冉翠萍说完忍不住扑哧一笑。

"哼，尽想好事。"赵晓军沉吟一下反问道，"那你叫我啥子？"

"叫你老公啊！"冉翠萍回答得理直气壮，还故意咂了咂嘴巴，耳根有点泛红，刚一低头又抬起头来，几缕秀发急急慌慌从额头跑出来，被她塞进白色的燕尾帽。她端起炖肉汤喂给赵晓军："尽管医院为你开小灶，可是我觉得还是自己煮给你好。老公，这味道怎么样？"

"好香，这手艺绝不比那些大厨师差劲。"赵晓军喝了一口汤，刚刚张嘴，一块软滑的鸡肉趁机溜进他的肚子，舌舔唇边，感觉这炖肉醇香弥漫。这小妮子的烹调还蛮有一套呢，看来，自己的话一点也不夸张。

"你到底是英雄还是马屁精哟？我郑重警告你，你这脚杆都截了，还要养些时日，以后可不能乱打乱拍，要多吃点东西，才能把身体补好。"

"不就一条腿吗？等我好了，还要找敌人算这笔账呢。还有我春牛哥哥……"提到王春牛，赵晓军内心隐隐作痛，喉咙像堵了块东西。

"等你腿好了，敌人早被你战友赶回老家了。你没有机会上战场了，安心养伤吧，我的好老公。"冉翠萍的话音甜得腻人。

忽然门口人影一晃。

"谁？鬼鬼祟祟偷听我们谈话，有本事就别跑呀。"冉翠萍娇斥一声，端着碗追到门口。

"杏花？原来是你？老同学，你咋不进来？干吗要跑呀？"

"看你俩那么亲热，老公长老公短，叫得多么甜，我哪敢打扰呀？呵呵。"刚才，杏花站在门口看到屋里的举动，觉得这气氛自己不适合进去。

"是呀，我和晓军恋爱好几年了，等他的伤好了我们就结婚。不过，你既然来了，不想看看你心目中的大英雄？"

冉翠萍把杏花让进病房，一脸似笑非笑的表情，她知道赵晓军一直惦着杏花，危机感袭上心头。

杏花瞟了冉翠萍一眼，不大合体的白大褂里藏着一个娇小玲珑的躯体，两只又大又圆的狐狸眼加上樱桃小嘴，把一张白里透红的瓜子脸陪衬得妩媚动人。虽然冉翠萍读高一时就跟赵晓军走得很近，但从没听说赵晓军明确表白过什么呀，怎么一下子发展这么快？就要结婚了？不过，冉翠萍可不是忸忸怩怩的主儿，娇小的身躯里藏着火辣与大胆，嘴上的功夫也很霸道。也许，赵晓军经不起她软磨硬缠吧。想到这里，杏花心里咯噔一下。

"谁跟她结婚？杏花，别听她瞎扯！"赵晓军一脸严肃，表情瞬间又恢复了平静。他复杂的目光投向杏花，二人眼神相触，迸出火花。几年不见的杏花已经出落得清秀可人。他耳畔又回旋起杏花那甜美的歌声，眼前闪现着参军送别的情景。

"杏花。"

"晓军。"

二人激动地呼唤对方的名字。

杏花走到病床前，看到赵晓军的左脚，突然瞪大眼睛惊呼："你的脚杆！你的脚杆怎么啦？"

她小心地抚摸着缠在赵晓军残肢上的绷带，心如刀绞。一条腿废了，怎么能撑起这一米八几的个子？将来的日子怎么过呀？她回想起从前三大步投球上篮的赵晓军；那个往她面前一站，铁塔似的挡住别人欺负的赵晓军；那个往她蒸饭盅子里放米却不被领情的赵晓军……她心碎了，禁不住泪水潸然。这是一个侠骨柔肠的男子汉呀，自己从没有在意过他，但他却从没有放弃对她的追求。一个健全的人转眼就变成了残废，战争是多么野蛮和残酷！她恨战争！

"晓军，还痛吗？"这是从她心底迸出的问候。

"不痛，没事的。杏花，你坐下。"

"晓军，你失去一条腿，将来一个人怎么生活？不过，也没有关系，还有我呢，我……"杏花扪心自问，自己真的决定嫁给他啦？面对正需要照顾又深爱自己的大英雄，自己还能拒绝吗？

没等她话说完，冉翠萍下意识咳了一声。这饱含抗议的一咳，相当于对杏花的表白踩了刹车。

"哈哈，杏花，你小瞧我了。我赵晓军两条腿能上战场，一条腿也不会当逃兵！"赵晓军坐起来，说着就要下床。

"别动！你的伤还没好完。"两个女人同时发出惊呼。

杏花抬起汪汪泪眼，发现冉翠萍脸色恓惶，正注视自己，眼里隐含着一股妒火。她心里一紧，感到自己正在伤害别人，立即缩回扶着赵晓军的手，转过脸去，揩自己的眼泪。这冉翠萍当年老往医院跑，原来是明修栈道，暗度陈仓啊。也好，赵晓军有个懂医的女人照顾他一辈子才是他人生的大幸事。

"杏花，你哭啥呢？不就一条腿吗？比起春牛哥和那些失去生命的战友，我幸运多了，哈哈！"赵晓军毫不在意地笑了起来。

"啊！春牛哥他牺牲了？"杏花吃惊地追问。

"你们还不知道？"

"嗯。"杏花摇了摇头。

"可能还没有这么快通知到他家人吧。几天前，他就……"赵晓军差点哽咽起来，他重重地咳了一声，喃喃地说，"我会把他带回来！"他陷入了极度痛苦和自责，自言自语："都怪我不好，没有保护好自己的兄弟。"

王春牛牺牲了，三姐怎么办？杏花觉得三姐好可怜，她在家苦苦等待，等来的居然是噩耗！又觉得三姐好可敬，三姐没有爱错人，只是命运之神弄出如此残忍的结局。

"晓军，你要把春牛哥带回来，我三姐肯定想见他。"杏花近乎哀求。

她像坠入了冰冷的世界，仿佛看到侵略者穷凶极恶地吞噬着鲜活的生命。杏花在痛苦和愤怒中挣扎，她无法接受这一伤一死的现实，她忍住恸哭，双手捂着脸，冲出了病房，一直跑到巴河岸边。

初春的阳光暖融融的，驷马河静静地流淌，倒映着青色的山峦和初绽的油菜花。这里闪耀着生命的亮光，岁月多么静好，江山如此多娇。侵略者呀，难道你们不明白贪欲和傲慢是战争的根源吗？当喋血和仇恨同时放下，铸剑为犁时，天下大同的日子还会遥远吗？

这天，当淡墨似的愁云点缀在灰色的天幕时，驷马水乡已经飘洒着密密细雨，淅淅沥沥地敲打着翠柳，树上的梨花湿答答的，滴着悲戚的泪水。赵晓军左手拄着腋拐，右手抱着王春牛的骨灰盒，缓缓行进在通往后山的泥泞小道上。他的军装湿透了，滚动的雨滴稀释不了那满脸的悲戚。跟在他后面的是一群送葬的村民，几乎每家都来了人，每个人的脸上都泛着悲戚的表情。鞭炮响后，一路撒着纸钱，像一片片遗落的哀思。

"晓军，你的衣服淋湿了！"花狗子把雨伞伸到赵晓军的头上，准备接过骨灰盒。赵晓军轻轻摇了摇头，固执地把骨灰盒抱得更紧。他一脸寒霜，站在一个土包上，眺望水乡那层层良田，倾听驷马河汩汩滔滔。他将骨灰盒慢慢放进墓穴，嗫嚅着嘴唇："春牛哥，我把你从南疆临时墓地带回来了，你就在这里安息吧。弟专门选了这块高地，让你天天能看到生你养你的驷马水乡，能看到你心爱的女人。我告诉你呀，祖国正在搞改革开放，驷马水乡的春天来了，你好好看着这里的变化吧。"

赵晓军忍不住悲泪纵横，声音呜咽起来："好兄弟，现在，我已经转业到驷马春风公社工作了，改革时期，肩上的担子不轻呀。弟怕干不好，辜负了老百姓，你若在天有灵，一定要帮我呀。"

"晓军，节哀吧。"花狗子劝了一句。

赵晓军毫无反应，还在那里说个不停，满肚子的心里话像溃堤的河水，滔滔不绝。

"春牛哥，你那牛脾气不招人待见，你身为排长，屡次擅自行动，虽然取得作战先机，立下了不少战功，但他们说你这是个人英雄主义。所以，你还没有一枚军功章呢。高团长说他争取了，可没有批准。我赵晓军立了什么功呀？我们连队的功还不是你用生命换来的吗？这枚军功章应该属于你，你才是祖国的功臣。"

他摘下胸前金光闪闪的军功章，弯下身子，郑重地搁在骨灰盒上，向烈士敬了个军礼，抓起泥土掩在骨灰盒上，泪水和着雨水滴落，同土粒融为一体。

村民们带着沉重的心情，不顾雨淋，铲起紫黄色的泥土，掩埋着烈士的骨灰。坟前竖起两米高的墓碑，上方刻着红色的五角星和烈士遗像，中间雕刻着"王春牛烈士永垂不朽"的字样，下方还有入伍年月、牺牲时间、终年岁数、立碑单位和立碑时间。

赵晓军又操起铁锹，在墓前栽了两棵吐出新芽的青松。

"春牛哥！春牛哥！我也要来呀。呜呜——"披头散发的葵花从张二嫂的手中挣脱，扒开人群，扑向墓冢，额头捣蒜般地磕个不停，"春牛哥，你不是说要回来和我一起种田吗？你不要丢下我，把我带走吧。呜呜——"

葵花的出现再次把赵晓军推入万丈悲谷，他回忆着月夜王春牛坐在边疆石头上讲的话："老弟，要是没有战争多好，葵花已经二十五了，那对奶子像熟透的柿子，饱满、柔软着呢。我好想回家和她结婚，生个胖小牛。可这仗越打越残酷，我要是有个三长两短，怎么向她交代呀？"

赵晓军看见哀号的葵花不顾死活地头磕墓冢，额头已经皮开肉绽，沾满了鲜血和土砾。他掌心猛拍自己脑门，埋怨自己，都怪自己没有把春牛保护好，毁了葵花的幸福，她可白白地等了这么多年呀。

"葵花，你瞎说些什么？他是你什么人？你哭个屁！不要脸的东西，快给我回去！"张二嫂跑过来，一边呵斥一边拉着葵花要走。

之前，在她眼里，葵花和王春牛就叫鬼混，她和男人李朝阳反对得越凶，二人明里暗里交往得就越频繁，柳前月下惹出好多丑闻。

这些年，王春牛去了部队，张二嫂才舒了一口气，没被长舌妇戳她的脊梁骨。可这下倒好，王春牛死了，自己的三女儿居然哭得死去活来。

"葵花，你还没跟他成亲，你伤心啥？以前,你们给李家丢的脸还嫌少吗？回去吧，听妈的话，别在这里丢人现眼了。"张二嫂又咕哝了几句。

"别管她，她爱怎么就怎么！"李朝阳朝张二嫂粗暴地吼了一声，轻轻责怪了几句，"王春牛是为国家牺牲的，他是英烈，给驷马水乡的百姓长了脸。你这样说话，不怕大家小瞧你？"他突然觉得葵花有眼光，自己脸上似乎也添了不少光彩。

"哼，好人歹人都是你在当！"张二嫂狠狠地瞪了眼李朝阳，掏出手帕揩去葵花额头上的鲜血和泥土，拉着葵花，说，"我的女儿啊，他走都走了，你伤心也没有用，别这样，不要伤了身子。"

"妈，我也不想活了。"

"傻孩子，别说傻话。"张二嫂心里着急，唉，老娘咋尽生些痴心女子哟！

"三姐，回去吧。"杏花和张丽芳走过来，拽住葵花往村里走。葵花想挣脱二人，走一步哭一声，一步三回头。她虽然长得酷似幺妹杏花，却比杏花英武刚烈。可能已经伤心了好些天，一脸憔悴。赵晓军心底升起一股爱怜和不安。他跟上去给杏花悄悄叮嘱了一句："这几天要注意你三姐的情绪。"

这时，王铁牛还趴在墓冢上，不愿离开。他捶胸顿足，失声痛哭："哥哥，从小我们就没爹没娘，我就你一个亲人了。你怎么忍心把我孤孤单单留在这个世界上呀？"

"铁牛哥，节哀呀。"赵晓军拉着王铁牛，走到一边，问，"铁牛哥，抚恤金收到了吗？"

铁牛轻轻点了点头，哭得更伤心。

"铁牛哥，春牛哥牺牲了，我知道你很难过，不过人死不能复生。他的牺牲是我们中国军人的光荣，是我们驷马水乡的光荣。现在，我和你就是亲兄弟，今后有什么难处，就跟我说吧。"

"兄弟，我的好兄弟啊。"王铁牛一把抱住赵晓军，泣不成声。

赵晓军诚挚的目光抚慰着王铁牛憨厚的面容，赵晓军想起了高团长语重心长的话语："晓军，王春牛虽然屡立战功，却没有一枚勋章，这是我这当团长的失职啊。听说他还有一个弟弟打着光棍，你把我这点积蓄带回去，给他弟弟娶门媳妇吧。你当了地方干部，一定要优抚英烈的家属，我们欠他们的人情呀。"

"铁牛哥，这里还有一点钱，是高团长这些年攒下的。你拿去娶个好老婆。"一个胀鼓鼓的红布包塞到了王铁牛手中。

"兄弟，这……"王铁牛抹了一把眼泪，厚厚的嘴唇嚅动了几下，不知道该说什么。

他把红布包小心翼翼地揣进怀里，望着赵晓军，热泪盈眶。他又深情地看了菊花一眼，像在征询什么意见。菊花微微翻动眼皮，泪光盈盈，挪动身躯，不声不响地把头靠在他的肩上，右手轻轻挽紧铁牛的胳膊，红着脸，低垂着头。

二人微妙的动作，赵晓军看在眼里，心头掠过一丝欣慰。

张二嫂走到菊花跟前，面含怒色，瞪了菊花几眼："菊花，走啊，你攥着人家干啥？不怕你爹跟你急吗？"她向李朝阳那边望去，李朝阳扛着一把铁锹，正在向她招手："老婆，快过来，雨越来越大了，我们先回去吧！"张二嫂连忙跟过去，李朝阳低声对她说："菊花的事，你也不要管了。"张二嫂向他翻了翻白眼，也默不作声地走着。

27

"赵乡长,这里有一封检举信。"

刘良诚在赵晓军走马上任的第五天,就将那张白纸黑字递到赵晓军手中。这位老副社长几经风雨,现在被降职为乡办公室主任,虽没有过去翻手为云,覆手为雨那种风光,但他毕竟是"几朝"元老,虎死不倒威,仍不容小觑。赵晓军礼貌地招呼他坐下,并倒了一杯水:"刘主任,请喝水。"然后往藤椅上一坐,展开那封信认真看起来。

刘良诚不露声色,静静地观察赵晓军脸上的风云变幻,暗暗骂道:哼,搞啥农村改革哟?还不是异想天开。工作才刚刚开始,问题就出来了。我就要看看你这嫩娃娃能搞出啥名堂,真是不知天高地厚。

"刘主任,你怎么看待这件事?"

信末落款是一队队长王大献,检举副队长花狗子纠集村民强行承包集体土地。其他人赵晓军可能不了解,但对王大献可谓是知根知底。这王大献大字不识几个,居然能写出检举信?且字龙飞凤舞,颇有一番功底。这恐怕出自高人之手吧?赵晓军满眼狐疑地盯着刘良诚。

"花狗子这人我熟悉,不就是个无赖之徒吗?想搞承包?分明是借机占用集体土地,搞资本主义复辟嘛。"虽然此一时,彼一时,但刘良诚还是改不了乱扣帽子、上纲上线的习惯。

赵晓军皱了下眉头,举起那封检举信,一下一下地撕碎了,慢条斯理地将碎片扔进垃圾桶里,随后摇了摇头,出了办公室。刘良诚不合时宜的话引起了他的反感。

刘良诚怔怔地看着赵晓军,一种怪异的感觉在心头发酵。你赵晓军也太傲慢了，哪里把一个老同志放在眼里？"呸！"他朝着赵晓军远去的背影啐了一口。

前天召开了乡、村、队三级干部会议，赵晓军原以为土地承包试点很快就会搞起来。可是眼前的情况告诉他，这事不可能一帆风顺。他决定先去驷马水乡一队了解情况。

秋收已经结束。一坡一岭的稻田没有了那千层稻浪滚滚香的景象，只有像闲散的庄稼汉一样的谷桩，卸下肩头的重负，无所事事地立于秋阳之中。村民们已经收工回家煮午饭了，把炎热的天气留在田野里。赵晓军沿着田间小路，边走边想，这么好的田土咋种不出好庄稼呢？

一阵男男女女的说话声穿过一片柳林，引领他的脚步走向驷马河岸，拐杖"笃笃"地点着路面。他看见花狗子、王铁牛、菊花、张丽芳、杏花五个人忙活着。头上是毒辣辣的烈日，脚下是冷浸田黏稠的烂泥。齐腰深的水草像杂乱蓬松的被毛，恣意生长着。那些积水的地方，被水牛滚成乱七八糟的烂泥坑，星罗棋布，飘出臭熏熏的腐草味。远远看去，活像几条躺在河边晒着太阳、满身疥疮的癞皮狗。

又拔又割又铲，三个女人忙着清理杂草，王铁牛叉开胯裆，开挖排水沟，整理好的水田留给花狗子翻耕。他们个个浑身糊满稀泥，像几尊能够活动的泥菩萨。众人只顾干活，没有发现赵晓军已经站在田头。

"喂，这几块水田你们承包了？"赵晓军先打招呼。

"是呀，我们已经承包了。"花狗子右手握着犁把，左手抡起黄荆条，不轻不重地抽打水牛肥滚滚的屁股。"啪、啪"几声催命符，牛儿耸起脊背，昂起头，喷着响鼻，喘着粗气，踩着犁沟奋力向前。泥坯夹带着犁断的草根，向银色的犁铧两旁一路翻滚。犁到田头，花狗子轻轻带了带牛鼻索，喝令水牛停下，走上田埂，露出筋脉暴凸的泥脚杆，腿肚子上还附着一只黄褐色的蚂蟥。

"你看，这家伙饿得不肯松嘴呢。"花狗子捏住蚂蟥就要拽下来。

"这样不行，会流血不止，会感染！你放手，看我的。"赵晓军朝花狗子的腿肚子上拍了一掌，蚂蟥被震落了，伤口冒着鲜血。赵晓军从田边拔了一枝红色的水蜡烛（唇形科刺蕊草属植物，有止血功效），撕下一团绒毛按在伤口上，血止住了，疼痛立即消散。

"哟，你还真有办法呢，赵乡长。"花狗子夸了一句。

"战场上，我们蹲在挖好的土洞里，经常被蚂蟥咬，就用这办法消炎止血。这办法是王春牛教我们的呢。"赵晓军问，"这田，怎么个承包法？"

"每年每亩向生产队交五十斤粮食，不管是旱粮还是稻谷都可以。这里有六亩面积，每年交三百斤。"花狗子回答道。

"这些田好像几年没有种过庄稼了，能打出粮食吗？"赵晓军关切地问。

"能不能打粮食，我不敢打包票，不过，事在人为嘛。"花狗子目光坚定，环顾四周，"这是几亩冷浸田，凉水一年四季往里浸，你知道，出现蚂蟥的田都是瘦田呢。三年前种过水稻，不过一直没有收成，不是长青丰草，是光瘪壳。打下的粮食连买化肥的钱都还不上。大家种得没信心，干脆让它抛荒了。"

"就没有改良的办法吗？"赵晓军问。

"有啊，我们这不是在改良吗？先排完水，沥干，翻耕，晒垡。然后先种一季秋粮，明年再种水稻，水旱轮作。"花狗子像一位经验老到的农民。

"以前，队里为什么不这样干？"

"干过，可没有干好。这种费力不讨好的活路，谁肯出力呀，反正是大家的事，多打几斤少打几斤粮又跟自己有多大关系呢？"花狗子说。

"噢。"赵晓军沉吟一阵，微笑着说，"队里几百号人，就你们要承包土地，其他人有没有意见？"

"肯定有意见啦。前天晚上，王大献就差点同我们打架了。"花狗子补充道。

"晓军，你是乡长，这事还要靠你为我们做主。"杏花、王铁牛等人也围了过来。

"你具体谈一谈那天的情况。"赵晓军示意花狗子。

花狗子讲述了社员大会上的情况。

前天晚上，凉风拂面，月亮格外明亮。几道梆声响过，人们聚集在古老的杏树下开会，杏坛就成了主席台，上面摆了张桌子，点了一盏煤油灯。王大献、花狗子和其他几个干部都围在桌子旁，花狗子坐板凳，王大献坐石条。

会上要读一份文件，队长王大献不识字，就叫副队长花狗子读一读。煤油灯照亮了文件上铅印的汉字，说可以把集体的"五边地"承包给私人。不是所有的土地，仅限于"五边地"，看得出这是上级政府一种摸着石头过河的尝试。但是，就这样的尝试也是闻所未闻的事情，立即引起了人们的各种反应，会场像烧开的茶壶水，咕嘟咕嘟地响个不停。

"承包好哇，免得我们只能在自留地上做文章，即使多挖一锄，也就巴掌大点。"赵朝军发声拥护。

"我们都饿怕了，土地承包了就没人磨洋工了，没人磨洋工，庄稼才种得好，才有吃的。李叔，只是我担心这样搞到底靠不靠谱呀？"春香的男人朱富贵问站在旁边的李朝阳。

"咋不靠谱？早就该这样搞了。"李朝阳认为上头的政策还不够大胆，他说，"哼，要是老子当了县长，不把这土地全部承包下去才怪呢。"

"那你就去当县长啰，我们也傍你享个福。"蔡鲜茹、三婶几个妇女叽里呱啦说个不停。

"喔唷，要变天了啰！"一向神兮兮、疯癫癫，靠算命占卜骗吃骗喝骗钱财的何半仙一边离开会场一边拖声拉气地唱道，"鸡公叫，鸭公叫，树上乌鸦飞，屋檐麻雀闹吧——雷公爷爷一声吼哟，风云变幻天地抖吧——嗬嗬嗬——"

"何半仙！何半仙！还没散会你就走啦？"王大献试图阻止何半仙的早退行为。

"我瞌睡来了，回去睡觉觉了哟。雷公爷爷一声吼哟，风云变幻天地抖吧——嗬嗬嗬——"深巷里传来老头何半仙苍凉幽怨的歌声。

"这文件有假莫得？谁这么大的胆子，敢叫这样搞？难道不怕掉脑袋？"何半仙给会场带来短暂的安静后，又有人提出了疑问。

花狗子似乎看到一股巨大的旋儿风吹过驷马河，平静的河面突然掀起不平的波澜。他又仔细看了看文件下的落款，分明印着一枚醒目的红色鲜章。他突然感觉一股胆气和豪情从心底直冲脑门。

"我就敢叫你们搞，谁愿意承包土地就报名。我们先把五边地、石骨子地、偏远地和滩涂地承包下去。"花狗子干脆站起来朗声道。

"我！"

"我报名！"

"我算一个！"

……

几个年轻人举起了手，所有的目光带着或赞许或不解的神情一齐看向他们。

"这里的队长应该是老子吧？你花狗子胆子这么大？承包土地我同意了吗？这文件不过是废纸一张，上午叫你代我去乡上开会，就是说的这个？哼，想把集体的土地包给私人，没门！还有，你花狗子虽然是个副队长，可是你不要忘了你还是个地主子女，难道想翻天了？"王大献火冒三丈。

"什么地主子女？地富分子不早就摘'帽子'了吗？"杏花从一个石凳子上站了起来，轻蔑地扫了王大献一眼。

"好，王队长，我也不跟你争了，其他土地暂不动，河滩那几亩冷浸田承包下去该可以吧？"花狗子本着息事宁人的想法，以退为进。

"那几亩冷浸田有屁用？要包就包好田好土。"李朝阳冷冰冰地冒了一句。

"冷浸田也不行，队里的一草一木都是公家的，只要我王大献在位一天，就不能让它们姓私。"王大献耍起了霸道。

"承包又没有改变土地的所有权，文件上不是说了吗？怎么姓私了？"王铁牛觉得他二叔纯属无理取闹。

"其他人愿不愿意包，我不管，这冷浸田老子包定啦。这可由不得你王大献，有种就来拦我！"花狗子霍地站起来，粗壮的胳膊一挥，拳头砸在杏花树上，"砰"的一声。那气势像要找人拼命，格外吓人。树上扑棱棱地飞出一对喜鹊，绕着树冠边飞边叫，最后又钻进清冷月色下的枝叶里去了。

"叔伯婶娘们，我说两句。土地承包是上面的政策，我们老百姓只能遵照执行。既然大家还有顾虑，就不勉强。铁牛哥、丽芳姐、四姐和我已经报名了，再加上花狗子哥。我们一共五个人都愿意承包土地。大家就让我们承包那几亩冷浸田吧，每年每亩给生产队交粮食五十斤。当然，我们不会耽误集体出工，就利用空闲时间打理这几亩田土。至于承包期，大家说了算。"杏花立即声援花狗子。

"杏花，随便你们包几年，反正就几亩荒田而已。"蔡鲜茹和几个妇女表示赞成。

"杏花，你们疯了，那样的田能有收成吗？每亩五十斤粮从哪里来？"张二嫂十分担忧。

"还有，我先声明一下，不管这些田有没有收成，该给集体交的我们都会交上，实在交不上，就在生产队分粮时扣除。"杏花言辞恳切，掷地有声。

"赞成！"

"杏花，我们没有意见。"

几乎所有的人都支持杏花等人承包，当然，他们更多的打算，是让杏花等人先去吃一吃螃蟹，看会不会崩了牙。

有了杏花等人的支持，花狗子自然满心欢喜，他瞅了瞅王大献。王大献的脸涨得像紫茄子一样难看，冲着花狗子重重地"哼"了一声，坐在石条上的屁股一抬，摇晃着肥胖的身体，气鼓鼓地离开了会场。

听了花狗子的讲述，赵晓军拍了拍他的肩膀，斜睨着杏花，鼓励道："你们干得好啊！我看杏花也不简单呀，以后有事你们商量着办吧。即使天塌下来，也要把这几亩田种好，需要技术，我请农业局帮助你们。"

"赵乡长，你是下来检查生产的吧？多给我们指导指导。"杏花对赵晓军说。

"杏花，别这样叫我。我们不是老同学吗？当了几年兵，锄把都没有摸过，还能指导你们？哈哈，以后，还得向你们学习种庄稼呢。"赵晓军抬起手腕，看了看手表，"我回乡上去了，你们去忙吧。"

转过一个山坡，一块收割后的稻田吸引了他，土壤刚刚翻耕，已经刨了地垄，准备播种冬小麦。赵晓军踩在地沟里，左手扶着拐杖，弯下腰，捡垄面上的石块往山坡上扔。心想如果好好拾掇，这些都是上等田土啊，怎么就不能高产呢？

他抬起视线，垄面尽是大坨大坨的土块，鸡蛋大小的石块遍布其间，格外招摇，格外刺眼。这是谁整的地？如此粗放。赵晓军内心抽搐了一下。

他走到一块自留地旁，看到土面平整，土粒细小，没有一根杂草，也没有一粒石子。可以预料，这样的土地撒上种子，定能长出好庄稼。公私两块地的对比多么鲜明呀。

"农村只有推行土地承包制才有出路。"他像在跟土地说话，又像在宣誓。

他一路走一路看，脑海里翻腾着各种问题，不知不觉到了王春牛墓碑前。自己整天忙活着一些鸡零狗碎的事情，居然忘记了看一眼牺牲的战友。

坟前有人刚刚烧过纸钱，插在地上的香还在冒青烟，袅袅不绝，像丝丝缕缕的思念。他突然想起今天正当中元节，民间传说这一日地府会放出逝者接受人间功罪检校。中元节是生者为逝者求冥福的日子。

赵晓军没带纸钱和香烛，他只好肃立于两棵青松前，默默为亡灵祈祷。炎热的季节，树又抽出了嫩绿的秋梢，像春牛那不屈的性格。赵晓军合掌祷告："哥哥啊，你是为人间正义而战斗牺牲的，弟弟来看你了！"

"晓军，你来了？"葵花在身后喊他。

"嗯，我来了。"

"这是纸和香，给你。"葵花递过一叠草纸和一束香。

"听说你回村里来了，我就帮你准备了这些，你烧给他吧。"

"你一直在这里等我？"晓军轻轻问了一句。

"嗯。"葵花不好意思地点了点头，耳根有一抹红晕爬上腮帮，憔悴的脸显出一点醉人的生动。

葵花瘦得脸上只剩下大大的黑眼圈，眼角挂着风干的泪痕。王春牛的死对她打击太大，虽然过去一年多了，她还没有走出阴影。据说去年，她几次寻死，都被细心的杏花救了。《孔雀东南飞》里的刘兰芝也不过如此罢了。赵晓军眼里闪过一束复杂的光芒，眼前这个女人令人爱慕和敬仰。春牛走了，没能关心她，难道我赵晓军也不关心她吗？我还是不是王春牛的战友？是不是该承担起照顾她的责任啊？

赵晓军点燃纸和香，磕了几个响头，扶着呆立一旁的葵花，岔开话题："葵花，承包土地这件事，你怎么看？"

"这问题我没有想过。"葵花咬着下嘴皮,像个怀着歉意的小姑娘。

"那么,你现在想想看。"

"晓军,土地承包是好事,得来的收成,自己想卖就卖,想留就留,这样才有积极性,谁不想多刨出点产量呢?"葵花客观地做了分析。

"哈哈,有见地呀!那么,你愿不愿意加入花狗子那个小组呢?"

"人家都弄好了,我咋加入呀?"

"可以加入,我跟他们说。"

如果葵花能够参与,那么,花狗子的土地承包又添生力军,就像天平的一头新添一枚砝码。赵晓军隐隐觉得王大献绝不会善罢甘休,后面的路子还有坎坷。他突然靠近葵花的肩膀,并肩而行。

"其实,春牛哥参战前托人写信告诉我,也想回来种田。他说农村要改革了,土地要包给农民。"葵花仰起脸,眸子闪亮,乌黑的长睫毛扑闪出美丽的弧线。她动情地说:"晓军,我要完成春牛哥的心愿。"

"葵花,这想法很好,我支持。"

幽暗的心谷揳进一束亮光,赵晓军仿佛看到葵花融入了农村经济改革的洪流,从悲伤和孤独中走出来,染霜的青春又焕发了活力。他驻足凝望青山下的墓碑,墓碑矗立在骄阳中,像王春牛那伟岸的躯体。

"春牛哥,你放心,我会照顾好葵花,还你一个快快乐乐的女人。"

28

杏花今天一如既往地起了个大早，她看看天色，不知是谁从驷马河畔拔了一撮狗尾草，蘸上小鹿山乳状的白泥浆，往东方天边随意一抹，天就开了亮口。尽管夜莺还想留住即将谢幕的夜色，躲在柳树上唱出动人的歌儿，但驷马河已经在曙光的笼罩之下露出清晰的姿容。近岸的田埂上竖起"驷马青年承包田"的牌子，在她眼里鲜红发亮。

这牌是块铜板石，她和石匠王铁牛用绳索、木杠从后山抬回来的，找杨松柏写的字，他出狱后还是回到驷马春风中学任教。王铁牛用錾子把字刻下来，用红油漆勾画。

牌高一米三，宽八十厘米，颇有气势。按照赵晓军的意思，下方錾了一行小字——驷马春风乡政府。给这块牌赋予特殊的含义，包藏着无数人的尝试和期许。从此，这六亩冷浸田便理直气壮、雄心万丈地开启了驷马水乡土地承包的先河。

这时，曙光淡化了启明星的亮度，弯月匆匆躲进西边幽冷浅蓝的天幕里，像个正在消逝的写意符号。杏花带着葵花、菊花、张丽芳，趁生产队还没出工，奋战在承包田里。在这些日子里，她们，还有花狗子和王铁牛，谁空了谁就来这里，起早贪黑、见缝插针地抽时间侍弄这六亩田土。经过截流引流、深沟排水、翻耕暴晒，一片沼泽变成了干爽的旱地，接下来准备平整土地，播种冬小麦了。

四朵金花高挽裤管，打着赤脚，叉开双腿，屁股高撅，挥舞锄头，开沟、耙土，一气呵成。大汗淋漓，湿透的衬衣里，圆鼓鼓的胸脯晃荡着动态的曲线；乌黑光亮的辫子左右摇摆，像骏马的尾巴，浑身透出一股狠劲。一垄一垄地被处理得又平整又松碎，她们心里也跟土地一样平整松碎。

"杏花，我们驷马水乡出大学生了，今天中午有学酒吃啰。"沿着田埂，花狗子提一把锄头边走边喊，兴奋得像捡了银子，朝阳拉长了他高大的影子。

"花狗子哥，是真的吗？谁这么厉害？"

菊花半信半疑。她知道别说这驷马水乡，就是整个驷马春风公社包括附近乡镇，横顺几道梁、几座山，几十年也没有出过一个大学生。连读中师、中专都成了人们的奢望。

"最好不说，我怕说出来，把某人高兴疯了。"花狗子朝杏花扮了个鬼脸。

"哼，卖啥关子嘛！肯定是杨松柏。"葵花扬起脑袋，噘了下嘴。

"喔唷，葵花，你料事如神呢。"

"花狗子哥，杨老师考到哪里了？"杏花连忙问。

"蜀南农学院。张婆婆刚才告诉我，她已经准备了好酒好菜，要请大家呢。"

"太好了，杨老师终于如愿以偿了。"杏花高兴得像自己考上了一样。

"幺妹，你先跟他把婚结了吧，免得他上大学变了心。"菊花把嘴巴凑到杏花耳边。

"我跟他结个脑壳婚。"杏花声音压得很低，眼里带着伤感。

花狗子扛起锄头说："杏花，今天我来晚了，明天争取早点来。走，快出集体工了，中午一收工，我们就吃学酒去。"

驷马水乡出了个大学生，成了远近几个乡镇的爆炸性新闻。从杨松柏接到录取通知书那一刻起，这消息像长了脚，到处游走，成了附近乡镇家里、院内、道旁、村口人们谈论的焦点话题。驷马水乡这块被世人遗忘的蛮荒之地，一夜之间神奇起来，似乎连空气也激荡不已。

张婆婆磨面碾米，榨油砍柴，张罗着办学酒。这位帮助过解放军的孤寡老人，曾经因受杨松柏的连累，被世俗的人们冷落了好一段时间。现在，她的心情不再压抑，舒畅起来了。

杨松柏入狱后，他的名字仿佛散发着恶臭。那么，作为认他为亲、带他拜过张氏祖先的张婆婆自然沾上了不少晦气，遭人冷眼和鄙视便成了家常便饭。

出狱了,杨松柏清白了,国家恢复了高考,他又拿到了录取通知,说明什么人都能得到同等的对待。憔悴的张婆婆像枯木逢春,松树皮一样粗糙的老脸泛起久违的和乐与温舒。她理所当然地享受着人们的热情和好奇,坦然接受羡慕的目光和刨根问底,不时地跟院子里的妇女打打招呼,聊上几句,分享着喜悦。

祝贺的人越来越多,有送粮送钱的,还有送粮票的,也有人做了布鞋,有送布匹的。张婆婆摆上宴席,热情款待客人。按习俗,这一带的人在宴席上喜欢喝点小酒,酒一下肚,豪气、胆气都出来了,把气氛陡然推向高潮。

天没亮,张婆婆拿出一把铜壶,交给杨松柏煨酒,这是祖上留下来的老壶,多年没有用,积了灰尘,锈迹斑斑。杨松柏打理好一阵子,终于让它明光烁亮。壶里放了橘子皮,加了白糖,煨着小酢酒,壶嘴里吐着浅白色气体,飘着酒香,噗噗噗地响,像一支欢快的乐曲,也像婆孙俩沸腾的心情。人啊,此一时彼一时,当你以为迈不过那道坎的时候,抬头便见山回路转了。

七八张桌子一起摆开,每一桌盛上大盅子酒。一只土巴碗斟满了酒,你呷一口我呷一口,像一场接力赛,酒碗在面前轮流转。李朝阳接过碗,嘴唇轻轻一抿,然后咂了咂嘴巴:"这酒带点苦味,幸好加了白糖。度数高,喝起带劲。"他把碗举到杨松柏面前:"松柏,我俩干一下。叔叔呢,是个粗人,不会说酒话。我的祖上出过举人,到我们这几代,就后,后什么来着?"

"后继无人。"杨松柏说,"李叔,话不可这样说,杏花她们很不错了。"

"对,后继无人。我婆娘生了一窝女子,俗话说:'宁养两儿不生一女。'我幺女虽然有点学问,可她命不好,上不成大学。年轻人就该像你这样,有钻劲,有造化。你和杏花的事,我们都知道,她不懂事,你多带携她。"李朝阳见土巴碗里缺酒,就端起盅子往碗里倒。

"李叔,这我知道。其实,杏花挺优秀的,明年,她也可以去报考。"杨松柏无法正面回答李朝阳的话。他心里一直困惑,自己满脑子装着杏花,却是剃头挑子一头热,自从岩洞里谈崩后,杏花一反常态,与他若即若离,像飘在天上的云朵,看得到摸不着呢。

"爸爸,你喝醉了就回去嘛,咋尽说些酒话?"帮忙传菜的杏花路过旁边,催李朝阳回家，想阻止他谈论她和杨松柏的事。

　　李朝阳不愿搭理杏花，他端起酒碗，嘴巴衔住碗沿，喝了一大口，烈酒满口窜，又烧又辣一路下到胃里。"松柏，该你了。"酒碗递了过去，碗沿上还有牙垢和饭渣。

　　满院子响起猜拳行令声，敬酒喧闹声，再加上妇女的嬉笑声，小孩的打闹声，猫狗争抢骨头的撕咬声，声声贯耳，热闹非凡，平添了张家大院的欢乐气氛。这气氛使花狗子感到一种迸发的力量，一种澎湃的气息，从各个方位、各个层次蜂拥而来，令人猝不及防。比他被赵洪涛提为副队长的感觉来得强烈，来得震撼。他张开嘴巴，朝酒碗咕嘟一口，酒去了大半，动情地说："杨老师，我和你终于走过来了，不能对不住这个时代啊。来，该你喝了。"杨松柏接过酒碗，头一仰，一饮而尽，把碗底朝大家一亮，开怀大笑。

　　大队书记赵洪涛也来了，辖区里冒出这样的人才，他怎么可能不到场呢？杨松柏给他长脸不少，他端起一碗酒，大声武气地说："松柏，你是恢复高考以来我们水乡的第一个大学生，也是新中国成立以来驷马水乡唯一考出去的大学生。我们这穷乡僻壤出个文化人实在不易呀，叔叔祝贺你了，希望你珍惜宝贵的学习机会，练好硬本领。来，这点酒，干了！"赵洪涛另外拿碗斟了一点酒，递给杨松柏喝，两只酒碗亮光一闪，碰出"咔"的一声脆响。

　　"赵叔叔，在驷马水乡劳动那些年，我在想一个问题，这里土地肥沃，自然条件得天独厚，可产量总是上不去，村民们缺吃少穿，这与落后的农业技术有极大的关系。这次，我填报农学院，就是想多学科学知识，毕业后报效家乡父老，帮助大家解决温饱问题。"杨松柏侃侃而谈，并下意识地睒了杏花几眼，杏花似乎什么也没看见，什么也没听见，只顾往各张桌子上端菜传酒。

　　这些举动虽然细微，可是怎能瞒得过赵洪涛的眼睛呢？他感到诧异，村民们都说杏花和杨松柏在谈恋爱，杨松柏入狱，杏花看过他，杨松柏出狱，杏花又接过他，眼下杏花的态度怎么这么冷淡？二人肯定出现龃龉了。那么，他们之间到底出了什么问题呢？赵洪涛想试探一下。他站起来招呼杏花："你过来一下，杨老师金榜题名，你们曾在文艺队是同事，是不是该敬个酒，祝贺一下呀？"

杏花笑了笑，走过来端起酒碗，腼腆地说："恭喜杨老师高考成功！"

"哈哈！这就对了。杏花，你也听到了，杨老师说他考农学院，是为了报答驷马水乡的父老乡亲，他已经把这里当成他故乡了。不过，他还有一个想法没有说出来，杏花，你知道他的另一个想法吗？"赵洪涛盯着杏花，看她有什么表情变化。

杏花的脸红得更厉害，像一朵红艳艳的杜鹃花。她突然转过身，埋着头，下意识地掩饰自己的窘迫："赵书记，我有点不舒服，先回家去了。"然后大步流星地走了，转过墙角时，趁人不注意，揩了一把眼泪。

"松柏呀，你和杏花的事我都听说了。杏花这孩子非常不错。她率先加入了土地承包小组，这是顺应时代的举动呀。目前，我们国家正在探索农村改革的路子。实事求是地讲，我们不光缺技术，更重要的是那些不适应生产发展的思维急需改。你要多给她写信，好好交流，把大学的先进东西传递给她。记住，还要多关心她。"赵洪涛语重心长。

"赵叔叔，你放心，我会的。"杨松柏觉得这位正直耿笃的老书记说话做事至真至诚，令人敬仰。他正准备回敬酒水，赵洪涛却说他还有事，急急忙忙回村上去了。

花狗子、王铁牛、葵花、菊花、张丽芳几个又闹了一阵，直到李朝阳敲响了出工梆，大家才悻悻散去，脸上挂着醉意和欢愉。

29

春节过后,地温上升,杂草一觉醒来,竞相生长。自留地里草盛禾稀,杂草掠夺了菠菜的生存空间。三个女儿从早到晚忙个不停,不是忙集体活路,就是忙承包田。男人近来身体不好,只有她张二嫂独自在地里拔草。这年月,生产队分配不了多少东西,如果不把自留地务好,饿肚子是必然的。

"张二嫂,都半晌了,还在地里忙活路?该回去煮午饭了。"喊声飞过篱笆,从地边的山路上传来。

"原来是半仙老弟,你从哪里回来?"突然听到有人喊,张二嫂循声一望。阳光迎面照着,她汗斑点点,两眼眯缝,一脸皱纹。

"到谢家梁走了一遭,谢春堂幺女芳芳准备马上结婚了,男家却变了心。芳芳怄疯了,茶饭不思,胡言乱语。她魂魄早就被鬼捏住了呢,叫我帮她收拾一下。"何半仙爬坡上岭,走得急,出了一身热汗。他右脚直立,左脚跷在一块石头上,解了棉袄纽扣,料峭的春风灌进他的胸膛。听那口气,他像一尊救苦救难的活菩萨。

何半仙很少出集体工,他一双脚杆像老山羊的前肢细瘦而干瘪,走路时,脚踮起,一弹一跳,快得像一阵风,有人说他像鬼走路。他经常出没在山里山外,替别人算命讲八字、除魔驱邪、祈福消灾。既混饭吃,也捞钱财,养活一家老小,日子过得有滋有味。

当初,王大献说他搞迷信,把他当典型批斗,一条腿差点被民兵打断。这几年,他换了生存策略,跟王大献打得一团火热,吃虱子也要分腿腿。何半仙骗来钱财,少不了王大献的好处。王大献爱抽土烟,何半仙就从山外买了一大捆送给他;王大献爱喝酒,何半仙就经常把他请到家,让他喝得二麻二麻的；王大献跟何半仙的姨妹——寡妇三婶有一腿，何半仙夫妇就睁只眼，闭只眼。有时，从他隔壁姨妹家传来二人粗重的喘息和轻佻的浪笑，夫妻俩也只是皱皱眉头，再相视一笑，像啥事也没发生。王大献倒也懂得人情世故，对何半仙搞迷信，也就睁只眼，闭只眼了。而且，队里分粮分钱也从未让他吃亏。

"半仙老弟，你到屋歇歇，帮我杏花算张八字，看看她的婚姻。"谢春堂女儿的悲剧让张二嫂心里一阵紧张。谁知道杨松柏上大学后变不变心？况且，二人这段时间有些不对劲，几次追问原因，杏花都避而不谈。唉，这里面肯定出问题了。

"杏花这姑娘多能干嘛，难道凤凰还愁攀不上梧桐树？"何半仙歇够了，慢慢扣上纽扣，"我走这么远的路已经累了，还要快点赶回去，不然老婆把我午饭都计划掉了。"

"走，到屋去，一顿饭嫂子还煮得起。"张二嫂边说边往家里走。

进了屋，何半仙放下帆布挎包，拿出本子和金华牌钢笔。询问杏花出生的年月日时，再根据这些排好天干地支，圈圈画画，口中念念有词。张二嫂看不懂，任其在纸上写写画画，毕恭毕敬地站在旁边，不敢发声，静静等待结果。

何半仙画着画着不画了，突然停笔，嘴唇紧闭，神态凝重。发源于嘴角下方的两条皱纹，延伸到鼻翼两侧，圈出一抹苍黄和风尘，染上鬼神莫测的神色。几根稀疏的鼠须翘立于下颌上，两道细眼缝包藏不住狡黠的光芒。

"老弟，这……"张二嫂内心惶惑不安，欲言又止。

"没什么，肯定有桩好姻缘，必为天作之合啊。"听了这话，张二嫂眉目舒展，嘴角含笑，再看看何半仙，见他突然又摇起头来，"只是……"

"咋啦？"张二嫂又拧起眉毛。

"嫂子，这事不说出来好。"

"说吧，你不说出来，我心里更不安。"张二嫂迫不及待地说，一脸惊惶。

"你看，水克火，金克木，亥见亥刑，丑未相冲，花心男人有外遇，痴心女人痛欲绝。嫂子，侄女的婚姻恐怕有变故！"笔尖在纸上比比画画，引领张二嫂看纸上的圈点。

"啊,有办法收拾吗?"张二嫂着急地问。何半仙批阴阳断五行,神机妙算,未卜先知,在驷马水乡一带闻名遐迩,他的话张二嫂岂敢不信?她脑门一热,心如悬旌,难道杨松柏上了大学,真会甩掉我女儿?我几个女婿,就算这个强一点了。

"嫂子,办法是有,得烧三十万阴币,请神消灾。只是这钱嫂子愿意拿不?"何半仙焦急地问。

"三十万?这么多?"张二嫂惊魂不定,这数字差点让她窒息。

"嫂子,你不用管这个,只要拿出三十块、三百块,带个'三'字就行。"何半仙安慰道。

"老弟,等一下。"张二嫂进到歇房屋,翻开枕头下的稻草,拿出一个四方四正的小布包。她搁在何半仙面前,恳求道:"何老弟,这是我的全部家当,你就帮你侄女一回吧。"

何半仙斜睨布包,胀鼓鼓的,他眼里闪过一丝兴奋。从挎包里取出一尊半尺长的观音菩萨,端端正正地放在桌子正中,要了一只土巴碗,置于菩萨面前。

张二嫂看菩萨,菩萨也在看她。她心里一惊,双掌合十,默默祷告:"救苦救难的观世音菩萨,你一定保佑我杏花婚姻美满啊。"她再看菩萨,菩萨慈眉善眼,还在看她。她平静地挪挪身子,恭恭敬敬地站在何半仙旁边,一脸虔诚。

何半仙掏出三张面额为十万的阴币,放在碗里,擦了根火柴点燃了。蓝幽幽的火苗,青烟袅袅,张二嫂内心也如这摇动的火苗飘忽不定。只见何半仙双掌合十,肃立桌前,嘴唇嚅出时而清楚,时而含糊的咒语——"大慈大悲观世音,弟子今日请神灵。手捧甘露救万物,柳枝拂过百灾停。阿弥陀佛,阿弥陀佛……脚踏莲花千片叶,身着竹叶锦绣衣。阿弥陀佛,阿弥陀佛……"

"嫂子,菩萨答应了,我侄女的婚姻有救了。"何半仙停了念咒,兴奋不已。

"谢谢观音菩萨,谢谢观音菩萨,谢谢半仙老弟。"张二嫂像被绳索捆住后突然解除了束缚，浑身轻松舒展，心情惬意，眼前一片光亮。她仿佛看到杨松柏牵起杏花的手，踏着电影里才有的红地毯，走向婚姻殿堂。

何半仙收了观音菩萨，装进帆布挎包。然后打开那个小布包，埋头一看，有一元的、五角的、两角的、一角的纸币，还有五分的、两分的、一分的硬币。几乎涵盖了所有的小面额，虽然汗迹斑斑，却叠得整整齐齐。大概数了一下，少不了十五六元。他满意地重新包好，准备收入囊中。这时，一只手突然伸过来，倏地抢走了他手中的布包。

"钱不能拿走，这是我们三姐妹挖了大半年的麻芋子（半夏）积攒的，准备给四姐置办嫁妆的！"杏花不知啥时回来的，站在何半仙面前，阴沉着脸，像布了满天云，准备下一场暴雨。她气呼呼地埋怨道："妈，都啥年代了？你还信这些？挣点钱多不容易呀！"

"杏花，把钱给你何叔叔，人家帮你大忙了。"

"帮我啥子大忙？帮我求观世音了？"杏花哈哈大笑，脸上带着嘲讽。

"侄女，你的婚姻对你不利，我为你消灾祈福了。这钱是敬菩萨的，难道你不怕菩萨怪罪？"何半仙双掌合十，眼睛紧闭，严肃地念起咒语，一副煞有介事的样子。

"杏花！"张二嫂把她拉到一旁，诚惶诚恐，压低声音，"孩子，你何叔帮你算八字，担心你婚姻有变故，就请菩萨收拾了。你就不要莫事找事了，把钱还给他，妈求你了。"

"我的婚姻我做主，菩萨管不了。妈，别听他胡说八道！"杏花没想到母亲神迷心窍，居然被这家伙骗得团团转。她瞪了何半仙一眼，心头怒火燃烧，声色俱厉地说："我不会怕什么菩萨的。我警告你，不要装神弄鬼骗人钱财，难道你不怕我去派出所检举你吗？"面对这样的无耻之徒，只好吓唬吓唬他了。

"好，你不怕，我怕，这可以了吧？"何半仙了解杏花的为人，知道再纠缠下去，绝对讨不到好处，只好找个台阶顺坡下驴，挎起帆布包灰溜溜地走了。

何半仙路过驷马河畔时，浅绿柔嫩的铁线草映入他的眼帘。折耳根冒出的紫红色头颅，像散布在河滩上的春之眼，眨巴眨巴地注视着他。柳枝挥动鸟嘴般的嫩芽向他打招呼。苦熬一个冬的生灵，在春天的呵护下洋溢着无限的生机。

"杏花,你这乳臭未干的臭丫头,你跟我作对还有点嫩。你跟这些草啊、枝啊、叶啊一样嫩着呢!"他把怨气灌注脚尖,踢向河滩。他仿佛看到杏花像腾空而起的卵石,飞出去,重重地跌落在麦田。

"这不是杏花他们承包的麦田吗?老子过去看看。"何半仙几步跨到田坎上。田坎上围着栅栏,由树条绑扎而成,他抓住横木使劲摇了摇,还算坚固结实。

栅栏是用来拦牛的,虽然养牛场建在宝元山,离这儿较远,牛儿一般不会放到这边来。但是,有几头爱跑的牛,有时也会鬼使神差般跑过来,啃食河滩上的铁线草,这种草最合牛的胃口。

田里的麦苗已经封行,青青翠翠,挤挤挨挨。春风拂过,绿浪翻滚,幼嫩的新叶、健壮的分蘖孕育着丰收的希望。

何半仙的心田也翻起绿浪。他再把视线投到附近的集体麦田,看到的是另一番光景。麦苗株丛矮小,茎叶纤细,零零星星,稀稀落落。像一群弱不禁风、面黄枯瘦的饥民。两相对比,他心头升起一股怪异的情绪,

说不清是羡慕还是嫉妒。他翻过栅栏,慢慢蹲下去,手指捻起厚实葱绿的叶片,像父亲的手触碰着婴儿的头颅。

"真邪乎,当了大半辈子农民,还没有见到过这么好的庄稼!"蹲下的双腿慢慢挺直,托起他心事重重的躯体。"难道你不怕我去派出所检举你?"杏花的警告又在耳畔回响,原本还是一脸惊诧和钦羡,取而代之的却是羞辱和愤怒。他咬牙切齿,眼放凶光。

"难怪这嫩丫头这么猖狂,原来,她的底气在这里!"麦苗在何半仙眼里瞬间变成仇敌,窝在他肚子里的恶气喷涌而出。朝着麦苗,他抬起右脚一阵猛踏,边踏边骂:"老子让你狂!老子让你狂!"

这,这是人干的吗?麦苗跟我有啥仇?疯狂之后的何半仙累得气喘吁吁,内心反复拷问自己。

一丛丛的麦苗折茎断叶,东倒西歪,痛苦地躺在田里呻吟,强壮一点的又慢慢地伸展挺直,顽强地站起来,仰起头颅,满含哀怨地看着他。一丝怜惜油然而生,他骂自己有点邪。

何半仙掰开栅栏,从空隙里钻了出去,捆绑栅栏的铁丝头挂破了衬衣的袖子。这件衬衣是给人家跳大神挣来的,九成新呢。他自言自语道:"可惜我的衣服,这铁丝也来欺负我。"他气急败坏地往何家大院而去。

刚走到家门口,看到王大献像做贼一样从隔壁寡妇三婶家溜出来,掩饰不住一脸的满足和兴奋。何半仙朝他招了招手,脚先跷进自己家门,王大献跟了进来,屁股一歪,坐在板凳上问道:"啥事?"

"你这狗日的像条馋猫,整天就知道偷腥,不好好领导大家搞生产。集体地里的麦苗有一块长得好的吗?你再看看人家杏花的承包田,多劲道的长势!从细娃长成古娃,老子也没有见过这么好的麦苗,那才叫搞生产!一个地上,一个天上,难道你看不到差距?"何半仙异常激动,对着王大献劈头盖脸一阵炮轰。

"你有啥资格教训我?你到处乱窜,一年四季搞了几天生产?还嫌我领导得不好?吃屎的把屙屎的吼到起。今天,全队都在忙麦田春管工作,你在干啥?你又去哪里捞油水了?"王大献越说越气愤,你何半仙游手好闲,招摇撞骗,我都能容你,你倒是容不下我了?

"捞个屁呀,没被李朝阳那个么女子气死就不错了!"

"她敢气你?"

"咋不敢?人家还扬言要去派出所举报我呢!"何半仙反问王大献,"你知道人家狂的啥?还不是因为承包了土地!一旦承包地丰收了,手里有了粮,这嫩丫头就更加猖狂了。"

"是呀,土地承包一旦成功,驷马水乡就会全面推行。那么,你我这种闲散惯了的人能干得了啥事?叫我老老实实去种田种地,还真不习惯!目前还能混,如果包了土地,各搞各的,还要我这队长干啥?"王大献见何半仙只顾点头,又心生别念,刻薄地说,"你也莫侥幸,看你这德行,叫你种庄稼也是高粱秆挑水——担当不起,如果再禁止你搞迷信活动,恐怕你的光景比我好不到哪里去。"王大献的手伸进何半仙的衣袋,掏了一撮烟丝,装进烟锅,点燃唑吧了几口。

"那这事咋办?"何半仙觉得王大献的话有道理,凭自己这懒散的身子骨,一旦包了土地,还不只有抛荒?

"今天晚上，你拿把镰刀去麦田一割，不就完事了？"王大献居然想出这样的损招。

"你想老子坐牢呀？一旦坐了牢，我姨妹就不说了，恐怕还要搭上我老婆。该死的老色鬼，你做梦！"何半仙骂了一句，心想王大献老嫩通吃，要不是盯得紧，自己的老婆早就被他占了。

"哈哈，你别说得这么难听！"王大献得意扬扬地说，"等夜深人静，你去割，鬼知道是谁干的。"

"屁话，杏花刚和我发生矛盾，她首先就会怀疑我。派出所一查，就露馅了，扣上一个破坏农业学大寨的帽子，少说也得在牢房里待三年。"何半仙不同意这种愚蠢做法。

"农业学大寨？这是啥时候的话？现在不学了，只管承包土地。"王大献暗暗骂道：你屎经不懂，就知道装神弄鬼！

"时局变了，我们只能听天由命了！来，我这里还有一瓶酒，从谢家梁带回来的，只是老婆回娘家了，没人弄下酒菜，就喝几口寡酒吧。"何半仙拿只碗，搁在王大献面前，去了瓶盖，边倒酒边唱，"人活一辈子吔，心思都操碎。管他河东还河西，今朝有酒今朝醉啊——"其唱腔粗哑，低沉苍凉。他把土巴碗往前一推："老哥哥，你先喝。"

王大献喝了一口，把酒碗推到何半仙面前，何半仙喝一口，又把酒碗推到王大献面前。就这样你一口我一口，只管喝酒不说话，两人都心事重重。这酒喝得压抑、沉闷，没有往日的热烈和狂放。人生就像白酒，有时喝起来烈度十足，有时又平淡无味，但不管怎么说，都得喝下去。

一瓶土溪白酒快到底了，王大献终于开口："半仙老弟，我有办法帮你报仇了，耳朵伸过来吧。"

"整得那么神秘干吗？说吧，这里没其他人。"何半仙还是把脑壳偏了过去，感觉耳轮上尽是强弱交替的气息，夹杂着异味。何半仙皱了皱眉头，忽然又得意地笑起来："还是你损招多，生来就是当队长的料！"

"哈哈，你老弟也不是省油的灯呀。"王大献仰起头，咕噜几声，碗里的酒被喝得一干二净。

30

队里收工后，人们都回家煮午饭去了。驷马青年承包田里也没有啥活路，草除过了，返青促蘖肥施过了，防治红蜘蛛和白粉病的工作已告一段落。

其他人都回到各自的家忙别的去了，只有杏花心神不宁，在家里待不住。前天，她看到麦苗被人踏倒了一片，怀疑是何半仙故意干的，因为当天她得罪过他。杏花早有耳闻，何半仙这人睚眦必报。只因这事牵涉到自己的隐私，她不便说出来。但它却像菜花蛇一样盘在心里，让她有种不祥的预感。

两个姐姐正在灶头上忙活，爸和妈去了自留地。几只白色的家兔蹦蹦跳跳地围了过来，蹲在她面前，前腿收后脚伸，直立起来，红色的眼睛滴溜溜瞅着她，似乎在说我饿了，没草吃了。

杏花拿上镰刀，挎着背篼去割兔子草。刚走到承包田附近，听到前面有"哞哞"的牛叫声。这里离承包田还隔着一片青冈树林，几天前下过小雨，土壤带着几分湿润，散发着牛屎牛尿的臊味，一串刚踩下的深深浅浅的蹄印凌乱地伸进树林。

"糟了，生产队的牛放过来了，万一把栅栏顶开了怎么办？"她顺手折了根黄荆条，急匆匆地穿过树林。眼前的情景让她大吃一惊，七八头黄牛在承包田里散步，悠闲地扇着耳朵，鼓起铜铃般的大眼睛，摇着快活的尾巴，大口大口地啃食麦苗。

她跳进麦田，大声呵斥，黄荆条在牛身上铺天盖地抽打。

"打死你！打死你！"她带着哭腔，歇斯底里。

一见荆条抽来，受惊的牛群像一群凶悍的土匪，嗷嗷直叫，在麦地里横冲直撞，麦苗被沉重的牛蹄踏进土里，杏花心疼不已。

"这样急打急地赶不行，擒贼先擒王！"杏花立即改变策略，她稍稍放慢速度，先把那头老母牛沿着地沟赶向栅栏缺口，同时挥动荆条，厉声呵斥，威慑其他黄牛，它们纷纷掉头跟着老母牛出了承包田。

这时，杏花突然发力，朝着牛屁股一阵猛打猛抽，这群家伙尾巴高翘，尥起蹄子，踏得大地咚咚作响，沿着河谷一路狂奔，很快消失在视线尽头。

杏花回到麦田检查损失，发现靠河滩的那片麦苗已被啃了一小半，像镰刀割过一般，剩下两寸多长的浅桩，惨不忍睹。她立刻瘫坐在田坎，掉下伤心的眼泪。

她仔细查看栅栏缺口，不像被牛顶开的，倒像有人动了手脚，木栅栏被拔起，堆在地上。干坏事的人，不管他有多么聪明，总会留下蛛丝马迹。那么，这到底是谁干的呢？这么丧尽天良！这里的每一株麦苗凝聚了他们多少心血，寄予了多少人的关注啊。干这事的人出于什么目的呢？人的良心一旦坏了，什么事都干得出来。

她费了很大一番周折，才把缺口勉强补好。脑海里梳理着村里每一张可疑人的面目，一番筛查后，何半仙似乎进入了她的嫌疑人名单。转念又想，即使我得罪他了，也不至于这么狠呀！

承包田其他成员得知此事后，肺都气炸了。花狗子说："如果抓住这个做手脚的人，老子非剥了他的皮！"

他们把被牛蹄踩倒的麦苗一株一株地扶起，像扶起跌倒的孩子；把卷曲的叶片一一理撑展，多保住一株就能多打一些粮食。

事后，几个人商量了一些补救措施。杏花提议给被牛啃过的麦苗施一次氮肥，麦苗分蘖期还没有结束，肥一施，或许还可以抽出一些新蘖，死马就当活马医吧。花狗子认为必须把做手脚的人挖出来，这口恶气实在咽不下去。世间人心难测，有些人见不得别人有什么好处，他们必须注意防范类似事件再次发生。

当天中午，花狗子决定去养牛场侦查一番。养牛场由五间土墙草房组成，一间作生活间，其余四间作牛圈。场内十分安静，牛都被赶到山坡放牧去了，也不见一个饲养员在场，只有几只八哥一蹦一跳，在空地觅食。正纳闷时，春香突然从后山回来，红扑扑的脸上挂着汗珠，走起路来甩脚甩手，一看就是个利索能干的女人。她手里拿着黄荆条，见到花狗子就打招呼："今天是哪股风把你吹到这里来了？"没等花狗子回答接着又说："有头母牛刚下崽三天，担心它母子赶不上牛群，我就把它吆到后山单独放牧了。"

"噢，你挺有责任心哟！"花狗子称赞一句。

"老弟，过来帮嫂子一下。"春香放好手里的黄荆条，从生活间提出一桶冒着热气的药水，屁股盘子一扭一扭地往牛圈那边走。

"你比我还小，充什么嫂子呀！"花狗子对"嫂子"的称呼显然不服。

"朱富贵比你大一点，嫁鸡随鸡，嫁狗随狗，你说你富贵哥的老婆你该喊啥？"春香咯咯咯地笑起来。

"春香，怎么就你一个人在场里？三婶呢？"花狗子跟在她后面问道。

"她呀，哪里是来做事的呢？人家是来混工分的哟，每天来牛场晃两晃，就回家了。"春香走进一间牛圈，递过一条牛鼻索说，"提高一点，低了喂不进去。"

牛鼻索另一头是一头病恹恹的母牛，它孤零零地卧在圈舍里，被毛粗乱蓬松，毫无光泽，肛门周围沾满稀屎。见了花狗子，前脚一伸，想站起来，可脚上无力，经过一番努力，还是原地未动。这头牛才四五岁，正值壮年，是队里最好的耕牛，花狗子见状，心里一阵酸楚。

"怎么病成这样？"花狗子问道。

"它要害病，我有啥办法？"春香无奈地叹了一口气。

花狗子把牛鼻索往上一提，牛抬起头颅，喘着粗气，静静地等待着。

春香拿着一节削成斜口的竹筒，从桶里舀起药水，一手握住牛嘴巴，另一只手把筒口塞进牛嘴一灌，药水倒了进去。母牛毫无反抗的意思，咕噜咕噜地吞咽药水，吞完后还伸出舌头，乖巧地舔着沾有药液的竹筒，生怕浪费一点。也许，它知道这是在救它。牲畜是能通人性的，这个时候，它懂得只有顺从和配合，才能让自己逃过一劫。

"这牛病久了，近两天草都不吃了。我几次提出弄药，那婆娘怕麻烦反对弄药，还说'死了好吃肉'。今天，我就偏不听她的，去请了兽医。"春香又舀了半筒药水喂给牛喝。

"我一个人只有两只手，割草靠我，出粪靠我，放牧也靠我。她一来，尻墩子往石墩上一歪，一针一线纳她的鞋底，补她的衣裤，养牛场的啥活也不愿干。还要指挥我，比皇娘娘派头都足。"提起三婶，春香满腹怨言。

"这么不负责任，老子扣她工分！"花狗子越听越是气。

"你敢扣她工分？难道你不知道她跟王队长的事？王队长可喜欢她那尻墩子哟！"春香忍不住扑哧一笑。

"你不也有尻墩子吗？"花狗子不满春香拿王大献唬他，冷冰冰地顶了一句。

"哼，有啊，只是比不上张丽芳那么好看。"春香噘了噘嘴，反过来取笑花狗子，弄得他无言以对。

"老弟，你跟张丽芳的事咋说的？听说政策变了，'知青'可以回城了，张丽芳咋还不走？"问这话时，春香一本正经，毫无戏谑之意。

"我怎么知道？"花狗子的态度还是冷冰冰的。

"哈哈，装啥蒜嘛，明明知道人家舍不得你呢。抓紧追呀，不然，她可要飞啰！"听了春香这话，花狗子又一阵缄默不语。张丽芳虽没表示接受自己，但也没有明确拒绝自己。这是不是下围棋留的那种气呢？杨松柏常说下围棋一定要留足气，有气就有生的希望。

"我听说，以后牛也承包给私人，这是真的吗？"春香突然换了话题，她已经喂完药水，拴好牛，把竹筒搁进木桶里。

"应该是吧。"包牛的事花狗子也听说了，凡是集体的东西都要逐步承包下去。

"那好呀，你就给我分头母牛，我不要公牛，公牛不生崽。你和张丽芳的事就包在嫂子身上啦。"春香将搭在额头上的秀发往上一捋，"不陪你了，我要去割草了。"

"牛场的牛呢？都去哪里了？"花狗子差点忘记自己来牛场的目的，连忙追问。

牛圈前面有一块巨石，春香爬上去，手搭凉棚往东瞭望，顺手一指："你看，全都在那里。"

花狗子也爬上巨石，顺着她手指的方向看到悠闲的牛群散布在宝元山的缓坡上，黑的、黄的、白的、花的，像飘浮在灌木丛里的云朵。

"这些牛，不会乱跑？"花狗子悠悠地问道。

"跑啥呢？白天吃了，晚上还要上夜草。只要那几头老母牛吃饱了不跑，其他的就不会跑，除非有人赶它们去别的地方。"

"哦，除非有人赶它们？"花狗子像在问春香，又像在问自己，接着提到另一个问题，"今天有人来过这里吗？大概在一个时辰以前。"

"没有。"春香跳下石头，挎了背篓，准备上山，刚走几步又回过头说，"忘了告诉你，何半仙上午来过，说他给别人算命路过这里。这个人神经兮兮，不想理睬他！"

花狗子听了，脸色一沉，不再吭声，心想这事不是他还能是谁？于是迈开大步，直奔何半仙家。

从前门进何半仙的家，要通过一条巷道。巷道虽然不长，却又窄又暗，只有借助门口的光亮看路。花狗子摸摸索索地走进去，听到何半仙和王大献在屋里说话，他立即停住脚步。

"老兄哇，这回杏花的承包田有好看的啰！"这是何半仙的声音。

"这叫一扫光，七八头牛呀，比鬼子进村还要厉害，哈哈！"王大献的笑声里有种幸灾乐祸的意味。

"就是派出所来了，又怎么样？他们总不会把牛抓去判刑吧？"何半仙的话里带着得意和嘲讽。

"哈哈，你不愧是半仙哟，牛都弄去判刑，那监狱不就成牛圈了吗？你说的不是阎王殿的牛头马面吧？"王大献已经有好几分醉意了。

"王老兄，不说笑话了，喝！喝酒！今天，哥儿俩喝他个痛快，不醉不散。"何半仙说话有些含混不清了。

"好一个不醉不散，等老子们酒喝够了，花狗子的麦子就……"

没等王大献说完，花狗子再也听不下去了，真相已经浮出水面，二人肆无忌惮的谈话像插在花狗子心脏上的芒刺，扎得他内心滴血不止。

"龟儿子，够逍遥啊，老子今天让你喝！"花狗子几步跳到何半仙面前，从何半仙手里夺过酒碗，顺势一倾，酒水洒在何半仙脸上。

"你想干啥？！"二人异口同声。巷道里突然杀出个"黑旋风"，弄得王大献和何半仙惊慌失措。

"不干啥，就想揍你。"花狗子抓住何半仙的衣领，扇了两记耳光，再一提一搡，把他逼到墙角，几个动作干净利落，一气呵成。何半仙被扇蒙了，怔怔地问："你为啥打我？"

"我的麦子已经'一扫光'了，你还装蒜？欠揍！"花狗子跟话撵话，一拳击中面门，何半仙嘴角淌出鲜血。

"侄子，不要打了，我给你下话了，你何叔这身子骨经不住打呀。"杜群兰从里屋跑出来，拦在二人中间求情。

"花狗子，你太猖狂了，怎么随便打人了？"这一闹，王大献的酒醒了大半，他倏地站起来，盛气凌人地指责花狗子。

"王队长，你就不要掺和了，这事还不是你出的馊主意？"杜群兰又回头向花狗子赔罪，"侄子，消消气，你何叔也是一时糊涂，我们对不起你。"她忽然发现丈夫的嘴巴被打伤了，痛心地说："哎呀，出血了，我劝你不要听王大献的，可你脑壳叫鬼捏住了，偏要信人家的话，这下好了吧？几十岁的人还要挨打。"她撩起衣角帮何半仙揩去嘴角的鲜血。

"是我出的主意又怎样？你们怕他，老子不怕他！"是福不是祸，是祸躲不脱，王大献干脆来个反客为主。

"龟儿子，亏你还是个队长，这种馊主意你也想得出来？"花狗子抓住王大献的衣领气愤地说，"走，跟老子找乡干部评理去！"

"你说去就去？你小子敢命令我？"王大献反而抓住花狗子的手，像一头老年雄狮，怒吼道，"丢哒（放开），今天，老子哪里也不得去！"

王大献虽然强悍，也有一把力气，但面对铁塔似的花狗子，自知占不到便宜。然而，一个多年横行这一带的生产队长也不能在小辈面前示弱呀。他心里非常清楚，当自己的实力不及对手时，就要在气势上胜过对手，才能迫使强大的对手让步。

"你到底去不去？"花狗子有些不耐烦了，怒目圆睁。

"不去，老子说了，哪里也不去！"王大献知道自己是去不得的，去了的后果不言而喻。

"侄子，消消气，你王叔都这把年纪了，就算了吧。事情已弄成这个样子，我们赔你损失吧。"何半仙顾不上脸痛，前来劝花狗子。

"哼，要赔你赔，集体的土地，干吗要我赔？整死老子也不赔！"王大献真是粪坑里的石头，又臭又硬。

"好，侄子，这事是我干的，所有损失我赔。"何半仙央求花狗子，"你就原谅我这次吧，赔偿的事我说话绝对算数。"

花狗子想了想，事情到了这种地步，还有什么可说的呢？他用力一推，将王大献推了个趔趄，噔噔后退好几步，差点跌倒。花狗子鼻孔里"哼"了一声，丢下一句狠话："从今以后，我的麦田再出任何问题，我拿你两个是问！"说完拂袖而去。

31

"祖父祖婆,割麦插禾!"布谷鸟的叫声从驷马河两岸的柳林里响起,嘹亮而悠远,昼夜不停。杏花和村民们听了,知道已到了割麦插秧的双抢季节,这是慈爱的大自然催促农事的号令,他们不觉有些紧张和兴奋。如果不误"双抢",还在温饱线苦苦挣扎的农人就有生存的依靠。

一有空,杏花就去承包田走一走,举目一望,清风吹起金黄的麦浪,像翻阅一部珍贵的皇历。粗壮的麦秆挑起蓬炸炸的穗头,挨挨挤挤,沙沙作响,像一群昂首张望,意欲逃出圈舍的鹅黄色的雏鸭。穗子密密实实地缀满被颖壳包裹的麦粒,胀鼓鼓的,像孕妇挺凸的腹部。

麦子熟了,熟得那么热烈,那么喜人。杏花剥下一粒,饱满光洁,放进嘴里细细一嚼,嚼出一股季节的况味。粮食的丰产是人与自然的默契,只有勤劳智慧的农人才懂得这点。穿着白色肚兜的布谷鸟掠过头顶,飞到田边的树梢上,似乎又变了腔调——"快快布谷,快快布谷。"

"知道了,麦子还没割呢,怎么布谷?"杏花扬手赶走它,布谷鸟又飞到了麦田的另一头,歌声再起。真是鸟比人勤,鸟比人急啊。杏花颇有一番感悟。

"杏花,几亩冷浸田到了你们手里就变成高产田了。"蔡鲜茹扯了背猪草,路过承包田,她掐了一枝麦穗,拿到集体麦田里比比长度,"杏花,你看这穗子长它一大截呢。哎呀,这集体生产咋搞的哟?今年的小春恐怕是麻雀飞到糠堆上——空喜一场了。"

"蔡姨,队里啥时割麦子?"杏花问。

"还没有听说呢。"

"天晴得这么好,应该抓紧割,万一遇到下冰雹咋办?"杏花忧心忡忡。

"这年头,没几个人关心集体了!我回去给队里的干部说说看。"蔡鲜茹离开了承包田。

等到第二天,队里还是没有安排割小麦。杏花跟花狗子等人商量:"生产队的事管不了,我们就先割,割了好抢水栽秧。"

"啥时开始?"花狗子问。

"今天中午。我们还不能耽搁集体出工,免得人家说闲话。"杏花提议利用空余时间抢收小麦。

"其实,晚上也可以割,天气还凉快些。"王铁牛补了一句。

"晚上也行,就这样定了。"杏花说,"还有一件事跟大家商量一下,赵晓军叫我们收完后,立即脱粒、晒干、称重。他开玩笑说乡上不要粮,只要真实数据。"

"要数据干吗?"菊花不解地问。

"这个我也不清楚。"

"晓军哥做事,一向神神秘秘的,他说做事就像打仗,事前不可泄露军机。"葵花补充道。

"呵呵,葵花妹妹,你成了赵晓军肚子里的蛔虫啰。"张丽芳调侃道。

"哪像你跟花狗子哥哥砣不离秤、秤不离砣,重庆也懒得回去啰。"葵花朝张丽芳做了个怪动作,双颊泛起一抹桃红。

"葵花,看你这张臭嘴,姐姐惹不起啦。"张丽芳似乎甘拜下风。

"丽芳姐,看来为了爱情,你打算委曲求全了。嘻嘻!嘻嘻!"葵花话里有话,瞟了一眼花狗子,嬉笑不停,快活得像一朵幸福的野蔷薇。

之前的葵花总是愁眉苦脸,王春牛的牺牲几乎使她崩溃,可这些日子她像变了个人,久违的喜眉笑目又回归她的脸上。杏花看在眼里,喜在心头,她知道三姐这些变化,源于赵晓军对三姐的百般关爱,赵晓军像一抹阳光照亮了三姐的生活。

当收工的梆声响过后,杏花看到太阳快要落山了,晚霞带着对白昼的眷恋,把最后的橘红涂在天边,绿意荡漾的秧母田被映衬得像待嫁的新娘。这农忙季节的时光咋这么快?

她带着镰刀，加快脚步抄近道走向承包田，秧田的蛙声此起彼伏，仿佛是催人的曲儿。杏花知道秧苗在等待麦子退出季节舞台，好去新家安居乐业，经营稻子金黄色的事业。

承包田里响起脆生生的声音，六把镰刀在麦丛间匆忙晃动，细密的利齿齐刷刷地咬断麦秆。不知不觉，挥汗如雨的杏花和伙伴们迎来了夜色的降临，远处的青山、近处的驷马河，还有金浪翻滚的麦田，在习习晚风中，带着白天的倦怠，躲进夜幕安静地睡去。几点星星悄然现身天空，像夜神晶亮的眼睛。

"掌灯！"杏花喊了一声，两盏马灯在麦田里亮起来了，带叉的竹竿挑着它们，像举起两轮昏黄的圆月。麦田里暗影幢幢，时不时腾起不知名的小生灵，在灯光里盘旋、飞舞，吱吱嗡嗡地唱着低回的夜歌。麦穗在手中挽着把儿，捆进了夜色，也捆进了大家的欢声笑语。

"唉，太困了，眼皮睁不开了。"不知过了多久，张丽芳直起腰来，揉搓着倦怠和沁进汗水的眼睛，连打几个哈欠。她娇小的身影投射在塝坎上，被灯光拉得修长。

"我也困了。"葵花附和着。

"丽芳姐，夜已深了，谁累了，谁就回去睡觉吧。我再割一会儿。"杏花知道自己不是铁人，也是在硬撑，但她想趁晚上凉快多割点。

张丽芳回到家里，人困马乏，身子一歪，倒床就睡。可忙了大半夜，除了一身汗臭，还有麦芒扎伤的皮肤又痛又痒。她觉得睡不安逸，便爬起来，准备去驷马河洗个澡。透过窗户看到夜色浓得瘆人，就不敢出门，便拿了柳树皮，放进锅里烧热水，柳树皮可以止痒。

她把热水舀进了大脚盆，前后门一闩，安全感就有了。于是，脱了衣服，屁股往盆里一坐，双腿一盘，热水温柔地舔着她光滑的肌肤。先把水舀到又痒又痛的脚杆、手杆和颈项的暴露部分，痛痒感慢慢消失，烦躁的心安静下来。再舀水揉弄自己的身体，臀部、背部、胸部、胯裆，越搓越慵懒，越搓越惬意，疲惫也不知逃到哪里去了。

手掌像游蛇在胴体上肆意停留、肆意触碰，滑润与丰厚，凹洼与鼓凸，酥软与坚挺，丰腴与匀称，交替冲击她的神经末梢。她惊叹自己怎么有这般质感。这不正是一个女人的成熟和魅力所在吗？这个人生季节的女人应该有个归宿了，就像灌浆成熟后的麦穗，再不收割就掉籽了、发芽了。

那年，自己因承受不了修水库的劳累，一时心血来潮，许下了谁帮她她就嫁给谁的诺言。花狗子帮了她，她却没有兑现承诺，这是她第一次失信。原以为花狗子会不依不饶，可是他却出奇淡定，一如既往变着法子关心和呵护她。她知道，当男人的爱由公开表白，转为埋藏心底，少言寡语时，爱已经变得真挚和深沉。

先前，在花狗子面前，她格外小心和封闭，尤其情感方面特别吝啬，无意中，为自己筑起了一道铜墙铁壁。不过，日久天长，她不得不承认一个事实，花狗子才是这驷马水乡最有男人味的男人！他的毛孔散发着令人折服的魅力。远离他吧，她做不到；嫁给他吧，自己又回不了重庆。回到大城市是多少知青魂牵梦绕的向往。以前想走又没有机会，现在有机会了又走不了。人啊，真是个奇怪的动物！

这时，张丽芳回顾起那些珍贵的过往。别看花狗子大大咧咧，感情上虽没有电闪雷鸣，却少不了和风细雨，让人防不胜防呀。我这冰肌玉肤在花狗子面前不再神秘是早晚的事情，那一刻是多么幸福啊。她情不自禁地低头凝视自己，双颊像火烤一般。

她从木盆里站了起来，顺手从桌子横梁上扯过一块旧布，揩了身上的水。正欲穿衣，突然听到窗外一声沉重的喘息。

"谁？是谁？"她毛骨悚然，"噗"地一口吹灭桌上的煤油灯。少顷，她听到屋后有脚步声，一声紧接着一声由近及远，消失在阳沟尽头。

这三更半夜的，居然有人偷看自己洗澡！她暗骂自己太大意，忘了窗门上有一条细缝，早知道扯块布遮了不就没事了吗？羞愧和恐惧感劈头盖脸而来。

"王八蛋，是谁这么坏？"她连忙穿上衣服，恨不得抓住这个流氓，抠掉他的眼珠。

这一夜，只要一闭眼，那双绿莹莹的眼睛就从窗缝里邪恶地盯着她。她浑身堆起鸡皮疙瘩，像长出了蚂蚱一样的触角，战战兢兢地感知屋外的风吹草动。她没有合眼,一夜惊魂不定。

接连几天,张丽芳不分白天黑夜地忙于收割,总奢望晚上有个短暂的睡眠。可是,灯一灭,刚刚躺在床上,那双绿莹莹的眼睛似乎又出现在窗外,发出阴森可怖的光。疲劳和不足的睡眠困扰着她,严重透支的身体已经濒临坍塌。她好想倒下去,可是五月人倍忙,赵晓军还等着要数据呢。

五天后,承包地里的麦子收割完,脱粒,晒干,称重。八天后,生产队的麦子也全部收割完,经历了同样的环节。

这天,朝阳刚刚照到驷马河西岸,卸去重负的麦桩悠闲地排列在承包田里,静静地等待着什么。

赵晓军带着全镇五十二个村干部来了,他们参观了驷马青年承包田,按照赵晓军的意图,承包田里还留了几行麦子未割。有掐了麦穗量长度、掂重量,啧啧称奇的;有蹲下去抓一把泥土反复把玩,像研究学问一样的;有满田转悠,看麦垄看排水沟的。赵晓军拿着电喇叭,站在土坎上,大声武气地说:"同志们,现场就在这里,你们都看到了。我想请杏花同志公布一组数据。"

杏花甩着长辫子,扭着肥臀和细腰大步流星地走过去,接过电喇叭:"这里是六亩冷浸田,过去种啥啥都不出。我们六人承包以后,按照农业局的技术要求,实施了一系列土壤改良措施。种了冬小麦,收获小麦4608斤,平均亩产768斤。按照承诺,给队里交小麦300斤。剩下4308斤,如果要分配,人均可分得小麦718斤。"

"怎么这么高的产量?闻所未闻呀!"

"这产量,我在报纸上看到过,但那是农学院种出来的。"

"不会是人有多大胆,地有多大产吧?"有人用"大跃进"时期的标语说起俏皮话。

"如果不信,麦子还堆在那里。大家可以去过秤。"花狗子怕产量遭人质疑。

赵晓军说:"再请生产队公布小麦产量。"

王大献把一张纸塞到花狗子手里:"这是保管员算好了的,念一下。去呀,你不是早就在等这一天吗?"

花狗子瞪了王大献一眼，走到土坎上，清了清嗓子："水乡一队今年播种小麦267亩，收麦子41218斤。平均亩产约154斤。按321个劳动力分，人均约128斤。按全队人口405人分，人均约101斤。"

花狗子念到这里，抬起头，扫视全场，接着说："与杏花等人的承包田相比，生产队平均亩产少614斤，人均分粮少617斤。"这几句纸上没有写，是他临时计算出来的。全场听了唏嘘不已。

"龟儿子，你脑壳上装电扇——出尽风头了。"王大献看花狗子路过他身旁，气愤地骂了一句。

"多么鲜明的对比呀！有一个值得我们深思的问题——承包与没有承包为什么有这么大的差距呢？"赵晓军用严肃的目光巡视全场，貌似有所期待。到场的人沉默不语，答案已经心照不宣。田野里出奇安静，只有鸟雀欢快的啾啾声。

"同志们，对比的结果令人震惊啊。再继续推行集体生产，继续坚持走'吃大锅饭'的道路，只有饿死的下场！大家都是各村的当家人，难道你们忍心看着自己的父老乡亲饿死吗？如果不愿意，那么，你们认为农村改革的出路在哪里呢？"赵晓军语重心长，再一次用期待的目光望着大家。

"推行家庭联产承包责任制！"有人激动地吼了一声。

"对，推行家庭联产承包责任制！"

众口一词，呼声裂石流云，划破长空。这是饿怕肚子的人歇斯底里的呐喊，是水乡人向传统的生产制度最响亮的告白。像旷野里的饿狼，看到草丛里蹿出肥硕的兔子，那么欣喜若狂。

现场会一结束，赵晓军趁热打铁，立马召开了干部会，把大大小小的镇干部下到村、下到队，分片包干指导。家庭联产承包责任制的推行，像一场疾风骤雨，来势汹汹，席卷驷马大地。除了山林暂时来不及承包外，旱地、水田三四天就承包到户，生产队的猪和牛也陆续承包到人头。一切进行得顺风顺水，即使有些事暂时敲不平，甚至有些争吵和斗殴，也慢慢被镇村干部协调化解了。事实证明，老百姓那点朴素的生存要求是很容易得到满足的。

一周一次的碰头会上，赵晓军反复告诫干部们："只要不误农时，老百姓的问题都可以坐下来谈，只要我们的出发点着眼于政策，着眼于民众，顺应天时地利人和，老百姓都能理解。"

　　这是一场及时雨，既顺应了民心，又契合了节令和农事。驷马水乡像一块饱含水分和合适温度的土壤，焕发出季节的活力，十几个村立即掀起了大春生产的高潮。

32

　　走近杏树，李朝阳看到枝叶遮掩下隐藏着青黄色的果实。草木知时节，这话一点不假，它们总是把季节的想法如期讲给一脸惊诧的人们。桐木制作的梆在果叶间赋闲有些时日了，梆面已风化成褐色，失去了原有的光亮，张着口不再说话，像是苦笑。

　　他的手微颤着伸进梆口，掏出棒槌，对着梆面高高地举起来。梆没有响，一声也没有响。梆的使命早就该画上句号，它是否能成为历史的记忆呢？李朝阳将棒槌放进去，像是诀别，带着不舍走下杏坛。

　　"爸爸，才几天不打梆，你就不习惯了？"杏花背着柴草从树旁经过。

　　"承包了好是好，自己种自己的田土，没人偷奸耍滑。可我们一家尽是女人，这耕田犁地谁去干？我这把老骨头能熬多久？"李朝阳边咕哝边摇头，自从土地承包到户，梆不再发号施令，他敲梆混工分的日子一去不复返了。

　　看到大家虽然没有梆的号令，却一反常态，干活不仅不愿磨磨蹭蹭，反而早出晚归，披星戴月，在田地里忙个不停，他内心一阵酸楚。自己不是懒人，不怕做活路，只是那年在胯裆割了一刀，害得他落下毛病，出不了大力，干不了重活。之前，集体生产还可以滥竽充数，现在各干各的，他家那七亩水田、四亩旱地不用真刀真枪，哪能弄出什么名堂？

　　"爸，你咋老是看不起女人？女人咋啦？比谁少胳膊少腿了？照常耕田犁地！"杏花将背上的那捆柴往墙上一靠，抽出背架子说，"爸，我明天跟你学耕田。"

　　"哪有个女娃子学耕田的？"口气带着责备，李朝阳觉得女孩子干这种活有失体面，怕人笑话。

"爸,都啥年代了,还这么传统!你不教,我就跟铁牛哥学。"杏花态度坚决。

李朝阳不再吭声,他知道自己的女儿一个比一个犟。"你一定要吃这个苦,那你跟别人去学吧,反正,我不得教你。"自己虽然没读几卷书,但李朝阳知道自古都是"男耕女织",哪有女人耕田犁地的道理?

昨夜一场大雨,大沟小沟洪水暴涨,驷马水乡一片喧嚣。收完麦子、油菜的田灌满了浑浊的雨水,这是抢水犁田的好时光。杏花全副武装,披蓑衣、戴斗笠,裤管高卷,打着赤脚,扛起犁头,牵着黄牛,来到田里。王铁牛也应邀到场,教杏花耕田抢水。

杏花把枷担套在黄牛的脖肩上,右手握住犁把,左手擒住牛鼻索,稳住犁桩。使牛条(赶牛的棍棒)望空一挥。"嘿哧!嘿哧!"发出口令。黄牛已经四岁,正值壮年,眼圈四周长着白毛,像戴了眼镜。它是一头训练有素的母牛,一听口令,抬头、奋蹄、甩尾,拖着犁铧不紧不慢地前行。银色的铧尖钻进土里,一波一波地翻起泥坯,伴随着犁铧触水的哗哗声、扯断草根的毕剥声。这声音那么悠扬、那么甜润,听起来亲切、轻盈,她已经嗅到了泥土的芳香。泥坯深深浅浅地露出水面,串起一条歪歪扭扭的线条。

"杏花,你是在耕田还是在扭麻花呀?"花狗子不知从哪里冒出来,双手抱胸,站在田埂上观看。

一犁耕出头,黄牛上了田埂,拉着犁铧往草坡里去。"吁!吁!"杏花急喊口令,好不容易才让牛停下,黄牛抓住机会啃着坡上的青草。

"杏花,快到头时,提前喊住牛,不能让它出田埂。"王铁牛跑过来,从杏花手里接过犁把,一提一拖,牛鼻索向右轻轻一拽,喊着口令,"转!转!"动作干净利落,黄牛乖巧地转过身来,重新回到田里。犁铧钻进土层,翻起笔直的一轮新泥,看得杏花羡慕不已。

"没想到,耕田还有这么多学问。铁牛哥,还是我来吧。"

王铁牛喊住牛,犁头交给杏花。杏花握住犁把,使牛条一抡,"啪"的一声,黄牛挨了一下。它弓背一伸,偏昂着头,一路小跑,四蹄踏得泥水飞溅。似乎在说,你不是嫌我慢吗?我快起来给你看看。杏花稳不住犁头,累得满头大汗，着急地吼道："吁！吁！"想叫牛停下。

"杏花，光喊口令不行。牛鼻索是干啥的？用它控制牛啊。"王铁牛左手做了个"拉"的动作，又说，"握犁要稳，要直，像这种教会了的牛，你不用打它，使牛条挥一挥，它就知道走了。"

"杏花，看你哥哥耕几犁，让你开个眼界吧。"花狗子挽起裤管，下到田里。

"不，我自己耕，你那技术，我还瞧不上呢。"杏花半开玩笑半认真，执意要自己耕。

花狗子拗不过她，只好悻悻而去。

半个上午过去，杏花基本掌握了耕田的技巧和要领。谁说女人不能耕田？自己可以代替爸爸，挑起生产上的重担了。世上的事就这样，看着难，越看越难，遇到肯干的人，干就会，会了就觉得简单。

"杏花，你哪里像个女娃子嘛！啥事都敢干，这么快把田也耕会了。"寡妇三婶突然现身田边，背着背篼，蹲在田坎上扯猪草。

"三婶，你知道我家里的情况，爸爸身体不好，这耕田犁地的事干不了，我不耕谁耕嘛！"杏花犁铧一偏，把麦桩翻压在泥坯下。

"唉，你们家总比我这孤儿寡母强，我家几亩田摆在那里还没动过一锄一犁，咋个有法栽秧嘛！秧栽不下去莫吃的，我饿死就算了，可两个孩子还小呀。"三婶长长叹了一口气。

"三婶，你不是和王大献、何半仙在一个互助组吗？你帮他们，他们帮你，问题不就解决了吗？"只顾说话，牛走歪了线，又扭起麻花来。杏花一声娇喝："踩沟！踩沟！"牛鼻索轻轻往左一拉，黄牛回到了犁沟里。

"哎呀，我们那一组提起伤脑筋。尽是些没人要的老弱残兵。别指望王大献帮我了，别看他当了那么多年队长，生产上的事一窍不通，他自己家的田还想不到办法呢。再说那何半仙，不是在外面混吃混喝，就是躲在别人家打牌行赌，连屋都没落过，我姐在家急得团团转。"三婶刡起几丛苦荬菜放进背篼。

"哟，好一个白眼狼，王大献不当干部了，就嫌人家没用。前些日子咋不嫌人家？咋好到肉里去了？"春香背着牛草路过田边，拉下脸说起了风凉话。

"老娘就是白眼狼，又咋的？总比有人乱嚼舌头的好！"

三婶把背篼一撂，双手叉腰，气得脸色发青。

"哼，你不要做起凶巴巴的样子。之前还怕你，王大献爬了你的床沿，就给你撑腰，养牛场什么事都叫我干，把老娘累死累活，你整天就知道养膘。现在，轮到你自己种田就没本事了？王大献帮不了你，还有别的男人呀，只要你把床沿给别的男人爬，还愁没人耕田吗？"春香想起在养牛场受的窝囊气，心里堵得慌，恨不得把满肚子委屈和愤怒像倒尿罐子一样泼到三婶头上。

"说我没本事，我的床沿咋有人爬？你的咋没人爬呢？说明老娘比你有本事呀！"三婶毫不示弱，反唇相讥。

"哼，臭不要脸！你有本事，就不愁没人耕田犁地了。过去，你靠偷人占集体的好处，现在自食其力，就拿出本事给大家看看。"春香双手叉腰，越来越威风。

"哼，看就看，你有什么了不起？不就仗着你有个男人吗？"三婶两眼冒火，心想春香就这点骄傲的资本。

"是呀，谁叫你男人是个短命鬼？还不是你这扫把星害的？"春香的话越来越尖酸刻薄。

"我是扫把星，我是扫把星啊！"曾经，三婶找何半仙算命，说她命里克夫，因此，丈夫的死让她耿耿于怀，她不断地自责，觉得丈夫是自己害死的。春香的话击中了她的痛点，她重复着春香的话，突然蹲下去，鼻子一酸，眼泪像断线的珠子。"你这短命鬼只管躲清闲，剩下我们娘儿仨遭人欺负！"她埋怨死去的丈夫，似乎丈夫就站在她的面前。

"难道你两个婆娘是疯子？抢水栽秧，大家都忙得不可开交，你们还有闲工夫吵架！"春香的男人朱富贵满身泥浆点点，扛着犁铧，牵着一头水牛路过这里。

"谁跟她吵？是你婆娘骚言骚语欺负人！"三婶板着脸，一脸委屈和泪痕，"都怪那死鬼死得早，害得我总被人欺负。呜呜！"她索性号啕起来。

"三婶，不要哭了。"杏花"吁"住牛，走过来劝她。

"你还不赶忙回去煮午饭？老子耕一上午田，肚子早就饿了。"朱富贵朝春香吼了几句。春香见三婶哭哭啼啼，心头掠起一丝愧疚，自己是不是太过分了？她鼻子轻哼一声，背起背篓跟朱富贵一起走了。

"都说你在耕田，这水乡环顺（方圆）几里，哪朝哪代也没见过女人耕田呢。这事，村里人已经当新闻传播了。我本想来看一下，顺便学一学。到了这种处境，别人指望不上，只有靠自己。没想到遇上春香这条疯狗。"三婶抬手揩干眼泪，破涕为笑，"呵呵，她以为老娘真怕她！"

"三婶，大家都是邻里乡亲的，事情都过去了，不要往心里去。"杏花扶起蹲在地上的三婶。

"杏花，你把我教会吧。"三婶恳切地说。

"三婶，用不着这样，你干脆和我们组合作，我帮你耕吧。"

"杏花，你不嫌我没劳力？"三婶眼里闪出希望之光。

"三婶这么能干，我求之不得呢。"杏花笑了笑。

"好吧，跟你们合作。不过，你还是要教我耕田。杏花，你不知道，孤娘寡母太难了。"三婶执意要学，眼里又闪着泪花。

"好吧，我俩一起学，驷马水乡就不再耻笑女人耕田了。因为，我们两个女人狠起来，可是一双猛虎呀！哈哈。"杏花走到犁头旁，招呼三婶，"婶子，你来犁一把吧！"

三婶满心欢喜，背篓往田埂上一放，挽起裤管，露出洁白的小腿，两条辫子在头顶盘成筛状，红润的俏脸绽开了笑容，眼角悄然爬出条细小的皱纹，仿佛在诉说她与常人不同的遭遇，让杏花颇为伤感。

三婶身体壮实，力气大，驾驭犁头比杏花来得容易。一天下来，两个女人，手上打了血泡，隐隐作痛，全身也累得散了架，可二人的心里像三伏天吃了凉粉一样畅快。驷马水乡涌现出两个耕田女能手，她俩像坚硬的犁铧，毫不在乎土壤的软硬与松紧，犁开了流俗与顽冥，留下破天荒的历史记忆。

这天，水田耕好耙好后，杏花请了十多人栽秧。男男女女，挽袖子，卷裤管，打赤脚，戴草帽，背着背篓，精神饱满，来的都是些干活的好手。

从秧母田里扯完秧苗，开始背秧布秧。十几个人站在田埂上，面前是装满秧把子的背篓。耙过的田泥既平整又细腻，泛清的田水照着他们的影子，闪闪烁烁,像一幅流动的人物画。他们把秧把子从背篼里提出来一甩、一抛,力度拿捏得十分恰当,或远或近,均匀地抛进田里。"嗵嗵嗵",水珠四溅,像鲤鱼板籽(产卵)。

周遭的画眉、杨雀、白颊鹀鸪,还有不知名的鸟儿都飞过来了,在塝坎的树枝间、草丛里追逐打闹。水鸦雀时不时飞过上空,停靠在田埂或泥坯上,尾翼忽开忽收,偏着头寻寻觅觅。鸟儿们都来凑热闹了,哼着不同风格的山歌野调,要亲眼见证这一年一度的农事活动。

这块田三亩二,又长又宽,足够十几个人一字排开。每个人大致占据六窝秧苗的位置,行距窝距整齐划一。他们春风满面,笑语盈盈。左手拿秧右手栽,唰唰唰,如春燕点水,似母鸡啄米,秧苗牵起了一条一条笔直的绿线。

春香是队里栽秧的头号高手,左手右手配合恰当,妙至毫巅。水蛇腰左一晃右一晃,白长腿左一退右一退。三下五除二,就比相邻的人多栽了好几行。

"咦,春香想关我们的猪笼了!"花狗子提醒大家,他仗着手杆长,不用左右腾地方,就能栽满一行。

"不给你们露一手,还真以为我这头号高手浪得虚名。哈哈!"春香的进度越来越快,跟电影里的插秧机有得一比。

"谁怕谁呀?我就不信你关得了我的猪笼。"右邻的王铁牛发起狠来。

这几人你赶我超,气氛立即活跃起来。大家暗中较劲,拉开了一场栽秧赛事,谁也不愿意落后给谁,这就是水乡人的秉性。唰唰声一浪高过一浪,水田宛如一架钢琴,十几个男女像匍匐在琴面上的黑白键,琴键拨动,奏出了一曲欢快婉转的劳动之歌。

菜花觉得自己的进度最慢,她回头一看,春香已经超出她十几行了,春香却手下留情,不愿关她的猪笼。她站起来,揉了揉腆着的大肚皮,揩去额头上的热汗,用拳头敲自己的后腰,羞愧地说:"我这腰受不了啦,刚才不该挨着春香。"

"我虽不是什么栽秧高手,但不比别人慢呢。"三婶前天跟春香吵过嘴,一直没有吭声,她挨着田边,埋头较劲,行数已经跟春香平齐。

"哟,别看三婶不声不响,她才是真正的高手啊!"朱富贵这么一夸,把大家的目光引向三婶,把赛事推到了高潮。

"哼!胳膊肘往外拐!"春香狠狠地瞪了朱富贵一眼。

"二姐,你别逗能了,把肚子里的侄儿累着了,二姐夫不会饶过你呢。"葵花怕春香跟三婶又杠上了,故意转移了话题,逗着菜花。

"哈哈!哈哈!"水田里扬起一片欢笑。

"葵花,你啥时也跟赵晓军怀个娃娃?我好当干爸呀。"花狗子这人口无遮拦,想个啥就说个啥,话一出口又觉得不妥当,毕竟人家葵花还是个黄花闺女呢。

"臭嘴巴!你这臭嘴巴!"葵花满脸通红,抓起稀泥巴扔过去。花狗子糊了一脸泥,只露出两只瞪大的眼睛和张着的大嘴,像京剧里的花脸,格外滑稽。

"哈哈!哈哈!"水田里又爆发出潮水般的笑声。

随着乱云慢慢散开,天空亮了,太阳也从云层里钻出来,火辣辣地照着大地。人们像背了个火盆,汗水浸得眼睛睁不开,有人打起了哈欠。忽然,春香哼起了《栽秧歌》:

大田栽秧行对行,
横看竖看一道墙。
茄麻子(青蛙)跟茄麻跳,
情妹跟着少年郎。

声音婉转清脆,像幽谷里飞流的泉水。前几年,春香还代表驷马水乡参加过秧歌比赛呢。她转过头来朝花狗子喊:"花狗子,接着唱!"

秧苗欠肥黄又黄,
妹子欠郎心痒痒。
只要妹家不嫌弃,
哥哥下田来帮忙。

最后两句，花狗子故意拖长声音，还特意瞟了张丽芳几眼。

杏花好久没有唱歌了，一听歌声，喉咙发痒，连忙接着唱道：

  大田栽秧窝对窝，
  一对秧鸡唱情歌。
  泥浆糊脏白衬衣，
  好叫妹子搓一搓。

听了她的歌，像看到一道绚丽的星光划过漆黑的长空，像倦怠的夏夜嗅到了稻花的清香。十几个人都来神了，一齐亮开了歌喉：

  山脚扯秧山上栽，
  艳山红满沟沟开。
  哥怕老来抱枕眠，
  花要采来秧要栽。

33

土地承包前，驷马水乡的生产单元以生产队为界，承包后被切割成以家庭为边界的生产单元，这是一项历史性创举。这种以亲缘关系构造的家庭发动机，成为农业生产最活跃的动力。土地制度改变后，农民的作息时间相应得以调整，田地里忙完活后，剩余时间就可以自由安排了。

这几天没有什么农活干，张丽芳反而觉得一身疲沓，上下眼皮一耷拉，铅球般沉重，睁也睁不开。胃像感情上受了伤的失恋者，反感食物跟反感异性一样，一吃便吐。她从镇上坐班车到县城看医生，一路摇晃，吐得昏天黑地，除了把靠近窗口的地方弄得脏兮兮以外，还把一方白手帕揩得黄绿驳杂，臭气熏熏。这到底出了什么问题呢？她忧心忡忡地来到医院。

门诊当班的是一位中年妇女，认真负责地望了望张丽芳的气色，摸了她的脉象，问道："你一个人？你男人呢？"

"我还没有结婚呢。"张丽芳略显不安。

"没结婚，怎么怀上孩子了？"女医生一脸迷茫。

"啊？你说我有孩子了？"张丽芳瞪大惊恐的眼睛，木然地看着医生。这简直是晴天霹雳，未婚先孕还有脸见人吗？是怎么怀上的呢？难道是那个王八蛋留下的野种？我的天呀！这怎么办呀？她腿一软，蹲了下去，双手抱住自己的头，像一株委顿的含羞草。

"姑娘，你怎么啦？"看到张丽芳木头般地蹲着，愣着两只发痴的眼睛，女医生慌了神，立刻站起来，把她扶到长椅上坐下，安慰道，"这年头，未婚怀孕的多着呢，年轻人冲动一下也很正常嘛。"

"医生，可以打胎吗？哎呀，我被人……这孽种不能留啊！"张丽芳欲哭无泪,眼下唯一的办法是把胎儿做掉,这孽种会让自己永远抬不起头。

"唉!是哪个男人丧尽天良?"医生像明白了什么,她没想到这么好的姑娘有如此遭遇,内心深感气愤。她再一次仔细观察了张丽芳的脸色、手掌,又翻开下眼睑,凝视一番,摇了摇头,神色凝重地说:"姑娘,眼下不能打胎,刚才我就注意到了,你严重贫血呢!"医生长长地叹了口气:"实话告诉你吧,必须治好了你的贫血病,才可以人工流产。否则,会有生命危险。但是,你这病不是短时间就能治好的。"

"医生,那怎么办?那怎么办呀?"张丽芳急得流出眼泪,抡起拳头捶自己的腹部。

"胡来!你不想要命了?"医生迅速抓住张丽芳的手劝道,"冷静点!冷静点!"

"找他算账!这个畜生!"张丽芳脑海里嗡的一声,苍白的面容抽搐着,转身冲出门诊室。

"姑娘!姑娘!你回来!"

张丽芳顾不上医生的呼喊,头也不回,一口气跑出医院,来到车坝。她坐在僵硬的石条上,精神萎靡,不知所措。心想找王大献算什么账呀?他几天前就见阎王爷去了。

黑马山劳改农场位于黑马河西岸,两个月前,王大献被收监在此。黑马河落差较大,水流湍急,上级政府决定在上游修建一小型水电站,解决农场和附近乡镇的用电问题,让靠煤油灯照明的历史打上休止符。这事如果成了,农场那台毛病频发的火力发电机也可以告老隐退了。所以,农场特别支持电站的修建,从劳改队里选派八名积极分子,参加爆破。

王大献做梦也没有想到年过五旬,竟然跟监狱沾上了边。这里是另外一个天地,犯人没有别的选择,只有服从。面对挥舞的皮鞭和棍棒,只能像一只马戏团的猛兽乖乖地听从驯兽师的呵斥和调教,一切言行都必须遵循铁打的铜铸的规则!

他那些不劳而获、指手画脚的习惯,也只能被强制刹车了。这里更看重人品,最看不起强奸犯这类没有出息的货色。狱警如此,犯人也如此。人到屋檐下，焉能不低头呢？他度日如年，几近崩溃，想减刑，重获自由！隐忍和任劳任怨像新长出的肌肤，使他换了个模样。于是，他成了这次选派对象。

八名爆破人员经过两天的现场培训，就在枪杆子的严密看守下开始了独立爆破。他们两人一组，每天只放两炮，先打好炮眼，再放进雷管，装上导火索，填上炸药，堵塞眼口，然后点燃引爆，工作既艰苦又危险。那年代，打炮眼还没有用上钻孔机，啃动坚硬的岩石，全凭一把钢钎和一把二锤，一人握钢钎，一人抡二锤，配合进行。烈日暴晒下的爆破队，皮肤晒脱一层又一层，黝黑发亮，反射着太阳的光芒。

这天上午，四炮同时点燃，"轰！轰！轰！"响了三炮，哑了一炮。排除哑炮是当务之急，这项工作风险极高，稍有不慎，后果不堪设想。几个人大眼瞪小眼，齐声问道："谁去？"最后的目光锁定在一个年轻人身上。

"整死我也不得去，我才二十岁，连女人的味道都没尝过。"年轻人面露难色，眼神透着胆怯。

"你光棍一条，又没牵挂，怕啥？我们上有老下有小，万一有个三长两短，谁管我们老小？"众人立即驳斥他。

推来推去，谁也不肯前去排哑。王大献是爆破组的组长，嗖地站起来："又不是生离死别，说得那么凄惨，老子就不信去了会死！"他一边说一边走向爆破地点，有"壮士一去兮不复还"的从容和勇敢。

"王组长，千万小心啊！"身后是同伴们带着感激和担心的喊声。

王大献找到了那处哑炮，仔细观察一阵，发现伸到炮眼外的导火索没有燃尽，还剩下三寸长左右。按照操作规程，这是不能继续点燃的，因为导火索太短，点炮的人来不及跑远。可是，王大献早已把规程置之脑后，居然鬼使神差地拿出一根火柴，往火皮上一擦，"哧"的一声，火柴头挑着小火苗，悠悠地闪烁。

"王组长！点不得！点不得啊！"站在远处的同伴们发出惊恐的吼叫。可他偏不信邪，仅仅迟疑了一下，就点燃了导火索，随后撒腿就跑。导火索"哧哧"地冒着乳状的浓烟，喷出火星。只听到身后"轰"的一声巨响，王大献随即来了个就地十八滚。

无数的碎石和土粒井喷似的冲上半天空，只听一阵噼噼啪啪，像下起了密集的碎石雨。一块碗口大的石头落在二十米开外，击中了王大献的天灵盖……

想到这死鬼强暴她的罪行，张丽芳咬牙切齿，恨不得把他从墓穴里挖出来，让野狗撕咬他的尸体。眼下，肚子里怀了他的野种，打又打不得，留又留不得，这一生注定被他害惨了。怎么办？怎么办呀？她发疯似的问自己，越问脑海里越茫然，越问心里越恐惧。见日头偏西了，她连忙迷迷糊糊地坐上了回家的班车。

"丽芳，你的信，重庆来的。"张丽芳刚到家，花狗子就来了，把一封书信递给她。

信是妈妈写来的，两页多，比前几次长，唯有这两段话让她看了揪心：

我们红星机械厂早就恢复生产了，薪水还不错哟。许多返城知青拉关系、走后门，安插进来了。目前，厂里只有一个空缺。厂领导说这是为了照顾我这样的老工人，专门给你留着的，叫你半个月内赶回来上班，不然就安排另外的人了。

女儿，别人都返城了，一家人团聚，热热闹闹。政策变了这么久，你咋还不回城呢？农村有什么好？山旮旯里，走个路都难。我就你这么一个宝贝女儿，你是妈妈的心头肉呀！自从你插队落户后，我免不了牵肠挂肚，没有安安心心过一天日子。妈快六十岁的人了，心脏又不好，常常犯病，你爸爸又走得早，身边说句暖心话的人都没有。唉，不说了，一切都是命。

张丽芳看不下去，嘤嘤地哭了。她似乎看到了妈妈那张憔悴而苍老的脸，泪光盈盈的眼神里饱含着孤独和失望。妈妈多么需要自己呀。可是，自己能回去吗？难道要带着病体，和未出生的孽种回去吗？

哭声是那么凄切，眼泪像流淌的泉水。她既恨王大献，又恨自己多舛的命运，脑海里翻腾着那场没齿难泯的噩梦。

那是一个黑色的日子，张丽芳去镇上赶集，称盐打油，偶然遇到小学同学苟悦。插队落户时，苟悦分配在另一个村。苟悦喜形于色地说："张丽芳，我明天就要回重庆上班了，舅舅给我找了家国营旅馆。之前，其他人就陆续回城了，只因我们没有背景，还待在这儿。难道你还不打算走吗？"

"唉，我呀？一言难尽哟。不管怎么说，该给你说声恭喜。"张丽芳为苟悦高兴，也为自己的处境感慨。

"你这死女子，还在纠结什么呢？难道舍不得那个高个子？我说丽芳呀，天涯无处不芳草，你这么死心塌地为哪般呢？"苟悦算是苦口婆心了，可张丽芳摆弄着秀发，一个劲地嘿嘿痴笑。

两人找了个小饭馆，点了三个炒菜，吃了点米饭，喝了几口小酢酒，说了一箩筐知心话，难分难舍，依依惜别。

太阳偏西了，市场早就散了，赶集的人走得一个也不剩。街道上空空荡荡，好几家店铺无声无息地敞着大门，店主蔫耷耷地坐在里面，打着瞌睡。

张丽芳匆匆往家走，两只鞋敲响了洞孔子沟的石梯路，清脆的脚步声在幽深狭长的山沟里显得那么单调和孤寂。沟里看不到行人，冷清清、静悄悄，荒无人烟。周遭除了乱石堆就是丛生的杂木，在秋阳的光芒里投下斑驳的黑影。偶尔从草丛里蹿出一两只雉鸡，噼噼啪啪扇着翅膀，把人吓一大跳。张丽芳心里忐忑不安，自己也不知道在担心什么。为了壮胆，她唱起了《山丹丹开花红艳艳》。

"是哪个婆娘声音这么尖？"王大献正在沟里捉蛇。他听说镇上有人收蛇，乌梢蛇每斤四角钱，松花蛇每斤六角钱，一条蛇能卖好几块钱。这沟里，草籽较多，山鼠爱吃草籽，蛇又爱吃老鼠，就在乱石窖里安营扎寨，繁衍出没。他认为自己干不好农活，就干脆捉蛇卖。

歌声越来越近，他手搭凉棚，逆着阳光望去。太阳刺得他眯缝着眼睛，依稀看到来人是张丽芳正从沟口往下走。

"这小妮子，模样儿不错，大城市的妞就是不同，长得细皮嫩肉，该凹的凹，该凸的凸。要是让老子……"张丽芳的胴体又在他眼前魔鬼般地晃悠，他不敢往下想，喉咙里忍不住"咕噜"一声。

十多年前，王大献的老婆杨秀芹得了月子病，身体越来越差，特别厌恶男女之事。他忍受不了床上的清贫，便与寡妇三婶有了一腿。可这些日子，三婶不买他的账了，说孩子大了影响不好。他厚着脸皮纠缠了几次，都被强硬地赶出门。

那天半夜，他从邻村赌博回家，路过李家大院，见张丽芳房间还亮着灯。这女人这么晚在搞啥名堂？不会是同花狗子在一起吧？他轻脚轻手，怀着醋意和猎奇心绕到屋后，恰好后窗门有一道缝隙，透出亮光，一只眼睛刚好容下。看见张丽芳脱了个精光，正在洗澡。呵，该我饱眼福了！他揉了下眼睛，再换另一只看。

那腰、那胸、那身板又白又嫩。他的心跳陡然加速，呼吸急促，全身的血液似乎已经凝固，强烈压制的喘息声终究蹦了出来。张丽芳那一声"谁？是谁？！"带着颤音的惊问，惊醒了他烧昏的头脑，他已经吓得魂不附体，慌里慌张地跑出李家大院。

路过三婶房前，被压制的欲望又激发出来，从灵魂深处井喷而出。他轻轻推了推门，门闩着。欲望像遇到蓬生茅草的篝火熊熊燃烧，呼啦啦地满沟乱窜。稍作徘徊，王大献最终敲了三下门，稍作停顿，又敲了两下，这是他俩一贯的暗号。不一会儿，只听屋里一阵窸窣，门开了，几乎没有响声。

"快回去，以后不要来了。"三婶堵住门口。

"好想你。"王大献推开三婶，两只脚跷了进去。他捉住三婶一阵乱捏乱摸。

"哎呀！请你出去！"三婶使劲抓住王大献的手，把他往外推。

"小声点，你想憋死我呀？"王大献又去啃三婶的脸蛋。

"哎呀，你干啥子？"三婶忽然像头发怒的母兽，黑夜里，虽看不清她的表情，但仅凭手上迸发出的力道，就知道她生气了，连续几下子把王大献推出门外。

"快走！再不走，我喊人啦。再说一遍，以后不要来了，孩子大啦，该收场了。"哐当一声，门关上了，接着是门闩的声响。

"这婆娘怎么啦？假充正经啦？哼，有啥了不起，不就一堆臭豆腐嘛。"王大献颇为憋屈，心里骂骂咧咧，悻悻离开。唉，这人一旦走了背字，想碰个女人都困难。他回味着刚才从张丽芳身上看到的风景,一种荒诞的念头蠢蠢欲动。哼,三婶,你这土包子等着瞧吧,看老子弄个洋货气死你。还有花狗子,处处跟老子作对,你小子莫猖狂,看老子要比你先尝鲜!

张丽芳离他藏匿之地只有一步之遥了,鞋底板敲击着石板路,发出慌乱而胆怯的声响。王大献膨胀的邪念像疯狂的恶魔,犯下了一个不可饶恕的罪恶……

不知过了多久,张丽芳醒了,眼冒金花,头又痛又晕。她坐起来,余悸未消,身体瑟瑟发抖。带着腐草气味的山风,刮过树林,茅草一起一伏,沙沙作响,像伤心的哭泣声。她记得晕过去之前,用尽力气咬了那王八蛋手杖一口,回复她的是沉重的一拳。这会儿,口里还有血腥味,她厌恶地吐了几口唾沫。

她的衬衣已经被扣上了,有一颗纽扣扣错了纽眼。裤子也被提起来了,裤腰带却没有拴好,下身有点疼,她意识到自己的贞操已经被毁,张丽芳傻傻地望着苍茫的天空出神,欲哭无泪。告他!告他!震颤的心灵怒吼着。

王大献被驷马春风派出所抓走了,公正的法律把这个恶魔囚进了劳改农场。当欲望超出理智约束时,便成了贱视一切的洪水猛兽,给人生和社会带来一场不可逆转的灾难!

张丽芳回忆起那场噩梦,想起母亲信中的渴求,再抚摸着正在嬗变的腹部,她的眼泪像房檐上融化的雪水,冰冷、寒澈,一点、两点,滴滴不断,滴落在信笺上,洇湿了母亲歪歪扭扭的墨迹。

看到张丽芳情绪异常激动,花狗子虽然不知道发生了什么,但他感觉到她有难以启齿的隐痛。于是,他惴惴不安,轻轻伸开双臂,紧紧搂住了张丽芳,想安慰她几句。张丽芳的身子突然僵硬起来,像一张绷紧的兽皮。她第一次感受到男人手臂的温度和力量,虽然拒绝不了这突如其来的拥抱,但她还是吝啬地关闭了情感的阀门,将头偏过去,连看也不看他一眼,继续着她的抽泣。

"丽芳,到底发生了什么事?如果你想回重庆就回去吧。"花狗子拿过书信浏览后,抚摸着她的头发,试探地问。

"回不去了,我怀孕了,怀的王大献的孽种!"张丽芳的眼神又暗淡下来。

"王大献,你这个死鬼!老子 × 你祖宗八代!"花狗子震怒了,切齿痛骂起来。

"骂他没用了，他一死百了，可是，这孽种还在我肚里。天啊，我该怎么办呀？"张丽芳突然哽咽不停，肩膀一个劲儿地耸动着。

"丽芳，别哭了，去医院做人流吧，做掉后一切都结束了。"花狗子极力控制自己的情绪，安慰张丽芳。

张丽芳抬起头，泪汪汪地望着花狗子，使劲地摇着头。

"怎么啦？不去？"花狗子的声音有些颤抖。

"医生说我严重贫血，不能搞人流，否则，有生命危险。我真想去死！死了才好。"

花狗子内心一阵悸动，浓眉紧锁，沉默良久，忽然语气十分肯定地说："既然不能流产，就生下来吧！"

"这是王大献的野种！我不生！"张丽芳的头摇得像钟摆。

"孩子也是无辜的，这娃我要！跟我姓。"一阵长时间的沉默后，花狗子谈了自己的想法，言辞诚恳，掷地有声。他叮嘱张丽芳："怀孕的事不能跟任何人讲，免得以后别人耻笑孩子。"

花狗子的话出人意料，张丽芳不知是感激还是质疑，她停止了抽泣，揩了揩眼泪，茫然而惊异地望着他。

"丽芳，我们马上结婚吧。"花狗子掏出了自己的想法。

"不，我的身子太脏了！"张丽芳不住地摇头，嘴角挂着一丝苦笑。

"丽芳，你是干净的，这事不能怪你。"花狗子目不转睛，盯着张丽芳清秀而不带血色的脸庞，眸子里放射出炽热的光芒，饱含爱意和期待。

良久的沉默，一切处于静止状态，只有两颗心脏跳动的节奏彼此呼应，像一场花事来临之前的预告。张丽芳突然转过头来，紧紧地抱住花狗子，把脸埋在他的胸膛上，眼眶里涌出滚烫的热泪。这胸膛像宝元山一样淳厚和宽广，能够容纳她母子二人的现在和未来。

34

家庭联产承包责任制成功施行后,驷马水乡连年丰收,家家户户盆满钵满,终于把饥饿扔进了悠长的驷马河。加之风调雨顺,村民们种庄稼的热情空前高涨。今年的秋播抓得紧,抓得实,秋播圆满结束后,驷马水乡渐渐进入了农闲季节。

"妈妈,这么多稻谷,卖掉一些吧。"

杏花关好最后一扇仓门板,却关不住稻谷溢出的清香。这是记事以来第一次见到粮仓装满,她心里也是满盈盈、金灿灿的感觉。

"政府能允许你卖粮?再说谁又敢收购呢?"张二嫂有些顾虑。

"妈,粮食政策已经放开了,听说镇上就有好几家收粮呢。明天,我们背几大背夹去看看。"杏花走过去同张二嫂一起撮苞谷,将晒干的苞谷一撮箕一撮箕倒进篾席围成的粮囤。仓里装着稻谷,粗粮只好放粮囤了。

张二嫂笑眯眯地说:"顺便买两头双月猪回来,这么多粮不喂猪干啥?"

"好呢。"杏花声音又柔又甜。第二天,杏花三姐妹大清早就背着稻谷去了驷马春风镇。

驷马春风镇是个水码头,像只团鱼俯伏在巴河与其支流驷马河的交汇处。木船在水面上往来,远处飘扬着激越的船工号子。青石板铺成的环形街道像团鱼腹内的肠子,两旁的店铺像肠子里的屎团。闹哄哄的猪牛市场位于团鱼的头部。

这里是方圆十余里最热闹的地方,也是贸易最活跃的集市。开初逢三六九当场,后来又加了个一四七。今天四号,恰逢当场天,远远近近的人们赶场来了。背背篼的、推板车的、拎着大包小包的、夹着蛇皮袋的、提油壶拿酒瓶的，穿梭在大街小巷，声浪嘈杂，像一群忙碌的蜜蜂围着蜂巢鸣叫不停，嗡嗡声一片。

"幺妹，你看，那边有收稻谷的。"葵花嘴巴朝左前方一努，双脚加了速，杏花、菊花跟了上去。

双扇门敞开着，门板上贴了一张白纸。排头是"大量收购粮食"的字样，下面列出了每斤粮食的价格：稻谷0.17元、苞谷0.12元、高粱0.13元。大张旗鼓地明码标价，意味着这里的粮食迈出了自由买卖的步伐。

"姐，稻谷比国家统购价还高一分呢。"杏花一阵欢喜。

"幺妹，这么划算，就多卖点吧。"菊花也兴奋起来。

"你们家还有多少？"满脸络腮胡的胖子堆着笑脸问。

"多着呢。"杏花把大背篼搁在木凳上，两手审慎地从背系里脱出来，一只手稳住背篼边沿，一只手揩额头上的汗水，调侃地说，"你们收这么多去倒卖？赚了大钱别忘了我们哟。"

"我们不是倒卖，对面那一家才是，收去卖给大米生产厂家。我们酒厂是收去酿酒呢。"络腮胡指了指，他手往大背篼里一掏，攥了一把稻谷，然后摊开手掌看了看，再把几颗谷粒放进嘴里用牙齿磕了磕，唇边的胡须抖动着。然后，舌尖同嘴唇配合，一弹一吹，吐出嚼碎的谷粒。随后他连连称赞道："这稻谷好！饱满、干透！"

"大哥，既然好就多出点价钱呀。"杏花眼珠子骨碌一转，微笑着说。

"这价够高了。"络腮胡有点不情愿，迟疑一下，扭过头来说，"这样吧，我再添一分，你回去把该卖的都背来，可不要卖给别人哟。"络腮胡抓着背篼边沿："妹子，帮一把，抬去过秤。"

杏花把背篼抬到机械磅秤上，络腮胡用手指轻轻拨动砝码，秤杆四平八稳时，报出了数据。

算盘噼里啪啦一阵响，络腮胡算好账，掏出一叠崭新的人民币点给杏花："回去多背些来，我们出这价其他人不敢出哟。"

"好吧。"杏花揣好钱，满意地招呼两个姐姐去逛猪牛市场。路过车坝，看到不远处有几个人蹲在路边卖菜，身后放背篼，面前铺薄膜，薄膜上搁着新鲜嫩绿的蔬菜,用稻草捆成一把一把,颇为讲究地排列着。

"幺妹,以前,这街上可从没有看到谁摆摊卖菜哟。"葵花觉得有些稀奇,满眼的新鲜感。

"姐,这叫商业意识,用不着大惊小怪。我敢打赌,这样发展下去,只要能赚钱,卖什么的都有。"杏花不以为然。

"你俩看,那个人遮遮掩掩的,好眼熟。"菊花像哥伦布发现了新大陆,指着一个卖菜的妇女。

妇女看有人注意她,把草帽往下一拉,遮住半个脸盘,阳光照下来,脸盘一团暗影。

"这人怪怪的,走,过去看看是谁。"杏花一提议,三姊妹忍不住围了过去。那人立即转过身,低头侍弄背系。

"她见了我们,干吗像做贼一样害怕呢?"杏花说。

"这是谁的牛皮菜,多少钱一斤?"一个身着白衬衣,戴着手表,头发打着摩丝的中年男子蹲在地摊前问,看那派头像个老板。他解掉捆菜的稻草,一边挑选,一边问,不时地东张西望,寻找摊主。

"三婶,人家在问你呢。"杏花拍了拍妇女的肩膀。

三婶转过身来,耳根飞起一抹红晕,表情十分尴尬。

"三婶,你躲躲藏藏干啥呀?我们又不买你的菜,怕我们占你便宜吧?"葵花拿三婶开涮。

"哎呀,别说了,羞死人呢,我怕熟人看到说我穷得卖菜了。你看,怕着怕着就碰上你们三个叉花子(叫花子)了,回到村里千万别讲啊。"三婶忧心忡忡。

"偏要讲,在这里偷偷发财,也不跟我们说一声。"葵花故意噘起嘴巴。

"卖个菜怕啥羞嘛,都商品经济了,有菜卖就有钱赚。这样,你把你这些菜收起来,帮我背到厚街建筑工地伙房里去,我全要了。"中年男人一边说,一边帮三婶把薄膜上的蔬菜往背笼里捡。

三婶刚才的举动让杏花心里好一阵困惑。过去,农村收成欠缺,人们穷得叮当响。什么都不能自足,哪里还有卖的呢?即使牙腾口攒,弄出点东西去卖，也怕被民兵抓住说你在搞资本主义。现在市场开放了，农产品过剩了，允许自由买卖了，卖个东西又怕啥羞呢？看来，一些人的思想还没有完全解放，旧的意识根深蒂固。

三婶捡完菜，背起背篼，跟在中年男人后面。突然，葵花发现她那两条麻花辫不知啥时不见了。一头齐刷刷的短发显得干净利索，像柳丝一样飘动，浅浅的刘海把红润的圆脸衬托得格外减龄，有少妇般的风采。

"三婶，你这头发真好看，是你自己剪的吗？"葵花眼中溢满了羡慕。

"自己怎么剪得出来哟！我娘家侄子在镇上开了家新时代发廊，上个月才开张，他帮我剪的。你们要剪也可以找他，就在那边。"三婶朝猪牛市场东面指了指，就跟中年男人急匆匆地走了。

发廊也给女人理发？在古老的驷马水乡，女人的头发历来就靠自己打理，哪有发廊为女人理发呢？嗬，这事挺新鲜，等会儿去看看。杏花催促两个姐姐："走，我们快去买猪儿，不然要散市了。买了猪儿去理发。"

"理发啊？"葵花菊花异口同声，嘴形有点夸张。

三人来到臭烘烘的猪儿市场，耳朵都被吵麻了。不是猪儿嚎叫，就是买卖双方讨价还价。背篼沿着市场两旁一字排开，里面垫着软和的稻草，装着大大小小的猪崽，白的、花的、黑的，杂七杂八。背篼口罩着篾筛，防止猪儿逃脱。

一位头发斑白的大娘站在那里，笑容可掬。她面前的大草花篮装了三只双月猪，哼哼唧唧，黑黢黢的皮毛油光水滑。

杏花像个行家里手，看眼神、观毛顺、查鼻润、摸腹围，然后抓住小猪的后脚倒提起来，小猪乱弹乱蹬，拼命嚎叫。杏花感觉到小猪叫声响亮，挣扎有力，内心十分满意。挑选猪儿这本经是春香教她的，春香曾经给生产队养了四五年猪呢。

杏花挑了两只小黑猪，向大娘要了麻绳，拴住它们。讲好价钱，给大娘付了钱。她叫菊花找来一团稻草垫在大背夹里，把猪儿放了进去，折了几根树枝横插在大背夹上方，挡住小猪，防止外逃。为保险起见，她还把绳子牢牢拴在背夹上。

三姊妹离开猪牛市场就闻不到畜生的屎尿味了，钻入鼻孔的却是一股异香。循着香气，杏花抬起头来一看，不远处有株黄桷树，枝叶繁茂，掩映着一栋木架房。房门上方有块招牌，"新时代发廊"的字样隐约可见。噢，这应该就是三婶亲戚开的发廊吧。

　　之前，这里也在理发。每逢当场天，那位佝偻的老头高板凳往黄桷树下一放，装工具的黑布袋朝树枝上一挂，就开始营业了。他有气管炎，喉咙里像煮水，几番剧烈地咳嗽后，顾客的发就理好了，好像他理的发是咳出来的。来理发的都是男人，要么剪平头，要么刮光头，这两种发型一直主宰着水乡人的审美世界。可是今天没见到老头的身影，也许，他和他的技艺被历史的烟尘湮没了。

　　杏花刚刚走到新时代发廊门口，从里面走出来一男一女，有说有笑，十分亲热，俨然是夫妻，他们刚理的头发一看就是新潮流、新款式，飘着浓郁的香波味。再扫视年轻的发廊老板，圆脸、长眉毛，两眼顾盼生辉。那烫成波纹的头发染了暗淡的酒红色，更显个性和精神。杏花暗暗赞叹：多帅气的老板哟！

　　"走，姐，我们进去吧。"杏花招呼两个姐姐。

　　"幺妹，女人理啥发嘛！自己用木梳随便刮几下就完事了，偏要去花这些冤枉钱吗？"菊花劝阻杏花。

　　"四妹，你不理发就先把猪儿背回家，我和幺妹去理发。"葵花放下装小猪的背夹交给菊花，就跟着杏花进了发廊。

　　"小姐，你喜欢哪种发型？"老板指着墙上的贴图问杏花。图的左边是男士发型，右边是女士发型，五花八门，令人眼花缭乱，哪一种都洋气，哪一种都别致。

　　"随便。"杏花的声音很小，可能是难以选择。

　　"其实，对你来讲，哪一种发型都好看。"年轻老板的眼神很真诚，不像是恭维。

　　杏花往椅子上一坐，嵌在墙上的镜子照见了自己。看到两条又粗又长的辫子，她突然觉得自己好老土，有点像清朝人。她埋下头不敢正视自己，耳根莫名其妙发热。

一块洁白的理发布带着香气，往她胸前、脖子上一围，老板熟练地解开牢牢捆在辫子上的头绳，松开麻花状的长辫子。洗干净后又梳又剪，又夹又烫，电吹风呼呼响，热气吹在发梢上。侍弄一阵后，老板说："好了，你看行不？"

镜子里的杏花换上了一头乌黑的披肩长鬈发，曲线流畅得像流水，弧度自然飘逸。新发型灵秀得像雨露下的麦苗，光亮得如阳光中的稻浪。

这还是我吗？杏花认不出自己了。她仿佛成了童话世界里得到魔法相助的灰姑娘，又像是丑小鸭变成了白天鹅。她头顶轻飘飘，心里暖洋洋，缓缓走出发廊，只留下年轻老板春风般的目光。人啊，一旦物质丰富了，追求的也就多起来了。

新发型落户杏花和葵花，像绿叶陪衬红花，相得益彰。她们回到驷马水乡，好似一股清风吹过安静的树梢，沙沙有声。

"李朝阳那两个女儿弄了个斑鸠头，洋得不得了，不是啥好东西。"地里又长出杂草了，锄头一阵猛铲突然停下来，春香喉咙里飘出股醋味，她直起腰对男人朱富贵说。

"哎呀，你管人家洋不洋嘛。理个发有啥大惊小怪的？"朱富贵拾起铲断的杂草，扔到菜地边。

"那种头型，我看不惯！"春香又冒了一句酸。

"都像你两条麻花辫搓到老死吗？自己土了吧唧的，却看不惯人家！"朱富贵面露鄙夷之色。

"哼，老娘给你生了孩子就嫌我土了？想装洋，谁装不来？"春香气愤地说。

"人家那不叫装洋，叫时髦！叫新潮！"

"还新潮？弄得个人不像人，鬼不像鬼呢！"

"屁话，我觉得那种发型就好看，看来你太有欣赏能力了！"朱富贵话带讥讽。

"嫂子，你们在薅草？"二人正打嘴仗，杏花恰巧路过。

"嗯啦。杏花妹妹,你这头发在哪儿理的?又好看又洋气,都成我们水乡一枝花了。"说曹操曹操就到,刚才的话也不知道她听到没有。春香明里夸奖杏花,心里暗想:我春香只不过稍稍老了点,要是打扮起来,也不比你逊色呢。

"哼,假!"朱富贵小声嘟囔一句。

"嫂子,看你把我夸的。镇上开了一家发廊,好多人理哟,你也去看看嘛。"杏花没有说老板是三婶的侄子,她知道春香跟三婶是一对老冤家。

"妹妹,我还是自己梳吧,驷马水乡的女人自古如此呢。"春香睃了杏花几眼,突然觉得理个斑鸠头,还真把这小妮子变乖了。难怪这些男人都围着她转。哼,老娘也要去整一下。

两天后,春香借着赶场买化肥,去了趟驷马春风镇。她找到了新时代发廊把头发烫了。春香想:"我就不信只有你杏花爱美,二十几岁的时候,我春香赶场,都要牵歪一街人的眼睛呢。"

春香的脚刚刚跷进家门口,朱富贵就拦腰抱住她说:"嘀,我婆娘今天整得好乖哟!"

"前天,你还说我老土呢。男人天生就好色!"春香轻蔑地哼了一声。

"春香,你这头发好香。"朱富贵的嘴巴凑到她耳根处,一阵乱拱。

"哎哟,大白天的,你要干啥嘛?人家看见了怪不好意思的。"春香佯装生气。

"哐当"一声,朱富贵关了房门,抱着她进了歇房屋,除了听到屋内男人哼哼声外,还有木床吱吱呀呀一阵响。

"朱富贵,开门,开门!借你的簸箕用一下。"花狗子早不来迟不来,偏在这个时候来,他抡起拳头一边捣门一边喊。

门开了,春香站在门口,脸红扑扑的,像下蛋的母鸡。

"喔唷,你今天好漂亮哟,难怪富贵哥白天都要来一盘。"花狗子一个劲儿地咂着嘴巴。

"别乱说啊,小心嫂子撕烂你的嘴!"春香收敛笑容,恢复了一本正经的样子。

"好，好。"花狗子跨进门槛，一眼就盯到了挂在墙壁上的簸箕。

春香两口子的事，遇上花狗子这个管不住喉咙的"大喇叭"，可能不说吗？这事就像长了脚一样，很快传遍各家各户。人们在把这事当笑话讲的同时，杏花等人的新潮发型更引人关注了。杂七杂八的议论中掺和着嫉妒与羡慕。不久，驷马水乡的女人们都悄悄地跑去换了发型，行走的背影里再也见不到甩动的麻花辫了。这场悄然而来的"辫子革命"带来了春天般的气息，驷马水乡的一切有如妇女们的发型，正在弃旧开新，像春来蓬勃的野草，透出逼人的绿意。

35

　　水乡人手里有了粮，心里就不慌。挺起了松柏一样笔直的脊背；嘴角咧到耳朵根，笑得像翻卷的浪花；脚步更加坚实有力，踩得土地嗵嗵作响。一日三餐的营生已不是唯一的追求，他们像奔流不息的驷马河一样，冲破大山，朝着广袤的目的地前行。

　　自从杏花当选为村主任之后，水乡的前途和命运就理所当然地搁在了她的肩上。那条通往外界的独一无二的古蜀道已经承载不了她和水乡人的梦想。她同村干部几经勘察，决定沿着蜀道延伸的大致方向修一条公路，让汽车代替村民们的肩挑背磨。

　　"常听老人说这条古蜀道不仅留下了巴山"背二哥"的传奇故事，而且是巴人助周武王伐纣，参加牧野之战的出川之路。"草木凋敝的山坡上，赵洪涛站在土坎高处，他斑白的头发被入冬的寒风刮得乱颤乱卷，他指着对面松林掩映下，七弯八拐、上坡下岭的石板路，一边咳嗽，一边讲述着蜀道的历史。艰辛的岁月除了给他添了几多皱纹外，还让他落下了支气管炎的老毛病。

　　"赵叔，这条蜀道印满了人们不屈不挠的脚步，同时，也在不断消磨一代一代人的体力和耐心啊，现在应该是它功成身退的时候了。"杏花抬手撩起披散的秀发，露出的清秀红润的脸庞像一朵盛开的火烧花。花朵里流淌出一串咯咯的笑声，漫进瑟瑟寒风里，平添了和煦的气息和豪情。

　　"是呀，这蜀道就像我一样，人老了就力不从心了。杏花，你们年轻人决心大，干劲足，修路的事尽快布置下去吧。"赵书记的话带着真诚、嘱托和期待，使她的心田在寒风中翻腾着融融暖意。她深谙村民们的心思，大家都想把富集的物产变成钞票，就像她背着稻谷送往收购点一样。可是，每一张钞票，都离不开背上磨出的茧疤啊。

"同志们，俗话说得好：'路通财通，要致富，先通路。'只要有一条公路进到水乡，不仅可以解决我们的出行问题，而且还能告别我们肩挑背磨的历史。我们的农副产品，就可以运出去变成人民币。现在，我们有粮了，不会挨饿了，但我们缺的就是人民币。所以，村委会决定铺一条公路通到镇上。初步估算，大约八公里长。希望同志们积极参与公路建设，争取今冬全线贯通。"

筑路动员大会在村小操场上召开。表面上像春天而实质上是冬天的太阳，把明媚的光芒洒在杏花身上，使她显得格外温暖和精神。她站在主席台上，信心满满地讲了这番话。

"光是说得好听，怎么去修？政府拨款了吗？修路的钱从哪里来？哪儿来的工具？"

"沿途那么多石山，靠锄头去挖吗？"

"哎呀，修啥路哟，鸟都飞不进来的地方，就认命吧！"

自从知道世上有公路这玩意儿开始，村民们心里就在擘画驷马水乡的道路蓝图。到了就要把设想付诸行动的时候，他们却七嘴八舌，摆出一大摊问题，像麻雀在房顶聒噪。这是杏花始料未及的。

"同志们，你们提到的这些困难，我们已经考虑过。国家经过几年的改革开放，有了较大发展，但底子薄，靠政府拨款是不现实的。"杏花分析了当前的经济状况，做出了理性的判断。

"上面不拨钱，怎么去修路？我说干脆等国家有钱的时候再说吧。"何半仙打起了退堂鼓。

"何半仙，你这老牛筋，尽说丧气话。没钱就办不了事啦？我们有人呀，全村几千号人还修不出一条路来吗？"花狗子批驳了何半仙。

"当年修蔡家坝水库，我们不是更穷吗？现在比那时好多了，至少肚子吃饱了，干活有力气啊！"王铁牛也忍不住怼了几句。

"政府不拨钱，我们不能等，修路迫在眉睫！"杏花斩钉截铁。接着口气缓和下来，"没钱买炸药雷管，我们自己筹；没有钢钎二锤，我们自己买。有钱的出钱，有力的出力。我统计了一下，村里外出打工的有五百三十二人，我已同他们取得了联系,他们不能回来修路,愿意按人头出钱。我们这些待在家乡的就投工投劳。大家还有什么意见可以提出来。"

杏花两道目光巡回扫视,全场鸦默雀静,村民们不约而同地摇了摇头,像清风吹拂中的一地尾巴草。杏花的讲话已经释却了他们心头的顾虑。

"先准备三天,三天后,工程正式上马。同志们,虽然是农闲季节,也要先把家里的事情安排好哟。"杏花宣布了开工时间。

接下来,驷马水乡像大战前的厉兵秣马,各项准备工作如火如荼。李老幺的铁匠铺里,一组组长花狗子带着王铁牛把用篾条拴成串的锄头、蛇皮口袋装好的錾子往地上放。花狗子当着李老幺的面点数:"锄头一百一十二把,錾子八十三把,一律加钢。明天我来拿,拿时给你付钱。"

"明天来拿?这么急,我又没有三头六臂,怎么搞得赢?"李老幺皱起眉头为难地说,"你看那边还放着一大堆三组和四组的呢,你想让我白天晚上不睡觉?"

站在一旁的三组组长张朝贵冲花狗子一笑,欲言又止,叼着一支香烟出去了。

"李老幺,你少给老子来这套,其他组的先搁下,我的要提前开工。我们同学一场,难道你不支持我?到时村里分给我们组的路段完成不了,我拿你是问!"花狗子坚持要先给一组的工具加钢。

"讨口子占岩窝有个先来后到。人家先拿来,肯定先弄他。你花狗子,什么都占强!叫我以后怎么做生意?"李老幺叫起苦来。

"老子不管,反正明天来拿货!"花狗子扭头对王铁牛说,"我们走!"

王铁牛打开蛇皮口袋,掏出一堆大大小小、奇形怪状的废钢材:"李老幺,这些能用上的就用上,一共二十块。"

"好呢,尽量帮你省点钱。"李老幺乖巧地说。

花狗子和王铁牛走后,李老幺对妻子说:"那家伙的脾气我了解,明天拿不到货,他岂肯善罢甘休?老婆,看来今晚我们得加班啰。"

"晚上加班?我这手膀子好痛,看能不能熬下来呢。"妻子王秀英一听加班,露出一张苦瓜脸。王秀英是李老幺师父的独生女,个儿不高,身体瘦弱,却勤快贤淑。老铁匠临终托付，促成了二人的姻缘。

"等公路修好后，我们就买一辆自行车，回老家方便多了。本来我们家也该投工投劳，可是，你身怀有孕，怎么干得了那样的重活？干脆，我们就出钱算了。"李老幺爱怜地看着妻子。

"明天花狗子来拿货的时候，你把话挑明，一组的工具加钢，费用就免了，算是我们捐的款。这么大的工程，保不准以后还要送东西来加钢呢。"王秀英摸了摸还没啥变化的肚子，心里美滋滋的，像在寻找一种前所未有的感觉。

李老幺默默地点了点头，拉动风箱推杆，一阵"扑通扑通"，炉火熊熊燃烧，嚯嚯有声。他像醉酒的关公，宽阔的脸膛被炉火映得通红。他右手操起铁钳，从火炉里夹出一块血红的钢板，平放在大铁墩上。王秀英立即握住带把的宰子，宰口对准钢板合适的位置。李老幺左手抡起小铁锤，敲击宰子头部，力度适中，"铿"一声，宰子跳了一下，钢板上宰出一道暗红的铁印，宰口又对准铁印，小铁锤又敲一下，切下一块钢。就这样反反复复，一块钢板被截成一些大小相同的小钢块。这些作锄头、錾子加钢备用，加钢后的工具坚硬锐利。

李老幺从火炉里钳出一把缺角的锄头，搁在大铁墩上，不断翻转角度，承受小铁锤的捶打。小铁锤一阵飞舞，"铿铿"直响，带着火星的铁屑像一群惊起的飞虱，簌簌溅落一地，由红变黑。锄头像变戏法一样，缺角不见了，锄口微微卷起长方形匣槽，刚好能嵌进小钢块。嵌好钢块的锄头又被重新放回火炉内。风箱唱道："扑通！扑通！"火苗哼道："嚯嚯！嚯嚯！"像情人对唱，韵味十足。

片刻之后，风箱的响声停止了。李老幺钳出被烧红的锄头搁在铁墩上，小铁锤东敲敲、西打打。当钢块与锄头固定后，王秀英抡起大铁锤开始助阵，鼓凸的胸部有节奏地颤动，浑圆的屁股像风摆荷花，浑身散发出青春的气息。小铁锤敲左边，大铁锤也跟着敲左边；小铁锤敲右边，大铁锤也跟着敲右边。小铁锤引领着大铁锤，配合默契。小铁锤"当"，大铁锤"铿"，一轻一重，一唱一和，夫唱妇随，美妙绝伦。锄头不断变换姿势，一会儿头颅高昂，一会儿锄身平躺，一会儿侧卧，像调皮的婴儿在床上翻滚。加上去的钢块与锄头完美结合，摇身变成棱角分明、闪亮光滑的新模样。

水乡飞歌

加了钢的锄头又被放进炉火里,烧成樱桃红。然后,一把一把地夹出来往冷水里一淬,升起一股青烟,"哧哧"地冒着水泡。再往大铁墩上轻轻一磕,"当"的一声脆响,像琴弦拨动一下,宣布大功告成。再夹起来仔细一看,火候恰到好处,满意地扔到一旁。

"秀英,这些工具必须弄好。"李老幺说。

"嗯。"

埋头忙碌不停的夫妇俩终于开口了,铁匠铺里的沉寂被打破,空气里还飘荡着烟火味和铁器的气息。

第二天清晨,花狗子和王铁牛去铁匠铺取工具,看到锁子锁着铁丝扭成的门扣。这么早,李老幺去哪里了?花狗子推了推门,头凑到张开的缝隙里往里瞧,陈旧歪斜的货架上重三搭四,摆满了加好钢的锄头和錾子,无声无息,泛着冷寂的清光。

"是不是发生啥事了?这李老幺呢?"花狗子内心咯噔一下。"李老幺!李老幺!"他扯起喉咙喊了几声,无人应答。

"同志,昨晚铁匠铺叮叮当当响了一整夜,天快亮的时候突然停下来,听说李老幺送他老婆去医院了。"正在花狗子和王铁牛疑惑之际,邻居的门"吱呀"一声开了,那位白发老奶奶撑着门框,一边揉眼睛,一边打哈欠。

"他老婆怎么啦?"花狗子看着是个马大哈,可心细着呢。"难道得了急病?"他问老奶奶。

"这个我就不知道了。"老奶奶轻轻摇着头。

"走,去医院。"花狗子抢先走在前面,王铁牛跟着一起跑。

王秀英躺在病床上,沉沉地睡着了。她的脸苍白得怕人,有些虚脱,小巧的鼻翼微微翕动,间断地发出轻微的鼾声。输液管里的药液静静地滴进她的血管,李老幺坐在床边的凳子上,斜靠身子,打着盹。

"李老幺,你老婆怎么啦?"花狗子摇着李老幺的肩膀。

"哎呀,我怎么就睡着了?"李老幺拍着自己的脑门,站起来查看玻璃输液瓶,还有半瓶没有输完。他愁眉苦脸,叹了一口气:"昨晚加班,她太累了,动了胎气,天不亮肚子就痛,刚送到医院就流产了。"

"哎呀！都怪我们，急着催你。"花狗子扇了自己一巴掌，内心过意不去，一时难受至极。

"这只能怪我运气不好，砍竹子遇到节疤了。修路是大事，怎能怨你呢？还有，秀英说了，我们出不了力，这些工具的加钢费不收了。以后还有什么工具需要加钢的，只管拿来。"李老幺拉开大提包，拿出一块线毯轻轻盖在秀英被盖上，窗缝里吹进缕缕寒风。

"这不好吧？你正用钱呢。"花狗子面露难色。

"别说了，你们的工具都弄好了，这是铁匠铺的钥匙，你自己去拿吧。"李老幺把钥匙塞到花狗子手里，"货架的第一层才是你们的，拿了就把钥匙放到我邻居那里。"

两人背着锄头和錾子往回走，太阳虽然出来了，光线却有气无力地照着衰草上的寒霜。明晃晃的霜像花狗子凝重的心绪，他平日里说话像母鸡下蛋，这阵却沉默不语。李老幺付出的代价太大了，他娘几年前就盼着抱孙子呢，可王秀英结婚三年才怀上。我催人家干啥嘛！难道定要提前开工吗？自责和内疚像恶浪在他心田翻滚。

这时，花狗子联想到张丽芳的遭遇，她已经大出怀了。张丽芳害怕别人知道她孩子是个野种，未出生就背上耻辱的包袱，发现有身孕后，按照花狗子的安排，就同花狗子睡到了一起。没有举行婚礼，也没有请客，悄无声息、自然而然的，像四季轮回，候鸟冬去春来。

张丽芳的贫血还没有治好，医生说她一旦生了，以后能不能再怀上，还是未知数。所以，花狗子非常在乎张丽芳肚子里的孩子，即使不是自己的血脉，也应该视如己出，这或许将是他和张丽芳唯一的后人啊。马上就要修公路了，还敢叫她去干重活吗？王秀英的遭遇就是活生生的教训呢。

花狗子一路心事重重，王铁牛也耷拉着脑袋。二人像霜打的茄子——蔫成一坨，一路沉默，只顾闷头赶路。

"花狗子哥、铁牛哥，你们也刚走到这里？"杏花和葵花从后面赶来。

"是呀，你们从哪里来？"花狗子把背篼往路旁的土坎上一搁，准备歇歇气。

"外出打工的人都把投的钱寄回来了,五百三十二人,个个不含糊。我们托人去县公安局买了炸药雷管,我和三姐背篼里装的就是这些东西。"杏花兴高采烈,"花狗子哥,你就别歇气了,走吧,回去多带几个人,去把村委会在供销社买的斗车、十字镐、铁锹、钢钎和铁锤背回来,分发给各组。"

"什么时候划分路段?"花狗子问。

"就今天下午吧,三点钟听广播通知。"杏花将了将披散的秀发,露出汗涔涔的额头,一脸喜色如沐春风。

36

下午四点，驷马水乡九个组长来到村委会，围着一张办公桌，准备按照抓阄的方式划分路段。一张纸裁成九个小纸片，分别写上九节路段，揉成团捏在杏花手心里。

"难易基本搭平，就看各自的手气了。"杏花说完，手轻轻一抛，九个纸团散落桌面，像九个等待领养的小孩。

大家免不了做回谦谦君子，你推我让，谁也不肯先动手，生怕失了风度，遭人耻笑，心里却都默默祷告：天老爷啊，保佑我拈到好路段，免得遭组里人臭骂。花狗子偏偏不吃这一套，蹙着眉头大吼一声："礼让个屁！个个都在装模作样！这人呀，咋这么虚伪呢？"他五指一伸，毫不客气地抓了第一阄。

"真倒霉哟，该我们一组人吃亏了，偏偏拈到洞孔子沟，这是一块最难啃的硬骨头啊！"刚刚展开小纸团，就傻眼了，花狗子一气之下，将纸团狠狠地攥在手心，像捏死一条毒蛇，然后朝窗外用力一抛，像抛掉一包臭狗屎。

"哈哈！你叫啥苦呢？你们一组不是有王铁牛这样的大掌墨师吗？洞孔子沟有的是石山，正好考验王师傅的石匠手艺呢。"三组组长张朝贵话里带着嘲讽。

"你的手气这么好，便宜尽叫你占了，你昨晚摸了老婆的斑鸠吧？"四组组长语言粗俗，趁火打劫。

"花狗子，这回你捡了个鸡脑壳，提前完成任务非你莫属了，哈哈！哈哈！"其余的组长得意地附和着，笑得前仰后合。

"你们拈了好路段，别得意太早，老子就要看看谁笑在最后！"花狗子翻了几下白眼，绷着脸，脖子上暴起几股青筋，气冲冲地走出村委会办公室。

开工这天，天空灰蒙蒙一片，雪花纷纷扬扬，北风呼啦啦怪叫，天寒地冻，却冻不住修路的热情。男女老少，倾巢而出，他们拿出当年修水库的勇气和干劲，准备在洞孔子沟创造人间奇迹。

村委会一班人分配到各段督战。杏花布置完工作，就来到洞孔子沟参加劳动。

"杏花，你是村主任，就负责指挥工作嘛，不用干这些了。"花狗子说。

"赵书记不是在指挥吗？他年纪那么大都不愿闲着，我年纪轻轻，不干活行吗？"

杏花杵着锄头，一眼望去，洞孔子沟巉崖峥嵘，峭壁巍峨，似乎连鸟儿也没有立锥之地。她关切地问道："花狗子哥，这路怎么修你想好了吗？"

"想好了。"花狗子信心满满，拈到这段路，别无选择了，即使是上天入地、钻山入海也毫不含糊。

"其实，只有你拈到这段路，我心里才踏实。但一定要注意安全，绝对不能出事，我们折腾不起呢！"杏花强调到点子上了，与石头打交道，安全是关键。

"杏花，你放一百个心吧，这石山虽然难整，毕竟还不算长，就这么一小段，过不了多久就搞定了。"在花狗子眼里，这事像大力士耍灯草——轻而易举。他回头朝王铁牛、朱富贵一班石匠吼道："还磨蹭什么？走，我们上啊！"

花狗子、王铁牛等人全副武装，头戴安全帽，背着工具，往山崖上爬，走在最后的看身材居然是个女的，杏花注意到帽檐下是张瓜子脸，这不是菊花还能是谁呢？她忙喊："四姐，你也去？"

"幺妹，放心吧，跟你铁牛哥结婚后，他那一套，我差不多都学会啦。"菊花朝杏花挤了挤眼，示意她不要再说。

众人爬上山崖，崭新的麻绳一头拴在崖顶柏树上，另一头拴在自己腰间，双手抓住麻绳，踩穴踏孔下到峭壁之上，像一群飞檐走壁的蝙蝠。麻绳放完后，腾出手来，相互配合，打炮眼、安雷管、填黄药，连引线，干得有板有眼。

干完这些工作后，大家撤离到安全地带，点火开关一按，二十几炮同时点响，震天动地。大的、小的碎石，灰的、白的烟尘腾空而起，在半空中喷撒开来，又瞬间散落。一阵"噼噼啪啪"杂乱的响声之后，山崖下堆起一大片土石和尘灰。高岩被硬生生地炸出一条毛路，凹凸不平，像野狗啃过一样。人们欢呼雀跃，纷纷跑向工地，欣赏自己的战果。

"太厉害了！简直是天崩地裂，我从来没见过这么大的阵仗。"朱富贵兴奋起来。

"这是水乡人叩问大山，开创生路的大手笔呀！"杏花抑制不住内心的激动，话里带着抒情意味。

"这下好啦，总算有个立足之地了，不再练那爬壁功了。"王铁牛站在毛路上，把手锤一举，吼道："打石头的快上来，这下又看我们的啰！"

"铁牛哥——毛路上的石头不能掀到山下，把它们全部弄成片石或碎石，可以铺路呢！"杏花嘴巴对着双掌蓬起的喇叭，朝高岩上喊道。

"好主意，这叫就地取材，省工省时！"花狗子手握錾子，抡起手锤干开了。

石工队里大都是铁牛的徒子徒孙，干起活来个个身手不凡。他们各就其位，錾子跳动，手锤翻飞，叮当之声响成一片。像虫吟蛙鸣，像金玉击石，像水乡人改变生存条件歇斯底里的呐喊。

"你们都有事干，我只有来打杂啰。"见众人忙起来，杏花拉过一辆斗车，"三婶，你推我拉，我们负责把弄好的片石运到堆码的地方。"

大锤打得最好的要数王铁牛，他把棉袄脱了，剩下单薄的衬衣，露出壮实的身板，腰弓着，胯裆叉开，朝手心哈一口热气，双手搓两搓，左手握住大锤木柄的尾端，吼一声号子："嗨哟——嗬嗬嗬，哥儿来了吔，妹娃儿快开门哟！"号子悠长，在风雪中透出苍凉和粗犷。突然，他右手提起木柄的前端，身板一挺，将大锤举过头顶，接着"哎——嗨！"一声，像从喉管里喊出，凝聚着胸腔里所有的力量。

大锤随着"嗨"字砸下，"嘣"的一声砸中铁楔，铁楔耸了耸肩，向石头挺进一点；石头抖了抖身子，弹起一缕粉尘，像哈出的热气。王铁牛并未泄气，重复着前面的动作，又吼起号子！"嗨哟——嗬嗬嗬，鲁班爷来了哟，石王你让路吧，哎——嗨！"大锤狠命地砸向铁楔，楔子灌注着巨大的力道猛往里钻，像施了法术，只听"铿嚓"一声闷响，巨石撕开一条裂缝，看得三婶、春香几个女人连声叫好。

"铁牛，看你像头山牛叫，石王不怕你都不行。"春香抱起一块石头往斗车里放。

"铁牛啊，富贵哥白天都要来一盘，他叫起比你还凶哟！"花狗子拿那件旧丑闻取笑春香。

"什么话到了你嘴里就烧偏火了，人家铁牛是老实人，哪像你这么不正经！"春香尽管累得气喘吁吁，还是要数落花狗子。

"朱富贵，钢钎拿来！"王铁牛抬起袖子，擦着额头上的热汗，嘿嘿干笑几声，岔开了话题。

朱富贵扛着两把钢钎走过来，一把给王铁牛，另一把留着自己用。"铿"的一声，两把钢钎几乎同时插进崩开的裂缝，随着喊声"一、二，起！"带着一股劲风，裹挟着二人的蛮力，两把钢钎一齐发力，"轰"的一声，撬开了巨石。

当时间的脚步踏上开工个把月的节点，王铁牛率领的石工队拿出咬铁啃铜的干劲，在洞孔子沟的悬崖上，凭借大锤、二锤、钢钎、錾子和一身蛮力，势如刀砍斧劈，过关斩将，生拉活扯地杀出了一条"血路"。

昔日的悬崖鸟道摇身变成通途，这在水乡人的幻想之中史无前例。这大大提振了人们的士气，像练武之人打通任督二脉之后，全身的经络都活泛起来了。挖土运土的、拉碴轧路的、铺路打夯的犹如八仙过海，各显神通。不论男女老少，起早贪黑，冒着刺骨的寒风，踩着冰滑的泥土，把汗水和激情抛洒在宝元山的脊梁和臂弯里。

"花狗子哥，洗脚了。"昏黄的电灯光下，张丽芳腆着个大肚子，把锅里的热水舀到脚盆里。

"这水有点烫，帮我再加点冷水吧。"花狗子坐在板凳上，脱掉胶鞋，倒出里面的泥沙。他右脚板触了触热水试水温，觉得有点烫，就把脚歇在盆沿上。

张丽芳从水缸里舀出一瓢冷水，一点一点往脚盆里放，边放边用手掌轻轻触碰热水，试试温度："可以了，天这么冷，温度不能再低了。"

肥厚的大脚沉进热水，像一条半死不活的鲤鱼，脊背上泛起细小而零星的小气泡。粘在脚上的泥沙随着有气无力的搓洗开始脱落，慢慢把电灯照着的热水染浑。加上灯光也是一片昏黄，脚盆里的水已经浑浊得像牛尿。说也奇怪，片刻后，脚渐渐有了温度，慢慢变得红润。这"牛尿"居然把脚熨得舒舒服服，这感觉像电流传遍全身的细胞。身上的劳累和困倦慢慢释却，似乎同泥沙一起藏进了水里。腰不酸了，膀子也不痛了，躯壳里的青春又复活了。

　　张丽芳递过一方帕子，让花狗子擦脚。花狗子抚摸着张丽芳的腹部："小家伙见爸爸回来了，就变老实了，一点动静也没有呢。"

　　"老实啥子嘛，刚才还在踢我。"张丽芳浑身洋溢着幸福感，沃若的脸蛋散出柔亮的光泽，看得花狗子目不转睛。

　　"丽芳，我……"花狗子站起身，紧紧抱住张丽芳，嘴巴拱着她的耳根，压低声音说，"芳，哥好想。"吹出的气息撩拨她的发际。突然，两张嘴像狗咬架，一阵乱撕乱啃。她被他刚硬的胡茬扎得脸庞痒酥酥的。接着，他的双掌不安分了，像游走的毒蛇。两个人的呼吸急促起来，像黄牛夜间反刍时，气管被反流到口腔里的草料压迫，而不得不猛喘几口粗气。

　　张丽芳突然捉住花狗子的手，不许它胡作非为，娇嗔道："傻瓜，看你急得像猴儿，孩子在肚子里看着你呢，你再忍几个月吧。"

　　"嗯，我忍！"那双手渐渐安静下来，像一艘征战返港的舰艇停泊在娇妻温润的掌心中。大锤、二锤、钢钎、錾子、锄把、土石、寒气已经把那双手折腾得遍体鳞伤。粗糙的老茧，布满手心、手背的冰口，使它像一丛臃肿而粗粝的松树枝。

　　张丽芳掏出手绢，小心擦拭从冰口浸出的脓血，然后拿出蚌壳油，用棉签涂擦血红的冰口。她关切地问："花狗子哥，你看你这双手哟，像猪啃了的。我问你，这路到底还要多久才修通？"

　　"我们一组的任务，顶多一个星期就可以完成了。其他组比我们也差不了多少。反正，春节前通车绝对没有问题。"花狗子成竹在胸，脸上掠过一丝兴奋。

　　"路修好了，我们买辆东风货车跑运输吧。还可以带我回娘家呢。"张丽芳好几年没回过重庆了，一丝乡愁突然挂上她的眉梢。

"丽芳，买辆车谈何容易呀？要好几万呢。"花狗子看张丽芳默不作声，又说，"沿海开放了，外国人都跑来建工厂。听打工的人说那边好挣钱，等路修好后，我就去那边打工，挣了钱就回来买车。"

"我也跟你去。"

"等你生了孩子再说吧。"花狗子沉默了好一阵，心里像在盘算什么。

腊月二十三，到驷马水乡的公路全线贯通。这条坎坎坷坷的泥石路，比起县城的大马路，虽然窄一点、毛糙一点，但毕竟是一条可以承载机动车辆的公路，它是一条具有实质意义的马路。它绕沟越岭、盘山爬坡，像一条土黄色的腰带，缠在宝元山的腰间，把宝元山装扮成守护水乡的看门神。又像驷马水乡长出的触须，不断地触碰山外的气息。

"快来看哟，车来了！车来了！"三婶干完扫尾工作，扛起铁锹跟在大家的后面往家走，突然听到身后的洞孔子沟有汽车的轰鸣声。声响越来越近，震得地皮抖动起来，三婶的心脏也抖动起来了。她像听到了怪兽的啸叫，不知是兴奋还是忌惮，她又跳又喊，像个小孩。之前，在她眼里，驷马水乡通路通车一直是水乡人异想天开、不可思议的奢望。

她丈夫死得早，家里缺劳力，缴公粮、买化肥都得靠她，她一趟趟背出去，一趟趟背回来，洞孔子沟那五百多步石梯成了她陡峭的梦魇。这个曾经貌美如花的女人，过早地扛起了男人也难以承载的重担。在她不该衰老的年龄，岁月毫不客气地烙下了些显老的印记。她抱怨自己命苦，命运对她不公，可是再苦再累，她和孩子的生活还得继续。眼前，肩挑背磨的苦日子终于熬到了曙光初现的时候，她的反应能不异常吗？

汽车出现了，就在山包包的转弯处。是一辆装满化肥的东风货车，像醉酒的莽汉，摇摇摆摆，前颠后仰地行进在坎坷不平的道路上。车挡板相互碰撞，发出巨大的响声，惊飞了躲在草丛里的雉鸡；连饥饿的狐狸也停止了嚎叫，钻进旷野的洞穴，以为是天神降临。

人们像三婶一样，站立公路两旁，脖子直直地抻着，举起兴奋的头颅。他们要亲眼见证这头钢铁怪兽奔驰的情形，亲耳倾听车轮碾轧路面的声响，心头翻滚着麦苗般的绿浪。路旁的冬小麦也挺起了腰身,翘首瞻望光顾驷马水乡的第一辆汽车,像迎接嫁到这闭塞山村的新娘。

"石头!石头呀!"随着一声带着哭腔的惊呼,三婶冲向路的中间。几块石头傲立路面,势必挡住汽车的去路。她以极快的速度搬走石头,累得上气不接下气。却还有两块没来得及搬走,车子就冲过来了。

"石头!石头呀!"三婶闪到路旁,急出了眼泪。当她以为一场事故即将发生的时候,货车摇晃几下,就轰隆隆地碾过去了,两块石头被骑在高跨的底盘之下。

"嘻嘻,看把我急的。"三婶一脸窘相,自己见得太少了,何必大惊小怪呢?她悄悄地退到看热闹的人群背后。

汽车轧出的两道深深浅浅的车印,像飘动着柳丝一样柔美的弧线,勾画出现代文明蹚过的痕迹,一轮一轮地映入冬日里人们的瞳孔。

车一停,杏花走了下来,指挥大家或扛或背或抬,把为来年开春准备的化肥搬进家门。

"嘿嘿,你看这多方便,买化肥不用跑到镇上去背了。"花狗子抓起一包白花花的尿素,腰板一挺,两手一抬,尿素就到了他的肩头。

"是呀,要买什么,找个车拉回来就行了。我们这背不用磨出茧疤了。"菊花背着一包碳铵给司机付钱。

这时,何半仙八十多岁的老奶奶拄着竹棍,摇摇晃晃地走了过来。

"杏花,你这孩子真有出息,这么个大家伙,你怎么牵回来的?"

"奶奶,不用我牵,它自己会走。"杏花想笑却没有笑出来。老奶奶只字不识,蛰伏驷马水乡,平生不出远门,没见过世面。她哪里知道这庞然大物是钢铁造的呢?

"自己会走?自己会走?"老奶奶反复叨念,小心翼翼地走过去,围着汽车端详半天。又伸出颤巍巍的手,怯生生地摸了摸汽车的脸盘儿,关切地问:

"你这么瘦,吃的啥子呀?还能背这么多的肥料!"

"奶奶,它不吃啥,烧油呢。"杏花说。

"还喝油?谁喂得起嘛!"老奶奶心想,这么大的块头,不知一天要喝多少油呢。

"主任，以后你们要什么，就跟我们联系啊。"卸完化肥，司机关上驾驶室的门，伸出头来对杏花打招呼。钥匙一拧，启动货车，一轰油门，准备上路。消声器里"啪"的一声，喷出一股浓烟，空气里弥漫着浓烈的燃油味。这一声吓了老奶奶一跳，她惊呼道："它这屁好臭哟！"

"奶奶，让开一点，车要走了。"杏花扶着老奶奶走向路旁。司机也按了一下喇叭："嘎嘎！"

"它叫起来比黄牯牛还凶呢。"老奶奶感到十分奇怪，没见它张一下嘴巴，咋叫得那么响亮呢？

"哈哈，奶奶，这是汽车。你犯傻呀？你把它当成什么动物啦？哈哈！"花狗子笑出了眼泪。

老奶奶屈起指关节，用力敲了下花狗子的头："臭小子，你当我认不得这是汽车吗？你笑个屁呀！你叫一声有它凶吗？"

"哈哈，哈哈！"老奶奶的话逗得众人一阵哄笑，像海涛席卷沙滩。

汽车卸下化肥，轻快多了。轰轰隆隆，哼哼唱唱，拖着乳白色的气雾，甩掉了人们的笑声，顺着公路七拐八转，绝尘而去，留给人们无尽的畅想和希望。

37

"旅客朋友们,大家好!本次列车由隆城开往建州。列车在轻松、愉悦的音乐声中离站了。祝大家旅途愉快,一路平安。"

女播音员极力让自己的嗓音珠圆玉润、甜美而有磁性。从音箱里轻盈地飘出,带着清香,给车厢里涂上恬静、温馨的色彩。

"平安个屁!钱都被扒手掏走了。"花狗子余怒未消,候车大厅那一幕令人耿耿于怀,天不怕、地不怕的他也心有余悸。幸好列车始发到点了,他不想在车站多待,哪怕就一分钟。

隆城火车站布满"宰"的阴云,宰得旅客苦不堪言。黑车宰客,饭馆宰客,商店也宰客。不良商人的眼里只有"猎物"和钱,利益在他们眼里无限放大,使其"宰"的手段出神入化,让人匪夷所思。这些乱七八糟的东西在川东应该早已绝迹了,这里似乎成了法外之地。

游弋的扒手搜寻目标,伺机作案,仿佛草原上的狼群在觅食,暗夜里闪烁着绿森森的眼睛。他们作案手法大胆绝妙,近似活抢,让人防不胜防,后怕不已。

山脉、河流和旷野把驷马水乡与隆城拉开百十里的距离。隆城成了水乡人出川的跳板,这里有两条纤细的钢轨,钻山越沟,改写了李白的《蜀道难》,繁忙地承载着南来北往的列车。花狗子破天荒走出闭塞的驷马水乡,来到这里,准备到南方打工寻金去。似乎,他把自己扔进了人生地不熟的峡谷,一切那么新鲜,又那么陌生。眼里苍凉,心头孤寂,希望却在心头涌动不停。

跟他一起来的还有王铁牛,带着锤锤錾錾,难道想去南方耍大锤?外出的人总想凭借一技之长开疆拓土,混得风生水起。二人往候车大厅的长椅上一靠，眼皮格外沉重，像两道闸门，睁也睁不开。因为第一次出远门，昨夜兴奋大半夜换来了今天的疲惫。

花狗子刚打个盹，就有人在他身边挨挨擦擦。他睁开迷迷糊糊的眼睛，看到面前站着个穿花格子衣服的男子背对自己，面朝远方，似乎毫不在意什么。这时，留着八字胡的小个子走到花格子跟前，挤眉弄眼地说了几句，便一齐扭过头看着花狗子，嘴角扯起诡秘的笑容，然后，若无其事地走开了。

笑引起了花狗子的警觉，可是又找不到哪里不对。他只好狐疑地目送二人走出嘈杂的候车大厅。

挪回眼光，将视线转移到王铁牛身上。王铁牛还在打瞌睡，怀里抱着个大皮包，花狗子知道那里面尽是换洗的衣服，几百元钞票就裹在衣服里层。此时王铁牛头一磕一点，下颌差不多碰着皮包了。一个额头留着刀疤的青年，背对他左侧坐着。那家伙神情貌似悠闲，却从自己的西装边沿钻出几个手指头，试探着伸向王铁牛的皮包，夹在中指和食指间的刀片轻轻一划，在皮包上划开一条口子，露出各种颜色的衣物。

"糟了，这家伙冲里面的钞票来了！"花狗子觉得不妙。

"干什么？"花狗子跨前一步，抓住刀疤的衣领，厉声质问。

"没、没干什么。"刀疤脸上闪现一丝惊慌，瞬间又趋于平静，继而怒目以对。

这时，四五个漂了红头发的小青年一起围拢来，像一群秃鹫围猎一只山羊，气势汹汹，手里攥着明晃晃的水果刀，刀尖泛着寒光。

"乡巴佬，识相点就别管闲事，放了我兄弟。"胖子警告道。

"你说谁管闲事？他偷我兄弟的钱，我能不管吗？"花狗子毫不怯场，将衣领用力一提，勒紧了刀疤的脖子，气愤地说，"走，跟我去见公安！"

"你们干什么？聚众斗殴？"巡逻人员瞪着花狗子，凶神恶煞般地吼道。

"公安同志，他偷我兄弟的钱。"花狗子连忙解释。

"这家伙胡说，明明是他抢老四的钱，把他抓起来吧。公安同志。"胖子是猪八戒耍把式——倒打一耙，他凭空污人清白，脸却不红。

"哼！刀疤，你这家伙好像有前科吧？走，跟我去公安科接受调查！"

巡逻的公安似乎了解刀疤，厉声喝道。

"跑啊，老四！"胖子朝同伙使了使眼色，拉起刀疤撒腿就跑。

"站住！站住！"巡逻的公安迈开大步边追边喊，由于候车大厅里的人熙熙攘攘，狡猾的小偷在人缝里绕来钻去，像一阵旋风，溜得无影无踪。

"走，我们另外找个地方，这儿是是非之地！"花狗子没等公安回来，催促王铁牛提着包裹快走。

"大哥，你的钱！"一位红衣女子追上来，手里攥着两张十元纸币，喘着气，脸盘红扑扑的。

"我的钱？不，不是我的！"花狗子摇了摇头。

"大哥，从你身上掉下来的。你一边走一边掉钱。你看，那地上还有几张呢。"女子所指之处，躺着一张十元、两张三元，像被遗弃的婴儿，在冷风中瑟缩着。

"这不是我的钱！这不是我的钱！我没有带钱。"花狗子颇不耐烦，白了女子一眼。女子二十四五岁的样子，丹凤眼、翘嘴角。普通话虽然较为流畅，但细听起来，脱不了四川口音，是个川妹子。花狗子暗骂："女骗子！哼，想探老子的虚实，你还嫩着呢。"

他自视是个老江湖，摇摇头，叹口气："唉，可惜啊，这么个漂亮妞，居然不学好，偏要学坏。"

"大哥，你摸一摸你的衣袋，看钱还在不在，这钱真是从你身上掉下来的。"热心肠的女子捡起地上的钞票，又追了上来。

"滚！是老子的钱又咋啦？关你尿事！哼，别想从我这里捞什么油水！"花狗子两眼血红，继续发脾气，爆粗口。

"你——"红衣女子又惊又气，一时语塞，愣愣地站着，这个男人咋这样？

"花狗子哥，你就摸一下衣袋看看嘛。"沉闷不语的王铁牛终于开了金口，他认为女子不像在说谎。

"啊！"花狗子惊呼一声，右手在西装内袋里又摸又掏，衣袋里空空如也，几百元盘缠不翼而飞，"糟了，这是张丽芳卖油菜籽攒的！"

中指和食指钻进口袋底部的洞穴，探出头来。钱大概就从这里被扒手夹

249

走了，像严密坚守的阵地被撕开一个缺口。原来，衣袋底部被齐整整地划开一条二指宽的口子。没想到车站那伙扒手专门用刀片划破别人衣袋偷钱的传说，应验在了他的身上。女子捡的那些钱肯定是他丢下的。

脸已涨成猪肝色，头上直冒虚汗。他尴尬地望着红衣女孩，既羞愧又内疚。

女子把钱往花狗子手里一塞，眼角泛起委屈的泪光。

"你刚才把我当什么人了？狗咬吕洞宾——不识好人心！"腰身一扭，翩然而去，一头秀美的披肩发仿佛表达出主人的轻蔑和纳闷。

"喂，小姐请留步！"王铁牛觉得花狗子误会了别人，心里有些不过意。

"还有什么事吗？"红衣女子停住脚步。

"没什么事，只是觉得对不起你。那是我哥，他叫花狗子，我叫王铁牛。我们是驷马水乡的，初次出门，没见过世面，刚才误会你了，向你道个歉。谢谢你一片好心。"王铁牛还笨拙地鞠了一躬。

"哈哈，驷马水乡的？这是我的名片，以后有事就找我。"红衣女子掏出一张名片递给王铁牛，又看了几眼花狗子，神秘地一笑，离开了火车站。

"《建州晚报》记者？不就是写文章的吗？跟我这石匠扯不上关系吧？"王铁牛不以为然，把名片随意一丢，被寒风刮走了。

"这肯定是花格子干的，王八蛋，如果再让我碰上了，老子扒他的皮！抽他的筋！"那两张丑陋而令人厌恶的笑脸似乎毛孔里灌满了嘲讽和得意，又晃动在花狗子眼前。怎么办？如果不能尽快找到工作，去哪里找钱花呢？要吃要住怎么办？

他把嘴巴靠近王铁牛的耳轮："老弟，你还剩了多少？我是山穷水尽了，接下来的花销就靠你了。"

"我出门前带了五百元，买火车票用了一百五十二元，应该还剩三百四十八元，够我们几天的花销了。幸亏你刚才发现及时，不然我这钱也被扒手摸去了。"王铁牛有点庆幸，也有点担忧，他抱紧了大皮包，像母亲搂着失而复得的婴儿。

大皮包成了重点保护对象，两个人的视线一刻也没有离开过它。像士兵看管军事重地，目光炯炯、精神奕奕，不敢有丝毫大意。谁都想象得到如果到了举目无亲的建州，稽留异地他乡，身无分文意味着什么。

"旅客们，开往建州的3526次列车开始检票了，请到3号、4号检票口排队检票。"播音员清晰甜美的声音打破了沉闷的空气，像臭烘烘的牛屎堆旁飘来一阵月季花香。花狗子紧锁的眉毛舒展开来，拎起包裹一跃而起，兴奋道："走！铁牛。"

当黑压压的人流冲进长长的地下通道，潮水般涌到站台时，排队上车已成为列车员的奢望，秩序在这里几乎失灵。

"旅客们，请排队上车！请排队上车！"尽管他们拿着干电池喇叭，嗓眼都喊破了，但野蛮的人们置若罔闻，不理不睬，照常你推我挤，疯也似的拥向车门。他们到底顾忌什么？怕赶不上车还是抢不到座位？他们骨子里似乎没有什么规矩，只有一种朴素的生存愿望——去南方刨食，那里才能发家致富。所以，旅途上不能有任何闪失，只有尽快到达目的地。

当秩序一片混乱的时候，谁肯谦让，便是傻子。花狗子认定了这个理。

"铁牛，看哥的。"

眼看列车就要离站了，花狗子一溜烟地冲过去，手抓窗沿，脚从站台上起跳，一个鹞子腾身，从窗口进了车厢。动作连贯，一气呵成。他回头喊王铁牛："把东西递上来，快！"

王铁牛把二人的包裹一递，也被花狗子一把拉了上去。二人连走几节车厢，都没有找到座位。过道里挤满旅客，货架上已经塞不进去东西。人们或背着，或提着，或将沉重的包裹搁在面前，或夹在站立的两脚之间。有人因踩了别人的脚，或绊倒了桌上的茶杯而发生争执，吹胡子、瞪眼睛、抡拳头。

从装束和包裹看，没有坐票的人绝大多数是南下打工的。他们可能托不到熟人买票，也不排除有避开检票口，绕道进站逃票的。

"铁牛，这里离建州两千多公里，据说要走两天两夜。这样站下去，你即使是铁牛，也站成一堆烂牛屎了。"花狗子把嘴搁在王铁牛肩上。

"哥哥，有办法了，你看他们。"王铁牛朝旁边努嘴，那边的几个人正双腿一盘，坐在过道里。

"坐在过道也不是好事，过去过来都得让路。走，找坐的地方去。"花狗子带着王铁牛路过厕所旁，厕所门开着，飘浮着尿臊味。两个男人和一个女人在里面席地而坐，占据了整个空间。

"哥们儿，让一让，我们也来挤一挤。"花狗子微笑着，一只脚已经踏进厕所。女人把舒展的腿缩了回来，腾出一点空间，朝花狗子和善地笑了笑。花狗子把包裹往地上一放，王铁牛也紧挨着放下大皮包，试图把屁股安放在合适的地方。另外两个男人勉强地挪回伸出的脚，又腾出了一点空间。厕所虽然逼仄，却挤了五个人，像小小的纸箱里塞了五只鸡鸭。暖烘烘，紧箍箍，动一下也会碍着别人。但这毕竟是一处独立安静的空间，总比挤在闹哄哄、人来人往的过道强，身心似乎也得到了休憩。

火车鸣着汽笛，钻进一个隧道，窗外一片黑暗，四周响起有节奏的"轰隆轰隆轰隆"。出了隧道，突现一片光明，前面送来一座紫红色的高山，稀疏的松树虬枝舒展，美景争先恐后地扑向眼前。火车又钻进山的肚子里，像进入了一个深邃的幽冥世界。

"花狗子哥，这次去南方，也不知好找工作不？"铁牛的心情又阴郁起来。

"管他呢，到了再说。"花狗子把因蜷曲太久而麻木难耐的双脚用力一伸，蹬开了一个男人的腿，强占了他的地盘。也不知对方是被花狗子那副大块头震慑，还是大肚能容天下难容之事，轻描淡写地瞪了一眼，便合上眼皮继续闭目养神，屈起双腿，守住了最后一席之地。

下了从建州火车站到市区的公交车，抵达这座现代化城市。南国的初春没有料峭的春寒，行道树已经萌出嫩黄的新芽，晒着暖烘烘的太阳。两只喜鹊衔来枯枝，在法国梧桐上忙着筑巢。劳动中，夫妻俩也忘不了打情骂俏，呢喃几句。它们心里揣着神圣的繁殖计划。花狗子突然感到：世间生物皆如此，不管它多么卑微和渺小，总是有着自己的生存目标。

这是个新兴的港口城市，除了大街小巷穿梭着甲壳虫似的车辆以外，港湾里还活跃着国旗高悬、喇叭喧嚣的中外巨轮。热闹、繁华、气派、新潮、富有，以前无法想象的这些形容词，颠覆了花狗子之前的所有想象。至少，驷马水乡那些原生态的色彩绘制不出这样的壮美，它应该属于另一类。这方躁动的热土、改革的前沿阵地，到底能带给他什么呢？黄金还是白银？轿车还是高楼？他沿着海岸，走进望海亭，极目湛蓝的大海，海鸟成群结队，击浪飞翔，有像雪白的羊群的，有像乌黑的闪电的，也有像飘逸的云朵的。他陶醉了，悠悠地看，静静地听，被海浪拍击礁石的沉浑和雄壮震撼不已。

"哥，别看这些了，快找工作去吧。"王铁牛催他。

他俩背着行囊，行走在匆匆人流之中。耳畔充斥着各种浓郁的乡音和生硬的普通话，难道他们都是来"寻金"的？

"老人家，我们从四川来，想找份活干，你知道哪里在招工吗？"王铁牛向本地一位大爷打听情况。

"哎呀，全国各地的人都往这儿跑，哪有那么多的岗位哟！香港人在那边建了个工厂，你去看看还招工人不。"大爷指了指前面。

"谢谢了。"

二人一听有招工信息，立即精神起来，提着大包小包，连走带跑，直奔目的地。

厂门口站着一位装束俨然的保安，腰里别着把狼牙橡胶棒，神气活现。左边墙上贴了一张招工广告：招收缝纫工四百名，包吃包住，薪酬两千元—两千五百元。别的不说，单是这"包吃包住"就有特别的诱惑力，二人心中暗喜。可是再往下看，脸上渐渐敛起笑容，要求女性，年龄十八岁至四十五岁，熟练工优先。

"哼，咋不叫老子变成女的？"花狗子骂开了。

天色渐渐暗淡下来，夜幕降临。高楼的灯光、霓虹灯的华辉倒映在海面，揉碎了又聚合了，聚合了又揉碎了。闪闪烁烁，变幻无穷，分不清哪里是海哪里是城。海堤上的杨柳和小叶榕下摆满了桌椅。市民们或全家出动，或呼朋唤友，或男女成双，或独自孤坐。品茶的品茶，吃消夜的吃消夜，听歌的听歌，闲聊的闲聊，尽情享受夜晚的悠闲。也许，人们穷怕了，逮住高效的节奏较上了劲，豁出去了。忙碌一天，就图个短暂的休整，将一身的疲劳交给夜色和海风。可这时，花狗子和王铁牛还忙着寻找旅店，他们何尝不想把疲惫的躯体寄放到一个合适的地方呢？可是走了东家又走西家，皆因嫌价格较高而放弃住宿。

水乡飞歌

"花狗子哥，我们到郊外去吧，这里是城市人的天堂，我们住不起。兜里就剩下两百多元钱了，只够我们住一两个晚上，万一还是找不到工作，我们住哪里、吃什么呢？"王铁牛想省点钱，从长计议。

"好，往城外走。"花狗子明知这偌大的海滨城市高楼林立、街道纵横，哪里才是边呢？他无奈地挪动着酸软的双腿。二人也不知走了多久，漫无目标地行走着。一辆辆汽车从身旁呼啸而过，把他们扔在颓唐的步履里。中途也招过几回手，可是汽车稍作迟疑，又恢复了正常速度，卷起一溜漫无着落的烟尘。

"铁牛，你看那是什么？该不是一座小房子吧？"花狗子的视线里出现了一座温馨的小屋。二人提着行囊，拿出最后的力气，迈开双腿，朝着那团隐约在星光中的红色小跑起来。

"他娘的，原来是辆废弃的东方红拖拉机。铁牛，我们就住这里吧。"

"嗨，只好将就了，只要不沾露水就行。"

东方红拖拉机停靠在城乡接合部的垃圾场旁边。二人钻进狭窄的驾驶室，放下行李，权且歇息，总比露宿强，好歹有顶棚，还有"墙壁"，可以抵御春夜的冷风。那扇门被谁卸去卖废品了，正好让二人可以把双腿伸直。虽然横躺竖躺都不舒服，但毕竟有个安顿身体的地方。

浑身的困乏随着身子的舒展慢慢消散，张丽芳甜美的笑容、温柔的话语，还有那挺凸的肚子，带着馨香的玉体晃荡在他眼前。花狗子深深叹了一口气："在家千日好，出门一日难哟！"

"嗡嗡嗡嗡"，蚊子绕着耳畔无休止地闹着，南国的温润气候提前了夜蚊子的季节性世代更替。敏感的面部神经已经感觉到蚊子在爬，开始张口吮血，一阵奇痒。"啪"，巴掌没有迟到，扇了过去，脸部得到了片刻安宁。可是颈上又有蚊虫作怪，还有额头、耳轮、脚背、手杆，遭到蚊子全方位袭扰。花狗子东一巴掌、西一巴掌，忙活起来。可是，蚊子像一群贪婪的饿鹰，紧盯猎物，前赴后继，蜂拥而至。花狗子快要崩溃了，他干脆脱下外套，一阵乱舞乱扫，骂道："狗日的，难道扒手欺负我，你们也不放过我？"

"菊花，菊花！"王铁牛在梦中呼唤他的老婆。

"狗日的，你居然还睡得着。"花狗子近乎嫉妒，又跟了一句，"难怪你叫铁牛，皮糙肉厚不怕蚊子叮哟。"

借着星光，他探头看了看王铁牛，满脸趴伏着密密麻麻的蚊子。一巴掌拍下去，感觉手里有黏稠的液体。他心里一阵酸楚，老弟呀，咱从驷马水乡跑这么远，给南方的蚊子送大餐来了。唉，你睡吧，哥帮你打。

花狗子在王铁牛一阵比一阵酣甜的鼾声中，整夜没有合过眼皮，偶尔还能听到垃圾场内野狗争夺腐食的撕咬声，凄厉而痛苦。

第二天，他们又拖着疲惫的身子踏上了找工作的征程。路过一个村庄，看到宣传栏内有几则招工广告，焦躁的眼里又升起了希望，两颗头颅凑到透明玻璃前，瞪大瞳孔，让视线抚摸着玻璃框里一个一个的文字。想要尽快从方块字里抠出自己的安身之所。几则广告都看完了，尽是村里工业园区的电子厂招收人员，除了文员就是工程师，都有学历要求。

"就没有我们小学文化能干的事？哪怕招我去扫厕所也好呀。"王铁牛自言自语。

"听老乡说，到南方打工，扫厕所是个肥缺呢，连大学生都抢着干，老板还嫌他们年轻没有经验。"花狗子有些沮丧。

"浪费人才。"

"啥叫人才？能给老板赚钱才是人才！"

又过了几天，二人走遍了大街小巷、车站和码头，还是没有找到合适的工作。他们人困马乏，脚板磨破。尤其令人担忧的是尽管省吃俭用，还是避免不了弹尽粮绝的困窘。回去吧，又没有路费；即使有路费，也无面见江东父老。

"老子死也要死在这里！"花狗子发誓自己一定要挣到钱再回家，这样才不会愧对张丽芳，才能兑现买辆东风车的承诺。临走那天，张丽芳一边收拾东西，一边含着泪说："花狗子哥，真的舍不得你走。听说南方好找钱呢，你不是想买一辆东风车吗？你挣足了钱就赶快回来，载着我回重庆看我妈吧！"可是，眼下别说挣钱，连栖身的地方都没有。那辆废弃的"东方红"已经是上天的眷顾了。

水乡飞歌

这天，当二人又饥又累地回到那间能遮风挡雨的"小屋"时，看到地上的火灰堆上添了些干枯的杂草与垃圾，冒着丝丝缕缕的青烟，飘荡着呛人的气息。之前，他俩用这火灰堆释放的烟雾来驱蚊子，可这阵，是谁这么好心呢？又弄来这些东西烧着。

正在狐疑，几声咳嗽告诉他俩，驾驶室里有人，占了他们的立锥之地。这是他们绝不能失去的领地，守住这里，就等于守住了家的意义和家的感觉。

一个枯瘦如柴的小青年躺在他俩的"家"里呼呼大睡。他蓬头垢面，满脸乌黑，分不清眉毛和眼睛。手脚脏兮兮、衣服臭熏熏，像条蜷缩在墙角的流浪狗。

这时，天空划过一道闪电，滚过一串雷声。

"龟儿子，讨口子占岩窝——有个先来后到。你咋抢我们的小屋？快滚！"花狗子望了望乌云翻滚的天空，怒气冲冲地抓住小青年的衣领一提。

"大哥，求求你别打我，我身上的伤还没有好呢。"

"你身上的伤？"花狗子见小青年左脸有鸡蛋大小的肿块，嘴角还有几点风干的血迹。

"大哥，我老是逃学，怕挨爸爸打，就跑出来打工。可是，工厂都不愿收我，嫌我年龄小干不了事，所以始终找不到工作。肚子实在饿得不行，就去餐馆收拾桌子上吃剩的饭菜，填一填肚子。"他突然流出眼泪，带着哭腔，"开始，老板娘同情我，还给我盛了碗饭菜。后来看我老往他们店里跑，她的丈夫就恼怒起来，说我身上脏，吓跑了顾客，多次劝我走却不听，就打了我一顿。都怪我脸皮厚呀！"

"你讨口也该把手脸洗干净嘛。"王铁牛说。

"大哥，去哪里找水呀，人家的自来水都是开了钱的。"

"唉，我们再找不到工作，恐怕也要跟你一起去讨口了。"王铁牛低声咕哝了一句。

"屁！老子宁肯饿死也不愿去讨口。"花狗子放了手，觉得这家伙可怜。真是年少无知，这么小跑出来干吗？他温和地说："你还是想办法回去读书吧，在家多好嘛。我们这叫没办法，想出来挣点钱，走条致富路。"

"大哥,我知道哪里在招工,这里的大街小巷我都跑遍了。明天我带你们去。"突然,一个炸雷好像炸醒了九天的雨师,泼下豆大的雨点,狠劲地砸在锈迹斑斑的顶棚上,噼噼啪啪不停。

"这样,天在下雨,你就睡在这里,明天就带老子们去找工作,等我们挣到了钱,就给你路费,让你龟儿子回去念书。"花狗子一边说,一边钻进"小屋"。

38

天刚亮，雨刚停。花狗子、王铁牛跟着陈小强去了荔湾人才市场。三人挤了一夜驾驶室，渐渐熟络起来。陈小强也是驷马水乡人，这一点，花狗子、王铁牛确实没有料到。多个老乡并不是坏事，尽管这小子才十三四岁，却像一枚粗粝的石子被大浪淘洗后，磨去了棱角和原色，变得机灵起来。

荔湾人才市场九点正式营业，数百家企业纷纷登场，租摊位张榜招人。上至厂长、经理、讲师、工程师，下至技工、普工、服务员，几千个职位急需用人。

企业老板各怀心思，有的高薪聘用紧缺人才，有的企图招收廉价劳动力。一开春，就想在劳力资源争夺战中捞到第一桶"金"。年前，原有的职工几乎都回老家过春节去了，新年伊始，他们中的一部分人这山望着那山高，那山的和尚有柴烧，冲着高薪企业准备跳槽了。那些小型企业生怕招不到人，落得个机器不叫，停产关门的下场。

从全国各地蜂拥而至的打工仔，像成群结队的斑马鱼来到建州，挤满各大人才市场。荔湾人才市场也不例外，戴眼镜的、背背包的、裹头巾的、掖文件夹的、散发香水味的、汗臭熏天的，穿梭于招聘摊点，流连于广告牌前。他们怀揣"寻金"梦，急于找到合适的工作。

"大哥，到那边去看看。"陈小强抬手一指，前方高墙上有块巨大的LED电子屏，正在滚动播出海量的招聘信息，看得花狗子头昏眼花。可是，每当拿自身条件与职位要求对照时，就成了泥鳅黄鳝排成行——头齐尾不齐了。

又过了几天，工作还是没有着落，沮丧伴随着可怕的饥饿，不断消磨三个人的精气神。这灯红酒绿、纸醉金迷之地,却没有他们的立足之处,被遗弃和漠视之感油然而生。

一株古荔枝树遮住荔湾广场一角,舒枝展叶,像一把巨伞。树下坐着三人,背靠树身,盘腿抱膝,谁也不愿讲话。

"我就不信,这么大的城市,就没有我花狗子安身立命的地方。"他一边想心事,一边阴沉着脸,仰望天空,天空飘浮着几朵冷漠的淡云,隔着云层是太阳朦胧的笑脸。他看了眼王铁牛和陈小强,铁牛好像无力支撑头颅的重量,仰着脸,把后脑勺搁在树干上,闭目养神。陈小强耷拉着脑袋,乱草一样的头发又脏又腻,遮住了大半张脸颊。这二人没精打采,似乎只剩下一口气。

"河粉哟,三块钱的河粉!"穿白色劳保服的大姐推着餐车走到树下,炉子里的火苗跳动着,锅底冒着青烟,残留的花生油炙出幽幽的香气。花狗子抽了抽鼻子,像馋狗嗅到了食物的气息,嘴角露出一丝微笑。

有几个人围过去要了炒河粉,嘴唇不停地嚅动,牙齿咬磨食物的声音分外悠长,打出的饱嗝尤为响亮。热腾腾的香气挑逗着花狗子的味蕾,清口水像泉涌一样满口乱窜。

"龟儿子,你们洋盘(装洋)个尿,不就吃得起一碗河粉吗?"花狗子骂在心里,喉咙里冒出一股酸味。

这时,一个泡沫饭盒飞向垃圾桶,力度不够,在桶沿上磕了一下,不偏不倚地掉在地上。盒盖崩开了,亮出满满一盒河粉,像河蚌张开蚌壳,露出黄白色的肌肉。淡黄色的河粉闪着迷人的光亮,一只苍蝇飘然而至,盘旋几圈,停靠在河粉上,津津有味地舔食晶亮的油滴。那位长发飘飘的摩登女郎可能嫌味道不好,刚动过筷子,就扔了饭盒,腰杆扭了扭,拧着浑圆的屁股,施施然地走了。

与苍蝇几乎是同时赶到,一只脏兮兮的手急速地抓住饭盒,兴奋得五指抖动着,如获至宝。从乱发里冒出的鼻尖抵近河粉闻了闻,惨白的嘴唇一抿,喉头咕噜一声,忍住没有吃。陈小强把饭盒端到花狗子面前:"大哥,你吃吧。"

"要吃你自己吃。"花狗子鼻子里哼了一声,露出不屑一顾的神色。

"你吃吧,我肚子里还有东西没消化呢。"陈小强又把饭盒递到王铁牛面前。

"花狗子哥,你吃一点吧,都饿三天了。"王铁牛劝花狗子吃。

"哼,你们自己吃吧,别管我。"花狗子抬起头,看也不看一眼。

"别硬撑了,活命要紧。"王铁牛鼻子一酸,掉下几滴眼泪。别人吃过的东西又咋啦?还不都是张嘴巴。他端起递来的饭盒,嘴巴张到最大程度,像一头昂首咧嘴的河马,将饭盒里的河粉一半倒进嘴里,留了一半给陈小强。嘴里的河粉来不及多嚼几下就咽进肚里。他抹一抹嘴巴,肚子里踏实多了,似乎添了精神,再瞟一眼花狗子,暗忖道:你真是死要面子活受罪啊!

"师傅,你是石匠?"一个油头粉面的胖子走过来,盯着王铁牛的蛇皮袋。錾子和手锤露出袋口,回答了胖子的问题。

胖子壮实得像一位相扑运动员,粗凸的眉骨横在上方,使眼睛显得特别小,眼窝特别深,像幽暗的岩洞。尽管堆起和善的笑容,但细缝一样的眼角闪过一丝狡黠的光芒。王铁牛倒抽一口冷气,眼皮一抬,没有理睬。

"兄弟,如果还没有找到工作,可以去我们石场。"胖子的态度特别亲切。

"包吃不?"听到石场二字,王铁牛颇感兴趣,心想这下找对口了。

"包呀,餐餐白米干饭,还有大鱼大肉。石工活苦,肯定让你们吃饱吃好啦。"

"有地方住吗?"

"当然有啦,不会让你们住岩洞哟!"

"你的石场在山里?"

"不在山里在哪里?你见过石场开在城市里的吗?"

"离这儿远吗?"

"远,很远。"胖子有些不耐烦,口气突然变了,"你问那么多干吗?你不是来挣钱的吗?"

"老板,我这两个兄弟不会石工活怎么办?"王铁牛指了指。他觉得人家说得有道理,只要能挣钱,管它远不远呢。如果能够把花狗子和陈小强一并招了,那就是天官赐福了。

"这个嘛，没有关系的，只要有力气就行。只是熟练工的待遇高一些。"胖子见花狗子牛高马大，心中暗喜，再打量陈小强，蹙起眉头，沉下脸色，扭头问铁牛，"这小孩瘦得像马猴，恐怕干不了石工活吧？"

"谁说我干不了活？你看我身体多结实。"陈小强掀开破烂的衣袖，展示手臂上的肌肉，像条干柴棍的手臂锈满了黑黢黢的汗渍，刺鼻的体味熏得人头晕。

"全部收下，等会儿叫车来接。"胖子厌恶地扫了陈小强一眼，捏着鼻子瓮声瓮气地说。又从裤袋里掏出大哥大，呜里哇啦讲了一通本地话。

"我不去。"一直没有搭腔的花狗子站起来，冷冰冰地冒出一句。他隐隐感到不妙，却又找不出什么理由。

"什么？你不去？你可别后悔哟，待遇高得很呢。"胖子有点失望，头一偏，鄙夷地啐了一口。

"走吧，哥们儿一起去，死也在一起嘛。"王铁牛拉着花狗子，跟在胖子身后。

"老板，能不能给我们弄点饭吃？我们饿几天了。"陈小强厚着脸皮说。

"这个好说，走，我们去那边饭馆。"胖子答应得十分爽快。

桌子上盛了三碗米饭，香喷喷的，还炒了几个菜，色香味都不错，服务员也没吝啬殷勤和微笑，一切都很温馨。闹了几天空城计的肚子终于在狼吞虎咽中菜足饭饱了。陈小强接连打了几个愉快的饱嗝，像这样的饱饭，他已经有两年没有吃过了，内心感恩戴德，还多了一些幻想，认定这老板是个好人。

刚吃过饭，一辆没有车牌的"长安"在饭馆门前停下，胖子走过去耳语几句，司机立即招呼花狗子三人上车。三人刚刚坐定，"长安"就掉转车头，一溜烟地驶出人才市场。

"师傅，胖老板咋不走？"陈小强问。

"老板应该还有事，我们打工的不该问的就不问了。""长安"铆足马力，不走大道，专挑窄道小巷，飞快穿行。不大一会儿，就出了城。

"长安"驶入一片开阔地带，初春的田野浸在明艳艳的阳光里，透出茂腾腾的生气。龙眼和荔枝急急忙忙，把抽出的嫩梢染成晶亮亮的红色，留给季节无限的畅想。

　　透过车窗，一片接着一片的红色排山倒海地涌入瞳仁，让人有些目眩。花狗子紧紧闭上眼睛，本能地回避着。他脑海里幻象迭出，仿佛有一片片海市蜃楼矗立在旷远的天际。狂喜之后，继之而来的是幻境的消逝，留下一腔空落和悸动。

　　王铁牛和陈小强趴在窗口，痴痴地望着迎面而来的远山，心被春风熏醉了，迷人的南国风光不断刷新他们的视界。陈小强像神经出了问题，疯疯癫癫唱起歌来，偶尔挽起袖子，伸出手臂，五指一捞，兴奋地嚷道："花狗子哥，我抓住了，我抓住风的尾巴了！"

　　"孩子终归是孩子，前途未卜就高兴成这个样子。"花狗子心里泛起一阵莫名的哀伤。

　　"长安"剧烈地颠簸起来，在一条幽深狭窄的峡谷里摇摇晃晃地行进。峡谷两面山峰壁立，苍松成林，荒无人烟。谷底是一条泥石路，逶迤曲折，伸向大山的深处。路面凹凸不平，嵌着密密麻麻盆口大小的石块，满载石料的东风货车一辆接一辆地飞驰而过。硕大的轮胎蛮横地碾轧路面，"哐当"作响，腾起铺天盖地的灰尘。

　　花狗子心想，这些大概就是石场的运输车，它们把石料运到哪里去呢？

　　"长安"又行进了大约半个小时，终于在一个山坳里停了下来。

　　"到了，快下车，跟老子来！"司机口气变得粗野起来，像在催命，跟先前判若两人。

　　三人下了车，提着包裹小心翼翼地跟在司机后面。说是石场，却没有挂牌。一堵由石头垒成的高墙把石场圈在峭壁与水库之间。墙中央开了一道大门，铁门铁锁，像锁住了无尽的秘密。司机叫门卫开了门，然后说了几句本地话就离开了。

　　三人跟着门卫，拎着行李进了大门，身后哐当一声，接着哗啦啦一阵响，门又锁了。花狗子的心脏颤了一下，哼，这是石场还是监狱？

　　旁边的狗舍关着三条高大威猛的狼犬。狼犬们后腿蹬地，前腿搭在铁栏杆上，龇牙咧嘴，朝三人狂吠不已，凶悍可怖，大有把人撕成碎片的架势。

陈小强一见狗就躲到花狗子身后，差点缩成一团。

门卫把三人领到宿舍。宿舍是两栋低矮的房子，石条砌墙，石棉瓦盖顶，像蛤蟆一样蹲伏在水库岸边，几丛凌乱的芦苇歪七竖八地着生在它的两侧。看立于水库岸边的牌子，知道这水库叫红洞水库，面积七百余亩，水泛青光，深不可测。对岸是起伏的山脉，看不到人烟。

三人被领进一间屋子，屋子窗户较小，安装了钢条。几束阳光懒洋洋地照进来，投射在晦暗泛潮的地面上，像被人刻意涂了几笔亮色。靠着左右墙壁的两排床立于昏暗的光里，木棒绑成，铁丝已经生锈。床上乱七八糟地堆着棉絮、被盖和衣物，馊味弥漫整个房间。

"你们三人就滚这个空床位吧。"门卫捏着鼻子，准备退出去。

"睡三个人？恐怕连只狗也安不下身子呀。"陈小强嘟囔了一句。

"哼，要不是前几天死了两个人，哪有你们睡的地方。依我看，你比狗都不如！快把行李搁在床上，马上到工地干活，动作要快！"门卫眼睛一瞪，露出凶光。

"老子的脚刚落地呢，你催什么？说话咋这么伤刺人？"花狗子心中气愤不已，很想"回敬"几句，可是，出门在外，凡事得忍一忍。

工地离宿舍三百米左右，几台挖机挥动长长的手臂，忙碌着掀开盖土，露出石山。工人们有打炮眼的、切割石条的、给粉碎机喂料的、搬运石块的、挖泥的、装车的。所有的工作都是在一帮监工的监督下进行。监工手里拿着藤条和皮鞭，呼三吼四，骂骂咧咧。

"看来进黑场了。"花狗子被安排装车，他搬起一块石头放进去。两眼环视四周，看上去有五六十个工人，衣衫褴褛，蓬头垢面，紧张地劳动着。稍有怠慢或差池，就遭藤条打皮鞭抽，居然没有一人反抗，顺从得让人心寒和压抑。单从精神面貌看，他们个个面黄肌瘦，愁眉苦脸，像瘟疫肆虐后的鸡群。花狗子突然感到厄运即将降临，大有黑云满天、恶风漫卷之势。

"看什么看？快去干活！再看老子挖了你的眼珠！"站在高处的大胡子监工手中藤条一抖，朝花狗子嚷嚷。

"哥哥，忍一忍。"同他一起装车的王铁牛擦肩而过，胳膊碰了碰花狗子，

263

轻轻劝了一句。

　　花狗子收敛怒容，不再理会。虎落平阳被犬欺呀，人到矮檐焉能不低头呢？好汉不吃眼前亏嘛。

　　下午一点，收工吃午饭。工人们拖着疲沓的脚步，带着垮了架的身子，拥进餐厅。石头屋里摆了三张石板餐桌，桌子上苍蝇扎堆，横飞竖爬，像古战场的甲兵布阵。周遭的阴沟里，蛆虫蠕动，恶臭熏天。花狗子一阵恶心。

　　打饭的窗口排起三列就餐的工人，手里拿着两只塑料碗，静静地等待自己的轮次。他们天不亮就起床干活到现在，早餐啃下的两个粗面馒头早已被繁重的劳动消耗殆尽，肚皮已经贴着背脊骨了。午饭还算能下咽，一碗黄叶菜汤，一碗萝卜干饭。萝卜切成细粒，不用油炒，拌上少许大米做的干饭，让人几欲作呕。陈小强倒很满足，总比讨口要饭好。

　　"这汤里一点油水都没有啊。"花狗子低声对王铁牛说，"这年月，大米有的是，煮饭却舍不得多放米，弄些萝卜充数。这老板真抠门，还骗我们说顿顿大鱼大肉。"

　　"我听人说场里没发过工资，说是干满三年，才一并发给。真有人干满三年了，却东扣西扣，所剩无几了。"王铁牛把嘴巴递到花狗子耳畔，像蚊子嘤嘤。

　　"啊，这不明摆着叫老子们白干？"花狗子惊叫起来。

　　"吼什么，吼什么？"两个监工冲了过来，手里拿着皮鞭，气焰嚣张地站在花狗子和王铁牛面前，指着花狗子说，"是不是嫌饭菜不好，就发牢骚了？你信不信，老子扣你三天饭菜！"

　　"老板，他这儿有毛病，爱发神，不要管他。"王铁牛赶忙打圆场，指了指花狗子的脑袋。

　　"你脑子有问题？"监工拍了一下花狗子的脑门。

　　"滚你的，你才有问题！"情急之下，花狗子冒了几句四川话，气愤地拨开监工的手。

　　"真有问题呢，这样好！这样好哇！哈哈！"监工听不懂四川话，以为花狗子在发神，得意扬扬地走了，不一会儿扯起破锣嗓子，"开工啦！开工啦！"

花狗子和王铁牛跟着工人们往工地跑。

"你咋说我脑子有问题?"花狗子边跑边问。

"你这暴脾气弄不好就跟别人杠上了,这样说是在保护你呢。难道你没有发现,这里面招的大都是脑子有问题的吗?"王铁牛的话得到了花狗子的认同,铁牛的心思真缜密呀。

"老乡,听口音,你们也是四川人吧?"一个五十多岁的老汉跟在后面,操着四川话问。他的背有点驼,瘦成了皮包骨,嘴唇已经包不住焦黄的门牙。

"是呀,我们还是一个村的呢。大叔,你也是四川的?"陈小强接过了话茬。

老汉点了点头。

"大叔,这里面,咋这么多愣头愣脑的人?"陈小强又好奇地问。

"有些是招来的,老板看到那些流浪车站码头的智障劳力,就给招来了。也有个别的脑子本没有问题,到这里给弄傻了。"老汉把声音压得很低,神色有点紧张,像偷了别人的东西。他偷偷瞅了几眼远处的监工:"傻子好使唤,用起来安全。"

"他们这样虐待工人,大家咋不去举报?"花狗子气愤地问。

"出都出不去,到哪里去举报?"老汉神色突然暗淡下来。

"偷跑啊。"陈小强以为自己想出了好办法。

"这里前面是红洞水库,后面是绝壁,左右两边是围墙,怎么跑?有人跑过,但被抓回来了,皮鞭抽、狼狗咬,最后被打折了腿。"老汉的泪光闪过一缕绝望。

"大叔,你来多久了?"花狗子问。

"快两年了。"大叔叹了一口气,"又不许同家人联系,连我是死是活,他们肯定都不知道。"老汉哽咽起来。

"喂,汪老汉,你们几个在那边嘀咕什么?"站在石堆上的监工怒声斥责。

"他们不许议论场里的事。一旦发现,不仅要扣工资,甚至会遭受毒打。你们不要再说了,让我去应付。"原来这老汉姓汪,他匆匆忙忙叮嘱了几句,就跑到监工面前,小心翼翼地应道:"报告监工,几个新来的初次见到挖土机,感到奇怪,就跟他们聊了几句。"

"是夹皮沟来的吗？这么没见过世面！"监工朝花狗子三人吼了几句，回头呵斥汪老汉，"以后不要理他们，快去干活！"

上了两周班，每天长达十五六个小时，出门不见太阳，回来已见月牙。活路苦，饭菜差，花狗子和王铁牛已经撑不住了。陈小强年龄小、骨头嫩，早想倒戈卸甲。往床上一躺，这儿痛那儿也痛，哼哼个不停。终于有一天，身体像被棒打了一遍，起不来了。

"小杂种，今天不干活了？"两个监工突然闯进宿舍，掀开棉被，恶狠狠地吼道。

"这活我不干了啦，身上好痛，哎哟，哎哟！"

"你干不了也得干！难道让你白吃白喝？"一个监工眉毛一拧，眼睛一鼓。皮鞭、棍棒呼呼有声，狠命地砸在只剩一把骨头的身上，疼彻肺腑。陈小强在床上又滚又踢，还是没能躲过雨点般的抽打。这是啥场？工人没有休息的权利。即使生了病，也得没命地干下去。陈小强越想越不是滋味，他大声抗议道："我不干了，我要回家！"

"他不想干就算了，干脆把他拖出去喂狗。"另一个监工提议。

"不要喂狗，我干！我干！"陈小强八岁就被村里的恶狗追咬过，直到现在，心里的恐惧还没有消除，谈狗色变。

"哈哈，不动真格你就不听话，贱骨头！"

陈小强刚才还有点力气，经过这番毒打，翻身的力气几乎都没有了。他从床上艰难地爬起来，身上的疼痛几乎让他晕倒。他跟跟跄跄走向工地，一路哀号着，像一匹受伤的狼。

晚睡时，看到陈小强遍体鳞伤，花狗子肺都气炸了。

"这些畜生，连个小孩都不放过，老子跟他们拼了！"花狗子说着就要往外冲。王铁牛一把抱住他劝道："哥，忍一忍，别人的地盘，我们干不过他们。你就听我一句话，这事得从长计议。"

这时，汪老汉也劝了几句："花狗子兄弟，千万不能莽撞，石场老板的父亲就是这一带的村长，一手遮天，黑白通吃，人家人多势众，惹不起呀。你这一去，要是吃了亏，谁给你做主呀？"

这天半夜,月亮已到中天,几缕柔光从窗洞里照进来,投射在花狗子的被子和脸上。那双铜铃般的眼睛大睁着,在月光中格外明亮。他透过此起彼伏的鼾声,听到了屋外芦苇摇曳的沙沙声,也听到了水库波涛拍岸的轰隆声。

石场的事情像放电影一样,一幕一幕地浮现,又像七百亩水库一轮轮的波浪,散开了又聚拢来,聚拢来又散开了。他难以入眠,只好轻轻揭开被盖,走到窗前。看水库在月夜里分外柔媚,对岸那黛青色的山峦一片静谧。外面的世界真好,而这里简直是人间地狱,光天化日之下,岂能容忍这恶毒之地?

39

清晨,当水鸟把第一缕秋阳衔到红洞水库时,翅尖点开的涟漪一轮一轮地扩散,泛着星星点点的金光,像水面平和而愉悦的表情。"扑通"一声,红尾鲤鱼跃出水面,矫健的身姿在杨松柏眼前一晃,钻进白中泛绿的水体。

"好家伙,投奔我来了。"杨松柏轻佻地呢喃一句,志在必得。他熟练地放好鱼线,调好漂的深浅,挂上钓饵,排好三根钓竿,远中近搭配,布下了天罗地网。他坐在岸边的礁石上,静静地注视七星漂的动静。

白云庄园万多亩亚热带水果的秋管工作基本告一段落。今天是星期天,按惯例周末放假,作为生产主管的杨松柏好不容易松了一口气,趁假日来红洞水库过一把钓瘾。

静谧的气氛里,杨松柏听到了水库对岸的喧嚣声,若隐若现,时大时小,搅得人心烦乱。据说,那是采石场的爆破声和机器疲惫的吼叫声,每天凌晨四点就开始了。

白云庄园与红洞水库一山之隔,坐落在一个温润的山间盆地里。地势平缓,土壤肥沃,适宜荔枝、龙眼、杧果和杨桃的生长。几百个庄园主在这里买地置园、建别墅、造竹楼、盖草房,远离城市的喧嚣,过着回归大自然的生活。这里是富人们的天堂,也是包括杨松柏在内的打工仔的乐园。不仅环境优美,而且工资待遇不错,还有假可度。据说,红洞水库对面的石场就不一样了,不知出于什么原因,一年四季看不到工人出来。杨松柏下意识地朝着对面张望,那尘飞烟绕的山坳里,除了爆破声和机器的轰鸣声外,就什么也听不见、看不见了,格外神秘和阴森。

"杨主管!找得我好累哟,你居然在这里躲清闲。"庄园保安贺柯然已经站在杨松柏身后，额上汗涔涔，喘着粗气。

"柯然，你看！"

突然，一根钓竿有了动静，杨松柏左手紧紧攥住颤巍巍的鱼竿，右手"吱吱"搅动线轮，时而收线时而放线。鱼竿已经弯成一张弓，鱼线也绷直了，水面卷起簸箕大小的旋涡，一条两尺左右的青鱼拼命挣扎，尾巴不断拍击水面，发出不断的啪啪声。一场生死较量开始上演，何等惊心动魄！

"给我！给我！看我的！"

贺柯然猴急马跳地跑前去夺过鱼竿，奋力一提，绷直的鱼线"噗"的一声，紧挨七星漂断了。"喔嗬！"随着贺柯然一声惊呼，青鱼借助鱼线牵引的余力，猛地向上一蹿，再落入水中，尾巴一卷，钻了下去，瞬间不见了身影。

"哎呀！杨主管，你这顿鲜鱼汤叫我弄丢了。"贺柯然气得直拍大腿。

"心急吃不得热豆腐哟，跑就让它跑了呗，这明竿暗钩，陷阱重重，它在这七百亩水库刨食也不容易呀。"杨松柏从贺柯然手中接过鱼竿一边收一边问，"你怎么找到这里来的？"

"工人们都说你背着渔具朝这方来了。我就知道你到了红洞水库。"贺柯然捡起小石片打水漂。一个本地人对这一带的情况岂能不熟悉？

"柯然，这里的鱼这么容易上钩，咋没什么人来钓呢？"杨松柏环视岸边，很少发现钓者留下的痕迹。

"这里偏僻，离市区远，加之不通公路，有谁愿意来？对面倒是通公路，可那里是红洞石场，老板不许人过路。"

"谁给他的权力，路都不让过？"杨松柏纳闷，这老板够霸道的哟。

"老板姓姚，诨名'棒槌'，因从小好用棒槌打架而得名。其人外表和善，内心歹毒。养了一帮跑腿的，为非作歹，无恶不作。加之开石场赚了钱，财大气粗，谁还敢惹他呢？"贺柯然愤愤不平。

"嘀，都什么时代了，他还无法无天！"

"你别说，当地就没人能够制服他。这家伙的父亲是这一带的当方土地（地头蛇），别看他只是一个小小村长，能耐可大了，石场有他罩着，尽管事故频发，却能轻松应对相关部门的各种检查。棒槌曾夸海口：'什么狗屁安全检查、用工检查、税务检查，老子一顿酒菜，就摆平了。即使死了人，也算个屁！'"

"这王八蛋，那谁还敢去他场里干事？"杨松柏气愤地问。

"哎呀，这个你就不必为他操心了。本地人当然不会误入陷阱，但你们这些不知情的外地人偏偏往虎口里钻呢。"贺柯然突然想起一件事，"你看，我光顾说话，竟然忘了把信给你。这应该是你女朋友写来的。你都三十好几了，好好珍惜吧。"

杨松柏接过信，一看地址，知道来自驷马水乡，内心一阵狂喜。他迫不及待地拆开信封，一片娟秀的墨迹像杏花嚅动的芳唇。她在信中说道：

杨老师，请原谅我前几年没给你回过信。这次，想托你办件事，你在建州待的时间这么长，一定熟悉那里的情况吧？我们村的花狗子和王铁牛去建州打工一年多了，却杳无音信。家里的人可着急啦，也不知到底发生了什么事。请你从百忙中抽时间打听打听。如果有消息，立马告诉我。最后，祝杨老师歌声不断，生活如歌。

说完啦？就这几句话吗？你真是惜墨如金啊。杏花呀，杏花，自从我考上大学后，你就只回了一封信。后来，我不知给你写了多少封，你居然一封也不回。但我还是一如既往地写下去、写下去，像黄河始终向东、向东。讲大学生活、讲个人情志、谈人生、论社会，可这些努力如石沉大海，没有回音。但我还是要讲，因为我始终认为你一定在认真听我倾诉。

大学毕业回到春风职中，又多次登门造访，可我一张滚烫的脸贴着你冰冷的屁股。难道是落花有意，流水无情？那几年，由于地方财政困难，学校不能按时发工资，我只好南下务工，为生活而流浪奔波。不然，谁愿背井离乡，远离你呢？

我落脚白云庄园，第二天就写信给你。之后，每个月写两封。满以为精诚所至，金石为开。可是，时间又无情地流逝三年，直到今天，终于能目睹你的笔迹，倾听你娓娓的回音。既然他们的事可以谈，那我们之间的事为什么只字不提呢？

寝室里那弹琴的身影，农场那双布鞋、锅砒石短暂的热吻瞬间成了杨松柏幸福的回味，继而又变成了沉重的叹息，女人心，海底针呀。

这封信不来还好，可以保留杨松柏的自尊和想象，偏偏来了，像一把钢锉在滴血的心坎上锉动。他不甘心呀，又展开信纸，总想挖出几个温馨的文字。"祝杨老师歌声不断，生活如歌。"这句祝福再次跃入眼帘，突然，他心中升起一股暖流，像冻僵的脚伸进温软的腋窝，眼皮眨了眨，开始泛潮。杏花，除了别人的事，你心中居然还有我杨松柏呢。

"歌声不断，生活如歌。"杨松柏反复诵读，带着哭腔大笑，"哈哈，生活如歌，多么美好的祝福呀。"他回头问贺柯然："我们的生活真的如歌？"

"当然啰，杨主管每天弹歌舞唱，乐似神仙呢。"看到杨松柏近似傻样的快活，贺柯然忍俊不禁，"我说中了吧？真是你女朋友写的信？看你有点得意忘形了。"

杨松柏点了点头，又摇了摇头："岂敢得意忘形嘛，我还有两个老乡失踪了呢。"他把信递给贺柯然。

"杨主管，也许，这两人进了对面那个石场。建州这地方我了如指掌，几年前做生意，走街串巷，下乡入城，哪个角落没钻过？其他地方还好，唯有这红洞村位于三省交界之地，穷山恶水，偏僻落后，交通不便，成了'三不管'。地痞流氓招工人开黑场，非法经营不足为怪。说白了，红洞石场就是个黑场，工人进得去出不来。但里面的具体情况我还是不了解。"贺柯然这番分析颇有道理。

"我也有这种怀疑。越是贫瘠荒芜之地，就越容易滋生荆棘恶草啊。"杨松柏心里涌出一丝不安。

"杨主管，下一步怎么办？用得着老哥尽管吩咐。"贺柯然主动请缨。

"红洞石场有没有花狗子和王铁牛这两个人，你帮我打听一下。其他的你不用管，你也管不着。不过，要秘密进行，以防意外。"杨松柏心想贺柯然是本地人，语言通，熟人多，路子广，且当过兵，有胆有识，干这事应该不在话下。

"这我知道。像姚棒槌这号人最好不要去招惹他。他招工人进去，又不见工人出来，这里面肯定有猫腻。我打听他的工人，这肯定犯他大忌，我必须小心从事。"贺柯然沉默了一会儿，似乎在想办法。

时间过去一个星期，贺柯然又找到红洞水库岸边，准备向钓鱼的杨松柏汇报。

"情况怎么样？"杨松柏没等贺柯然开口，劈头就问。

"石场看管甚严，封锁了一切消息，尤其是关于用工方面的事，外面的人不得而知，知道了也不敢说。与石场没有业务往来的人根本进不去，即使有进得去的人顶多能到办公区，根本去不了工地，更别说接触工人了。"贺柯然情绪略显沮丧。

"老贺呀，石场该不是孙悟空画的金圈圈吧？你不是从侦察连混出来的吗？难道这石场比敌人的军营还难进？"杨松柏心里着急，脸上平静，话带讥讽，句句戳在贺柯然的心坎上。

"哼，我要想进去，谁也拦不住！"贺柯然狠劲一脚，一枚鹅卵石腾地而起，箭一般射向水库，溅起一串水珠。他好像这枚鹅卵石轻松飞进石场一样，得意而解气。

"别吹牛了，等你能进去的时候，谁都进得去啰。"杨松柏不以为然，把激将法用得炉火纯青。

"杨主管，那我们走着瞧吧。"贺柯然耳根发热，眼里迸出火花，他实在忍受不了杨松柏的轻蔑。

杨松柏察觉火候已到，见好收场，故意冷哼一声，不再言语，埋头侍弄他的钓竿。

这天，贺柯然说是有事，请了一天假，匆匆出了庄园。就在同一天，红洞石场来了两个修理工，自称是师徒。师傅姓刘，徒弟姓贺，一矮一高，被管后勤的带到工地。刘师傅是这里的常客，工地的机器都靠他修。只是新收这个徒弟没人认识，看起来带副憨相。

刘师傅走到停摆的粉碎机旁，仔细检查一番后，对管后勤的说："这机器需要更换锤头，才能控制石粒的大小。换锤头光靠我师徒恐怕不行，还要叫个力气大的工人帮忙。"

管后勤的吩咐监工派来了一个工人。这人个子挺高，衣裤破烂得遮不住羞，上面沾满了灰尘。打着光脚，青筋暴突的脚掌踩在棱角尖利的石渣上毫无感觉。他的头发很长，像一头凌乱的棕树皮，乱七八糟地遮住大半个脸，脸似一张蜡黄的草纸，没有表情。只有眼珠骨碌碌地东转一下，西转一下。他目光最后停留在徒弟的脸上："你们——找我来干什么？还嫌我们事少吗？"话里有怨气，但声音很小。

"场里有个叫花狗子和王铁牛的吗？"徒弟环顾四周，见没有其他人，小声问道，神色略显紧张。

"你是谁？问这个干吗？"工人警觉起来。

"你不要管我是谁，你只说有还是没有？"

"有，我就叫花狗子。师傅，你是四川的？"花狗子恍惚看到了一种东西，五光十色的东西，像漆黑的天空露出一抹鱼肚白，凹陷的眼窝里闪着荧荧亮光。

"你认识杨松柏吗？他在白云庄园工作，托我打听你们的下落，请尽快与他取得联系。"徒弟边说边注意周遭的情况。

"师傅，我们根本出不去，怎么跟他联系？"花狗子着急地问。

"自己想办法吧。星期天，杨松柏要去水库对面钓鱼。"徒弟又看了看四周，叮嘱道，"今天的事千万不能让别人知道。"

"明白。今天星期几？"

"星期二。有人来了，快，帮忙把锤头卸下，这是扳手。"徒弟低着头，递上工具，自己也拿了一件，一起忙碌开了。

这徒弟到底是谁？正是白云庄园的保安贺柯然，刘师傅是他表哥。为了找到花狗子和王铁牛，他假扮刘师傅徒弟混进了龙潭虎穴。

贺柯然从红洞石场一出来，急匆匆地找到杨松柏。杨松柏正在指导工人治虫。有一片荔枝树出现了卷叶蛾，它们吐出缕缕细丝，把抽出的秋梢卷成筒状，自己躲在里面，享受着嫩叶的鲜美。

"杨主管，花狗子和王铁牛就在石场里，我已见到花狗子了。"贺柯然抑制不住内心的兴奋。

"啊！他怎么样？"杨松柏关切地问。

"场里盯得紧,不敢多问,看样子人不像人、鬼不像鬼,瘦得只剩下一副骨头架架。哎呀,肯定吃了不少苦头,也不知他还能熬多久。"贺柯然话语中饱含无尽的怜悯,长叹一声。

"老贺啊,我们这些打工的,就像红洞水库的鱼,刨口食不易呀。如果不走运,误吞了钓饵,付出的代价可大啦。"杨松柏嗟叹不已,边摇头边把农药往配药桶里倒。

"我叫他跟你联系,他说他出不来。我告诉他,星期天,你会去红洞水库对面垂钓。"贺柯然说,"我真想再次混进去,把他救出来。"

"这事急不得,要从长计议。就像那天钓鱼,你一急,到手的成果都丢了。"

说到这里,杨松柏的表情陡然冷峻,严肃地说:"这事你就不要管了。你是本地人,家离这儿不远,事情一旦败露,容易遭到姚棒槌的报复,你可以跑,家人却遭殃了。还是我来想办法吧。"

"难道你不怕?"贺柯然不解地问。

"我一个外地人,家又不在这里。七尺汉子,光棍一条,怕什么?"杨松柏说得很轻松,像一个无牵无挂的战士。

时光老人刚刚放下夜的帷幕,裹着秋虫的嘶鸣和工人们的疲劳,在白云庄园里打起酣甜的呼噜。杨松柏却躺在床上,翻来覆去睡不着。他从枕头下掏出那封信,看了一遍又一遍,反复咀嚼那一句——"祝杨老师歌声不断,生活如歌"。心里百感交集,望着天花板出神。

放下信笺,一闭眼睛,杨松柏脑海里晃动着杏花曼妙的身影。她像一枚熟透的荔枝,甜到他的心底;又像一颗汁液丰沛的杨梅,润得他的口腔酸酸涩涩。他们虽爱得浓烈,却误会太深。如果救不出花狗子和王铁牛,那么,他和杏花的爱情将再次遭受考验。像果树缺锌,开了满树花,却结不出一粒果啊。

他又想起锅硫石那个迷人的夜晚,本该有一场巫山云雨、鸾凤和鸣的梦境,把他们的爱情推向峰巅。可是,爱神偏偏捉弄人,在他们之间竖起误会的壁障,历久不倒。这种马拉松式的等待把他逼到几近崩溃的边缘,现在不能再有半点差池了。

快半夜了，室外淅淅沥沥下着细雨，仿佛连绵不断的愁绪。路灯把果树一枝半枝湿漉漉的黑影，投射在宽敞的玻璃窗上，像一幅残缺的水墨画。花狗子和王铁牛到底是怎么进了黑石场呢？他们的处境是何等艰难！那么，如何解救花狗子、王铁牛和石场的工人呢？报案吧，对石场的情况毫无所知，怎么报？要是能帮助花狗子和王铁牛逃出来，事情就好办了，他们可是鲜活的证人呀。如何帮他们呢？这分明是虎口救人，谈何容易呀！

杨松柏不断地设置办法又不断地否定设置，把一颗心揉捏得疲惫不堪。老天赐予了他片刻的宁静，迷迷糊糊中，姚棒槌变成一只卷叶蛾，把自己的父亲变成细丝，把黑白两道的关系织成嫩梢，缠绕出一个筒状的窝。自己躲在窝里，不惧风吹雨打，偷安一隅，横吃竖霸，吸干了工人身上的血，又张开嘴，咬断工人枯瘦的骨头。最后，像铁钳一样的前腿，死死抱住杨松柏的头颅，磨牙啃骨，铮铮有声。

"啊——我的头！我的头！"杨松柏一挺身，坐在床上大喊几声，浑身冷汗淋漓！

40

前脚刚刚迈出工程指挥部的大门,BP机"嘀嘀嘀"地呼叫他。从腰间摘下来一看,熟悉的号码立刻让他莫名紧张。这是杨松柏的习惯性反应,每每郝总呼他,他都这样。也许,出于敬畏,也许,是打工仔面对老板的惯性使然。

杨松柏挪过桌子上的电话,将那串号码拨了过去。

"小杨呀,你好好安排一下,《建州晚报》要来采访我们庄园,随后就到。"到底怎么安排?郝总没有明确的指示,只强调搞好。大企业老板都这种做派,交代事情说一半留一半,考验的是下属的悟性和创造力。精明的杨松柏不敢多问,只想靠自己动动脑筋,交上一份满意的答卷。他知道《建州晚报》在民众心中的分量,宣传好了,在这庄园经济方兴未艾的大背景下,白云庄园可以一举成名,享誉南国大地,这将对庄园的效益产生深远的影响。机会不可能永远留给你,过了这个村就没有这个店了。也许,自己要出人头地就靠今日。

杨松柏一番运作,庄园上上下下忙碌好一阵子,万事俱备,只待东风了。

大门开了,一辆橘红色的采访车浸润在迎宾小姐的微笑里,缓缓驶入秋花盛开的白云庄园。高挑的女记者走下车来,敞开的红色风衣显得格外有气场,内搭浅色高领衫,修长的大腿被高腰弹力牛仔裤紧紧包裹,含蓄中透着奔放。那部深黑色的单反相机垂在胸前,像她那乌黑的眸子,随时准备把这里的一切尽收眼底。

"你好,我是《建州晚报》的记者,主要负责企业方面的报道。这是我的证件,还望杨主管配合支持。"她递过褐色的记者证,带着微笑。

"廖晓芳!大名鼎鼎的呢,贵客呀!配合是必须的。"杨松柏这不是给对方戴高帽子，这个大学新闻专业毕业的高才生，几经打拼，已成为建州业界小有名气的人物了。杨松柏独自在外飘零，空虚之时，买份报纸看看，心里踏实多了。久而久之，《建州晚报》融入了他的生活，成了他的精神高地。四川是劳务输出大省，建州到处响着川蜀乡音，这报社从记者到社长都是清一色的四川人。他们开辟了《打工族》《打工之家》等栏目，把打工仔的喜怒哀乐、爱恨情仇搬到了报纸上，尤其报道川人的较多。卑微的异乡客也能上报，这种别开生面的做法带给人们融融暖意，像南国大地刮起了一阵煦煦春风。

人们不管多么苦，多么累，挣钱多么不易，宁肯不喝矿泉水，少买一两烟丝，也要买份报纸看。蹲在工地旁，坐在草坪里，躺在木床上，边抱孩子边烧饭，也要翻翻报纸。看报纸就像看世界，就像听亲人摆龙门阵，眼睛舒服，心里滋润，忘记了疲劳和孤苦。《建州晚报》的销量曾一度跃居全国前十强。廖晓芳那篇《从打工仔到总裁》几乎家喻户晓，她笔下的四川小子，十四岁就到建州务工，二十七岁已成为千万富翁。红土地上长出的范例，也不知鼓舞了多少打工仔，就连杨松柏也兴奋了好几个晚上。后来，廖晓芳又写了几篇打工族维权的报道，更是振奋人心。

摆谈中，杨松柏了解到廖晓芳是四川驷马春风镇人，这一下拉近了他们二人的关系，干脆讲起了四川话。

"老乡呀，我们白云庄园就全靠你宣传了，吹出去了，我们郝总不会亏你的哟。"杨松柏知道文人们擅长妙笔生花，笔杆子的力量不比枪杆子弱。

"吹？怎么个吹法？我们新闻工作者，必须按事实说话。这是职业操守！你真以为，我们一张嘴巴到处吹吗？"廖晓芳美眉一挑，犀利的目光直逼杨松柏，对杨松柏如此评价她的工作极为反感，像受了侮辱。

停了一下，她又说："杨主管，在我们这个行业中，的确有个别贪图私利的人爱吹，报道假情况，你就看他怎么收场吧！"廖晓芳可能觉得自己的话没给杨松柏留情面，口气缓和了许多："杨主管，你们白云庄园干出的成绩摆在这里，我们虽不添盐加醋，但也不会颠倒黑白。"

川妹子的"辣"素来出名，廖晓芳的"辣"让人折服，她不是一个为私利而出卖尊严的新闻工作者。杨松柏自惭形秽，后悔自己刚才说的话。他隐隐感到女记者身上的堂堂正气，禁不住肃然起敬。他转念一想，花狗子和王铁牛的事如果被廖晓芳知道了，一定有救。于是，他调整了一下心绪，试探着说："我有两个老乡，一个叫花狗子，一个叫王铁牛，去年来建州打工，失踪一年多了，最近才知道他们进了姚棒槌的黑石场出不来。能不能借助你们媒体的力量，把他们救出来？他们的家人可急死啦。"

"噢，花狗子？他是不是去年开春来建州的？他的同伴还挎着锤锤錾錾，应该是个石匠。"廖晓芳突然想起了什么，沉吟半晌。

"是的，你认识他？"杨松柏兴奋地问。

"见过一面，那是在火车站，这人挺有个性的。"廖晓芳想起在火车站被花狗子误会的那一幕，觉得有些好笑。这么精明强悍的人怎么可能进了黑石场？她可从来没有听说建州还有黑场。她问："你能不能把情况说具体点？"

"能啊。"杨松柏把最近知道的关于黑场的情况一五一十地讲了一遍，又说，"这个场肯定还有很多问题，我就知道这些。其他的还要麻烦你去调查一下。"

"杨主管，你以为我是干公安的吗？你说这些可都是严肃的问题，我们无凭无据，凭什么说别人是黑石场？没有弄清楚事实，可不能乱报道哟。要是被别人反咬一口，那不就惹火烧身了吗？个人损失是小，给报社带来的影响可大了。这种偷鸡不成蚀把米的事谁干呀？"廖晓芳的话讲得很客观，没有任何意气用事，足见她虽年纪轻轻，却成熟持重。

"这么说，这事你帮不了他们啰？家乡有句老话：在家靠父母，出门靠朋友。毕竟你和我们是老乡，你再想想办法吧！"杨松柏认定廖晓芳的能量比自己大，何况她的后面还站着报社这样的巨人。这年头，可不能低估舆论的力量啊。

"杨主管，你误会我了。如果你说的是事实，那么，这个场肯定有不可告人的秘密。目前，我们没有抓住它的任何痛脚，即使我们要求去采访，就凭姚棒槌父子的势力，也会制造各种假象甚至是障碍与我们周旋，呈现给我们的都是光鲜亮丽的东西，灰色的东西都掩藏了。我们不但一无所获，还得硬着头皮为别人唱赞歌。"廖晓芳分析得颇有道理，一步一步启发着杨松柏。

"老乡，我明白了，如果能弄出一个知情者，就可以抓住姚棒槌的痛脚，给你一个切入点，就不怕没有舆论支持了。"杨松柏茅塞顿开，谈了自己的想法。

"杨主管真是明白人，只要抓住了姚棒槌的痛脚，曝光一下，就会引起相关部门的重视，查他个水落石出只是早晚的事情。这就不只是解救几个工人的问题了，如果他们干的事触犯了法律，恐怕这个石场就完了。"捣毁黑石场、伸张正义的责任感在廖晓芳的心田油然升起，她眼里盯的东西可比杨松柏盯的大。她又为杨松柏等老乡捏了一把冷汗，最后叮嘱道："杨主管，这事得好好谋划一下，决不能铤而走险。这是我的名片，有事跟我联系。"

名片攥在杨松柏手里，很有质感。廖晓芳虽然比自己小好几岁，却比自己有见识。这人啊，就看把你放到什么地方了，环境造就人呢。

这几天，石场、报社、姚棒槌、花狗子、廖晓芳几个名词出现在杨松柏的脑海里，像躁动的蜜蜂嗡嗡直叫，无休无止。如何救出花狗子？他左思右想，找不到突破口。

到了八月十五，郝总一家人要和庄园职工共度中秋佳节。各种筹备工作让杨松柏忙活了好一阵子，他已升为副总，新官上任，格外卖力。

职位的提升，得感谢廖晓芳那篇报道——《奋进中的白云庄园》。她没有夸夸其谈，而是抛出了两个亮点，让众人耳目一新，白云庄园一举成为政府探索庄园经济的试点。郝总虽不大关心政治，却是个明白人，他怎么会放弃白云庄园火起来的机会呢？他把这次的成果归功于杨松柏的运作，和工人们的辛勤付出。

当银盘似的圆月从东边天空升起时，庄园会所那满园的桂香在柔媚的清辉里翻涌鼓荡，就连富丽国际大酒店宴会厅里也能闻到花香。大厅里灯火辉煌，音乐绕梁，已经坐满了职工，亮晃晃的实木餐桌映着他们饱满而幸福的笑脸。女职工着意打扮了一番，洗涤过的头发兰香浮动，使男职工们愉悦和欢欣。他们东瞟瞟、西瞅瞅，空气里弥漫着荷尔蒙。第一次参加这样的盛会，职工们按捺不住内心的新奇和感动。

少顷，服务员婀娜的身影在席间穿插、流动，她们兴高采烈，把大盘小盘的菜肴端上餐桌。糯米红藕、水煮大闸蟹、海参栗蓉牛肉羹、山椒鸡腿卷等时令菜,还有各式各样的工艺菜。讲颜色,红黄白绿应有尽有;论香气,果香花香酱香醇香样样俱全。看一眼,赏心悦目;闻一闻,香透肺腑。每张桌子上还放了烧酒,准备了豆沙月饼。

郝总出现了,跟一个小眼睛、阔嘴巴,矮矮胖胖的男人并肩而入,边走边交谈着什么,慢条斯理地行至大厅中央。那儿留了一桌酒菜,座位空着,默默等待主人来一场大吃大喝。矮男人带着一位小姐,穿着天蓝色斜领真丝旗袍,风姿绰约,开衩处露出雪白光洁的大腿,格外撩人。她高过男人许多,大概觉得高矮相差过大,取长补短不甚协调,想了个降低高度的办法,挽着男子左手的同时,头颅还有意侧偏,在男子肩上似躺非躺,像一对情缠意绵的夫妻。

"各位,这是红洞石场的姚总。红洞石场与白云庄园山水相连,毗邻而居。今天,姚总和刘小姐能莅临赏光,同大家一起欢度良宵,共话中秋,这是我们全体员工的荣幸。大家鼓掌欢迎!"郝总带头拍出啪啪的掌声。

真是说曹操曹操就到,姚棒槌居然没有辜负杨松柏对他的"惦念",在这种场合现身了。郝总是一个安分守己的民营企业家,怎么跟这种人搅到了一起?也许,没有利益冲突,郝总犯不着得罪一个邻居,老话讲得好,远亲不如近邻,近邻不如对门。那么,他是不是另有意图呢?难道郝总是想让姚棒槌看一看,他是怎样善待职工的吗?如果姚棒槌从此改过自新,那么花狗子和王铁牛就熬出头了。想到这里,杨松柏觉得自己幼稚可笑,一个坏透顶的人,岂会轻易弃恶从善呢?

"各位,郝总是我们建州知名企业家,房地产界的龙头老大。我姚棒槌不过是个小老板、小混混而已。今天,承蒙他的盛情邀请,来此过中秋,我十分荣幸。你们把我认到起,以后在红洞村遇上什么麻烦,找我摆平就是了。我呢,没别的本事,就是一条地头蛇。俗话说得好,'强龙难压地头蛇'嘛,你们说是不是呀?"姚棒槌撮起个嘴巴,像个粪箕,把最后几个字搓得嘶嘶有声。大厅里鸦雀无声,姚棒槌的话没有得到响应,几乎所有的人都注视着他,目光复杂而怪异。"嘿嘿,嘿嘿!"姚棒槌尴尬地笑了,然后,重重地干咳一声,坐到座位上，肆无忌惮地跟刘小姐调情。

"王八蛋，无耻！"杨松柏暗骂一声。这家伙讲话阴阳怪气，什么"地头蛇"？什么"摆平"？谁不知道他话里有话，是在炫耀什么呢？地痞毕竟是地痞，中秋佳节该说什么还要人教他？

杨松柏一直在观察郝总的反应，郝总脸上的肌肉颤了两下，嘴角泛起轻蔑的微笑，继而又一脸慈祥，对大家说了些祝福的话，然后摊开手掌，示意姚棒槌和刘小姐就餐。庄园的几个喝酒能手都被郝总叫过去陪酒，其中就有贺柯然。大厅里，人声鼎沸，觥筹交错，掀起了祝酒劝菜的高潮。

"露萍，宝贝，替我顶住，顶住呀！"经过几个喝酒能手的轮番轰炸，号称千杯不倒的酒鬼姚棒槌败下阵来。他搂住刘小姐，醉眼蒙眬。从刘小姐面前抓过杯子，往面前一搁，哐当一声，冲着贺柯然吼道："倒酒！你倒——倒呀！老子喝不过你，我的女人喝！"

露萍！她叫露萍？杨松柏听得一清二楚。猛然抬头，目光唰地投了过去，惊愕地瞪着姚棒槌身边的女人。她也已经注意到他了。四目相对，欲言又止。一个目露惊疑，一个眼含凄怨。

其实，杨松柏还没有多大变化，只是老成一些，脸上添了几分沧桑。而刘露萍差不多脱胎换骨了，不说她那改天换地般的新潮发型，也不说她那高档的时尚服装，单是那刻意勾画的柳眉、浓妆艳抹的嘴唇、勾魂摄魄的眼神就与以前判若两人。尽管杨松柏努力复活记忆中的每一个碎片，还是无法把眼前的女人跟记忆中的露萍联系起来。突然，他发现她眉宇间有一颗淡红色的美人痣，心里"咯噔"一下，目光变直变硬，嘴巴张成了"O"形。

"啊，刘露萍！我的前妻！"杨松柏差点叫出声来。不可能啊，她不是在县里上班吗？一想起他们刚才调情那股风骚劲，杨松柏胸口一阵疼痛，这女人咋变成这样了？她是怎么跟姚棒槌鬼混到一起去的？他忍住愤怒和一丝屈辱，鄙夷地收起目光，头一扬，喝下一杯闷酒。

与此同时，刘露萍脑海里也盘旋着无数个疑问："杨松柏，你不是在驷马春风职中教书吗？你为啥要出来打工呀？难道教书不好吗？"

尽管二人都已认出了对方，但谁也没有勇气呼叫对方的名字，反而暗暗掩盖相互认识的事实。刘露萍面对曾经深爱过的前夫,自己扮演的角色使她十分尴尬,她并不是姚棒槌的妻子,而是情人,盯着钱口袋的情人!她心乱如麻,羞愧难当,脸色由红变青,最后一脸惨白,低下了头颅。立即意识到自己应赶快离开,不然,这脸往哪里搁呀?她扫了姚棒槌一眼。姚棒槌已经烂醉如泥,头压在餐桌上,闭起眼睛喃喃地说:"宝贝,我没有喝多,没有喝多,没有多——"他的声音越来越小,鼻孔里吹起了号角。

"师傅,我肚子好疼,我回去吃药,你帮我把他弄到客房里睡觉。"刘露萍灵机一动,向贺柯然撒了个谎,提起手提包,按着腹部,露出一副痛苦的表情,匆匆离开了酒店。

两部电梯几乎同时落下,左边走出刘露萍,右边走出杨松柏。刘露萍从会所广场叫来的士,驶出了白云庄园。约莫半个小时,来到宕渠小镇,即使在月夜里,也能感受到这里的南国风光。在十字路口下了车,月光拉长了她孤独的身影,与椰子树斑驳的投影叠加在一起,像栖息在马路上的云朵。"吱"一声轻响,与月光同色的夏利轿车停在她面前。没等里面的人下车,她就拉开了车门:"杨松柏,你也学会跟踪人了?前面是我家,看你还要跟到啥时候?"

"刘露萍,恭喜你傍上大款了。"杨松柏走出轿车,站在皎洁的月光下,双手交叉抱住胸膛。

"我傍谁跟谁关你屁事,你有什么资格说三道四?"刘露萍语气十分傲慢,摆出一副气死人不偿命的样子。

"刘露萍,姚棒槌开的是黑场。我奉劝你离他远一点,免得后悔哟。"

"哼,只要他爱我,我管他开不开黑场!"说这话时,刘露萍自己有些心虚,他真的爱她吗?她又爱他吗?刘露萍轻轻摇了摇头,不可能,这是不可能的,这分明是两种欲望的交织,逢场作戏罢了!

"驷马水乡的花狗子和王铁牛进了姚棒槌的黑石场出不来,家人都快急出毛病了,你若还有一份良心,设法把他们救出来。要记住,不管你在外面有多风光,你的根还在驷马水乡。"杨松柏又说,"这件事就算我求你。"

"你刚才劝我远离他,现在又叫我去救人?凭什么我要听你的?"刘露萍又较上了劲，几年前，虽然是她提出的离婚，但这个男人一点挽留的意愿都没有，毕竟她也是受害者呀。绝情？自私？总之，不能再和他纠缠不清了。

"这是我的名片，上面有号码，有事就联系，千万小心点。虽然，你跟姚棒槌好上了，可一旦触及他的利益，他会视你如草芥，扔了你还要踩一脚。"杨松柏掏出名片，硬塞到刘露萍的手心。

"杨松柏，你是什么东西？干吗污蔑我？什么草芥不草芥？话说得这么难听。滚吧！老娘要回家了。"刘露萍走到这一步，经历了多少艰辛和屈辱，只能打碎了牙齿往肚里吞。可是，这种处境，你杨松柏还往我伤口上撒盐！

她一腔愤怒，斜挎包往肩上一勒，风摆杨柳地走向前面那低矮的光影交错的出租屋，像落单的孤雁，扑进天边的云影。

41

  横三、竖六,十八只铁皮柴油桶刚好摆满车厢。圆墩墩、黑黢黢,无声无息、呆愣愣地排列着。只只都是空的,残存在桶壁的油滴散发的油气裹挟着夜色,浓烈得呛鼻。有一只靠近车厢右前角,上底被剜除,不知用来装什么东西。就是这只油桶,在稀疏的星光下,微微晃动几下,下底与车厢磕磕碰碰,弄出了轻微的声响。这对于安静的秋夜来说,本来也算不了什么,却惹得红洞石场的狼狗狂吠不已,先是一只,继而另外两只也躁动起来,拼命地吼叫。

  "来人呀,花狗子跑了!"不知是谁喊了几声。

  石场里顿时乱成一锅粥,杂沓的脚步声、惊惶的喊叫声、狼狗的怒吼声混在一起,嘈杂喧闹,貌似鬼子进村,像要把石场掀翻。全场的保安倾巢出动,如临大敌。所有的灯亮了起来,雪白的电筒光到处晃荡。

  "队长,这边发现一只鞋子!"腰圆膀阔的保安举起一只沾满泥沙的草鞋,兴奋的身影蛇行在灯光漾漾的水面。

  "这家伙跳水了,淹死了!"保安队长接过草鞋看了看,又用电筒照了照岸边,沙滩上脚印凌乱,铁线草被踩踏得东倒西歪,波光粼粼的水面好像还打着旋涡。

  "这家伙并不想死,可能被逼急了。不过,死了好。走,兄弟们回去睡觉!"保安队长吁了一口气,轻松多了。这要是让他逃出去了,姚总不扒掉他们的皮才怪呢。他又去工人宿舍查看,发现后窗相邻两根钢条被扳弯,拱出一个人能堪堪钻出的洞口。他皱了皱眉头,鼻子"哼"了一声,拎起大哥大,拨通了姚总的电话:"报告姚总,花狗子跑了!不过,他已经死了。"

  "死了?怎么死的?!"姚总急切追问道,电话里飘出一股逼人的冷气,队长打了个寒战。

"他跳到水库里去了，我们只捡到一只鞋子，没见人影，只见水面起了旋涡。"保安队长说话格外小心。

"哈哈，喂鱼去了吧？它们又要饱餐一顿了。只可惜，我又少了个干活的！"姚棒槌讲完话，把大哥大往床头柜上一扔，看看手表，时针指向半夜三点二十五。酒店里寂静无声，所有的气息好像已经凝固。

"浑蛋，深更半夜，扰老子清梦！"他骂了一句，瞟了眼睡在旁边的刘露萍。她侧着身子，露出了圆润的肩膀和粉嫩的颈子，壁灯辉映下，那张点着美人痣的脸分外妖娆动人。姚棒槌坐着的屁股在苇席上往下一挪，又钻进被窝，右手抚摸着刘露萍光滑的脊背，继而滑向饱满圆挺的臀部，又捏又揉，像把玩一件精美的艺术品。他嘴唇伸到她的耳际拱了拱，动情地说："宝贝，你身子好香。"

"香？香个屁！人家刚刚睡着，又被你吵醒啦，半夜三更，真是的。"刘露萍愠怒地娇嗔，转过身子，手掌揉捏姚棒槌胸毛浓密的胸脯，撒娇地说，"姚总，你怎么补偿我呀？"

"为什么要补偿你？不是给你钱了吗？"

"你耽误了人家的瞌睡，该不该补偿啊？"刘露萍背过身子，一副爱理不理的样子。

"行啦，宝贝，补偿就补偿呗。"姚棒槌的手又肆意妄为，折腾起来。

"刚才你说谁死了？"刘露萍好奇地问。

"花狗子，石场的一个工人，跳到水库里去了。他想逃跑，不是自寻死路吗？"

"啊……"刘露萍吃惊地缩回手掌，犹如五雷轰顶。我不是叫姚大魁去救他吗？怎么跳水了？难道这事败露了？唉，自己不但没有把他救出来，反而害了他的性命。她强忍悲痛，身子一阵战栗。

"宝贝，怎么啦？"姚棒槌紧紧搂住刘露萍。

"我好怕。"刘露萍双手箍住姚棒槌的脖子，恨不得掐死他。花狗子这人她虽然不熟，但有所耳闻，他为人仗义，有胆有识，在驷马水乡算一条汉子。

"不要怕，宝贝。"姚棒槌一张大嘴堵住刘露萍的樱桃小嘴，猴急地折腾起来。

石场闹腾一阵后，带着花狗子被淹死的推测渐渐安静下来。芦苇丛里的鸣虫又继续着它们的歌唱，一颗流星划过漆黑的夜空，坠向深不可测的水库，狗舍里又飘出狗的鼾声。石场的夜晚好像什么也没有发生，沉寂得像条死亡之谷。

花狗子从柴油桶里探出头来，环视四周，确信没有什么情况，才慢慢调匀呼吸，手脚稍微舒展，凝固的血液又流淌起来。但空间有限，只能尽量减小幅度，像一只刚死的昆虫，动弹了几下纤细的前足。刚才弄出的声响，引起的连锁反应，差点把他逼向了绝境，要不是自己先前去水库边丢下一只草鞋，制造出跳水的假象，来了一招金蝉脱壳，现在恐怕已经被逮住了，打得半死不活。

十几分钟以前，几道电筒光在车厢里来回搜索，他的心紧张得像十五个吊桶打水——七上八下。米把高的油桶居然藏住了他一米八的躯体，这离不开他异乎寻常的"缩身术"。双手抱住下曲的大腿，把脑袋埋到了自己的胯下，下颌抵近脚尖，蜷缩成一只蜷曲的土蚕。屏住呼吸，闭上眼睛，所有的细胞开始休眠，生命似乎已经静止。人只有在求生欲望的驱动下，才能把生命的潜力发挥到极限。

风平浪静之后，他才相信那个叫姚大魁的货车司机不是在害他。昨天傍晚，一辆东风汽车在工地停下，这是一辆来收集柴油桶，专门给石场拉柴油的车。每月跑两趟，这里的挖土机、铲车都是喝油的能手，柴油赋予了它们无穷的力量。司机姚大魁一下车，就指着花狗子和王铁牛凶巴巴地说："你们俩去把工地上的空油桶找来，全部搬到车上去。"

姚大魁是姚棒槌的铁杆兄弟，有些狐假虎威。他的话就像圣旨，没人敢不听，就连那些监工也得看他脸色行事。花狗子和王铁牛一声不吭，满工地搜集腾空的柴油桶，费了九牛二虎之力，才把十七个沉重的铁皮油桶搬上车。姚大魁支开王铁牛，压低声音对花狗子说："有人叫我来救你，你要好好配合，千万不能走漏风声，否则，你就死定了，明白吗？"说完，眉毛竖起，眼睛一瞪。

花狗子打了个寒战,机械地点了点头。他这话到底是真是假?叫他救我的人难道是杨松柏?上次说他要来水库对面钓鱼,水面那么宽广,我至今也没想出联系的办法呀。

"我知道你想的什么,不要多想,也不要多问,照我说的办就行了。等会儿我把车停在你们宿舍后面,明天天亮,就要出山拉油。你今晚提前藏到那个装货的油桶里,绝不能让人发现。还愣在那儿干吗?快去干活!"姚大魁说完,连看都不看他一眼,就上了车。

夜里,没有月亮,满天繁星。夜色浓得像墨汁,间或吹着一阵寒风。花狗子到半夜都没睡着,又不敢频繁地翻身,怕床板的响声惊醒室友。几个问题让他惊疑不定:姚大魁为什么要救我?他到底受谁所托?这会不会是个圈套?如果是个圈套,那就等于自投罗网了。可是,待在这里度日如年呀,他岂肯放过任何一个逃走的机会?哪怕只有一线希望,哪怕是个圈套,也要赴汤蹈火,在所不惜。这事又不敢告诉王铁牛,怕弄巧成拙连累了他,还不如自己以身试险,出去了再另想办法。

他听到石场的报时摆钟敲了三下,心情立即紧张起来。四点钟是工人起床干活的时间,监工们破锣似的声嗓仿佛已在耳边响起,人们提着衣裤边跑边穿,慌不择路赶往工地的场景仿佛已在眼前。一个声音提醒自己,花狗子,这时不逃更待何时?他坐起来观察了一下情况,宿舍里除了此起彼伏的鼾声外,什么都没有,只有满屋凝重的夜色。

于是他悄悄起床,穿上草鞋,俯身凝视王铁牛那张被夜色包裹的脸膛,过度的体力透支让王铁牛睡得像死人。花狗子的鼻尖已经触碰到他温热的鼻息,鼻子一酸,泪水模糊了他的视线。别了,亲爱的兄弟!

他蹑手蹑脚地走到窗前,窗子高过人头,他踮起脚,把相邻两根钢条分别往两边扳,拼命地扳。钢条没有辜负他的疯狂,如愿以偿地弯曲了,间隙大了许多。也许是动作太大,惊动了邻近一个熟睡的工友,工友突然一挺身子,鬼魅般地坐起来,吓了花狗子一跳。花狗子蹲在窗下一动不动,大气也不敢出。那工友呓语般嘟囔一句,又躺下去睡着了。工友们泰山压顶般的疲惫,给花狗子赢得了安全感。

花狗子豁出去了，胆子越来越肥，他把头往钢条间隙里一伸，可以轻松地钻出去。但窗子太高，起身困难，他就从墙角搬来马桶垫脚。这是用铁皮油桶锯掉一半做的，很结实，足以支撑花狗子一米八的躯体。虽然臭气熏天，但这是宿舍里唯一能够托起他逃出窗外的物体。他感激地嗅着汹涌而来的气体。脚往桶沿上一踩，双手抓住钢条，暗暗喊一声"起"，腾身爬上窗子，钻了出去。脚在外窗台上一点，敏捷地跳到外墙之下。

墙体离水库有十来米，他听到了浪头亲吻岸边的"哗哗"声，还有夜鱼在水草里觅食的咂嘴声，一切那么迷人，那么亲切。这些给了他来石场以后从未有过的惬意，更让他兴奋的是他看到了那辆拉油的东风汽车停在不远的左前方，像一位等待他赴约的恋人。他似乎看到了妻子张丽芳那双明亮的眼睛，还有那迷人的脸蛋，微笑着，呼唤着他。

他迈开脚步，准备冲过去。转念一想，不行，还没有脱离险境，一切得小心从事。如果到了四点钟上班时间，场里发现自己逃了怎么办？保安们还不是要挖地三尺把自己找出来，抓回去？于是，他灵机一动，制造了跳水逃逸的假象。

从水库边返回来，他尽量不留下任何折返的痕迹，摸索着走向东风货车。货车停放的地点距石场大门十来米远，中间要经过半截围墙，黑咕隆咚，他看不到里面的情况，但能听到狼狗微弱的呼噜声。他心里又一阵紧张，心情回落到最低谷。如果惊醒了那几个保安，他将前功尽弃。于是，他干脆蹲下去，肚皮几乎贴着地面，手脚并用，慢慢爬到车前，无声无息，比猫的脚步还要轻。

翻进车厢后，他不敢贸然行动，等一阵寒风吹过，周遭的树木和房顶发出呼啦啦的响声时，他立即将手掌按在车厢前面的横栏上，借助手的力量，身子一提，无声无息地落进那只被剜掉上底的油桶。这桶一直是姚大魁放工具装东西的，可是，今天这里面没有任何东西，姚大魁早已给他留足了空间。顿时，他对这个颐指气使的家伙似乎添了几分感激。

当他庆幸自己成功藏匿油桶时，一不留心，让油桶轻轻摇了几下，磕碰出的响声引起了狗的狂吠。他只好冒着一身冷汗，蜷缩在油桶里一动不动，直到石场恢复平静。

不知过了多久,天渐渐破晓,东方涂上了一抹亮色,远处的山脊已还原了模糊的棱角,石场和水库还在朦朦胧胧之中,但油桶里已经有了亮光。花狗子却有些害怕,他紧紧关上瞳仁的大门,拒绝亮光,似乎黑暗反而能够熨帖他的恐惧。

"咚咚咚",有人来了,脚步声越来越近。

花狗子屏声敛气,竖起耳朵,调动所有的感知细胞,收集周围的气息。驾驶室车门打开又关上了,发动机开始启动,货车缓缓向场门移动。"哐当"一声,场门打开了,货车冲出了石场,他提到嗓眼的心终于降落下来。

过了一阵,货车行进在坑坑洼洼的路面上,剧烈地颠簸起来,十八只柴油桶像醉汉一样,摇摇晃晃,东磕西碰,震天价响。花狗子捂住耳朵,蹲在油桶里,他的四肢早已麻木,失去了知觉。他多么希望站起来让身体放松,舒筋活络。可是,他还是不敢站起来,怕节外生枝。只好仰望蓝色的天空,白云在飘浮,鸟儿在飞翔,天空在旋转。

又行驶一段路程,汽车停下了。姚大魁的头伸出车窗,大声地喊道:"快下来吧!"

花狗子跳出柴油桶,像孵出的新生命解除了蛋壳的束缚。伸伸手、踢踢腿,恢复活力后纵身跳下汽车,麻木的双脚打了个闪闪。他顽强地站起来,朝着姚大魁深深地鞠了一躬。

"师傅,谢谢你的救命之恩。"

"听着。前面山坳里就是白云庄园,转过这道山坡就到了。这是他的BP机号码,你迅速跟他联系。那家商店有电话。"花狗子顺着姚大魁手指的方向,看到十步开外有个商店,塑钢瓦盖顶,孤零零地坐落在马路边。他打开姚大魁递来的纸条,只写着白云庄园和一串号码,像女人的字迹。

"他是谁?"花狗子虽然心中有数,但还是问了一句。

"我也不知道,你打他BP机就行了。"姚大魁脸色突然变了,显得有点急躁,呵斥道,"快去,你问那么多干吗?"

他推了一下挡杆,轰一脚油门,汽车掉头驶向了另一条马路,车轮碾起一溜烟尘。烟尘裹挟着姚大魁疯狂的笑声:"哈哈!哈哈!这小浪货,这回没说的了,看老子不掏空你才怪!"

姚大魁脑海里满是刘露萍的身影,她像一片轻柔的云在眼前飘来飘去。人救出来了,就看你刘露萍如何兑现承诺了。他调动了所有的想象,创设出一个又一个床笫之欢的情景。他的心已经醉了,有些迫不及待,右脚猛踩油门,汽车风驰电掣。

话说姚大魁,还真有过人之处。他通过一番操弄,取得了姚棒槌的信任,垄断了红洞石场的物资采购,买低报高、买贱报贵,捞了不少油水。他本来对姚棒槌忠心耿耿,自从偷看刘露萍洗澡后,就心猿意马了。刘露萍撩人的胴体让他心旌荡漾,多次意图猥亵却遭到刘露萍断然拒绝。

也就是那次偷看刘露萍洗澡,被姚棒槌发现后,狠狠扇了他两记耳光,还威胁说:"我的女人,你也敢偷看?再有下次,废了你,让你当太监!"男人对女人的占有欲和自私胜过对金钱的占有和自私。

之后,姚大魁耿耿于怀,一股无名孽火焰腾腾地燃烧。老子忠心耿耿地供你姚棒槌驱使,看你女人一下又算什么?她又不是你老婆。哼,看老子怎么驯服那匹母马!

前天,姚大魁才听说姚棒槌去外地谈生意,欣喜若狂,他东寻西找到了刘露萍的出租屋。刘露萍刚刚起床,对镜梳妆,打理她的披肩发,拿着红头绳往辫子上系。忽然,镜子告诉她身后站着姚大魁,她心里吃了一惊,转过头。姚大魁淫笑着将她拦腰抱住,一个劲儿地往床上拽,想来个霸王硬上弓。

"请你松手,不然我喊人了!难道你不怕姚总要了你的命?"刘露萍用尽全身力气,猛地推开姚大魁。

"你说他给了你什么好处?他能给我照样可以给。况且,他一个五短身材,怎比我长得体面?"姚大魁恬不知耻的说辞可算是前无古人、后无来者了。

"你?你能给我什么?不管你有多能干,你也只是他的一条狗。我要的你给不了!"这家伙已经色迷心窍了,不妨利用他一下,刘露萍使起了激将法。

"你敢侮辱我?"姚大魁的脸涨得通红。

"难道我说的不对吗?"刘露萍火上浇油。

"你说你要的我给不了，你要的是黄金还是白银？天上的星星还是海底的龙角？"姚大魁觉得自己没有什么给不了，他姚棒槌算个屁？江山还不是自己帮他打下的？

"你最好不要问，免得惹火烧身，谨防姚总废了你。"刘露萍认为还得撒点火药，才有烈度。

"老子怕他？哼，你到底要什么？说出来，看我能不能给！"姚大魁急得抓耳挠腮，巴不得马上证明给刘露萍看。

"我要人。"

"啊，你要谁？"

"我要石场的一个工人。"

"开什么玩笑，一个打工仔有什么好要的？"姚大魁忍不住连连冷笑几声，这小妮子简直晕头了，再傻的人也不过如此而已。

"呸！你不敢给就算了。请你马上离开，不然我可要给姚总打电话了。"刘露萍见还差点火候，居然下起了逐客令。

"你别老拿他来吓我，我说了，老子不怕他！你到底要谁？快说！"姚大魁已经迫不及待，管她要什么都无所谓了。

"我有个老乡叫花狗子，你帮我把他弄出来，但要完好无损。事成后，我这身子……"刘露萍欲言又止，诡秘地朝姚大魁一笑。

"真的？"姚大魁喜出望外，自己垂涎三尺的猎物就快要到手了。

"你咋这么啰唆？你到底敢不敢？"刘露萍再将一军。

"谁说我不敢？三天后，给你交人！"姚大魁一拍胸膛，像立了军令状的将军。

"不用交给我，你叫他去白云庄园找人，这是那人的BP机号码。"刘露萍把写好的纸条塞到他手中，红嘴唇"吧嗒"一声吻了姚大魁的脸，算是出征前的奖赏。

姚大魁受宠若惊，面部的肌肉沾着唇香，瞬间即逝的感觉似乎还挂在脸上。他兴奋地凝视着刘露萍，嘿嘿干笑两声，转身离开出租屋，消失在茫茫晨雾之中……

救出花狗子了！姚大魁把车开到出租屋前，内心激动得怦怦直跳，出租屋的门紧闭着，他敲了好一阵，里面还是没有一点动静，却敲来了房东。沟壑满脸的老太婆走下楼来，厌恶的眼光瞅了瞅他，按照刘露萍事前的交代，冷冰冰地说："刘小姐昨天就退房走了，走得很匆忙。"

42

《建州晚报》又干了一件轰动南国的大事,廖晓芳那篇《一个当代包身工的自述》头版头条地刊登后,一石激起千层浪,黑石场虐待工人的劣迹引起了人们大哗。切齿痛骂黑心老板的声音不绝于耳,严查严惩的呼声一浪高过一浪。

政府召开了紧急会议,会同公安、劳动、税务、环保、媒体等单位,抽出精兵强将,带着花狗子直扑红洞石场。同时,异地调派的百名武警犹如神兵从天而降,他们全副武装,高度戒严,把红洞石场围了个水泄不通。

"所有的人到土坝子里集合!快一点!快一点!"武警拿着枪,冲进各个房间和工地,干电池喇叭到处狠声棒气地喊话。不管你是谁,都被像赶鸭子一样赶到土坝子。坝子里的人越聚越多,黑压压一片,威风凛凛的武警围成圈,端着枪严厉地看管着。

"这是怎么回事?""好吓人哟!"人们交头接耳地问,七嘴八舌地议论着,表情稀奇古怪,气氛异常紧张。

坝子前面有个土台,之前,姚棒槌喜欢站在上面给工人训话,他只要往上一站,满脸的和善立刻消散,面颊的肌肉扭成猪肝色,变得狰狞可怖。

这阵,土台上站着警察,拿着干电池喇叭,雷鸣炮响似的命令道:"大家听好啦,做工的来这边,其余人员去那边。所有的人抱头蹲下!不许轻举妄动,否则,后果自负!"

武警们心领神会,分头配合,把人们迅速分成两拨,分别蹲在土坝子左右两边。中间留出两米宽的距离,形如棋盘上的汉界楚河,蹲着的人像黑红双方的棋子,似乎一场惊天动地的厮杀就要开始。两拨人的衣着和面貌迥然不同：一边是破衫烂裤，一边是华衣锦服；一边是灰头土脑，一边是容光油腻。像来自两个不同的世界。

谁也没有见过这么大的阵仗，好似平地刮起风暴，夏夜一场寒霜。威武的制服，黑洞洞的枪口彰显着正义的降临。几个智障工人已经莫名其妙地发抖，姚棒槌和几个打手额头沁出了冷汗，垂头丧气、惴惴不安，没有了往日那种嚣张气焰。

当《建州晚报》披露他们的恶劣行径后，他们压根就没把这当回事，继续肆无忌惮地当"地头蛇"。姚棒槌坐在办公室，跷起二郎腿，若无其事地说："大家不要怕，老子就要看看，一个打工仔有多大的能耐，难道虼蚤还能把铺盖拱翻了？"他把报纸搁在玻璃板上，拿起点燃的香烟，往花狗子的名字上戳，戳一下吹一下，一戳一个洞。然后，烟头往烟缸里摁了几下，掐灭了，眼里闪过一种可怕的东西。

"你们好好查一下，看这个花狗子是如何逃出去的，我怀疑场里有内鬼！一旦查出来，我要剜出他的眼珠当泡踩！"

没等姚棒槌把内鬼挖出来，政府已经开始行动了，来得如此迅猛，几乎没有任何征兆，像晴天霹雳。世事就是这样，你认为不可能发生它就偏要发生，让你猝不及防。

警察带着花狗子走过来了，他嘴角挂着轻蔑的微笑，皮鞋"噔噔"地敲击着大地。新买的针织衫穿在他身上，显得很有精神，这是杨松柏给他买的。花狗子已经鸟枪换大炮，判若两人了。

他的出现，让姚棒槌越看越扎眼，像捡板栗时，看到了果壳上的芒刺。姚棒槌磨了磨牙，恨不得扑上去啃花狗子的脑壳，哪怕咬下一只耳朵也行。可是，他已经没有啃人的机会了，花狗子已经走到他面前，两道喷火的目光逼视着他。姚棒槌本能地挪动身子，准备往人群里挤。

"不许动！"武警怒声喝道。

"这就是姚棒槌，石场的老板！"

花狗子话音刚落，一高一矮的两个武警立即扑了上去。姚棒槌奋力反抗，粗壮的胳膊左右开弓，击向高个子面部，高个子闪身躲过，扫堂腿立即回应，

"啪"的一声重击，让姚棒槌瞬间趴下。二人以迅雷不及掩耳之势，将他死死地按倒在地。"放开我！敢抓老子，你们摊上大事了！"姚棒槌拼命挣扎，贴在泥土上的阔嘴巴蛮横地嚷道。矮个子武警厉声呵斥："到这个时候了，你还在耍嘴皮子！"冰冷的手铐反铐着姚棒槌的双手，让尚未甘心的他回到了冰冷的现实。

有道是擒贼先擒王，制服姚棒槌后，其他人都不敢造次。随着花狗子逐一指认，姚棒槌的帮凶姚大魁等人也被戴上手铐，陆续押下去等待审查。这帮肆意虐待工人、把工人当牲口的家伙终于明白，强者的准则是不能藐视弱小，弱小也有翻盘的时候。

这一刻，工人们看到不可一世的恶魔被武警押走以后，终于明白今天到底发生了什么。像死灰一样的内心复活了，冒出了茸茸的新绿。血脉在加剧跳动，眼里涌动着泪水。像一群稻田的守望者，看到密密匝匝的穗子在轻风中摇曳，金浪滚滚，涌向天际。几只灰色的斑鸠飞到土坝上，一边追逐慌乱的飞虫，一边咕咕地欢叫，像在庆祝一场胜利。

"工友们，你们自由了！你们从此结束了被歧视、被虐待、被压榨的生活，姚棒槌等人即将受到法律的审判。你们不要怕，有政府给你们做主，该检举的检举，积极配合我们的调查。"公安局局长站在土台上，大声武气地讲道。

局长的话音刚落，人群里一阵骚动，这是压抑已久难得的骚动。大家展眉舒眼，嬉笑着，歌唱着，交谈着。花狗子、王铁牛、陈小强紧紧抱在一起，三颗头颅攒到一块儿，半天说不出话来，彼此能听到心脏的跳动。

"我们熬到头啦！熬到头啦！"陈小强乐得在地上翻筋斗，哈哈地大笑，啪啪地拍手，咚咚地跺脚，像发疯似的。

"我们自由了！我们自由了！"智障工人高新乔高举双手，在土坝上边跑边喊。又突然停住脚步，蹲在地上呼天抢地地号啕大哭。也许他有满腔委屈，也许他是无比激动，没有比哭能够更好地表达他的内心了。哀可哭，乐可哭，恨可哭，爱也可哭。也许，跟笑一样，哭是情感宣泄的最高烈度。

"工友们，你们还有什么要求尽管提出来，我们尽力而为啊！"局长再次启动了干电池喇叭，态度非常诚恳。

"我们进厂这么久,姚棒槌没有发过一分钱,我们的工资怎么办?"打工就是想挣钱,花狗子这句话点燃了工友们内心的渴求。

"我们要向姚棒槌要工资!我们要向姚棒槌要工资!"土坝子里响起了排山倒海的呼声。这批民工中绝大部分上有老下有小,负担很重。即便是单身汉,也是有生存需求的,怎么可能不要工资呢?但王铁牛的愿望就那么简单,他扯了扯花狗子的胳膊说:"哥,要什么工资嘛,能活着出来,已经万幸了。"

"大哥,你管他工资不工资呢,给我们发点路费,能回老家就行了。"陈小强逃学出来吃尽了苦头,回家读书已成了他最大的愿望。

"我说你俩的脑壳是不是叫驴踢了?我们当牛做马,干这么久,他又是怎样对待我们的呢?难道我们白干了?别便宜了姚棒槌,这是我们的血汗钱,不能不要!"花狗子严厉地批评了王铁牛和陈小强。农民工没有太多的奢求,但是,血汗换来的钱岂可不要?

"工友们,请大家放心,你们的要求非常合理,工资必须找姚棒槌算清!"公安局局长的话斩钉截铁。

这时,一位官员模样的人走过来,从公安局局长手里拿过话筒:"工友们,由于案情还需调查,石场没收后,还要整顿。整顿好后,我们还要招商,重新确定企业经营者,这个石场还得开下去,因为我们许多建设还需要这里的石料。如果你们有愿意继续干下去的,可以留下。至于这之前的工资,还需核算,算好后,如数发给你们。请大家放心,我们已经冻结了姚棒槌所有的银行账户,钱是跑不了的。目前,政府暂时垫支生活费用,现在按花名册发放,我叫一个来一个。"他从提包里掏出几沓人民币,一边点名,一边发放。

"我有钱啰,有钱啰,好多钱哟!"智障工人高新乔,把钱抛出去又捡起来,捡起来又抛出去。几张百元钞票兴奋地飞舞着,像骄傲的蝴蝶。高新乔几年没见过人民币,感觉特别亲切和珍贵。他又一张一张地捡起来,揣进怀里,紧紧地按着,生怕别人抢去了,嘟着嘴念叨道:"我的钱,我的钱哪!"

花狗子和王铁牛不仅要回了他们的工资,还重新回到整顿后的石场,开始了新的工作和生活。消息传出后,杨松柏如释重负,没有写信,信来得太慢,而是立马发了电报,将此事通报给杏花。

傍晚，夕阳辉映，杨松柏躺在庄园绿茸茸的草坪上，望着蓝色天空飞翔的雁阵，默诵着"风翻白浪花千片，雁点青天字一行"。大雁呀，你们去一趟驷马水乡吧，去看看杏花，她收到电报该是多么高兴哟！这之前，我杨松柏的心口像压着一个大磨盘呢，血脉阻滞，呼吸困难，寝食难安呀。幸好，我没有再熬下去，不然，我可能就患上抑郁症了。

杨松柏想到前妻刘露萍，没有这个女人出手相助，花狗子和王铁牛怎能得救？他没有料到一个柔弱的女子居然敢冒那么大的风险，原本把救人的事托付给她纯属病急乱投医，没抱希望。眼下，姚棒槌锒铛入狱，她的"大款"倒了，她又有何打算呢？后面的路该怎么去走？担忧和挂念袭上心头，杨松柏决定去见一见刘露萍。

他拿起办公桌上的电话，打了刘露萍的传呼，然后坐回沙发，点燃一支香烟，吐出一团乳白色的烟雾，静静地等着。刘露萍久久没有来电，她到底怎么啦？杨松柏忐忑不安，又从报架上取下《建州晚报》，胡乱地翻了翻。到了中午，刘露萍终于打来电话，说她上午在探监，约杨松柏晚上见面。

姚棒槌属严管级犯人，他的问题还没有调查完，看守所只给了刘露萍半个小时的探监时间，但刘露萍只用了十分钟。隔离会见室里，刘露萍透过隔音玻璃，看到姚棒槌被两个公安押着走出来，手上戴着手铐，双脚套着脚镣，神情十分沮丧，没有了往日那种光彩。她心里掠过一丝怜悯，你呀，就堂堂正正地赚钱嘛，为什么干那些泯灭人性的勾当？工人也是人呀，都是父母所生，为什么要去虐待他们？这下，你是自食恶果，莫要怨天尤人了。唉，人生就像一场游戏，不按规矩出牌，就出局了。

公安打开了姚棒槌的手铐，叫他抓紧时间通话。透过隔音玻璃，他看到了刘露萍，做梦也没有想到她会出现。自己的情妇还少吗？哪一个会念旧情呢？他抓起话筒，异常激动。

"露萍，我……我完了！"姚棒槌哽咽起来，一双小眼睛被泪水完全淹没。

"不会完，你就老老实实地把问题说清楚，争取宽大处理吧。"刘露萍开导他。

"露萍，你等……等我吧！"姚棒槌声音颤抖。

"等你？姚总，你想多了，等你的人不应该是我！"刘露萍的声调突然提高了强度，连她自己也弄不清为什么会这样。

"前天，她来了，拿着离婚协议书逼我签了字，她说她和儿女要跟我撇清关系……"姚棒槌说不下去了，那种众叛亲离的痛楚犹如钢针穿刺心扉。

"姚总，我男朋友打传呼来了。"刘露萍的BP机响个不停，一看就知道是白云庄园的号码，她放下话筒，提着手提包，走出了会见室。看守所坐落在偏僻的山沟里，前不巴村，后不着店，没有公用电话亭，只有回镇上才能回电话。于是，她在门口拦了一辆绿色出租车，驶向宕渠镇。

季节已经推演到深秋，行道树的叶片纷纷褪去绿色，呈现一派枯黄，偶尔，还有落叶飘飘撒撒，像坠落的忧伤。冷风钻进车窗，刘露萍感到了寒意和些许失落。她虽然才三十几，命运却如这些落叶，飘啊，飘啊，何处才是归宿？

那年，"酒后乱性"的断言得到了刘露萍的验证。事后，她后悔不已，多次断然拒绝了张柳林的再次纠缠。但当她与杨松柏离婚后，又觉得孤苦伶仃，无比痛苦，为了远离杨松柏，告别驷马春风公社这个伤心之地，她只好硬着头皮求张柳林把她调回县城。当她重新回到原单位后，外面的风言风语像雨夜后的毒菇，齐刷刷地冒了出来。刘露萍招架不了，觉得没脸见人，只好横下一条心，悄然出走，南下打工。

初来乍到，既无文凭，又无专长。刘露萍找不到好工作，便到一家酒店端盘子、抹桌子。在众多服务员中，论姿色，她可谓是鹤立鸡群，像满地蒿草中绽开一朵鲜花。这鲜花很快就得到了姚棒槌的青睐。姚棒槌是酒店的常客，与老板是朋友。每次吃饭都客客气气地邀请刘露萍陪酒，一来二往，两人渐渐热络起来。

遇到刘露萍休假，姚棒槌就带上她到处跑，什么海上乐园、奇幻大世界，无处没有他们的身影。而且姚棒槌出手大方，刘露萍喜欢什么，他就买什么。孑然一身的弃妇，在这异地他乡，能有人这般体贴和关照她，已经是一件幸福的事了。她生活的风帆鼓得更圆，脸颊含笑，心里滋润，浑身散发出特别的气息。就这气息撩拨得姚棒槌朝思暮想，欲罢不能。姚棒槌干脆在风光旖旎的宕渠镇给她秘密租了房子，玩起了金屋藏娇的把戏。刘露萍在金钱和温情的呵护下，款款步入一个梦幻般的童话世界。

短暂的欢愉后，她又沦落为空巢怨妇。不知有多少个夜晚，一觉睡醒，感到枕头空着，床空着，心也空着。她恍惚觉得姚棒槌只是过客，一个来去匆匆的过客。那么，她自己又何尝不是过客呢？

眼下，这个过客再也回不到她用青春和肉体构筑的巢里，他带着贪欲和猖狂走上了一条不归路。早知今日，当个普通人多好，欲望那么多干啥呢？

晚上，杨松柏按约定来到宕渠镇。月亮不是很圆，却很明亮。在牛乳般柔光中的朦胧一切，包括树木、农田和远山，都那么美好静谧，那么温柔多情，那么令人向往和期待。

出租屋紧邻一片柠檬园，高高低低的柠檬树，光亮点点，又影影绰绰。窗帘拉下了，柔和的灯光透射出来，缀满枝头的柠檬在灯光和月光交融之下，青青黄黄，秤砣般地坠着，像饱满的祝福。这是成熟的季节，叶片和果实弥漫着浓郁的清香。门虚掩着，杨松柏推门进去了。

"露萍，露萍——"杨松柏好久没有这样甜甜地叫过了。

"呃，我在洗澡呢。"浴室里传来哗哗声，间杂着一串"噗噗"的声音。这声响杨松柏特别熟悉，他知道刘露萍洗澡，动作很夸张，尤其是搓大腿板的时候，用力很猛，幅度也大，手掌与肌肉就会发出响声。突然，他内心涌起一股热流，恍惚又回到了从前。

他拉过一把竹椅，安安静静地坐着，打量小屋。小屋整洁干净，一张高低床，彩绘竹凉席、印花布枕头，还有青布被单，无不散发着温馨柔和的气息。

浴室的门开了，飘出几缕水汽和馨香。刘露萍浴巾裹胸，露出雪白的脖颈和光洁的肩膀，还有丹顶鹤一样的小腿。她拿着金灿灿的木梳梳理着湿漉漉的头发。这时，他发现女人梳头也是一种美。

"松柏，今晚，你可以不走吗？"她走到竹椅后面，一把抱住杨松柏，下颌搁在他的肩上，脸颊蹭着杨松柏的脸颊，头发披在他的耳轮上，皓齿轻启，口吐兰香。

"露萍，不能这样。"杨松柏捉住刘露萍的手，犹豫了一阵，最终轻轻地挪开。

水乡飞歌

"嫌我身子脏吧？"刘露萍坐到对面的沙发上，两腿交叉，还扯了扯浴巾，遮住洁白的大腿。她抬头凝视杨松柏，忧郁的眸子湿润了，悠悠地问道："杏花还在跟你联系吗？"

"在……"杨松柏轻轻地答道，然后，仰起脸说，"你以后有什么打算？"

"打算？像我这种人，还能有什么打算？既然没有净土，就去静心吧。哈哈！哈哈！"刘露萍突然大笑起来，笑得花枝乱颤，清脆的笑声里充满哀怨和嘲讽。

"露萍，多保重。我走了，过几天再来看你。"杨松柏垂着头，在笑声后沉默良久，起身告辞。

随后，窗外汽车轰鸣。刘露萍敛起笑容，情绪陡然地滑落。她走到门前，倚门眺望，月亮被淡云遮住，夜幕下的景物一片模糊，汽车的声音越来越小，越来越淡，那么渺远。

43

到了深秋，叶绿素隐退，花青素、叶黄素同台亮相，山山岭岭层林尽染。而田野里却别具一格，斜斜的阳光下，绿茵茵、亮晶晶的麦苗，像杏花朗润的心情。她弓着曼妙的腰身在麦田里拔草，揳进思维的尽是杨松柏发来的电报，像麦苗的绿浪一样荡漾着。人间蒸发的花狗子和王铁牛终于被救出来了，这让杏花对杨松柏刮目相看，积压心头的成见青烟般地飘散了。

"幺妹，我和丽芳姐准备去建州看看，她问你去不？"菊花挑着粪桶，晃晃悠悠地走过来，肩上的扁担弯成弓，唱着"咯吱"的歌。

"你们去看老公，我去干吗？"杏花还有顾虑，她何尝不想到南方走一走呢？那里是改革的前沿阵地，肯定有很多新鲜的东西。只是如何面对被她冷淡多年的杨松柏，一时半会儿还没有想好。

"看看你的杨老师呀，人家这次可帮你铁牛哥大忙了。这人挺仗义，为了救人，根本没有顾及自己的安危！"

"好吧，走，找丽芳姐商量商量，看什么时候动身，带些什么东西。"菊花对杨松柏的赞美，使杏花颇感欣慰，她下了到南方探亲的决心，直起腰板，手里的杂草往麦田外一抛，就要去找张丽芳。

张丽芳刚从地里干活回来，额头上还有细密的汗珠。她坐在门槛上，敞着胸膛给孩子喂奶，孩子衔着乳头呜呜哇哇，小手在松弛干瘪的乳房上揉揉捏捏。奶水可能不足，他便咬住乳头像拉橡皮筋。

"哎哟，痛死我啰！把妈妈当奶牛了，看我不打你！"张丽芳的右手掌在小孩眼前一扬，做了个吓人的姿势，孩子见状，嘴巴瘪了两瘪，到底没有哭出声来，委屈的眸子含着泪花。

"丽芳姐，孩子都满周岁了，该断奶了，你看，他把你都吸干了。"杏花看着张丽芳瘦弱的身子，心生怜悯。

"怀孕期间我贫血，让这娃吃亏了。"张丽芳爱抚着孩子的小脑瓜，嘴里念叨着"宝宝乖乖，宝宝乖乖"，似乎是对刚才那一吓唬的补偿。

"丽芳姐，多给他吃饭嘛。"听菊花这么说，孩子转过头，大眼睛眨巴眨巴，嘴里"喔喔"的像在抱怨什么。

"嘿，这家伙挺聪明的，对姑姑不满意了，不满意了呢！"菊花把孩子举起来，额头抵着额头，"举高高了，看你怕不怕，怕不怕！"

小家伙嘎嘎嘎地笑个不停，像只欢叫的小公鸭。

"丽芳姐，我们明天就去建州吧，趁这段时间农闲。"杏花开门见山。

"可以，小家伙还没见过他爸爸呢。"张丽芳揉了揉乳头，扣起胸前的纽扣。

"建州是发达地区，开放城市，我们得好好打扮一下，免得人家笑我们是土包子。走，去镇上做头发。"杏花邀约张丽芳。

"走啰，上街啰！"菊花抱着孩子边逗边走，杏花、张丽芳跟在后面。

之前，生活节奏太快，赶场和开会都是来去匆匆，生怕误了农活，所以，杏花根本无暇关注镇上发生了什么。这阵，手头的农活一放，心就闲下来，驷马春风镇的沧桑巨变令其惊诧不已。这里正在悄无声息地改变过往，似乎也在改变杏花和其他人。就像桑蚕完成了一次脱胎换骨的蝶变，让她耳目一新。脑海中经常浮现一幅幻景：杨松柏突然回来了，眼前的面貌让他目瞪口呆，他甚至辨不清东南西北，像来到一个陌生而又亲切、令人欣喜若狂的世界。

杏花等人信步走过喧嚣的集市，看到两座新架的钢筋水泥桥横跨巴河和驷马河如长虹卧波，把东西、南北两岸连成一个整体，这格局非同小可！她站在桥头，俯瞰滚滚滔滔的河水，倾听激越的船工号子，这些声音多么像人们对新时代的呼唤！

远望古老的滨河路，铺在上面的青石板早已被埋进历史的记忆，混凝土铺就的两条新街宽阔又平坦，一条顺着巴河，另一条顺着驷马河延展。经过十多年的打造，这里已经成了远近闻名的水码头了。

富裕起来的农人把房子修到镇上来了，街道两旁矗立着一栋比一栋漂亮的小洋楼,像一排排倒竖的琴键,不知疲倦地演奏着人们艰难的奋进之歌。

农人带着对土地的眷恋和对新生活的渴求,拥进全新的城镇。商场、店铺、茶馆、饭店、酒楼,这些五花八门的名词替代了种植和养殖、演绎成市场的强劲动力。该放开的都放开了,人们没有任何羁绊和顾虑,八仙过海,各显神通,都想过好自己的日子。

街上车来车往,人欢马叫,摊主与顾客讨价还价的声浪一波盖过一波。仿佛一幅《清明上河图》向杏花徐徐展开,她脑海里飞旋着一个严肃的思考:怎样才能让驷马水乡跟上时代的步伐?

"幺妹、丽芳姐,你们赶场来了?"葵花白皙的脸上泛着酡红,肚子高高隆起,像一只美丽的企鹅。她刚从市场卖菜回家,正好路过桥头,遇上杏花等人在看风景,热情地打着招呼。自从她嫁给赵晓军后,就搬到镇上住了。

"三姐,我们来做头发,准备明天去建州。"杏花撩起披在额上的发丝,笑嘻嘻地说。

"啊,你去看杨松柏吧?叫他回来把婚结了,你岁数也不小了,还要挨到猴年马月?"葵花话里带着关心,也有几分担忧。

"我才不看他呢,这次是带丽芳姐她们去。三姐,报告你个好消息,花狗子和铁牛哥被救出来了。"杏花转移了话题。

"哎呀,世事难料哟。出门在外,什么事都可能碰到。花狗子和王铁牛也够惨的。远走不如近爬坡呢,你看许多人没出去务工,不照样有了车子、房子吗?你们这次去,干脆叫他们回来发展吧。"葵花颇为感慨,拉着孩子的小手问,"丽芳姐,孩子都这么大了,叫啥名字呀?"

"还没取名呢,等他爸取。宝宝,快叫姑姑。"张丽芳特地来了个口型示范,"姑——姑。"孩子立刻张嘴颔首:"姑——姑。"逗得大家哈哈大笑,空气里弥漫着快活的气氛。

"看你大出怀了,有几个月了?"张丽芳盯着葵花的大肚子,关切地问道。

"快八个月了,你看,我这脚杆都肿了。晓军不允许我出来走动,怕我累着。"葵花捞起裤管,露出有些浮肿的腿肚子,叹了一口气,"唉,老叫我待在家里,这不成了笼子里的金丝鸟吗?昨天,有个外地老板找他,要在河源建家酒厂，可是，农户不情愿，土地迟迟得不到落实。他今天一早就去河源村了，我就趁机出来溜达溜达。"

"人家疼你嘛，你咋不领情呢？"张丽芳何时享受过葵花这样的待遇呢？她怀孕期间，没人疼，没人管，什么事都要一手一脚地亲力亲为，从早忙到晚。除了身累，还有心累。花狗子一去就杳无音信，除了思念，还有担心。这两种完全不同的概念与感受，却以相近的力道折磨着她。

临盆那天，她只能抱住床沿，蹲着大腿，冲起屁股，使出了所有的力道，迎接一个新的生命。把痛苦和祈祷倾泻在床沿上，恍惚如抓住了丈夫温厚的大手。

张丽芳温情地看着葵花，颇为伤感地说："葵花，你是世界上最幸福的女人了，别身在福中不知福呢。"她又问道："去检查过没有？男孩还是女孩？"

"晓军不准我检查，说生儿生女，听天由命，儿也好，女也好，他都喜欢。"葵花开玩笑，"丽芳姐，大家老站在这里干啥？孙悟空又没有给我们使定根法。你们不是要去做头发吗？听说码头那边有好几家新开的发廊呢，走，过去看看。"

过了桥，经过邮政所门口，看到门前的坝子里聚了好几十人。他们排成长长的三列等待取款，手里都攥着汇款单，脸上洋溢着幸福的微笑。

春香也在队列里，她先看见杏花，远远地招手："杏花，杏花，你过来，我跟你说个话。"

"哎，我来了！"杏花走到她身旁问，"说啥话？"

"没啥话，哄你过来耍。"春香咯咯地笑起来。

"嫂子，富贵哥又给你汇了多少钱？"杏花问道。

"你看嘛，这砍脑壳的没出息，一个大男人，一个月就挣这么点。我叫他回来带小孩，我出去。他不干。"春香嘴上埋怨，心里却是另一番心思。她把朱富贵寄来的汇款单递到杏花手里，美滋滋地等待杏花的赞赏。

"哇，这么多呀！"杏花看了看上面的数字，惊叫起来，汇款单似乎沉重得她的手都托不起了。

"杏花，你别听这小妖精瞎说，人家朱富贵在外搞建筑，月薪几千，她还说人家挣少了。我看,她出去干什么也挣不了那么多。"旁边的一列站着三婶。三婶今天打扮得像个少女,人到中年,风韵犹存。

"哼哼,听人说你大儿王劲松虽然才十八岁,却当上了老板,承包了一个沙石场,他挣的钱比富贵可多多了。你藏着不说,是怕我们借钱吧?哈哈!"春香寸步不让,反唇相讥。

"身强力壮的小伙子,一个月挣五六千还算多吗?怕讨老婆都讨不到哟,还得叫他春香嫂牵线搭桥呢。"三婶说道。

"跟我说那些。你儿子当大老板啦,过几年给你关一屋的儿媳,喊娘喊得你累死!"

两人你来我往,一招一式,似乎将要爆发一场唇枪舌剑,但杏花心里明白这仗打不起来。三婶和春香的话如出一辙,都是明抑暗扬,貌似斗嘴,实为替对方炫耀。她敢肯定的是双方的心里都像喝了蜜。所以,杏花不动声色,让她们尽情表演。

之前,这对老冤家自从养猪场结了梁子后,只要一见面,就一个钉子一个眼,针尖对麦芒,谁也不让谁。这两年,二人观念变了,都在积嘴德。春香觉得富裕了,就得好好过日子,三天两头见面的人,神经绷得紧紧的没什么意思。三婶呢,她有钱了,就盼娶儿媳。她认为左邻右舍争这吵那会坏了名声,那种没有尊严的日子过怕了,她主动与春香冰释前嫌,偶尔也插科打诨,取取乐而已,没有恶意。人一旦富裕了,就看得开了,也懂得自尊自爱了。这就应验了那句古训——"仓廪实而知礼节,衣食足而知荣辱"。

"三婶、春香嫂,你们幸福哟,一个有丈夫挣钱,一个有儿子挣钱。比我们这些村干部收入高多了。"杏花的话既带着赞美,也掺杂着嫉妒和伤感。她那七八百元的月薪实在是寒碜。可转念一想,她肩上承担着村民的信任和驷马水乡的未来,不能中途撂挑子。人家赵书记干了几十年也没说什么,那才叫不计报酬,甘于奉献。何况她还能种上一亩三分地,问土地要银两呢。人啊,你找不到生活的乐趣,那是因为你只看到生活的鞭痕,没有领悟到生活的眷顾。

"杏花,你跟杨老师的事怎么说的?恋爱这么多年咋还没有结果?"三婶一边紧挨前面的人移动位置,一边关切地问。

"妹子,我看你跟那个杨老师早就该结婚了,结了婚,你当你的村主任,他挣他的钱,夫唱妇随,双宿双飞,美死你呀。"没等杏花回答,春香也加入了"讨伐"的阵营,两只眼睛挤成一条缝,笑出了眼泪。

"你们操什么心呀,明天杏花就要跟我们一起去建州,同我表哥亲热了。"张丽芳睃一眼杏花,见她脸都红到了脖子根了,很显然对自己轻佻的言语怀有不满。

"丽芳,听说花狗子找到了,你这次应该是去看他的吧?这么久没见面了,那可是久旱遇到甘霖啊,别当干饭吃了呢。"春香今天有点"疯",又向张丽芳开炮了。

"春香,你这砍脑壳的,没个正经样。"三婶呵斥春香,又愤愤不平地说,"依我看,该把那个黑心老板弄来千刀万剐!"

轮到三婶取钱了,她把汇款单递进了窗口,然后接过钞票,舔着拇指数着,像在翻阅儿子的工作笔记,这钱肯定来之不易呀。

"三婶、春香姐,我们去做头发了。"杏花借机摆脱春香的调侃,立马告辞。

"杏花,打扮乖点哈!"春香又朝杏花扮了个鬼脸。

"码头有点远,我们还是去新时代发廊吧。"菊花不想往前走了。

"四姐,那里的款式有些老土了,我们就去码头算了,听说那里有家发廊不错,巴城人来开的,生意很红火。只是价格贵一点。"杏花坚持要找个更好的,新时代发廊毕竟是十几年前开的,已经跟不上形势了。

"贵就贵点嘛,只要理得好看,管它呢。今天我请客!"张丽芳拉起孩子就走。

"丽芳姐你就算了吧,花狗子哥失踪一年多,又没寄一分钱,你哪来的钱?还是我请客吧。"杏花说。

"就凭我那母猪下的崽崽卖的钱,也花不完嘛。"张丽芳笑了笑。

"哎呀,这还没到开钱的时候呢,你们争啥?"菊花听得不耐烦了,喊一声,"走啊!"

码头已经改头换面,过去这里除了河床就是沙滩,到了汛期,船运基本停摆。这几年，政府投了不少资，从下至上建了三级混凝土平台。

站在平台上，眺望河面，杏花看到大大小小的客船、货船来往穿梭，发动机"突突突"地吼叫，螺旋桨搅得河水白浪翻滚。宽阔的水泥路一头连着每一级平台，另一头直通大街，几辆货车忙着转运物资。层层上升、一层比一层宽阔气派的三级平台，让杏花看到了川人勇毅的精神、不懈的追求。

这时，"呜——呜——"几声，清脆的汽笛划破蓝天，一艘拉沙大船披着阳光，犁开碧绿的水面，由远及近，徐徐靠岸，船工跳下船头，把缆绳牢牢地拴在一级平台的缆桩上。

船上走下一名威武高大的男子，穿着没有肩章和臂章的军装，左腋拄着拐杖，拾级而上。葵花老远就认出是她丈夫赵晓军，她连忙迎上去，拉着丈夫的手问："晓军，你咋坐沙船了？"

"事情办完了，就搭了个顺风船。我不是叫你不要乱跑吗？干吗还到这里来了？"赵晓军的语气里带着责备。

"出来买菜，碰上她们来做头发，准备明天去建州，就陪大家一起逛一逛嘛。"葵花指了指杏花等人。

"杏花，你也在这里，真要去建州？"赵晓军已经走到她们面前了。

"是呀，花狗子和王铁牛他们被救出来了，我们准备去看看。"

"去看看也好。建州是开放城市，全国都在学习他们的搞法。你去走访一下，看别人是怎样发展的，讨点经验回来，先把你们水乡搞起来，再带动全镇。"赵晓军居然想到了发展大计，无怪是一镇之长，三句话不离本行。

"哎呀，我幺妹去看杨老师，你咋张口闭口都是工作？可不能误了她的终身大事。"葵花有些不高兴，责备赵晓军。

"呵呵，不谈，不谈工作。"赵晓军说，"杏花，我们镇像杨老师、花狗子这样在外打工的人，据不完全统计，有好几千人呢，每个月邮政汇款上百万，这可不是小数目啊。这些资金对拉动我镇的经济发展，有着举足轻重的地位呢。"

说不谈工作，赵晓军又说到这上面来了。真是打铁的说打铁，骟猪的说骟猪，干一行务一行啊。

"晓军哥，你有什么想法呢？"杏花认为赵晓军的话题值得探讨。

"我想我们应该鼓励劳务输出，给外出打工的人提供各种方便和帮助，包括技能培训，正规的招工信息获取，免得他们求职难或上当受骗。对于利益或人身被侵害的务工人员，应该由政府出面，组织律师给予必要的法律援助。"赵晓军侃侃而谈。

"晓军，你说这些不仅是我们一个镇的事，还应引起整个社会的高度重视。"杏花突然仰起脸，沉吟一会儿，接着又说，"我看光出去挣钱还不行，应该出得去，回得来。等他们有钱了，学到经验了，就把他们请回来发展。"

"这主意好！我们政府正准备出台一些优惠政策，鼓励务工人员回乡创业呢。"

二人一拍即合，差不多把码头当成办公地点了，还津津有味地讨论起具体返乡政策了。

葵花深情地看了眼丈夫，又敬佩地望着幺妹。没想到杏花这样的小女人，还有这么高的眼界。如果不是杨松柏横在他们之间，那么，他俩结合在一起，那才是天作之合呢。葵花心底忽然冒出酸溜溜的感觉。

"走啦，晓军，杏花他们还有事，我们先回去了。"葵花朝张丽芳的小孩摇了摇手，"拜拜，姑姑走啦。"

"孩子，快跟姑姑拜拜。"张丽芳握着宝宝的小手摇了摇，小家伙嘟起嘴巴，葱瓣似的嘴唇哑巴出嫩嫩的"拜拜"。

"哟，好家伙，够聪明的，等我们的小宝贝出生了，也跟你一样哈！"赵晓军情不自禁地摸了一下葵花的大肚子，然后，朝小孩努了努嘴，随手取过葵花的菜篮子挎在右手臂弯里。

"哼，没个正经样。"葵花娇斥一声，挽着赵晓军的手臂离开了。

走了几步，赵晓军突然回头："杏花，见到杨松柏，代我向他问好！"

44

昨晚一场梦,让杨松柏惊喜交加。起床了,那梦境记忆犹新,自己与她海边相会,这难道是一种征兆?

他站在洗脸台前,对着墙镜往复挪动着剃须刀。又粗又硬的胡茬,让他想起老母羊苍黄的鬃毛。也许,人之变老先从胡须开始。

抬头时,又看到一条细小的皱纹在额头中央藏头露尾,若隐若现。他用指头狠命地搓揉,想把皱纹斩草除根,可是除了把额头弄得红通通的之外,什么问题也没有解决。假如,真是应验了昨夜的梦境,自己这副尊容怎么去见杏花?人家还是年轻貌美的黄花姑娘呢。

"嘀嘀嘀!"BP机响得急促,上面显示着一串熟悉的号码。杨松柏走进办公室,拿起电话打到门卫室。

"杨总,这儿有老乡要见你,四川的。"贺柯然的声音很激动,"三个漂亮的女人!其中有你的女朋友吧?"这是最近贺柯然最关心的话题,杨松柏毕竟是三十好几的人,该有个家了。

"三个?瞎扯淡。"

"嗯,还有个小男孩。"

从办公室通向大门口,是宽阔的白云大道。两旁栽着桂花树,零星的残花挂着冷露,散发出幽香,是秋季留下的念想。杨松柏三步并作两步来到庄园大门口,看到杏花一行背着背包,聚在门口。她仰视门楣上"白云庄园"几个大字,一遍又一遍,觉得是杨老师的字迹,多么苍劲有力,多有亲切感。

"杏花,昨晚才梦到你呢。"说曹操曹操就到,可谓是日有所思夜有所梦啊,杨松柏偷偷乐着。

"这么巧？还以为你把我忘了呢。"杏花一袭粉红色的风衣，阳光洗礼过的皮肤洋溢着青春气息。

"怎么这么早？什么时候到的？"杨松柏帮她拎着背包，她帮张丽芳牵着小孩，菊花跟在后面走向庄园的心脏。从行道树的间隙看出去，一片连一片的亚热带果园，在初冬的晴朗天气里并没有失去生气。

"坐了两天两夜的火车，凌晨四点就到建州火车站了。在候车室待到天亮，就搭的士过来了。我们还没有吃早饭呢。"杏花大声武气，讲话像拨算珠。

"走哇，去食堂吃早餐，马上要开饭了。"杨松柏把众人领进食堂。

吃过早餐，张丽芳说："表哥，你把我和菊花送到他们石场去吧。"

"没问题，马上就送，石场离这儿不远。"杨松柏边说边去开车。

银灰色的夏利轿车沐浴着朝阳，穿行于深沟险壑，朝石场方向驶去。

"表哥，这车是你买的？"第一次坐上表哥的车，张丽芳心情愉悦，更高兴的是快要见到朝思暮想的丈夫了。

"是呀，打工这么多年，就挣了这台车，这差不多是我的全部家当。"其实，杨松柏也有点积蓄，都买了股票，不亏不赢，虽没赚钱，股票还得继续炒下去，因为他希望奇迹会不期而至。

几年前，白云庄园出于调动员工积极性的目的，鼓励把工资的百分之三十投到庄园，以股份形式享受红利，试图赋予员工主人翁的地位。可是，这些远道而来的打工仔瞻前顾后、犹豫不决，宁肯少挣点，也不愿担风险。只有把工资的一分一厘攥到自己手心时，心里才会踏实。而杨松柏选择相信股市。

"也不知花狗子和铁牛哥拿到工资没有？"杏花问杨松柏，心头有些焦虑。

"听说最近刚拿到，给姚棒槌量刑前，法院勒令其结算所欠的工资。"

"哎呀，只要花狗子平平安安，管他工不工资呢。"张丽芳没有太多的奢望。

"现在的石场换了老板，经过整改，条件有很大改善，工人的人身权利得到保障，待遇也提高了。"杨松柏介绍红洞石场的新情况。

"石场到了。"说话间，轿车拐进目的地，杨松柏停车熄火。

车上几个人都伸长了脖子，目光齐刷刷地投向场门。巨大的青石像一头水牛卧在门前草坪中央，上面镌刻着红色大字：红洞石场。

杨松柏和保安交涉后，大家登了记，进了石场。

"你们先坐一下，我去通知花狗子和王铁牛。"保安搬来几条凳子，摆在水泥坝子里，又拿出一摞纸杯，从饮水机上接了水。张丽芳一边吹走升腾的热气，一边给小孩喂水。

不大一会儿，花狗子和王铁牛跟在保安后面朝这边走来。他俩戴着防尘墨镜，使劲地拍打身上的灰尘，亮出崭新的劳保服。菊花扑上去，抱着王铁牛壮实的腰杆，头埋在他的胸膛上，默然无语。张丽芳的脸偎着花狗子的脖子，哽咽不止，千言万语也说不清多少思念，多少牵挂，多少委屈，唯有泪水能够诠释一切！

"我还以为再也见不到你了呢！"张丽芳揩着眼泪。

"我命大着呢。对不起，哥让你受苦了。"花狗子嘿嘿地干笑几声，厚厚的嘴唇迟钝了，不知怎么表白像酱一样浓稠的伤感和歉意。

"昨天星期天，我们休息，把钱给你寄回去了。这里寄钱不方便，还要跑到镇上去，二十里路呢。好的是场里有免费客车，每周星期天往镇上跑两趟。"花狗子终于找到了新话题，说些高兴事。

"晚上有地方睡吗？"张丽芳咬着花狗子的耳朵悄悄问。

"没地方，这里很偏僻，没有旅社。"花狗子看张丽芳的脸阴沉下去，调侃地说，"但也不会让你睡外面。"

"你吼那么大声干啥？"张丽芳的胳膊拐了花狗子一下，面露羞涩。

"妈妈，妈妈！"小家伙一颠一歪地走过来，抱着张丽芳的腿，好奇地望着花狗子，好像在问这男人是谁呀？

"哟，你看，把我儿子都冷在一旁了。"花狗子一把抱起孩子，高兴地说，"喊爸爸，喊爸爸呀。"

"爸爸。"小家伙的嘴唇嚅动了好几下，接连喊了几次爸爸。以前妈妈教他喊，却总是不见爸爸的踪迹，今天爸爸就在眼前，摸得着，看得见，喊得应，他就要喊个够呢。

花狗子甜甜地应了几声，兴奋地说："喔哟，我儿子会喊我了。"他撮起嘴巴猛亲小家伙的脸蛋，刷刷胡扎得小家伙皱眉挤眼。又亲小家伙的胸脯，还一个劲儿地摇晃着脑袋，嘴里"嗯嗯嗯"。孩子揪住他的大耳朵，小脑袋前仰后合，躲着他，"咯咯"地笑，像个快活的小天使。

这时，张丽芳站在旁边，偷偷落泪。感激？兴奋？哀伤？内疚？怜爱？泪出何因？她自己也说不清楚。这孩子血管里流淌着死鬼王大献的血液，这是花狗子必须直面的事实，还得把这奇耻大辱的秘密埋葬在心底，无怨无悔地当一个冒牌的爹。张丽芳虽然看不出花狗子有何异样反应，但她总觉得花狗子委屈和可怜，她暗暗下定决心，不管吃多大的苦，也要怀上花狗子的骨肉，给他留点尊严。

"芳，你怎么啦？"花狗子递过手帕，"擦一擦吧。"

"人家高兴嘛。"张丽芳擦干眼泪，咬了咬嘴唇，"孩子还没有名字呢，等你取。"

"叫晓恩吧。"花狗子若有所思地说。

"晓恩？"

"对呀，晓恩，晓得感恩。这次我们得救，多亏这么多人的帮助，人要懂得感恩嘛。"花狗子头上顶着个俗不可耐的名字，却把小孩的名字取得文绉绉的，还解释得蛮有道理，真难为他了。

"好名字，就叫晓恩，晓恩呢！"杏花、菊花都齐声叫好，张丽芳更是心花怒放。

"花狗子哥、铁牛老弟，我和杏花先回去了，改天再来看你们。"杨松柏实在不想在这儿逗留，这两家人久别重逢，他不愿去打扰他们。当然，他更想同杏花有个浪漫的二人世界。

"不到场里吃了午饭再走？"铁牛想挽留。

"不用啦，吃午饭还早呢。"杨松柏望着杏花催促道，"走，上车吧。"拉着杏花走向夏利轿车。

轿车驶离红洞石场，行进在幽深的峡谷里。窗外的青山、树木飞快地滑向车后，时不时飘进几缕冬花的香气，仿佛缥缈的歌声似的，让人神清气爽。走出峡谷，扑入眼帘的是辽阔的大海。

"海！看到大海啦！"杏花兴奋地叫起来，好奇地问，"你怎么开到这条路上来了？"

"难道你不想看看大海？"杨松柏暗自想起他昨夜的梦境。

"看海是我的凤愿，我的松柏哥。"

杏花这一声"松柏哥"，喊得杨松柏浑身酥爽，像坠入了蓬莱仙境。几年前，在锅硫石也只是吝啬地叫他"松柏"，这次添了个"哥"字，还特别强调"我的"。从"杨老师"到"松柏"再到"松柏哥"，亲昵感像一壶老茶越泡越浓，杨松柏的待遇不断升级，只差一步就当上丈夫了。他有点得意忘形，想入非非，轿车里充满温馨和梦幻。他朝杏花深情地望了一眼，温柔地提醒："坐稳点。"

轿车驶出柏油马路，沿着一条坎坷不平的便道，颠颠簸簸地开到沙滩停了下来。刚一下车，杏花就被广袤的大海吸引住了，湛蓝的海水清得那么透彻。一望无垠的海面给人以无限的想象，穹隆形的天空那么高远。成群的海鸟时而漂浮水面，时而低空飞翔，像飘逸的云朵。海浪一会儿舔着沙滩，一会儿吻着岸边的岩石，传递着无限的深情和爱恋。

"咂，太美了！太美了！"

杏花脱掉鞋子，舞动粉红的风衣，身子不停地转动，像一股旋风，卷向大海，双脚踏起的海水溅湿了衣裤。

"杏花，我来也！"杨松柏蹚着海水追了上去。

　　　　　　从那遥远海边
　　　　　　慢慢消失的你
　　　　　　本来模糊的脸
　　　　　　竟然渐渐清晰
　　　　　　……

杏花快到深处，又折回身子，沿着浅滩一边跑一边唱，激溅的海水腾起水雾，裹着那团飘扬的粉红，像海水里盛开的鲜花。

水乡飞歌

想要说声爱你

却被吹散在风里

猛然回头

你在哪里

如果大海能够

唤回曾经的爱

就让我用一生等待

……

杨松柏追上杏花，拉着她的手，旋转、狂奔、雀跃，敞开喉咙，尽情地歌唱。海水打着节拍，海鸥鼓起双翅。张雨生的《大海》在他俩胸中燃烧，大海的博大和宽厚拍打着他们的心扉。

他们累了，倦了，像一对远归的海鸟，静静地躺在沙滩上，慵懒地晒着太阳。南方的初冬与巴蜀不同，早晚较冷，可太阳一晒，气温就迅速回升，有了初夏的味道。

阳光下，金色的沙滩星星点点地闪着光，异常刺眼，这是那些晶体颗粒照射的缘故。松软的海沙已经储备了大量的热能，像一床温热的棉毯垫在他们的脊背下，湿透的衣服渐渐冒出袅袅蒸气，他们像两个将出笼的馒头。

"松柏哥，你看天空好蓝。"杏花把湿答答的头枕在杨松柏的臂弯里。

"蓝得像一块深蓝的帷幔，那白云就像绣在帷幔上的花朵。杏花，你看白云遮住了太阳，白云变得彤红了。"杨松柏悠悠地说。

杏花穿着荷叶花边立领衬衫，淡淡的米黄色，像冬菊的花瓣，托起一张娇美的脸蛋。水汽还没有蒸干，衬衫紧紧贴着杏花的身子，隐露出胸部清晰的轮廓，像宣纸上的水墨画，又像鼓凸的码头。他抱住杏花滚烫的身子，狂热地吻着。杏花的舌头也滑进他温润的口腔，捣鼓着，寻觅着。恍惚中，他像一只轻舟，停泊在剧烈摇荡的港湾。

"松柏哥，不能这样。"轻轻呻吟几声的杏花，忽然坐起来，推开杨松柏。兴奋的弦突然"嘣"的一声断了，生命的激情戛然而止。

"刚才我听铁牛哥说,他们这次得救多亏了刘露萍的帮助。刘姐在哪里?我想去看看她。"

"好吧,等我把庄园的事忙完了,就带你去。"

"也行,我想捡些贝壳带回去给丽芳姐的儿子晓恩。"

"多捡些,顺便存放一点,将来给我们的儿子。"杨松柏眼皮向上一翻,表情很幽默。

"我们的儿子?噢,我打死你这爱占便宜的家伙!"杏花一拳擂过去,杨松柏立即跳起来,跑得远远的。

"杏花,快过来,这儿好多贝壳,什么样儿的都有。"海鸟惊飞处,躺着大大小小的礁石,杨松柏站在礁石上一个劲儿地招手。

几块巨大的礁石围成一个小盆地,贝壳遍地,奇形怪状,五光十色,反射着奇异的光芒,像长在沙滩上的眼睛,朝杏花挤眉弄眼,暗送秋波。啊,多美的贝壳王国!

"呲,好多哟!小时候看了贝壳的故事,觉得很神奇,就没目睹过它们的芳容,今天算是大开眼界了。不过,我就不明白,偌大的沙滩,其余地方难得一见,唯有这里多如牛毛,这是什么道理?"杏花萌动了好奇心。

"这里的地形与众不同,你仔细观察就不难发现这个奥秘了。"

"看不出什么呀。"杏花四下扫视一番,轻轻摇了摇头。

"你看,面对大海的这边被礁石挡着,左右两边有缺口。涨潮时,海水从缺口漫进来,把贝壳卷入盆地。退潮时,由于盆地内地势低洼,礁石阻挡,沉淀下来的贝壳再也回不了大海,就永远留在沙滩了。"杨松柏指点分析,侃侃而谈。

"哟,你这脑子太好使了。"杏花眼里亮光一闪,给杨松柏脸上留下一圈泛潮的吻痕,算是一次高规格的奖赏。

"都说大海智慧而慈祥,今天算是见证了。如果它不这样做,这些美丽的贝壳只能埋葬海底,不见天日,永远得不到人们的青睐。"杏花心有感慨,她认为这个世界稍不留心,就会埋没许多美好的东西。她说:"我曾经在一处豪华的会议室看到一幅拼贴画,普通贝壳做的,很有创意。所以,物体本无贵贱之分,只看你怎么用它。"

"杏花,你这叫哲学意识,也是商业意识。就说贝壳这玩意儿,那些消逝的生命万万没有想到它们残留的躯壳,经过人类的点化,变成了人见人爱的商品。"杨松柏觉得杏花这女子与别人不同,如果说当初他爱的是她的美貌和清纯,那么,现在爱的是她的思想。

"对啦,我就看重这个商业意识。这次来有一个意图,就是向沿海地区学些生财之道,松柏哥,你可要帮我。"

"就我们庄园都够你学习的了,更别说这一带的农村,这里的农村比内地的城市还要富裕呢。"杨松柏拾起一个土黄色的贝壳,"杏花,你看这个好漂亮!"

"咂,多么像宝塔,好几层呢。多捡些回去,也做几幅拼贴画。"

在白云庄园逗留几天后,杏花觉得该去看看刘露萍,她这次还准备带着张丽芳和菊花一起去。于是,一大早再次来到红洞石场。在保安的引领下,她走进石场工人宿舍,这里的房子好像刚刚经过了简单改造。墙体涂白,地板用水泥砌过;门窗改大,刷了油漆;室内干净整洁,通风透光。宿舍旁边建了厕所和洗漱间,倒也像模像样。虽然换成了上下两层的铁床,但为了按一人一铺的标准配置,床位还是紧张。

这阵是上班时间,工人们倾巢而出,剩下空荡荡的房间。阳光从红洞水库方向照进窗来,带着水的气息,格外温润明亮。菊花站在窗前梳理头发,张丽芳还躺在床上给孩子喂奶。杏花环顾四周,搁放的尽是男人用品,忍不住问了一句:"这是男工宿舍?"

菊花脸红了一下,轻轻点了点头,细声问道:"幺妹,你们那边能住宿吗?"

"能啊,白云庄园里开了酒店,怎么会不能住宿呢?"

"那有多贵?住得起吗?"菊花试探着问。

"免费的,给我开了个单人间。按照庄园规定,职工家属探亲,住宿不用开钱。"

"我表哥跟你住在一起了吧?"张丽芳插了一句。

"怎么可能?他敢不正经?一脚把他踢出去!"杏花灵机一动,不能光让她俩问下去，免得犯尴尬。于是，她变被动为主动，立刻问道："这男工宿舍，你们怎么睡觉？"

"条件就这个样子，出门在外，哪里管得那么多嘛，将就几天就回去了。"张丽芳起床给晓恩穿衣服。

"哎呀，羞死人啦！"菊花叹了一口气，第一晚的情景又盘旋在脑海。

张丽芳和菊花在红洞石场的亮相，就像一则爆炸性新闻，很快传遍工友们的耳朵。这个差不多被世人遗忘的角落，除了财务室和收发室一共有两个女人，再也找不到第三个。清一色的男性工人们，几乎一年、两年，甚至几年没有碰过女人，在这样的一个性饥渴的群体里，突然从天而降两个女眷，大家心里是什么滋味呢？兴奋？好奇？嫉妒？还是更为复杂的心理？

"哟，花狗子和王铁牛今晚可以饱餐一顿了。"

"唉，老子要不是想多挣几个钱，早就回家抱老婆去了。"

"这里又没有女工宿舍，她们睡哪里？"有人压低声音问。

"有女工宿舍又怎样？人家夫妻这么久没在一起，难道还要分开睡吗？"有人反问道。

你一言我一语，下班后的宿舍吵成一团。

"伙计们，安静一下，我跟大家商量一件事。我们已是多年的难兄难弟，出门打工都不易，有事应该互相帮助。花狗子和王铁牛的家属来了，没有住宿。也许，今后我们中间哪个人的家属也会来，也要面临这样的问题。别说这里没有旅社，即使有旅社，挣这几个辛苦钱，谁舍得去住旅馆呀？"汪老汉是这里的室长，年龄最大，威望最高，他的话立刻得到了响应。

"睡我的床吧，我去跟别人挤一挤。"

"睡我的床！"

"睡我的床！"

"好啦，不要争了。只需把花狗子和王铁牛的上床腾出来，找个东西隔开视线就行了。"汪老汉说出了他的办法。

腾出两张上下床后，花狗子和王铁牛弄来几张线毯，铁丝一拉，隔出了两个独立的空间。

晚睡灯一灭，汪老汉就扯开喉咙："伙计们，现在开始睡觉，不许走动，不许说话。不要影响客人睡觉，人家旅途劳顿，需要好好休息。"

菊花不敢脱衣裤，和衣躺下，心里埋怨汪老汉的话有些多此一举。隔着线毯，她听到男人们粗野而狂放的笑声："哈哈！""哈哈！""汪老汉，你怕我们影响人家做活路吧？哈哈！"她似乎嗅到了满屋子男人狂躁的气息，像一只落单的母羊误入公羊群中，羞涩、慌乱、紧张、没有安全感。她死死地抱住王铁牛，大气也不敢出。

"莫怕，没什么。"铁牛厚实的嘴唇贴着她的耳朵。

她听到有人说风凉话了。

"我们隔这么远，倒没有什么反应。只怕你汪老汉隔得那么近，等到人家有响动了，你莫激动就行了。"宿舍里又爆发出一阵浪笑。

这次，汪老汉没再吭声，他知道这些精力旺盛、正值青春壮年的臭男人正想找个机会图个嘴巴快活，发泄一下压抑的渴求呢。只要自己不再引爆他们的话匣，过一阵就安静了。果不其然，片刻过后，吵闹声渐渐消弭，宿舍里响起几点鼾声。其实，大家都心知肚明，男女久别重逢做点什么多么正常，谁也不愿打搅两对男女的恩恩爱爱。

菊花窘迫的面部肌肉渐渐放松，此起彼伏的鼾声告诉她工友们已经进入梦乡。她的手蠕蠕而动，挠了几下铁牛健硕的肋骨。像动了机关似的，立刻有了回应，铁牛的手掌在她身上摸索，急火火地解她的纽扣，当最后一颗纽扣退出警戒后，她捉住铁牛的手，犹豫了一阵。听周围没什么动静，又放开铁牛的手，任其为所欲为。

话说这杏花刚问到睡觉，菊花却难以启齿，于是不再追问下去。她走到张丽芳床前，摸着晓恩的脑袋，问道："芳姐，我想去看一看刘露萍姐，你们去不？"

"去呀，人家是我们的恩人呀。"张丽芳答应得十分爽快。

"好吧，去就一起走，杨松柏的车在外面等，他带我们去。"

夏利轿车离开红洞石场，速度越来越快，不到一个小时，就开到了宕渠镇，在一处柠檬园旁边停下。黄色的柠檬已经采摘结束，绿叶遮掩下，只剩下零零星星的青果，显得有些空落和寂寥。

刘露萍的租住屋紧靠柠檬园，疯长的枝叶竟然伸到了她的窗前。门开着，一个妇女正在辅导小女孩的作业。她搬了几条凳子，热情地招呼大家坐下。上下打量杨松柏，礼貌地问道："你贵姓？"

"我姓杨。"杨松柏发现屋子里没有刘露萍的衣物，心里犯疑。

"你是来找刘露萍的吧？"

"是呀，她走了吗？"

"走了都快两个星期了。我是她老乡，以前跟她在同一酒店干过。她可善良了，我的孩子生了病，都是她借的钱给孩子看病。那时，我和丈夫带着孩子刚出来打工，孩子找学校读书又花了些钱，根本拿不出一分钱治病。"妇女端来果盘，拿出一把小刀，叫大家削杧果。"这房子的租期还没满呢，她送给我们住了。"

"那她去哪里了？"杨松柏和杏花异口同声。

"这是她留下的，你们自己看吧。"妇女把一张放在抽屉里的字条递给杨松柏，两行熟悉的字体映入眼帘：

> 松柏，我回四川了，准备去团包庵，完成我姑奶奶张婆婆的未竟事业。

"附近有没有电话？我想打她传呼机。"杨松柏的声音有些干涩和沙哑。

"不用打了，她说过，她不带传呼机了。"喉咙里响起妇女沉重的叹息，"也许，她累了，铁心铁意静心去了。"

45

  这年冬天特别寒冷,隔三岔五就下雪,纷纷扬扬。要么就下小雨,淅淅沥沥。天气像霉烂的柿子堆,黏糊糊、湿答答。可是,驷马水乡人们的心里老晴着,祖祖辈辈跟土疙瘩打交道,除了解决温饱以外,再也刨不出什么名堂。他们岂肯安于现状,总想弄点新花样发家致富。前几天,村委会一班人聚在火炉子旁,讨论一个问题:如何筑巢引凤,让务工人员回乡创业。

  又是一个雪天,天空灰蒙蒙,地上白茫茫。蜂窝炉旁围着花狗子一家,蓝幽幽的火苗从煤孔里吐出,像一伸一缩的狗舌头,舔走了寒气,窗明几净的屋子里暖意洋洋。

  "吱呀"一声,门开了。王劲松西装革履,玉树临风地站在门口,拍打着身上的积雪。

  "哥,你这楼房建得好漂亮!"

  "还好吧。你小子好久回来的?快来烤火。"花狗子热情地招呼着。

  "哥,我回来好几天了。"王劲松见窗户半开着,屋子里还能通风透气,就随手关上门。走到炉子旁,拉过一条板凳坐下来,递上大中华。"哥,抽烟。"他掏出黄灿灿的铜制打火机,给花狗子点烟。

  "不用了,我喜欢这样点。"花狗子将烟往蜂窝煤孔口一杵,拿起来一吸,烟头就亮了。再咂巴两口,嘴角飘出烟雾。花狗子问道:"听说你小子在建州发财了,抽这么好的烟。今天,咋舍得来我这里耍?"

  "咋舍不得嘛。看看大哥也是应该的。哥,我有一件事找你商量商量。"王劲松亮着打火机,给自己点燃一支烟,"哥,我们水乡修砖房的人越来越多,沙石却要从大老远拉回来,这成本多高呀。"

"对呀，我这房子就是从县城附近拉的沙，百多块钱一方，分钱不少，你爱要就要，不要拉倒！幸好，我自己有车，还能省些运费。"花狗子拿铁钩通了几下炉桥，几缕烟尘扑出来，炉火旺了。他抬头问道："你想办沙石场？"

王劲松抿着嘴巴，只点了点头。本想听一听花狗子的意见，花狗子却闭口不谈，端起煨在炉子上面的茶盅，添了茶叶，合上盖子递给王劲松："喝点热茶吧。"

"我想同你一起办沙石场。我们这里劳动力低廉，其他费用也不高，大概算了下，可以把价格降到每方百块钱以内，要沙石的，我们还可以送。沙石的成本低了，我就不信村民们会舍近求远。"王劲松一番分析颇有意思。

"办沙石场也得要懂行才行呀。"花狗子端详着王劲松，觉得这小子虽然不过二十岁，看问题却有眼光，于是提出了自己的担忧。

"哥，我在建州就是搞沙石的，这方面我有经验。"王劲松揭开茶盅盖，热气袅袅，茶叶伸展身躯，根根直立，像悬浮在水中的孩童，露着稚嫩的笑容。他轻轻吹了两下，抿了一口，润了润喉咙，清香窜口，连连称赞："好茶！"

"为啥不在建州继续干下去？那边的钱好挣多了。"花狗子问。

"哥，建州的情况，你也了解。要在人家的地盘上干点事真难！况且，那边大型沙石场太多，我承包的那个小场子，一直在竞争的夹缝中生存呢。"王劲松回答道。

"劲松呀，我刚刚弄完房子，哪有钱投资？办沙石场，可不是一句话，投资大、耗费高。那么，你准备投多少？"花狗子问。

"多的不行，投入三四十万没问题。听杏花姐姐说，钱不够，可以申请无息贷款，利息由政府给银行补偿。不过，我想先搞小点，以后再扩大。"王劲松亮了家底。

"劲松，莫找你哥合作了，他这人没有当老板的命，几个钱投进去，亏了就只有喝西北风。"张丽芳听说那么大的投入，心里委实担心。她觉得能把家里那辆东风车经营好就够了，虽然没有大家说的"发动机一响，黄金万两"那么夸张，但能够拉沙、拉石头、拉砖、拉化肥、拉粮食，见啥拉啥。有拉不完的货，就有挣不完的钱，即使盈利不多，也算细水长流，稳当没风险，又何必去做扁担两头搁鸡蛋——冒风险的事呢?

"嫂子,你们不是有一辆东风车吗?不投资也可以,就跑跑运输,搞搞销售也行啊。"王劲松看张丽芳对投资有顾虑,就干脆不让他们投资,"哥,你和村主任杏花姐那么铁,办手续就靠你啦。沙石场如果能赚钱,按百分之二十给你分红。"

"劲松啊,这事村委是支持的,还愁办不成手续吗?关键问题不在这里,而是涉及土地的问题不好解决。"花狗子太了解水乡的人了,青壮劳力都外出务工了,上了岁数的人和小孩子留守在家,撂荒了大量的土地却毫不在乎。可是,一旦有人动他们的土地,打破脑壳也不答应。

"哥,凭你的威信应该不是问题,这些事你就兜着点吧。"王劲松暗忖:你一分钱不出,也能分红,该做的事还得去做吧?如果不是怕我年轻,周围的事摆不平,我才不找你花狗子合作呢。

"依我看,这事就这么定了。不过,劲松你要写成合同,免得以后反悔。"张丽芳眉毛轻扬,嘴角含笑。

"哎呀,写啥合同嘛,劲松又不是外人,兄弟之间何必弄得那么见外呢?"花狗子见张丽芳同意了,像吃了定心汤圆。这种借鸡生蛋的生意何乐而不为呢?在小弟面前当哥的人还是体现点大度,以后才有话语权。

"你们放心吧,我虽然年轻,但大丈夫立身于世,说梦话都算数。"一股豪气在王劲松心底升起。

几天后,驷马水乡沙石场所有手续都批下来了,多亏杏花四处奔走,鼎力相助。王劲松选了个晚上,邀请杏花到他家吃饭,陪客有花狗子和邻居何半仙。三婶张罗了一大桌菜,炖的、炒的、炸的、腌的,样样齐全,冒着热气,香喷喷的,挑逗着大家的味蕾。

"姐,沙石场的事没有少麻烦你,这杯酒敬你,略表谢意啦!"王劲松碰了一下杏花的酒杯。

"谢啥?于公于私,这事儿都该我跑路。"杏花杯子一举,头微仰,一杯酒下了肚,像男人的做派。

"爽快!杏花,哥也敬你一杯,以后,这场子全靠你罩着,我先饮为敬。"

花狗子咕噜一口喝了杯中酒。

"劲松呀，我说你俩干脆让杏花主任入伙经营，今后的事就好办多了，这么大的生意，不能吃独食呢。"何半仙料定王劲松绝不会把到口的肉让给别人啃一口。他这么一说，既能讨好杏花，又能离间他们，这叫一石二鸟。按何半仙自己的话说，他是见别人发财就害红眼病的人，不把事情戳烂岂肯罢休？

"姐，这样吧，我给你百分之二十的干股。"王劲松的话让在场的人始料未及。当然，这里面少不了他的盘算。杏花是驷马镇十一个村最具影响力的村主任，她的能力谁不认可？要扩大销路简直是小菜一碟。幸好幺姨父何半仙提醒了自己。

"劲松，这样绝对不行，我怎可不劳而获呢？况且，别人会说闲话的。"杏花坚决反对。

"杏花，你就听我一句劝。你虽是村干部，也要吃饭呀。工资那么低，怎么养家？现在单身还好，将来结了婚，上有老下有小，不为自己考虑怎么行？"花狗子把酒杯伸到杏花面前，示意杏花喝酒，"欢迎杏花主任加入我们沙石场。"

"欢迎姐姐加入我们沙石场。"王劲松也举起酒杯附和着。

"拿干股是说不过去的。我投入百分之二十的资金，如果分红，我才能心安理得。"杏花认同花狗子的说法，村干部也是人，也要考虑油盐柴米的问题。但她又总觉得有什么不妥，于是沉下脸色说："我丑话说在前头，这个沙石场不管赢不赢利，每年上缴各个部门的规费一分也不能少！"

"那当然。"花狗子、王劲松相互对视，齐声回答道。

没想到结果是这样，何半仙埋头吃饭，默不作声。不知什么时候，竟阴索索地离开了。

腊月十二，久雪初霁，红日东升。王劲松提着鞭炮朝驷马河走去。他昨晚看了看皇历，显示今天是黄道吉日，于是决定放鞭炮开工，图个吉利。他没有请何半仙搞风水择日，因为压根就不信他，何况何半仙张口闭口谈价钱，连他这当侄儿的也不曾放过。

厚厚的积雪把田地、沟渠、道路连成一片，分不清哪是田、哪是路，不过，他坚信凡事只要看到大方向，走点弯路也无妨。水靴踏得积雪吱吱作响，留下歪歪扭扭的脚印。积雪反射着阳光，又晃眼又温暖。

他走到浣衣石附近的河滩上，把鞭炮排开，点燃引线就开跑，引线很快冒起青烟，第一枚砰的一声炸响，接着噼里啪啦响了好一阵。硝烟升腾，纸片横飞，雪地里炸开的痕迹像绽放的吉祥花。他挺直身板，举起右手做了个有力的动作，喊了一声："开工——"

严阵以待的260大型挖掘机突然吼出隆隆之声，屁股上突突地喷出一股浓烟，巨臂挥舞，铲起第一斗带雪的泥土。像一头发威的钢铁怪兽，频频叩击大地冰冻的胸脯。

这时，赵朝军的老婆刘家英跑过来，站在土坎上骂骂咧咧，喝令挖土机停下，机器的轰鸣声压住了她的骂声。她忽然从土坎上溜下来，四仰八叉地躺在铲斗前面。这一招可吓坏了挖机司机，立刻扭了一下电门钥匙，挖土机喉咙里像吊不起气一样，闷哼几声就熄火了。

"刘姨，你这动作好吓人！"王劲松差点急出冷汗，开工第一天就遇到这种险情。

"这是我的柴山坡，你们说挖就挖，谁给你的权力？"刘家英站起来，一边拍着身上的雪，一边质问王劲松。

"刘姨，前几天花狗子哥跟你们说这事时，你和赵叔叔不是都同意了吗？"王劲松反问道。

"同意了又咋的？你们也不能一毛不拔呀，难道我这土地就给你白占？"花狗子给她打招呼时，刘家英本来就没打算要钱，一块荒地有啥用呢？乡里乡亲的何必见净（认真）？可是，当何半仙路过她家门口后，她就反悔了，决定等沙石场开工时敲敲竹杠。

那么，何半仙到底做了些什么事呢？

昨天，何半仙见刘家英在门口劈柴，主动上前搭讪："刘妹子，劈啥柴哟？你的柴山就要被别人占啰。"

"你说的河边那块地吧？占就占他的啰，才多大点事嘛。"刘家英不以为意。

"你有所不知，驷马水乡这块风水宝地早晚是要开发的，国家占了土地有补偿。这年头办沙石场是会赚大钱的，有钱大家赚嘛。我想说句公道话，王劲松虽是我侄儿，但占了人家柴山怎么能不给一分钱呢？"何半仙扛起锄头就走，走了几步又折回来，"刘妹子，刚才那些话别说是我说的哟，我这人就喜欢打抱不平。唉，这张嘴真臭！"他抬手扇了自己的嘴巴，声音还挺响。

"何半仙跟你说的啥子？"刚才，赵朝军在菜地干活，远远地看见二人说话，一回来就问老婆。

刘家英把他们的对话一五一十地告诉了丈夫，赵朝军想了想说："办沙石场肯定有搞头，听说杏花都入股了。如果不准他们占我土地，这不明摆起是给杏花为难吗？可是，王劲松做这么大的生意，居然想白吃，这口气怎么咽得下去？等他开工的时候，你去拦一下。"

"你咋不去拦？"刘家英嚷起来。

"我不好出面，免得人家说一个大男人，吐的口水舔回去。"赵朝军说道。

这会儿，面对刘家英的为难，王劲松换了一种方式，诚恳地说："刘姨，就算我租你的土地吧，你开个价。"

"侄子，你这沙石场一开，钞票就滚滚来。我们老了挣不到钱，你每年给我付一万块钱的租金吧。"刘家英简直是狮子大开口。

"刘家英，你想钱想疯了？屁股那么大点儿荒山就要讲万数，你以为钱是猪拱出来的吗？"三婶不知什么时候出现了，见刘家英反悔，还要漫天要价，气不打一处来。

"你说我想钱想疯了，总比你想钱想得去偷人强多了吧？"刘家英指的是当年三婶跟王大献的事，这话直戳三婶的痛处。

"放狗屁！"刘家英在儿子面前揭她老底，三婶情何以堪？羞愧和愤怒交织，她冲上去抓住刘家英就是一耳光，骂道："我叫你乱嚼，乱嚼舌头！"两个女人扯衣领，抓头发，拧耳朵，抠脸庞，扭打在一起，难解难分。

"妈，你们不要打啦！"王劲松跑上去拉架，刘家英大女儿苗苗也来拉架。临近春节，在外打工的苗苗才回来几天，没想到遇到这种事，急得她抱住妈妈猛往开处拽。

刘家英身体瘦弱，跟三婶过招吃了不少亏。她脸上火辣辣，嘴角流着血，一气之下，挣脱苗苗的手，捡起河卵石砸向三婶。河卵石从三婶肩头擦过，砸中了王劲松的额头，顿时皮开肉绽，鲜血直流，王劲松昏了过去。

"儿子，儿子啊！"三婶捂住王劲松的头又哭又喊，她冲着刘家英破口大骂，"草狗婆娘，你心好毒，我儿子要是有个三长两短，老娘找你拼命！"

苗苗急忙扯下围巾，撕成布条，上前给王劲松包扎，带着哭腔大喊："阿姨，快，我们送他去医院！"苗苗背起劲松就跑，三婶手足无措，跟在后面。

"苗苗，快放下，让我来。"花狗子买材料刚好回来，把王劲松抱到座位上，"三婶，快上车扶住他。"马达启动了，苗苗抓住车挡板，猫一样翻进货厢。

刘家英看到王劲松被车拉走了，呆愣愣地站在那里，嘴里嘟囔着："我这是在做什么？我这是在做什么？"她眼前金星直冒，差点晕了过去。远远地看见苗苗也上了车，嘴巴张着，目瞪口呆。

汽车在白雪覆盖的公路上奔驰，高崖间滚动着隆隆的回声，像一泻而过的急流飞泉。凛冽的寒风带着冰刀霜剑，在苗苗的脸上又切又割，冷！疼！一头秀发卷起来，又披散开，狂舞乱飘，像她乱麻般的心绪。她心里默默地祈祷：松哥，你不会有事的！

新建的驷马春风医院窗明几净，设施齐全。土黄色的三栋大楼呈品字形摆开，像卧在冰雪世界的几块金砖。王劲松安静地躺在住院大楼2-1号病房，人已苏醒，头部缝了十五针，缠着白色的绷带。缝合伤口的时候，苗苗不敢看，悄悄跑到走廊里滚下一串泪珠。

"松哥，痛不痛？"苗苗轻轻走进病房，低下头仔细查看他的头部，又傻傻地望着输液瓶，似乎在听气泡细微的沙沙声。

王劲松并没有理她，反而侧过脸去，瞪着眼睛望着惨白的墙壁，缄默不语。

"松哥，对不起，都是我们不好。"一种难以名状的感觉涌上心头，她嘤嘤地哭了。

"赵苗苗，不要猫哭耗子假慈悲了。医生说我儿子额头上的伤好了也会落下疤痕。如果讨不到老婆，这笔账要找你们家算清楚！"三婶走进病房，手里拿着补品,余怒未消。

"阿姨,请你原谅我妈,所有的治疗费我拿。"苗苗揩着眼泪,心里十分压抑。

"你不拿谁拿?说话好笑人哟。赵苗苗,请你滚出去!"三婶像只暴怒的母猫,脸上的肌肉激烈地抽搐着。

"妈,你少说一句好不好?这事怎能怪她呢?"王劲松轻咳了一声。

"我不想看到赵家的人!"三婶的话还是那么强硬。

苗苗只好悻悻地出了病房。

沙石场停工五天后,王劲松还躺在医院里。买回来的设备没地方安装,花狗子像烫了屁股的猴子——急红了眼。正在他一筹莫展的时候,杏花来了,进门就说:"听说沙石场遇到了麻烦,难怪这几天没有响动。"

"哎呀,别提这事了,说来气死人。这赵朝军两口子怎么这么不讲信用?说好了的事,说反悔就反悔。"花狗子把一颗灯泡换上去,屋子里亮多了,又把坏灯泡往窗外狠命一扔。

"走,去他们家看看。"杏花说。

"不要去了,去了也没用。赵朝军这老牛筋跟何半仙差不多,跟他说不进油盐。"

"何半仙?刚才还碰到他呢,向我打探王劲松的消息。我问他对这事了不了解,他回答得吞吞吐吐,表情怪怪的,似乎心里有鬼。但看得出他十分担心王劲松的伤势。"杏花拉了一把花狗子说,"走,别灰心,问题总要解决。"

赵朝军一家人各司其职,他负责添煤炭烧火,鼓风机吹得火苗呼呼响;刘家英在案板上切菜,菜刀欢快地腾挪跳跃;苗苗、兰兰在电灯下纳鞋底,拎着针线仿佛走丝织茧。

虽然还没有建新房,但墙上刷了白,灶面贴了瓷砖,地板擦得亮亮堂堂。看来,这家人还是挺讲究的。

"刘姨,你们还没有吃晚饭?做的什么好吃的?有我们的份吗?"杏花戏谑地问。

"有,有呢,你赵叔说苗苗两姊妹打工刚回来,叫我把饭做好点,炖了条猪腿。别嫌你刘姨厨艺不行，等会儿就将就着一起吃吧。"刘家英看见杏花后面跟着花狗子，脸倏地拉下来，心想这家伙找麻烦来了。

"花狗子，你是来谈土地的吧？不是我反悔。你们想发财，我支持。只是这三婶太霸道，占了我的土地还要打人，你看我这脸上还有伤呢。我可不愿意把柴山白白地交给这种白眼狼。"刘家英放下手中的活，把脸上的伤指给杏花看，深深的指甲印正在结疤，像两条扭动的黑蚯蚓。

"妈，不就一块柴山坡吗？又种不了粮食，光长些柳树有啥用？干脆交给松哥办沙石场算了，人家回来创业也不容易呀。"苗苗捏着针一拉一扎，动作很轻快。

"人家的儿女倒拐子（肘部）往里拐，你却往外拐。老娘白养你啦？"刘家英气愤地说。

"妈，你听我说，其实，松哥真能把场子办起来倒是件好事，最起码也可以鞭策我们这些同辈人。你不是常说年轻人要敢干事吗？"

"你东一句松哥，西一句松哥，腻不腻人？你不是对姓王那小子动了心思吧？这几天，你不是扯这样谎，就是扯那样谎往镇上跑，难道你去医院了？"刘家英一把夺过鞋底，愤怒地瞪着苗苗说，"你好好听着，嫁谁都行，就是不能嫁给一个乱七八糟的女人养的儿子！"

"妈，你想哪里去了，即使我想嫁，人家还不一定看得上我呢。"看妈妈这副凶相，苗苗感到很委屈，捂着嘴巴跑进了闺房。兰兰一边喊"姐，姐"，一边追了进去。

"你这蠢婆娘，咋把屎盆子往自己女儿头上扣呢？他王劲松是什么东西，我女儿能看得起他？哼，别以为他要办沙石场就了不起，老子不让土地，看他怎么办！"其实，赵朝军心里觉得女儿要真是嫁给这小子也不冤，但他嘴上不能说软话。

"赵叔、刘姨，你大女苗苗说得有道理，这女娃子不简单呢。王劲松真能把沙石场办起来，那绝对是好事，回乡创业，给年轻人树立个榜样。更重要的是驷马水乡有了自己的沙石场，筑路修桥、修房造屋、砍地坝，成本就降低了。我听说你们不是正在筹划建小高楼吗？你需要拉沙时，难道王劲松敢不优惠？"

杏花知道，赵朝军一家穷怕了，现在手里有了钱，格外珍惜，恨不得把一分钱掰成两分钱花。修房子怎可能跑到远处拉高价沙？古人说得好："天下熙熙，皆为利来。天下攘攘，皆为利往。"她就不信赵朝军两口子只图眼前利益，而不为今后着想。

"这里我表个态，如果你们修房造屋，我可以给你最低价格，我花狗子说话历来算数。"花狗子拍了拍胸膛。

"刘姨，这块柴山地你就不要收钱了。说实话，王劲松他们刚刚起步，资金并不宽裕，什么都要硬碰硬，哪有那么多钱？就拿我的柴山换你的柴山如何？"杏花盯着刘家英的眼睛。

"那怎么行？杏花，你那柴山坡多是松柏树，他们那河边有啥？不就几根歪头就拐的柳树吗？怎能换？"花狗子怕杏花吃亏。

"花狗子，这话可不能这样说，这柴山再不好，也是我的土地呀。"刘家英有些不服气。

赵朝军冲刘家英摆了摆手，阻止她说："哎呀，你就不要吭声了。话都说到这份儿上了，我们不能不给杏花点面子呀，人家可是救过我们命的人。干脆这样，这块地就无偿地交给他们。等到我修房造屋拉沙石时，优不优惠那就看花狗子的心意了。"

46

清晨，一只雌画眉歇脚柳梢上，玲珑的头颅忽左忽右，沙哑地呼唤着那只停泊在工棚顶部的伴侣，顶棚上也清脆地应和了几声。睡梦中的王劲松被吵醒了，走到门前伸了懒腰，打了两个哈欠。近来，沙石场的生意空前火爆，每天都要拖着疲惫的身子从早忙到晚。幸好人年轻，白天再累，一夜睡醒又恢复如初。

上班还没有到点，沙石场空寂无人。各种机器披着露水，安静地停歇在那里，似乎还在睡梦中。也许，它们正在筹划一场更有声势的大合唱。

王劲松吮一口早晨的新鲜空气，做着扩胸运动，走到堆码场，堆积如山的沙石已经占据了整个空间。看起来滞销了，其实，就这点库存，只够一周的销量。如果一笔大单降临，还得连夜加班加点。场地小了，得马上扩大！

"松哥，打劫！"冷不防，背后脆生生地一吼。

"哎呀，是你这死女子，差点把我魂儿吓掉了。"王劲松惊出一身冷汗，本能地转身一看，竟是苗苗。她站在沙堆前，拄着一把铁锹，两只媚眼挤成一条缝，笑得弓腰趴背。去年自己被石头打伤了，多亏她顶着她妈的辱骂和刁难，偷跑到医院厚着脸皮服侍他，一想起这事他就愧疚。同班读高中那阵，苗苗从未入过他的法眼，可现在，这妞长得水灵灵的，真是女大十八变，而且她心肠也好。

"看你这有钱人，真不经吓！哈哈，随时提防有人抢你的钱呢。哎呀，还是我们穷人好，不必怕坏人惦记哟！"

"苗苗，听兰兰说，你不是在外面打工吗？来这里有啥事？还提一把铁锹，想打人呀？"王劲松故意歪曲事实。

"兰兰？你啥时见到她啦？"苗苗心里咯噔一下，这个死女子张口闭口就夸王劲松长得帅，有老板相。她不在镇上好好念高中，啥时跑来见松哥的？

"不跟你说，这是秘密。"王劲松又心生一计，逗着苗苗玩。

"哼，你们有啥子见不得人的秘密嘛！"他这句话惹得苗苗心里像打翻了五味瓶，皱眉愁眼，浮躁起来，"我爸老了，体力跟不上，我回来顶替他来沙石场干活，顺便照顾妈妈。你知道，我妈的身体不好。哎呀，跟你说这么多干啥哟！"

"你，你……"王劲松"你"字一出口，后面就没有了下文。沙石场的活路是女人干的吗？招工那天，连个女人的影子都见不到。别说苗苗这嫩秧子，就是精强力壮的大男人，也没几个愿意干这苦差事。可他不能拒绝，一看到苗苗，他就有种说不清的快活。前些日子，听说苗苗去了建州，他心里一直空荡荡的。

"喂，你支支吾吾干什么？到底同不同意？"苗苗把铁锹往肩上一扛，"怕我是来白吃饭的？好，我回去了。"

"嘿，谁说不同意？"王劲松生怕表态不及时，让苗苗走了。

"这话是你说的啊，今后可别说我干活不行。我今天干什么？快安排吧。"看王劲松起先那口吻和表情，苗苗知道他小瞧自己，心里有些不快。

"还没到上班时间呢，等大伙来了再说。"王劲松进工棚拿了帕子，往肩上一搭，去河边洗脸。暴雨刚刚过去两天，洪水虽已退了，但泥沙还没完全沉淀，黄浊浊的，像一锅南瓜粥。

"松哥，那么浑的水有法洗脸吗？"

"习惯了，这水泥沙含量可高啦。我们不是靠沙吃饭嘛。"王劲松踩在河边的淤泥上，溜溜滑滑，跨到一块靠边的礁石上，蹲下去，双手往脸上反复捧水，反复搓揉，慢条斯理，看样子很享受，像美女用着洗面奶。

苗苗看了忍俊不禁，他真是干一行爱一行呀。她朝堆码场路口走去。

"松哥，这车是新买的？"

路口停了辆红色的货车，"解放"二字赫然印在车头上方。"解放牌"，这可是名牌车呀。再打量车身，面漆锃亮，照见了苗苗的影子。多么难得的镜子，快看看自己的尊容吧。黑色短袖T恤,配上深灰色的牛仔裤,一双带网孔的运动鞋,显得干练、健美。这装扮像劳动妇女吧?她的记忆揳进读过的高中课本,还是找不出这样的范儿,索性把挎在后肩上的草帽戴在头上。像了,像了!她压了压从帽盖逃出来的发丝。

"对呀,买来还不到一个月,这是一辆自卸货车,比花狗子哥那辆东风灵便点,不用人工卸货。而且要沙石的客户多了,光靠他一人送货怎么行呢?过段时间再去买一辆……"王劲松洗罢脸,用帕子擦了擦,走上来了,脸上没了眼屎和倦意,光光亮亮,十分英俊。

"好哇,买一辆给我开,我帮你送沙。"没等王劲松说完,苗苗就接上了话题。她想象着自己驾驶着解放牌,驰骋在盘山公路上,翻过一座又一座的山。

"你会开车?"

"你教我呀。"

"女徒弟,快快来叩拜师父!"王劲松站在苗苗面前,神色十分庄严。

"去你的吧,艺还没有学到手呢。"

苗苗走进工棚,门口一股怪味灌入鼻孔,屋里摆着杂七杂八的东西,乱得像猪牛圈。被单、枕头、枕巾皱巴巴地摆布在篾席上,把床铺衬托成了狗窝。苗苗想捏住鼻子,又怕劲松嫌她娇气。她把搭在机修工具上的衣服一件件地叠好,再把工具分门别类搁一起,餐具放一边,然后清扫完了房间。看桌子上有瓶花露水,拿起喷了喷,满屋馨香。又揭开炉盖,洗锅煮面。

"苗苗,你一来,我这屋子就改头换面了。"王劲松进屋就有种家的感觉。他记起一句歌词:女人就是家。若能讨到苗苗这样的女人,怎愁家在哪儿?

"松哥,吃饭了。"苗苗把煮熟的面条挑到大瓷碗里,往桌子上一搁,抬头看王劲松,问道,"每天都是你在这里守厂?"

"我不守谁守?谁叫我是单身汉呢?"王劲松朝苗苗笑了笑,苗苗低下了头,脸红得像喝了酒。

工人们陆续到场,七点钟准时开工。破碎机、筛沙机、洗沙机、铲车消停一晚,奋起精神吼叫起来,震天撼地。各种粒级的沙石从机器的出料口瀑布般倾泻下来,晶光闪烁,像粮粒堆积。苗苗抓起一把沙子,用力捏,幸福感从指间流淌。千淘万漉始到此,沙粒身上有动人的故事,人生是沙粒的人生,世界是沙粒的世界啊。苗苗感觉自己怎么突然像个诗人,也许普通人与诗人情感相通,诗句出自劳动啊。

她挥舞着铁锹,将大铁船的河沙一个劲儿地铲到传送带上。另外两个汉子与她并排站着,穿着短裤,光着上身,粗壮的胳膊有使不完的劲,黝黑的皮肤油光发亮,反射着烈日的光辉。还有三个人叉开双脚站在另一条铁船头,把河卵石往传送带上铲。

"姑娘,你爸以前在那一组呢,王总吩咐把你换来撮沙。"年轻的汉子说。

"撮沙跟撮卵石不一样吗?"

"当然不一样啦,撮卵石费力多了。"他眼里露出诧异的神光,多俊俏的姑娘,咋来干这种苦力活?

雨后的太阳格外狠毒,晒在身上像芒刺锥人。汗水也来凑热闹,溜进眼里像搓了盐,睁也睁不开,还得打起精神不停地干。你停了,传送带可没停。泥沙钻进了她的鞋子,挤挤硌硌,有些难受,她干脆赤脚上阵。传送带载着泥沙不紧不慢地运行,比人悠闲。人如果像机器一样不知道累就太幸福了。看见船减掉一身重负,慢慢上浮,她也一身轻松。

傍晚下班回到家,刘家英迎头就说:"苗苗,你看你脸都晒红了。吃不消,还是让你爸去吧。"

"没事,习惯了就行了。"苗苗回答得很轻松,她估计沙石场最艰苦的事已经让她领教了,不过如此而已。可是,半个月后,苗苗才发现自己像经受了一场虫蛇般的蜕变。身体被日光亲吻的部分,由红变黑,又由黑变斑,手往上一搓,脱落的皮屑撵成条。过了这关后,蜕皮后的皮肤变得黝黑发亮,油光焕发。王劲松调侃说:"苗苗,这才是健康色。"

"感谢你的沙石场所赐。"苗苗回敬一句,开心地笑了。

农历七月初八,整个驷马水乡像个闷胡同,不透一丝风。一叠一叠的云,像牛的千层肚,死死地捂住火球一样的太阳,烧得云的边缘亮晃晃的,空气也被烤热了。

"松哥,好闷热,这天要下雨。"苗苗正撮沙,见王劲松走过来。

"下就下吧，下雨好透凉。"王劲松抬头望天。

"我怕驷马河起水，这沙石场万一被淹怎么办？"

"这里位置高，听村里老人说，河水从来没有涨到这里来。"

到半夜，热还没有退。苗苗抱了凉席睡到院坝里，一把蒲扇噗噗地扇，既扇蚊子又扇风。大黑狗嗅嗅苗苗的手，然后卧在旁边，吐出舌头呼呼呼地吹气。

天上没有几颗星，月亮也躲到云层里去了。云越聚越厚，越来越低，黑乎乎的像要掉下来。忽然，一股凉风呼啦啦卷起，身上冷飕飕，苗苗打了个寒噤。地坝里一阵响，风牵着干树叶和笋壳跑圈圈；几株香樟树拿着枝条猛抽风的屁股，怨它轻佻张狂；竹林噼噼啪啪地鼓动手掌，在一旁幸灾乐祸地大笑。

"苗苗，快进屋，天要下暴雨！"赵朝军站在台阶上喊她。

"好呢。"

话音未落，电光一闪，天空撕开一条裂缝，咕隆一声巨响，像谁打烂了天上的水缸。雨，倾盆而下。这一切都在瞬间发生，就像冲赵朝军那句话来的。

"好大的雨哟，好凉快哟！"苗苗伸开双臂，舞之蹈之，欢呼着，兴奋着，任雨抽打，忘情地享受燥热之后的清凉。

不多会儿，只听到大沟小溪传来山洪的怒吼。炸雷每响一次，雨脚就更猛烈一次，平地起水，四散奔流。

"苗苗，你不要命了，还站在那儿干吗？"爸爸的怒喝穿过雨帘。

"爸爸，沙石场会不会被水淹？"她冲进屋里，头发、衣服还在流水。

"不会！"爸爸转身回房间睡觉。

"这么大的雨怎么不会？"苗苗的嗓音提得很高。

"我说不会就不会！四十年前，驷马河发过历史以来最大的一次洪水，也没有淹到沙石场那个位置。快把衣服换了，去睡觉，一惊一乍的！"赵朝军颇不耐烦，吼了一句。

暴雨下个不停，山洪像怪兽一样在房前屋后嚎叫，水乡大地疯狂了，暴怒了，歇斯底里。她躺在沙发上，有点倦怠了，微闭眼睛，恍惚中，滚滚河水漫上沙场，王劲松被困在工棚里大呼："苗苗，救我！"她看到了他那绝望的眼神，她急出一身冷汗。

咕隆！一个巨雷炸响，雨点像碎石撒在玻璃窗上，噼噼啪啪乱响。她从沙发上蹦起，脑子一片混乱，惊悸不已。拿起电筒和雨伞，走到门口观望，犹豫了一下，毅然冲了出去，融入暴雨之中。

"松哥！松哥！"才到工棚附近，苗苗就破开喉咙喊开了。连喊几声，没人应声，人已到门前，电筒一照，门锁着。"这人去哪里了？"她纳闷着，自言自语。

"哼哼，哼哼"，一阵突如其来的声音从身后传来。苗苗毛骨悚然，"啊"的一声，退后一步，电筒一照，原来是头大白猪，浑身水淋淋，腹部糊满泥浆，样子十分狼狈。哪来的猪？准是哪家养猪场遭了水灾。大白猪貌似耗尽了精力，摇摇摆摆，哼几下，就躺下了。它可能刚刚脱离苦海，也许，它同伴就没有这么幸运了。

这时，高空又咕隆一声，像雷神爷拿着巨大的钢球狠命地砸在玻璃上，碰撞出一道耀眼的白光。黑夜立马变成白昼，秋毫可见。茫茫一片浊浪翻滚，河水已抵达沙石场的边缘。电筒照过去，几株露出树冠的古柳剧烈摇晃在浩浩洪水之中，边摇边下沉，最后是被连根拔起，随洪波翻卷而去。这威势令人咋舌。难怪长辈们说，欺山莫欺水，水的尊严岂容挑衅？

水位还在上涨，雨也加足了马力，不是盆倾，而是桶倒。

糟了，水位再不稳住，沙石场危在旦夕。"走，抢东西去！"她命令自己，可是能抢什么呢？全是笨重的机器。那两台铲车倒是可以弄走，无奈自己又不会开。于是，她力所能及地把一些东西搬到了地势较高的地方。

水位越来越高，浑浊的河水爬到铲车轮胎之下，忽进忽退，像嗜血者的舌头在触碰猎物。少顷，又攀着轮胎继续上涨，但暴雨还没有停下来的意愿，继续助纣为虐。

"我的妈呀，快把它开走！"她奋不顾身，蹚着河水，钻进驾驶室，抓住方向盘旋转。可是，铲车纹丝未动。

"天啊，莫下！莫下啦！"她双手抱头，号啕大哭。多么绝望和无助！洪水疯狂地拍打着铲车的腹部，砰通！砰通！虎尾春冰的苗苗却坐在驾驶室发愣，不知所措。

忽然，雪白的电筒光穿过雨墙，射得她睁不开眼睛。

"是谁在上面？快下来！"

"松哥！松哥！"苗苗听出了王劲松的声音，异常激动。

"快下来，快，水涨上来了！"王劲松扑过来了，河水已经淹没了他下半身，被他弄得一路哗哗作响。他一转身，宽厚的背微微弓着，靠近车门，像一匹温顺的雄马，等待苗苗跨上他的脊背。

她的臀部被一双大手搂住，温热厚实的脊背温暖着苗苗津湿而冰凉的腹部和酥胸。

"松哥，放下我啦，快去把它开走！"苗苗从他背上滑下来。

当两台铲车被王劲松开到高地后，苗苗又着急地问道："松哥，那些机器怎么办？"

"搬不动，我也没办法。"王劲松一脸无奈。

"松哥，你看，雨还没有停下来，水位还在上涨。会不会淹到堆码场？"苗苗又担心起来，总是在提醒灾难。

"淹了我也没办法，只有听天由命了。"王劲松眼里闪着泪光。

"松哥，我这人真没用，一点也帮不上你。"苗苗突然又想起一件事，说道，"松哥，还有两台车停在堆码场呢，那儿虽然高一点，看这水势，搁在那儿还是不保险。"

"哎呀，你看我这人，急昏头了，竟然把这事给忘了。"王劲松走进工棚，从墙钉上取下车钥匙，"苗苗，你就留在这里躲雨，我去开车。"

"不，松哥，我要给你照亮。"她明明知道王劲松手中有把电筒，却要多此一举。

两台货车刚刚开走，河水已经吞噬了低处的洗沙机和筛沙机。只有破碎机安装在塝坡上，暂时安然无恙。不过形势也不容乐观，水位还在继续上升，似乎打定主意要将驷马水乡沙石场荡平。

强大的大自然面前，人太渺小了，一切挣扎都那么苍白无力。他俩站在屋檐下，眼睁睁地看着洪水淹没破碎机，又扑上堆码场，将山丘连绵般的沙堆荡平，冲走。

"这，这天老爷太狠了！"王劲松隔河看到鸡吃谷——干着急，他猛跺一脚，屁股跌坐于地。

"怎么啦？松哥。"苗苗吓了一跳，急忙扶起王劲松，走进工棚。

"苗苗，我的沙石场完了，彻底完了！"王劲松仰天长叹一声，情绪异常低落和沮丧。

"松哥，我们还年轻，可以东山再起呀。"苗苗实在找不出合适的话安慰他。但"我们"二字让王劲松心田升起一股力量。

"松哥，你刚才去哪里了？"苗苗轻轻问道。

"医院。妈妈阑尾发炎，疼得厉害，送她去镇上做手术了。"

"阿姨现在怎么样了？"苗苗本想转移话题，减轻王劲松的痛苦，没想到又触碰到他的另一个痛处。松哥真是祸不单行呀。她决定尽量帮他做点什么。

"看到雨下得那么猛，想起昨天你提醒我的话，手术一结束，我就奔这儿来了。妹妹在照顾她呢。"

"她不是正在上学吗？怎么让她去照顾？"

"家里莫人手，没办法呀。"王劲松回答道。

"等天亮了，我去照顾她。你就留在这里，等花狗子哥和杏花姐姐来了，看还能不能想出什么补救办法。"苗苗终于找到了帮助王劲松的机会。

"苗苗，你真好！"王劲松搂住苗苗，苗苗也紧紧抱住王劲松，二人偎依着，顾不上衣服被打湿的寒意，静静地感受着对方的体温，心里热潮翻滚。还是王劲松开口了："以后涨大水，不能那样去冒险，记住了吗？"

"记住了，松哥。"

又一道闪电，又一串雷声，又一阵急雨。一股风打着旋儿灌进工棚来。

"松哥，抱紧我，好冷。"苗苗打了个寒战。

早晨八点十分，乌云渐渐消散，阴霾的天空亮开了缺口。暴雨似乎已经大彻大悟，不再作恶多端。狭窄的河道已经变成汪洋大海，骇浪滔天。之前，驷马河美丽而温顺，偶尔发点小脾气。眼前的驷马河，历史性地展示了它的另一面，刷新了水乡人对大自然的认知。

47

"老师同学们，今天我们相聚在此，讨论如何办出专业特色的问题，望大家踊跃发言，各抒己见。"校长杨松柏正襟危坐，神态庄重，眼里放射着期许的目光。

学校会议室里，鸦默雀静。金色的阳光穿过雪松的枝叶，透过玻璃窗，映亮了参会人员的脸庞，柔和静美的表情显示主人在做着深沉的思考。一只美丽而硕大的玉带凤蝶钻进会议室，款款地飞着，给沉寂的空气添了几分活跃的气氛。

主席台上除杨松柏以外，还有教导处、生产实习处同志和分管教学的副校长。台下有专业课教师、专业课课代表，林林总总三十来人。大家你看我、我看你，谁也没有急于发言。杨校长的问题貌似普通，却是盘桓在人们心中，久久找不到答案的心病。

"杨校长，我是三年级学生赵兰兰，想谈谈自己的看法。说实话，我不知道怎样才叫办出专业特色。但我觉得我们的专业课实在太枯燥了，激发不了同学们的兴趣。"她率先发言，抖出了自己的看法，神态变得轻松多了。

"嗯，怎么个枯燥法？说来听听。"杨松柏眼神一亮，温和地追问着。

"老师总是在黑板上讲什么建筑设计，讲什么材料运用，理论一套一套的。可是，我们面对真实的建筑和真实的材料，却没有什么认知呀。这样的课听起来空洞、抽象，怎能不乏味呢？"尽管兰兰的专业课老师就在会场，她还是直言不讳地讲了出来。

"这么说，你学的是建筑专业吧？那么，你有什么好的建议吗？"杨松柏觉得这孩子率真、坦诚，敢于亮出问题的实质，心里生出赞许和兴奋。

"我只希望老师多带我们参观本地经典建筑，现场讲讲设计问题。学到《材料学》，我们可以去见识一下真实的材料，了解它们的特性。这样总比一味沉浸于理论有趣多了。比如说到沙石，我们驷马水乡就有沙石场，我姐还在那里面上班呢。为什么不可以联系一下呢？"兰兰头头是道，句句内行，听得在座的个个点头称是。

"赵兰兰，你的建议很好，联系一事包在我身上。"一个十七八岁的孩子居然有如此见解，杨松柏内心十分震撼和欣慰。他从建州打工回来时，驷马春风中学已经改为职业中学，他不教音乐课而教上了种植养殖专业课。可是，面对专业课，学生开始时觉得很新鲜，饶有兴趣，后来就感到索然无味了。

在一场公推公选中，杨松柏轻而易举地战胜了那位靠请客许愿、出钱拉选票的副校长，像炸金花一样"捉了个鸡"，高票当选为驷马春风职业中学校长。

"当家才知柴米贵。"他深深感到办职业中学比办普通高中难度更大。不仅投入大，模式新，而且怎么也得不到山区百姓的认可。职业中学遭受了始料未及的歧视和偏见。没人愿意报读，招生已成困难。到了招生季，学校派出大量人员下去宣传鼓动，但嘴巴磨破皮，也无济于事。究其原因，专业没有办出特色！家长看不到自家孩子的收效和前途。那么，怎样才能办出专业特色呢？这是一个高能耗、高附加值的问题。

今天，兰兰的话似乎撕开了一条缺口，让他洞见一片曙光。理论、实践、特色、收益、前途，这些掷地有声、熠熠生辉的词汇，也许正是打开职业中学命脉大门的金钥匙，一旦掌握了这五个元素的运行规律，就不难闯过职业中学的八阵图。于是，他认为办职中要像办企业那样来抓，他心中萌生出一地劲草，升起几缕烟霞。

会议结束后，杨松柏拨通了水乡村委会的电话："杏花，我明天带学生来你沙石场实习。松柏哥来了，你要准备一下才行呢。哈哈！"话语里带着幽默感。

"哎呀，别提了，我们的沙石场已被这场特大洪水扫荡空了！"电话里是一声沉重的叹息。

"啊？杏花，怎么会这样？你说具体一点。"杨松柏心里像碎了一地玻璃。

"今天早晨洪水刚刚退完，几千方成沙没了。各种机器设备还埋在淤泥里，泡了这么久，即使刨出来，也不知道能不能修好哟！"杏花有些焦躁和沮丧，喉咙里带着酸涩。

"杏花，不要怄气啊，那你打算怎么办？"杨松柏也束手无策，急得抓耳挠腮。

"明天开工清淤，掏出机器和设备，找人修理，尽快恢复生产。等我们弄好后，再安排你的学生实习吧。"其实，杏花也希望能提供实习场所，帮一帮杨松柏。

早晨，太阳从东方的山脊上探出半个头颅，惊诧地瞧着大地。暴雨肆虐后的农田和河滩满目疮痍，驷马水乡沙石场也被洪水切割成大沟小壑，惨不忍睹。机器深陷淤泥，像掉进沼泽地而拼命挣扎的马匹。杏花、花狗子、王劲松三大股东天刚亮就到了场，拿着铁锹或锄头忙着掏开破碎机上的泥沙。周身和脸上溅满了泥浆，糊成了泥人，显得狼狈不堪。

工人们已陆续到场，二话不说，走进工具房，拿了锄头、铁锹往家走。

"大奎叔，你们这是干啥？"王劲松拦住大奎不解地问道。

"我不干了，家里快种秋粮了，得早点回去犁地啊。"大奎说完，红着脸，低着头急匆匆地走了。

"大奎叔，你上个月的工资还没发呢，这个月又有几天了。"王劲松突然觉得说这话有啥用呢，客户欠自己的货款太多，哪里有什么钱发工资？

"搁在那里吧，你啥时有钱就知会我一声。"大奎远远地抛下一句，脚步咚咚而去。

"劲松啊，沙石场弄成这个样子，啥时才能赚回来？我孩子又要向学校交什么费了，你不给我们发工资，我到哪里拿钱交呀？光在这里白白耗下去，我一家子只能等着喝西北风了。"刘老幺话语悲凉，表情忧郁，一溜烟地跑了。

"龟儿子，像中了邪！"花狗子轻轻骂了一句。

"叔，你们就留下来吧，工资不会欠太久的，请相信我们吧！"王劲松语带凄凉，企图挽留最后走的几个人。

"劲松，等你弄好了，我们再回来吧。"有人硬生生地扔下一句话。

"滚！你们要滚就滚远点，老子不稀罕！"花狗子不耐烦了，冲着几个远去的背影骂起来，像一头受伤的雄狮朝着获胜离去的对手绝望地怒吼。

"让他们走吧。"杏花用平和的口气对王劲松说。

工人一走，沙石场尤显空寂，火辣辣的太阳很快就晒得泥沙泛白，哧哧地冒着水雾，似乎还在抱怨洪水的暴行。

"杏花姐，我们红火的时候，他们千方百计地挤进来。现在，我们落难了，他们说走就走，也太不仗义了。"王劲松像看透了这帮人，十分懊恼。

"哼，这些人，就这个德行。以后效益好了，他们再想进来，我第一个就不答应！"花狗子余怒未消。

"其实，也不全怪他们，谁叫我们发不出工资呢？这次又遭受这么大的损失，人家看不到前景，怎么可能不走呢？别人一家子还要靠钱吃饭呀。"杏花总是设身处地替他人着想。她双手搓了搓脸，泥沙裹着汗水，涂满她的手掌。她又搓了搓手："搞企业虽然风险难免，但我们还得考虑各种因素，从长计议，尽量把风险降到最低限度。这次的教训不得不吸取呀。"

"还不是这场可恶的暴雨！谁把它有法呀？"花狗子不以为然。

"暴雨面前，我们的确无能为力。如果当时把沙石堆码场和机器的位置设计高一点，或者在暴雨来临时，我们提前抢险，那么，结局是不是另一番光景？"杏花继续谈她的看法，"虽然，我们在大自然面前，渺小得像一株微不足道的苇草，无力控制大自然，但我们可以规避自然灾害。所以，人类应该是一株会思想的苇草。"

"哇，姐讲得太好了！读高中时，我的老师也这样讲过。"苗苗突然到来，她穿着水鞋，戴顶草帽，似乎做好了苦战的准备。她操起铁锹，帮大家清理淤泥，还朝王劲松一笑："松哥，还愣在那儿干吗？快过来帮忙呀。"

"苗苗，都走了，你咋不走？"王劲松木讷地问道。

"要走呀，但还没到时候。等你恢复生产赚到钱的时候再走。"

"苗苗，你真好！"王劲松真想扑过去抱住她亲两口，可是一看大家在场，不得不压抑了念头。

这时，马路上人声鼎沸。杏花抬头一望，穿过柳枝缝隙，看到一支学生队伍。大约三十人，身着校服，肩扛铁锹，摇晃头颅，张大嘴巴，歌声嘹亮。走在前头的是杨松柏，身后还有两位老师。杨松柏一身劳保服，剪着浅平头，扛着一把红柄大铁锹，走起路来雄赳赳、气昂昂，像士兵上战场。看那模样，杏花忍不住"扑哧"一笑，这家伙，我不是叫他今天不要来吗？他竟然这般会捣腾！

"杏花，这是我校建筑专业三年级学生，我带他们实习来了，你就安排他们干活吧！"杨松柏指了指列队站立的学生，说，"最好能让他们看到沙石的生产过程。来，我给你介绍一下，这位是我校专业课老师何老师，另一位是我校生产实习处安主任，从明天起，就由他俩带队了。"

"欢迎！欢迎啊！"杏花跟两位老师一一握过手，又向同学们招了招手，对王劲松说，"王总，给学生们安排劳动吧。"

"松哥，松哥！"兰兰跑过来，举目一望，一片惨景，吃了一惊，拉着王劲松的手，"怎么淹成这样？"

"兰兰，人家松哥忙着呢，别问这些，快去劳动吧。"苗苗呵斥兰兰。

"姐，你也在这儿？"兰兰又走到苗苗面前。

"有松哥在，你怎么能看到我这当姐的呢？"苗苗话里有话，兰兰忍不住又看了王劲松几眼，低了低头，脸颊绯红。

"松柏哥，学生以学为主，你叫他们来干活怎么行啊？况且，还是这样的重活！"杏花把杨松柏拉到一边，轻言细语地说，"我以为实习就是参观参观呢，你这样做，不怕家长有意见？"

"杏花，还记得你读书那阵背土平操场的事吗？一两百人苦战一个冬季，背走了几千立方土，那是何等气势！"杨松柏望了望宽阔的驷马河，洪浪滚滚，奔腾不息。

"学生怎么就不能劳动呢？何况，这些孩子学的是建筑专业，沙石是建筑的重要材料。这是他们掌握沙石制作工艺，熟悉沙石特性的绝佳机会呢。当看到一个企业如日中天时，突然遭受灭顶之灾，就知道沙石来之不易，从而敬畏沙石，科学地使用沙石。也许，对建筑学的执着探讨就始于此了。"杨松柏这番谈论，似乎蕴含着全新的内涵，让杏花难以反驳。

"同学们，开始劳动吧！"杨松柏拿起铁锹，叉开双脚，摆开架势干开了。

同学们士气高昂，干劲冲天。铁锹挥舞处，泥沙飞扬；设备搬动处，号声不断。杂沓的声响此起彼落，拌和着人语喧阗，像一曲雄壮的劳动赞歌。沉寂的沙石场沸腾了，停歇在这里的青庄鸟和白鹤纷纷逃离，被劳动的气势惊吓。一台台机器挣脱了淤泥的掩埋，擦净满身泥浆，露出久违的面目，像一个个脱离人间炼狱的勇士，抖擞精神，迎接机修工的检修和太阳的烘烤。

四天后，各种机器浴火重生，放声歌唱，像蓄势已久的力量突然爆发，更加热烈和强劲。同学们各就其位，杏花、花狗子、王劲松和苗苗边指导边示范，使大家基本掌握了机器的操作要领，见证了沙石的制作流程，熟悉了各种粒级的特性。这种别开生面的实习课，刷新了驷马春风职业中学的历史纪录。

实习刚刚结束，校内校外三三两两的大讨论像一阵狂风吹过松林，卷起松涛阵阵，经久不息。

"这样的实习课开启了职业教育走向社会生产的先河。"

"职业教育只有这样办学，才有出路。"

也有人发杂音，骂杨松柏出风头，说他脑子进了水。更有甚者，一封检举信把杨松柏告到了文教局。局里一位要员把杨松柏叫到局办公室，拆开一袋茶叶，往一个陶瓷杯里抖了点，倒上开水，递到杨松柏面前，问道："小杨呀，有人投诉你借实习之名，帮助女朋友恢复沙石场的生产，可有这事？"

"有这事。但不是借什么名义，是正当实习。通过这次实习，培养了学生的专业技能，增强了专业兴趣。我个人认为这是好事。当然，这对水乡沙石场来讲，犹如雪中送炭。"杨松柏坦诚地汇报了自己的想法，他端起热茶，呷了一口，慢悠悠地品着巴山云顶茶的香气。

"这还是好事？把学生当成劳工使用还是好事吗？"领导面色有些难看，两道疑惑而炽热的目光直逼杨松柏。

"中职教育不就是培养未来的工匠吗？职高生参加力所能及的劳动难道不行吗？"杨松柏年轻气盛，毫不退让，他岂能让一个新计划被扼杀呢？

"杨校长，你应该认识到你的错误。实习固然重要，但学生不是整天来搞劳动的，应该回到教室里。"这位上司直接给这件事定性为"错误"。

"劳动也是重要的教育手段,为了强化专业技能学习,集中实习几天也没有什么不妥。"在"错误"面前,杨松柏还不低头。

"杨松柏同志,你既然迷途不知返,就只好让你大脑清醒清醒了。"领导一脸愠怒,屁股一抬,起身走进里间,把杨松柏一个人"晾"在办公室。

这次谈话谁也没把谁说服,几天后,杨松柏接到了警告处分的文件,谁胜谁负,尘埃落定。他攥着文件,望着屋顶旋转的吊扇出神。这人呀,就像这些扇叶,始终绕着转轴循规蹈矩地旋转,就没有任何风险,如果有一天,扇叶想尝试一种新的转法,划过一道弧光,飞到墙上或地上,不是被碰碎就是被摔伤。

"唉!"他长长地吁了一口气。一种从未有过的迷茫和痛苦,铺天盖地而来,让他艰于呼吸。职业教育举步维艰啊!内心的沉重感像洪水泛滥,他紧闭眼睛,静待一会儿,似乎看到了扇叶脱离转轴,飞出的弧光是那样绚丽。他把文件扔进垃圾桶,露出一丝轻蔑的微笑。

杨松柏受处分的消息传到杏花耳朵里,她脑门一热,骑着摩托车就往驷马春风职中赶。时值中午,却见不到太阳,天空像一个不开心的小姑娘,阴沉着脸。

来到教师宿舍楼前,就听到扬琴弹奏的音乐从二楼的窗口流泻出来,轻飘飘的,跟花坛里桂花的香气融成一体,悠悠地、苍凉地、一丝一缕地降落在她的心头。这是许巍创作的《执着》,激昂而忧伤,正好吻合杨松柏此时的心情。它催动着杏花加快了脚步,来到杨松柏的房间,站在扬琴的旁边,和着旋律一齐唱道:

在我温柔的笑容背后
有多少泪水哀愁
不管时空怎么转变
世界怎么改变
你的爱总在我心间
你是否明白

我想超越这平凡的生活
注定现在暂时漂泊
无法停止我内心的狂热
对未来的执着
……

　　唱着，唱着，杨松柏当胸一画，收起琴竹，扬琴停止了歌唱。两人相互凝视，像许久没有见面。杨松柏突然张开手臂抱住杏花，皮垫一样的嘴唇在杏花脸部、颈部一阵乱拱，他似乎要从她身上找点感觉抚慰内心的伤痛。

　　"松柏哥，对不起，是我连累了你。"杏花的脸蹭开杨松柏的衬衫，埋在起伏的胸膛上呢喃。两行清泪沿着他热腾腾的胸沟流淌，清凉清凉的。

　　"杏花，这事怎么能怪你呢？"杨松柏轻轻撩起她的秀发，照着耳轮吻了一下。

　　"文教局太武断了，怎么能随便处分人？"杏花愤愤不平。

　　"这事不能全怪别人，我也有错。唉，世界上的事物就是这样，不阴就阳，不阳就阴。追求两全其美，往往就会造成别人的误解，这就是生活的逻辑。"杨松柏轻轻叹了一口气。

　　突然，窗外呼啦啦地刮起一阵凉风，天开始下雨，像谁在玻璃窗上撒了一把黄豆，噼里啪啦地乱响。

　　"走，我们出去走一走。"杏花拿起雨伞准备出门。

　　"外面在下雨。"杨松柏说。

　　"我喜欢在雨中行走。"杏花边说边往外走。

　　"那我们去河边。"杨松柏也拿了一把伞。

　　二人走出校门，很快就到了驷马河岸边，河水在浅礁棋布的滩盘上漩流冲突，发出巨大的响声，有一种震天撼地的气势。一条林荫大道沿着河堤向前延伸，两旁的杨柳经雨水洗礼，格外青翠，像婀娜的绿发美女。

　　"杏花，这景致太美了！"杨松柏由衷地赞美道。

　　"松柏哥，这些柳树只有洗去尘灰，滤去冗杂，才能清新亮丽。如果，一个人抹不去心中的伤痛,一定会忧郁憔悴。"杏花干脆扔了雨伞,跳到一株柳树下,挺胸仰面,双手平举,像一只展翅欲飞的雨燕。她大声喊道:"松柏哥,你看好了,是我美还是树美?"

雨水淋湿她的秀发,湿透了她的衣裤,紧紧贴在她的身上,勾勒出她所有的曲线,像一尊性感十足的雕像。

杨松柏也扔掉雨伞,冲过去抱起杏花一边旋转,一边放开喉咙:"你美!你比树美!你比树美——"

雨幕中飞出杏花咯咯的笑声。

48

草绿色的吉普车披着晨雾,哼哧哼哧地喘着气,摇摇晃晃地驶入驷马水乡沙石场。泥土卵石路面已被重车轧得乱七八糟、大坑浅槽。吉普车在人机喧闹声中停下,走出一位中年男子,方额头,粗眉毛,铜铃眼,浅浅的胡须密密麻麻,像刚出土的春草。

他健步走到堆码场,在堆积如山的细沙旁停住脚步,弯腰抓一把黄金亮湛的沙子,捏了捏,大拇指和其他四指配合,搓揉着,然后手掌一松,沙子从他手里撒下。又走到一堆石子前仔细查看一番,露出满意的微笑。

"请问您是?"他的一举一动早已被杏花看在眼里,却不好冒昧地打扰,便慢慢迎上去打招呼。

"你应该是李主任吧?我来看看沙石,准备拉几车。"他又连忙改口,"不,不是几车,是很多很多。"

"我是李杏花,大家都习惯叫我杏花。您贵姓?去办公室坐一下吧。"杏花做了个请的动作。

"我姓陈,杨校长叫我来的。"陈老板边说边跟着杏花进了办公室。

办公室不大,也很简陋。除了一张办公桌,还有几把新买的藤椅。靠窗的一面放了一张橘红色的三人沙发,显出一点气派。外面的雾还没有散,丝丝缕缕地飘进窗来。陈老板往沙发上一坐,看到朱红色的电话静静地伏在办公桌上,像在等待不期而至的需求信息,不多一会儿,杏花就接了三个电话。砖墙上挂着沙石生产制度、安全生产守则、生产计划和奖惩制度等。心想这沙石场的管理倒还像模像样,他把目光停留在岗位职责上,发现上面没有杏花的名字。

"杏花主任，这岗位职责表上怎么没有你的名字？"陈老板好奇地问。

"这里主要靠他们管着，我还有村里的事务，抽空闲时间来。"杏花从抽屉里拿出一包香烟，抽出一支，递给陈老板，"陈老板，抽烟啊。"

"哈哈，杏花主任你可是于公于私两手抓，两手都要硬哟！"

"人要生存，没办法呢。"杏花问道，"陈老板，您和杨松柏认识？"

"都老朋友了，怎么不认识？之前，我在建州当小包工头时，还是他把白云庄园的工程介绍给我的呢。那次真赚了一笔钱，感谢他，他却不收礼，唉，这人有些犟！"陈老板掏出打火机点燃叼在嘴里的烟，吐了几个烟圈，杏花感觉有些呛鼻子，抬手揉了揉精巧的鼻。

"这次，杨校长学校要建一栋专业实训楼，这栋楼的工程是我承包的。需要大量的沙石，去远处拉成本太高，近处嘛，那几个沙石场我又看不上。既然杨校长推荐了，我就来这里看一看啰。"

"陈老板，学校的建筑关乎教育这个千秋大业，可开不得玩笑。我们这种小场子，不知道您看不看得上眼？"杏花的语气里似乎在提醒什么。

"杏花主任，你境界高呀！不过，我也不是个光顾赚钱，不讲底线的人，我坚决不做'豆腐渣'工程。说实话，你们沙石的质量蛮好的，既然杨校长介绍我来，这里又有好货，我没有理由拒绝啊。只是这价格……"精明的陈老板，转弯抹角都要绕到"价格"上。

"价格好说，尽量优惠。只是我们这场子底小利薄，运转都快成问题了。"杏花却不愿绕弯子，一语中的，言外之意是不做欠账生意。

"杨校长已给我讲过你们的情况。请你放心，全部现货现款，随拉随结账。"为了表明诚意，他拿出一沓百元钞，往桌子上一搁，"这是五万元订金，你可要抓紧生产，三天后，我开始用沙。刚才一路看来，这条路太烂，急需整修一下。不管是你送，还是我自己来拉都方便嘛。"

"陈老板，谢谢您的支持。我随后就安排人整修道路。"杏花没想到陈老板如此豪爽，沙石现在又不是紧俏货，丢什么订金呀？该不会同松柏哥有什么猫腻吧？一想到上次那个处分，她就替杨松柏后怕。可是，这么大一个订单，不能不明不白地放弃呀，也许这是盘活沙石场的救命稻草。她微微扬起脸盘,瞅了瞅陈老板,表情有点怪异。

"杏花主任,恕我冒昧,问你一个问题,你和杨校长这场马拉松式的爱情长跑,应该有个结果了吧?大哥劝你一句,趁年轻早点结婚。杨校长可需要你这个贤内助呢。"

杏花的言谈举止给了陈老板好感,他情不自禁地端详起杏花。这女子有杏花一样娇嫩的脸蛋,也有杨柳一样婀娜的身姿,更让一个中年男人着迷的,是她的聪颖和成熟。难怪杨松柏那小子对她情有独钟,苦苦等了这么多年。据说读大学时的班花谯红霞几次投怀送抱,也没能撼动他的心。唉,是时候帮他劝一劝杏花了。

"这不会是他的意思吧?陈大哥。"陈老板突然冒出的问题,让杏花浮想联翩:他需要我,难道我不需要他吗?这些年,我内心忍受的煎熬还少吗?只要自己一松口,这结婚一事立马就能提上议事日程啊。可是,我心里还有个没解开的疙瘩呀!

"不是,不是。不过,从他的话语中看得出他是多么爱你、需要你呢。"陈老板不再说下去,像杏花这样的聪明人,点到即止。他把公文包往腋窝里一夹,站了起来:"杏花主任,告辞了。"

这时,朝阳从晨雾里露出了模糊的笑脸,像隔着沾满水汽的玻璃看到了毛茸茸的圆盘。雾气变得越来越薄,像一滴墨汁在清水里化开,天地间变得通透了,犹如一块巨大的水晶。杏花目送陈老板的背影模糊在轻烟似的光雾里,咀嚼着他的那几句话,她问自己,难道说对历久弥新的爱情真该有个交代?

杏花回到办公室,把电话拨到王铁牛的石场:"铁牛哥,拉几车片石过来,我想把到沙石场的路整修一下,该填的填,该平的平,大坑小眼不好过车。"

王铁牛打工回到驷马水乡,承包了碾盘窑的石山,办了个石场,生产片石和条石,遵循着"靠山吃山,靠水吃水"的生存法则。

这些年,水乡人坚信路通则财通,巴河流域掀起了筑路高潮,乡级道、村级道全面开花,开新路、改造旧路、加宽加厚、裁弯取直,搞得风生水起。王铁牛看准这个契机,把片石、条石生意做得红红火火。可是,天有不测风云,人有旦夕祸福。一次意外滑坡,夺去了两个工人的生命,同时,也夺走了他老婆菊花的左腿。高额赔偿让他负债累累，妻子的残疾更是让他雪上加霜。王铁牛既要经营石场，又要和妻子共同管教年幼的孩子。他像一头不知疲倦的黄牛，拖着沉重的生活之犁，匍匐于岁月的土地。

"行啊，马上拉过来。"王铁牛放下手中的电话，立即安排铲车师傅装载片石，自己亲自开车往沙石场送。到了下午五点，十一车片石全部运到了铺路地点。

"铁牛哥，前些日子就想填路了，可是没有现金给你，就缓了缓。"杏花把一沓百元钞放在王铁牛手中。

"杏花，你见外了，收了你的钱，怕你四姐不答应哟。"王铁牛把手中的钱放回沙石场的办公桌，"你们沙石场遭了水灾，这几车石头就算我这当姐夫的送你了。"

"铁牛哥，你听我说，你的石场刚刚起步，不容易啊，况且，你还有欠账。我们沙石场毕竟办得早一点，实力强一些。这些钱也没有多给，照市价给的，我们还要入账呢。你就收下吧。"杏花又把钱揣进王铁牛的口袋里。

王铁牛见杏花执意要给，憨厚的嘴唇嚅动了两下，没再说什么。

道路整修结束，就等陈老板的人来拉沙石了，这笔买卖足可缓解沙石场的资金压力。杏花阴郁很久的内心像照进了一抹阳光。同时，又总觉有些不安。左思右想，还是要去见一见松柏哥，她不愿让他再次因为自己而受处分。

杏花骑上红色的摩托，一溜烟地奔向驷马春风职业中学，沿途是刚刚萌动的麦田。清风撩起她绿色的裙摆，露出洁白的双腿，像一株移动的麦苗，盘着新生的白根，格外惹眼。

"松柏哥，陈老板承包实训楼的修建，与你有关吗？"杏花站在杨松柏面前，问话直奔主题。

"没有。我哪有那么大的本事？这样的大事得由文教局决定，学校连边都沾不着呢。我们只是协助基建股负责质量监督。"杨松柏若有所思地问道，"杏花，你怎么关心这事了？难道怕我假公济私？"

"嗯，我怕你犯错误。"杏花眼睛圆睁，睫毛上挑着一滴泪珠。杨松柏被处分这事，一直让她耿耿于怀，至今还替他委屈。她是一朝被蛇咬，十年怕井绳呢。

"这事，我恐怕想犯个错误还没资格呢。"杨松柏平静地说，"杏花，我只希望把实训楼建好，别的什么事都不想。有上次的教训就该吸取，哲学家说过，人不能两次踏入同一条河流啊。"

"这是谁的信？"杏花突然发现杨松柏办公桌上摆着一封信，信封已经拆开，他可能刚刚看过。杏花一看上面的字迹，就知道是女人写的。她拿起信问杨松柏，还没有看里面的内容，心里就紧张起来。

"大学的一个女同学，她叫谯红霞，来信说她下个月结婚了，邀请我参加她的婚礼。你知道她的对象是谁吗？"

杏花摇摇头，立即来了一次火力侦察："她没爱过你？"

"爱过，可是，我不爱她。"杨松柏坦白地说，"她后来爱上了民用建筑系的高年级男生，这男生就是梁洪刚。后来，她把我'甩'了。哈哈！"杨松柏忍不住开怀大笑。

"梁洪刚？是不是恢复高考制度前，被推荐读大学的那个梁洪刚？"杏花听说过这人，也是喝驷马河的水，吃驷马河的粮长大的。

"不是他还是谁呢？"杨松柏从座位上站起来，仰天长叹一声，"朋友的喜酒都喝腻了，我杨松柏的喜酒啥时才能喝呀？"语调有些苍凉。

"别老想着喝喜酒，我们还是去团包庵看一下露萍姐吧。"这个时候，她居然提出去见刘露萍，到底有什么玄机呢？

"看她？噢，好吧。"杨松柏沉思片刻，似乎看透了杏花的心思。

团包庵位于团寺山绝顶，红云缭绕，一条独路直通云霄。路全由青石铺成，从下而上有四五百级石梯。杨松柏把夏利轿车停在山下，同杏花踏上了上山的路。沿途野花烂漫，鸟儿啁啾。阳光浸润的秋风，带着暖意拂过脸庞，风不干的汗水滴落在石梯上。

"太累了，歇一歇再走吧。"杏花见路旁有一块大青石像个沙弥蹲在路旁，慈眉善眼冲她笑。她爬上去，站在石头上，远眺蜿蜒在山下的驷马河，像一条飘舞的玉带。人生就像河流，为了生存不舍昼夜，奔流不息。再看了看未来的伴侣，情不自禁地唱起《我只在乎你》：

如果没有遇见你

我将会是在哪里

……

过着平凡的日子

不知道会不会

也有爱情甜如蜜

任时光匆匆流去

我只在乎你

……

歌声浸润在山花的香气里，被山雀叼到山崖上，激起一串轻柔、悠扬的回音；被山风吹到沟谷里，和着清流叮叮咚咚飞泻而去。

走完石梯，抬头看到石拱门，清香扑鼻的藤枝枝蔓蔓从门楣上方垂下，成了翠绿的天然门帘，平添了清幽的神秘感。撩开门帘，翠竹成林，修竿簇簇，佛殿的翘角飞檐掩映其中。杨松柏回想起张婆婆当年在这里削发为尼，孤灯清影的往事，二人颇有一番感叹。

"听说露萍姐来这里修缮佛殿，维护一方清静之地。"杏花指着前面的三圣殿，"这应该是她来这里后才复原的佛殿，一切看上去都是新的。走，我们过去看看。"

经过一处废墟，看到缺脚残腿的佛像横七竖八地躺在草丛里，布满了黑色的灰烬和瓦砾，诉说着那个年代的莽撞和荒唐。

"唉，当年，刘露萍也干过这样的傻事。也许，她在弥补什么呢。"杨松柏无不感喟。

废墟左侧有一禅堂，虽然比较破旧，但干净明亮。窗外的荆竹投下斑驳的日影，安静而柔和。刘露萍盘坐在褐色的蒲团上，睫毛低垂，闭目凝神，默诵着《心经》。

"萍姐，萍姐！"杏花在她身后喊了两声。

"施主，找我有什么事？"刘露萍回头打量来人，面部表情先是一惊，瞬息又恢复平静。

"我们来看你了。"杏花嘴快。

"看我？施主，你俩是来上香的吧？上香就跟我来。"刘露萍起身走出禅堂，灰色的袈裟一颤一摆，光光的头颅闪着亮光。杨松柏不忍心多看，心里好不酸楚。

刘露萍示意杨松柏留下，把杏花带到三圣殿。她拿过一把香在佛灯上点燃，递到杏花手中："施主，把香插到这里吧，菩萨会保佑你们的。我与他缘分已尽，我知道自己罪孽深重，分手是我提出来的，与他无关。他不是个狠心人，好好珍惜吧。"她指了指观音菩萨像前的香案，冰雪聪明的她，似乎早就料到杏花有什么心结，开门见山地道出了原委。

杏花接过冒着青烟的香，神态异常虔诚，一支一支地往香案上插。然后，她磕头作揖，嘴里念念有词。等她回过头时，见刘露萍已跨出三圣殿的门槛，嘴里唱道："一切恩爱会，无常难得久。生世多畏惧，命危于晨露。由爱故生忧，由爱故生怖，若离于爱者，无忧也无怖。"歌声里溢出一股洒脱飘逸之气。

与刘露萍见面后，杏花决定与杨松柏完婚。这场长达十余年的爱情长跑终于落下帷幕。

婚礼在驷马春风职业中学的礼堂里举行，百多名教职员工和驷马水乡部分干群参加了婚礼。学校工会主席做司仪，省去了一些繁文缛节，把婚礼办得既简约又热闹。像学生写作文，突出重点，惜墨如金。婚礼保留了拜谢高堂、喝交杯酒、交换戒指几个传统仪程，最后别开生面，让新人携手同唱《九百九十九朵玫瑰》结束婚礼。

往事如风

痴心只是难懂

借酒相送

送不走身影蒙蒙

烛光投影

映不出你颜容

……

难舍心痛

难舍情已如风

难舍你在我心中的放纵

我早已为你种下

九百九十九朵玫瑰

从分手的那一天

九百九十九朵玫瑰

花到凋谢人已憔悴

千盟万誓已随花事湮灭

二人音域宽广，激情饱满。整个礼堂似乎弥漫着玫瑰花浓郁的香气。杨松柏回想起与刘露萍结婚的情形，忘不了张婆婆辛勤的付出。可现在张婆婆无缘见证一对新人幸福的开始，杨松柏免不了有些伤感。

今夜也没有人来闹洞房。也许，人们不愿打扰这对终成眷属的新人。杨松柏洗了个澡，搓身子像搓洋芋和萝卜，弄得光洁亮堂。走进洞房，壁灯亮着，杏花躺在席梦思上，盖着踏花被，朝里侧着身子，露出凝脂般粉嫩的左肩。向上收拢的秀发，束成高翘的马尾偏向右侧，脖颈显得格外修长、清爽。玲珑的项链，自然而然地挂在脖子上，像点在白皙底色上的彩绘。

她似乎睡着了，一切都无声无息，这是一种平静而有节制的等待。浅白色的西湖呢喇叭裤和粉红色的蝙蝠衫，早已搭在高靠背椅子上。这两种契合个性解放时代审美观念的款式，似乎给了杨松柏一种鼓舞。

杨松柏抓起杏花的衣裤，按在自己的胸前，随即又放回原处，体内瞬间升起一团躁动的气体。他揭开踏花被，一股淡香钻进鼻孔，令人精神一振，强壮的躯体也塞进被盖，紧紧贴住杏花温润坚实的脊背，一种奇异的质感像电流一样传遍他的全身。

"松柏哥，我与露萍姐不同。"杏花并未睡着，突然转过身来，眸子里亮光一闪。

"什么不同?"

"她嫁你时含苞欲放,而我已是一朵错过季节的晚花。"

"不,你是一朵熟透了、盛满醇香的春花。"

49

　　水乡民兵副排长这一职务，耗去张强二十三载雄心勃勃的年华，妻子桃花经常鞭策他："你整天猴刨刨的，还是这般没长进，像出了窑的砖——早定型啦！"

　　村里人多嘴杂，帮他找原因。有人说他不会拍马溜须，生得太耿直。也有人说他身后没靠山，没人拉他一把。

　　不过，官运亨通不了的他，却是干农活的行家里手，庄稼种得像一枝花。别的男人都远走高飞，外出务工赚大钱，他却死守在驷马水乡，干些鸡零狗碎的公事，图些蝇头小利。他希望自己的"官儿"能像萝卜一样，藏在土里潜滋暗长。

　　当然，这不是他唯一的目标，盯得最紧的还是那几亩水田旱地。一年四季起早贪黑，侍弄着沃腴的土疙瘩。忠诚本分的土地从来也没有辜负过他，能让他不愁吃不愁穿。不过，要他拿出多余的存款去城里买套房子，或者去镇上买块地皮，盖他三间、五间平房，恐怕就是天方夜谭了。

　　妻子桃花除了抱怨张强官场上不懂怎么混外，倒也没说别的。夫妻俩不离不弃，安贫乐道。张强像驷马河边那些翠鸟，一年四季蹲守在几根柳枝上，用平静的眼神盯着平静的河面，多数时间看到的景象都是"清风徐来，水波不兴"。

　　这一天，终于来了好消息。他像久候的翠鸟突然看到水面鱼影一闪，精神抖擞，眸子骨碌一转，准备振翅扑击。

　　"赵兄弟，听带信的人说你给我找了份工作，准备叫我干啥？"张强兴奋地跨进赵晓军的办公室，还没坐下就问开了。

"张大哥，镇武装部差一干事，我们认为你是最佳人选。明天，就去报到上班。"赵晓军像已经等了很久，看了看左腕上的手表，从座椅上站了起来，准备出去办事。

"正式的？"

"正式的。试用期一年，试用期满了就转正。"赵晓军言辞恳切，又补充一句，"这是镇上集体研究决定的，张大哥，去了好好工作，别让人家说我们闲话。"

"这一点，我明白，请你放心。"

自己到底明白什么？是该感恩呢，还是明白自己因为同赵晓军的裙带关系，如果搞不好工作，就会被人家戳他脊梁骨呢？张强不愿多想，反正端上了国家饭碗是他张强人生中的大喜事，只等羡煞那些代代为黄泥巴脚杆的村民了！

他一路小跑，嘴里哼着含糊不清的曲儿，兴奋得像个孩子，急于回家把这好消息报告给桃花，让她别拿老眼光小瞧自己。

路过责任田，不由自主地放慢回家的脚步。他要在这里停留一阵，看看那些弯弯拐拐的梯田，看看那清香盈鼻的水稻。前些年，村民们不堪农税提留的重负，宁肯离乡背井，外出务工，也不愿与土地打交道。荆棘和野草不忍心看着撂荒的田土白天晒太阳，晚上披月亮，种子和根疯狂入侵，攻城略地，圈地为王，硬生生地把良田变成了丛林。

"唉，可惜这些耕地！"叹惋之余，张强铲草除根，斩荆垦壤，把撂荒的土地种上庄稼。他自言自语："这些都是水乡的好田好土，水肥管理方便，只要秧苗插下去就是粮食，你们不种我来种。"

可今年不同了，开春就落实了农村零税负政策，解除了套住农民两千六百年的"皇粮国税"这一缰绳。他们信步来到种田不缴费，还可享受粮食直补和良种补贴的新时代。撂荒的田土被主人委婉地收了回去，张强只好在自己那几亩承包地上精耕细作，功夫下足。能往周遭多挖一锄的绝不少挖一锄，田土在变大，田埂在变窄，窄得难以容下一只脚了。杂草刚一露头，就像清理阶级敌人一样被无情地清除，照料土地就像雕刻一尊塑像，每一个细节从不马虎。

地里每一道坎，每一条沟，每一块土团，都像张强身上的筋骨和肌肉。哪个部位有毛病，他的神经中枢都能感觉到。人与土地融为一体，经络勾连，血脉和气息相通。

"明天，我去当武装部专干了，我就要离开你们了。谁又来照料你们呢？"

他站在地头，潮湿的目光深情地抚摸着那些充满生机的田土。像即将远行的父亲在向孩子告别，话语低沉而凄婉。虽然吃皇粮皇饷是他梦寐以求的事，但一旦要他脱离土地，却有诸多的不舍！

沿着一条铲得溜光的田埂走过去，前面有哗哗的水声，汩汩的清流涤荡着招摇的稻根，从稻丛间银光闪闪地汇向缺口，喧闹着奔向荒野。这是他早晨铲开的缺口，水稻七成熟时，放水炕田，便于落干后播种秋粮。只有懂土地的人，才能揭开水旱轮作的密码，才有资格最大限度地享受土地的回馈。

一只青蛙从田埂边的草丛里蹦出来，投进稻田，射出一股尿液，滴落在他滚热的脚背上，像洒下几滴温馨的冷露。

几只跳蝗，足点金色的稻穗，箭一般飞到他的肩膀上，得意地摆弄着青褐色的触角，像在感知食物的信息。青蛙和跳蝗这对冤家，你消我长，我长你消，维持着数量上的动态平衡，构织了一个奇幻多彩的生命世界，这是土地对人间的恩宠。

莺黄的稻叶带着痊愈的虫口，捧出壮硕的稻穗，在夏风中摇荡着张强渐渐模糊的视线。

"土地啊，你是我祖祖辈辈的命根子！世上的东西哪一样不是从土里长出来的，你是万物之母呀！"

张强像泥腿子诗人，踽踽而行，双唇嗫嚅着，悲怆地号呼。突然，他弯下腰，抓起一把稀泥，捏捏把玩，指间渗出水滴，紫黑色的土粒里包裹着零星的稻根。正是这些微小的器官，像伸进土壤血管里的口器，快乐地吮吸大地的精血，才成就了稻株的事业，滋养着无数的生灵。

又是一个迷人的秋夜，皓月当空，几团云朵飘浮在湛蓝的天底。驷马河岸边的树影草丛里，蛰伏着鸣叫不已的秋虫。翠鸟时不时从月光下的柳枝上腾飞，箭镞般射向河面，河面"扑通"一声轻响。这是大自然的精灵，它借着微茫的亮光，夜以继日地捕捉小鱼小虾。

秋蝉在高枝上惊叫几声，飞出叶丛，在柳林里胡碰乱撞，带着逃离螳螂抓捕的惊惧，一路呼号。夜色也阻止不了螳螂的狩猎行为，因为生存的欲望能让它乐此不疲。

"突突，突突！"耕田机也来凑热闹，在驷马河岸边的谷桩田里亮开了亢奋的歌喉，矿灯和月光映照着张强忙碌的身影。犁铧翻起土坯，再揉进旋碎的谷桩，将其还田成肥。

"喂，张强呀，不是爸说你，你啥事哟？白天要上班，晚上还要搞生产。"李朝阳站在田边，月光投下他黑色的身影，像从天而降的鬼魅，差点吓了张强一跳。

"爸，这么晚，你咋还没睡觉？"耕田机熄了火，周遭恢复了月夜的寂静，汽油味飘散在清凉的空气里。

"我睡得着吗？这铁牛吼得这么凶，谁听不见呀？即使你要耕夜田，也弄头牛来耕嘛。其实，我家那头老黄牛算是老行家了，耕田犁地，推磨碾米，有啥不行？"李朝阳掏出烟卷，搁鼻孔前闻一闻，递给张强。

"爸，耕田机比你那老黄牛能干多了，马力足、翻土深、土粒细、疏松高效，开起来一点也不累呢。你瞧，一亩地十几分钟就犁完了。靠你那黄牛，少说也得大半天吧？"这岳父大人真是死脑筋，不懂科学啊。张强往塝坎上一坐，把烟卷点燃，咂吧两口，一副满不在乎的神态。

"你就好好当你的武装部专干，犯不着这么累！长期这样，会把身体搞垮的，况且你不怕单位对你有意见吗？"李朝阳又搬出一通理由，话里满是关怀。

"爸，这年头，种庄稼，又不缴纳农税提留，依我看，上班发那点工资还不如种田呢。何况我晚上种田，白天上班，惹谁碍谁啦？这样还可以减轻桃花的劳务负担。"张强极力想证明自己做法的合理性。

"糊涂！鼠目寸光！吃皇粮皇饷不安逸，偏要去种田？我当了一辈子农民，难道还不知道农民的苦楚？"李朝阳狠狠地瞪了女婿几眼，气愤地走了。

腊月初一这天，没出太阳，天空罩着灰白而沉重的云层，天寒地冻，冷风飕飕。张家大院人声嘈杂，沸反盈天。

"朱富贵，国防教育费是按人头算的，每人六十元，你家五口人，该交三百元。其他户子都交了，就你还没交，这肯定是不行的！"一位青年男子手里拿着账本，腋下夹了个公文包，站在地坝中间，点名要朱富贵交钱。

"什么国防教育费？今年开春，上面不是刚刚下达政策，免除农民的各种摊派吗？这事电视上也讲了。我问你，收国防教育费叫不叫摊派？"朱富贵拴着围腰，穿着水靴，双手在围腰上一边揩，一边质问那位青年男子。看他那打扮，可能刚刚帮邻居杀完年猪，手上还沾着血迹。

"什么摊派不摊派？国家还需不需要保卫？保卫国家的钱从哪里来？你说呀！"青年男子理直气壮地问道。

"我不管你什么理由，反正我一个子儿也不交，除非你能拿出上级下发的红头字文件。"朱富贵转身就要离开。

"嘀，朱富贵，你派头还不小呢，凭啥要给你看红头字文件？如果你抗拒不缴，我有权送你去治安室。走，跟我走一遭，看我把你有法莫得！"身材魁梧的年轻男人拽着朱富贵的胳膊就走。

"请你放手！老子偏不去，咋的？"朱富贵奋力一甩，从那人手中挣脱，怒目圆睁，气冲牛斗。

"富贵，什么事？"今天是周末，张强没到镇里上班，背了一背萝卜从承包地回来，正好遇到表弟朱富贵和青年男子争吵。

"表哥，这家伙说他是镇武装部来收国防教育费的。上面不是说不准搞摊派吗？你是干部，你懂政策。你说这钱该不该交？"朱富贵见到表哥张强，心里更有底气，张强不正是武装部的吗？

"哦，原来是你，小刘呀。收什么国防教育费？我咋没听说这事？"张强和颜悦色地问，眼前这个男子正是他的同事刘天河，虽然年轻，却比他先参工几年，算是镇武装部的老干事了。

"老张，你有所不知，这事在你没来之前就定了。"刘天河把嘴巴凑到张强的耳轮，"已经年头年尾了，现在不收甚时候收呀？"声音小得像蚊子嗡嗡。

"这怎么行？当农民也不容易呀。国家已经免了的费用我们坚决不能收！"张强冷峻的目光射向刘天河。

"张哥，你不支持可以，可不能当众拆我的台，反正这钱又不归我个人。"刘天河再次压低了嗓音。

听到院子里有吵闹声，不少村民从屋子里走出来看热闹。

"这不明摆着搞'三乱'吗？国家都在体恤农民，我们更不能加重农民负担。小刘，快把已经收了的费退给大家吧！"张强声色俱厉。

"对呀，快退给我们，这是我们的血汗钱！"在场的几个村民异口同声，言辞中表达了强烈不满。

"他从我们家也收了二百四十元，别忘了叫他退给我。"桃花不知啥时候拢场的，扯了扯张强的衣袖，小声地提醒丈夫。

"凭什么要退？这是规费，必须缴，谁也别想耍赖！"刘天河双颊变形，涨得发紫发红，像一个即将引爆的炸药包。张强不支持这事倒也罢了，却倒戈替刁民出头，这是他难以容忍的！

"刘天河，你这说的啥话？我看你是猪八戒耍把式——倒打一耙。这里没人耍赖，只有你在耍赖！"张强心头升起一股怒火，刘天河分明在搞违规收费，却还盛气凌人，拒不退款。

"张强，你不要狗拿耗子——多管闲事，别忘了你还是个临时工！"刘天河恼羞成怒，开始揭别人的短。

"临时工又怎么啦？我又没有像你这样搞'三乱'！刘天河，请你把钱留下然后滚远点，这里不是你发财的地方！"张强的面孔被怒火扭曲了，像一只暴怒的河龟，手突然一伸，拿过刘天河装钱的公文包，举起晃了晃，"大家过来领钱！"

"把包还我！"刘天河一个饿虎扑食，劈手抢夺公文包。东西易手，张强岂肯放过？二人抓抓扯扯、推推搡搡，扭打起来。张强是服过役的老兵，训练有素，刘天河岂是他对手？他一拳打伤了刘天河的鼻梁骨，对方捂着鼻子哀号不已，像被人踩断脚爪的猫。

村民们虽然十分痛恨乱搞摊派，甚至有人高喊："打死他！"可是，当

水乡飞歌

看到刘天河受伤了，澎湃的情绪平静了下来，如潮头猛然滑落。好几个人抬的抬，抱的抱，把刘天河弄上汽车，送往医院。

这件事貌似平常，却在驷马水乡人尽皆知，家喻户晓，再经口水发酵，引起不小的反响。很快，一场出乎意料的谈话改写了张强刚刚走向明朗的人生。

这天，雪后初霁，暖烘烘的冬日融化着积雪，银装素裹的柳树露出斑驳的绿色，像一幅幅竖立的写意画。寂静的办公室刚刚送走窗台上蹦蹦跳跳的麻雀，就迎来了武装部部长王绍忠。

大腹便便的王部长面色凝重，走到沙发前，刚刚落座，就开口了："老张，你作为老同志，咋这么不冷静呢？他刘天河乱收费，你可以向我反映，该怎么处理就怎么处理。纵使他千错万错，你也不该打人家。他现在还躺在医院里呢。老张呀，你咋这么糊涂呀？你还没有转正呢。"王绍忠面露难色，一串沉重的叹息后，迟疑良久，温和地问："老张啊，依你看，这事该怎么处理？"

"部长，我自己走人，刘天河的医疗费我拿。"张强沉默一阵后，竟然做出这样的决定。这事本来应该有多个解决办法，比方说买点情礼，去看望一下刘天河，赔个情道个歉，一笑泯恩仇。何况妹夫赵晓军是这里的领导，如果他出面，跟刘天河沟通沟通，或许事情尚有转机。可是，他张强宁可站着死，也不跪着生，他有什么错呢？还不是刘天河先动的手？唉，这事没有申辩的必要了，毕竟自己下手重了点，让刘天河吃了亏。走吧，还是种庄稼自由。

"这样吧，刘天河自身也有过错，这医疗费就我们单位解决吧。至于他收的那些钱，等他伤好了，如数退还给老百姓。"对于张强的辞职，王绍忠默许了，也不知他出于什么考虑。推理而言，大凡当头头的都嫌麻烦，复杂的问题简单处理，顺势而为是最佳选择。一个烫手的山芋就这样轻描淡写地解决了，王部长暗自高兴，屁股一抬，出了办公室。

离开单位时，张强回望门楣上的招牌，一种异常复杂的心情像寒潮袭来。来上班的头天晚上，邻居们跟他喝了好久好久的酒，说不完的祝福话。还有当已经性冷淡半年的妻子，滚烫的腹部贴在他酒醉的身上，猴急马急地扯他的皮带时，他糊里糊涂地被压在她赤裸的身子下，感觉到好一阵地动山摇的快活，这是一直奚落他的妻子对他的奖赏呢。他心里一阵悲凉，垂头丧气地回到宿舍，收拾东西准备打道回府。刚刚出大门，就遇到了赵晓军。

"张大哥，你的事王部长给我说了，你怎么自己提出辞职？"赵晓军的拐杖杵在地板砖上，噔的一声响。

"唉，这难道不是王绍忠的意思？谁听不懂他的言外之意呢？"张强心里明白，王绍忠刚才的谈话，分明是个圈套，就等他往里钻。可是，他不得不钻呀！

"张大哥，这工作你辞都辞了，就不谈了。俗话说：好马不吃回头草。这是我们军人的傲骨。哥，你今后有什么打算？"赵晓军突然提出新问题。

"种田。这是我们农民的老本行啊。"一说到回家种田，张强内心平静多了，有种归属感。

"张大哥，田不仅要种，而且还要种好。只是要想发家致富，光靠几块田土还是有些单薄。这个社会是全方位放开的，我们谋生的手段和途径还可以多一些。这样，你干脆去幺妹夫杨松柏那里看看，或许，他能给你想条更好的出路。"赵晓军说了几句话，拄着拐杖，一扭一拐地走了。

寒假中的驷马春风职业中学像静悄悄的港湾，新建的教学楼和实训大楼是停泊在港湾里的战舰。除操场边上七八岁的小孩在打乒乓球外，几乎见不着别的人影。法国梧桐的落叶被寒风卷起，在地面上扑腾翻滚，像中了枪的鸟儿。

"张大哥，你们武装部年关一定很忙吧？怎么有闲心来我这里呢？"正在家里练习缝制婴儿衣帽的杏花见大姐夫张强来了，连忙请进客厅烤火，泡了一杯热茶递给他。张强看了一眼搁置一边的婴儿衣帽，想起妻子桃花说过的话：幺妹结婚太晚，这么多年一直没有孩子，一怀孩子就流产，衣帽都准备好几次了，但她还是缝呀缝，没有怀孕也在缝。

"唉，我已经辞职了。幺妹夫呢？咋没看到他？"张强歪起屁股往沙发上落座。

"怎么回事？为啥要辞职？不是干得好好的吗？"杨松柏听客厅有人说

话，连忙从书房里走出来，手里还拿着《校长十大妙招》。

"哎呀，这事一言难尽，不提它了。"张强鼓起嘴巴，吹了吹浮在水面的几片茶叶，呷了一口。

"好，不愉快的事最好不提，免得越提越不开心。那么，张大哥，你有啥打算？"杨松柏不愿去揭人伤疤，猜定他必有所求。

"杨兄弟，哥这次来是想让你帮我找点事做，我这人故土难离，只想在本地刨碗饭吃。"张强说明来意。

"张大哥，我学校就这么几个部门，保卫科的人都安插满了，只有教师厨房差个炊工，你愿意干不？"

"我就是个种田的，干点力气活还行。对煮饭这种技术活，哥是弯扁担吹火——一窍不通。"

"松柏，我听说县交通局有个路桥公司，承包者是你大学校友梁洪刚，给他打个招呼，帮张大哥谋个职业吧。"杏花听大姐夫想找事干，一直没露声色，此时却开了口。他两个孩子在上学，光靠几亩土地的收入怎么行？突然想到梁洪刚，村里的人经常提起他，说他颇有能耐，又修路，又架桥，混得风生水起。据说，如果铁路和高速路的项目审批下来了，他还要去揽工程呢。所以，解决个把人的工作，对他来说绝对是小菜一碟。

"对了，我咋没想到这一点呢？走，我们去找一找梁洪刚。"张强毕竟是杏花的姐夫，人家有求于自己，杨松柏岂可怠慢？

夏利轿车翻山越岭，拐进丛林密布的山谷，大老远就听到谷底机器震天撼地的轰鸣声，那里挖了一个开阔的土坝子，入口横着一根漆了红色油漆的竹竿，旁边建有保安室，室外拴了两条凶巴巴的狼犬。

"拴狗干吗？有这个必要吗？"杏花奇怪地问。

"人家大老板的做派不同嘛。"杨松柏瞟了杏花一眼，打趣地说。

"什么做派不做派，我看是钱花不完吧？讲什么臭排场！"杏花咕哝一句，露出鄙夷的神色。

身着崭新制服的保安走到夏利轿车前问明来意，一边呵斥狂吠的狼犬，一边翘起竹竿放行。

坝子里停放着十几辆备用的工程车，还有好几台挖土机和压路机。一辆银灰色的越野宝马停泊在四辆轿车中间，这应该是梁洪刚的座驾。单凭这一点，可以推想这人的确混得不错。

走进工程指挥部总经理办公室，格菱空调散发的暖气包裹住了几副寒冷的躯体，这屋子是一个温暖的世界。

"天寒地冻，杨校长带着这么漂亮的夫人深入山沟沟看我，难得，难得呀！"梁洪刚热情地招呼大家坐下，顺手拍了拍身旁一名女子蜜桃般的屁股，乐呵呵地说，"亲爱的，快去，把最好的茶叶拿来。"

"哎呀，你弄疼我了，人家晓得嘛。"看上去这女子不过二十一二，俏丽妖娆，性感可人。听了梁洪刚的吩咐，屁股一撅，从梁洪刚身旁站起来，翻了个白眼，娇滴滴地责怪一句，扭动螳螂细腰，"嗒嗒嗒"地走到一个红木柜前，从抽屉里拿出精致的盒子递给梁洪刚。

"兄弟，这是云南的一个朋友带来的，上好的澜沧古茶呀。"梁洪刚朝妙龄女子努了努嘴，"秋菊，快泡茶呀，弄好后，去叫厨房安排晚饭，叫他们多弄些菜，我要跟校友喝个痛快，不醉不罢休！"

"梁总，晚饭的事就免了，我来找你有件事。这是我张大哥，希望在你这里谋个职位，请你照顾一下。"杨松柏指了指张强，张强微笑着点了点头。

"谋个职位？"梁洪刚若有所思，突然拍了一下脑门，上下打量张强，和蔼地说，"这样吧，看你身体蛮结实的，就帮我看材料吧，有时要搬这搬那，活路苦一点，但工资不会亏你。怎么样？"

"行啊，谢谢！"杨松柏和张强心里似乎都轻松了，对望一下，会心地笑了。

50

  料峭轻寒，柳絮飞花。尘封已久的会议室向拂面春风敞开门窗，村民们沐着暖阳，带着春风般的笑脸，叽叽喳喳走进会议室。

  "表嫂，你看你，把自己打扮成十八岁女娃子，是来晒人的呢，还是来开会的哟？"桃花刚走到会议室门口，就遇到朱富贵老婆春香，春香刻意从她发际看到脚尖，又从脚尖看到发际，笑嘻嘻地拿她开涮。桃花虽然已届中年，却留存了几分姿色。文了眉毛，细如花丝；脸上略施淡粉，遮住了沧桑。

  "晒你个头，老娘脸上都可抓一把萝卜丝了。哪像你年纪轻轻，梳个梭梭头，别个花夹子，还把屁股撅得那么圆。"桃花回敬了春香几句，还故意模仿春香扭动屁股盘子，一不小心，蹭到了擦肩而过的花狗子。

  "哟，张强哥才走了几天，你就乱蹭男人了？"花狗子也不是省油的灯，遇到女人，总是喜欢图点嘴上的快活。

  "别乱开玩笑，嫂子问你个正经事，村里一年多没开过大会，今天突然开会干啥？你人缘广，信息多，别瞒着嫂子。"前面座无虚席，桃花挨着花狗子在靠门的长椅上坐下来。

  "这个我真不知道，不过，应该猜得出是关于修路的事，前些日子不是来了好几批测量队吗？在山旮旯里东奔西窜，忙活那么久。"花狗子推测道。

  "杏花没有告诉你？"桃花知道幺妹一定知道这事，不过，问了几次她却避而不谈。也许，在别人面前，她反而掏心掏肺了。

  "你是她姐，都不对你说，那么，她能告诉我吗？她现在是支书了，原则性更强了，怎么会把还没公开的事告诉我呢？当年在建州，就听人说当地人提前获悉了线路规划，竟然突击种下荔枝和龙眼苗，待拆迁时向政府要补偿。这驷马水乡不乏'咬卵犟'，你以为他们不知道弄虚作假，扯歪筋吗？"花狗子掏出一支香烟，准备点上。

"哎呀，着急问啥嘛。你看，杏花不是出来了吗？"花狗子下颌往前一抬，示意桃花朝主席台看。

主席台旁边有个小门，直通村委办公室。杏花和第一书记陈小强、新任村长赵苗苗从小门走出来，边走边讨论着什么。杏花当村支书的第八年，不再兼任村主任，赵苗苗接替了村主任的位置，其他成员也来了一次改朝换代似的调整，以年轻人为主的队伍焕发着春天般的气息。

"村民们，报告大家两个好消息。"杏花走上主席台，亮开了洪亮而有磁力的嗓门，她的眼皮还向上翻了下，眸子特别深邃闪亮。会议室里鸦默雀静，四面八方的目光交汇在她的身上。

"好消息？什么好消息？"村民们心里像春潮一样一阵翻腾。

"第一个好消息，包茂高速经过驷马水乡，这里还有个出口。第二个好消息，巴渝铁路也经过驷马水乡。市里已出台了构建秦巴大交通的宏伟设想，这两条交通干线一旦建成，我们驷马水乡将成为重要的交通节点。往后的前景就不言而喻了。"杏花按捺不住内心的激动，脸上泛起兴奋的红晕。

"铁路、高速公路这些玩意儿，建到我们深山沟里来了？哼，不会是痴人说梦吧？"何半仙鼻翼翕动了一下，皱巴巴的嘴角挤出一丝嘲讽的微笑。这老古董向来如此，一遇新鲜事物，就像缩头的蜗牛，两根柔软的触角在壳门处，东绕绕西绕绕。

"是呀，驷马水乡四面大山围堵，若不是暴戾的驷马河撕开一道缺口，外面的风也灌不进来。想在这么大的山里修铁路、修高速，这不是空口白牙吗？"一位老妇眉毛皱起，老脸上的沟壑抽搐了一下，鼻子哼了哼，附和着何半仙。

"我说你们就莫怀疑这事了，秦岭，你们听说过吧？横亘八百里，它可不比我们米仓山小啊。我们坐火车出去打工，不照样在它肚子里钻来钻去吗？"王劲松心想这些人待在水乡，一辈子也没机会走出大山，像地麻雀一样飞翔于灌木和草丛之间，他们的视界难免受到局限。王劲松突然想起高中老师讲过柏拉图的"洞穴之喻",望了望何半仙和老妇人一眼,心头隐隐涌出一丝凉意。

会议室里闹哄哄的,说好说坏,说真说假,低声细语,吵翻了天,甚至有人争得面红耳赤。这两则消息不管怎样,却像阳光、雨露和潮水,让参会的村民心中温暖、朗润、汹涌澎湃。

"静一下,静一下!"陈小强轻轻拍了拍桌子,站起来说,"昨天,镇上开会,赵晓军镇长专门讲了这事,要我们驷马水乡全面落实市里面的决定。他反复强调构建秦巴大交通是我市当务之急,重中之重。杏花书记还向镇上立了军令状。"陈小强扭头朝杏花点了点头,然后又坐下了。

陈小强自从在黑石场被解救出来以后,回到老家,继续上学读书。在建州的一系列遭遇触动了他的灵魂,使他认识到逃学是多么糊涂和愚蠢。

皇天不负苦心人,重点大学没有辜负他高中时期焚膏继晷的执着,把一张沉甸甸的录取通知书送到了他的手中。大学毕业的他顺利地考上了公务员,去年又来出任驷马水乡第一书记。

初来水乡时,陈小强和花狗子有一段有趣的对话。

"你呀,本是驷马河一团糊不上墙的烂泥,经过大浪无数次的淘洗,却成了上等的沙粒。"花狗子搞沙场,连取笑也离不开行话。

"哈哈,命运之神对人最热诚的眷顾,就是把人置入死地而后生,逆境催人奋发呀。我陈小强也可写一部《钢铁是怎样炼成的》了。"

"我不像你们读书人,说话文绉绉的,你狗屁钢铁啊,虚心做一粒沙子吧,驷马水乡需要的是泡不烂、压不扁的沙子呢!"花狗子见陈小强给自己戴高帽,硬是把他定位为渺小的沙粒,也许,这样是对陈小强的鞭策。

会场上,陈小强话音刚落,杏花那冷峻、犀利的目光在全场扫了一下:"构建秦巴大交通功在当代,利在千秋。我们能做的,就是义无反顾地支持拆迁补偿工作。不管是承包地、宅基地,还是柴山坡和生产场地,线路所到之处,就是该拆该补偿之地。一律按国家标准进行,不得漫天要价,不许当'钉子'户。交通搞好了,驷马水乡就发展起来了,脱贫奔康指日可待。"

"水乡真要修高速路、铁路了!"桃花喜出望外,她轻轻拧了花狗子一把,

"老弟，这工程会不会是水乡路桥集团承包？"

"也许是吧，水乡路桥集团的总裁梁洪刚一直盯着这些项目呢，这人要风得风，要雨得雨，听说没有他办不成的事。"说到这里，花狗子忽然想起了什么，意味深长地问道，"嫂子，你打探这个干吗？"

桃花笑而不答。

"又想张强哥了吧？如果梁洪刚承包了这项工程，张强哥就在家门口上班了，可以天天跟你滚热被窝了。"花狗子恍然大悟，左手捂住嘴巴，差点笑出声来。

"周围这么多人，你这砍脑壳的说话正经点！"桃花用眼睛的余光朝四下一扫，低下头，有些腼腆，心里却乐滋滋的。自从丈夫跟了梁洪刚后，虽然没出省，却忙得抽不了身，夫妻一年半载才能小聚一次，真有些意犹未尽。

完成路基施工放线后，拆迁补偿、安置点建设都紧锣密鼓地进行着。拆迁办工作人员挨家挨户地登记财产，丈量房屋和土地，核算价格，忙得不亦乐乎。

清晨，何半仙和杜群兰来到桃花家，抬起那架木制扇谷风车，神秘兮兮地往外走，刚好遇上掐菜回屋的桃花。

"何半仙，你搬我的风车干啥？"桃花拦住夫妻二人，奇怪地问。这当儿，又不搞收割又不碾米，干吗要用风车呢？

"等会儿拆迁办要来我家登记财产，我搬去登了记就还你，听说一架风车好几百呢。"何半仙朝桃花诡秘地一笑。

"这风车昨天已经登过记了。"桃花脸色一沉。

"这个我知道，再登一次也无妨，国家的钱不骗白不骗。"话没说完，何半仙和杜群兰就抬着风车急匆匆地走了。

过了一会儿，何半仙又在桃花家门口出现了。

"你又来干啥？"桃花见何半仙鬼鬼祟祟，东张西望，心里好生不悦。

"拆迁办还没有来，这个我也拿去准备着。"何半仙见墙壁上挂着一张犁铧，没等桃花同意，取下来往肩上一放，扛起就走。

"嘿，你这人好生奇怪哟。你不怕拆迁办追我责任吗？这东西不能再拿去登记了！"桃花准备上前阻拦。

"追你啥责任？这上面又没有刻名字，他们知道这是你的还是我的？"

"人家照了相的呢。"桃花解释说。

"照了相又咋啦？黑猫白猪家家有，我偏说是我的又咋样？"何半仙不管横竖，一溜烟地跑了。

经过一个月的奋战，驷马水乡拆迁补偿工作顺风顺水，差不多就到尾声了。聪明的水乡人都看到了这盘棋，一旦两大交通干线建成，偏僻闭塞的驷马水乡向外界敞开了胸怀，驷马水乡的脉搏就会同全国的心脏一起跳动。水乡人像行走在茫茫沙漠里，突然望见了一片绿洲。

"其他都没有问题，只有何半仙母亲的坟墓谈不拢。"村委办公室里，陈小强正同杏花谈论拆迁补偿工作，他是村委派去专门协助拆迁工作的。

"这老牛筋！"杏花皱着眉头，脸色铁青，"走，我们再去找他谈谈。"

杏花和陈小强来到何家大院，这里的村民陆续建了砖房，房前屋后栽着零星的花草，长出了嫩芽和新叶，显出生机盎然的新气象。只有何半仙和另外一家孤寡老人还住着老房子，木架瓦房，古朴沧桑。赶上去年的农村旧房改造，由政府出资铺了水泥地板，涂白了墙壁，建了厕所，倒也还整洁清雅。

跨进何半仙的家门，屋子里冷清清的。十几年前，何半仙的大女儿被人贩子骗卖到广东，生米煮成熟饭，帮贫穷的夫家生儿育女，回不来了。他的儿子虽然在外打工，但由于小时被毒蛇咬伤，成了跛子，只能干些挣不了多少钱的活，至今三十了，还没娶到女人。有人说何半仙过去装神弄鬼，骗百姓的钱财，这是他该遭的报应。

儿女都不在家，只有何半仙和杜群兰待在家里。杜群兰得了一种怪病，最近又犯了，卧床不起。何半仙坐在长板凳上，嘴衔铜烟杆，不声不响地抽闷烟，两侧的脸颊凹得很厉害，好像要把烟丝的骨髓都吸出来。

"两位书记找我有啥事？"何半仙明白这二人来意，却故作不知，也不让座，语气冷冰冰的。

"何叔，我们给你报喜来了。"杏花微笑着，自挪一条板凳和陈小强坐下来。

"我有啥喜？"何半仙还是面无表情。

"县扶贫局批下来了,你老已经是建档立卡的贫困户。以后,你家就是我的帮扶对象。今后,有什么难处,就给我讲,我们共同来面对吧。"陈小强眉飞色舞,抢先报告情况。

"这贫困户我不要了,顶着个贫困户的帽子,恐怕一辈子也娶不到儿媳了。"何半仙阴阳怪气的回答让杏花始料未及,她满以为这事能感动他呢。

"何叔,话可别这样说。当了贫困户,就能得到社会的帮扶,一旦脱了贫,还有哪个姑娘嫌弃你的儿子呢?"杏花打趣地说,"只要你家脱了贫,我敢打包票,一准儿给你介绍个儿媳。"

"杏花,如果你能给我介绍个儿媳,婶婶给你当牛做马都行啊!"杜群兰瓮声瓮气的话从里屋传出来,还带着喘息声。

"何叔,还有一件事找你商量一下。你母亲的坟地位于高速公路出口,不迁是不行的。请你支持一下我们的工作,迁到村公墓区吧。"陈小强一边说一边观察何半仙的反应。

"这坟动不得!一动我何家就败了。"何半仙口气强硬,似乎没有半点商榷的余地。

"何半仙,照你这样说,为了让你何家不败,高速公路的出口只能改道了?"门外忽然走进来一位拆迁办干部,为这事,他前前后后找何半仙软磨硬泡不下十多次了,可是,没有任何突破的迹象。今天再来碰碰运气,还没进屋,就听到何半仙这样说话,他气不打一处来。

"土地是国家的,让高速公路改道,我没有那个权力。不过,即使你说破了嘴皮,反正我还是那两个字,'不迁'!"

何半仙把烟锅在板凳上狠狠磕了几下,里面的烟灰还是不肯出来,他拿起来对着烟斗吹了几口,又往板凳上磕。

"哼,你也知道土地是国家的?"拆迁办干部露出轻蔑的微笑,接着来了个最后的通牒,"何半仙,我给你三天时间,你要想清楚,到底迁不迁?政府不可能无限期地容忍你阻挡工程进度!"他说完就走了,看来已经下定了决心。杏花和陈小强随即跟了出去。

"同志,我看这样硬来不行。"撵上拆迁办干部后,杏花谈了自己的看法,

水乡飞歌

"上面一直强调以人为本，我们要尊重老百姓的风俗习惯，何况何半仙是我们村的贫困户。也许，他有难处，我们得帮他，工作可以慢慢做，总有解决的办法嘛。"

"杏花书记，你要护着他，我无话可说。面对这样的'钉子户'，我已经是黔驴技穷了，这人就留给你做工作吧。"拆迁办干部面色十分难看。

"哈哈，你开始甩坨坨了。"杏花忍不住笑起来。

那么，何半仙为什么说迁走他母亲的坟何家就要败呢？个中原因还得从头说起。

几年前，何半仙母亲因病去世，下葬前，他请了个风水先生看坟地。风水先生年届八旬，银髯飘飘。风水先生捧着个罗盘，往地上一放，面色凝重，端立于旁。何半仙也是懂规矩的人，连忙把事先准备的红包轻轻搁在罗盘上，图个吉利。风水先生打开红包，摇了摇头，不再吭声。

"怎么啦？"何半仙紧张起来。

风水先生还是摇了摇头。

"少了？"何半仙谨慎地探问。

"放了一千元，还少？"身旁的杜群兰咕哝一句。

风水先生伸出两根手指，又摇了摇头。

"还要两百？"何半仙试探着问。

风水先生再次摇头。

"两千？"何半仙伸长了脖子，一脸惊惶。龟儿子，村里人骂我装神弄鬼骗钱太凶，依我看他比老子还凶。看这架势，我当他徒弟还不够格呢。这不是要啃我生肉吗？唉，天地轮回呀，这回轮到老子倒霉了。

风水先生默不作声。

"不给了，这老瘟丧活着耗我钱，死了还要我掏家底。"杜群兰把愤恨之气撒在死去的公婆身上。

"哎呀，你少说两句不行吗？快去拿钱。"何半仙瞅了风水先生一眼，嘴巴对着妻子附耳低言，"别得罪这老东西，不然讨不到真言,那就坏大事了。"

杜群兰只好忍气吞声，换作一副恭顺的样子。又用红布包了两千元，虔诚地搁到神圣的罗盘上。

风水先生慢慢拾起红包，端起罗盘，捋了捋银色的胡须，面带慈祥，温和而亢奋地说："这位置不错，前水后山，右高左低，是一块宝地，长房子嗣必出显贵啊。"

"这显贵出在哪一代？"何半仙喜形于色，迫不及待地问。

"第三代。只是……"

"只是什么？"

第三代？不就是自己那个跛脚的儿子吗？将来找不找得到老婆还是另外一回事呢，还什么子嗣出显贵？何半仙立刻惶恐起来，感觉到自己心跳都已加速。龟儿子，我的只是呀，不过呀，早已让人们闻风丧胆了。没想到啊，你也有"只是"！又编个谱子哄老子的钱了吧？这是报应呀！何半仙的脖子像乌龟一样伸得老长老长，眼神惊疑不定地盯着风水先生，头颅颤巍巍地摇着。

"就这一百块了！"杜群兰把一张百元钞往风水先生手上一塞，转身走了。

"坟的位置还要往右边靠点，坟向一定要朝东南。"

风水先生终于说出了真话，他也不怕违背天机不可泄露的行规了，不怕"泄天机瞎眼睛"的风险了。

"好！好！大师辛苦了！"

何半仙像卸去了心头的重负，好一阵轻松。

高速公路建设开工典礼后，水乡路桥集团的筑路机械、工程车开进了驷马水乡。石山爆炸声、机器的轰鸣声、工程车的欢唱声，汇成一支气势磅礴、吞天吸地的壮歌。秦巴老区的复兴之梦又一次叩响了驷马水乡的大门。

沿线所有的民房、生产场所都拆除了，只有何半仙母亲的坟墓孤零零地躺在那里，像个赖着不走的泼皮，又像个孤魂野鬼龇牙咧嘴，吓阻着前来挖路的机器。

"梁总，这儿有座坟墓怎么办？"施工员拿起手机给驷马水乡路桥集团总裁梁洪刚报告情况。

"这点小事也要找我？找张强吧，他是你们的工程负责人呢。这样，不用报告，干脆铲掉它吧！"梁洪刚坐在高靠背转椅上，就地一转，下了命令。

373

忽然又觉得有些不妥，这是自己的老家，怎么能随便挖人家的坟呢？他立即回拨刚才的电话："那座坟还没有动吧？"

"还没有。"施工员回答说。

"没动就好，把它保护起来，等候通知。"梁洪刚随即又给拆迁办打电话询问情况。拆迁办说："这个'钉子户'是村支书杏花负责做工作的，你先问问她，看是怎么个情况吧。"

梁洪刚打了杏花的手机："杏花书记，何半仙母亲的坟墓还没有迁，这样会影响我的工程进展。"

"梁总，这段时间忙，又是拆迁，又是搞扶贫，我居然把这事忘了。对不起啊，晚上我去找何半仙。请相信我，这事很快就会得到解决的。"

这个何半仙是粪坑里的石头，又臭又硬，杏花说他请风水先生的钱由他私人给他拿了，其余按上面定的标准进行补偿，整死个舅子他也不干，分明想敲一笔。可是，多付的钱怎么做账呢？早知是这样，还不如让拆迁办执行算了。现在夸下海口，说很快就会解决，怎么个解决法？杏花突感骑虎难下。

"杏花书记，如果你没时间解决，就让我帮你解决吧，免得拆迁办推责任。好吗？"梁洪刚根本就不相信杏花的托词，他敢肯定，杏花说服不了这个疯疯癫癫的何半仙。我梁洪刚就做个顺水人情吧，以后其他事就好办了。

"这怎么行呢？不用，不用，我自己想办法。"关于梁洪刚的一些事情，杏花早有耳闻，从大姐夫张强的言语中，她也感觉到不大对劲。以前，她总是提醒杨松柏少跟他这个校友来往。这次，梁洪刚承包了六公里的高速公路建设，难免要跟自己打交道，自己得离他远一点。眼下，即使给何半仙下跪，也不能糊里糊涂地欠梁洪刚的人情呢。

这天晚上，杏花和陈小强来到办公室，正在探讨如何去做何半仙工作的时候，梁洪刚提着一包水果走进了何半仙家中。

"梁总，你这样的大老板还看得起我这个穷表叔，实在折煞人呀。快坐，快坐。"何半仙拿着一方帕子，把一条板凳擦了又擦。

"表叔，这水果是给表叔母补身子的。这次来，找你有件事。长话短说吧，就是关于你母亲坟墓搬迁的事。你看，这坟不搬走，我的路就没法修呀。"

梁洪刚单刀直入。

"洪刚，你是我们水乡土生土长的人，这里的风俗你也懂，坟是不能随便迁的，搞得不好，破了风水，后代就会衰败。我这辈子穷怕了，不想一代一代地继续穷下去。况且，这座坟，我花的代价可不小。光看地势就花了大几千，那还是几年前的价呢。"何半仙狡黠的目光盯着梁洪刚。

"这样，表叔，我找一个风水先生，在公墓区选一处好地势把坟迁了，所有的费用我出，另外，再给你补偿两万元。怎么样？都是乡里乡亲的，支持一下工作吧！"梁洪刚给出了丰厚的条件，心想有钱能使鬼推磨，别说何半仙这样的穷棍了。

"啊？这么多？侄子这大老板，大仁大义……"坐在藤椅上，一副病态的杜群兰心花怒放，话还没说完，就被何半仙打断了。

"啥子叫这么多？是哪个省的一个贪官把他父亲的坟从老家迁到辖区，花好几百万呢！"何半仙白了妻子一眼，带着责备的眼神，你这个八辈子没见过钱的人，这点钱就心满意足了？

"这样，干脆给你再加两万，怎么样？今晚谈好了今晚就给钱，明天就开始迁坟。"梁洪刚一不做二不休，又加了码，老子就不信拿钱也敲不开你这木脑壳！

"哎呀，你看有几个人愿意迁长辈坟墓嘛，可是，这人皮难披呀。想不搬又对不起人，好歹我们是亲戚，你奶奶同我妈一个姓呢。"

何半仙心想，这条件比政府优惠多了，政府只同意迁坟，多一个子儿也不出，杏花虽然愿意补偿风水先生的钱，却也是多一个子儿都不出。再熬价，绝对是自讨没趣。梁洪刚这种人，听说混得杂，得罪了他，什么事都干得出来，干脆适可而止，见好收场吧。

51

《驷马水乡开发与保护》一文在《秦巴环境学报》露面后，蛰伏在米仓山褶皱里的驷马水乡赫然亮相。古灵精怪的她像出浴的美人，窈窕身姿分外迷人。打算来此捞金的老板像飞蝗一样扑向驷马水乡。

"古人常说：'知者乐水，仁者乐山。'驷马水乡占山又占水，山清水秀，是发展湿地旅游的优渥条件。你丈夫这文章写得漂亮，问题看得深透，眼光独到。我枉为驷马水乡人，从小娃长成古娃，都没发现这里的独特之处，惭愧啊！"梁洪刚坐在杏花办公室，手里捧着《秦巴环境学报》，一边夸奖杨松柏，一边感叹不已。陪同来的还有杏花的大姐夫张强，他坐在旁边一言不发，暗忖梁洪刚老奸巨猾，心思难以猜测，自己万万不能贸然多嘴。

"这文章主笔是松柏哥的大学老师，人家毕竟是生态经济学家嘛，松柏哥只是陪他实地考察、收集数据而已。松柏哥是退了休的人，闲得无聊，找点事干罢了。"前几天，赵晓军叫杏花好好研究这篇文章，琢磨出产业发展的路子来，没想到梁洪刚也对此兴趣盎然。这人葫芦里到底卖的什么药呢，难道他想搞旅游开发？她半开玩笑地问道："梁总，高速公路的工程才刚刚开始，你又对旅游感兴趣了，不会是这山望着那山高吧？"

"哈哈，驷马水乡得天独厚的旅游资源，怎不让人垂涎欲滴呢？我是个挡不住诱惑的人呀。"梁洪刚从衣袋里摸出一包软中华，递给杏花一支。连忙又缩回手，将香烟转交给张强。

"你看我，居然忘了杏花书记不抽烟。杨松柏曾经告诉我，你最不喜欢闻烟味，害得他忍痛割爱，把老烟瘾都戒了。哈哈，有意思！有意思呢！张强啊，你拿出去过一下烟瘾，抽完再回来，免得污染空气哟！"

"姐夫，你就在这里抽，一两支烟不碍事。"杏花对张强笑了笑，去打开了窗户，窗外的桃李开得正艳，红的像霞，白的似雪。几只画眉鸟在花枝间追逐打闹，时不时扑落几片花瓣。黄鹂停歇在碧玉般的柳树上独自清唱，驷马水乡春意正浓呢。梁洪刚既然不请自来，不管他怀着什么心思，飞得多么高，也要让他在这里留下一片羽毛吧？

"梁总，来者是客，主随客便，你们要抽就抽吧，我杏花哪有那么娇贵？"

"既然杏花书记网开一面，我就不客气了。"

梁洪刚抽出一支烟，打火机咔嚓一声，火光一闪，轻轻咂了两口，动作颇为优雅，仿佛至高无上的享受。

"杏花书记，这人生就像抽烟，抽一截燃一截，抽到哪里就燃到哪里，一旦不想抽了，后面燃不燃就管不着了。今天，我的兴趣不是发展什么旅游，而是解决燃眉之急呢。"

梁洪刚双目炯炯，注视着杏花，浮在嘴角的笑意味深长。

"梁总，如果我没说错的话，你关注的是沙石和石料吧？"杏花语气十分平淡。

"哈哈，人人都说杏花书记绝顶聪明，这话一点不假。我的老校友杨松柏真是慧眼识美人呀。"

梁洪刚又巧妙地搬出杨松柏，无非是想拉近与杏花的关系。

"什么美人哟，人老珠黄，快退休了。梁总啊，难道驷马水乡沙石场和石料场供不应求吗？"杏花真没想到这个情况，诚恳地问了一句。

"是呀，目前修便道，这里的材料勉强用得上，也够用。可是，一旦搞路基和路面，这些沙石和石料的质量就跟不上，产量就更难支撑筑路的进度了。何况兄弟企业修铁路也要用料，虽然我没有承包铁路的建设，但也不能置兄弟企业而不顾呀，难道要袖手旁观人家去远处拉高价材料吗？"

梁洪刚的话貌似充满道义，其实是瞄准了商机。他端起纸杯慢悠悠地喝茶，像是要从茶水里品出什么东西。

"梁总你有什么想法吗？"杏花语气还是十分平淡，她内心却早已像沸水翻腾。难道梁洪刚要另寻别处拉沙拉石子？杏花禁不住摇了摇头，不，他不会舍近求远，真要这样做，也用不着告诉自己。可是，这质量跟不上怎么办？高速公路对沙石的要求的确不同于普通公路。

"这样，我把这两个场子收购了，机器全部换代升级，再多买几艘采沙船，扩大生产规模。这样，既可满足我的用料，又可以向铁路提供材料，尽一下地主之谊嘛。所以，还得请杏花书记出面，做通两个场子的思想工作。我估计他们不会轻易放弃，当然，我也相信他们不会像何半仙那样冥顽不化。"梁洪刚特意言及何半仙，是在提醒杏花还欠他一个人情，千方百计打消杏花其他的念头。

"杏花书记，你也知道这两个场子机器落后，资金短缺，规模上不去，市场开拓不力。如果再维持下去，也只能是无谓的垂死挣扎。"梁洪刚冷哼了一声。

"梁总，这事我得找他们商量商量。"什么叫无谓的垂死挣扎？这不明摆着是乘人之危吗？这就是商场上的弱肉强食，弥漫着血腥味。梁洪刚想独霸水乡沙石和石料的经营权，进而觊觎其他项目。这到底叫商人的智慧还是算计呢？杏花一阵困惑，越往深处想，越觉得毛骨悚然。一时找不到应对之策，便来了个缓兵之计。

"好的，静候佳音。"梁洪刚见杏花迟疑了好一阵子，心里暗喜，知道自己的策略在杏花心里发酵，便起身告辞。

事后，杏花跟外出办事的杨松柏通了电话，详细介绍了自己同梁洪刚的会谈。杨松柏听了哈哈大笑："杏花，梁洪刚的介入虽是挑战，却也是机遇呀。我听说自从梁洪刚承包了水乡路桥集团公司后，硬是把一个濒临倒闭的企业搞得红红火火，由此可见，梁洪刚不是普通人。我想，你今天算是见识到他非凡的智慧了吧？如果有这样的企业家加入驷马水乡的开发，也不能说是坏事。你不管他过去干了些什么，只要在驷马水乡不逾越红线就行了。这就叫物为我用呢。"

丈夫一席话让杏花内心敞亮起来，哎呀，男人的胆量总是比女人大，也许，世界在男人眼里会宽广起来。不过，她又有些不服气，你不就比我多读几年书吗？转念一想，多读点书就是不同呢。她心里甚至做出了一个决定，以后村里的事多让陈小强、赵兰兰这些大学生担待，毕竟他们肚子里墨水多一点。人老了，就怕犯错误，越怕犯错误手脚就越放不开，就越容易犯错误。

晚上九点，悬垂天花板的吊灯不知疲倦地亮着，漫射出柔和的光芒，照得办公室如同白昼。村委会一班人和两场老板齐聚这里。

"大家各抒己见，谈一谈对梁洪刚收购两场的计划有什么看法。"杏花把跟梁洪刚会谈的情况做了如实汇报。

"他梁洪刚太狠了，凭他包了一段高速公路，就想把我们生吞活剥？老子宁肯倒闭，也不让他收购！"花狗子气愤地说。

"他这样做肯定不行！我辛辛苦苦建起来的石场，怎么可能让他收购？"王铁牛也一百个不愿意。

"收购了也好。眼下，环保部门的要求越来越严，我们的场子举步维艰啦，要想达标，就得投资，没钱难办事啊。"王劲松倒也坦诚，据实而论。

"如今我们的驷马水乡已列为国家级湿地保护区，我想禁止驷马河的河沙开采恐怕为时不远了。梁洪刚这个时候来收购沙石场，他拿去如何经营？"赵苗苗说出了自己的疑虑。

"哎呀，他怎么经营，我们管不着，关键是劲松哥他们经营不下去怎么办？干脆让他收购算了，把难题留给梁洪刚去解决吧。劲松哥，你说对吧？"赵兰兰声音格外温柔，"劲松哥"叫得特别甜腻，一双水汪汪的眼睛看着王劲松，秋波频频。

"哼！"赵苗苗怨妒的目光砸向兰兰，轻哼一声。暗想这小妮子以为自己不知道，报考这里的大学生村官，分明就是跟自己抢男朋友来的。她的行为越来越放肆，这种场合，也要撒娇，也要去讨好。她恍惚觉得这场爱情保卫战非打不可了。可自己毕竟是村主任，面对亲妹妹，也不能大打出手，得讲究策略，免得失了风度。她悄悄盯着王劲松，看他对兰兰没什么反应，心里又踏实了许多。

"对梁洪刚的到来，我们不能如临大敌。虽然，我也听到过关于他的传言，但是，像驷马水乡路桥集团这样的大企业，如果能够加入我们水乡的产业建设，对水乡的扶贫振兴应该是雪中送炭。我们同他不谈收购只谈合作不就行了吗？

如何与他合作才是个值得认真探讨的问题。"陈小强的想法虽然与众不同，却与杨松柏的说法不谋而合。

"我同意陈书记的看法。我们不能把一个大企业拒之门外，应展现出驷马水乡的开放与包容，而不是固执与狭隘。我们借机因势利导，探索出一条产业发展的新路子。我认为可以发动所有村民，连同我们两个小场，与梁洪刚组成合作社，所有的参与者以股份的形式加入。这样，有钱大家赚，既不损伤两个场子的利益，又可保障村民的收入。"这套方案，杏花早就想好了。

"那么，如果贫困户拿不出钱入股怎么办？"赵兰兰提出一个不容忽视的问题。

"由村委出面，帮他们申请扶贫贷款。"陈小强不愿放弃任何一个脱贫致富的机会，他首先提出要求，"合作社用工必须优先考虑贫困户，他们有收入，日子才好过。"

第二天，杏花打电话给梁洪刚："梁总，你说的那件事，我们已经商量过了，能不能找个时间好好谈一谈？"

"好哇，你把他们都叫上，我叫张强去镇上找家饭店，规格高一点，我请客！"梁洪刚内心一阵喜悦，没想到事情办得这么顺利。

"吃饭就不去了，你看是到你工程指挥部呢，还是我们村委会？"杏花历来讨厌吃吃喝喝，认为谈事情简单就好，管不住嘴巴，往往就吃掉了原则和纪律。

"就到你们村委会吧，我马上过来。"梁洪刚已经迫不及待，他带着张强立马来到村委会。杏花一班人连同王劲松、花狗子、王铁牛早已恭候在办公室。

杏花把昨天商量的情况讲给梁洪刚听，梁洪刚两手交叉抱着凸起的腹部，仰身靠着沙发，之前的喜悦一扫而光。他阴沉着脸，双眉紧锁，嘴巴埋在胸膛上方，两只眼睛忽闪忽闪，一言不发。

"梁总，我们的想法可能与你大相径庭，不过，这样的合作可以双赢，你也没有吃亏嘛。何况，你是水乡人，也有带动大家脱贫致富的义务呀，水乡的父老乡亲不会忘记你的。"杏花又开玩笑地说，"梁总，别愁眉苦脸啦，驷马水乡正春光明媚哟！哈哈！"

"你说哪里话，与你们合作我求之不得。行，就照你们说的办！"梁洪刚硬着头皮，强颜欢笑。他万万没有想到杏花把他绑到了脱贫致富、产业振兴的战车上。不同意吧，驷马水乡这得天独厚的自然资源边也沾不上，眼下，还得跑大老远的地方拉高价沙石，豆腐弄成肉价钱。

"梁总，我得提醒你，驷马水乡已经列入国家级湿地保护区，我们得早做打算，不能再采驷马河的泥沙了。这是我们水乡人的母亲河，得好好保护，否则不仅要遭人唾骂，还会受到相关部门的严惩。"赵苗苗又提出一个让梁洪刚吃瘪的问题。

"这怎么行？我不去驷马河采沙，去哪里弄沙？况且，你说的相关部门，我早就打过招呼，就让他们睁只眼闭只眼吧。"梁洪刚从座位上站起来。

"即使相关部门同意也不行啊，驷马水乡的湿地保护首先是我们水乡人的事。市里不是提倡建立渠江上游生态屏障吗？过去，这里的环境已经遭到破坏，现在，我们不能一错再错了。"杏花也倏地站起来，办公室里气氛一时变得紧张了。

"梁总，书记说得对，就让疲惫的驷马河休养生息吧。我们这里不是有丰富的石山资源吗？可以生产机制沙呀。就地取材，不取白不取啊。"陈小强生怕谈崩了，连忙抛出甜头，"一旦驷马水乡湿地保护成型了，驷马水乡的湿地旅游、森林康养这些新业态项目都上去了，梁总，这钱，你还赚得完吗？"

"哈哈，小陈呀，你这张嘴真把稻草说成黄金条了。我梁洪刚这回就赌他一把！"陈小强的话击中梁洪刚的兴奋点，他对驷马水乡的旅游资源觊觎已久，心想快要骑在马背上了，不能让马跑了。

经过几天筹备，水乡实业投资合作社和水乡实业投资有限公司正式挂牌，梁洪刚任董事长，王劲松出任总经理，王铁牛担任副总经理，赵兰兰为行政总监。资金如期而至，机器设备一律更新换代。水乡沙石场和石料场整合为水乡实业投资有限公司。"实业"二字可谓广泛，这名字取得有点讲究，像一串省略号，包含了期望到来的内容。

整合后的企业焕发了前所未有的生机，人声鼎沸，机器轰鸣；进场的路车辆穿梭，灰尘斗乱。山旮旯的乱石窖承载了附近铁路和高速公路的原料需求，也给贫困户和失地农民创造了就业机会。

其他人不说，单是何半仙这些日子就够得意的啰。上天特别眷顾他，他像掉进了蜜糖桶里，滚得一身都是甜。迁坟得来的四万元把他推上了股东的位置，虽然股份很少，但毕竟有了盼头。实业公司火爆的生意，让他内心的希冀像驷马河畔的铁线草一样肆意蔓延。

这天，何半仙从财务部领到第一个月的薪水，欢喜得舔瓢瓢。最近，这个好逸恶劳的家伙干起活来浑身带劲，像要把老骨头也榨出油来。他没有忘记杏花的承诺，一旦自己脱贫了，就找杏花要儿媳。这样，他何家就不会断子绝孙了。恍惚觉得母亲的坟迁对了路，迁坟后一切顺风顺水。

何半仙下班回到家，两眼傻了，锁着的门大大敞开着，难道杜群兰出院了？前脚跨进门，嗓门大起来："老婆，我领工资了，领工资了！"

"看把你高兴得像个喜乐神。"离家一个多月的杜群兰从里屋走出来。看她气色蛮不错，脸上没有了往日的冬瓜灰，六十多岁的人，脸上还带着红晕。

"哟，我老婆今天真好看！"何半仙一把搂住杜群兰，朝红晕处吧嗒一口。

"哎呀，老不正经！"杜群兰嗔怪道，扬起袖子揩脸上的口水。

"老婆，今晚那个哟！"何半仙的声音从舌尖上弹出。

"你这砍脑壳的人老心不老，老娘住一个多月院，你看都不来看一眼，幸亏杏花和陈小强跑医院好几趟，不然老娘就没人管了。"杜群兰一肚子怨气。

"场里不是忙嘛，我哪里走得开呀，对不住了。"何半仙也觉得自己有些亏欠。

"医院的费用太贵了，花了大几万。要不是当个贫困户，这院谁住得起？"杜群兰说。

"报多少？"

"百分之九十五。"

"那也得出钱呀。"

"出个屁，报了还该缴一千多，人家陈书记帮咱拿了，还开车把我接回来。"

"把工资给我！明天去存起。"杜群兰边说边掏何半仙的腰包。

"你这大半辈子都是好逸恶劳，现在终于省事了。"杜群兰数了数钱，话语又像奚落又像是夸奖。何半仙心花怒放，在他耳边唠叨大半辈子的老婆，今天终于说出一句带温度的话。其实，女人嘴里，男人永远也无法令人满意。

"明天，你去问一下赵兰兰，看有没有我的事干？"

"你一个老太婆去干啥？那里面尽是男人。"

"赵兰兰不是女人吗？"杜群兰反问道。

"人家是大学生，代表村委会参与管理。"何半仙找出理由阻拦杜群兰，一旦她进了场，他那"耙耳朵"的名号又响了。

"场里面真找不到女人干的事？老娘害了几十年的病，现在身体好了，也想挣点活钱呀，我们还没有娶儿媳呢。"杜群兰亮出终极目标，何半仙还是不肯答应问赵兰兰。场里的活明摆着，不是开机器，就是卖力气。开机器吵死人，卖力气又累死人，哪样是女人干的事嘛！他深情地望着杜群兰。

"老婆，我听说村里正在引进一个项目，搞什么农旅文三产结合，据说村里剩余劳动力全去了也不够用。你就安心养一养身子，等那时再找个轻松活干吧。"

52

驷马水乡麦子灌浆油菜干荚时节，脱掉线裤、羽绒服，换上单衣单裤的农人们还是觉得燥热。最多着一件印花短袖T恤。杜群兰露出干瘦的膀子。

太阳炙烤下，她小心地扶起倒伏的苦荞，一株一株地靠在横于田间的竹竿上，竹竿是她刚刚绑好的支架。她那爬满皱纹的额头已经沁出豆大的汗珠，花白的发丝被打湿了，紧紧地贴在脸上，像谁用画笔描上去的。苦荞虽然被昨夜狂风骤雨肆虐，茎折叶损，却像跌倒的顽童毫不示弱，雪白的小花照常怒放，引来一地闹哄哄的蜜蜂。

"唉，苦荞啊，你就像我杜群兰，多灾多难啊。"一声沉重的叹息，她心里好一阵凄楚。开春那件事留给她内心的伤痛远比这次强烈。

苦荞种子播下去，她每天就往山坡跑几趟，东看看，西瞧瞧。拱土而出的幼苗，像嗷嗷待哺的孩子。拔草，松土，浇灌，她忙得像哺乳期的母亲。苦荞苗渐渐长高，枝叶向四周一个劲儿地伸展，她的心情也一个劲儿地伸展。

那天，她正在地里拔草，四个穿着保安制服的人闯进她的苦荞地，抄着铁铲一阵猛铲，可怜的苦荞幼苗含冤倒下一大片。

"三娃子，你们干什么！"杜群兰认得三娃子，便上前阻拦。

"你没长眼睛？铲你的苦荞看不到吗？"三娃子推开杜群兰，继续铲下去。

"凭啥铲我的苦荞？你们疯了？！"杜群兰厉声呵斥。

"大家都种青脆李，你偏要种苦荞，这苦荞碍老子们的眼睛。"三娃子搬出一通歪理，一副气死人不偿命的样子。

"别理她，快铲，一根也不能留。"黑脸壮汉一边鼓动，一边叉开双腿，不停地铲苦荞幼苗。

"龟儿子，老娘跟你们拼了！"杜群兰抓住三娃子的铁铲，拼上老命一阵猛夺。

"老东西，你活腻了！"三娃子狠命一脚踹中她的小腹，杜群兰一阵剧痛，手一松，噔噔后退几步，倒下了。三娃子抬起右脚，猛踏杜群兰的头部，她呻吟几声，昏死过去。

"三娃子，出人命了，走吧！"有人喊了一声，四个保安扛着铁铲，大摇大摆地离开苦荞地。

"天啊，我什么时候得罪你们了？你们这么蛮不讲理！呜呜……"不知过了多久，杜群兰在鸟儿的聒噪声中苏醒过来。一群山雀呼朋引伴，在苦荞地里飞窜跃动，一副幸灾乐祸的样子。

她慢慢坐起来，头还在痛，眼睛一睁，看不到东西，周遭满是花花绿绿的光影。揉了揉眼眶，视觉渐渐恢复，看到嫩绿的苦荞苗东倒西歪，满地狼藉。她头后仰，乱发披散，摇晃着头颅，呼天抢地号啕起来。

"杜姨，怎么啦？你这是怎么啦？"杏花恰好路过，着急地扶起杜群兰。

"你看，我的苦荞，被那群遭天杀的毁——毁了！"杜群兰手指苦荞地，拖着哭腔。

"这是谁干的？"看到被铲断根茎的苦荞苗横七竖八地躺在地里，杏花怒火中烧，"杜姨，别急，把话说清楚。"

"驷马水乡农旅投资有限公司的保安干的。"杜群兰详细地讲述了事情的经过。

"为什么要铲你的苦荞？"一听驷马水乡农旅投资有限公司的名字，杏花打了个寒战，这不就是梁洪刚的公司吗？

"我也不知道。"杜群兰摇了摇头，若有所思地说，"开春，村委会叫我们把土地流转出去，让驷马水乡农旅投资有限公司种植青脆李。公司几个责任人也找过我，我没同意，心想即使我再穷，也不能丢了苦荞，这次是他们派人报复来了。"

"噢，你伤得怎样？先去村卫生室看看吧。"

"算了，痛几天就过去了。"

"土地流转必须农民自愿，他们这样干怎么行？走，跟我去找他们要损失赔偿去，还有他们随便打人也应该有个说法！"杏花决意要为杜群兰讨回公道。

"杏花，这事你就不要管了，让我吃点亏算了。我说句不中听的话，你都退休了，哪里管得了这种事？他们强行租用农民土地，又不是一回两回了，甚至连租金都赖着不给了。他们的保安随意打人也不是一回两回。杏花，你住到驷马春风职业中学，离这儿较远，多少事你还不知道呢。"杜群兰怕杏花万一压不住对方，对方反而怨恨自己，自己哪里惹得起这帮人呢？

"村上也不管吗？"杏花知道青脆李是驷马水乡的特产，富含硒元素，已经申报国家地理标志。农旅投资公司开发这个产品，前景不容低估。可是，如果不约束他们的行为，那么，势必造成给村民带来实惠的同时，也给村民带来伤害的局面。

"哪里敢管嘛。听说村委会跟农旅投资公司签订了一千亩土地流转合同，还有一两百亩没凑足。村干部个个装耳聋眼瞎，任由公司乱搞。"杜群兰说到这里，一脸的无奈和不安。

这天晚上，杏花住在娘家，当月光悄悄爬上床铺时，窗外的鸣虫不知疲倦，弹奏着恼人的曲调。白天发生的事像令人生厌的蚊子，搅得杏花毫无睡意。三娃子原本是村里一霸，十年前犯了事，被关进了号子，出狱后有所收敛。他什么时候又混到梁洪刚的公司了？这个梁洪刚像苍蝇一样专盯有缝的蛋啊，尽收罗些阎王爷不敢要的人。他回到驷马水乡，伪装了这些年，现在开始露原形了。一个放不下利欲心的人，永远改不了狗吃屎的习惯。

杏花从枕边摸出手机，翻看新闻头条，看到一则消息：村民救了一只受伤的狼崽，同狗养在一起，一直吃的是狗饭。有一天，主人不在家，狼却偷吃了他家的兔子。

狼的故事让她想起一个问题，面对驷马水乡农旅投资有限公司的狼性行为，水乡村委会为啥要听之任之？难道仅仅是为了没有凑足的那几百亩土地？狼会吃兔子，是与生俱来的肉食性，如果每当它准备吃兔子的时候，给它几鞭子，久而久之，它还没有尝到兔肉的味道，却有了这兔子碰不得的教训，它还会惦着兔肉吗？是到对梁洪刚敲一下警钟的时候了。

杏花决定跟陈小强通个电话，探探情况。可是，夜已深了，不便去打扰别人。更何况自己退休了，去管村里的事，难道不怕有"伸长手"之嫌？想来想去还是忍了。

第二天早晨，杏花起了个早，头脑昏沉沉的，便去驷马河边走走，呼吸新鲜空气。几年前，水乡沙石场就不再生产了，河畔没有机器的轰鸣，河面也没有采沙船"突突"的作业声，只有流水音乐般的浅吟低唱，风过柳梢的沙沙絮语。上游的养猪场得到了管控，河水格外清澈晶亮，照得见水鸟飞过的影子。葳葳蕤蕤的铁线草恣意扩展，把光秃剥蚀的河滩染成一片翠绿。杏花感觉呼入嘴里的空气带着丝丝甜味，不由得感叹一句："湿地保护见到效果了！"

有种浓郁幽微的情愫牵动杏花的脚步，她信步走向浣衣石。这里是她以前的乐园，三三两两的姐妹结伴而来，一字形摆开，用皂荚瓢洗衣服。浣洗声、笑声、歌声、打闹声和着天籁，像一大堆丰富多彩的佳词亮句，铺陈出历久弥新的乡愁。而眼下的浣衣石安静凋敝，面对飘香的高档洗衣粉、除臭杀菌的全自动洗衣机，像一个被撵下历史舞台的弃儿，无声无息地卧在驷马河边。苔痕和鸟屎，差一点漫灭了清朝文人李强益刻下的"浣衣石"几个大字，李强益的高风亮节更是已经湮没在历史的风尘中。

她站在浣衣石上，徐徐清风似乎送走了远去的捣衣声，杏花感到满眼潮湿，心里涌出一股悲凉。浣衣石、李强益、杏坛、杏花树这些代表驷马水乡传统文化的符号，已经淡出水乡人的视线了。

"蔡总，那边就是浣衣石。"赵苗苗和几位村干部带着一个穿白色衬衣、竹清松瘦的中年男人，朝这边走来。

"好大的一块石头啊，少不了四五十个平方吧？想当年，几十个妇女蹲在上面洗衣的场面是多么壮观！"蔡总跨上浣衣石巡视四周，健步走到李强益题诗之处，努力辨认斑驳模糊的石刻文字，回过头问赵苗苗，"赵书记，李强益这首诗应该找得到吧？"

"我们正在查阅地方志，看有没有记载。"说话间，赵苗苗突然发现站在河边的杏花，连忙迎上去，拉着杏花的手说，"老书记，啥时回来的？也不打个招呼，我们好请你吃个饭嘛。"

"我已经是退休的人了，不便打搅大家吧？"杏花的态度不温不火。

"老书记啊，不管你退不退休，在我们村委一班人心中，你始终是老上级、老楷模。今后的事还要你给我们拿把秤呢。"赵苗苗的眼神明明白白地告诉杏花，她说的不是客套话。

"对呀，老书记，你始终是我们的主心骨，还望多多指导呢。"跟在后面的陈小强也补充了一句。

"梁洪刚的保安铲了杜群兰的苦荞，还打了人，这事你们知道吗？"杏花沉着脸问道。

"昨天听人说了。"赵苗苗、陈小强齐声回答。

"你们咋不管？村委会不为村民说话，还叫村委会吗？"杏花极力压住心头的怒火。

"老书记，这里的事越来越难办了。要不是扶贫工作还没结束，我早就回单位去了。"陈小强告诉杏花，赵苗苗被任命为村支部书记后，村主任位置好一段时间成为空缺。村民们大部分外出打工，老弱残病留守家中，想从本村选出一个村主任都成困难。这当儿，邻村任志亮一夜之间就被上级指派为村主任。他原本是驷马水乡农旅投资有限公司人事部经理，到村委一上任，就大张旗鼓地争权夺利，水乡村委会差不多成了农旅公司的附属机构了。陈小强无比忧虑地说："老书记，这驷马水乡像变了天一样，除了任志亮，我们说的话上面不认可呀。"

"招商引资，居然引进一匹恶狼，村民还有什么幸福感！"杏花言辞中带着愤怒。她仰望蓝天，蓝天上飘着白云；举目眺望山川，遍地流动着醉人的绿。暗暗感叹，可惜，这么好的景致啊。

"老书记，这驷马水乡农旅投资有限公司虽然劣迹不少，可是在产业经营上还是有成绩的。去年，李花盛开时，举办了一届'玉色冰花观光节'；果实成熟期，又举办了'尝脆李，品人生'自采自啖活动。共计接纳游客十余万人，还带动了水乡的农家乐和餐饮业。三婶、春香等人在路边支摊点卖野菜，也赚了大几千，折耳根、车前草和蕨类摆上了城市人的餐桌。只是我挂包的那几个贫困户，似乎什么也没捞着。"陈小强见杏花一脸不悦，专拣些好事说给她听。

"这样也好，先让一部分人富起来，立个标杆，引领大家走共同富裕的道路。"杏花心情似乎好了一点，突然问陈小强，"苦荞这玩意儿，产量那么低，又带苦味，不好吃，产了又卖不出去。驷马水乡几十年都没人种它，你挂包的贫困户杜群兰却年复一年地种下去，越种越穷，还执意不改，这是什么原因呢？小陈呀，依我看扶贫得扶人心，一定要弄清楚贫困户到底在想什么。"

这时，蔡总走过来了，赵苗苗连忙介绍给杏花认识："老书记，这位是巴人农业贸易公司的蔡斌总经理，这次来我们驷马水乡考察项目。"

"欢迎，欢迎！蔡总啊，对我们驷马水乡的印象还不错吧？不足之处，还望多多指点。"杏花客套地应酬起来。

"这里很好，我正在构思一个投资项目呢。"蔡总侧脸问赵苗苗，"这位应该是前任支部书记杏花同志吧？她的大名早已如雷贯耳。"

"本人正是杏花。蔡总，来我们驷马水乡投资是一个不错的选择呀，这里有很多优越条件。"杏花听说蔡斌要来投资搞项目，心里暗喜，多个企业与驷马水乡农旅投资有限公司竞争，梁洪刚就不敢那么猖狂了。

"老前辈，你说得一点都不错。驷马水乡是一个自然风光独特、文化底蕴厚重的地方。如果我有幸来这里开发，还望你多多关照。"蔡总毕竟是个生意人，善于找切入点拉近人际关系。这年头搞发展，只有左右逢源，事情才能办得顺风顺水。

"蔡总，多和小赵、小陈沟通，他们才是这里的主角。至于我嘛，退下来的人了，顶多打打圆场而已。"杏花不愿提到那个任志亮。她眉头皱起，似乎在思考什么，神色严肃地说："其实，来农村搞发展，最关键的问题还是要从土地入手，不管你搞得多么花哨，离不开两个元素——土地与作物。否则，将会是昙花一现。"

"高见，高见啊！不愧是从事农村基层工作几十年的老领导，对土地有特别深刻的理解。杏花书记，我早就听说你丈夫杨松柏校长是学农的，等我搞起来了,就请他做顾问,还望你帮我美言几句呢。"蔡总用期待的眼光望着她。

"哈哈,他退休了,正闲得无聊,这等好事,他求之不得呢。"杏花开心得笑出声来。

话说陈小强自从杏花提醒他扶贫要扶心后,一直琢磨着一个问题,别人都选种赚钱的作物,而杜群兰偏偏去种苦荞,这到底出于什么考虑?他决定有空找杜群兰谈一谈。

这天,陈小强赶集回来,路过杜群兰的苦荞地,见她正埋头扶起昨夜被风雨击倒的苦荞,枝丫顶端和叶腋还缀着繁茂的花簇。他突然想起陆游的诗句——"漫漫荞麦花,如雪覆平野"。

"杜姨,你这苦荞花开得好繁,如果不是倒伏了,一定会丰收。"陈小强下到田间,帮着扶起倒伏的苦荞。

"陈书记,等收割了,别忘了来我家吃荞面馍馍哟。"

"忘不了呢,人人都夸你的荞面馍馍是水乡一绝,我可不愿放过品尝美味佳肴的机会。"陈小强的嘴巴倒也乖巧。

"饥荒年间,苦荞是咱驷马水乡的主粮,吃得屙黑屎还要吃下去。唉,现在的年轻人没几个愿意吃这了。"杜群兰语调悲凉低沉,似乎在为苦荞遭受冷落而怄气。

"杜姨,苦荞产量低,不值钱。别人都不种这个,你为啥偏要种它?这不是费力不讨好吗?"陈小强好奇地问。

"苦荞与我家渊源可深。灾荒年,我父亲外出谋生,饿倒在山路上,一位过路人留下两个苦荞馍馍,父亲啃着黑黢黢的苦荞馍馍,从未感觉到那么甜,那么有嚼头。他渐渐恢复了体力,才走出了野兽出没的大山。后来,父亲发动家人种苦荞,救济贫苦百姓。我出嫁时,父亲舀了几碗苦荞说:'孩子,带到婆家去种吧,不能让苦荞种子失传了。'"杜群兰讲到这里,眼眶里含着泪水。

"杜姨,我明白了,你种苦荞是在感恩。"陈小强庆幸自己弄清楚了杜群兰种苦荞的原委。又听杜群兰说:"其实,我种苦荞还有个重要原因,那就是苦荞能治我的怪病。"

"怪病？什么怪病？你的病不是在前年住院期间就治好了吗？"陈小强一脸蒙，讷讷地问。

"我说的不是住院治的那个病。"

"杜姨，那还能是什么病呀？"陈小强追问道。

"这……"杜群兰不再继续说下去，有个令她难以启齿的秘密一直藏在她的心底。

从娘肚子里生下来，她四五天拉不出胎便，昼夜啼哭，嗓子都哭哑了。医生想尽办法也没奏效，慈爱的父亲只好用嘴唇把胎便一点一点地吸出来。长大了，她还是断断续续地闹便秘，弄得一家人焦头烂额。自从父亲种了苦荞，她吃上苦荞馍馍后，她的大便奇迹般地正常了。嫁给何半仙后，一开始吃不上苦荞馍馍，便秘时有发生，最艰难的一次，何半仙也拿嘴巴帮她吸过一次，但被何半仙取笑几十年。她又羞又恼，真想把轻佻的丈夫扫地出门。年复一年，只有苦荞馍馍才能解决她的沉疴顽疾。

"陈书记，有些事，阿姨就不便说了。反正，这苦荞我得种下去。"话说到这个份儿上，陈小强也不便追问下去，他知道杜群兰肯定有难言之隐。

当水稻卸下肩上的重负，剩下排排稻桩的时节。人们忙着翻耕灭茬，播种秋粮。村里来了女县长，说是来驷马水乡调研扶贫工作。她坐在村委会办公室，一边翻看贫困户的档案，一边记着笔记，然后仔细听取村干部的汇报。

"孙县长，大部分贫困户都已摘帽，还有十来户没有脱贫。比如杜群兰，她家不种经济作物，偏要种植卖不出去的苦荞，越种越贫困。虽然，我们也在帮她找销路，可是，这玩意儿实在没人接受啊。"陈小强小心谨慎地汇报情况。

"走，我们去她家里看看。"孙县长说完，起身率先走出办公室。

何半仙去沙石场上班了，杜群兰正在家里操作洗衣机洗衣服。孙县长一进屋就认出了杜群兰："杜大姐，还记得我吗？"

"啊，原来是孙妹子哟，我俩曾同住一个病房，怎么记不得？你没少帮助过我呢，什么风儿把你这稀客吹来了？快坐，快坐。"杜群兰将沾了洗衣粉泡沫的手往围腰上揩了揩，搬出椅子让客人坐。

"杜姨，孙县长来看望你，了解你们家的脱贫情况。没想到你们早就认识啦！"陈小强连忙说明来意。

"那次，杜大姐带来的苦荞馍馍太好吃了，那风味至今难忘呀。今天，我可要再吃一回才肯走哟！"

两年前，杜群兰在县医院住院，护士长冉翠萍领进一个中年妇女，住在对面的病床。这中年妇女剪着短发，戴着近视眼镜，看上去文质彬彬。一听杜群兰是贫困户，不是自己出钱帮她去食堂打饭，就是把家人带来的水果削给杜群兰吃。她住了一周就出院了，临走时叮嘱道："杜大姐，你的体质有点弱，不要急于出院，一定要把病治断根。你带来的苦荞馍馍风味独特，回去多种点，看能不能赚上钱。如果我有机会来驷马水乡，一定吃个痛快。"她拉开钱包，取出一沓百元钞塞到杜群兰手中："这是我的一点心意，拿去买些营养品吧。"

"孙妹子，这使不得，使不得！"杜群兰一再坚持不收。

"大姐，这钱算是我预订苦荞馍馍的钱，说不定哪一天，我真来吃苦荞馍馍呢。"她把钱搁在床头柜上，匆匆忙忙地走了。

杜群兰年年盼望孙妹子来驷马水乡，自己收了别人的钱，就得还礼呀。这一等就是两年，今天终于等到了。而且从陈小强口中得知她是县长，真有些受宠若惊，连忙改口："孙县长，你先坐着，我去给你煎苦荞馍馍。"

"不坐，我要给你打下手，向你学手艺呢。"孙县长跟着杜群兰进了厨房，其他人也跟着进了厨房。

"这么多人来学艺，怎么行呀？杜大姐的手艺可不是见人就传哟。这样，王秘书和陈小强书记留下，其他人跟赵苗苗继续去走访，多了解贫困户的生产和生活现状，要特别留心他们想的什么，下午回去还要开总结会呢。"孙县长幽默地布置完工作。

孙县长系上围腰，一边拉起家常，一边打帮手。

杜群兰朝盆子里舀了好几碗苦荞面粉，和了些糯米面，拌上适量精盐，加上温开水，反复揉搓，和成面团。放在案板上用擀面杖擀成面皮，再切成大小均匀的小块，包上韭菜、蒜泥、姜花和瘦肉丁，手掌和虎口推着滚成圆球。再用掌垫将圆球摁成扁圆形，置于熬有菜油的锅中，小火煎成两面蜡黄、飘出清香的苦荞馍馍。

"孙县长，你先尝尝。"杜群兰用筷子夹起一块煎好的馍馍放进碗里，递给孙县长，"等会儿你回去的时候，多带点走啊。"

"好吃！好吃呢！今天，亲眼见识过杜大姐煎馍馍的各个环节，吃起来比上次更有味了。哈哈！"馍馍在孙县长嘴里盘旋几周，满口生香，余味悠长。

王秘书岂肯放过这绝佳的机会，一直开着手机录像，记录了从制作到吃苦荞馍馍的整个过程。

"王秘书，别把我这嘴馋的丑态到处发啊。"孙县长打趣地说，接着谈起吃馍馍的感悟，"这黑黢黢的苦荞，尽管摇身变成晶光亮湛的苦荞馍馍，却没有忘其根本，香甜中还是带了点苦味，苦得奇特，更有嚼头了。小陈呀，脱贫攻坚也好，乡村振兴也好，要不忘其根本。不管发展到什么程度，乡村要有乡村的烟火气息。"

"孙县长，我明白。"陈小强点了点头。

"小陈同志，今后，杜大姐喜欢种苦荞，就让她种，还要多种点。人家种出感情来了，怎么会轻易放弃呢？依我看，越有兴趣的东西越能搞好。苦荞本身是没有错的，关键是我们没有深挖它的内涵，产品有了内涵，才有神韵，才能实现价值。"孙县长这番话有如醍醐灌顶，让陈小强心里亮开了一片天空。苦荞能治怪病，还有杜群兰父女的坚守，这不是苦荞的内涵是什么？于是，他心田里冒出蘑菇一样的东西。

孙县长吃苦荞馍馍的视频被剪辑后传到网上，很快升上了热搜。驷马水乡的苦荞馍馍像未出阁的美女，惹起许多人的惦念。来这里的游客，一进餐馆，首先问的就是这道风味小吃。

53

　　五一国际劳动节，驷马水乡游人如织。何家大院放起了礼花弹，虽是白昼，但大老远也能看到天空中爆开的礼花，五颜六色，奇幻多彩，像天女散花。杜大妈荞面馍馍店就这样开业了，一片热闹喜庆气氛，杜群兰、何金龙母子二人笑得像豌豆角。

　　何金龙和赵兰兰曾经在同一所大学读书，他比她高两级。每逢放假收假，二人都要同路。他长得白白净净，脑子也挺灵活，说话爱讲策略，特别中听。如果不是赵兰兰高中时就暗恋上王劲松，恐怕二人早就成了恋人。大学毕业后的何金龙就没有赵兰兰那么幸运了，几次求职考试，笔试成绩名列前茅，面试的分数却总是过不了关。气得他回家猛拍自己的瘸腿："可能又是你在作怪哟！"他一气之下，去了建州打工，这次，妈妈三番五次催他回来一起开店，赚了钱好讨老婆。

　　土墙屋的里里外外被纺织漆粉刷一新，白得像驷马河鲫鱼的肚皮，干净清爽。母子俩都穿着蓝色的工作服，分工明确，何金龙和面、擀面、包馅，面前一张大案板，苦荞面在案板上变着魔术。杜群兰煎饼、卖饼，油汪汪的煎饼锅冒着淡蓝色的烟雾。她胸前的围腰上缝了个大口袋，钞票装在口袋里鼓鼓囊囊。

　　室外搭了帐篷，四张餐桌摆开。顾客或坐或站，或走或停。嘴里叼着的、手里拿着的都是苦荞馍馍，也有装进口袋里准备带回家的。这店是在陈小强的关照下开起来的，他还垫了部分资金。开业前，杜群兰、何金龙母子特别邀请了杏花夫妇、巴人农业贸易公司总经理蔡斌。

　　"杜姨，这么忙，该请个帮手了。"杏花吃完两个苦荞馍馍，手里还提了一大包,准备带回家去。

"请不起哟,等你介绍个儿媳就有帮手了。"杜群兰三根手指撮成鹰嘴,衔起扁圆形的苦荞馍馍,一个挨一个地平铺在锅里,吱吱地冒着青烟。

"呵呵,哪用我介绍嘛,金龙老弟这么能干,要不了多久,媳妇自然找上门了。"杏花的话蛮有鼓舞意味,她知道杜群兰还在等她兑现承诺。何金龙忍不住嘿嘿地笑了起来:"姐呀,你把我夸上天啰。"他腿一瘸一瘸走进里间,端出一盆荞面。

"杜姨,你这原材料从哪儿弄来的?好像没看见我们这一带有人种苦荞啊。"蔡斌拿着个黄澄澄、油汪汪的苦荞馍馍一边啃,一边问。

"蔡总,苦荞是杜阿姨自家种的,她是驷马水乡唯一个还在种植苦荞的人。"杏花抢着回答道。

"噢,老书记,你也在这里,幸会!幸会!"蔡斌看见还有个男人面带微笑、温文尔雅,手里拿着手机,与杏花肩并肩地站着,连忙问道,"这位先生是?"

"我丈夫杨松柏。"杏花又向杨松柏介绍,"这就是巴人农业贸易公司的蔡总,一位雄心勃勃的企业家,正准备来这里投资搞开发呢。"

"看得出蔡总精明能干、年轻有为,闻名不如见面啊。"杨松柏说了句客套话。

"老书记,蔡总来我们驷马水乡投资已经是铁钉钉木的事了,他已经同我们村合作社签订了合同,孙县长和赵镇长也非常关心这件事情。"陈小强兴高采烈地说道。

"杨校长,我已经来这里考察多次了,搞农旅文湿地康养四产结合的决心已经下了,只是差一个懂行的人帮我具体运筹了,可谓是万事俱备只欠东风啦!上次我同老书记谈过,准备聘你当顾问,不知你意下如何啊?"蔡斌眼里闪着光芒,期待杨松柏表态。

"蔡总,你是不是高看我了?我杨松柏一介书生,叫我教个书应该没问题,如果叫我搞企业,恐怕会令你失望。"那天,杏花向他转告蔡总的意思,杨松柏一直沉默不语。自己无儿无女,谈不上含饴弄孙,但如果啥事不干,又相当于等死。可是,退休以后,弄个顾问当着,那无异于给自己套上个笼头,这又何苦呢？所以，他内心十分纠结。

"松柏哥，你就不要推辞了。蔡总来这里投资搞开发，是在帮助我们水乡人。你有管理庄园的经验，而且对驷马水乡了如指掌，你就帮帮他吧，帮他就是帮助我们自己。"杏花也当起了说客，她是看得懂这盘棋的，驷马水乡正在脱贫奔康，走振兴之路，自己的老公也应该发挥点余热。

"蔡总，你做过企划吗？"杨松柏没再推辞，只是一本正经地说，"这么大的项目，企划必须做好。"

"这个当然，我就是在等杨校长帮我完成呢，还有很多问题我还没想透彻，想听听你的意见。"蔡斌话语十分诚恳。

"富硒紫色土、湿地、浣衣石、杏坛、举人文化，这些就是驷马水乡最珍贵的馈赠，我们必须认真研究资源之间的内在联系，研究它们与市场和政策之间的对接关系，这样，我们的四产融合才有魂，才会活起来。一旦搞起来，实现水乡振兴，你就功不可没了。"杨松柏侃侃而谈。

"太好了！你这一番话真让我茅塞顿开。这样，杨校长，这几天就辛苦你了，你先弄一个企划案，到时我们再一起来讨论。这会儿，我想去参观一下杜姨种植的苦荞，我也准备种植苦荞。"蔡斌表达了对苦荞的兴趣，并跑到窗口对何金龙说，"老弟，你这店名要改，没有宣传苦荞的药用价值，苦荞乃'五谷之王'，要让顾客不仅能尝到它与众不同的味道，而且还能品出它的养生内涵。"

"呵呵，那就改成'长寿馍馍店'吧。"何金龙随口而出。

"这名字不错，广告意味浓厚。老弟，你带我们去看看你的苦荞地吧。"蔡斌感觉到何金龙脑子还算好用，反应居然这么敏捷。

"看来，蔡总你对苦荞有一番了解啰？走吧，我带你们去。"陈小强说道。

一行五人从何家大院走出来，沿着山坡直奔苦荞地而去。道旁梯田层层，没种庄稼，满田都是青脆李，枝叶间长着蚕豆大小的果实，有几个戴草帽的村民正在除草施肥。

"在这里干活工资不错吧？"蔡斌主动跟村民们打招呼。

"啥子不错？尽搞的欠账，好几个月没领工钱了，公司说等李子出来了才给。"一个中年汉子抱怨起来。

"不发工资,你们也要干,这境界高啊。"蔡斌调侃地说。

"我们不是你想象得那么好,不干莫法,土地都流转给公司了,不干活吃啥?"中年汉子话里流露出无奈。

"你又在乱嚼舌头嘛,谨防公司听到了,拿你小子说事,把你当出气筒。"一位老人提醒中年汉子。

"怕个尿,整毛了,老子出去打工啰!"中年汉子心里不服。

"梁洪刚咋不给工人发工资?效益不好吗?"离开除草的工人,走了一阵,杏花突然问陈小强。

"不是效益不好,公司应该有钱,他们拖欠工资成习惯了。"陈小强解释说。

"这怎么行?工人在哪里去找积极性?按我的脾气,即使贷款也要发,他们挣个钱也不容易呀!"蔡斌颇有感触。

两块苦荞地孤零零地摆布在山坡上,周围除了遍地的青脆李外,还有零星的油菜地,油菜已经谢花,长出纤长的果荚,像千手观音尖细的手指。

苦荞苗有两尺多高,长长的穗子上缀满了褐色的籽粒,大多数叶片都已褪去绿色,只有少数的叶片还没有变黄。褪色的叶子连同茎秆,黄澄澄一片,在阳光下,显得很高贵。

"蔡总,这苦荞已经换上优良品种了,产量比传统品种的高了许多。"陈小强介绍道。

"它对生长条件挑不挑剔?"蔡斌又问。

"不不不,一点都不挑剔,苦荞耐贫瘠,喜欢坡坡地,把它种在平地上产量反而上不去。"

"噢,这家伙我还是第一次见到,原以为它像贵族小姐那么娇贵,现在看来,它虽然挺灵秀,品质还是蛮高尚的呢。"蔡斌像在夸奖什么人。

"听老人说,几十年前,这种作物在水乡随处可见,可后来,村民们不种它了,只有杜群兰一如既往地种了下去。"陈小强从穗子上剥下几粒,放进嘴里嚼起来,像在感受苦荞原生态的味道。

"苦荞真是个好东西,我们祖先早就发现了它的药用价值,据《本草纲目》

记载，它能益气力，利耳目，宽肠健胃。按照现代医学观，它能抗癌、降三高。多好的保健食品。如果能把这东西开发出来，前景绝对不容小觑。"杨松柏也来了兴趣。

"这就怪了，我就不明白村民们为什么厌弃它？"蔡斌说出了自己的疑问。

"过去生活条件差，村民们只求填饱肚子，产量低的苦荞自然不受待见。后来解决了温饱，人们有了更多的追求，因其略带苦味，还是不受人青睐。时过境迁，随着物质生活的丰富，人们开口闭口谈的都是健康与长寿，这不起眼的苦荞就焕发出无穷的光彩了。"杏花这一番分析的确能够折服人。

"对于世间万物来说，何止苦荞的命运如此呢？一切都是随着人们的认知和需求，不断地改变和确立自己的地位与价值，此一时彼一时呢。"杨松柏推物及人，嗟叹不已。

"杨校长，农业方面，我只想种苦荞，不想弄得太杂，你多同你母校的相关专家沟通，看这苦荞如何来开发利用。"蔡斌脑子转得快，又想到企业的运作上去了。

"从目前国内对苦荞的利用来看，苦荞米、苦荞面、苦荞面包、苦荞酒、苦荞醋、苦荞茶都已经出现了，只是量和质还没上去，市场潜力较大。"杨松柏接着饶有兴趣地说，"我们除了注重传统食品的提质开发外，还可同科研单位合作，打造新的保健食品，形成自己的品牌。"

"蔡总，像何金龙的苦荞馍馍还有市场潜力吗？"赵兰兰突然发问。

"怎么没有潜力呢？人家生意那么好，就说明了一切。民间的风味小吃照样可以做成大产业。"蔡斌回头对赵兰兰笑了笑，"人们不是常说小生意赚大钱吗？"

"蔡总，我提个建议，这苦荞生长周期短，暂时还没有条件搞两季。为了提高土地利用率，必须搞林下套种。"杨松柏看了看蔡斌。

"你觉得发展什么林木好？"蔡斌问。

"不是林木，是茶树。茶树下套种苦荞，这样，就可以长短项目结合，可提高经济效益。"杨松柏进一步阐述自己的观点。

"这办法好，茶树长起来了，又可以观光，如果能够把茶叶同苦荞混合研制出一种新茶，还可以提供给游客。"蔡斌有些亢奋了，两只眼睛灼灼有光。

"陈书记，鉴于苦荞和茶树的生态要求，我想在小鹿山山梁一带流转两千亩土地，而且把流转费稍稍调高一点，这样还可以提高村民们的积极性。"蔡总又说，"太阳狠起来了，走，先回去，吃了饭再讨论。"说完就迈开大步朝村庄走去。

"蔡总才是真正的狠角色，不同于梁洪刚的鼠目寸光。顺民心者得天下呀！"杏花这话既像夸奖又像鞭策。

"老书记，我蔡斌何德何能？全靠你们支持呢，今年必须把土地整理好，苦荞和茶叶加工基地弄好，完成湿地森林康养道路及基础配套设施建设，同时修建举人文化记忆馆。"蔡总谈了自己今年的初步打算。他走过去，拍着杨松柏的肩膀，充满诚意地说，"杨校长，我就等你的企划案了，你辛苦了，先谢谢你！"

一周后，巴人农业贸易公司和驷马水乡农村合作社握手，催生出水乡农旅文湿地康养股份有限公司（简称农养公司）。孙县长、赵镇长、蔡斌在挂牌现场做了热情洋溢的讲话。蔡斌任董事长，赵苗苗任代总经理，杏花和杨松柏夫妻被聘为顾问。

农养公司一成立，杨松柏的企划案就摆上了公司领导成员集体讨论的议程，这份企划案经集体修改后，成了企业发展的纲领性文件，立即驶入实施轨道。

农养公司如火如荼开展工作的同时，梁洪刚的办公室也热闹起来。

"梁总，我们流转一千亩土地，费了两年工夫都没完成，蔡斌这小子两千亩土地几个月就完成了，真有点邪门啊。"任志亮往沙发上一坐，揩了揩额头上的汗水，窗外秋阳正盛，知了在高柳上撕心裂肺地叫个不停。

"蔡斌是喉下夺食呀，本来驷马水乡湿地开发是我下一步计划，不然，我把一个亿扔到这山沟沟里干啥？没想到半路杀出个程咬金,断了我的财路。"梁洪刚脸色铁青。

"梁总，那我们只能束手就擒了？"任志亮试探着问。

"哼，谁有这个本事让我束手就擒？我搞不成的项目，他也别想！"梁洪刚把手一招,"志亮,你过来。"

"好嘞!"任志亮靠过去,偏着头,右耳朵送到梁洪刚嘴边。只见梁洪刚的嘴巴凑到任志亮耳轮,好一阵嚅动后,任志亮先是瞪了瞪眼睛,再收敛了笑容,最后冷哼一声:"嘿嘿,蔡斌,你等着!"

54

傍晚，王劲松把小车停在河边停车场，披着夕阳，走在青石板铺成的步道上，两旁尽是奇花异草。前行三百米左右，看到一块一人多高的大理石碑，上书"白鹤之家"几个红色大字，字的下方还有一串英文。

离石碑不远，一座琉璃瓦小房子隐匿于绿柳碧树之中，屋前一块平坝，由青石板铺成，与两头的步道相连。房子四周种着三角梅和五彩石竹，环境格外清幽宁静。春香拿着扫把，正在打扫坝子，见到王劲松，便从屋里搬出方凳："劲松，外面坐，空气好些，你是来找赵书记的吧？她到那边竖牌子去了。"春香顺手指了指。

"嫂子，以前设计，怎么不考虑修条车路过来？让游客少走点路嘛。还有房子也可以盖大一点。"王劲松一边落座，一边好奇地问。

"这是湿地保护区，不能搞大建筑，要尽量保持原貌。如果车都允许来，那白鹤可能就飞走了。"春香放好扫帚，指着房子，"房子虽小，够住就行了。这间是我的工作室和卧室，那间是水禽科考人员临时居所，剩下一间就是厨房了。"

"呵呵，麻雀虽小，肝胆俱全呢。"王劲松立即悟出点东西来了，感叹道，"一切突出一个'小'字，力求把对环境的破坏控制到最小程度，小中求大是在讲哲学。设计者真是匠心独运呀。"

"不能破坏，只能保护。"春香纠正了王劲松的说法，"你到那边去看看，我们培植了多少芦苇和水草。"

"嫂子，你这护鹤员懂得不少呀，名副其实呢，没有白拿工资。"

"那还用说，当年我是养猪能手，现在是护鹤能手。"春香眉飞色舞，得意之情溢于言表。

王劲松起身去找苗苗，前面是七拐八弯的观景步道，在杂树和芦苇丛中延伸。这里的景主要是白鹤，当然也可看到一些湿地风物。步道由钢架支撑，上铺青冈树木板，桐油漆过的木板油光发亮，不仅好看，还可防雨水浸蚀。步道时而悬空，时而着地，不能全部着地，以防野生动物通过受阻。步道上设有观景台，着地处的道路旁偶尔设有凉亭。

"不错，真正地贯彻了'保护'二字！"王劲松想起春香的话。

"喔——喔——"是白鹤的叫声，抬头望天空，一群白鹤正在飞翔，好像是若干只白鹤妈妈带着自己的孩子在练翅。忽而盘旋，忽而俯冲，飞累了就滑翔到草坪、水边、树梢上休憩。

这里有秦巴山区最大的沼泽地，有水道连通驷马河。参差错落的芦苇群落散布其上，它们伸出长剑般的叶子，绿得醉人。河风吹过，摇曳生姿，有浩荡之势。尤其是开花季节，芦花在风中飘飘悠悠地飞舞，格外壮观。

沼泽里还有无数个大大小小的水凼，星罗棋布。凼里长着水蜡烛、水芹菜、四叶草、水花生等奇奇怪怪的植物。田螺、昆虫和鱼虾把这里当成了自己的乐园，这样的生态环境成了白鹤的天然粮仓。王劲松走到沼泽地旁边，就看到成群结队的白鹤正在觅食，它们不像野鸭那样用扁喙在草丛间、烂泥里瞎折腾。而是静静地站立于水边高地和石头上，静静地观察，静静地等待，神情十分悠闲。猎物一旦出现，就飞过去，伸出尖尖的长喙，捉住猎物，颈子一伸一缩，轻松吞下。

"好家伙，真聪明，它们的捕食成本比野鸭低多了。"王劲松忍不住赞美一句。野鸭往往是忙活半天，扁喙才触碰到目标，成不成功碰运气。白鹤则不然，谋而后动，一击必中。这是两种迥乎不同的商业意识，正如梁洪刚和蔡斌，蔡斌没有像梁洪刚那样费尽心机，却还是轻而易举地拿到了湿地的开发权。

"白鹤真是灵异之鸟啊，上帝造物，给予了物的形体，必然给予物的智慧，人也可以从别的生物身上学到智慧。"王劲松又有了新的感慨，对白鹤肃然起敬。

靠近沼泽地东面有一小山包,几棵高大的古柏相拥而生,是白鹤夜宿之所,地上留下了许多扫过鸟粪的痕迹。竖立平地的两扇铁艺户外宣传栏,自带彩钢饰面雨棚。透明玻璃框内陈列着照片、图画和文字,有关于白鹤的科普知识,也有古代文人歌咏白鹤的诗句。在这荒野之地,弥散着浓郁的文化气息,来这里看白鹤的游客,还可以感受诗意的熏陶。

霞光里,几只白鹤在浅凼里漫步,时不时伸出长喙撕下水芹菜的嫩梢,吞进胃里。王劲松恰好想到了这种意境的诗句——"飞来两白鹤,暮啄泥中芹"。不由得感叹道:"这里真是人间仙境啊!"

他又向前走了一段路,终于见到苗苗在一条步道路口竖牌子,便激动地喊道:"苗苗——"苗苗望了望他,朝他竖起食指"嘘"地一吹,提示他小声点,别打扰白鹤。

王劲松来到苗苗跟前,见她累得额头汗涔涔的,白色裙子上沾着泥土,十分惹人怜爱,便帮她把最后一块牌子竖好,一字一停地读上面的标语:"仙鹤爱宁静,不要吵闹它。"

"搞得这么神圣?"王劲松问道。

"最早,这里只有十来只白鹤落户,经过两年的保护,发展到一百多只,参观的游客和做研究的科考人员越来越多。有些不自觉的人拿棒赶,扔石头砸,大声呵斥,什么恶作剧都搞得出来,胆小的白鹤便举家搬走。经过这几个月的严加管控,维持了这儿的安宁,它们又陆续返家了。"

"搬来搬去,还是舍不得这块风水宝地。既然它们对得起我们水乡人,我们也要对得起白鹤呀。不然,我家大书记为啥要亲力亲为呢?"王劲松戏谑地说。

"谁是你家的?你臭美吧!"苗苗小女孩般地噘起嘴巴,像白鹤噘起灵秀的长喙。

"苗苗,你好像一只美丽的白鹤。"王劲松一把搂住苗苗,轻轻地吻她。

"好啦,我问你来找我干啥?"苗苗抬手揩脸上的口水。

"明天我们去扯结婚证,妈妈天天催我。"

"打我手机呀,干吗跑这么远?"苗苗问。

403

"人家想见你嘛。"

"浪费时间！"苗苗又问，"婚礼在哪里举行？"

"旅行结婚。"

"啊？我哪有时间去旅行？村委的、公司的事这么多，怎么走得开？"苗苗叫起苦来。

"不用走开，天天都在村里呢。"王劲松说一半，留一半，故弄玄虚。

"这就怪了，不是说旅行结婚吗？你到底是怎么安排的呀？"苗苗急了。

"就在驷马水乡湿地度假中心快活一周，难道不可以吗？我才不愿意把钱交到外州外县去呢，这就叫拉动内需啊。"王劲松终于亮出底牌。

"高！依我看，在这里度假并不比外面逊色。"苗苗喜不自胜，在王劲松脸上亲了一口，"你看，白鹤歇树了，天快黑了，走，回家吧。"

这时，天空已收尽最后一抹晚霞，天色渐渐灰暗下来。白鹤群从芦苇荡里起飞，在沼泽地上空盘旋飞翔，像天幕下流动的白云，又像草原上移动的雪白的羊群，然后一个俯冲，滑翔到古柏的枝丫上，在树冠里"喔！喔！"欢叫不停。

话说苗苗度假结婚那天晚上，水乡实业投资有限公司办公楼到了两点，已经空无一人了。没有一丝灯光，微茫的星辉下，办公楼像艘棱角模糊的航船，影影绰绰地停泊在夜幕里。

忽然，行政总监办公室的灯亮了，赵兰兰不知从哪里喝酒回来，倒在沙发上睡着了。

"兰兰，兰兰！"梁洪刚喊了两声，兰兰没有反应，玲珑鼻响起轻微的呼呼声，她已经烂醉如泥，泛着酡红的脸像朵红硕的杜鹃。

梁洪刚刚从镇上回来，已经带着秋菊在歌舞厅折腾了大半个晚上。本想把她带到别墅过夜，秋菊说自己例假来了，坚持要送她回宿舍。梁洪刚从秋菊那里回来，路过办公楼，发现三楼一房间亮着灯，便走上楼来。

行政总监办公室的门开着，酒气夹杂着呕吐物的臭味汹涌而出，梁洪刚本能地捏着鼻子，定睛一看，兰兰躺在沙发上一动不动，地上有几摊呕吐物，正在散发恶臭。他差点反胃，急忙拿着扫帚把它处理掉了。

"这女人，喝这么多酒干吗？平常不是说她不会喝酒吗？装呢！"梁洪刚自言自语，然后挨着兰兰坐下，怎么喊也喊不醒她。

"劲松哥，劲松哥！"兰兰迷迷糊糊地呼唤着王劲松的名字。梁洪刚皱了皱鼻子，暗忖这女人太痴情了，明明知道自己的姐姐和王劲松早就相爱了，却偏偏横插一杠子，争风吃醋，纠缠不休。

"兰兰，兰兰！"梁洪刚再次喊她，伸手把她扶起来，"赵兰兰，你不会有事吧？要不要醒酒药啊？"

"劲松哥结婚了，他不要我了，他不要我了！"兰兰感觉到眼皮像压着一座山，刚刚露出一道细缝又闭上了，头不由自主地往下低，肩膀一偏，倒在梁洪刚的怀里，昏昏沉沉地抱住梁洪刚的腰，迷迷糊糊地说，"劲松哥，你不能不要我，不能……"话还没说完，又睡着了，嘴唇微微嚅动着，嘴角露出了幸福的微笑。兰兰做了个美梦，梦见自己躺在劲松哥宽厚的怀里，劲松哥抚摸她的头发，轻轻地吻她额头、嘴唇，还有耳根。一会儿，又梦见自己穿着洁白的婚纱，拉着劲松哥温厚的手掌，在一片金黄色的油菜田里奔跑……

"兰兰，我不是你劲松哥，我是梁洪刚。"梁洪刚掰开兰兰的手，顺势把她扶起来，兰兰头一歪，靠在他的胸膛上，厚密的秀发垫着他的下巴，发丝飘出的兰香扑进他的鼻孔，他的精神为之一振，荷尔蒙激起内心莫名的冲动。他明显地感受到了兰兰身体的柔滑和温润。

"赵兰兰，可别怪我了，你自己送上门的。"梁洪刚像一头复活的雄狮，一把搂住兰兰的上身，那张大嘴巴在兰兰的脸上、颈子上一阵乱啃。

"你这胡子……你是谁？"梁洪刚的短须又粗又硬，兰兰那细皮嫩肉被它扎得有了感觉。她猛然推开梁洪刚，迷离的眼神看着他。兰兰的酒还是没有醒，全身软弱无力。眼睛又合上了，再次栽倒在沙发上。

"兰兰，我是梁洪刚。"梁洪刚又伸手去扶兰兰。

"你不是好人，你不是好人啊！"兰兰一双手一阵乱舞，极力推搡着梁洪刚。

"梁洪刚！你在干什么？"门口人影一闪，何金龙突然冲到跟前，抓住他的衣领就是两记耳光，梁洪刚嘴角已经淌出鲜血。

"表弟，这是误会！"梁洪刚的脸色一阵青一阵白，尴尬地解释道。

"滚！老子不见狗屎不恶心。"何金龙一声厉喝。梁洪刚也很识趣，嘿嘿干笑几声，灰溜溜地走了。

这么晚，何金龙从何而来呢？原来事情是这样。昨天傍晚，何金龙正在磨制苦荞面，为第二天煎馍馍准备食材。磨面机忍受不了高强度的劳动，居然罢工了。他拿着工具，东拆西拧，忙得满头大汗，机器就是不动，像一堆废铁。于是，他立刻启动长安汽车，载着磨面机火急火燎地赶到县城，这时，已经是晚上八点，修理师傅早已收摊，出门坐茶馆去了。他只好按照师傅老婆的建议，边看电视边等，差不多十一点，师傅才哼着小调回到家中。

"师傅，很多人向我订了货，今晚，必须弄好拉回去，多给你出点价钱都是小事。"他说明来意后，再三请求。

"好吧，快从车上卸下来。"师傅拗不过他，心想只要钱多，这夜熬得也值。

何金龙载着磨面机路过办公楼，老远就看到三楼中间亮着灯，亲切感油然而生，这么晚她还在加班？干脆拿几个馍馍去看看，她老说馍馍的馅特别有嚼头，每次加班，总要打电话叫他送。也许，今晚她顾不上吧？何金龙打开铝制送货箱，拣了几个馍馍，撕个方便袋装了。

"兰兰，你醒醒，我是何金龙！"何金龙喊了好几声，酩酊大醉的兰兰毫无反应。他心里暗呼，好险！要是被梁洪刚……他不敢多想，尽管梁洪刚已逃之夭夭，他还余怒未消，朝着门口骂了一句："梁洪刚你这老东西，不是人！"

手掌轻轻拍打兰兰的脸，还是没有反应。何金龙见办公桌上有杯未喝完的冷开水，端起来朝她脸上一泼，兰兰一激灵，醒了，愣愣地看着他。

"兰兰，你喝那么多干吗？"

"金龙哥，劲松哥不要我了，他跟我姐出去度假结婚了！"兰兰抓住何金龙，号啕起来。

"兰兰，不要哭了，走，我送你回家。"何金龙爱怜地说。

"家？我不回家！"兰兰拼命地摇头。

"那就去我家，这几晚我爸守厂，妈妈正愁没人做伴呢。"何金龙搀着兰兰跟跟跄跄地走下楼去。

55

冬天来了，白昼渐渐变短。天黑不久，家家户户就关门熄灯，洗脚睡觉。水乡的山山水水、一草一木几乎都开启了早睡模式，只有天上的星星还睁着眼睛。

这晚，杏花翻了好几个身，却照常难以成眠。她想起春香和三婶上午那番对话。

"人家城里人真会打发时间，晚上不是唱歌就是跳舞。"春香语气里带着羡慕。

"人家命好，有那个条件，谁叫你住在这山旮旯？变了泥鳅就不要怕糊眼睛。"三婶似乎有点听天由命。

"三婶，我看你平常不是这样的人嘛，咋忽然瞧不起自己了？我们农村凭啥达不到城里的条件？"春香极不甘心。

杏花认为水乡人坎坎坷坷人生路，披荆斩棘走到今天，不就是为了改善条件吗？正是处处不甘心，才使他们迸发了无穷的智慧和力量！

第二天傍晚，杏花决定去村里走访一下。

路过王家大院，看到一个小姑娘蹲在地上玩过家家，崭新的羽绒服被弄得脏兮兮的。

"小朋友，你叫什么名字？"杏花弯下腰问道。"奶奶，我叫莉莉。"莉莉声音甜甜嫩嫩，一双大眼睛忽闪忽闪。"今年几岁了？"杏花问。"奶奶，我四岁了。"莉莉又脆生生地叫了声"奶奶"，这是杏花第一次听到孩子叫她奶奶，一串眼泪珠子般地掉落。能当上奶奶是多么幸福和自豪呀！可这样的称呼对她来说，是奢侈的享受。她下意识地摸了摸自己的腹部，内心一阵凄凉。这个不争气的肚子呀,你让我失去了儿孙绕膝的天伦之乐!

"奶奶,你怎么哭了?我家的奶奶也爱哭。"莉莉伸出胖乎乎的小手揩杏花的眼泪。

"你家的奶奶为什么哭呀?"杏花振作起来,怕影响小孩的情绪。

"她说我妈妈跑了,不要我了,说我是可怜的孩子。"莉莉瞪大眼睛反问道,"奶奶,我可怜吗?"

"你不可怜。"杏花抱起莉莉亲了一口,"我莉莉怎么会可怜呢?莉莉,你奶奶叫什么名字呀?"

"杨秀芹。"莉莉仰起红扑扑的脸蛋问道,"奶奶认识我奶奶吗?她病了,躺在床上了。"

"认识。"杏花又摇了摇头,"噢,不认识。"其实,杏花怎么会不认识杨秀芹呢?杨秀芹是贫困户,时常卧病在床。儿子的前妻二十年前意外死亡,这几年才讨了第二个女人,因年龄悬殊、性格不合,女人生了孩子就离婚了,远嫁河南。儿子在建州打工,一年半载,难得回家一次。邻村虽然办了幼儿园,但没人接送,莉莉无缘上学。

"莉莉,你想读书吗?"杏花问道。"奶奶,我有书。"小家伙企图从杏花手中挣脱,两只脚滑到地上,"噔噔噔"地跑进家中。屋里好像有人在招呼她,声音有气无力。她兴冲冲地跑出来,手里捧着一本皱巴巴的小人书,上下颠倒地按在地上,像模像样地乱读一通。杏花不禁苦笑了一声。

"莉莉,奶奶走啦。"杏花做了个拜拜的手势。

"奶奶,以后还来吗?"

"来!要来!"杏花突然再次热泪盈眶,侧过脸去,转身就走。

杏花来到何嫂家,何嫂独自一人坐在客厅里,烤着电火炉。见了杏花连忙招呼坐下,并把茶盅子擦了又擦,递到杏花手中。她已经年过七旬,老伴早死,儿子拖家带口在外地打工谋生,年终才会回来。

"何嫂,你怎么不看电视呀?"杏花问道。

"电视坏了,没去修。哎呀,即使修好了,也没啥看头。"何嫂叹了一口气。

"你都安装了有线电视,效果那么好,收的台又多,怎么没看头呢?不会是想节约电吧？呵呵！"杏花看着红火火的电烤炉，调侃道。

"节约啥电哟？五毛钱一度的电，你老嫂子还是用得起嘛。"何嫂不好意思地笑了笑，"你别耻笑我，当年读书少，听不懂普通话。"

"噢，原来是这样。那你就给我们当学徒，学好普通话，再去看电视嘛。哈哈！"

"没用！没用！嫂子老啦，学晚了。"

"何嫂，想跳舞吗？"杏花试探地问。

"妹儿，你讲笑话了，嫂子到哪儿去跳舞呀？年轻时倒是扭过秧歌。"

二人又拉了一阵家常，不觉天色已晚，正欲告辞，对门传来二胡声，琴音时而欢快奔放，时而哀怨悠长。虽然不知道演奏的是什么曲子，却听得人如痴如醉，为之动容。

"何嫂，对门是谁呀？这二胡拉得不错。"杏花忍不住问道。

"赵朝军那个老牛筋，整天唱得像蜜蜂叫。人家女儿有出息，高兴呗！"听何嫂的口气，倒是挺欣赏。

杏花从何嫂家出来，走到村头，驻足回望，几座院子都淹没在浓如墨汁的夜色里。她看了下手机，才七点多钟。透出窗户的灯光挨家挨户熄灭了，只有几盏路灯孤寂地亮着。偶尔会有发情母牛的哞叫声从树林深处传来，显得悠长而寂静。这么漫长的夜晚只能用睡觉打发吗？杏花眼前浮现出一幅图景，人们把身子摆在床上，瞪大眼睛看着单调枯燥的夜色，不知在想些什么。

这天，杏花找了村委，也找了蔡斌，谈了修建杏坛幼儿园和杏坛剧院的想法，立即得到了他们的支持。蔡斌倏地从座位上站起来，激动地说："老书记，我早就有这想法了，只要村委出土地，资金方面我全部负责。而且，这两个工程可以一齐上马。你是我们公司的顾问，就由你来负责怎么样？"

"当然可以。只是有一点，不能拖欠工资。工程上的事，我想让本村的人来做，免得他们离乡背井，跑去外面挣钱，丢下老人小孩不管。蔡斌，这是我老家，不能让别人戳我脊梁骨啊！"杏花动情地说。

"哈哈，老书记你说哪里话了？晚辈什么时候拖欠过民工工资呢？"蔡斌快活地笑起来。

水乡飞歌

　　由于资金有保障，杏坛幼儿园和杏坛剧院的建造工作十分顺利，不出七个月就基本建成。等秋季开学，莉莉他们就可以在家门口上学了。

　　杏花站在杏坛上，望着对面美轮美奂的建筑，心潮澎湃。这些新世纪的乡村文明，如果让举人李强益看到了，那么，他可以带着浣衣诗安心长眠于九泉了。杏花仿佛听到了李举人酣甜的鼾声。

　　剧院前面有个广场，杏花觉得先把它利用起来。她把村里的留守人员组织起来，学习扭秧歌、跳广场舞。她和杨松柏、赵兰兰轮流教舞领舞。开初来了几个人，中途又来了几个人，最后就有好几十人了，像雨夜的早晨突然冒出一地蘑菇。每当夜幕降临，广场上的音乐就响起来了，节奏铿锵。大爷大妈一点也不笨拙，身姿灵巧，翩翩起舞，像一群款款飞翔的蝴蝶，在夜灯下，闪着星星点点的光。水乡一下有了灵气，有了生机，像一个朝气蓬勃的后生。

　　这时候的杏花又想到了剧院，她要让剧院的功能早点发挥出来。她一大早就来到赵朝军家，找到兰兰："你就像当年的我，喜欢唱、喜欢跳。"

　　"那当然啰，读大学时，我还代表民用建筑系参加过学校歌咏比赛呢！"兰兰抑制不住内心的自豪。

　　"拿到名次没有？"杏花故意问道。

　　"那还用说，我不拿谁拿呀？"

　　"兰兰，现在给你个任务，除了教大家跳广场舞外，还得负责组建一个业余的水乡文艺表演队，排些节目出来，有空就演出。不然，我们的杏坛剧院就形同虚设了。"杏花看到了兰兰的天赋与活力，便委以重任。

　　"老书记，这想法好。依我看，水乡发展了，啥都不缺，就缺点文化氛围。有了文艺表演队，不仅能丰富水乡的文化生活，还可以把这里的东西排练成节目，宣扬出去。"兰兰谈了自己的见解。

　　"兰兰，你读过大学，就是与众不同嘛，有思想，有远见。另外，我还向农养公司争取了点活动资金，毕竟手头宽裕点，事情就好办。"

　　"行啊，有老书记助阵，这事绝对没有问题。"兰兰踌躇满志。

　　"这个文艺队，我和杨校长先报个名吧。"杏花笑了笑。

　　"我和我姐也报个名。"兰兰兴奋起来。

"兰兰，把我也算上。"赵朝军听说要组建文艺队，觉得怎能少了自己呢？

"爸爸，你的二胡拉得不错，正愁没有用武之地呢吧？"兰兰满心欢喜。

从赵朝军家出来，杏花遇到杨松柏，他刚从县上回来往家走，两人便并肩而行。

"松柏哥，关于公费农科生分配到水乡的事，你跟县里谈得怎么样？我们这种岁数的人办事，不能让人家瞧不起呀！"杏花想了解他县上一行的结果。

"谈好了，一人学森林康养，另一人学茶艺，七月底就来水乡报到了。"杨松柏兴奋不已。

"你真会要人呀，这不正是我们紧缺的人才吗？"杏花满意地看了丈夫一眼。

这时，杏花手机响了。

"老书记，有人检举我们公司过度开发，使驷马湿地保护区环境被破坏，环保部门马上过来调查。我这里走不开，赵苗苗还在休婚假，你就帮我担待下吧！你影响力大，你的话有分量，他们会信。"

原来，秦巴农旅洽谈会刚刚开幕，水乡农养公司绿色产品就登台亮相，受到与会者无比青睐。董事长蔡斌春风得意之时，忽然接到一个令人震惊的电话。

"蔡先生，有人匿名检举你公司过度开发，造成驷马湿地保护区环境被破坏，请你务必配合我局现场调查。我们随后就到。"对方讲完就挂断了电话，留给蔡斌的是一串忙音。

他蔡斌对湿地一向都是以保护促利用，何谈过度开发？这分明是有人一支篙子插两个眼——别有用心。若果被查出问题，罚款是小事，停业整顿才是大事，这次洽谈会，自己跟别人签的合同怎么办？他意识到问题的严重性，便想到了杏花，只有老书记出面，他才放心。

"蔡斌，一切让事实说话，如果真有问题就得整改。否则出了事，神仙也救不了。"杏花虽然知道这事棘手，还是接受了蔡斌的委托。作为一个地地道道的水乡人，她也想了解一下环保部门到底有些什么要求。

杏花陪杨松柏回到父亲家里，胡乱地刨了几口早餐，就往农养公司赶。

还没走到，蔡斌又打电话过来了："老书记，你去了没有？他们已经到了。"

"不急！让他们先晾着，这分明是有人告黑状，怕啥？现场摆在那里呢。"杏花远远望见公司办公楼的坝子里停了好几辆车，心想来得真快呀，于是加快了脚步。

刚刚走到坝子里，环保局执法大队刘队长就迎了上来："老书记，来之前，我已经叫你们蔡董下令湿地公园停止营业，配合我们的调查。真不好意思，我们这是第二次打交道了吧？"

"如果我没记错的话，前一次是你们责令沙石场搬往碾盘窖一事，你们是对的，我照办了。这一次，你们也是对的。不过，我们有没有错还得看事实。近几年，我们所有的开发项目都得到了相关部门批准和监督，我想应该经得起检验。"杏花态度十分诚恳和淡定。

"你的意思是你们的工作都做好了？"一个年轻人冷不丁地冒了一句，带着嘲讽的意味。

刘队长立即给年轻人使了个眼色，示意他打住。

"我还是那句话，事实胜于雄辩，我们不遮不掩。你们先去走走，到现场看看吧，水可以抽样，空气也可以抽样。请！"杏花做了个请的姿势。

"老书记，恭敬不如从命了。"刘队长把人员分成了三个小组，自己带了一组，所有人分头行动。杏花陪同刘队长一起走。

两个多小时过后，其余小组打电话过来，都说没有发现违规现象。杏花内心一阵激动，她抬头望了望天空，天空是那么蓝，举目远眺山河，山河是那么清秀。

"刘队长！刘队长！这里死了好多白鹤！"一个小青年在对讲机里尖叫起来，杏花心里"咯噔"一声，但她还是十分镇定。

"走，过去看看。"刘队长带领大家赶到古柏附近。

杏花一看，傻眼了，遍地躺着白鹤的尸体，有三四十只，弓背曲颈，张翅伸腿，死相十分难看。可以肯定，死前非常痛苦。杏花痛彻心扉，老泪纵横。春香站在旁边大惊失色，全身筛糠。

"这是怎么回事？"刘队捡起一只反复查看。

"一下子就死这么多，要不了多久，就全完啦！"有人叹气。

"该不会是污染严重造成的死亡吧？"有人推测。

"春香，打电话给苗苗，叫她马上去县上请兽医，顺便带去一只做化验，同时向水乡派出所报案，请求现场调查。"杏花吩咐春香。

"老书记，她还在度婚假。"春香认为这事有蹊跷，处于悲愤之中。

"管不了那么多了，情况紧急，快打！"杏花催促道。

"刘队长，这种事，我们都有责任弄清楚，白鹤可是国家保护动物呀！"杏花建议道。

"老书记，我也是这样想的。"刘队长立即吩咐手下对空气和沼泽水采样。

当天下午，一切结果初步表明，白鹤属食物中毒死亡。

"我敢肯定，有人投毒！麻烦你们好好查一下。"杏花对派出所所长说道。

"老书记，请你放心，这事必须弄个水落石出。白鹤之家可是水乡的一个重大项目呀。这几天，你们还得做好防范措施，防止白鹤再度损失。"所长又问杏花，"白鹤之家怎么没有安装监控？"

"安了，只在门口安了。"春香插嘴道。

"这就是教训，坏人钻了你们的空子。"所长说。

"我马上安排人多安一些监控。"苗苗说完，布置工作去了。

56

　　昨夜雷鸣电闪，大雨滂沱，驷马河洪水势如奔马。

　　天刚亮，水乡农旅投资有限公司曝出消息，任志亮失踪了。

　　人们的猜想还没结束，中午又添新闻，水乡路桥公司换了领导，不再是梁洪刚，一张盖了鲜章的封条贴在他别墅的大门上。

　　这两个响当当的人物到底怎么回事？唯一知道的说法——涉黑。至于具体内情只能任人猜测，流传的版本众说纷纭。一时间，村头巷尾、田间地头议论纷纷，莫衷一是，像驷马河的洪水一样泛滥。

　　几天后，张强接替了人事部任志亮的经理位置，据说他检举梁洪刚有功，但当有人问及此事时，张强却缄默不语。

　　任志亮失踪一周后，春香从白鹤之家的监控回放中，无意之间发现了他。那天半夜三点十分，任志亮没有打伞，拿着一把电筒，冒着暴雨走进白鹤之家，沿着步道磨磨蹭蹭，时不时回望几眼。到了驷马河边，站了好大一会儿，上涨的洪水在他脚下翻滚。闪电一个接一个，照亮了周遭的一切，任志亮的脸颊格外苍白，他张开了嘴巴，不知吼了一句什么，慢腾腾地走进了凶猛的洪水。

　　春香说："这死鬼，同那三十五只白鹤一起升天了。"

　　在驷马水乡，这些事被传了好几个月，最终却被人们关注的新话题覆盖了，像墙上的旧印子刷了白。

　　时间已经临近国庆，驷马水乡村委会和农养公司联合传出好消息，十月一日，将在杏坛剧院举行第一届水乡联谊文艺晚会，提前邀请了镇政府官员、兄弟村村委，还有好几个大小企业的老板。同时成立了晚会筹备工作组，新任村主任何金龙为组长，赵兰兰是副组长；杏花为总导演，杨松柏是执行导演。

一切都在紧锣密鼓地进行着。

国庆这天，恰恰是辛丑年农历八月二十五，秋收结束的村民们，早早地吃了晚饭，整家整家地聚在杏坛剧院广场上，等待晚会的开始。广场旁边的停车场已经摆满了来自四面八方的车辆。

百年杏树傲然挺立于广场中间，像给人们撑开了遮风挡雨的大伞。广场四周开着四季樱花，红艳艳一大片，像一首首火辣辣的情歌；桂花树下，散落的米黄色小花，像撒下的碎金粒，逸出的香气扑进人们的鼻孔，沁人心脾，让人感受到秋天的无限美好。

杏坛剧院的大门打开了，华灯璀璨，流光溢彩，温馨平缓的轻音乐回荡在整个空间。人们鱼贯而入，分宾主就座，前面两排是贵宾，后面二十五排坐满了村民。人们神采奕奕，喜笑颜开，即将见证一场精彩的表演。电视台、报社等各种媒体单位的记者、摄影师也来了，过道里架着、肩膀上扛着的是摄像机、照相机，准备留下水乡人美好的剪影。

七点四十分，广场上的礼花炮腾空炸响，五颜六色的花瓣喷泉似的散开，映红了半边天。当最后一片礼花消散在夜空时，一男一女主持人登台亮相，宣布晚会开始。男的西装革履，女的锦衣彩裙。两人亮开清脆的嗓门，一唱一和："各位领导，各位来宾，女士们先生们，今天的晚会，将被电视台现场直播。请大家保持安静，注意言行。让我们水乡人的美好形象走进人们视野，让水乡的名字响彻人们耳畔。"

"哦哟，我们要上电视台啦！"春香脱口而出。

"叫你安静！"坐在旁边的丈夫朱富贵捂住了春香的嘴巴。

"改革开放四十多年，我们水乡日新月异，沧桑巨变。"男主持声音洪亮。

"脱贫攻坚，乡村振兴，我们水乡砥砺前行，硕果累累。"女主持嗓音清脆。

"让我们睁开慧眼，见证我们水乡新成就！"男女同声。

大屏幕上出现了展播主题——脱贫振兴新成就。一张张照片、一个个文字，陆续登临大屏幕。依次是"玉色冰花观光节""尝脆李，品人生""白鹤之家""湿地康养中心""水上游乐中心""茶园新貌""苦荞加工基地""巴山民宿""杜大妈长寿馍馍""杏坛幼儿园""浣衣记忆馆"等内容。这些代表水乡巨大变迁的历史进程，是新时期的水乡记忆。

"哇，太美了！"

"搞了这么多项目，我咋不知道呀？"

"城里人看到了，都要得红眼病啦，哈哈！"

"谁说我们水乡人没有功劳？你去看看吧！"

村民们望着大屏幕，指指点点，议论纷纷，他们已经控制不住自己的情绪，顾不上主持人"保持安静"的忠告。平常，他们是"不识庐山真面目，只缘身在此山中"，只顾埋头干活，没有闲工夫注意这些变化，现在展播出来，满场哗然。

"半仙，你看，我也上屏幕了。"杜群兰扯了扯丈夫的衣角，声音压得很低。

"还不是那几个苦荞馍馍煎得好。"何半仙不以为然。

"现在表演节目。请大家欣赏赵朝军老人二胡独奏《白毛女》主题歌《北风吹》。"女主持的声音又响彻全场。

赵朝军染了发，满头银丝不翼而飞，但沟壑一样的皱纹还是藏不住他的老相。走到舞台中间，往凳子上一坐，一把龙头二胡，古色古香，置于左腿之上。他调了调弦，摆开姿势，操弄起来。拉弓、揉弦、滑弦，技艺娴熟，音符在琴弦上欢快地跳跃。旋律高亢时，像飞泉击石；低沉时，像怨妇幽咽；悲伤时，如猿猴哀鸣；欢快时，似孔雀开屏。歌曲整体上欢快明亮，激发人们对旧社会苦难的回顾，对新时期美好生活的向往和追求。

"拉得好！拉得好！高手在民间啊！"贵宾座上有人高喊，全场响起噼噼啪啪的掌声。

"水乡赐给我们青山绿水，水乡有我们广袤的田野。"男主持眉飞色舞。"这里荞荞片片，这里瓜果飘香。"女主持神采飞扬。男女主持同声一词："我们水乡美丽富饶，我们水乡孕育希望！请听歌曲《在希望的田野上》，杏花书记独唱，杨松柏校长扬琴伴奏！"

我们的家乡在希望的田野上

炊烟在新建的住房上飘荡

小河在美丽的村庄旁流淌
　　一片冬麦那个一片高粱
　　十里哟荷塘十里果香
　　哎咳哟嗨呀儿咿儿哟
　　嗨我们世世代代
　　在这田野上生活
　　为她富裕为她兴旺
　　……

　　这支歌曲，被杏花唱出了深情和乡愁，唱出了乡土味和烟火气息，台下的观众沸腾了，个个张开嘴巴，打着节拍，一齐唱，整个剧院淹没在歌的海洋。
　　"老书记，唱得好！老书记再来一个！"叫好之声不绝于耳。
　　相声、小品、舞蹈、笛子独奏相继亮相，莉莉和另外五个小朋友刚刚登台就招来一阵掌声和欢呼，男孩穿白衬衣，女孩穿红色短裙。队形排成两排，三人一排，表演了斗牛牛仔舞。稚嫩的动作，天真的表情，时不时逗得大家捧腹大笑，拍案叫绝。
　　最后一个节目是男女合唱《天天把歌唱》，何金龙和赵兰兰洋溢着幸福的表情，携手走到舞台的中间。何金龙从容庄重，赵兰兰顾盼有神。
　　"真是天生的一对哟！"是谁赞叹了一声？杜群兰侧过脸去，看着何半仙会心一笑。
　　随着旋律响起，二人挺胸收腹，同声唱道：

　　　　幸福不是用来收藏
　　　　晒出来和大家分享
　　　　快乐是一种主张
　　　　就该一起大声唱
　　　　生活需要不同目光
　　　　慢慢用心体会心伤

不声不响让人受伤

唱出心中的梦想

有梦想就有方向

让鲜花自由开放

天天快乐天天把歌唱

有爱就会有力量

……

  变幻的灯光、优美的旋律、清新的歌词、协调的动作、圆润的唱腔，调动了所有人的情绪，激发了人们心灵的共鸣。有人摇头晃脑，有人轻摇荧光棒，还有人掏出手机，打开了摄像功能。

  通往巴山民宿的路上，李朝阳和花狗子两家恰巧走到了一起，他们都是首批搬进新居的村民，门对门呢。虽然晚会开到十点才结束，但下弦月还没有升起，路灯照得道路如同白昼。夜风轻轻地吹送，清爽宜人，晚会带给人们的兴奋，还在大脑里活动，远处的驷马河也还没有睡，不时地传来哗啦啦的声响。

  "杏花，这大学生就是不一样，赵兰兰、何金龙说唱就能唱。"花狗子的话又回到了晚会上。

  "怎么只有大学生说唱就能唱呢？杏花唱得也挺好啊。"张丽芳反驳花狗子。

  "爸爸，那首歌我也能唱啊。"走在前面的晓恩说。

  "你能唱？有兰兰姑姑唱得好吗？"花狗子问道。

  "老师说过，不要怕歌唱得不好，只要爱唱就行。"晓恩想起了音乐老师的叮咛。

  "晓恩说得有道理，关键要爱唱，只要心中有快乐，有梦想，就把它唱出来。"杏花这话大概受了《天天把歌唱》的影响。

  "姑姑，我也要像你那样，把心里的东西唱出来。"走着走着，晓恩放慢了脚步，侧着脑袋，像在聆听什么，梦幻般地喃喃自语，"夜莺开始唱歌了，蛐蛐也开始唱歌了，驷马河开始唱歌了，驷马水乡开始唱歌啦！"

"有梦想就有方向，让鲜花自由开放，天天快乐天天把歌唱……"晓恩兴奋起来，忽然引吭高歌。他的脚步在飞，他的歌声也在飞。

"晓恩——等等我！"花狗子夫妇匆匆忙忙地追了上去。